Buch

September 1944. In Eberswalde bei Berlin händigt man zehn deutschen Offizieren baltischer Herkunft neue Pässe aus. Von dieser Stunde an sind sie Russen – Männer mit russischen Namen, Geburtsorten und Berufen, mit einem russischen Lebenslauf, Männer, die ihre Identität verloren haben. Fallschirme setzen sie im Halbkreis um Moskau ab. Ihr Auftrag lautet, Stalin zu beseitigen.

Ein riskantes Unternehmen beginnt. Für vier der Zehn dauert es nur drei Tage. Der Tod dieser vier Deutschen, bei denen man Funkgeräte und perfekt gefälschte Papiere findet, alarmiert die sowjetische Abwehr. Sie findet heraus, wem die Operation gilt, weiß aber nicht, wieviel Mann zu dem Kommando gehören.

Die sechs Überlebenden haben sich inzwischen nach Moskau durchgeschlagen – begünstigt von Frauen, deren Liebe sie gewinnen konnten. Wenig später wagt Leutnant Poltmann, der als Bauarbeiter in den Kreml gelangt ist, eine tollkühne Tat. Vergeblich...

Autor

Heinz G. Konsalik, 1921 in Köln geboren, begann schon früh zu schreiben. Der Durchbruch kam 1958 mit der Veröffentlichung des Romans »Der Arzt von Stalingrad«. Konsalik, der heute zu den erfolgreichsten deutschen Autoren gehört – wenn er nicht sogar der erfolgreichste ist –, hat inzwischen rund hundert Bücher geschrieben, die in viele Sprachen übersetzt wurden. Die Weltauflage beträgt über vierundfünfzig Millionen Exemplare. Ein Dutzend Romane wurden verfilmt.

Außer dem vorliegenden Band sind von Heinz G. Konsalik als Goldmann Taschenbücher erschienen:

Eine angesehene Familie (6538) · Auch das Paradies wirft Schatten / Die Masken der Liebe (3873) · Der Fluch der grünen Steine (3721) · Das Geheimnis der sieben Palmen (3981) · Eine glückliche Ehe (3935) · Das Haus der verlorenen Herzen (6315) · Der Heiratsspezialist (6458) · Das Herz aus Eis / Die grünen Augen von Finchley (6664) · Ich gestehe (3536) · Das Lied der schwarzen Berge (2889) · Manöver im Herbst (3653) · Ein Mensch wie du (2688) · Morgen ist ein neuer Tag (3517) · Schicksal aus zweiter Hand (3714) · Das Schloß der blauen Vögel (3511) · Die schöne Ärztin (3503) · Die schweigenden Kanäle (2579) · Die tödliche Heirat (3665) · Unternehmen Delphin (6616) · Verliebte Abenteuer (3925) · Wie ein Hauch von Zauberblüten (6696) · Wilder Wein / Sommerliebe (6370)

Stalingrad. Bilder vom Untergang der 6. Armee (3698)

Heinz G. Konsalik

Sie waren Zehn

Roman

Wilhelm Goldmann Verlag

Ungekürzte Ausgabe

1. Auflage April 1982 · 1.–200. Tsd.
2. Auflage September 1982 · 201.–280 Tsd.
3. Auflage Juni 1984 · 281.–330 Tsd.

Made in Germany

Umschlagentwurf: Atelier Adolf & Angelika Bachmann, München
Umschlagfoto: Bavaria-Verlag, Gauting / Studio Schmatz, München
Druck: Mohndruck Graphische Betriebe GmbH, Gütersloh
Verlagsnummer: 6423
MV · Herstellung: Sebastian Strohmaier/He
ISBN 3-442-06423-6

Die Hauptpersonen

Peter Radek, 25 Jahre
Oberleutnant
(Piotr Mironowitsch Sepkin)

Berno von Ranowski, 24 Jahre
Oberleutnant
(Iwan Petrowitsch Bunurian)

Elmar Solbreit, 22 Jahre
Leutnant
(Luka Iwanowitsch Petrowskij)

Venno Freiherr von Baldenow, 26 Jahre
Hauptmann
(Leonid Germanowitsch Duskow)

Johann Poltmann, 21 Jahre
Leutnant
(Fjedor Pantelijewitsch Iwanow)

Detlev Adler, 25 Jahre
Oberleutnant
(Alexander Nikolajewitsch Kraskin)

Asgard Kuehenberg, 28 Jahre
Hauptmann
(Kyrill Semjonowitsch Boranow)

Dietrich Semper, 22 Jahre
Leutnant
(Sergeij Andrejewitsch Tarski)

Bodo von Labitz, 31 Jahre
Major
(Pawel Fedorowitsch Sassonow)

Alexander Dallburg, 20 Jahre
Fähnrich
(Nikolai Antonowitsch Plejin)

Larissa Alexandrowna Chrulankowa, 22 Jahre
Traktoristin

Lyra Pawlowna Sharenkowa, 20 Jahre
Straßenbahnschaffnerin

Anna Iwanowna Pleskina, 29 Jahre
Ärztin

Ljudmila Dragomirowna Tscherskasskaja, 26 Jahre
Leutnant der weibl. Miliz

Wanda Semjonowna Haller, 23 Jahre
Bau-Vorarbeiterin

Jelena Lukinischna Puschkina, 19 Jahre
Sekretärin im Kreml

Igor Wladimironowitsch Smolka, 40 Jahre
Oberst der sowj. Abwehr

Jefim Grigorjewitsch Radowskij, 52 Jahre
General, Verbindungsstab Rote Armee/Stalin

Wladimir Leontijewitsch Plesikowski

Nikolai Jljitsch Tabun

Anton Wasiljewitsch Nuraschwili

und Stalin

1

Niemand holte sie ab, denn niemand erwartete sie.
Nach dem Grenzübergang und den letzten Kontrollen der Vopos — der Volkspolizei, hieß das, so hatte man es ihnen gesagt — standen sie im Interzonenzug am Fenster des letzten Wagens und blickten wortlos auf die vorbeijagenden, gut in der Frucht stehenden Felder, die sauberen Dörfer, die gepflegten Straßen und die bunt lackierten Autos, die manchmal parallel zum Zug mit ihnen eine Strecke fuhren, als sei das Ganze ein Wettrennen zwischen Eisenbahn und Automobil.
Ein älterer Mann stolperte durch den Gang, warf die Arme ruckartig hoch, riß die Abteiltüren auf und schrie mit Begeisterung: „Wir sind in Deutschland! Wir sind in Deutschland! Freunde, wir sind endlich da!" Wen er greifen konnte, den umarmte er und küßte ihn auf die Wangen. Dann lehnte er sich erschöpft gegen ein Gangfenster, drückte das Gesicht gegen die fleckige Scheibe und weinte leise in sich hinein.
Vor vier Tagen waren sie von Moskau abgefahren. Aber vorher, oje, da hatte es noch einen Abschied gegeben, vor dem sie alle Angst gehabt hatten. Im Sammellager war's, wohin man sie alle gebracht hatte, die verwerflichen Idioten, wie man sie nannte. Aus allen Himmelsrichtungen waren sie gekommen, mit Frau und Kindern, mit Koffern, Kartons und Säcken, ein halbes oder gar dreiviertel Leben zusammengeschrumpft auf das Gewicht, das man »mit zwei Händen wegtragen« konnte — wie's in der Ausfuhrerlaubnis hieß —, und dann standen sie Kopf an Kopf vor den Baracken: siebenundzwanzig Männer mit ihren Frauen und dreiundfünfzig Kinder, außerdem sieben Greise und neun Greisinnen sahen den Genossen Kommissar an und hörten stumm, was er sagte.
»Da seid ihr also!« sagte ein Mann, der sich Kyrill Abramowitsch Konopjow nannte. Er war ein dicker, schwerer Mensch, mit Hängebacken wie ein Hamster und kleinen Augen, die in Fettpolstern fast verschwanden. Schöne, gewichste Stiefel trug er und eine weite, dunkelblaue Leinenjacke über

einer braunen Hose. Sein Haar bestand aus kleinen grauen Löckchen, und die kratzte er immerzu, wenn er etwas Wichtiges zu reden hatte. »Wieviel Jahre hat euch Rußland ernährt, ha?! Wie lange war euch Rußland Vater und Mutter zugleich?! Habt ihr nicht alles gehabt, was ein Mensch sich nur wünschen kann? Steht hinter euch nicht der mächtigste Staat der Welt?! Ist die Sowjetunion nicht der sicherste Platz auf unserem Planeten?! Aber nein, nein . . . sie wollen weg von hier! Weg in den kapitalistischen Westen! Besinnen sich nach einem halben Menschenalter darauf, daß sie Deutsche sind! Deutsche!« Konopjow sprach das Wort aus, als spucke er es gegen die Wand. Dann setzte er sich in Bewegung, schnaufend, und schritt die Front der Stummen ab. Bei jedem blieb er kurz stehen und musterte ihn mit seinen Schweinsäuglein. »Was erwartet ihr vom Westen?« fragte er. »Was ist da besser als bei uns? Wir haben als erste das Weltall erobert, wir sind führend in der Technik, der Medizin, der Kybernetik, der Mathematik, der Agrarreform. Wer hat die besten Schachspieler der Welt, na?! Die besten Turner?! Das schlagkräftigste Heer? Ach, was könnte ich noch alles aufzählen! Morgen wäre ich noch nicht damit fertig! Aber was nutzt es bei euch?! Steht da herum mit euren Habseligkeiten und denkt: Laß ihn nur reden, den braven Genossen Kyrill Abramowitsch — wir sind Deutsche! Das redet er uns nicht weg!« Er trat gegen einen Koffer und lachte kurzatmig. Lange Reden strengten ihn an, weil er mit dem Herzen dabei war, und das Herz war heillos verfettet. »Mehr habt ihr von Rußland nicht übrigbehalten?! Eine Schande ist das!«
Konopjow strengte sich noch eine Stunde lang an, aber sowohl die Kinder wie die Greise wankten nicht, und an die Männer und Frauen im »besten Alter« war sowieso jedes kluge Wort verloren. Später durchzogen die Ausreisewilligen noch einmal die Schreibstube, um die letzten Papiere zu empfangen: Fahrkarten, den letzten Stempel unter die Genehmigung zur Aussiedlung Deutschstämmiger, die endgültige Unterschrift unter das Dokument, in dem sie versicherten, daß sie keinerlei Ansprüche an die UdSSR mehr hatten, endlich die Grenzüberschrittsbescheinigung und die Ausfuhrerlaubnis für das mehrfach kontrollierte Gepäck.
Nicht einer unter den Aussiedlern war in der Lage, die Kosten eines Fluges nach Deutschland zu bezahlen, um wie ein wirk-

lich freier Mensch in den Westen zu kommen. Auch eine Fahrkarte für einen der internationalen Züge hatte sich keiner gekauft; sie alle waren darauf vorbereitet, gemeinsam in einem Sonderwagen Rußland zu verlassen. In Polen mußte man dann umsteigen von der sowjetischen Breitspur auf die europäische Normalspur und dann noch einmal in der DDR, dem anderen Deutschland, um angehängt zu werden an den Zug, der durch Thüringen und über die deutsch-deutsche Grenze in den freien Westen fuhr.
Freier Westen?
Konopjow sah das anders. Er saß in der Schreibstube hinter einem Berg von Akten und holte für jeden, der an seinem Schreibtisch vorbeizog, den persönlichen »Vorgang« aus den Aktendeckeln. »Aha! Da sind Sie ja!« sagte er, als ein mittelgroßer ergrauter Mann an die Tischkante trat und seinen Reiseausweis vorlegte. Konopjow blickte hoch, die Augen der beiden Männer kreuzten sich, dann wanderte Konopjows Blick zu der Frau neben dem Mann und zu einer jüngeren Frau, die — nach den Akten — beider Tochter sein mußte.
»Sie sind doch ein intelligenter Mensch, Kyrill Semjonowitsch Boranow. Haben sogar den gleichen Vornamen wie ich. Etwas Brüderliches ist das! Erklären Sie mir, warum Sie nach 34 Jahren plötzlich Deutscher sind.«
»Ich bin immer ein Deutscher gewesen, Kyrill Abramowitsch . . .« Der Mann tippte mit dem Zeigefinger auf sein Papier. »Da steht es: Ich heiße Asgard Kuehenberg. Hauptmann der deutschen Wehrmacht!«
»Ich weiß, ich weiß.« Konopjow verzog sein fettes Gesicht, als habe er ranziges Öl geschluckt. »Ist alles herausgekommen bei Ihrem idiotischen Antrag. Erfolg, na? Zehn Jahre Sibirien! Nach drei Jahren begnadigt nach einer Intervention der westdeutschen Regierung. Aber vierunddreißig Jahre lang haben Sie als Russe unter uns gelebt, und es ist Ihnen gutgegangen. Bekleideten sogar eine hohe Stellung bei der Moskauer Straßenbahn! Warum — so frage ich mich — kommen Sie nach vierunddreißig Jahren auf die verrückte Idee, sich als Deutscher zu erkennen zu geben, als nie gefaßter Spion und Saboteur, als fette Made in unserem Speck, und stellen sogar den Antrag, nach Deutschland zurückzukehren?!«
»Das Heimweh, Genosse Konopjow . . .«
»Heimweh?«

»Wer könnte das besser als ein Russe begreifen?«
»Ihre Frau Lyra Pawlowna ist Russin!« Konopjow starrte die Frau an der Seite des Mannes an. Sie trug ein einfaches Baumwollkleid, moderne Sommerschuhe, aber keine Strümpfe. Sie sah jünger aus als vierundfünfzig Jahre — eine schlanke Frau mit mittelbraunem Haar, in dem sich noch kein weißes Fädchen zeigte. Ihr Gesicht war oval mit leicht hochgestellten Backenknochen. »Und Ihre Tochter Tamara Kyrillowna . . . sie ist auch Russin!« sagte Konopjow und schnaufte ergriffen. Sein Blick fiel auf die zweite Frau. Sie war größer als die Eltern, sehr schlank und ausgesprochen hübsch. Eine Taille, mit zwei großen Männerhänden zu umfassen. Brüste wie Äpfelchen der Frühernte. Lange, wohlgeformte Beine. »Eine Schande!« stellte Konopjow fest. »Wie hat übrigens die westdeutsche Regierung erfahren, daß Sie noch leben?! Daß es Sie überhaupt noch gibt?!«
»Das ist eine lange Geschichte, Genosse.«
»Man kann sie nachlesen.« Konopjow tippte auf das Aktenstück. »Ich frage Sie jetzt amtlich, Kyrill Semjonowitsch Boranow: Wollen Sie nicht auf die Aussiedlung verzichten?«
»Nein!«
»Ich frage die Frauen, die Russinnen: Wollt ihr wirklich eure Heimat für immer verlassen? Wollt ihr — ich sage es jetzt ganz altmodisch — Mütterchen Rußland nie mehr sehen?« Er machte eine Pause und kraulte seine grauen Löckchen. Die Frauen zeigten keine Regung, wie er sie erwartet hätte. Sie weinten nicht, sie rangen nicht die Hände. Ihre Gesichter waren unbeweglich.
»Er ist mein Mann!« sagte Lyra Pawlowna endlich mit klarer Stimme. »Wo er hingeht, da bin auch ich!«
»Er ist mein Vater«, sagte Tamara Kyrillowna ebenso ernst. »Was er tut, ist immer gut.«
»Sie haben Ihre Familie gut im Griff!« sagte Konopjow. Er wühlte in den Papieren und stellte alles zur Unterschrift zusammen. »Was wollen Sie in Deutschland arbeiten?«
»Ich weiß es nicht.«
»Glauben sie, die Straßenbahnen in Deutschland warten nur auf Sie?!«
»Nein.«
»Oder wollen Sie wieder Offizier werden?«
»Dazu bin ich zu alt.«

»Natürlich sind Sie zu alt. Zu allem zu alt! Vor allem zu alt, noch umzusiedeln! Hier, in der Sowjetunion, hätten Sie einen sicheren Lebensabend. Im Westen werden Sie ein lästiges Insekt sein, das auf dem Rand eines Honigtopfes sitzt. Scheel wird man Sie ansehen, weil Sie den anderen auf der Tasche liegen. Was will er hier, wird man sagen. Wäre er doch in Rußland geblieben! Jetzt müssen wir ihn miternähren, von unseren Steuergeldern! Erinnert sich nach vierunddreißig Jahren daran, daß er Deutscher ist. So ein blöder Hund!« Konopjow beugte sich etwas vor. Sein Kinn hing ihm über den Kragen. Trotz der Hitze, die über Moskau brütete und die Luft über dem Asphalt in fluktuierendes Gas verwandelte, trug er korrekt ein geschlossenes Hemd und einen Schlips mit dikkem Knoten. »Sie werden ein Aussätziger sein, Kyrill Semjonowitsch! Der goldene Westen hat kein Herz, kein Herz für Menschen wie Sie! Sie kommen als alter Mann in ein Land zurück, das Sie nicht mehr kennen! Alles hat sich verändert, alles! Wer nicht mehr brauchbar ist im Arbeitsprozeß, der ist weniger wert als ein krummer Nagel! Kennt man noch eine Seele? Ha, nein! Wo sonst das Gewissen sitzt, klebt ein Geldschein! Was Freiheit ist, wird von Beamten bestimmt. Ich weiß, was Sie jetzt denken! Ich seh's an Ihren Augen! ›Genau wie hier‹ . . . stimmt's?«
»Das haben *Sie* gesagt, Genosse Konopjow!« antwortete Kuehenberg vorsichtig.
»Wir sind unter uns! Ich frage Sie: Was ist besser im Westen? Glauben Sie, man zahlt Ihnen eine Offizierspension?«
»Das wird sich zeigen.«
»Vieles wird sich zeigen. Vor allem, daß es ein Irrtum war, Rußland zu verlassen. Haben Sie sich hier nie wohl gefühlt?«
Kuehenberg nickte. Er legte den Arm um seine Frau und seine Tochter und zog sie an sich. Ein schönes Bild war's. Eine Familie, auf die man stolz sein konnte. So hatte er sicherlich oft in seinem Gärtchen gestanden, draußen, in den neuen Wohngebieten rund um Moskau, wo man in den Wäldern große Flecken rodete und kleine, einfache, saubere Häuschen baute, die man an gute Beamte und bewährte Genossen vermietete. Hatte in die Sonne geblickt und über seinen Garten mit den Kirschen und dem Gemüse und war glücklich gewesen.
»Ich liebe Rußland!« sagte Kuehenberg. »Es tut mir weh, es zu verlassen.«

»Und trotzdem?!« schnaufte Konopjow. »Sie sind krank, Genosse. Seelisch krank.«
»Im Leben eines Menschen kommt einmal der Zeitpunkt, an dem er das sein möchte, was er ist. Bei den meisten bleibt es eine Sehnsucht — sie leben weiter als das, was sie geworden sind. Ich aber habe die Möglichkeit, wieder ein Deutscher zu sein. Soll ich die Möglichkeit ungenutzt verstreichen lassen?«
»Sie sind ein dummer Mensch, Boranow!« Konopjow knallte einen Stempel auf ein Papier, das schon viele Stempel trug. Es mußte ein wichtiges Dokument sein, denn je mehr Stempel ein Papier trug, um so ehrfurchterregender war es. »Wissen Sie, was das war?«
»Ein Stempel!«
»Ihr Tod als Russe! Jetzt sind Sie ein Nichts, bis die Deutschen Sie anerkennen. Dieser Stempel — rum! — löscht Sie aus. Es gibt keinen Kyrill Semjonowitsch Boranow mehr! Ihr neuer Name Asgard Kuehenberg ist bedingt amtlich . . . Er ist von Ihnen angegeben, aber nicht nachprüfbar, von Ihrer Regierung nur vage bestätigt! Ab sofort sind Sie und Ihre Familie eine Null!« Konopjow schob Kuehenberg die Reisepapiere über den Tisch. »Wie fühlen Sie sich jetzt?«
»Miserabel. Ich gebe es zu.« Kuehenberg raffte die Papiere zusammen und steckte sie in die Tasche seines Rockes. »Sind alle Formalitäten damit erledigt?«
»Alles erledigt.«
»Wann können wir ausreisen?«
»Morgen früh. Vom Leningrader Bahnhof. Gleis 3. Der letzte Wagen ist für die neuentdeckten Deutschen reserviert!« Konopjow hüstelte und lehnte sich zurück. »Eine Rückkehr gibt es nicht.«
»Das ist mir klar!«
»Dann gehen Sie endlich!« sagte Konopjow laut und scharf. »Treten Sie Ihr geliebtes Rußland in den Arsch! Mich tröstet, daß man Sie im Westen bis zu Ihrem Lebensende ununterbrochen in den Arsch treten wird!«

Das war vor vier Tagen gewesen.
Nun fuhren sie durch das ersehnte Deutschland, auf Bebra zu, wo sie umgekoppelt werden sollten an einen Zug in Richtung Göttingen, um in Friedland auszusteigen. Der alte Mann am

Fenster, es war der Bauer Herbert Zimmermann, der sieben Jahre gegen die Behörden um seine Aussiedlung gekämpft hatte, weinte noch immer. Er konnte es einfach nicht fassen, endlich in dem Land zu sein, aus dem die Zimmermanns vor knapp einhundert Jahren ausgewandert waren an die Wolga.
Auch Kuehenberg mit Lyra, seiner Frau, und Tamara, seiner Tochter, stand am Fenster seines Abteils und blickte auf die vorbeifliegende Landschaft.
»Dein Land ist schön . . .«, sagte Lyra Pawlowna nach einer ganzen Zeit. Das Schweigen ihres Mannes kam ihr unheimlich vor. Hinter seiner Schulter blinzelte sie Tamara zu. Das Mädchen nickte und zeigte auf ein Auto, das eine kurze Strecke neben dem Zug herfuhr, bis die Straße in einer Senke verschwand.
»Ein gelbes Auto! Sieh nur. Ganz gelb!«
Es war ein Postwagen. Kuehenberg wischte sich über die Augen. »Das hat sich geändert. Die Postfarbe war damals rot . . .«

Am Bahnhof von Friedland standen Omnibusse.
Zwei Rote-Kreuz-Schwestern, ein Sanitäter, ein Polizist und ein Zivilist, der sich als Vertreter der Lagerleitung vorstellte, begleiteten den kleinen Trupp mit seinen Koffern und Säcken zu den Bussen und fuhren mit ihm in die steinerne Barackenstadt. Auf dem Platz vor der Verwaltung hielten sie an. Der Sanitäter, ein junger, fröhlicher Mensch, der neben den Kuehenbergs saß, sagte laut: »Nun sind wir da! Ihr habt's geschafft! Willkommen bei uns!«
Dann standen sie draußen in der Sonne, die genauso heiß war wie in den Vorstädten Moskaus, nur roch die Luft nicht so köstlich nach Blumen und Gemüsen, Gewürzen und Obst wie dort, wenn die Sonne über dem Gärtchen hing und Kyrill Semjonowitsch mit einem Schlauch herumspazierte und die Pflänzchen mit Wasser besprühte.
»Baracken«, sagte Lyra Pawlowna. Jetzt sprach sie deutsch, weil sie ja in Deutschland waren. Ein hartes Deutsch mit einem rollenden R. Das Wort Baracken klang, als breche man trockenes Holz mittendurch. »Wo ist Freiheit? Baracken wie in Kolposchewa.«
Kolposchewa am Ob. Das Straf- und Arbeitslager in Sibirien. Der berüchtigte Narym-Arbeitsbezirk. Eine flache Stadt der

lebendigen Toten. Wer nach Kolposchewa kam, war vergessen.

Kuehenberg holte sein Gepäck aus dem Bus. Die Koffer, drei Kartons und einen Jutesack. Er baute alles vor den Frauen auf, dann nahm er Lyras Gesicht zwischen seine Hände. »Ein paar Tage nur, Lyranja«, sagte er. Späte Zärtlichkeit überkam ihn; er küßte ihre Augen und streichelte ihre Wangen. »Wie hat Konopjow gesagt: Wir sind nur noch eine Null! — Hier wird man eine Zahl aus uns machen! Kennen wir nicht die Verwaltungen? Ein Übergang, Lyranja. Vor allem müssen wir erklären, wohin wir wollen. Es sind bestimmt nur ein paar Tage.«

Ein höherer Beamter der Lagerverwaltung begrüßte sie mit einer kurzen Ansprache und betonte, daß sie nun endlich in der Heimat seien. Ein schwerer Weg liege zurück, aber ein schwerer Weg liege auch noch vor ihnen, denn obwohl sie Deutsche seien, kämen sie ja in ein unbekanntes Land, das ganz anders sei als Rußland. Doch das solle keinen schrecken — man würde jede Hilfe zum Eingewöhnen anbieten.

Dann erfolgte die Wohnraumverteilung. Die Kuehenbergs bekamen zwei Zimmer mit einer Dusche. Das große Lager war fast leer, die meisten Baracken waren verschlossen. Die Zeit der großen Rückwandererströme war vorbei. Friedland, der Freudenschrei zurückkommender Kriegsgefangener, war wie zu einem Denkmal geworden. Das Hereintröpfeln der Aussiedler spürte man kaum.

In der Gemeinschaftsküche holten sie ihr Abendessen — Nudeln mit Gulasch, zum Nachtisch einen Vanillepudding mit Himbeersaft. Dann bummelten sie satt durch die verlassene Barackenstadt, standen am Glockenturm mit der berühmten Friedland-Glocke und saßen im Abendrot auf einer weißlakkierten Bank vor Blumenbeeten, mit denen man den Hauptplatz verschönert hatte. Als die Abendwolken dunkler wurden und überall im Lager die Lichter aufflammten, gingen sie in ihre Zimmer zurück und packten den ersten Koffer aus. Er enthielt ihre Kleidung und die Wäsche. Zuerst duschte Tamara und zog ihr kurzes Nachthemd an, dann stellte sich Kuehenberg unter die Wasserstrahlen, seifte sich ab und wartete, bis Lyra ihn ablöste. Sie hat noch immer einen schönen Körper, dachte er. Wahrhaftig, sie kann es mit den Jungen noch aufnehmen. Eine straffe, glatte Haut, feste Brüste und nirgendwo ein Gramm unnötiges Fett. Vierunddreißig Jahre sind wir verheiratet. Gott, welch eine Zeit! Und ich liebe sie wie am ersten Tag. Nicht eine Sekunde mit ihr habe ich bereut — aber ob sie immer mit mir glücklich gewesen ist? Was hat sie alles mit mir erlebt: die junge Liebe, die Heirat, die entsetzliche Wahrheit, daß ich ein Deutscher bin, Tamaras schwere Geburt, bei der sie bald verblutet wäre, die ständige Angst vor Entdeckung, die Jahre der Zufriedenheit, dann den Kampf gegen meine Sehnsucht, wieder nach Deutschland zu gehen, die Anträge, Verhöre, Verhaftungen, Schläge und Verurteilungen, die Jahre in Sibirien, die Begnadigung und wieder die Anträge, neue Drohungen, neue Verhöre, bis man sagte: »Gut denn! Sie können nach Deutschland!« Und heute Friedland. Die erste Station eines neuen Lebens. Wieder eine Baracke und hinter dem Lagertor das weite Unbekannte, das es zu erobern gilt. Eine völlig fremde Welt, auch wenn sie Heimat heißt. Lyranja ... was habe ich dir in vierunddreißig Jahren zugemutet ...

Er griff nach ihr unter der Dusche, zog sie an sich und küßte sie. Ihr glatter nasser Körper platschte gegen seinen, das Wasser sprühte über sie und rann in die Dielenritzen außerhalb der Brausetasse.

»Kyrilluschka, was tust du?« fragte sie und hielt sich an seinem nackten Leib fest, als habe sie Angst auszugleiten. »Verrückt bist du! Wenn Tamara hereinkommt! So ein alter Bär wie du! Laß das, sag' ich! Wir setzen das ganze Zimmer unter Wasser. Nachher mußt du die Reparatur bezahlen! Kyrill — wir sind doch keine zwanzig mehr.«

Sie lachte und kicherte, genoß seine handgreiflichen Zärtlichkeiten, seufzte wie in den besten Jahren, als er ihre Brüste liebkoste und die starr stehenden Warzen zwischen seine Zähne nahm, umklammerte ihn dann, als er sie gegen die Duschwand drängte, und preßte die Beine zusammen. »Du verrückter, verrückter Bär!« stammelte sie. »Was soll das?! Leg dich hin wie ein anständiger Mensch!« Sie drängte ihn weg, lachte mit einem samtenen Unterton, warf ein Handtuch über seine erregte Männlichkeit und rannte wassertriefend zur Tür, schloß sie ab und rubbelte sich die Nässe von der Haut. Erst als sie trocken war, legte sie sich aufs Bett, auf die ausgebreitete Decke, und blickte ihren Mann erwartungsvoll an.

»Es ist wie vor vielen, vielen Jahren«, sagte sie leise und mit einem Schluchzen in der Stimme, als er sich über sie beugte. »Bist du glücklich, in Deutschland zu sein?«
»Ich liebe dich, Lyraschka. Ich liebe dich von Jahr zu Jahr mehr. Ich . . .« Er vergrub sein Gesicht in ihrer Halsbeuge und schwieg. Das Gefühl, in ihr zu sein, war so stark wie vor vierunddreißig Jahren, als er Lyra Pawlowna zum erstenmal besessen hatte, hinter einem Grashügel draußen in den Leninbergen, am Rande Moskaus, über ihnen ein unendlich blauer Himmel, der zu singen begann, als er ihre warme Haut an seiner Haut spürte.
Ich wäre in Rußland geblieben, wenn sie sich geweigert hätte, dachte er und spürte ihre Lippen an seiner Schulter und an seinem Hals. Aber sie hat sich nie geweigert. Alles, was ich tat, war in ihren Augen gut getan. Nie hat sie sich beklagt, nie Vorwürfe gegen mich erhoben, nie Widerstand geleistet, auch wenn vieles, was ich unternahm, in ihren Augen falsch war, denn wer, zum Teufel, tut nur Vollkommenes?! Aber sie hat es nie gezeigt! Sie war immer eine Frau, die ihren Mann bewunderte, selbst wenn er einmal schwach und ratlos war.
Sie duschten sich noch einmal, schlossen die Tür wieder auf und legten sich in ihre Betten. Es war still um sie herum, viel stiller als in ihrem Moskauer Häuschen, wo immer ein Nachbar etwas zum Feiern hatte. Viel stiller auch als im Lager Kolposchewa, wo man nachts in der Baracke Weinen oder Jammern hörte, gestammelte Gebete und heiseres Hecheln, Schnarchen und geknurrte Flüche. Es war eine Lautlosigkeit, die bedrückte. Ein Vakuum an Tönen, das an die Nerven ging. Schlafen wollte man, müde war man wie ein gehetzter Hund, aber man konnte nicht schlafen, weil die Stille zu laut war.
»Die erste Nacht in Deutschland!« sagte Lyra Pawlowna. Sie lag allein, die Betten waren auseinandergestellt. »Es ist unheimlich, Kyrill. Kein Ton, nur unser Atem.«
»Das ändert sich, wenn wir aus dem Lager sind. Die Welt da draußen ist laut.«
»Lauter als in Rußland?«
»Viel lauter. Rußland ist dagegen still wie eine leere Kirche.«
»Woher weißt du das?«
»Ich denke es mir. Allein der Verkehr auf den Straßen!«

»Werden wir in einer großen Stadt wohnen, Ljubimij (Liebling)?«
»Ich weiß es nicht!«
»Du hast in den Anträgen Köln angegeben. Ist Köln groß?«
»Sehr groß.«
»Größer als Moskau?«
»Viel, viel kleiner . . .«
»Wieso ist es dann groß?«
»Für deutsche Begriffe ist Köln groß.«
»Dann ist in Deutschland alles kleiner als in Rußland?«
Ihre Logik war überwältigend. Er dachte darüber nach und lächelte in die Dunkelheit. »Ja«, sagte er. »Vieles ist in Deutschland kleiner.«
»Und warum ist Deutschland dann so groß gegen Rußland?«
»Wer sagt das?«
»Alle. Amerika, Deutschland, Frankreich . . . alle besser als Rußland!«
»Das hat aber nichts mit der Fläche der Länder zu tun.« Er räkelte sich und gähnte. »Schlaf jetzt, Lyranja.«
»Gute Nacht, Kyrill.« Ihre Stimme war kindlich klein. »Ich möchte von deinem Deutschland träumen.«
In der Nacht öffnete sich leise die Tür, und Tamara huschte ins Zimmer.
Wie früher als Kind schlüpfte sie zu Lyra ins Bett und kuschelte sich an sie.
»Ich habe Angst, Mamuschka«, flüsterte sie, um Väterchen nicht zu wecken. »Ich habe Angst vor den fremden Menschen und dem fremden Land.«
»Ich auch, Dotschaska (Töchterchen)«, flüsterte Lyra Pawlowna zurück. »Aber sag es nicht und zeig es nicht! Sei ein fröhliches Mädchen. Es ist Väterchens Heimat — das mußt du respektieren . . .«

Der erste Tag begann mit behördlichen Fragen, dem Ausfüllen langer Fragebogen, dem Fotografieren für die Kennkarte, die man Personalausweise nannte, und den vorbereitenden Maßnahmen für den Weitertransport. Die meisten Umsiedler hatten es einfacher als die Kuehenbergs; sie hatten Verwandte, zu denen man sie schicken konnte, oder sie bekamen eine Einweisung in landwirtschaftliche Betriebe, wo sie sich akklimatisieren konnten. Auch Handwerker konnten an Fabriken, sogenannte Umlehrbetriebe, vermittelt werden, die Spätaussiedler — welch ein herrliches deutsches Beamtenwort! — umschulten oder in den Arbeitsprozeß eingliederten. Der Staat half dabei bis zu einem gewissen Zeitpunkt, bis er annehmen konnte, daß der neue deutsche Mensch nun voll eingegliedert sein müßte.

Bei Asgard Kuehenberg war alles anders.

Er wurde als letzter des Transportes in die Verwaltung gerufen, durchlief nicht die vielen Einzelstationen, sondern wurde in ein Zimmer geführt, in dem ein Mann auf ihn wartete. Er trug einen guten, hellgrauen Anzug, war von mittlerem Alter, hatte forschende Augen unter einer hohen Stirn und trug die braunen Haare modisch lang, jedenfalls länger als die Beamten, die Kuehenberg bisher in Friedland gesehen hatte. Der Mann sprang sofort auf, als Kuehenberg eintrat, und verbeugte sich leicht.

»Heinz Wildeshagen«, stellte er sich vor. »Es freut mich, Sie kennenzulernen. Wie fühlen Sie sich?«

»Gut«, antwortete Kuehenberg vorsichtig. Er umfaßte mit einem Blick die Situation. Sie waren allein im Raum, auf dem Tisch lag ein Aktenstück, neben dem Tisch lehnte eine schwarze Diplomatentasche. Das Fenster zur Lagerstraße war trotz der Hitze geschlossen, der Vorhang sogar zugezogen. Eine angenehme Dämmerung lag im Zimmer, die die Kahlheit der Möblierung dämpfte. Heinz Wildeshagen wies auf einen gepolsterten Stuhl vor dem Tisch. Er selbst blieb vor seinem Stuhl hinter dem Tisch stehen.

»Wollen wir uns setzen?«

»Wenn es nötig ist . . .«

Kuehenberg setzte sich. Dabei fiel sein Blick auf den Deckel des Aktenstückes. Deutlich konnte er lesen: *Wildgänse — 1944*. Dazu ein Streifen quer über den Deckel. Geheime Dienstsache.

»O Gott«, sagte Kuehenberg. »Muß das sein?! Woher haben Sie den Mist?«

Heinz Wildeshagen ließ sich auf seinen Stuhl fallen und legte die Hände flach über das Aktenstück.

»War Ihnen nicht klar, daß alle Akten von Canaris ausgelagert und über den Krieg gerettet worden sind? Nach der Hinrichtung von Admiral Canaris im Verfolg des 20. Juli 1944 haben die neuen Leiter der Abwehr, Kaltenbrunner und Schellenberg, sofort alle Schriftstücke an sich gerissen. Mit der Übernahme der gesamten Abwehr durch die SS kam ein anderer Wind, kein besserer. Aber das haben Sie ja nicht mehr erlebt.«

»Wir haben nur davon gehört.« Kuehenberg lehnte sich zurück. Wildeshagen bot ihm eine Zigarette an — er nahm sie, rauchte ein paar Züge und mußte sich erst an das süßliche Aroma gewöhnen, das so ganz anders war als der beißendstarke Qualm der Machorkazigaretten oder der langen Papyrossi mit dem Pappmundstück. Dann zeigte er mit der brennenden Spitze auf die Akte. »Was soll das alles? Nach vierunddreißig Jahren?! Das ist erledigt.«

»Das Unternehmen *Wildgänse* befand sich bei den Akten, die dem Amerikaner in die Hände fielen. Als in der BRD das ›Amt Gehlen‹ zu arbeiten begann, kam die Akte erst in der Fotokopie, dann im Original zu uns zurück. General Gehlen — Sie kennen ihn?«

»Flüchtig! Er hat uns im Namen von Admiral Canaris kurz begrüßt. Wir hatten mit der Abteilung ›Fremde Heere Ost‹ kaum etwas zu tun. Wir waren ein Sondertrupp.«

»Das geht aus den Akten hervor. Aber von wem und wie das damals alles geplant war, darüber findet sich nichts. Wir haben jahrelang beim Bundesnachrichtendienst nachgeforscht — vergeblich. Außer dieser dünnen, nur drei Seiten umfassenden Denkschrift mit dem Titel *Wildgänse* finden wir kein Material.«

»Es existiert auch keins.« Kuehenberg drückte seine Zigarette in einem gläsernen Aschenbecher aus. »Was enthält die Akte?«

»Eine Liste von zehn Namen. Eine zweite Liste mit Namen russischer Städte oder Landschaften. Ein Schreiben aus dem Führerhauptquartier in Rastenburg, unterzeichnet von Generalfeldmarschall Keitel. Der Brief enthält nur einen Satz: ›Der Führer hat das Unternehmen genehmigt.‹ Schluß!«

»Das genügte auch«, sagte Kuehenberg zufrieden. »Und was wollen jetzt Sie, nach vierunddreißig Jahren?«

»Ich bin das, was Sie damals waren, Herr Kuehenberg: Hauptmann.« Wildeshagen schob ihm die Akte zu, aber Kuehenberg rührte sie nicht an. »Ich bin im Führungsstab des Bundesnachrichtendienstes. Der Zweite Weltkrieg mit allen seinen Hintergründen ist aufgrund von Dokumenten, Aussagen und historischen Untersuchungen bis ins Detail erforscht. Es gibt kaum noch Geheimnisse oder offene Fragen. Nur eine einzige, bestimmt höchst interessante Schattenstelle wartet auf ihre Aufhellung: Ihre *Wildgänse.*«

»Das haben Sie schön gesagt, Herr Wildeshagen.« Kuehenberg lächelte schwach. »Klang fast lyrisch. Es freut mich, daß man gar nichts weiß. Lassen wir die Schatten in Ruhe!« Er stand auf, aber Wildeshagen folgte ihm nicht. Er zog die dünne Akte wieder zu sich heran.

»Herr Hauptmann . . .«, sagte er gedehnt.

»Stopp! Ich bin seit vielen Jahren Kyrill Semjonowitsch Boranow. Erst seit fünf Tagen höre ich wieder auf Asgard Kuehenberg, aber auch das nur bedingt. Noch habe ich meinen deutschen Personalausweis nicht und die amtliche Anerkennung, daß ich Deutscher bin. Ich bin noch ein behördlicher Vorgang, weiter nichts.«

»Betrachten Sie mich als Überbringer der Nachricht, daß Sie für Deutschland immer der Hauptmann Kuehenberg geblieben sind. Auch wenn Sie vermißt waren. In diesem Aktenstück lebten Sie weiter. Sie — und die anderen neun Offiziere. Sie allein kennen ihr Schicksal.«

»So ist es.«

»Was war *Wildgänse?*«

»Gänse, lateinisch Anserinae, gehören zu der Ordnung Gänsevögel. Es sind große Schwimmvögel, die sich von Pflanzen ernähren, die sie mit der Schnabelspitze abrupfen und mit den Kerben des Schnabelrandes zerbeißen. Zur Untergattung Anser gehören die nordische braune Saatgans, die Bläßgans, so genannt wegen ihrer weißen Stirn, die Höckergans, besonders beliebt bei den Chinesen, und die Grau- oder Wildgans, heimisch in den größeren Gewässern Europas und Nordasiens. Sie brütet am Boden und zieht im Winter bis Nordafrika und Indien. Berühmt in Deutschland ist das Lied: ›Wildgänse rauschen durch die Nacht mit schrillem Schrei nach Norden . . .‹« Kuehenberg lächelte verträumt. »Wie man das behalten hat, nach vierunddreißig Jahren! So etwas sitzt, wenn es einem eingebleut wurde wie uns. Man hat uns zu halben Ornithologen gemacht. Über Gänse weiß ich alles.«

Wildeshagen grinste säuerlich. »Bravo! Bravo!« sagte er und klatschte in die Hände. »Aber wir nehmen nicht an, daß mit Zustimmung Hitlers zehn deutsche Offiziere nach Rußland

geschickt wurden, um dort Unterricht in Gänsezucht zu geben.«
»Wo steht in dem Aktenstück, daß zehn deutsche Offiziere in Rußland waren?«
»Herr Kuehenberg, diese Akte ist durch die Hände der besten Experten gegangen. Die Namenliste der sowjetischen Gebiete — Anlage II — nennt Bezirke, die sich wie ein Kragen rund um Moskau legen. Jetzt kommen Sie — als einziger oder als letzter der zehn vermißten Offiziere, auch darüber können nur Sie Auskunft geben — nach Deutschland zurück. Aus Moskau! Und allen war klar, auch wenn es keinerlei Anhaltspunkte gibt, daß das Kommando *Wildgänse* eng mit Moskau verknüpft war. Aber auch sowjetische Militärforscher und Kriegshistoriker erwähnen mit keinem Wort ein deutsches Unternehmen im Raume Moskau. Selbst General Gehlen, als Intimus von Canaris mit allem bestens vertraut, weiß nichts davon. *Wildgänse* bleibt ein Rätsel.«
»Das befriedigt mich zutiefst.« Kuehenberg sah auf Wildeshagen. »Verweigert man mir jetzt die Wiederaufnahme in Deutschland und schickt mich nach Rußland zurück? Ich bin zurückgekommen, geplagt vom Heimweh — nicht, um nach vierunddreißig Jahren eine Idiotie wiederaufleben zu lassen, und sei's auch nur in einem Bericht. — Kann ich gehen?«
»Aber Herr Hauptmann! Jederzeit! Sie sind ein freier Mensch! Sie sind nicht mehr in Rußland.«
»Es melden sich nach unserem Gespräch bei mir Zweifel an, ob das ein Vorteil ist. Vergessen wir die *Wildgänse.*«
»Ich habe nur meinen Auftrag ausgeführt.« Wildeshagen erhob sich nun auch und packte die Akte in seinen schwarzen Diplomatenkoffer mit den Nummernschlössern. »Wie sind Ihre Pläne, Herr Kuehenberg?«
»Ich habe noch keine Pläne.«
»Sie haben als Übersiedlungsadresse Köln angegeben.«
»Irgendeinen Ort mußte ich ja nennen. Ich entschloß mich für Köln, weil ich damals einen guten Freund hatte, der aus Köln stammte. Er war der einzige Teilnehmer des Lehrgangs, der nicht ›General‹ sagen konnte. Er sagte immer ›Jeneral‹.«
»Oberleutnant Willy Hecht aus Köln-Sülz.«
»Jetzt von mir ein Bravo! Bravo! Sie sind bestens informiert.« Kuehenberg ging zur Tür. »Ja, es war Willy Hecht. Wissen Sie etwa auch, ob er den Krieg überlebt hat?«

»Bedauere.« Heinz Wildeshagen hob die Schultern. »Wo werden Sie in Köln wohnen?«
»Welche Frage! Ich denke, ich bin ein freier Mann?«
»Es war eine fürsorgliche Frage, Herr Hauptmann . . .«
»Verdammt, ich bin Asgard Kuehenberg und weiter nichts. Der Hauptmann liegt seit 1944 irgendwo in Rußland.«
»In Moskau.«
»Sie haben die Eigenschaft einer Klette, Herr Wildeshagen! Aber echauffieren Sie sich nicht . . . ich will mit meinen zweiundsechzig Jahren endlich Ruhe haben und zufrieden in meiner Heimat leben. Sie wissen vielleicht eins nicht: Wir Ostdeutsche waren immer die glühendsten Patrioten! Wir haben nie den Rhein gesehen, aber wir haben ihn angebetet! Warum? Fragen Sie mich nicht . . . es gibt keine Antwort darauf. Es war einfach so! Wir waren vom Kernland Deutschland so weit weg — aber so groß die Entfernung, so groß unsere Liebe! — Jetzt bin ich hier — und jetzt möchte ich meine Ruhe haben! Verstehen Sie das?«
»Wie Sie es erklären . . . ja.« Wildeshagen holte aus seiner Brusttasche ein Kuvert hervor und reichte es Kuehenberg hin. Der zögerte zuzugreifen. »Für Sie.«
»Was ist das?«
»Keine Briefbombe und kein vergiftetes Papier. Auch kein Kuvert mit Bakterien. Ein Willkommensgruß der Vereinigung ehemaliger Offiziere.«
»Oje! Das macht mich nachdenklich . . .«
»Für Sie und Ihre Familie ein vierwöchiger freier Aufenthalt in dem Kölner Hotel ›Blum‹ und ein Scheckbuch über ein Girokonto, das zunächst 5000,— DM beträgt.«
»Zunächst . . .«, sagte Kuehenberg gedehnt. »Kinder, was erwartet ihr bloß von mir!«
»Besitzen Sie flüssige Mittel?«
»Ja!« Kuehenberg grinste erfreut. »Eine Flasche Wodka!«
»Es ist wundervoll, daß Sie den Humor nicht verloren haben!«
»Warum auch? Wir haben mit unseren Nachbarn und Freunden immer viel Spaß gehabt. Es war ein lustiges Leben . . . zuerst in der kleinen Wohnung, dann in unserem Häuschen. Die Russen sind fröhliche Menschen. Singen und Tanzen, das kommt ihnen noch aus dem Herzen.« Kuehenberg öffnete die Tür. »Ich fahre also morgen nach Köln.«
»Wie Sie wollen, Herr Kuehenberg.«

»Und wo ist das Hotel ›Blum‹?«
»Direkt dem Dom gegenüber. Das erste Haus am Platze.«
»Wie schön!« Kuehenberg lachte aus voller Brust. »Wie wird man uns ansehen, wenn wir zwischen Marmor und getäfelten Wänden unseren Jutesack abstellen!«
»Sie sind angemeldet.« Wildeshagen kam um seinen Tisch herum. »Ihre Rückkehr wird mit aller Ehre und diskret behandelt.« Er machte vor Kuehenberg die Tür auf, als sei er ein Hotelboy. »Wenn Sie nichts dagegen haben, begleite ich Sie.«
»Ich habe nichts dagegen.« Er blickte Wildeshagen plötzlich bittend an. »Sie können mir helfen. Meine Frau und meine Tochter . . . für sie wird die Begegnung mit dem Westen wie ein Schock sein. Diese Welt des Überflusses . . .«
»Und Sie?«
»Auch für mich wird es schwer sein.« Kuehenberg legte seine Hand auf Wildeshagens Schulter. »Seien Sie unser Schwimmlehrer, wenn wir morgen ins heiße Wasser Deutschland springen!«

Die Fahrt nach Köln machten sie nicht mit dem Zug, so gern Tamara Kyrillowna mit den schönen neuen Waggons gefahren wäre, die sie hinter den langgestreckten, windschlüpfrigen elektrischen Lokomotiven gesehen hatte. Ein Luxus war das, überall so ein Luxus! Gewiß, auch die U-Bahn in Moskau war ein Wunderwerk. Sie galt als die schönste der Welt, und das stimmte sogar, denn welches Land konnte es sich leisten, jede U-Bahn-Station rundum mit einem anderen Marmor auszukleiden? Und die Tragflügelboote auf der Moskwa oder die großen viermotorigen Flugzeuge, die draußen auf dem riesigen Flugplatz Scheremetjewo inmitten der Wälder landeten, die langen Busse, die von Moskau nach allen Himmelsrichtungen fuhren — das war vielleicht alles besser als hier in Deutschland. Aber der Zug, den sie einmal gesehen hatte, bei Bebra, als sie umgekoppelt worden waren: der Speisewagen mit weißgekleideten Kellnern, der Duft von gebratenem Fleisch, der zu ihnen ins Abteil geweht war — das hatte ihre Neugier gereizt.
Statt dessen kam Kyrill Semjonowitsch, der jetzt wieder Asgard hieß, von der Besprechung zurück und sagte: »Ihr Lie-

ben, wir fahren mit einem Auto nach Köln. Wir sind eingeladen worden.«

»Von wem?« fragte Lyra Pawlowna zurückhaltend. »Uns kennt doch keiner.«

»Ein Offizier ist's, mein Täubchen.«

»Es gibt also keine Ruhe?« Ihre schwarzen Augen, die er immer besonders liebte und bewunderte, wenn sie vor Erregung leuchteten, als brächen Feuer aus der Tiefe hervor, bekamen einen traurigen Schimmer. »Was wollten sie von dir?«

»Sie interessieren sich für Wildgänse.«

»Was hast du geantwortet, Papuschka?«

»Ich habe dem Herrn einen vogelkundlichen Vortrag gehalten. Mit dem Erfolg, daß wir in das beste Hotel von Köln einquartiert und von einer Vereinigung ehemaliger Offiziere eingeladen werden. Wir werden die ersten Wochen als Staatsgäste leben. Sie nennen es Kameradschaft, aber in Wirklichkeit wollen sie ihren Juckreiz loswerden, der sie seit vierunddreißig Jahren quält: Was ist *Wildgänse*?!«

»Du sagst es ihnen?«

»Nein!«

»Sie werden sehr böse darüber sein.«

»Warten wir es ab.«

»Nach Rußland können wir nicht mehr zurück, Kyrill Semjonowitsch.«

»Wir werden ein Stück Land finden, auf dem die Kuehenbergs in Ruhe leben können.« Er zog Lyra an sich und streichelte über ihr leicht gewelltes Haar. Sie ist nie bei einem Friseur gewesen, fiel ihm plötzlich ein. Früher, als ihre Mutter noch lebte, schnitt diese allen die Haare. Einmal im Monat war Barbiertag. Da hockte die ganze Familie Sharenkow in der Küche — später auch die Familie Boranow —, und Elisawetha begann ihren Kampf gegen den Haarwuchs. Zuerst kam Oleg, der Familienpatriarch, an die Reihe, saß auf dem Küchenstuhl, ein Handtuch um den Hals, saß da wie erstarrt, den Kopf kerzengerade gereckt, und Elisawetha schnippelte mit einer Schere und einem Rasiermesser, das sie ab und zu an einem Lederriemen wetzte, die überflüssigen Locken ab. War die Familie gestutzt, übernahm die älteste Tochter Lyra das Werkzeug und verschönte ihre Mutter, und das änderte sich nicht in all den Jahren, wurde auch bei den Boranows fortgeführt. Tamara erwies sich als so geschickt und begabt, daß sie sogar eine Lehre bei einem Friseur machte und zu Hause einen Privatsalon gründete, nur für die Nachbarschaft, und ohne ein Rubelchen zu nehmen. Denn das wäre strafbar gewesen — aber wenn jemand ein Geschenk brachte, konnte man es nicht ablehnen. Wer schenkt, soll doch nicht beleidigt werden!

»Hast du Angst?« fragte Kuehenberg jetzt. Lyra Pawlowna nickte. Wieder Offiziere, dachte sie. Achtundzwanzig Jahre lang die Angst, man könne entdecken, wer Kyrill Semjonowitsch wirklich ist. Dann sagte er es selbst, und die Torturen begannen. Verhöre, Drohungen, Haft in den Kellern des KGB und immer wieder Fragen und Fragen: ein kleines Heer von Offizieren, das die Boranows belagerte. Ein paarmal kam sogar ein General aus dem Kreml, der mit ihnen in einer Wolgalimousine herumfuhr und zu Kyrill sagte: »Nun zeigen Sie mir mal in allen Einzelheiten, wie Sie das damals organisiert haben! Erinnern Sie sich noch an Einzelheiten? Kyrill Semjonowitsch, das ist ja alles vergessen und vergeben . . . es geht jetzt nur noch um die Vervollständigung der Historie. Alles bleibt im Kremlarchiv unter Verschluß! Sie haben nichts zu befürchten. Es war ja Krieg. Wir alle haben für unser Vaterland das Beste getan!« Aber dann brachte man sie doch noch nach Sibirien, an den Ob, in ein Arbeitslager, das gleichzeitig Umschulungsstätte sein sollte. Aus einem ideologisch schwankenden Russen einen guten leninistischen Sowjetbürger zu machen — das war das Ziel. Aber Kyrill Semjonowitsch fiel nicht in die Knie. Mit jedem Jahr an den einsamen Ufern des Ob wurde seine Stimme lauter und fester: Ich bin Deutscher. Ich heiße Asgard Kuehenberg. Ich erbitte, nein, ich verlange meine Rückführung nach Deutschland! Ich habe Rußland gegenüber keine Schulden abzutragen. Im Gegenteil, ich bin ein halbes Menschenalter ein guter russischer Bürger gewesen. Ich habe Frau und Kind, ein Häuschen bei Moskau und bin Oberinspektor der sowjetischen Straßenbahn, Bezirk Moskau I. Das sind die Vorzeigebahnen, Genossen. Die Innenstadtbahnen. Die Propagandawaggons. Die, welche man den westlichen Touristen vorführt. Blitzsauber, neueste Modelle, die Schaffner in gepflegten, gut sitzenden Uniformen. Da hängen die Genossen nicht wie Trauben draußen auf dem Trittbrett, und kein Schaffner brüllt: »Hinweg, ihr Schiefmäuligen! Überfüllt! Überfüllt! Wer herunterfällt und unter die Räder kommt, hat kein Mitleid zu erwarten! Sa-

botage ist das! Springt ab, sag ich euch! Überfüllt!« Und dann ratterte sie los ... ein Kloß Menschen mit knirschenden Rädern darunter. Nein! Nicht meine Bahnen vom Bezirk Moskau I! So ein guter Mensch war ich ... über dreißig Jahre lang! Aber jetzt will ich wieder ein Deutscher sein!
»Was können sie dir tun, Papuschka?« fragte Lyra. Sie packte dabei den Koffer Nr. 1 wieder ein. Tamara trug bereits die anderen Gepäckstücke ins Freie vor die Baracke, darunter den dicken Jutesack, gefüllt mit Kissen aus besten, selbstgerupften Gänsedaunen. Ja, auch Gänse hatten sie in dem Gärtchen gehabt. Immer vier Stück. Seit siebzehn Jahren. Konnte man sich in Deutschland auch Gänse halten?
»Sie werden mir gar nichts tun, Lyranja«, sagte Kuehenberg und band sich eine Krawatte um, weil er gesehen hatte, daß auch Hauptmann Wildeshagen mit weißem Hemd und Schlips gekommen war. »Wir werden viel Besuch empfangen, das ist alles. Lauter höfliche Menschen. Und alle werden sie irgend etwas bieten: Eine gute Stellung, eine Tasche voll Geld, die Garantie eines geruhsamen, sorglosen Lebensabends. Irgendwann einmal wird durch die Mauer, die uns unsichtbar umgeben wird, etwas durchsickern, denn jede Mauer hat Löcher und Risse. Dann werden die Reporter der großen Zeitschriften und Zeitungen kommen, die Buchverleger, Film und Fernsehen, der Rundfunk ... und sie werden uns noch mehr Geld auf den Tisch legen und sagen: ›Mein lieber Kuehenberg, machen Sie den Mund auf! Sie haben die moralische Pflicht, der Welt zu sagen, was *Wildgänse* war!‹«
»Und du wirst es sagen?«
»Nein.«
»Bei soviel Geld!«
»War ich je käuflich, Lyranja?«
»Waren wir jemals so arm wie heute, Kyrill?«
»Es ist nur eine Übergangszeit, glaub es mir.«
»Ich glaube dir alles, Ljubimij ...«
»Du bist eine wunderbare Frau.«
Er küßte sie wieder. Tamara kam ins Zimmer gerannt und klatschte in die Hände, weil ihre Eltern für einen Augenblick die Welt vergessen hatten.
»Ein Auto ist da!« rief sie. »Bei Gott, welch ein Auto! Nur in Zeitungen habe ich solche Autos gesehen! Sollen wir damit fahren? Sieh dir das an, Väterchen!«

Kuehenberg trat ans Fenster. Wie erwartet: Es war der Dienst-Mercedes von Wildeshagen. Der schwarze Lack glänzte in der Sonne. Im Inneren dunkelgraue, dicke Polster aus geripptem Stoff. Nackenstützen hinten und vorn. Eine lange ausgezogene Antenne. Nicht nur Radio, dachte Kuehenberg, auch Sprechfunk oder Autotelefon. Wildeshagen selbst öffnete jetzt den Kofferraum und lud das Gepäck Kuehenbergs ein. Die Koffer aus Kunstleder, die zwei Kartons, den Jutesack. Er ließ den Kofferraumdeckel zuschnappen, wischte sich mit dem Handrücken über die schweißige Stirn und lockerte etwas den Knoten seiner Krawatte. Frühsommer. Extrem warm. Im Schatten 26 Grad. Es müßte mal wieder regnen. Vor allem an Rhein und Mosel. Hitze und Feuchtigkeit — das gibt einen vorzüglichen Wein.
Kuehenberg trat vom Fenster zurück ins Zimmer. Tamara hatte trotz ihrer achtundzwanzig Jahre glühende Wangen wie ein Kind, das etwas Unerhörtes erlebt hatte.
»Es stimmt, Tamarenka«, sagte er und zog seinen Rock wieder an. »Es ist ein Mercedes. Mit ihm fahren wir jetzt nach Köln. Ein paar Stunden Autobahn.«
»In die kleine Stadt Köln . . .«
»Du wirst dich wundern. Was du sehen wirst, wird dich erschlagen. Und mich wahrscheinlich auch.«
»Wir werden uns ein Kleid kaufen«, sagte Lyra Pawlowna.
Er dachte an das Scheckbuch und das Bankkonto über 5000,— DM. Ich zahle es zurück, nahm er sich vor. Ich bin nicht zurückgekommen, um mir etwas schenken zu lassen. Was ich entnehme, leihe ich mir bloß. Ich bin ein gesunder Mensch, ich kann noch arbeiten. Das habe ich viele Jahre lang bewiesen, zur vollen Zufriedenheit der sowjetischen Bahnverwaltung. Sobald ich meine endgültigen Papiere habe, spucke ich wieder in die Hände. Und Tamara? Sie ist gelernte Friseuse. Für sie wird es leicht sein, eine Stellung zu bekommen.
Heinz Wildeshagen begrüßte Lyra Pawlowna und Tamara mit einem Handkuß. Sie nahmen das innerlich erstarrt hin, denn Handküsse hatten sie bisher nur in Filmen gesehen, die die dekadente Zarenzeit schilderten. Dann stiegen sie in den Mercedes und wagten kaum, sich auf die feinen Polster zu setzen. Kuehenberg setzte sich vorn neben Wildeshagen und legte den Sicherheitsgurt an. Kaum hörbar sprang der Motor an.

»Halt!« sagte Kuehenberg, als Wildeshagen losfuhr. »Wir können so einfach weg? Ohne Formalitäten?«
»Es ist alles erledigt, Herr Kuehenberg.«
»Ich möchte mich vom Lagerleiter verabschieden.«
»Nicht nötig. Er ist beschäftigt, außerdem kennt er Sie gar nicht. Sie sind hier nur als Durchgang abgehakt . . .«
»Ach so!« Kuehenberg lehnte sich zurück und lockerte, nach dem Beispiel Wildeshagens, auch seinen Schlips. »Von jetzt an kann ich also machen, was ich will?«
»So kann man es sehen.«
»Dann habe ich eine Bitte: Fahren Sie langsam über die Autobahn, halten Sie auf irgendeinem Rastplatz an, da, wo Menschen sind.«
Wildeshagen sah ihn verblüfft an, nickte und fuhr los. Nach wenigen Minuten erreichten sie die Autobahn nach Kassel. Wie versprochen zockelte der schwere Wagen auf der rechten Spur ziemlich langsam dahin. Autokolonnen überholten sie, Lastwagen, Tankzüge. Ein paarmal, wenn ein Kleinwagen an ihnen vorbeischnurrte, blickten die Insassen verwundert zu ihnen hinüber. Ein 350er Mercedes schleicht über die Autobahn. Was ist denn mit denen los?
»Halt!« sagte Kuehenberg. Sie sahen von weitem das rechteckige blaue Schild mit dem großen, weißen P. »Können wir hier 'raus?«
»Aber ja.«
Wildeshagen fuhr auf den Rastplatz und bremste. Wald umgab sie. Vogelgezwitscher. Der Duft gemähten Grases. Um einige Steintische saßen Autofahrer und hatten ihren Reiseproviant ausgepackt. Ganze Familien, Kinderlachen. Ein Hund bellte. Etwas weiter zur Ausfahrt hin parkten vier Lastzüge. Die Fernfahrer saßen auf den Trittbrettern und tranken Kaffee aus Thermosflaschen.
»Hier ist es gut«, sagte Kuehenberg und stieg aus. Ziemlich ratlos folgte ihm Wildeshagen. »Viele Menschen aller Klassen.« Er zog den Schlipsknoten bis auf die Brust herunter und öffnete die beiden oberen Hemdknöpfe. »Ich habe gelesen, daß die beliebtesten Politiker in der Bundesrepublik Schmidt, Kohl, Strauß und Scheel heißen. Und Ihr Finanzminister heißt Apel, nicht wahr?«
»Er ist jetzt Verteidigungsminister.«
»Aha. Noch besser!«

Er ging auf die Tische zu, die Hände in den Hosentaschen, wie ein flegelhafter Junge sah er aus. Wildeshagen folgte ihm verwirrt. Er rätselte, was Kuehenberg wohl gleich aus sich herauslassen würde.
Und es kam plötzlich und massiv. Und etwas ganz anderes, als Wildeshagen erwartet hatte.
Kuehenberg nickte den essenden Autofahrern zu. »Schmeckt es euch?« fragte er so laut, daß es über den stillen Parkplatz schallte. Hohe Tannenhecken hielten den brummenden Lärm der Autobahn weitgehend ab.
Die Rastenden nickten. Ihre Aufmerksamkeit wuchs. Der Alte hat einen hinterm Ohr, dachten sie. Zwei Flaschen Bier bei dieser Hitze, das spürt man. Vergnügt hob einer seine Kaffeetasse aus Plastik und prostete Kuehenberg zu.
Und plötzlich sagte Kuehenberg sehr laut:
»Bundeskanzler Schmidt ist ein Arschloch!«
Stille. Kuehenberg wartete. Er starrte in die Gesichter, die sich jetzt alle ihm zugewandt hatten. Wildeshagen, hinter ihm, zerrte ihn am Rock. Er machte sich mit einem Ruck frei und trat mitten unter die Picknickgesellschaft. Ein paar Männer lächelten ihm zu, die Frauen begannen dumm zu kichern. Die Kinder starrten ihn an. Was wollte der fremde Onkel?
»Kohl ist ein Kohlkopf!« sagte Kuehenberg noch lauter. »Ein geschossener Sommerkohl. Außen groß, innen hohl!«
Keine Antwort. Die Frauen lachten jetzt ungehemmt, die Männer grinsten, als seien sie begeistert. Kuehenberg wurde es heiß unter seinem Haar. Er wischte sich über das Gesicht und merkte erst jetzt, daß es vom Schweiß naß war.
»Strauß ist ein Großmaul!« schrie Kuehenberg in die feixenden Gesichter. »Und wer ist Apel? Apel? Ein Räuber, der in eure Taschen greift! Diese ganze Regierung ist ein Scheißhaufen!«
Ein Mann, direkt vor ihm, hob seine Tasse und lachte schallend.
»Prost, Opa!« rief er. »Willste einen Schnaps? Ich hol' dir einen. Du hast noch 'ne Menge Namen vergessen!«
Die Leute jubelten. Kuehenberg riß sich von Wildeshagen los, der ihn festhalten wollte, und rannte hinüber zu den Fernfahrern.
»Hört ihr?« schrie Kuehenberg. »Ihr sitzt hier gemütlich herum und freßt und sauft! Unterdessen bescheißt euch eure

Regierung! Belogen werdet ihr, wie die Huren ausgenutzt! Verbrecher sind sie alle . . .«
Einer der Fernfahrer griff nach hinten in die Kabine, holte eine Bierflasche hervor, ließ den Korken aufschnappen und hielt sie Kuehenberg hin.
»Trink noch einen, Opa!« sagte er gemütlich. »Reg dich nicht auf! Leg dir 'n Taschentuch auf'n Kopp, die Sonne sticht! Komm, nimm 'n Schluck!«
Tatsächlich nahm Kuehenberg die Flasche, setzte sie an den Mund und trank sie halb leer. Dann gab er sie dem Fernfahrer zurück, sagte ganz ruhig: »Danke. Das war der beste Schluck seit vierunddreißig Jahren!« und ging langsam zum Wagen zurück. Wildeshagen stand ziemlich bleich am Kühler, Lyra Pawlowna und Tamara warteten an ihren offenen Türen. Sie sahen ihm entgegen, als sei er gerade aus einer Irrenanstalt als unheilbar, aber nicht gemeingefährlich entlassen worden.
Kuehenberg wischte sich den Schweiß aus den Augen und zog den Schlipsknoten etwas höher.
»Das war nötig!« sagte er. »Begreifen Sie das, Wildeshagen?«
»Nein.«
»Wie könnten Sie auch! 1944 wäre das unmöglich gewesen — man hätte mich wegen Zersetzung an die Wand gestellt. Und später — vierunddreißig Jahre lang — war es auch unmöglich. Überall gab es Spitzel vom NKWD und später vom KGB, immer und überall war die politische Polizei dabei oder ein Ohr von ihr, immer gab es einen Genossen, der sofort einen Wink gab: ›Hört, da hat ein Bursche defätistische Reden geschwungen! Zieht ihn aus dem Verkehr!‹ Überall wehten die Fahnen, schrien die Spruchbänder, blickten die Augen der Großen von riesigen Plakaten. — Und jetzt? Niemand springt auf und hält mir den Mund zu. Keiner verhaftet mich! Sie sitzen da und lachen, statt mich zu verprügeln. Es kommt kein vergitterter Wagen, der mich abholt. Nichts, gar nichts geschieht, wenn ich mich unter die Menschen stelle und schreie: Schmidt ist ein Hohlkopf! Die Regierung ist korrupt! — Auch wenn es nicht stimmt . . . niemand reagiert darauf. Mein Gott, mein Gott . . .« Er lehnt sich gegen das Auto. »Ich bin wirklich in einer anderen, neuen Welt! Das wollte ich nur einmal wissen, sehen, hören, spüren . . .« Er atmete schwer und leckte sich die trocken gewordenen Lippen. »Wildeshagen, begreifen Sie jetzt, was diese Stunde hier für mich be-

deutet? Ich habe einen Luftstrom von Freiheit verspürt. *Ich bin ein freier Mensch!*«
Er wartete Wildeshagens Antwort nicht ab, setzte sich wieder auf seinen Platz, schnallte sich an und zog die Tür zu.
»Jetzt können Sie schneller fahren!« sagte er, als sie wieder auf die Autobahn einschwenkten. Die Menschen auf dem Rastplatz winkten ihnen fröhlich nach. War das ein komischer Alter! Voll bis zum Kragenknopf! Und eine Stinkwut auf die in Bonn! Der war wie ein Dampfkessel, dem das Ventil platzt.
»Fahren Sie so schnell, wie Sie wollen. Ich komme mir wie ein Vogel vor, der aus seinem Käfig in den weiten blauen Himmel fliegen darf.«
Wildeshagen schwieg und drückte auf das Gaspedal. Der Zeiger des Tachos pendelte sich auf 180 km/h ein. Was vor ihm war, scheuchte er mit der Lichthupe zur Seite.
Er ist doch mehr ein Russe als ein Deutscher, dachte er. Achtundzwanzig Jahre war er, als er in Rußland vermißt wurde. Jetzt ist er zweiundsechzig. Die längste Zeit seines Lebens war er Russe — man merkt es. Er denkt russisch, er fühlt russisch, er sieht russisch, er handelt russisch. Er glaubt nur, was er in der Hand hält, was er anfassen kann.
Er wird es schwer haben, sich einzugewöhnen.
Freiheit — das ist in erster Linie ein Ausdruck des Glaubens. Was Kuehenberg jetzt noch unter Freiheit versteht, hat es nie gegeben — und wird es auch nie geben.
Bis Köln sprachen sie wenig. Sie bewunderten nur das Land, durch das sie fuhren. Die Städte seitlich der Autobahn, den erschreckenden Verkehr auf den Straßen und Autobahnen, die schnittigen Karosserien, das überwältigende Angebot an Süßigkeiten und Andenken in den Tankstellen und Raststätten. Die Speisekarte im Autobahnrestaurant.
»Das kann man alles essen?« fragte Tamara leise, als sei schon diese Frage verboten.
»Alles. Was du willst«, sagte Kuehenberg.
»Ohne sich anzustellen?«
»Du siehst, man serviert es dir.«
»Fleisch, soviel ich will?«
»Bis du platzt, mein Engelchen.«
»Wir sind im Paradies, Papuschka!«
»Das wird sich zeigen.« Kuehenberg wandte sich an Wildeshagen. »Würden Sie Ihr Leben paradiesisch nennen?«

»Nein, durchaus nicht.«
»Ich glaube, ich kann Sie verstehen. Einmal wird man so satt sein, daß man nur noch rülpsen kann. Dann sehnt man sich nach Stille und Weite . . .«
»Aus der Sie kommen, Kuehenberg.«
»Aber ich hätte nie auf der Straße schreien dürfen: Breschnew ist ein Verbrecher!«
»Wenn das Ihr höchstes Glück ist . . .«
»Im Augenblick ja!« Kuehenberg trank ein kaltes, würziges Bier und aß dazu ein Schweinekotelett mit Pommes frites und einer Rose Blumenkohl. Tamara rang mit einem riesigen Porterhouse-Steak, Lyra Pawlowna aß selig eine große Roulade, mit Speck und Gurken gefüllt. Weihnachten, dachte sie. Das ganze Jahr Weihnachten. Mitten im Sommer ist Weihnachten für uns. Gott segne dich, Kyrill Semjonowitsch, liebes Väterchen, daß du uns nach Deutschland mitgenommen hast.
»Aber es kann sein«, sagte Kuehenberg, »daß ich mich schneller akklimatisiere, als uns allen lieb ist.«

Es war alles so, wie Wildeshagen es ihnen angekündigt hatte. Im Hotel ›Blum‹ in Köln wurden sie diskret und mit größter Höflichkeit empfangen. Keiner lachte über ihren Jutesack oder die Kunstlederkoffer, die billigen Kleider oder Kuehenbergs zerknitterten Anzug. Einer der Direktoren persönlich führte sie in den 1. Stock des Hotels und zeigte ihnen die Zimmer. Lyra Pawlowna erinnerte sich an einen Besuch in Zarskoje Selo, dem Sommersitz des Zaren bei Leningrad. Vor zwölf Jahren hatte die städtische Straßenbahnverwaltung Moskau, Abteilung I bis III, einen Betriebsausflug nach Leningrad gemacht. Eine ganz große Sache, Genossen! Mit einem Charterflugzeug der Aeroflot von Moskau nach Leningrad, dann mit Sonderbussen in die Stadt und kreuz und quer in die Umgebung, von der Peter-und-Paul-Festung bis nach Zarskoje, dem sagenhaften Schloß. Alles hatte man ihnen gezeigt, die ganze Protzigkeit dieses Schlosses des Zaren, der damals das Volk ausgesaugt hatte wie ein Blutegel und unter Decken aus Zobelfell schlief. Seidentapeten gab es da und dicke Teppiche, auf denen man keinen Schritt mehr hörte. Wie auf Federn schwebte man dahin. Von den goldbemalten Decken hingen riesige Lampen herunter, alle aus geschliffe-

nem Kristall, und dann die Möbel! Die Möbel! Welch ein Luxus! Ein Erlebnis war's, unvergeßlich, Genossen! So hatte also ein Mann leben können, der aus seinem Volk den letzten Rubel herausgepreßt hatte.
Lyra Pawlowna wartete, bis man allein in den Zimmern war, und berührte dann scheu die Wand. Kuehenberg sah sie erstaunt an. »Was ist, Lyranja?«
»Seide!« sagte sie. »Wahrhaftig Seide, wie in Zarskoje Selo! Und die Lampen! Kristall! Und die geschnitzten Möbel! Hat hier auch ein Zar gewohnt?«
»Ich glaube nicht. Das ist ein ganz normales Hotel.«
»Normal?«
»Ja.«
»Das sind unsere Zimmer?«
»Wie du siehst.«
»Man hat uns verwechselt, Kyrill Semjonowitsch.«
Es dauerte fast eine Stunde, bis Lyra Pawlowna einsah, daß keine Verwechslung vorlag. Sie badete in der rosa Marmorwanne, zog ihr Sonntagskleid an, frisierte sich wie immer mit Bürste und Kamm und blickte nebenan bei Tamara herein. Das Töchterchen hatte sich schneller zurechtgefunden, saß am Fenster in einem der wertvollen Sessel, auch sie angezogen mit dem besten Kleid, und starrte erwartungsvoll auf die Tür.
»Gleich muß er kommen«, sagte sie.
»Wer?« fragte Lyra Pawlowna.
»Der Kellner. Dort ist ein Telefon. Ich habe es abgehoben, und jemand hat gefragt: ›Haben Sie einen Wunsch, gnädige Frau?‹ — ›Ja‹, habe ich geantwortet. ›Bringen Sie mir einen Samowar!‹ — Ich bin gespannt, ob es klappt, Mamuschka . . .«
»Ein dummes Kind! Welch ein dummes Kind!« rief Lyra Pawlowna. »Einen Samowar bestellt sie in Köln! Blamierst uns alle! Dein Vater wird rot vor Schande werden!«
Sie zuckte zusammen. An der Tür klopfte es. »Jetzt kommen sie und lachen dich aus«, flüsterte Lyra. Aber laut rief sie: »Ja, bitte . . .«
Ein Kellner öffnete die Tür und schob einen fahrbaren Tisch ins Zimmer. »Ihr Samowar, gnädige Frau —« sagte er und trat einen Schritt zur Seite. Wahrhaftig, da war er. Ein richtiger Samowar aus blankpoliertem Messing. Das kochende Wasser gluckste im Bauch, das Spiritusflämmchen zuckte im Kocher.

»Ich habe mir erlaubt, auch Gebäck mitzubringen, gnädige Frau«, sagte der Kellner höflich.
Steif auf ihren Sesseln sitzend, beobachteten Lyra und Tamara, wie er den Samowar auf den Tisch setzte, die Tassen dazu, die Gebäckschüssel zurechtrückte und einen großen Blumenstrauß danebenstellte. Mit einer Karte in Büttenpapier: Die Direktion begrüßt Sie und wünscht Ihnen einen angenehmen Aufenthalt.
Erst als der Kellner das Zimmer verlassen hatte, rührte sich Tamara wieder.
»Wie im Kino«, sagte sie leise. »In einem Märchenfilm: Man wünscht sich etwas, und ein Zauberer erfüllt es.«
»Ich begreife das alles nicht.« Lyra Pawlowna erhob sich und ging vorsichtig zu dem Samowar. So schleicht man an einen Gegenstand heran, der explodieren könnte. »Warum tut man das? Wir sind doch keine Zaren!«
Am nächsten Morgen holte Wildeshagen gleich nach dem Frühstück Kuehenberg ab. Er brachte seine Frau mit, die sich um die Damen kümmern sollte. Auf dem Programm stand: Besuch des Kölner Domes, Einkaufsbummel durch die Hohe Straße, Breite Straße, Schildergasse. Eine Taxifahrt um den Kölner Ring. »Das ist ja ein Tagesprogramm! Hinterher werden sie von all den Eindrücken gelähmt sein! Was machen *wir* solange?« fragte Kuehenberg.
»Wir fahren nach Bonn.«
»Ohne die Damen? Warum?«
»Ich möchte Ihnen die Hardthöhe zeigen.«
»Was ist da Besonderes zu sehen?«
»Auf der Hardthöhe liegt das Verteidigungsministerium.«
»Ach so . . .« Kuehenberg blickte an Wildeshagen vorbei auf den Domplatz. Eine Schar von Tauben pickte die Körner und Brotkrumen, die Passanten ihnen hinwarfen. »Wenn ich aber lieber mit meiner Frau und meiner Tochter einkaufen gehen möchte?«
»Sie werden in Bonn erwartet, Herr Kuehenberg.«
»Ich bin ein freier Mensch, vergessen Sie das nicht!«
»Es war auch nur eine Bitte. Eine große Bitte.«
»Von wem?«
»Vom Führungsstab der Bundeswehr.«
»Wenn es sein muß!«
Kuehenberg seufzte ergeben. »Auch das geht vorüber. In

Rußland lernt man eins, Wildeshagen: einen stillen Fatalismus. Wer ihn beherrscht, den kann nichts mehr erschüttern.«
Während Frau Wildeshagen mit großem Einfühlungsvermögen Lyra Pawlowna und Tamara auf das vorbereitete, was sie erwartete, stiegen Wildeshagen und Kuehenberg wieder in den Mercedes. Sie kamen gar nicht nach Bonn hinein, bogen von der Köln-Bonner Autobahn seitlich ab und fuhren über breite Zufahrtstraßen den Hardtberg hinauf zu den Gebäudeflügeln des Bundesverteidigungsministeriums. Wildeshagen hatte seinen Ausweis an die Frontscheibe gedrückt. Sie passierten ohne Kontrolle drei Sperren und hielten schließlich in einer Art Innenhof. Kuehenberg blickte sich um.
»Sie haben es freundlich hier«, sagte er. »Hell, luftig, fast lustig. Die Bendlerstraße in Berlin wirkte viel düsterer. Wer da hineinkam, wußte sofort, daß er nichts mehr zu lachen hatte.«
Er stieg aus und reckte sich. »Das war vielleicht der große Fehler von damals: Man lachte so selten.«
Wildeshagen blickte auf die Uhr. »Wir sind zehn Minuten zu spät.«
»Das hat sich also nicht geändert!« Kuehenberg lachte zufrieden. »Lieber Freund, ich habe viel Zeit. Wer mit mir sprechen will, darf nicht an der Uhr kleben. Wie sagen die sibirischen Jäger: Ein Bär läuft drei Tage — du mußt vier laufen können!«
Es war wie immer: Lange Flure, Zimmer an Zimmer, herumrennende Dienstgrade aller Art, Stenotypistinnen, die Mappen trugen, im Treppenhaus rauchende Männer, Wortfetzen ... Dann eine Tür ohne Namensschild, dafür der Hinweis: Anmeldung Zimmer 1012.
Wildeshagen meldete sich nicht an. Er klopfte, drückte die Tür auf und nickte Kuehenberg zu. »Sie können eintreten.«
»Und Sie?«
»Ich bleibe draußen.«
»Wer ist da drin?«
»Ein Generalleutnant.«
»Und wenn ich nicht 'reingehe?«
»Niemand kann Sie zwingen.« Wildeshagen lächelte etwas gequält. »Sie sind ein freier Mensch.«
»Dann will ich!«
Kuehenberg trat ein und zuckte ein bißchen zusammen, weil Wildeshagen vom Flur aus die Tür wieder zuzog. Das Zimmer war groß und sonnig, ein Foto des Bundespräsidenten Scheel

hing an der einen Wand; ihm gegenüber, das verblüffte ihn über alle Maßen, ein Bild von Admiral Canaris. Ein vergilbtes Bild in einem sichtbar alten Rahmen. Um einen runden Tisch waren Sessel gruppiert. Kaffeegeschirr stand darauf, eine Kanne mit einem Kaffeewärmer, Zigarren und Zigaretten, ein mächtiger Aschenbecher aus Onyx und eine Flasche französischen Kognaks mit zwei großen Napoleongläsern.
Ein Mann in Zivil, nicht in Generalsuniform, wie Kuehenberg erwartet hatte, erhob sich aus einem Sessel und kam mit ausgestreckten Armen auf ihn zu.
»Asgard, alter Junge!« sagte der Mann. »Es gibt doch noch Wunder! Ich sehe dich wieder! Mensch, grau bist du geworden! Sag mal, bist du zusammengeschrumpft?! Ich hatte dich größer in Erinnerung.«
»Das gibt es doch nicht!« Kuehenberg blieb an der Tür stehen. »Halt! Komm nicht näher! Wenn du's bist, bist du fett geworden, mein Lieber. Damals hattest du eine Figur wie der Apoll von Belvedere. — Sag mal: ›General‹!«
»Jeneral.«
»Willy Hecht! Willy!«
Sie fielen sich um den Hals, drückten sich und gingen Arm in Arm zur Sesselgruppe.
»Darauf einen Kognak!« sagte Willy Hecht. »Jetzt bin ich selbst Jeneral, aber aussprechen kann ich's immer noch nicht. Setz dich, Junge. Mein Gott, wie lange ist das her?«
»Siebenunddreißig Jahre, Willy.« Kuehenberg nahm das Kognakglas und roch daran. »Die gleiche Marke wie damals?«
»Dir zu Ehren, Asgard. Prost!« Willy Hecht trank und ließ sich dann in einen Sessel plumpsen. »War das eine Zeit damals! Unvergeßlich! Ich möchte sie nicht missen.«
»Ich doch! Wenn ich heute zurückblicke — was waren wir doch für blinde Hirnlose! Wir haben alles geglaubt und waren bereit, für einen gigantischen Betrug zu sterben!«
»Ein halbes Menschenalter später kann man gut darüber philosophieren. Aber damals, als junge Offiziere, stand Begeisterung noch vor den Mädchen! Da gab es noch echte Freundschaften! Heute . . .« Willy Hecht winkte ab. »Karrieren! Nur noch Karrieren! Und jeder tritt dem anderen in den Sack, wenn er ihm im Wege steht. Im nächsten Jahr habe ich den Dienst hinter mir. Dann gehe ich als braver Zivilist spazieren,

baue in meinem Garten Rosen an, spiele Boccia und sonne mich auf Teneriffa. Übrigens danke . . .«
»Wofür?«
»Daß du Köln als deine Heimatadresse bei der Aussiedlung angegeben hast.«
»Ich habe an dich gdacht. Zufall, Willy. Meine anderen Freunde stammten alle aus dem Baltikum.«
»Ihr wart zehn, nicht wahr?«
»Fang nicht auch damit an, Willy!«
»Ich weiß, der Bericht liegt vor.«
»Wildeshagen?«
»Ein guter Mann. Kaffee?«
»Bitte.«
»Du willst also nicht darüber sprechen?«
»Nein.«
»Du bist der einzige, der eines dieser letzten Rätsel des Krieges auflösen kann. Wir haben vom Bundesnachrichtendienst die Sache an uns genommen. Noch weiß der Amerikaner nichts von deiner Rückkehr. Erfährt er sie, wird er dich nicht mit Samtpfötchen anfassen. Er vermutet hinter *Wildgänse* eine dicke Sache von historischer Bedeutung.«
»Drücken wir es so aus: Sie hätte historisch werden können.«
Kuehenberg trank seinen Kaffee und knabberte am Kuchen. Sandkuchen. Nach Großmütterchens Art. Kindheitserinnerungen an Gut Thernauen. Die Terrasse zum Park hinaus. Säulengestützte Decke. Die Buchsbaumhecke zum Rosengarten, an den vier Ecken zu großen Kugeln geschnitten. Der Kiesweg zu den Pferdeställen und dem Abreiteplatz. Und Fräulein Selma, mit Spitzenschürzchen und gestärktem Häubchen. »Wollen dä gnädige Häär noch eyn Stückche Kuchen?« 1938. Livland. Göttlicher Frieden. Das Wort gab es nicht mehr. Ein Stück Paradies hatte sich mit der Welt vermengt.
»Wir kennen ›Unternehmen *Adler, Barbarossa, Siegfried*‹ . . . Jedes Unternehmen hatte seinen Namen und ist aktenkundig«, sagte Willy Hecht.
»Und kostete Tausende von Toten. Einige sogar Millionen.«
»*Wildgänse* war intimer, nicht wahr?«
»Wir waren zehn.«
»Das wissen wir. — Aber was habt ihr gemacht?« General Hecht griff unter den Tisch. Aus einem Zwischenboden holte er das bekannte Aktenstück hervor. Geheime Dienstsache.

Wildgänse! Er schob Kognakschwenker und Kaffeetasse weg und legte die Akte vor Kuehenberg hin. »Willst du sie lesen?«
»Sie enthält unsere zehn Namen, den Führererlaß und eine Liste mit russischen Namen.«
»Zehn Plätze rund um Moskau. Da kann man dran fühlen!«
»Dann fühle, Willy.«
»Eure Personalakten sind verschwunden. Alle zehn.«
»Ich weiß.«
»Wir haben das verfolgt. Von den Divisionsstäben, aus allen Registraturen wurden eure Angaben zur Person zurückgezogen und landeten beim OKW! Dort übernahm sie Canaris. Nach dem Attentat auf Hitler müssen sie allesamt verbrannt worden sein. Nach dem 20. Juli blieb nur diese dünne Akte übrig, die zu Kaltenbrunner, zum SS-Hauptstab, kam. Dort wurde sie, als der Russe auf Berlin rückte, nach Bayern verlagert, wo sie der Ami eroberte. Jahrelang spielten sie dann verrückt! Da war ein Unternehmen *Wildgänse,* von dem man keine Ahnung hatte. Da waren zehn deutsche Offiziere, die einen Sonderauftrag hatten und nie wieder auftauchten! Wo waren die zehn? Lebten sie noch? Man hat bei den Nürnberger Prozessen hintenherum, sozusagen von Freund zu Freund, versucht, die Sowjets anzuzapfen. Sie blieben stumm wie eine Flunder! Immer wieder hat man bei Kontaktgesprächen von den Wildgänsen angefangen — die Sowjets spielten tote Fliege.«
»Und nun bin ich zurückgekommen . . .«
»Ja! Wie aus dem Grab auferstanden. Der letzte.«
»Irrtum! Wir sind noch vier.«
»Asgard!« Willy Hecht griff mit zitternder Hand nach seinem Kognakglas. »Das sagst du so dahin, als sei's eine Skatzahl! Es leben noch *vier?*«
»Ja.«
»In Rußland?«
»Nur noch drei. Nummer vier sitzt hier.«
»Du lieber Himmel! Und warum sind sie nicht mitgekommen?!«
»Sie sind glückliche Russen geworden.«
»Deutsche Offiziere?!«
»Du vergißt, daß der Osten immer schon Deutschlands Sehnsucht war. Die Ordensritter, die Hanse, die deutschen Forscher und Offiziere in zaristischen Diensten. Die Bauern an

Wolga und Don, die Katharina herüberholte. In Kasakstan gibt es Gebiete, größer als Bayern, wo man neben Russisch ein gutes Deutsch mit schwäbischem Dialekt spricht. Sehen wir von der Politik ab. Rußland ist ein Land, wo der Mensch noch spürt, daß die Natur ihn und er die Natur braucht! Hast du hier jemals ein solches Gefühl gehabt?«
General Hecht schlug die Akte auf. »Ihr seid noch vier!« sagte er tief atmend. »Wer ist es?«
»Die Wildgänse sind brave Hausgänse geworden, Willy. Es hat keinen Zweck. Frage nicht weiter. Laß uns Kaffee und Kognak trinken und erzähle mir, wie es *dir* geht. Jeneralleutnant Hecht!«
Der General griff noch einmal in den Zwischentisch und legte eine andere Akte vor die Kaffeetassen. Ein weißer Deckel mit einem roten Kreuz. Mit zusammengekniffenen Lippen lehnte sich Kuehenberg weit zurück. Sein Gesicht war regungslos, die scharfen Falten darin wirkten wie vernarbte Säbelhiebe.
»Weißt du, was das ist?« fragte Hecht.
»Ich ahne es.«
»Eine Zusammenstellung aus den Suchdienstblättern des Deutschen Roten Kreuzes. Die erste Suchmeldung ist von 1946. Zweiunddreißig Jahre alt. Noch immer aktuell. Noch immer sucht und hofft der Antragsteller. Seit zweiunddreißig Jahren, Asgard! Es gibt genug Mütter und Väter, Brüder und Schwestern, Frauen und Kinder, die sich sagen: Vermißt ist nicht tot! Vermißt heißt Hoffnung! Vermißt — das ist noch eine Chance! Das muß nicht endgültig sein.« General Hecht schlug die Mappe auf. Briefe, Formulare, Fragebogen und immer wieder Briefe. Handschriftlich, mit der Maschine. Dazu alte Fotos. Junge, lachende Männer. Fröhliche, oft noch kindliche Gesichter. Strahlende Jugend. Gruppenbilder, einzeln. In einer Tüte eine lange, blonde Locke.
Kuehenberg blickte zur Seite, als Hecht die Locke herausholte und über den Tisch hielt.
»Die Mutter schrieb dazu: ›Vielleicht hilft diese Locke weiter. Ich habe sie meinem Sohn abgeschnitten, bevor er wieder nach Rußland mußte. Damals war er 21 Jahre alt, seit einem halben Jahr Leutnant. Er war stolz auf seine blonden Locken. Er war so ein lustiger Mensch. Bestimmt können sich seine Kameraden an seine Haare erinnern und an sein helles Lachen . . .‹«

»Johann Poltmann«, sagte Kuehenberg dumpf. »Ab 3. Juni 1944 hieß er Fjedor Pantelijewitsch Iwanow. Verheiratet mit Wanda Semjonowna Haller, Vorarbeiterin einer Hausbau-Brigade . . .«
General Hecht ließ die lange blonde Locke auf Kuehenbergs Kuchenteller schweben.
»Willst du nicht reden, Asgard?« fragte er leise. »Seine Mutter ist jetzt 79. Lebt in einem Altersheim bei Bremen. Und hofft, hofft . . . Jedes Jahr erneuert sie ihre Anfrage an das Rote Kreuz. Sie alle fragen immer wieder an! Du bist der einzige, der alles weiß! Asgard . . . du *mußt* reden! Wenn aus deinem Herzen kein Kohlkopf geworden ist.«
»Ich habe auf meiner Datscha keinen Kohl gepflanzt. Aber viele Blumen.«
»Dann laß sie jetzt aufblühen, Asgard! Willst du die Briefe lesen?«
»Ja.« Kuehenberg nahm die Locke zwischen Zeigefinger und Daumen und steckte sie wieder in die Tüte. Johann Poltmann mit seinem Lockenköpfchen. Als er sie für *Wildgänse* bis auf ein Minimum abschneiden mußte, hatte er fast geweint. Aber er hatte die Haarpracht gesammelt, in einer Einkaufstüte, und sie seiner Mutter geschickt. Anscheinend ist die Tüte nie angekommen, denn seine Mutter erwähnte nur die eine Locke, die sie ihm selbst abgeschnitten hatte. Das letzte Stück ihres einzigen Sohnes . . . »Sucht *mich* jemand?« fragte Kuehenberg und klappte die Akte zu.
»Nein. Du bist der einzige, der keine Verwandten mehr hat.«
Kuehenberg schluckte. Dann hielt er dem General sein Kognakglas hin. »Noch einen, Willy. Läßt du mir Zeit?«
»Du willst erzählen?«
»Ich will's versuchen. Nicht euretwegen und nicht für eure Militärarchive! Nur wegen dieser Mütter und Brüder und Schwestern! Lebt die Frau von Bodo von Labitz noch?«
»Ja. In Wien.«
»Wiederverheiratet?«
»Nein. Sie hofft . . .«
»Er feierte damals gerade sein erstes Kind.«
»Ein Junge. William Heiko von Labitz. Er ist heute Rechtsanwalt in Wien. Seine Mutter lebt bei ihm.«
»Ich werde es niederschreiben«, sagte Kuehenberg und trank mit kleinen Schlucken seinen Kognak. »Ich werde die Wild-

gänse noch einmal ziehen lassen. Aber dann, Willy, dann will ich nie mehr davon hören. Ich bin zurückgekommen aus Heimweh, das ist alles. — Wer wird den Bericht lesen?«

»Nur ein ganz kleiner Kreis. Das verspreche ich dir.«

»Du weißt, drei von uns leben als brave Russen mit Frau und Kindern noch in Moskau und Umgebung.«

»Ihre Namen wird niemand erfahren. Ehrenwort.«

»Ich muß erst die Briefe lesen.« Kuehenberg stand auf und nahm die Mappe mit dem Roten Kreuz an sich. »Ihr werdet enttäuscht sein: *Wildgänse* war das verrückteste und aussichtsloseste Unternehmen des ganzen Krieges. Daß wir zehn es ausführten, ist mir heute ein Rätsel! Aber damals — 1944 — war nichts mehr normal . . . und außerdem waren wir so einfältig und jung . . .«

2

Radek, Peter
25 Jahre
Oberleutnant

Die 3. Kompanie hatte sich nördlich von Pleskau eingegraben. Eine armselige Stellung war es, verstreute Schützenlöcher, durch flache Laufgräben verbunden, die man nur tief geduckt entlangrennen konnte, Hasen gleich, die sich in den Feldfurchen vor ihren Jägern verstecken. Auf einer Länge, die sonst ein ganzes Bataillon zu halten hatte, verteilten sich jetzt erbarmungswürdige einhundertundneun Mann. Müde, ausgebrannt, verdreckt, hungrig, bis auf die Knochen abgeschlafft. Der tiefe Einbruch der sowjetischen Armeen im Abschnitt der deutschen Heeresgruppe Nord, die von Leningrad bis Welikije Luki reichte, war zwar hier am Ostufer des Peipus-Sees und des Pleskauer Sees zum Stehen gekommen, aber weiter südlich, im Gebiet der 16. Armee, der die 2. Baltische Front von General Popow gegenüberstand, gärte es wie in einem überquellenden Kessel.
Tag und Nacht lag die Front unter dem Beschuß der vielen tausend Geschütze, die vor allem im Gebiet der 22. russischen Armee massiert waren. Stoßkeile der T34-Panzer, dieser stählernen Ungeheuer der Sowjets, gegen die es auf deutscher Seite nur den blanken Mut mit Panzerfaust oder Hafthohlladungen gab, zerwühlten die notdürftigen deutschen Stellungen, malmten die Schützenlöcher eben, zerquetschten die Landser darin oder jagten die Flüchtenden vor sich her. Ein Spaß war das! Ein herrlich grausames Spiel: Man läßt sie rennen, fährt hinterher, schießt eine Zeitlang bewußt daneben, aber dann, wenn sie nicht mehr laufen können, wenn sie mit leeren Augen und heraushängender Zunge stehenbleiben und die Arme heben, schwenkt man das schwere MG auf dem Panzerturm zu ihnen hin und zerfetzt sie mit einer Garbe.
Im Norden war es nicht anders. Auch dort, im Bereich der Wolchow-Front von General Merezkow, verhielten die Russen plötzlich, als müßten sie Atem holen nach dem ununterbrochenen Siegeslauf von Leningrad bis zum Peipus-See.

Eine trügerische Hoffnung breitete sich bei den deutschen Truppen aus. Genährt wurde sie noch durch die Artikel des Reichspropagandaministers Josef Goebbels in der Zeitschrift »Das Reich«, durch Reden der neu eingeführten Nationalsozialistischen Führungsoffiziere, kurz NSFO genannt, ein Gegenstück zu den politischen Kommissaren, die bei jeder sowjetischen Einheit für nationale Stimmung sorgten und in Krisenzeiten mehr zu sagen hatten als die militärischen Kommandeure.
Die »Politik der Nadelstiche« bewährte sich. An der ganzen Front, die das Oberkommando der Wehrmacht in seinen täglichen Frontberichten als ruhig bezeichnete, war das Sterben anonym geworden. Nach den großen Verlusten der Rückzugsbewegung und der sowjetischen Offensive vom 14. Januar bis 1. März 1944 registrierte man in den Schreibstuben der Kompanie-Trosse und der Bataillons-Gefechtsstände die Toten und Verwundeten mit der gleichen buchhalterischen Nüchternheit, mit der man die Bestände an Munition, Benzinfässern oder Marmeladeeimern für die Truppenverpflegung zählte.
1. Kompanie = 1 Toter, zwei Verwundete.
3. Kompanie = 3 Tote. Kein Verwundeter.
4. Kompanie = Keine Ausfälle.
Zufallsvolltreffer in der Küche der 2. Kompanie. Keine Verluste, aber totale Zerstörung der Feldküche und aller Vorräte.
Eine stille Front. Nur ab und zu surrte die »Kaffeemaschine« über die deutschen Schützenlöcher, dieses langsame, schwer gepanzerte sowjetische Aufklärungsflugzeug, das keine Angst hatte, so niedrig zu fliegen, daß man den Piloten sehen konnte. Mit allem hatte man schon darauf geschossen, mit Gewehren, MGs, sogar mit leichter Flak, falls vorhanden. Der Aufklärer summte seine Beobachtungsstrecke ab wie ein Rieseninsekt, unverwundbar und stur.
Mit der Zeit gewöhnte man sich daran, ja, man vermißte es, wenn das Tucktuck einen Tag lang nicht zu hören war. Tauchte es dann wieder am Himmel auf, winkte man ihm sogar zu. Bis die Sowjets so unsportlich wurden und kleine Bomben abwarfen. Sie richteten wenig Schaden an, man sah sie kommen, sie fielen pendelnd aus dem Rumpf heraus, und wenn man zur Seite lief und sich hinschmiß, Hacken runter und Arsch eingezogen, ging es meistens gut.

Oberleutnant Radek, dessen 3. Kompanie sich so weit auseinandergezogen in die Erde eingegraben hatte, daß Radek sagte: »Wenn jetzt die Iwans angreifen mit ihren T 34, merken sie gar nicht, daß wir hier herumliegen«, war von einem Inspektionsgang zurückgekommen in seinen mit Brettern und Erde abgedeckten Kompaniebunker. Bunker war ein feudales Wort für dieses Erdloch, das zwar größer war als die anderen Löcher, dafür aber vollgestopft mit einem Klapptisch, einem Feldtelefon, drei Kisten mit Handgranaten, zwei schweren MGs und einer zusammenklappbaren Trage, auf die groß das Rote Kreuz gemalt war.

Radek war müde. Am frühen Morgen war er tief geduckt durch den Laufgraben zu seinen Jungs gerannt und mußte dort bleiben bis zur Dämmerung des Abends. Was ihm der Zugführer II meldete, nannte er eine ausgemachte Schweinerei.

»Wir liegen hier wie auf der Pfanne!« sagte Oberfeldwebel Hagemüller. Die Zeit, wo ein Leutnant einen Zug befehligte, war längst vorbei; es gab viel zuwenig Offiziere. »Sie werden es sehen, Herr Oberleutnant. Passen Sie mal auf.«

Er streckte seinen Stahlhelm auf einen Knüppel und hielt ihn über den Rand des Schützenloches. Keine Sekunde später machte es pfft, es gab einen hellen, metallenen Schlag, der Helm flog wie von Geisterhand durch die Luft und knallte auf den Grabenrand. »Glatter Kopfschuß!« sagte Hagemüller. »Da drüben sitzen Scharfschützen! Wir haben sie verrückt machen wollen. Wer 'ne Konservendose hatte, hielt sie hoch. Aber die Kerle sind stur und haben Munition genug. Die ballern auf alles, was sich bei uns bewegt.«

Oberleutnant Radek lag flach in der Mulde und blickte auf das kreisrunde, nach innen ausgezackte Loch in dem Stahlhelm. »Es muß sich doch feststellen lassen, wo die Burschen sitzen!«

»Irgendwo da drüben in dem Kusselgelände.«

»Irgendwo ist keine Zielansprache.« Radek schob seine Gasmaskenhülle über den Rand. Sofort schleuderte ein Schuß sie ihm aus der Hand. »Scheiße!«

»Ich habe mir gedacht, Herr Oberleutnant«, setzte Hagemüller an, »daß wir etwas klarer sehen würden, wenn Gruppe III von rechts und Gruppe VI von links mit ihren MGs Feuerschutz geben und wir mit drei Mann auf Wurfnähe heranrob-

ben. Dann haben wir sie mit drei oder vier geballten Ladungen . . .«
»Hagemüller . . .«, sagte Radek gedehnt. Etwas Gequältes lag in seiner Stimme. Der Oberfeldwebel nickte resignierend. Das alte, seit Wochen bekannte Lied.
»Ich weiß, Chef! Pro Mann und Tag fünfzehn Schuß! Handgranaten nur im Notfall. MG-Einsatz nur bei Abwehr. Ein zahnloses Mütterchen soll Eisen zerbeißen!«
»Ich habe den dämlichen Befehl nicht gegeben. Und ich bin auch nicht verantwortlich für Rüstung und Nachschub!«
»Wir liegen hier platt wie 'ne Flunder!« Hagemüller drehte sich vorsichtig auf den Rücken und blickte in den Himmel. Über das frühsommerliche Blau zogen ein paar weiße, an den Rändern gefederte Wölkchen. Ein schwacher, warmer Wind trieb sie nach Osten. »Wenn wir uns in der Nacht tiefer eingraben dürften . . .«
»In zwei Tagen verkürzen wir die Front. Unsere Nase in die russischen Linien wird zurückgenommen.«
»Zwei Tage sind lang, Herr Oberleutnant.«
»Keine festen Unterstände bauen, sagt die Division. Alles, was wir bauen, nutzt nur dem Iwan.« Radek zuckte mit den Schultern. »Noch zwei Tage müßt ihr den Arsch runterdrükken. Dann geht's zurück in eine schöne, ausgebaute Auffangstellung.«
Bis zum Abend kroch Oberleutnant Radek herum, von Loch zu Loch, robbte seine Kompanie ab und erfuhr überall das gleiche: vor zehn Stunden hatte man drüben die Truppen gewechselt. Ein Eliteregiment sibirischer Scharfschützen lag ihnen jetzt gegenüber, abwartend, selbstsicher, ausgeruht. In der Nacht sangen sie sogar, ihre Lieder hallten durch die mondhelle Nacht bis zu den deutschen Linien.
»Diese Säue!« sagte der Obergefreite Emil Happes. »Die braten Fleisch! Riecht ihr das? Schwein am Spieß! Und wir lecken die Nudeln aus unserem Kochgeschirr! Haltet mich fest, ich möchte denen ins Feuer scheißen!« —
Kurz bevor Radek zu seinem Kompaniegefechtsstand zurückkriechen konnte und die Essenholer von der Feldküche nach vorn kamen, klapperten bei der Gruppe I die Konservenbüchsen, die mit Bindfäden zu einer Blechgirlande zusammengebunden waren.
Alarm! Der Iwan kommt!

Es war nur ein Erkundungsvorstoß. Die sibirischen Scharfschützen hielten die 3. Kompanie nieder, nur bei der Gruppe I hoppelten erdbraune Gestalten durch die Abenddämmerung. Sie schossen im Laufen, warfen Eierhandgranaten, brüllten das entnervende »Urrääa! Urrääa!« und schwenkten dann ebenso plötzlich zurück und verschwanden in dem Kusselgelände.

Erfolg gleich Null. Aber wieder einer der Nadelstiche, die den Deutschen zeigen sollten: Wir können jederzeit, wenn wir wollen! Seht euch vor! Täuscht euch nicht, die Ruhe ist keine Schwäche. Vor euren Augen marschiert die größte Ansammlung von Mensch und Waffen auf, die die Welt je gesehen hat!

Deutsche Soldaten, denkt an Stalingrad!

Das Jahr 1944 wird noch furchtbarer sein!

Am Abend stolperte Radek in seinen Kompaniebunker und warf seinen Helm gegen die Erdwand. Der Kompanietruppenführer, Feldwebel Lehmann II, grüßte, als sei er Wachhabender eines Kasernenpostens.

»Bei Kompanie nichts Neues!« meldete er.

»Lehmann, lassen Sie den verdammten Blödsinn!« Radek setzte sich auf sein Bett. Es war aus zwei Balken und ein paar Brettern zusammengehämmert. »Wir haben zwei Verwundete, und in den Löchern wachsen mir die Kerle in die Erde! Sie sollen mal hören, was ich denen vom Bataillon erzähle!«

Er kurbelte am Feldtelefon, wartete und sagte dann laut: »Hier Radek! Geben Sie mir den Kommandeur. Was soll ich? Nach hinten kommen?! Sofort? Ihr spinnt wohl! Von wem? Vom OKW? Das habe ich gern: Ihr seid besoffen, und wir können den Kopf nicht hochheben! Gut! Ich komme!«

Radek legte auf und angelte mit dem Fuß seinen Stahlhelm von der Erde. Er lauschte nach draußen. Irgendwo schoß man wieder. Jemand schrie: »Verdammte Scheiße! Paß doch auf!« Die beiden Verwundeten kamen zurück.

»Lehmann!«

»Herr Oberleutnant?«

»Der Kommandeur hat Sehnsucht nach mir. Ich bin im Morgengrauen wieder da. Wenn irgend etwas Besonderes passiert, beim Bataillon anrufen.«

Bis zum Kompanietroß und zur Feldküche mußte man noch in Gräben herumschleichen. Erst hinter der nächsten Hügel-

kette konnte man aus der Erde heraus. Hauptfeldwebel Ratterfeld, der Spieß der 3. Kompanie, erwartete seinen Chef bereits und meldete: »Kübel bereit. Vollgetankt.«
Kübel — das waren die zu Geländewagen umgebauten offenen VWs. Ein Fahrzeug, um das sich schon Legenden rankten.
»Was wissen Sie, Ratterfeld?« Radek setzte sich hinter das Steuer. »Sie haben doch mit Ihrem Freund aus der Bataillonsschreibstube gequatscht.«
»Ich weiß nur, daß irgendeine Sache vom OKW gekommen ist.«
»Im Zusammenhang mit mir?«
»Anscheinend.«
»Unmöglich! Als ob sich das OKW um mich kümmert.«
»Es muß dringend sein.«
»Das kann sich nur um einen Irrtum handeln.«
Es war kein Irrtum.
Im Bataillonsgefechtsstand erwartete ihn Major Sauer. Er betrachtete Radek von oben bis unten und schüttelte dann den Kopf.
»Für Berlin müssen Sie aber Ihre Uniform reinigen lassen.«
»Das ist bester, durchbluteter russischer Dreck, Herr Major.« Radek legte seinen Helm auf einen Feldstuhl. »Das mit Berlin kann doch nur ein Witz sein.«
»Das habe ich auch gedacht.« Major Sauer nahm ein Blatt Papier vom Tisch und setzte seine Brille auf. »Ich habe das Telefongespräch mitstenografieren können. Angerufen hat die Division. Der Ia. Gottvater-Stellvertreter. Und nun hören Sie mal zu, Radek: ›Hier Vangenheim. Major Sauer?‹ Guten Tag! Wie sieht's bei Ihnen aus? Beschissen, ich weiß!«
»Bis hierhin ist er noch normal!« warf Radek ein.
Sauer nickte. »Aber jetzt kommt's: ›Ich will es kurz machen, Major Sauer. Bei uns ist eben ein Funkspruch des OKW eingetroffen, weitergeleitet vom Armee-Oberkommando. Dringend! Oberleutnant Peter Radek ist sofort aus der Frontlinie zurückzuziehen und nach Eberswalde in Marsch zu setzen. Die Division hat für die nötigen Reisepapiere zu sorgen. Oberleutnant Radek stehen die schnellsten Transportmittel zur Verfügung. Beim Luftgeschwader II steht ein Kurierflugzeug bereit. Wir erwarten sein schnellstes Eintreffen in Eberswalde. — Ich habe dem nichts hinzuzufügen, weil wir selbst nicht wissen, was der Befehl vom OKW bedeutet.‹ — Soweit

Vangenheim.« Major Sauer ließ das Blatt sinken. »Was sagen Sie nun, Radek?«
»Nichts. Ich staune.«
»Die ganze Division staunt. Haben Sie einen Onkel beim OKW?«
»Nein. Ich bin der einzige Offizier in meiner Familie.«
»Pfui!« Major Sauer goß zwei Gläser billigen Weinbrand ein, Marketenderware. »Und ausgerechnet Eberswalde!«
»Was ist mit Eberswalde?«
»Dort liegt die Offiziersreitschule Brandenburg.«
»Ich habe nie Ambitionen gehabt, reiten zu lernen. Das muß *doch* ein Irrtum sein.«
»Ihr Geburtsdatum stimmte, das hat Vangenheim auch noch zur Sicherheit durchgegeben. Sie sind in Riga geboren?«
»Stimmt!«
»Irrtum ausgeschlossen.« Major Sauer stieß mit Oberleutnant Radek an. »Die große, säugende Mutter, das OKW, schreit nach Ihnen. Vielleicht will man Sie in Eberswalde zum Kosakenhetman ausbilden lassen? Solche Spinnereien sähen denen ähnlich! Lassen Sie sich überraschen, Radek! Prost! Und schreiben Sie mir eine Karte, wenn Sie sich zum erstenmal den Hintern wund geritten haben.«
Radek ließ sein Glas unberührt. Über den Rand blickte er zu seinem Bataillonskommandeur.
»Und meine 3. Kompanie?« fragte er. »Wer übernimmt die?«
»Ich schicke Leutnant Heinze von der 4. als Vertretung hinüber.«
»Heinze kommt gerade von der Kriegsschule. Keinerlei Fronterfahrung. Ein paar Monate Frankreich. Aber da hat er mehr mit offener Hose gekämpft.«
»Er wird die paar Tage schon durchstehen. Ende der Woche soll die Front verkürzt werden. Die Hauptsache ist, daß er sich flach hinlegen kann.«
Am nächsten Morgen schon meldete sich Oberleutnant Peter Radek beim Ia der Division, Oberst Vangenheim. Ein schöner großer Wagen, ein Horch, raste mit ihm zum Luftgeschwader II. Es mußte sehr dringend sein, aber niemand wußte, was das OKW ausgerechnet von einem kleinen Oberleutnant wollte.
Um 14.20 Uhr stieg die Kuriermaschine, eine Fokker, in den blauen russischen Himmel. Richtung Berlin. Nur Radek und der Pilot, ein Luftwaffenfähnrich, waren an Bord.

Um 14.37 Uhr meldete Oberfeldwebel Hagemüller aus der HKL: »Leutnant Heinze soeben gefallen. Kopfschuß. Die verdammten sibirischen Scharfschützen . . .«
Wie gesagt, an der Front war es in diesen Tagen still, fast schläfrig.

von Ranowski, Berno
24 Jahre
Oberleutnant

Sie lagen in einem Waldstück südlich von Orscha. Vor ihnen schimmerten die Gleise der Bahnlinie im verhangenen Mondlicht. Der große, einzige Schienenstrang von Brest-Litowsk über Minsk, Borissow, Orscha, Smolensk und weiter bis nach Moskau, fast neben der Rollbahn, der wichtigsten Straße im mittleren Rußland, einherlaufend. Zwei Lebensadern, über die der deutsche Nachschub rollte. Verpflegung, Munition, Waffen, Panzer, Werkstätten, Ersatzteile, Urlauber in die Heimat, zurückgekommene Urlauber, die ihre Truppenteile suchten, neue, frische, junge Soldaten, im Schnellverfahren ausgebildet, halbe Kinder noch, mit großen Augen auf die Landschaft starrend, die an ihnen vorüberzog: Rußland, das große, weite, schöne, schreckliche Rußland, in dessen Erde sie sich jetzt festkrallen sollten. Zur Ehre Deutschlands, nach dem Willen des Führers, des größten Feldherrn aller Zeiten, wie Goebbels ihn nannte — zur Rettung der Heimat, auf die diese östlichen Untermenschen — so nannte sie Alfred Rosenberg — mit einem Millionenheer losstürmten, um es niederzubrennen, die Frauen zu schänden, die Kinder an der Wand zu zerschmettern, die Männer abzuschlachten.
Die Rollbahn und die Eisenbahnlinie — ohne sie wären die kämpfenden deutschen Divisionen in kürzester Zeit ein hilfloser Haufen. Tag und Nacht rollten die Nachschubzüge über die Gleise. Tag und Nacht brummten die Lastwagen über die Rollbahn. Solange das Blut des Krieges durch diese beiden Adern strömte, floß neue Kraft in die dünnen Linien der deutschen Landser. Hier, im Mittelabschnitt der Ostfront, erwartete man nach den Winter- und Frühjahrsoffensiven der Sowjets im Norden und auf der Krim und in der Ukraine den neuen großen Schlag: den Versuch, massiv durchzubrechen,

ohne Rücksicht auf Menschen und Material. Es gab nur ein Ziel: die polnische Grenze. Warschau. Ostpreußen. Heran an Deutschlands Grenze! Brecht die Moral der Deutschen! Überrennt ihre ausgemergelten, hungernden, müden, erschöpften Bataillone. Treibt sie vor euch her wie Hasen, jagt sie aus Mütterchen Rußland, in das sie eingefallen sind, siegestrunken, selbstherrlich, die Lähmung der Überraschung ausnutzend, Städte und Dörfer in Asche legend, die Männer wegtreibend wie Viehherden in die deutschen Rüstungsbetriebe, in Kohlengruben und zum Bau neuer breiter Aufmarschstraßen.

Aber solange sie die Rollbahn haben und den Schienenstrang, wird es schwer werden, Genossen! Ein Körper, der ständig frisches Blut erhält, ist ein starker Körper. Dreht den immer tropfenden Hahn zu, meine tapferen Helden! Schneidet den Deutschen die Adern durch. Jede kleine Wunde verliert Blut. Noch aus dem kleinsten Riß fließt Kraft davon . . .

Im Raum Orscha—Borissow, wo sich der deutsche Nachschub staute und jedes Dorf an der Bahnstreke ein großes Lagerhaus geworden war, hatte General Shankowskij in mühevoller Kleinarbeit eine schlagkräftige, unsichtbare Truppe aufgebaut. Offiziere, die aussahen wie vom Wind gegerbte Bauern oder auch wie selbst für einen Krieg unbrauchbare Trottel, waren eingesickert, nachts mit Fallschirmen abgesprungen, hatten sich in den Wäldern von Dobryn und Sorino, beiderseits des Dnjepr, eingerichtet und versammelten die Bevölkerung um sich. Unmerkbar, in kleinen Gruppen, wurden Frauen und Männer an der Waffe ausgebildet. Lernten Minen legen und aus Flaschen, Pulver, einer Zündschnur und einer eingebauten alten Weckuhr Zeitbomben basteln. Sie übten das lautlose Anschleichen, das Tarnen mit Gras und Zweigen, das Ausheben von Erdhöhlen, in die man flüchten konnte und plötzlich unsichtbar wurde; sie übten das Werfen von Messern und den lautlosen Tod: das blitzschnelle Erwürgen mit dünnen Stahlschnüren. Sie sprangen aus Stroh gebaute Puppen, die deutsche Uniformen trugen, katzengleich von hinten an und schnitten ihnen die Kehle durch, und eine Spezialabteilung aus Frauen und halbwüchsigen Mädchen wurde belehrt, daß es keine Schande mehr sei, sich mit einem Deutschen in die Büsche des Bahndamms zu legen und sich bereiten zu lassen.

»Denkt immer daran: Das ist ein Opfer für das Vaterland!« sagten die Instruktionsoffiziere des Generals Shankowskij zu den Frauen, die ihnen stumm zuhörten. »Man kann es nachher abwaschen, alles kann man abwaschen, liebe Genossinnen, es dringt ja nicht in die Seele. Nur die Haut ist's. Eure Brüder geben ihr Leben . . . was ist dagegen euer Opfer? Alles, was den Feind lähmt, ist ein Sieg für Rußland! Jeder Deutsche, den ihr mit euren Beinen umklammert, ist ein Ausfall für die Nazis. In dieser Stunde können eure tapferen Männer Entscheidendes leisten . . .« In den Sumpfgebieten der Beresina und der Gaina, zwischen Slobodka und Denissowitschi, Sutoki und Rudnija und weiter östlich zwischen Babinitschi am Dnjepr und Tatarssk an der Wiechna entstand so ein kleines Heer militanter Zivilisten, das General Shankowskij stolz seine »Vaterländische Befreiungsfront« nannte. Die Deutschen sahen es anders. Für sie waren diese Russen Partisanen. Die große, unsichtbare, lautlose, tödliche Gefahr. Der Tod aus dem Hinterhalt. Die schleichende Vernichtung. Der ungreifbare Feind.

Partisanenkampf. Das bedeutete Gnadenlosigkeit auf beiden Seiten. Das war kein Krieg mehr, wo man weiß: da drüben stehen die Gegner — sondern ein Morden nur noch, ein Abschlachten, ein Siegen mit Hinterlist.

»Wir haben in den letzten zwei Monaten 2359 Sabotageakte und Überfälle auf die Bahnlinie gehabt«, sagte Major von Habner. Er war ein grauhaariger jovialer Herr, den man, da er an der Front nicht zu verwenden war, zum Kommandanten der Streckenüberwachung Orscha—Borissow gemacht hatte. Jetzt sah er sich einem Einsatz gegenüber, den er gern mit einem Kommando in der Hauptkampflinie getauscht hätte. Was er an Truppen in der Hand hatte, war mehr als miserabel. Ein Bataillon Bulgaren, die vor allem entlang der Eisenbahnlinie in Bunkerstationen wohnten und die Strecke abpatrouillierten, aber immer dann nicht verfügbar waren, wenn irgendwo eine Bombe das Gleis zerriß, dazu drei Kompanien Deutsche, zusammengewürfelt aus allen Truppenteilen, sogenannte Rekonvaleszenten-Einheiten; Leichtverwundete, die das Pech gehabt hatten, keinen Heimatschuß zu bekommen, sondern in den Lazaretten von Orscha ausgeheilt werden konnten. Hinzu kamen dreihundert Hiwis — Russen, die sich den Deutschen als Arbeiter zur Verfügung stellten, um Brot und eine Schüs-

sel Suppe zu bekommen. Hilfswillige nannte man sie im schönsten Beamtendeutsch. Sie machten klaglos die ganze Drecksarbeit an der Strecke, flickten die Gleise, schütteten die Dämme auf, bauten neue Bunker entlang der Eisenbahn, zogen Stacheldrahtzäune, errichteten Spanische Reiter, verminten die Bahndämme und gaben auf Packpapier oder auf Hemdenzipfeln ihre Pläne, auf denen verzeichnet war, wo sie die Minen vergraben hatten, weiter an die Partisanen in den Wäldern und Sümpfen.
»2359mal!« sagte Major von Habner und fuhr mit einem Zeigestock über die große Gebietskarte. Sie hing an der Wand des Klassenzimmers der 2. Klasse der Grundschule Orscha, einem alten Ziegelbau mit hohen, schmalen Fenstern. Einem Gebäude noch aus der Zarenzeit. Da die Sitze für Erwachsene zu eng waren, hockten die angesprochenen Offiziere und Feldwebel auf den Schreibpulten. Sie rauchten, ließen die Stiefel pendeln und sehnten sich nach einem kühlen Bier. Zwei Brauereien arbeiteten seit der Besetzung durch die deutschen Truppen wieder in Orscha. Auch hier waren es Hiwis, die die Maische ansetzten und die Gärung und das Sudhaus überwachten. Ihnen übergeordnet waren zwei deutsche Braumeister, ein Oberfeldwebel und ein Stabsgefreiter. Das Bier war dünn, fad und hellgelb. Pissolin oder Urinol nannten es die Landser. Ein geflügeltes Wort: Du trinkst einen halben Liter und pissen kannst du zwei.
Aber es gab Unterschiede. Braumeister Stabsgefreiter kochte ein »Spezialbier« für sich und eingeweihte Offiziere. Ein Starkbier bester Qualität. Wer davon einen halben Liter in einem Zug trank, dachte nicht mehr ans Pissen . . .
Orscha. Etappe. Ein rumorendes Leben. Ein Warenlager, daß die Wände platzten. Fronttheater. Vier Soldaten-Puffs. Zweimal im Monat, am Sonntag, für die Offiziere sogar ein Sinfoniekonzert im Saal des Parteihauses. Sammelplatz der Verwundeten. Schulen als Lazarette. Auffanglager zerriebener deutscher Einheiten, die hier wieder auf Kampfstärke gebracht wurden. Verwaltungen und Sitz des Generalzahlmeisters. Drehpunkt der zurückgekommenen Heimaturlauber. Um die Stadt herum Lager nach Lager. Barackenstädte. Das Bahngelände — das Herz zweier Armeen.
Kaum hundert Kilometer östlich, von der deutschen Aufklärung kaum bemerkt, marschierten unterdessen vier sowjeti-

sche Heeresgruppen auf. 132 Divisionen und 62 Brigaden, 2 Panzerarmeen und eine Luftflotte. Aus dem weiten Raum, aus den unerschöpften Gebieten jenseits des Urals, aus der Taiga Sibiriens und den Steppen Asiens strömten die erdbraunen Gestalten nach Westen.
Vernichtet die Deutschen! Jagt sie weg! Überrollt sie mit einer Feuerwalze. So tapfer sie sein mögen — diesem Stoß werden sie nicht standhalten.
»Die Tätigkeit der Partisanen nimmt täglich zu«, sagte Major von Habner und tippte mit dem Zeigestock die eingezeichnete Bahnlinie entlang. »Das deckt sich mit den Beobachtungen der Feindlage: Die Sowjets massieren große Truppen von Narwa bis Kolomea. Vom Finnischen Meerbusen bis zur Grenze Rumäniens alles Scheiße! Doch das nur nebenbei. Uns interessiert unsere Bahnlinie nach Orscha. Die vermehrte Aktivität der Partisanen deutet darauf hin, daß es auch hier bald losgeht. Die sofortige Erschießung gefangengenommener Partisanen — Sie kennen den Führerbefehl, meine Herren — trägt nicht dazu bei, die Freundschaft unserer Hiwis zu erhalten. Aber wir brauchen sie. Wer soll die Drecksarbeit machen? Und sie arbeiten wie die Ameisen, aber es ist im Grunde genommen ein Beißen in den eigenen Schwanz. Was sie heute flicken, fliegt in der nächsten Nacht wieder in die Luft. Die Ausfälle durch die Sabotageakte an der Bahnlinie sind gravierend. Das soll jetzt anders werden. Wir müssen endlich systematisch die Gebiete durchkämmen und säubern, in denen die Kommandostellen der Partisanen sich versteckt haben. Ich habe Sie daher zusammengerufen. Wir planen einen Großeinsatz unter Einschaltung von drei Bataillonen. Es wird in der Kesseltechnik verfahren: Einkreisen eines Gebietes und Durchkämmung Meter um Meter. Alles, was eine Waffe trägt, sofort erschießen. Alle Verdächtigen sofort abtransportieren nach Goloschewka. Dort hat man ein Lager eingerichtet. Dort werden sie verhört. Meine Herren«, Major von Habner stellte den Zeigestock in die Ecke und sehnte sich nach einem kühlen Bier, »ich bin kein Mann, der so schnell sagt: Weg damit! Aber dieser Kampf aus dem Hinterhalt entnervt auch mich! Der russische Freund am Tag ist der kaltblütige Mörder in der Nacht. Zugegeben — wir sind ihre Feinde. Man hat uns nicht nach Rußland eingeladen. Aber auch wir sind nur befohlen worden. Es kommt die Stunde, sie kommt

bald, meine Herren, wo es nur noch ums nackte Überleben geht . . .«
Jetzt lagen sie in der Nacht an der Bahnlinie, bewegungslos, mit Büschen getarnt, und beobachteten das Gelände. Kleine Gruppen, immer zu viert, zwischen den anderen Gruppen so viel Platz lassend, daß die Partisanen, falls sie kommen sollten, ahnungslos aus den Wäldern herausschleichen konnten. An den Gleisen selbst wollte man dann das Feuer auf sie eröffnen, von allen Seiten. Eine geschickt gebaute Falle. Es gab kein Entrinnen mehr.
Oberleutnant Berno von Ranowski lag mit einer Gruppe von vier Mann ziemlich weit draußen, von seiner Kompanie entfernt. Warm war die Nacht, wolkenreich, der Mond schwamm in silberner Watte. Sie hatten zwei Tage Partisanensuche hinter sich. Erfolglos. Was sie in den verstreuten Bauernhäusern antrafen, waren nur Frauen und Kinder gewesen. Verängstigt, in sich zusammenkriechend, als sie die deutschen Soldaten sahen, sofort mit der Beteuerung zur Hand, hier gäbe es keine Hühner und Schweine mehr. Nicht mal ein Säckchen Hirse oder Graupen. Eine Frau brachte einen Steintopf mit gesäuertem Kohl. Er stank so fürchterlich, daß der Obergefreite Hämmerle schrie: »Du lieber Himmel, die stampfen den ausgeschissenen Kohl wieder ein!«
»Wo sind die Männer?« hatte Ranowski gefragt.
»Kaputt . . .«, riefen die Weiber. Die Kinder begannen zu weinen. »Wägg! Orscha . . . Germanija . . . Nix wissen . . . Nix Männärr mehr. Wir ganz allein . . . Hungärr . . .«
Es war nichts zu beweisen.
»Da sind sie!« flüsterte Feldwebel Meier plötzlich. Er legte seine Lippen an Ranowskis Ohr. »Rechts von Ihnen, Herr Oberleutnant . . . da sind Schatten. Da — sehen Sie? Am Waldrand . . .«
Ranowski starrte hinüber zum Wald. Zuerst sah er nichts als Dunkelheit. Dann schien Bewegung in die Schatten zu kommen. Ganz langsam, tastend, das freie Feld bis zum Bahndamm vermeidend, über dem der Mondschein wanderte.
»Leuchtkugel fertig machen!« flüsterte Ranowski zurück.
»Schon bereit, Herr Oberleutnant.«
»Erst an die Schienen herankommen lassen!«
Der Waldrand bewegte sich. Gestalten huschten heraus, liefen zu den Gleisen. Gestalten in langen, weiten Röcken, ne-

ben sich kleinere Schatten, schmal wie hüpfende Zwerge. Oberleutnant von Ranowski schluckte.
»Das sind Frauen und Kinder«, flüsterte er heiser. »Meier, keine Leuchtkugel!«
»Partisanen!«
»Frauen, Meier! Kleine Kinder! Wollen Sie auf Kinder schießen?«
»Das ist ja das Hundsgemeine, Herr Oberleutnant! Die Weiber nehmen die Kinder als Schutz mit. Damit rechnen sie, mit unserer Anständigkeit: Man schießt nicht auf Kinder! Und während die Kinder einen Kreis bilden, legen die Mütter die Sprengladungen zwischen die Schienen. Sie sind erst seit einem Monat hier, Herr Oberleutnant. Sie kennen das noch nicht. Aber ich schlage mich mit den Partisanen seit einem Jahr herum. Wir kennen hier alle Tricks! Das ist der gemeinste! Kinder als Schutzwall!«
»Ich kann nicht schießen lassen!« sagte Ranowski dumpf. »Das kann keiner von mir verlangen.«
»Dann fangen wir die Weiber ein! Wer Sprengstoff bei sich hat, wird in Goloschewka sowieso umgelegt. Das geht uns dann nichts mehr an. Das besorgen die Männer von der Sondereinheit.«
»Und was geschieht mit den Kindern?«
»Keine Ahnung . . .«
»Wirklich nicht, Meier?«
»Ehrenwort, Herr Oberleutnant. Man munkelt, daß es auch Kindertransporte ins Reich gibt. Vor allem mit Zehn- bis Vierzehnjährigen. Die können schon feste arbeiten.«
»Das ist nicht wahr, Meier!«
»Man munkelt, habe ich gesagt, Herr Oberleutnant.« Feldwebel Meier zog das rechte Bein zum Sprung an. »Sollen wir?«
»Nein!« Ranowski blickte hinüber zu der Gruppe von Frauen und Kindern. Sie gingen über die Schienen und entfernten sich von der getarnten, auf Lauer liegenden deutschen Kompanie. Von der Nebengruppe robbte ein Unteroffizier heran und schob sich neben Ranowski.
»Herr Oberleutnant —«, stotterte er. »Det sind se doch, die Kameraden! Warum ballern wir nicht?«
»Das sind Frauen und Kinder!«
»Na und? Wenn se unsern Nachschub in die Luft jagen . . .«
»Auf Ausgangsstellung sammeln!« sagte Ranowski hart. Die

Frauen und Kinder waren wieder voll in der Dunkelheit verschwunden. »Was würden Sie sagen, Unteroffizier, wenn jemand Ihre Mutter erschießt?!«
Fassungslos robbte der Mann zurück. Eine halbe Stunde später rückte die Kompanie ab zu den Lastwagen und fuhr nach Orscha zurück. Bei den Morgenmeldungen, die bei Major von Habner einliefen, war auch der Bericht der Kompanie Ranowski. »Im Kontrollabschnitt keine Vorkommnisse«, hieß es in der kurzen Meldung. »Planquadrate VII — IX: neunundzwanzig Häuser. Nur Frauen und Kinder. Keine Waffen. Keine Anhaltspunkte von Partisanentätigkeit.«
»Merkwürdig!« sagte Major von Habner bei der Mittagsbesprechung. »Ranowski, Sie müssen im entscheidenden Augenblick an der falschen Stelle gelegen haben. In Ihrem Gebiet sind gestern nacht an vier Stellen die Gleise gelockert worden. Um 3.25 Uhr entgleiste ein Munizug. Gott sei Dank nur Sachschaden. Die Strecke war in einer Stunde wieder frei.«
Um 14 Uhr rief der Ia der Division bei Oberleutnant von Ranowski an. »Sind Sie reisefertig?« fragte er.
»Wieso?« Ranowski überlegte blitzschnell. So flott sind sie nicht mit Strafversetzungen. Nicht ohne Anhörung des Beschuldigten. Nicht ohne lange Schreibereien. Das ist bei Mannschaften schon so und erst recht bei Offizieren.
»Sie fliegen noch heute nach Berlin!« sagte der Ia der Division. »Befehl vom OKW.«
»Berlin? Wieso OKW? Was soll ich beim OKW?«
»Weiß ich das, Herr Oberleutnant? Das Fernschreiben lautet: Mit kleinem Gepäck. Meldung in Eberswalde, in der Offiziersreitschule.«
»Ich kann reiten! Ich habe mich nie für einen Lehrgang gemeldet. Ist Reiten jetzt, 1944, so wichtig? Gewinnen wir damit den Krieg?«
»Das fragen Sie mal im OKW!« Der Ia schien es eilig zu haben. Es gab Wichtigeres in Orscha, der Frontstadt, als einen Oberleutnant nach Berlin zu befehlen. »Wann können Sie sich bei der Division melden?«
»Sofort!«
»Hervorragend. Ihr Kommandeur wird von uns unterrichtet. Es muß sehr dringend sein in Berlin. Verlieren Sie keine Zeit.«
Berlin, dachte von Ranowski und freute sich plötzlich. In Ber-

lin habe ich Lilli sitzen. Die kleine, grünäugige Lilli mit dem runden Busen. Wie ein Schweinchen quiekte sie auf, wenn man sie liebte, und wenn man glaubte, sie sei geschafft, grub sie das Gesicht in die Magengrube und schrie: »Jetzt beiße ick dir 'n Monogramm in den Bauch!« — Wer von Lilly wegging, hatte immer einen dicken Bißfleck oberhalb des Schambeins ...
Lilly, wir sehen uns wieder, dachte Ranowski. Ein Fest wird das! Ich habe genau sechs Monate keine Frau mehr gehabt.
Er sollte enttäuscht werden.
Berlin sah er nie wieder.

Solbreit, Elmar
22 Jahre
Leutnant

Er war verdreckt von den Haaren bis zu den Stiefelspitzen. Getrockneter Schlamm, Gestrüpp von Wasserpest, grüne Algen bedeckten seine Uniform. In den Stiefeln quatschte das Wasser, das Gesicht schimmerte lehmgrau, durchsetzt mit grünen Tupfen. Zum Umfallen müde, hockte er sich auf die Erde, warf seine Maschinenpistole weg und riß den Helm vom Kopf. Das kurzgeschnittene blonde Haar war wie erstarrter Leim.
Die Soldaten, die mit ihm zurückgekommen waren, sahen nicht anders aus. Gestalten aus einer Sagenwelt. Die Söhne des Sumpfkönigs.
»Ein Mist ist das!« sagte Leutnant Solbreit. Er zog seine nassen Stiefel aus und warf sie der MPi nach. Im Lager der 7. Kompanie war man an solche Auftritte gewöhnt. Jede Streife, die aus den Pripjet-Sümpfen zurückkehrte, sah so aus. Hauptfeldwebel Maritzka brüllte nach dem Küchenfeldwebel und verlangte Tee mit Wodka. Aus seiner Schilfhütte, die zusätzlich noch mit einem Netz getarnt war, kam Hauptmann Voggenreiter heraus und hockte sich neben den jungen Leutnant. Zwei Mann brachten einen Eimer mit Wasser und wuschen Solbreit das Gesicht. Eine dicke Brühe blieb in dem Eimer zurück. Die anderen Landser tappten zu ihren Unterständen, zogen die Jacken aus, ließen die Hosen fallen und stellten sich unter Gießkannen, die man an einen Strick gebunden hatte.

Auch so kann man duschen. Ein Gefreiter lief mit Eimern hin und her und füllte die Gießkannen immer wieder auf. Von der Feldküche herüber zog ein herrlicher Duft. Bohnensuppe mit Speck. Hauptmann Voggenreiter hatte es befohlen. »Wenn die Jungs zurückkommen, gibt's ein Festessen!« Das Wenn betonte er. *Wenn* . . . Jeder wußte, was das bedeutete. Wer in die Pripjet-Sümpfe eindrang, um die sowjetischen Stellungen herauszufinden oder um einen Gefangenen zu machen, den man dann ausquetschen konnte, durfte sogar nach seiner Rückkehr beten. Keiner hätte ihn ausgelacht.
Vom Feind gegenüber und rundherum wußte man so gut wie gar nichts. Er war da . . . Überall tauchte er auf, wo ihn niemand erwartete. Im Rücken, dort, wo eigentlich der Bataillonsstab liegen sollte. Oder an der Westseite, wo das III. Bataillon seit einem Monat feste Stellungen ausbaute. Oder er kam direkt aus den unzugänglichen Sümpfen, in denen nach menschlichem Ermessen eigentlich niemand leben konnte, weil es keinen harten Boden gab, nur schwabbelnde, breiige Masse, Schilfseen, Moore mit trügerischem Blumenteppich, Rohrniederungen, in denen Millionen Vögel nisteten, Wildenten und Schnabeltaucher, Fasane und Kraniche, Rebhühner und graugrüne Märzenten. Der Krieg störte sie nicht, denn das Massensterben ging an ihnen vorbei. In den Sümpfen wurde der Krieg dumpfer, erstickte das Moor die Geräusche, versanken Granaten im puddingweichen Schlamm, bevor sie explodierten.
Hier wurde noch Mann gegen Mann gekämpft, nicht Panzer gegen Panzer oder Geschütz gegen Geschütz. Der Sumpf war ein Land, so groß wie Preußen, und irgendwo in diesem Urwald aus Rohr und Schilf, Weiden und Pappeln, Ginster und Riesenfarnen lagen die Russen, irgendwo die Deutschen. Ein Dschungelkrieg. Der Tiger, der zuerst springt, bleibt Sieger.
Leutnant Solbreit wischte sich mit einem großen Handtuch das Gesicht. Trotz der Wäsche mit einem ganzen Eimer Wasser wurde das Handtuch lehmgelb. Er wollte aufstehen, aber Hauptmann Voggenreiter drückte ihn an den Schultern auf die Erde zurück.
»Bleiben Sie sitzen, Solbreit. Ihre Beine knicken sowieso weg. Also wieder nichts mit Informationen?«
»Gruppe Solbreit von Stoßtrupp zurück, keine Feindberührung. Eigene Verluste: Keine.« Solbreit griff nach der Blech-

tasse, die der Küchenfeldwebel ihm unter die Nase hielt, Tee mit Wodka. Gierig trank er sie halb leer und rülpste dann laut.
»Verzeihung, Herr Hauptmann!«
»War ein gesundes Bäuerchen!« Voggenreiter lachte. »Der Stoßtrupp der 2. Kompanie ist auch zurück. Ich habe mit Leifheim gesprochen. Auch keine Feindberührung. Wir stoßen in ein Vakuum. Aber auf einmal sind sie da, wie Moorgespenster. Zum Teufel, irgendwo müssen sie doch stecken! Sie können sich doch nicht in Schilfrohr verwandeln.«
»Sie tun's *mit* Schilfrohr.« Solbreit legte sich lang auf den Rükken. Schlafen, dachte er. Augen zu, Ohren zu, Schnauze zu und schlafen ... »Wir haben einen Toten gefunden.«
»Einen Iwan? Mensch, Solbreit! Welcher Truppenteil? Wenigstens ein Lichtblick!«
»Der Mann war fast nackt. Nur eine Badehose. Truppenteil? 1. Bataillon *Tonarr* ...«
»Wie bitte?«
»Toter Nacktarsch! — Der Kerl war im Stadium der Verwesung. Vielleicht drei Wochen schon. Ein vorgeschobener Posten, nehme ich an. Aber an ihm haben wir gesehen, wie die Technik der Iwans ist. Der Mann ist an seiner Flöte erstickt.«
»Werden Sie nicht obszön, Solbreit«, unterbrach ihn Voggenreiter.
»Nehmen wir es ruhig wörtlich, Herr Hauptmann.« Solbreit hob den Kopf, trank den Rest und ließ den Kopf wieder sinken. Der Küchenfeldwebel grinste ihn an. Sein rundes Gesicht hing wie ein Mond am blaßblauen Himmel. »Seppl, wieviel Wodka hast du in den Tee gebraut?« sagte Solbreit schläfrig. »Du lieber Himmel, ich bin besoffen ...«
»50:50 ... wie es Herr Leutnant immer trinken.«
»Aber nicht nach solch einem Tag, du Rindvieh! Verzeihung, Herr Hauptmann, wenn ich Blödsinn rede ... Ich habe den Höllentrank nicht serviert!«
»Was ist mit der Flöte, Solbreit?«
»Sie — die Iwans — verkleben sich die Nasenlöcher mit Bienenwachs, stecken in den Mund ein Schilfrohr, manche auch zwei, tauchen unter den Sumpf — oder unter die Wasseroberfläche — und liegen da wie in einem Himmelbett. Geatmet wird durch das Schilfrohr, das aussieht wie Millionen andere Schilfrohre. Theoretisch ist es möglich, daß um uns herum im

Schilfwald Hunderte von Sowjets unter Wasser liegen und auftauchen, wenn es nötig ist. Daher die plötzlichen Überfälle aus dem Nichts. Wir können doch nicht jedes Schilfrohr anpacken und daran ziehen, um festzustellen, ob am Ende ein russischer Kopf hängt.«
»Phänomenal!« sagte Hauptmann Voggenreiter. »Solbreit, Sie haben eine taktisch unbezahlbare Entdeckung gemacht. Leider sehen Sie nicht mehr, wie wir sie auswerten und die Sümpfe ausräuchern. Liegen Sie gut?«
»Ich bin müde und besoffen, Herr Hauptmann.«
»Beides nützt Ihnen nichts mehr. Sie müssen noch heute abend bei der Division sein.«
»Nein!« Solbreit schloß die Augen. Sie brannten, als habe das Sumpfwasser sie verätzt. »Morgen . . .«
»Das OKW ruft Sie!«
»Sie sind ein Witzbold, Herr Hauptmann!«
»Die Division hat vor drei Stunden angerufen. Leutnant Solbreit mit leichtem Gepäck nach Berlin befohlen. Dringend!«
»Habe ich Berlin gehört?«
»Sie haben!« Solbreit hob den Kopf. Seine Männer vom Stoßtrupp standen nackt und gebadet auf dem Platz herum und machten ihre Kochgeschirre bereit. Bohnensuppe mit Speck.
»Heute nacht werdet ihr alle schweben!« rief der Küchenfeldwebel. Er stand oben auf der Feldküche neben dem dampfenden Kessel und rührte mit einer langstieligen Kelle in der Suppe herum. »Denkt daran, ihr Bläser: Gaskrieg ist verboten!«
»Sonst hat man nichts gesagt? Nur Berlin?« fragte Solbreit.
»Doch. Sie melden sich auf schnellstem Weg in Eberswalde.«
»Eberswalde? Kennen Sie das?«
»Nein. Aber der Divisionär! Hat sich Leutnant Solbreit zur Kavallerie gemeldet, fragte er. — Haben Sie?«
»Nee!« Solbreit setzte sich auf und schnüffelte in Richtung Feldküche und Bohnensuppe. »Ist in Eberswalde eine Kavallerieschule?«
»Ja!«
»Wie schön! Der Irrtum ist klar! Seppl! Meine Bohnensuppe! Aber ohne Wodka, du krummer Hund!«
»Wird sogleich serviert, Herr Leutnant.«
Es war kein Irrtum. Am Abend meldete sich Leutnant Elmar Solbreit beim Divisionsstab, wurde auf schnellstem Wege

nach Bobruisk gebracht — mit dem Kübel des Kommandeurs und dessen Fahrer — und flog noch in der Nacht in den Westen.

»Wissen Sie, was das bedeutet?« fragte Solbreit den Piloten, einen jungen Leutnant wie er. Unter ihnen lag Rußland, dunkel, ohne einen Lichtschein.

»Keine Ahnung. Das OKW . . .«

»Das ist doch Quatsch! Was will das Oberkommando der Wehrmacht von einem kleinen Leutnant?«

»Im Krieg ist alles möglich!«

»Sie sagen es.« Solbreit lehnte sich so weit zurück, wie es der Sitz zuließ. »Und jetzt penne ich, Kamerad! Wenn wir über Eberswalde sind, werfen Sie mich ab. Ich falle weich. Pferdeäpfel warten auf mich.«

von Baldenow, Venno Freiherr
28 Jahre
Hauptmann

Venno von Baldenow, Hauptmann und stellvertretender Bataillonskommandeur des ehemaligen Kavallerieregiments 2 — Öseler Husaren —, hatte die Heldentat vollbracht, bei einem sowjetischen Panzervorstoß nördlich von Kischinew mit den nur sieben Mann, die ihm noch geblieben waren, und einer mitgenommenen leichten Flak neun T 34 abzuschießen. Er war im Wehrmachtsbericht mit einem Satz erwähnt worden und hatte nun große Hoffnungen, auch das Ritterkreuz zu erhalten, was Vater Johannes von Baldenow als selbstverständlich ansah. Dabei war von Heldentum keine Rede gewesen, sondern nur von grenzenloser Verzweiflung: Vor sich die sowjetischen Panzerspitzen, weit auseinandergezogen, alles, was vor ihnen herumlief, mit den überschweren MGs niederkämmend, oder sogar mit ihren langen Kanonen auf einen einzelnen Mann schießend — hinter sich den Prut, den Fluß, über den es nur eine heillos überfüllte Notbrücke gab. An Rückzug war nicht gedacht worden; die Linie in der Süd-Ukraine von Belgorod im Süden bis Kowel an der Bahnlinie nach Kiew, das schon 1943 geräumt werden mußte, galt als die letzte Rückzugsstreckenbegrenzung. Brach der Russe weiter durch, wurde Rumänien aufgerollt, stieß er vor bis Ungarn, zu den Karpaten und tief hinein nach Polen, die ganze Südflanke der Ostfront kam dann ins Strudeln und zwang den Mittelabschnitt ebenfalls zurück, um nicht einen riesigen Kessel entstehen zu lassen, in dem zwei Heeresgruppen hilflos vernichtet werden konnten.

Es war also kein Heldentum, sondern es ging allein ums Überleben, als Venno von Baldenow beim Auftauchen der T 34 des General Tolbuchin von der 4. Ukrainischen Front, der sich die 3. Ukrainische Front unter General Malinowski anschloß, zu seinen sieben müden Männern sagte: »Jungs, wenn ihr irgendwann mal wieder bei Muttern selbstgemachte Sülze mit Bratkartoffeln essen wollt und dazu ein kühles deutsches Bier trinken — dann haltet jetzt drauf. Denkt an nichts. Nur laden, abziehen, laden, abziehen . . . Entweder schwenken die Iwans ab, oder wir gehen dabei drauf! Es gibt keine Alternative.«

Die Jungs hatten genickt. Der Chef sprach immer so, als wenn er eine Rede halten wollte. Alternative. Und das beim Anblick von über dreißig stählernen Riesen, beim Gedröhn von sechzig tonnenschweren Stahlketten. Die Panzer kamen allein, ohne aufgesessene oder im Schutz der Ungetüme hinterherrennende Infanterie. Es war lediglich ein Ausflug der Iwans, eine Art Neugier, um festzustellen, wie sich die Deutschen benehmen, wenn T 34 durch die Gegend fahren. Das Land gehörte ihnen sowieso schon wieder, und wenn die große Offensive noch nicht über die Deutschen walzte, dann nur, weil Stalin, der den großen Schlag selbst überwachte, noch mehr Truppen aus den Weiten Rußlands an die westliche Front karren ließ.

Und sie luden und zogen ab, schossen den dünnen Lauf glühend, jagten Schuß um Schuß gegen die T 34, gut gedeckt durch einen kleinen Hügel, in den die Granaten der Panzer hineindonnerten, Erdfontänen in den blauen Sommerhimmel jagten, Trichter nach Trichter aufrissen, bis der Erdhügel wie ein grauer Schweizer Käse aussehen mochte. Die Granatsplitter zirpten durch die heiße Luft, rasierten Büsche und Baumkronen ab. In diesem Inferno hockten die sieben Mann neben Hauptmann von Baldenow hinter der leichten Flak und zielten ruhig jeweils auf den sowjetischen Panzer, der ihnen am nächsten gekommen war. Venno von Baldenow hatte selbst das Zielgerät übernommen, hockte auf dem Eisensitz visierte

das Ziel an, kurbelte den Schußwinkel und schrie seine Angaben.
Nach jedem Abschuß, immer wenn eine Stichflamme aus einem Panzer hochschoß oder mit einer Explosion der Turm wegflog, brüllten die sieben Mann und der Hauptmann »Hurra!« und kümmerten sich dann um das nächste stählerne Ungeheuer.
Beim sechsten Verlust hielten die Sowjets ihren Erkundungsvorstoß an. In langer Kette standen sie auf dem freien Feld, schossen konzentriert auf den tödlichen Hügel vor sich, erreichten aber nur, daß der »Schweizer Käse« noch mehr durchlöchert wurde.
»Sie stehen!« sagte Hauptmann von Baldenow. »Jungs, jetzt haben wir sie wie Zielscheiben. Der dritte von rechts, der sieht so frech aus.«
Nach dem neunten Abschuß schwenkten die sowjetischen Panzer ab und donnerten zurück. Ungläubig starrten die acht Deutschen den abziehenden Ungeheuern nach, bis nur noch eine hohe Staubwolke von ihnen zu sehen war.
Ein kleines Geschütz und acht Mann hatten einen Vorstoß aufgehalten.
Die ungeheure Spannung löste sich, die Herzen begannen zu zittern. Sie rissen die Arme hoch, jubelten, umtanzten wie Irre das Geschütz, fielen sich in die Arme, standen dann vor Baldenow stramm, brüllten: »Gratuliere, Herr Hauptmann!« Und: »Bitten um Verzeihung, Herr Hauptmann!« und umarmten dann auch ihren Chef, küßten ihn auf die Wangen und trugen ihn auf den Schultern um die Kanone. Das war ganz unmilitärisch, so benimmt sich eine siegreiche Fußballmannschaft, aber man war ja allein auf weitem Feld, niemand sah es, und mit Hauptmann von Baldenow konnte man das machen. Er war ein Kumpel, wie man so sagt, nicht bloß Träger von silbernen Schulterstücken mit zwei silbernen Sternen darauf.

Von Heldentum, wie es seitdem hieß, wenn man Venno von Baldenow in seinem ehrenhaft verdienten Heimaturlaub in Ostpreußen von Gut zu Gut herumreichte und ihm vor allem die heiratsfähigen Töchter vorführte — mit achtundzwanzig Jahren hätte ein Mann von der Qualität, vor allem auch der finanziellen Quantität eines von Baldenow eigentlich schon

längst einen eigenen Hausstand haben müssen —, von Heldentum war demnach nicht die Rede bei jenen, die sich in solchen verzweifelten Frontsituationen auskannten. Dennoch genoß Venno die drei Wochen Heimat mit vollen Zügen. Von der deutschen Heeresgruppe Südukraine war ein Wink gekommen: Das Ritterkreuz war eingereicht! Das EK I, das Venno gefehlt hatte, war nur die Vorstufe gewesen an der Trittleiter gewissermaßen zum Anlegen des Halsschmuckes.
Die Baldenows waren noch nie Heilige gewesen, auch wenn sie auf Gut Neu-Nomme eine eigene Kirche unterhielten und sonntags in den ersten Bänken saßen, »Ein' feste Burg ist unser Gott« sangen und in der Reihe der anderen Bauern standen, um das Abendmahl zu empfangen. In bezug auf Frauen galten sie als Abkömmlinge der ausgesetzten Wisente. Die Frauen der Baldenows waren immer großzügig gewesen, deshalb waren auch ihre Ehen glücklich und unerschütterlich. Man wußte, in einem gewissen Alter hatten die Herren auf Neu-Nomme ihre Munition verschossen. Dann tätschelten sie nur noch, griffen zwar noch gern da und dort in Fülliges, begnügten sich jedoch damit, letzte Standhaftigkeit hinterher mit einer Flasche Rotspon feierlich zu begießen.
Venno hatte in diesen vierzehn Tagen, die er jetzt auf Gut Neu-Nomme war, die kleine Baronesse von Ebenhausen, das Freifräulein von Ruguldi und die verwitwete Baronin von Soulepp mit seiner ungebrochenen Männlichkeit begeistert, ohne allerdings die Hoffnung zu hinterlassen, daß es nach dem Krieg zu einer ständigen Bindung kommen könnte. Er tauchte auf den Gütern auf, ritt mit den Damen über Felder und durch Wälder, suchte und fand abgelegene, sonnendurchwärmte Plätze, ließ seine beiden stets mitgeführten Jagdhunde rundum Patrouille laufen, um vor Überraschungen sicher zu sein, und demonstrierte dann den begeisterten Damen den Angriff mit blanker Waffe.
Es waren herrliche Sommertage auf Neu-Nomme.
An diesem Tage nun war Venno mit auf die Felder gefahren. Während auf weiten Wiesenflächen noch die Kolonnen der Schnitter in langen Reihen mit zischenden Sensen die Mahd machten, ein im Gleichgang blitzender, hin und her schwingender Vormarsch gedengelten Stahls, fuhren andere Kolonnen, und hier vor allem Mädchen in bunten Kopftüchern, luftigen Blusen und kurzen Leinenröcken, das auf den Dreibock-

reutern getrocknete Heu ein. Mit Gabeln stakten sie die Haufen nach oben auf die Heuwagen, wo zwei Mann saßen, die Ballen abnahmen und schichteten. Auch Venno, der »junge Herr«, stand auf einem der Heuberge auf dem Wagen, nahm an, stopfte die Gabel kunstvoll um sich herum und winkte den Mädchen auf dem Feld zu. Nur zu, nur zu, mich bekommt ihr nicht müde.
Ein kräftiger Kerl war er. Mit nacktem Oberkörper stand er da oben, in einer engen, verwaschenen Drillichhose. Seine Muskeln drückten sich wie Trossenstränge durch die Haut, an den Oberarmen, im Rücken, unter dem Nacken, quer unter dem Magen, an den Oberschenkeln. Ein trainierter Körper, ein schöner, männlicher, fordernder Körper. Die Gutsmädchen bewunderten ihn mit glänzenden Augen.
Der Heuwagen war zu Dreiviertel beladen, als der Gefreite Hans Briszliszky über das Feld galoppierte. Er schwenkte einen Zettel in der Hand. Gefreiter Briszliszky war Bursche bei Hauptmann von Baldenow. Er hatte es in seinem Dorf nur bis zur vierten Klasse geschafft, aber seine Treue war allen überlegen. Und er gehörte zu den sieben, die neun T 34 abgeschossen hatten. Dafür bekam er das EK II — später, als Baldenow das Ritterkreuz trug, reichte man das EK I nach, das Panzerabschußzeichen in Silber, die Nahkampfspange . . .
»Wenn allet vorbei ist«, hatte Briszliszky gesagt, »werd' ick Klempner. Blech hab ick jenug für den Anfang . . .«
»Ein Telegramm, Herr Hauptmann!« schrie Briszliszky und zügelte das schwitzende Pferd. »Jerade anjekommen! Dringend.«
Venno kniete sich auf den Heuhaufen. Die stakenden Mädchen bildeten einen Kreis um das tänzelnde, nervöse Pferd.
»Ritterkreuz?« fragte Hauptmann von Baldenow.
»Nee, Herr Hauptmann! Ab nach Berlin!«
»Oje! Der Führer persönlich . . .? Die machen's aber feierlich . . .«
»Morgen früh Meldung in Eberswalde . . .«
»Wo?«
»Eberswalde. Reitschule.«
»Sind die denn verrückt? Ich konnte schon reiten, da haben die anderen noch in den Windeln geschwommen.«
»Ist 'n Befehl, Herr Hauptmann!«
»Ich komme 'runter.«

Es zeigte sich, daß das Telegramm tatsächlich aus Berlin kam. Johannes von Baldenow, der Vater, hatte bereits bei der Post in Aruvallo angefragt. Es stimmte. Ein Telegramm. Vom OKW! Die großen Götter riefen Venno von Baldenow in ihre Arme.
»Das bedeutet Generalstab, was sonst, mein Sohn?« sagte Johannes von Baldenow stolz. »Wenn das OKW persönlich ... Die ganze Familie segnet dich, mein Junge!«
Am nächsten Morgen flog Venno von Baldenow vom Flugplatz Reval nach Berlin. Das Telegramm des OKW ersetzte alle Fahrkarten, Marschbefehle und Bescheinigungen.
Ein herrlicher Tag, ein wundervoller Flug. Das weite, fruchtbare Land mit seinen Feldern und dunklen Wäldern lag unter ihm. Die Seenplatten schimmerten in der Sonne, Silberscheiben auf grünem Filz. Wie schön ist Deutschland, dachte er. Hoffentlich halten wir den Russen auf. Hoffentlich ...

Poltmann, Johann
21 Jahre
Leutnant

Es gibt schönere Orte als Mogilew. Aber es gibt — nach Ansicht von Leutnant Poltmann — kein Feldlazarett mit schöneren Krankenschwestern.
Bisher war er dreimal verwundet worden, immer nur so leicht, daß es nie für eine Verlegung in die Heimat gereicht hatte. Die Stabsärzte, bei denen er landete — erst im vorgeschobenen Verbandsplatz, dann im HVB, dem Hauptverbandsplatz, schließlich im Feldlazarett in der ersten Etappe — untersuchten seine Verwundung gründlich und schüttelten dann bedauernd den Kopf. »Wieder nichts, mein Lieber! Streifschuß! Ein Viertelpfund Arschfett weg, aber sonst alles in bester Ordnung. Fünf Zentimeter höher, so richtig durch die Backe, das hätte diesmal gereicht. So aber ... In einer Woche können Sie sich die Narbe von der Matka im Dampfbad streicheln lassen.«
Für Poltmann war Mogilew ein altes Pflaster. Er hatte im Dnjepr schon Fische mit geballten Ladungen gefangen und an der sandigen Uferböschung ein »Karbolmäuschen« vernascht. Überhaupt war Leutnant Poltmann in den Lazaretten von Mo-

gilew, bei den Schauspielerinnen der Fronttheatertruppe, bei den Nachrichtenhelferinnen, genannt »Blitzmädchen«, die in den verschiedenen Stäben und im Fernsprechknotenpunkt Mogilew arbeiteten, eine Art erotische Berühmtheit.
Nicht, daß Leutnant Poltmann von besonders ausdauernder Potenz gewesen wäre — er war im Gegenteil etwas bequem und war so verrückt, wenn er zwischen einem runden Busen oder einem Gedichtband von Hölderlin zu wählen hatte, sich für den schwäbischen Dichter zu entscheiden. Seine Kameraden nannten das einen »sexuellen Snobismus, der schon strafbar sei«, aber Johann Poltmann konnte mit einem lyrischen Gedicht irgendwo in einer stillen Ecke hocken und so intensiv und weltverloren in die Weite blicken, als sähe er ferne, schönere Sterne als unseren von Krieg und Elend zerrissenen Planeten.
Das Geheimnis von Poltmanns unheimlichen Frauenerfolgen lag in seinen Haaren. Sie waren gewiß nicht die Quelle aller Kraft wie bei dem sagenhaften Samson, der ganze Marmortempel eindrückte, solange er seine Locken auf dem Kopf trug. Jedoch: sie waren hellblond, fast weißblond und von so schöner, natürlicher, geradezu zärtlicher Lockung, daß es noch keine Frau gegeben hatte, die nicht ekstatisch mit beiden Händen in ihnen hätte wühlen mögen. Im Augenblick der höchsten Hingabe hielten sie sich nicht an seinen Schultern oder krallten die Finger in seinen Rücken, verklammerten nicht die Beine um seine Hüften oder schlangen die Arme um seinen Nacken — nein, sie hielten sich in ihrer Ekstase allein an diesen weißblonden Locken fest.
»Der Johann hat es gut«, sagten seine Offizierskameraden und ließen ihn in fröhlicher Runde hochleben. »Er braucht nur die Mütze abzunehmen . . .«
Das II. Feldlazarett Mogilew, in dem Leutnant Poltmann jetzt lag, war bekanntermaßen das Lazarett mit den aufgeschlossensten Krankenschwestern. Es gab da zwei Kategorien: Die »alten Häschen«, die schon monatelang in den großen Etappenlazaretten arbeiteten und die nichts mehr erschüttern konnte, obgleich die Landser sich immer neue Tricks und Variationen ausdachten, um unter die Röcke zu gelangen — und die Schwesternhelferinnen, blutjunge Mädchen in der Ausbildung, die ihre erste »Feuertaufe« in Frontnähe erlebten. Feuertaufe im wahrsten Sinne des Wortes, denn was auf diese

ahnungslosen, voll Idealismus steckenden Schwesterchen von den halbwegs noch mobilen Verwundeten abgeschossen wurde, nannte ein Oberstabsarzt, der die Ausbildung der Mädchen leitete, »eine Sauerei, gegen die man ein eigenes Kriegsgesetz erlassen müßte«.

Leutnant Poltmanns weißblonde Locken erweichten auch die Moralbegriffe dieser jungen Schwestern. Nach fünf Tagen, an denen er wegen seines Hinternschusses auf dem Bauch liegen mußte, durfte er normale Haltung einnehmen, ging im Lazarett herum und traf seine Auswahl. Da war eine kleine, zierliche Schwarze mit wippendem Po und vielversprechenden Blicken, die für Poltmann nur einen Fehler hatte: Sie sprach ein urgewaltiges Sächsisch. Das ist zwar ein Schicksal, das jeder aus dieser Landesecke zu tragen hat, aber Poltmann zuckte davor zurück, wenn er daran dachte, daß die süße Carla etwa sagen könnte: »Paß uff, daß de mir geen Gind machsd . . .«. Da hilft auch kein Lockenwühlen mehr.

Die zweite Favoritin hieß Elfriede, war deutlich germanischer Abstammung, stand auf schönen, aber stämmigen Beinen, hatte dauernd Krach mit ihrer Bluse, weil ihre Brüste die Knöpfe aus den Löchern sprengten, und bewegte sich durch das Lazarett mit einem Gang, als sei sie auf der Pirsch nach Wotan geweihten Bären. Ein solches Prachtweib besessen zu haben, galt im Lazarett II in Mogilew schon als sportliche Trophäe.

Die Jagdgesellschaft war dementsprechend groß und exklusiv: Vom Oberstabsarzt der »Inneren«, der eigentlich ein Gynäkologe aus Recklinghausen war und auch so aussah wie ein Frauenarzt, was ihn besonders stolz machte, bis zu dem Sanitätsgefreiten Hubert Sinckel, von dem Eingeweihte sagten, er sei der einzige Landser, der Maßhosen trage, weil die normalen Hosen ihn gesundheitsschädlich einklemmten: alles, was sich zutraute, Elfriede zu überstehen, setzte seine Spezialtricks ein.

Sie alle blitzten ab. Thusneldas Stolz umgab Elfriede wie eine Aura. Bis Leutnant Johann Poltmann mit seinem lächerlichen Hinternschuß eingeliefert wurde! Erfahrene Lazarettinsassen ahnten Böses. Kleckerweise besuchten Abordnungen verschiedener Stationen den noch auf dem Bauche liegenden Poltmann und machten ihm klar, daß im Lazarett neunundvierzig Schwestern tätig seien, im Nebenlazarett noch einmal

siebenunddreißig, in der Sammelstelle zwölf. Das sind zusammen achtundneunzig Mäuschen! Die Blitzmädchen wollte man erst gar nicht hinzuzählen. Also, Kamerad Poltmann: Muß es gerade Elfriede sein?!
Poltmann versprach Unmögliches, denn als er nach diesen fünf Tagen wieder laufen durfte und Elfriede allein — wirklich zufällig — im Vorraum der Wäschekammer traf, weil er dort ein Hemd abgeben wollte, fragte Elfriede ihn: »Sind die echt, Herr Leutnant?«
»Was?« fragte Poltmann ahnungslos zurück.
»Die Farbe der Haare! Oder bleichen Sie die?«
»An der Front?!«
»Natürlich, welch dumme Frage!« Elfriede lächelte etwas verschämt, wodurch sie gleich nicht mehr so germanisch aussah. Sie wirkte irgendwie weicher, ließ, wie hinter Schleiern, Zärtlichkeit ahnen. »Darf ich mal?«
»Was?« fragte Poltmann wieder. Liebe Kameraden, dachte er dabei. Ich kann es nicht ändern. Wer kann seinem Schicksal davonrennen?!
»Anfassen . . .«
»Wo?«
»Ihre Haare natürlich!« sagte Elfriede. Ihre Augen spielten beleidigt, aber ihre schön geschwungenen vollen Lippen lächelten.
»Wenn es Ihnen Spaß macht. Bitte!« Er senkte den Kopf, und Elfriede streichelte mit beiden Händen über die goldweißen, seidigen Locken. Ihr Atem wurde schneller, ihre Brüste hoben und senkten sich wie Pumpenkolben, er sah es genau, denn beim Kopfsenken war er ihrem Busen sehr nahe gekommen. Sie faßte noch einmal in sein Haar, und er spürte deutlich, wie ihre Hände zuckten.
»Danke«, sagte sie mit belegter, viel dunklerer Stimme. »Und nun geben Sie Ihr schmutziges Hemd her, Herr Leutnant.«
Poltmann verließ die Wäschekammer mit seltsamen Gefühlen.
Am Abend suchte er aus seinen Hölderlinbänden ein besonders schönes Gedicht aus, schrieb es mit Zierschrift ab, faltete das Papier, schnitt sich eine lange Locke ab, steckte sie an das Gedicht, verklebte das Kuvert und schob es in der Nacht unter die Tür des Wachraumes VI. Er hatte sich erkundigt; Elfriede hatte von 4 Uhr morgens bis 12 Uhr mittags Frühdienst.

Die Wirkung war ungeheuer.
Am nächsten freien Tag trafen sich Elfriede und Poltmann in einer Hütte am Dnjepr und verloren nicht mehr viel Worte. Ihre Liebe auf dem Strohsack in einem alten Holzbettgestell war vulkanisch.
»Deine Locke trage ich auf der bloßen Brust«, sagte sie. Und das stimmte. Sie hatte die goldweiße Locke mit Nähgarn zusammengefaßt und wie ein Federmedaillon an ein Silberkettchen gehängt. Zwischen ihren herrlichen Brüsten lag sie nun. »So spüre ich dich immer«, flüsterte sie. »Bei jeder Bewegung bist du an mir, in mir, streichelst mir die Brüste. Ich laufe nur noch 'rum wie ein gereiztes, wildes Tier. Du machst mich verrückt. Und dann dein wunderschönes Gedicht. Wie klug du bist . . .«
Leutnant Poltmann verzichtete darauf, zu erklären, daß der Dichter Hölderlin heiße. Vielleicht kannte Elfriede Hölderlin gar nicht — aber war das wichtig?! Sie hatte weiche Schenkel, samtene, tastende Lippen und einen heißen, waldreichen Schoß . . .
Das Idyll dauerte fünf Tage. Dann rief ihn der Chef des Lazaretts II, ein Oberstarzt, in sein Büro und musterte Johann Poltmann mit angezogenem Kinn. Oberstarzt Dr. Beckmann war Lungenfacharzt aus Hannover und galt als sehr zugeknöpft.
»Gott schlägt hart zurück«, sagte er, als Poltmann nach strammem Gruß sich rühren durfte. »Herr Leutnant — Ihre Bockzeit in meinem Haus ist vorbei!«
»Herr Oberstarzt, ich . . .«
»Keine Entschuldigungen, Herr Leutnant. Ich kenne die Spielregeln, auch wenn ich mich nicht am Spielchen beteilige. Sie haben die Jagd gewonnen, Leutnant Sonnenköpfchen. Wissen Sie, daß man Sie so nennt?«
»Ja. Aber ich kann nichts dafür . . .«
Dr. Beckmann hob ein schmales Papier hoch und zeigte es Poltmann. Aber er konnte nicht lesen, was darauf stand. Jedenfalls war es ein Telegramm.
»Sie werden sofort mit kleinem Gepäck auf die Walze gehen, Herr Leutnant.« Der Oberstarzt ließ das Papierchen auf den Tisch zurückflattern. »Befehl aus Berlin. Vom OKW! Ein Flugzeug bringt sie von Mogilew nach Minsk. Von dort fliegen Sie weiter mit einer Fokker nach Eberswalde. Die Sache muß ganz dringend sein . . .«

»Mit mir? Unmöglich!« Poltmann starrte Dr. Beckmann entgeistert an. Berlin, dachte er. OKW! Eberswalde. Marschbefehl per Telegramm ... Das ist mir unerklärlich.
»Vielleicht will das OKW Ihre Löckchen taktisch ausnutzen?« sagte Oberstarzt Dr. Beckmann und bot Poltmann sogar eine Zigarette an. Das war eine ganz große Auszeichnung. Man konnte sich in Mogilew nicht erinnern, von Dr. Beckmann jemals etwas angeboten bekommen zu haben. Aber wenn das OKW ein Telegramm schickt ... »Man munkelt jetzt soviel von Wunderwaffen ...«
Poltmann lächelte säuerlich. Er rauchte schnell seine Zigarette, verabschiedete sich zackig von Dr. Beckmann und ging hinüber zur Schreibstube. Dort war schon alles vorbereitet. Der Ia-Schreiber grinste.
»Herr Leutnant müssen heute abend heimlich abfliegen«, sagte er. »Der kleine Flugplatz Mogilew faßt sie nicht alle, die trauernden Witwen ...«
»Idiot!« Poltmann nahm seine Papiere entgegen. »Was wissen Sie von dem Telegramm, Obergefreiter?«
»Es tickte und war da. Weiter nichts.«
»Ungeheuer aufschlußreich!« Poltmann verließ die Schreibstube, packte einen kleinen Koffer mit dem Allernötigsten, versteckte sich dann vor Elfriede in einer Marketenderkneipe in Mogilew und ließ sich in der Abenddämmerung zum Flugplatz bringen.
Es war wie ein Wegschleichen. Ein Abschied für immer.
Aber das wußte Leutnant Poltmann noch nicht.

Adler, Detlev
25 Jahre
Oberleutnant

Es gibt einen heißen Krieg, und es gibt einen faulen Krieg. In Norwegen, vor allem im südlichen Teil des fjordzerrissenen Landes, war der Krieg 1944 superfaul geworden. Zwar hatten die Sowjets am Eismeer die Front eingedrückt, hatten Petsamo erobern wollen und störten nun dauernd mit kleineren Angriffen die Ruhe in Kirkenes, aber die deutsche 20. Gebirgsarmee unter General Rendulic hatte die Lage fest im Griff. Man erwartete auch keine dramatischen Ereignisse dort oben im vereisten Norden. Wenn es zu der großen Offensive der Sowjets kommen sollte — woran keiner glaubte —, dann setzte sie im Mittelabschnitt ein und in der Südukraine. Der Durchbruch nach Ostpreußen und zur Oder und Elbe und der große südliche Schwenk über die Karpaten in die deutsche Flanke: das war der einzige Weg, die geschwächten deutschen Armeen auseinanderzureißen und einzukesseln oder sie vor sich herzutreiben. Norwegen, die ganze nördliche Front, war dabei völlig uninteressant. Wenn die große Front in der Mitte zerbrach, war Norwegen sowieso nur ein Anhängsel. Ein Blinddarm des Krieges.

Es ist bekannt: Im Sauda-Fjord kann man gut fischen. Es ist ein kleiner, schmaler Fjord, der vom großen Bokn-Fjord abgeht und an dessen Ende das Städtchen Sauda liegt, geschützt durch den 1602 Meter hohen Gebirgsrücken des Kyrkjenut. In den Gebirgsflüßchen gibt es sogar Lachse, fette, kräftige Burschen, die in dem sauerstoffreichen Gewässer prächtig gedeihen und die nur in den letzten Jahren dezimiert wurden, weil deutsche Gebirgsjäger ihre Eßgewohnheiten geändert hatten und nicht nur Gamsbraten am Spieß drehten, sondern auch dickfleischige Lachse grillten.

Ab und zu krachte es zwar in den Fjorden, aber das war mehr ein Anwesenheitsnachweis der Engländer, die mit Bombern von Tromsö hoch im Norden bis Stavanger im Süden das Felsenland abflogen und ihre Explosiveier legten. Narvik, Namsos, Trondheim, Andalsnes und Bergen waren die Städte, in denen die Sirenen öfters heulten und die Flak Arbeit bekam. Aber einen Krieg konnte man das nicht mehr nennen. Nicht jetzt, Anfang Juli 1944. Wer da im Sauda-Fjord in der Sonne lag, seine Angel ausgeworfen hatte und in den Tag hineindöste, dankte immer wieder dem Schicksal, daß er nicht in Rußland eingesetzt war, oder in Italien, oder an der Südfront bei den jugoslawischen Partisanen. Auch Frankreich roch stark nach Pulver. In England braute sich etwas zusammen. Man munkelte von einer großen alliierten Invasion. Die deutsche Abwehr nannte grandiose Zahlen von britisch-amerikanischen Truppenansammlungen. Generalfeldmarschall Rommel, der Chef der deutschen Heeresgruppe B, ebenso wie Generaloberst von Blaskowitz, der Chef der Heeresgruppe G im Herzen von Frankreich, warnten vor einem Überraschungsangriff. Hitler in seiner »Wolfsschanze« bei Rastenburg in Ost-

preußen war der einzige, der nicht daran glaubte. »Warum müssen Generäle immer übertreiben?« fragte er seinen General Keitel. »Und dieser Canaris! Seine Zahlen sind völliger Blödsinn!«
Das alles kümmerte Oberleutnant Adler nicht.
Er lag mit seinem Haufen, einer Nachrichtenabteilung, in dem kleinen Holzhäuserstädtchen Sauda, hatte seine Leitungen gelegt und ließ sie kontrollieren, denn auch in Norwegen gab es Partisanen, die Brücken und Stege sprengten, Munitionslager in die Luft jagten, Nachschubwege unpassierbar machten, Sender überfielen, Fernsprechleitungen durchschnitten und zurückkehrende Urlauber aus dem Hinterhalt beschossen.
Sauda aber lag auch für diese Untergrundkämpfer abseits. Es war unwichtig. Ein Fjordstädtchen mit einer Abteilung Deutscher, die aus Langeweile sogar Kasernenhofdienst taten. Marschübungen, Gewehrappelle, Schuhnägelkontrollen, Revierreinigungen, Dreieckzielen, Überprüfung der eisernen Portion, einschließlich der zwei Präservative (mein lieber Jolly — wo sollte man die loswerden?!), und die am Fjord hockten, wie der Chef, Oberleutnant Adler, und angelten oder mit einem irgendwo organisierten Pionierponton durch den schmalen Fjord ruderten und dabei Rheinlieder oder bayrische Schnalzer grölten.
Detlev Adler war kein großer Angler. Er war auch kein großer Jäger. Dafür war er ein großer Tierfreund, ein so fanatischer, daß er eigentlich Vegetarier hätte sein müssen. Fing er einen Fisch, verschenkte er ihn an seine Männer. War er beim Angeln allein, warf er ihn sogar wieder ins Wasser zurück. Meistens lag er auf einer kleinen Alm in der Sonne, jetzt, Anfang Juni, sogar völlig nackt, denn es war warm im geschützten Sauda-Fjord. Neben sich hatte er ein Radio aufgebaut und hörte Musik vom deutschen Soldatensender Oslo.
Er hörte sich alles an, vom Sinfoniekonzert unter Generalmusikdirektor Schmitt-Isserstedt bis zum Schnulzenrummel des »Wunschkonzerts«. Gab es im Funkprogramm die politischen Stunden mit Goebbels und Hans Fritzsche oder eine Sendung mit Kriegsberichten, stellte er das Radio ab und legte eine Schallplatte auf. Dann hörte er »Schwanensee« oder »Coppelia« und vergaß, daß er auf einer norwegischen Almwiese lag, wenn er das Klavierkonzert Nr. 1 von Beethoven hörte. Die

Berliner Philharmoniker unter Furtwängler. Am Flügel Wilhelm Kempff. Dann war Oberleutnant Detlev Adler der junge Mensch, der einmal Musik studieren wollte, aber die Uniform anziehen mußte, weil ein Oberst im Wehrbereichskommando zu ihm gesagt hatte: »Mein Lieber, Darmsaiten können Sie noch früh genug streichen! Erst heißt es, den Krieg zu gewinnen! Dann blasen wir alle Posaune, daß die Mauern umfallen!«
Detlev Adler wurde ein guter Offizier. Die beiden EKs bekam er schnell hintereinander, auch die Nahkampfspange. Verwundet wurde er nie, nicht einen Kratzer hatte er abbekommen. Bei einem Stoßtrupp in Frankreich blieb er als einziger übrig und begriff bis heute noch nicht, wieso er unverwundet und allein zurückkriechen konnte ins Leben. Dabei konnte man ihn nicht übersehen. Er war 1,84 groß, stämmig, mit kantigem Gesicht und hohen Backenknochen. »Du siehst wie ein Iwan aus!« sagte einmal ein Kamerad zu ihm auf der Kriegsschule. »Dich in russischer Uniform — das wär'n Bild für das ›Reich‹ und für Himmlers Rassenkunde!«
Adler nahm es gelassen hin. »Ich bin in Dursupe geboren«, sagte er. »In Lettland. Kennst du Lettland? Nicht? Da haste was verpaßt. Der Angern-See an der Rigaer Bucht, die Birkenwälder, die weiten Felder, die Ostsee, wo du im weißen Sand noch Bernstein finden kannst. Dieses Land hat Gott liebgehabt, als er es schuf.«
Man wurde nie klug aus Oberleutnant Adler. Ob er wirklich betete, wußte keiner — gesehen hatte man es jedenfalls noch nicht. Aber daß er ein anderer Mensch wurde, wenn er Beethoven oder Brahms, Mozart oder Richard Strauss hörte — das konnte man bezeugen. In Oslo hatte er sogar schon ein Wehrmachts-Sinfonie-Orchester dirigiert und hinterher — ganz unmilitärisch — in den donnernden Applaus hinein geweint. Und Landser, die durch Zufall zu ihrer Beobachtung gekommen waren, berichteten, daß der »Chef« in seinem Holzhaus am Rande des Dorfes Sauda vor seinem Plattenspieler stand und mit einem dünnen Stock die Musik dirigierte und sogar einmal laut gesagt haben soll: »Toscanini, das war zu langsam genommen! Das ist eine Vivace-Stelle, da muß man lebendiger sein!«
Süd-Norwegen. Der Sauda-Fjord mit seinen 1100 m hohen Felsenufern. Ein Naturwunder von ernster, erhabener, unnah-

barer Schönheit. Silbern glänzendes Wasser, kleine, rauschende Fälle, schmale, grüne Almen, halsbrecherische Bergstraßen, schwarzgrüne Nadelwälder.
Wie weit, wie unendlich weit ist der Krieg.
Eine Nachrichteneinheit ist dazu da, ihr Ohr überall zu haben. Sie ist nicht nur Leitstelle und Zwischenstation, sie hört auch vieles, was über ihre Leitungen fließt und nicht für sie bestimmt ist. Meldungen, Kommandeurgespräche, Befehle, Urteile, Suchanzeigen, Versetzungen, Mutmaßungen, Propaganda. Einmal sogar blockierten zwei Majore die Leitung: Sie erzählten sich Witze aus der untersten Sohle und brüllten vor Lachen. Der Funker am Kopfhörer stenografierte fleißig mit.
An diesem Vormittag rannte der Funkzugführer III — ein Oberfeldwebel — über den schmalen Bergpfad hinauf zur Alm, wo sein Chef nackt in der Sonne lag und Puccinis »Madame Butterfly« hörte. Mit Maria Cebotari und Helge Roswaenge.
Beim Militär ist auch ein nackter Oberleutnant ein Oberleutnant. Oberfeldwebel Kreutzer knallte die Hacken seiner Bergschuhe zusammen und meldete stramm:
»Ein Funkspruch der Kommandantur Bergen. Herr Oberleutnant soll sich in Oslo melden!«
»Die in Bergen sind besoffen!« sagte Adler. Er streckte sich, schob die Hände unter den Nacken und blinzelte in die Sonne. Oberfeldwebel Kreutzer schaute hilflos auf seinen nackten Chef hinunter.
»Ich habe sogar rückgefragt und bekam einen gewaltigen Anschiß! Mit so etwas mache man keine Witze, haben die geschrien. Der Befehlshaber in Oslo habe selbst den Befehl durchgegeben.«
»Was?« fragte Adler. Gerade sang Roswaenge: »Leb wohl, mein Blütenreich.« Roswaenges hohes C war in der ganzen Welt bekannt, selbst bei 35 Grad Hitze lief einem dann ein kalter Schauer über den Rücken. »Was will Oslo?«
»Meldung beim Oberbefehlshaber Norwegen. Dann sofortige Weiterfahrt nach Berlin. Ohne Aufenthalt nach Eberswalde. Offiziersreitschule . . .«
»Die sind doch besoffen!« Adler richtete sich auf und zog die Beine an. »Ich habe mich an die Berge gewöhnt. Was soll ich im Sattel? Außerdem kann man eine solche Versetzung nicht befehlen. Da muß vorher gefragt werden! Ich weigere mich.

Geben Sie das durch, Kreutzer. Oberleutnant Adler fragt an, wieso er ohne vorherige Anhörung reiten lernen soll.«
Oberfeldwebel Kreutzer zog die Nase kraus. Das war typisch Chef, aber es kam jetzt zu spät.
»Der Funkspruch hatte noch einen zweiten Teil, Chef«, sagte er langsam. »Er heißt: Die Nachrichtenabteilung Sauda übernimmt ab sofort Leutnant Henrici. Leutnant Henrici ist bereits von Bergen unterwegs nach Sauda. Oberleutnant Adler kann mit dem bringenden Jeep zurück nach Bergen fahren. Von dort aus erfolgt Weiterleitung.«
»Bringender Jeep . . .! Denen haben sie ins Gehirn geschissen!« Er stellte den Plattenspieler mit »Madame Butterfly« ab und erhob sich. Nackt lief er auf der kleinen Alm auf und ab, ging zum Rand des Plateaus und blickte hinunter in den Fjord. Mehrere hundert Meter Steilküste, zerklüftete Felsen, lagen unter ihm. Der von seinen Männern geklaute Pionierponton dümpelte im sonnendurchleuchteten Wasser. Drum herum wimmelten schwarze Punkte, Köpfe. Seine Männer beim Vormittagsdienst: Schwimmlehrstunde. Dabei konnten sie alle schwimmen wie die Hechte.
»Verdammt, ich fahre nach Oslo!« sagte Adler laut. »Befehl ist Befehl! Aber ich lasse mich nicht auf einen Gaul verschaukeln! Kreutzer, ich komme zurück. Leutnant Henrici braucht gar nicht auszupacken! In drei Tagen singen wir wieder miteinander: ›Die Mädchen aus dem Nordenland — sind für ihr Dingelingeling bekannt . . .‹«
Am Nachmittag traf Leutnant Henrici, ein junger Offizier frisch von der Kriegsschule, mit einem britischen Beutejeep in dem Bergdorf Sauda ein. Adler wartete bereits mit kleinem Gepäck, sein Grammophon und die Platten gehörten dazu.
»Gehen Sie baden, Kamerad«, sagte Adler zu Henrici, »bräunen Sie Ihre weiße Haut, angeln Sie Lachse — Sie können meine Angel benutzen —, unternehmen Sie eine Bootsfahrt und suchen Sie nach keinem Weiberrock. Hier gibt es keinen. Ihre Klamotten auspacken brauchen Sie nicht. Faulenzen Sie mal drei Tage. Was zu tun ist, macht schon Oberfeld Kreutzer. Am Montag bin ich wieder da . . . Stellen Sie sich den Blödsinn vor: Ich soll reiten lernen!«
Er war nach drei Tagen nicht wieder da. Man sah ihn überhaupt nicht wieder.

Kuehenberg, Asgard
28 Jahre
Hauptmann

Elmfried Kuehenberg war einen Tag lang rundum glücklich: Sein Sohn Asgard, Hauptmann an der russischen Front bei Orgajew im Süden der Ukraine, war in Urlaub gekommen. Anlaß war die Verleihung des Deutschen Kreuzes in Gold, das die deutschen Landser respektlos das »Spiegelei« nannten, ein Orden, der nur für persönlichen mutigsten Einsatz verliehen wurde, weshalb ihn manche Offiziere höher einschätzten als das Ritterkreuz, das die meisten »für die Truppe« bekamen. Generaloberst Schörner, der Chef der Heeresgruppe Süd-Ukraine, hatte Asgard Kuehenberg eigenhändig das »Spiegelei« an den Rock gesteckt und ihm dann drei Wochen Heimaturlaub gegeben.
»Wo sind Sie zu Hause?« hatte er Kuehenberg gefragt.
»Meine Familie stammt aus Livland, Herr Generaloberst«, hatte Kuehenberg geantwortet. »Nördlich von Dünaburg.«
Schörner hatte darauf nichts Besonders gesagt. Er hatte Kuehenberg bloß die Hand gedrückt, sehr kräftig, und bemerkt: »Kommen Sie gesund wieder zur Truppe, Herr Hauptmann.«
Kuehenberg hatte sich bedankt, kehrtgemacht und war gegangen. Was Schörner nicht sagen durfte, wußte er vom Ib der Heeresgruppe: Die Lage war beschissen! Jeden Augenblick konnte der Russe seine Großoffensive starten. Die Truppenmassierungen, der Aufmarsch an Panzern und Artillerie war — wenn man Canaris glauben konnte — die größte Heeresmacht, die jemals in einem Krieg zusammengezogen war. Nur Hitler glaubte es nicht. Für ihn war die Stille an der Ostfront ein Zeichen, daß die Sowjets am Ende waren, müde, ausgeblutet, nach der Winteroffensive erschöpft. Im April war sie zum Stehen gekommen. Unmöglich, daß die Russen schon im Juni wieder zu einer noch stärkeren Offensive fähig sein konnten.
Asgard Kuehenberg war nach Gut Thernauen gekommen, um seinen Urlaub gut auszunutzen. Er wollte sich nicht erholen, nicht faulenzen, in Bekanntenzirkeln Vorträge über die Front halten oder sich um seine Braut Luise von Serlock kümmern, denn erstens war es ihm zuwider, sich wegen des »Spiegeleis«

herumreichen zu lassen und den Helden zu spielen, und zweitens hatte man ihn mit Luise von Serlock quasi vom Kinderwagen aus verlobt. Die Familien Serlock und Kuehenberg waren seit Generationen befreundet, und nun spielte das Schicksal mit, indem der einen Familie eine Tochter und der anderen ein Sohn geboren wurde, die altersmäßig und auch im allgemeinen prächtig zueinander paßten. In ihren Kreisen galt die Hochzeit zwischen Asgard und Luise als sicher, sobald der Krieg gewonnen war. Der Krieg!

Auf Gut Thernauen züchtete man weiter die rassigen Pferde und erntete die Felder ab, als gäbe es im Osten keine Front und keine sowjetischen Armeen, die sich darauf vorbereiteten, einen riesigen Kessel zu bilden und die Deutschen entweder ins Meer zu treiben oder systematisch zu vernichten. Das große Ziel lag vor den Sowjets, der Stoß ins deutsche Ostherz: Ostpreußen!

Einen Tag lang machte Asgard Kuehenberg die Gratulationstour der Grundbesitzer mit. Er drückte Hände, ließ sich fotografieren, tanzte Walzer mit allen Damen. Dann sagte Kuehenberg: »Schluß, Vater!« und holte eine Flasche Rotwein und zwei geschliffene Gläser mit langen Stielen aus dem geschnitzten Weinschrank.

Vor dem Kamin, der im Sommer nicht brannte, aber zu jeder Jahreszeit der Lieblingsplatz des alten Elmfried Kuehenberg war, saßen sie einander gegenüber und tranken schweigend das erste Glas. Asgard hatte seinen Uniformrock ausgezogen; das Deutsche Kreuz in Gold störte jetzt nur. Nicht mehr von persönlicher Tapferkeit sollte jetzt die Rede sein, sondern vom nackten Überleben.

»Ich weiß, was du sagen willst«, nahm Elmfried Kuehenberg das Gespräch auf. »An der Front sieht es schlecht aus.«

»Sehr schlecht, Vater.«

»Aber der Führer wird wissen, wie es weitergeht.«

»Vater!« Asgard starrte den alten Mann an. »Zwing mich nicht zu der Frage, ob du glaubst, was Goebbels jede Woche im ›Reich‹ schreibt! Seit Stalingrad geht es nur noch zurück. Überall nur Rückzüge, verlorene Schlachten, kopflose Armeen, weil Hitler dauernd die Kommandeure auswechselt. Wir haben in einem Jahr mehr verloren, als wir in sechs Jahren gewonnen haben. Und das ist nur der Anfang. Der Sommer 1944 wird das Ende des deutschen Abenteuers Rußland sein.«

»Das glaube ich nicht!« sagte der alte Kuehenberg stur. »Und ich will so etwas auch nicht aus dem Mund eines deutschen Offiziers hören, der das Deutsche Kreuz in Gold trägt! Von meinem Sohn schon gar nicht!«

»Vater . . .«

»Beweise!«

»Die habe ich! Der Ib von Schörner hat sie mir vertraulich mitgeteilt, als er erfuhr, daß ich aus Livland komme.«

»Ausgerechnet Schörner!« Elmfried Kuehenberg winkte mit dem langstieligen Weinglas ab. »Panikmache!« Er schwenkte das Glas rund um sich herum. »Merkst du hier was vom Krieg? Tiefster Frieden ist hier. Hier ist deutsches Land, und es bleibt deutsch!« Elmfried setzte das Glas ab. »Und nun du mit deiner Argumentation! Da bin ich gespannt.«

»Ich habe keine Emotionen anzubieten, keine Idealbilder aus der ›Gartenlaube‹, sondern nüchterne militärische Zahlen. Bei Narwa steht die Leningrader Front unter General Gowrow mit drei Armeen! Bei Pleskau wartet die 3. Baltische Front unter General Maslennikow mit vier Armeen! Vor Idriza-Rossitten marschiert die 2. Baltische Front unter General Jeremenko mit drei Armeen auf. Südlich Dünaburg ist es ganz schlimm: Da steht die 1. Baltische Front unter General Bagramjan mit sechs Armeen! Und Wilna gegenüber liegt die 3. Weißrussische Front unter Marschall Tschernjachowski mit drei Armeen in Bereitschaft. — Vater, das sind neunzehn voll ausgerüstete sowjetische gegen vier deutsche, ausgeblutete Armeen! Wir blicken auf eine Wand, die aus Tausenden von Geschützen besteht, aus Tausenden von Panzern und über einer Million Rotarmisten. Ausgeruhte Truppen. Mit Munition vollgestopft! Mit überquellenden Benzinlagern. Und wir? Unsere Tigerpanzer kämpfen um jedes Benzinfaß! An der Front, vorne, Vater, in den Schützenlöchern, müssen wir die Munition abzählen und Buch führen über jeden Schuß! Handgranaten werden zugeteilt, als gäbe es sie auf Lebensmittelkarten. Unsere Artilleristen umtanzen jeden neuen Munitionswagen, als sei es Weihnachten.« Asgard holte tief Luft und sah seinen nun doch etwas verstörten Vater an. »Sind das Zahlen genug, Papa?«

»Und der Führer?« fragte Elmfried leise.

»Er gibt den Befehl: Keinen Schritt zurück!«

»Na also!«

»Und wenn neunzehn Armeen auf einen Schlag losrollen?!«
»Wir sind nur kleine Leute, mein Sohn.« Der alte Kuehenberg füllte die Gläser wieder, »wir sehen die Lage aus der Ameisenperspektive. Der Führer aber überblickt alles! Und Keitel! Und Jodl! Und Göring! Sind das alles Schwachköpfe? Will das ein Offizier behaupten, mein Sohn, der für persönliche Tapferkeit vor dem Feind . . .«
»Was hat das mit unserer Lage zu tun, Papa?« Asgard sprang auf. »Deine Führergläubigkeit wird dein Todesurteil sein, wenn du jetzt nicht handelst!«
»Handeln?« Der alte Kuehenberg blickte seinen Sohn betroffen an. »Was verstehst du darunter?«
»Ich bin in Urlaub gekommen, um mit dir zusammen Gut Thernauen zu evakuieren . . .«
»Evakuieren?!« fragte der Alte, als habe er einen Hörfehler.
»Ja, Vater!«
»Ausreißen also? Flüchten? Dem Russen den Arsch zeigen! Alles aufgeben, was in zweihundertfünfzig Jahren aufgebaut wurde?! Das Gut, die Wälder, den See, die Pferde, die Felder — einfach weglaufen? Bitte, ihr Herren Kommunisten, bedient euch! Wir Kuehenbergs rennen wie die Hasen durch die Furchen davon! Ins andere Revier. Nach Pommern, Mecklenburg, Brandenburg — wohin denn, mein kluger Sohn?!«
»Zu deinem Bruder nach Essen.«
»Der wird sich bedanken, wenn ich mit hundertsiebzig Pferden, hundertzwanzig Kühen, vierhundertsiebenundsechzig Schweinen und einem Heer von Hühnern, Gänsen und Enten anmarschiert komme. Er hat eine Wohnung mit vier Zimmern in Essen-Steele.«
»Du wirst froh sein, Vater, wenn du ein paar Koffer mitnehmen kannst. Lieber morgen als übermorgen. Ich beschwöre dich, Vater! Wenn der Russe marschiert, ist er in sechs bis acht Tagen vor unserer Tür!«
»Ich soll deine Mutter verlassen?« sagte der alte Kuehenberg leise. Asgard zuckte zusammen.
»Mutter ist seit sieben Jahren tot, Papa!«
»Aber sie liegt dort drüben im Park, unter der Platane. Ich soll sie den Sowjets überlassen? Wie kannst du so etwas verlangen, Junge?!«
»*Du* lebst, Vater! *Du!* Und wenn Mutter noch lebte, würde sie jetzt sagen: Friedle, hör auf den Jungen! Laß uns evakuieren!

Vielleicht ist es nur ein Abschied auf Zeit. Vielleicht sehen wir Thernauen einmal wieder. Das hätte sie gesagt, Papa!«
Der alte Kuehenberg schwieg. Er sah in sein Glas, und plötzlich weinte er. Lautlos, unbewegten Gesichts. Eine Versteinerung, aus der es heraustropfte.
»Papa«, sagte Asgard leise. »Du kannst ja versuchen, Mama in einem Zinksarg mitzunehmen. Nur frühzeitig mußt du das machen. Ich weiß es vom Ib der Heeresgruppe: Wir haben nicht mehr viel Zeit. Der Sommer 1944 wird fürchterlich.«
Elmfried Kuehenberg evakuierte nicht. Aber er versprach, es sofort nach Beendigung von Asgards Urlaub zu tun. Seine Argumentation war lahm, aber von väterlicher Logik: »Du sollst deinen letzten Urlaub noch unbeschwert auf Thernauen verleben, mein Junge. Wenn du dann wieder an der Front bist, räume ich das Gut. Ich verspreche es dir. Schließlich bist du der einzige Erbe. Ich will so viel retten, wie ich retten kann. Aber jetzt, mein Junge, jetzt sollst du noch einmal drei Wochen über die Felder gehen, den Wald riechen, im See baden, über die Koppel galoppieren. Laß uns hoffen, Asgard. Wirkliche Wunder gibt es nur noch in Kriegen. Warum kann kein Wunder über Thernauen kommen?!«
Asgard ritt mit seiner vorbestimmten Verlobten durch die Wälder und erfuhr dabei, daß Luise von Serlock endlich die Gelegenheit gefunden hatte, mit ihm über ihre gemeinsame Zukunft zu sprechen.
»Ich weiß nicht, wie ich es dir sagen soll —«, setzte sie zaghaft an. Sie hatten in einer Waldlichtung angehalten, und eigentlich hätte man jetzt absitzen und sich einen weichen Grasplatz aussuchen müssen, um sich verlobungsgemäß zu benehmen.
Asgard lächelte breit und winkte lässig ab. »Du liebst einen anderen. Keine großen Kommentare, Luise.«
»Du bist nicht böse, Asgard?«
»Keine Spur.« Er beugte sich vor und tätschelte den Hals seines Pferdes. »Wir konnten noch nicht gehen, da hieß es schon: Welch ein schönes Paar! — So etwas ist doch hirnrissig! Luise, ich wünsche dir alles Glück dieser Welt. Aber tu etwas, wozu ich meinen Vater nicht bewegen kann: Setz dich ab! Pommern ist schon zu nah! Geh nach Holstein, zu deinem Onkel Eduard. Oder zu Tante Martha nach Plön. Alles, was östlich von Berlin liegt, ist unsicher.«

»So schlimm steht es?« fragte Luise und machte kugelrunde Augen.
»Eine ganz große Scheiße ist es, Mädchen.« Asgard beugte sich zu ihr und küßte sie auf die Stirn. »Liebling, wir werden bald wie Ahasver ruhelos durch die Welt irren. Man radiert unsere Heimat von den Landkarten.«
Als sie zum Gut zurückkamen, hatte Elmfried Kuehenberg das Wunder in der Hand und hielt es seinem Sohn entgegen. Ganz strahlender stolzer Vater.
»Der Briefträger hat es vor einer Stunde mit dem Rad gebracht. Ein Telegramm!«
Der alte Kuehenberg ließ es sich nicht nehmen, den Text vorzulesen:
»Sie haben sich unverzüglich nach Berlin in Marsch zu setzen und in Eberswalde, Reitschule, zu melden. Alle Transportmittel stehen Ihnen zur Verfügung. Dieses Telegramm ist ein Marschbefehl und Ausweis für alle Dienststellen zugleich. — v. Kettner. OKW-Führungsstab.«
Asgard nahm das Telegramm aus der Hand seines Vaters und las es zweimal stumm durch. Dann reichte er es an Luise weiter.
»Du sagst nichts?« Das Gesicht des alten Kuehenberg zuckte. »Du nimmst das einfach hin! Junge, das ist das erste Wunder von Thernauen! Man zieht dich aus der Front heraus. Vielleicht sollst du Reitlehrer in Eberswalde werden?! Du wirst den Krieg *überleben!*«
»Das Telegramm ist idiotisch«, sagte Asgard. »1944 — vor der Invasion in Frankreich und der großen Sommer-Offensive der Sowjets — braucht man keine Reitlehrer mehr! Und wenn man das trotzdem glaubt, dann haben sie dort in Berlin einen Wurm im Hirn!«
»Wann fährst du?« fragte der Alte.
Gerettet, dachte er. Mein einziger Junge — gerettet! Und wenn die Russen wirklich durchbrechen — bis Eberswalde kommen sie nie. Nie! Spätestens an Ostpreußens Grenze werden sie vernichtet. Das ist Ehrensache! Nie wird ein Rotarmist seinen Fuß auf urdeutschen Boden setzen!
»Der Befehl lautet: Unverzüglich!« Asgard faltete das Telegramm zusammen und steckte es in seinen Reitrock. »Mir stehen alle Transportmittel zur Verfügung. Das will ich ausprobieren!«

Ein kurzer Abschied war es. Nicht traurig, sondern voll Freude. »Vater, vergiß nicht: Evakuiere noch diese Woche. Fang sofort damit an!«
»Schon gut, mein Junge. Ich tue es.«
»Ich werde mich von Eberswalde aus erkundigen . . .«
»Natürlich. Du wirst mit dem alten Kuehenberg zufrieden sein.«
Asgard Kuehenberg erkundigte sich nicht. Dazu hatte er gar keine Zeit mehr.
Und Elmfried Kuehenberg evakuierte Gut Thernauen nicht. Drei sowjetische Soldaten erschlugen ihn mit ihren Gewehrkolben. Unter der großen Platane war's, neben dem Grabhügel von Asgards Mutter. Um Kuehenberg herum brannte alles nieder. Das Herrenhaus, die Ställe, die Scheunen, das Gestüt, die Remisen. Zweihundertfünfzig Jahre fleißiger Arbeit.

Semper, Dietrich
22 Jahre
Leutnant

»Schwein muß der Mensch haben . . . und wir haben ein Schwein!«
Bewundernd standen neun deutsche Landser vor einem Erdloch, aus dem ihnen ein verhaltenes Grunzen entgegenscholl. Der russische Bauer, dessen einsam gelegenes Haus sie gerade durchsucht hatten, rang die Hände, jammerte, rief die Heiligen an, raufte seine grauen Haare, baute seine Frau, drei Töchter und zwei Schwiegersöhne um sich auf und ließ sie im Chore heulen . . . aber es half nichts. Wenn ein deutscher Spähtrupp 1944 in Rußland ein lebendes Schwein entdeckt, sind die wie eine Sturzflut zusammenfließenden Magensäfte stärker als jede Moral.
Der Obergefreite Sepp Hölzerlin kroch in das Erdloch und zog das Schwein an den Hinterbeinen heraus. Es wollte herzerweichend quieken, jedoch das hatte man ihm verwehrt. Die Schnauze war ihm mit einem groben Strick umwickelt, aber Schweine können auch durch die Nasenlöcher grunzen. Das haben sie mit den Menschen gemeinsam.
Der russische Bauer entschloß sich, auf die Knie zu fallen. Die sechs Frauen um ihn herum folgten, wie vom Blitz gefällt.

»Germanskij nix machen tott!« schrie der Bauer. »Wir tott. Hungääär . . .«
»Dös is a kapitale Sau!« meldete der Obergefreite Hölzerlin. Er hatte das Schwein zwischen seine Beine geklemmt und machte eine stramme Meldung. »Herr Leutnant, sie hoat Widerstand g'leistet, dös Sauviech! Dös is a feindliche Handlung . . .«
Das Gebiet bei Kowel, südlich der Moore von Polesje, war eine Gegend, die man ausgelaugt nennen konnte. Dreieinhalb Jahre deutscher Besatzung hatten das im Sturmschritt überrannte Land nicht wieder aufgebaut, sondern ausgesaugt. Die verbrecherische Politik der Rassenkundler in der NSDAP und der in den besetzten Gebieten »aufräumenden« SS, die alles, was russisch war, als Untermenschen bezeichnete, hatte das Land leergefegt, die Menschen, die den Deutschen zuerst freundlich gegenübergetreten waren, maßlos enttäuscht und verbittert und im Laufe der Zeit dazu getrieben, still zu dulden, aber in dieser Stille, wo es nur möglich war, passiven Widerstand zu leisten.
1943, als die Sowjets das große Aufrollen der deutschen Front begannen, entwickelte sich auch um Kowel herum der aktive Widerstand der Partisanen, der seinen Höhepunkt jetzt erreichte, in den ersten Junitagen 1944.
Politische Kommissare, die nachts hinter den deutschen Linien absprangen, vor allem in die »kleine Frontnase Kowel«, und für den Tag X den Aufstand der Bauern bis zur polnischen Grenze durchorganisierten, hatten gute Nachrichten mitgebracht. Das Elend war bald vorbei. Von Bobruisk bis Wladimir Wolynskij südlich von Kowel, also im ganzen großen Frontbogen Weißrußlands, standen zehn sowjetische Armeen sturmbereit in den Gräben: Die 1. Weißrussische Front unter Generaloberst Rokossowskij! Auf der ganzen Breite des Mittelabschnitts warteten allein fünfundvierzig Panzer-Brigaden und pro Kilometer Front zweihundertfünfzig Geschütze aller Kaliber auf den Befehl: Nach Westen! Den gesamten Oberbefehl hatte Marschall Shukow übernommen. Eine Frontlänge von fünfhundertsechzig Kilometern, und pro Kilometer zweihundertfünfzig Geschütze . . . das sind einhundertvierzigtausend todspeiende Rohre! Dazu die Raketenbatterien, die »Stalinorgeln«, die Minenwerfer, die Gewehrgranateneinheiten. Wer diese Zahlen begreifen konnte, hatte für

die geschwächten deutschen Divisionen nur noch Entsetzen übrig. Hunderttausende würden nicht einmal mehr die polnische Grenze erreichen . . .
Das änderte aber alles nichts an der Tatsache, daß der Spähtrupp mit Leutnant Semper im Erdloch eines einsamen Bauernhauses bei Kowel eine versteckte Sau gefunden hatte. Der Obergefreite Sepp Hölzerlin band dem Schwein die Schnur von der Schnauze, und jetzt quiekte und schrie es ohrenbetäubend, wollte aus Hölzerlins Klammerbeinen heraus und versuchte sogar zu beißen.
»Dös is eindeutig, Herr Leutnant!« brüllte der Sepp. Sein Gesicht leuchtete. Sakra, frischer Speck mit Sauerkraut! Und Blut- und Leberwürst', die wollte er auch machen. Und dann der Schinkenbraten! »Widerstand. Beleidigung der deutschen Wehrmacht! Hörn S' dös an! A renitente Sau! Koa Holzhakkerbua schreit so umeinand'!«
Leutnant Semper nickte. Zwei Mann schleppten das Schwein weg. Außer Sichtweite mußte es schon einen Schlag auf den Kopf bekommen haben, denn das grelle Gequieke hörte plötzlich auf. Nur der Bauer betete zu einem Heiligen, und die Frauen jammerten.
»Ich tue es ungern«, sagte Leutnant Semper in fließendem, akzentfreiem Russisch. Sofort schwieg der Bauer. Die Frauen stellten schlagartig das Heulen ein. Entgeistert starrten sie den deutschen Offizier an.
»Gospodin Leutnant —«, stammelte der Bauer. »Sie sprechen unsere Sprache?«
Dietrich Semper winkte ab. Er wollte darüber keine Diskussionen.
»Ich wollte nur erklären, daß die Beschlagnahme gerecht ist! Seid froh, daß ihr nicht bestraft werdet, sondern daß dieses ›schwarze‹ Schwein lediglich abtransportiert wird. Hört mit dem Heulen auf und freut euch, daß ihr weiterleben könnt.«
»Wovon sollen wir jetzt leben, Gospodin Leutnant?« stotterte der alte Bauer.
»Von dem, was ihr rundherum versteckt habt.« Leutnant Semper schüttelte den Kopf und lächelte schwach. »Ihr Gauner, ich kenne genug von euren Tricks! Ich habe als Junge selbst Erdhöhlen angelegt! Das mit dem Schwein war euer Fehler! So etwas Wertvolles versteckt man nicht in Hausnähe!«
»Gospodin Leutnant . . .«

Semper wendete sich ab und stapfte seinem Spähtrupp nach. Nach hundert Metern hatte er ihn eingeholt. Obergefreiter Sepp Hölzerlin trug die Sau auf der Schulter. Er hatte sie betäubt und lauschte ab und zu auf ihren Herzschlag. Einen Schocktod wollte er vermeiden, er brauchte das Blut für Preßsack und Rotwurst.
Ein Schwein für dreiundvierzig Mann ist nicht viel. Aber wenn auch für jeden nur ein Klacks im Kochgeschirr übrigblieb – ein Feiertag blieb's trotzdem nach dem Fraß, den die Feldküche lieferte. Der Nachschub war mies. In der Etappe saßen die Zahlmeister und Kriegsverwaltungsräte dick und stur auf ihren vollen Vorratslagern und ließen zur kämpfenden Truppe nur, was aufs Gramm genau berechnet war. Bei jeder Lieferung fluchten die Fouriere, brüllten die Küchenfeldwebel ohnmächtig in ihre Kessel und schworen, den Fettärschen in der Etappe und Verwaltung das Loch quer aufzureißen, wenn man nur einen von ihnen erwischen könnte.
Auch bei der 6. Kompanie von Leutnant Dietrich Semper gab es Krach. Der Küchenbulle wollte das ganze Schwein durch seinen Kessel jagen, der Hauptfeldwebel, als Spieß die Mutter der Kompanie, plädierte lauthals für einen knackigen Braten, und Obergefreiter Hölzerlin bestand darauf, Preßsack, Rotwurst, Leberwurst und Schweinskopfsülze zu fabrizieren.
»So a Sulzen, dös is an Himmelreich!« schrie er herum. »Herr Leutnant, der Küchenbulle will mir ma Sulzen wegnehmen!«
Man einigte sich auf Dreiteilung der Sau. Die Feldküche bekam einen Teil, der sich für Erbsensuppe und Sauerkraut eignete. Der Spieß durfte an vier Eisenstangen seine Braten grillen. Oberschnäpser Hölzerlin werkelte in Aluminiumtöpfen der Feldküche herum und kochte seine Sülze und Würste. Aber bevor Semper bei allen drei Sau-Abteilungen sein Urteil und sein Lob abgeben konnte, winkte der Funker mit beiden Händen.
»Herr Leutnant – für Sie! Das Bataillon. Die drehen durch! Sie sollen weg von uns ...«
Im Augenblick war es still im Lager. Das Schwein, Mittelpunkt des Tages, war unwichtig geworden. Es dampfte im Kessel, brutzelte an den Spießen und gluckerte im Sulzentopf.
Unser Leutnant soll weg? Weg von uns? Sagt das Bataillon? Die spinnen wohl ...

Dietrich Semper ging zum Funkgerät und stülpte die Kopfhörer über. Mit dem Bataillon, vier Kilometer nördlich, und dem Regiment, in der Nähe von Kowel, hatte er direkte Sprechverbindung.
Am anderen Ende der Leitung war der Bataillonskommandeur selbst am Apparat, Hauptmann Hatterscheidt.
»Wie heißt Ihr Funker, Dietrich?« fragte er, als sich Semper meldete. »Ich habe alles mitgehört. Ich drehe nicht durch! Bringen Sie einen Bericht über diesen Funker mit! Was machen Sie gerade?«
»Ich bereite mich vor, einen gekochten Schweinebauch, eine gegrillte Schweinelende und eine Kopfsülze zu begutachten, Herr Hauptmann . . .«
»Darf ich jetzt fragen: Sind Sie betrunken, Dietrich?«
»Wir haben einen Partisanen gestellt. Eine Sau von zwo Komma zwo Zentnern! Ich lasse Ihnen einen Braten 'rüberbringen, Herr Hauptmann . . .«
»Sie bringen ihn selbst, Leutnant Semper.« Wenn Hatterscheidt statt des vertrauten Dietrich das steife Leutnant Semper gebrauchte, war es dienstlich. »Die Division hat einen Befehl vom OKW weitergegeben: Sie müssen sofort nach Berlin! Eilstufe I. Ich spinne also nicht . . . höchstens das OKW! Kennen Sie Eberswalde?«
»Nein.«
»Ich auch nicht. Hier steht: Offiziersreitschule.«
»Das OKW spinnt also wirklich . . .«
»Wir können's nicht ändern, Dietrich. Kommen Sie zum Bataillon. Sie können meinen Kübel bis zum Regiment benutzen. Es wird sich alles aufklären. Vielleicht ist ein anderer Semper gemeint. Und — Dietrich — nicht meinen Schweinebraten vergessen!«
Leutnant Semper bekam von der schönen Sau keinen Bissen mehr ab. Aber Obergefreiter Hölzerlin rief ihm nach: »Herr Leutnant, ich hebe Ihnen aan Glas-Sulze auf. Und a schöne Rotwurscht! Bis nachher!«
Nachher gab es nicht. Es war auch kein anderer Leutnant Semper gemeint.
Mit der Abfahrt im Kübel von Hauptmann Hatterscheidt gab es keinen Dietrich Semper mehr.

von Labitz, Bodo
31 Jahre
Major

Kinder kriegen, viele Kinder, gesunde Kinder, nordische Kinder, Garanten der Herrenrasse, zukünftige Führer der Welt, Genies aus dem Zusammenschluß germanischer Gene — das war schon immer das Ziel nationalistischer Bevölkerungspolitik. »In unseren Kindern manifestiert sich die Ewigkeit —« hatte einmal jemand gesagt. Ob Rosenberg oder Himmler oder gar Baldur von Schirach, der erste Reichsjugendführer, das war unwichtig. Man hatte aber auch gesagt: »Die Kinder von heute sind die Feinde von morgen«, aber das galt nur für alle, die nicht deutsch waren. Eine junge, deutsche Mutter, ein wehrhafter deutscher Vater — was kann dieses Ideal völkischer Kraft noch übertreffen?
An der Bahnlinie Kischinew—Odessa, südlich von Tiraspol in der Süd-Ukraine, keine siebzig Meter von den vorgeschobenen sowjetischen Schützenlöchern entfernt, hatte der Stabsintendant der 6. Armee nach mehrmaligem Ermahnen eine rauschende Feier ermöglicht. Zehn Dosen Fleisch waren mit dem Nachschub zum Bataillon gekommen, zwanzig Flaschen Kognak und zwei Sandkuchen, frisch aus der Divisionsbäckerei. Mit Zuckerguß hatten die Bäcker auf die Kuchen gespritzt: »Ein Heil dem neuen Kommandeur in 30 Jahren!«
Major von Labitz war gerührt. Er war von der Feier überrascht worden. Seine Offiziere hatten bis zuletzt dichtgehalten und erst die Tür zum »Festsaal« geöffnet, als alles empfangsbereit war. Festsaal — das war eine ausgeräumte Scheune, aber jetzt gab es weißgedeckte Tische, Stühle, geschliffene Gläser, Porzellangeschirr, Bestecke. Ordonnanzen in blendendweißen, gestärkten Drillichjacken servierten das Festmenü: Ochsenschwanzsuppe, Gulasch mit Klößen, Götterspeise (genannt Wackelpeter) mit Waldmeistergeschmack und Vanillesoße. Ein fürstliches Mahl für einen jubelgerechten Anlaß: Major Bodo von Labitz war Vater geworden.
Das erste Kind. Ein Sohn! William Heiko von Labitz. Es war der Mutter, Enrica von Labitz, geborene Gräfin von Saalsfels, gelungen, trotz Überlastung des gesamten Funkverkehrs ein Telegramm an die Heeresgruppe A, Generalfeldmarschall von Kleist, abzusetzen, das auch wirklich eintraf: »Gesunder Sohn

geboren, 3856 Gramm schwer, 54 cm groß. Mutter und Kind wohlauf. Es lebe Deutschland!«

Vielleicht war es der letzte Satz, der die Heeresgruppe animierte, die Nachricht, die kriegstechnisch und taktisch unwichtig war, weiterzuleiten. Bei Major von Labitz löste sie jedenfalls hellen Jubel aus. Ein strammer Junge! Etwas spät — immerhin war der Vater einunddreißig und die Mutter achtundzwanzig Jahre alt —, aber bisher hatte von Labitz alle Energie darauf verwandt, als Offizier Karriere zu machen und somit beruflich die Tradition derer von Labitz fortzusetzen. In der langen Geschichte der Labitz war noch kein Familienmitglied aus dem bunten Rock gestiegen, ohne die Generalsepauletten als Andenken an die Wand zu hängen. Auch Bodo von Labitz war auf dem besten Weg, der Familie Ehre zu machen: Die kritische »Majorsecke« hatte er mit Bravour geschafft und bereits einen Lehrgang als Generalstabsoffizier hinter sich. Das Ritterkreuz hatte er schon 1943 bei den Rückzugskämpfen vor Odessa bekommen. Kein Grund also zur Befürchtung, Bodo von Labitz könne aus der Art schlagen.

Die Krönung seiner bisherigen Laufbahn war nun sein Sohn. William Heiko. Ein Urlaubserfolg — wie man so sagt. Eigentlich nicht geplant, der Karrieretreppe wegen, aber Enrica, geborene Gräfin von Saalsfels, hatte beim letzten Urlaub einen solchen Liebeshunger gezeigt, eine so völlige Hingabe und geradezu sportliche Ausdauer, daß Bodos Planungen in ihren heißen Umarmungen zerschmolzen und ein kalkulierter Interruptus nicht zustande kam. Die später folgende Meldung: »Liebling, ich bin schwanger«, löste philosophisches Nachdenken aus und einen Brief, der begann:

»Mein Liebes, Süßes, Immergegenwärtiges!

Ein Kind werden wir haben. Ein echtes Kind der Liebe. Möge Gott, der Herr, seine Hand über es halten, auf daß es schönere Jahre erlebe als wir. Wenn wir den Krieg gewinnen, wird es nie wieder Kriege geben. Die Ordnung der Welt wird in unseren Händen liegen. Und die Ordnung wird heißen: Frieden, Glück und Wohlstand allen Völkern! Bete zu Gott, daß unser erstes Kind ein Junge wird. Deutschland braucht starke Generationen . . .«

So ging es drei Seiten lang weiter.

Man darf es Bodo von Labitz nicht übelnehmen. Er war in dieser Tradition erzogen, er kannte nur Onkel, die Generäle waren; wohin er kam im weitverzweigten Labitz-Clan, mußte er

strammstehen vor goldenen Litzen und roten Kragenspiegeln. Die Familiengeschichte begann nachweisbar bei Kaiser Friedrich II., dem Staufer. Wer so viel Historie auf dem Buckel trägt, kann gar nicht anders als Gott bitten, ihm einen starken Sohn zu schenken. Für Deutschlands Gloria.
Die Feier in der Scheune war grandios, wenn man als Maßstab die Trunkenheit der Gäste setzt. Alle Offiziere der vier Bataillone des Regiments waren eingeladen. Am Abend fuhr, als besondere Überraschung, der Divisionskommandeur im Horch-Wagen vor. Generalmajor Labbroth brachte Blumen mit, eine aus Birkenrinde geschnitzte russische Bauernkate — als Geschenk für den Jungen, damit er sich an Vaters große Zeit erinnern konnte — und sechs Flaschen französischen Champagner! Über den langen Weg von Epernay bis nach Tiraspol am Dnjestr schwieg sich General Labbroth aus. Der Champagner war da, der Stabsintendant hatte davon vierzehn Kisten im Zentrallager gestapelt und führte sie in keiner Truppenverpflegungsliste. Was soll man auch mit vierzehn Kisten Champagner für eine ganze Armee machen? Es war eine der vielen kleinen Absonderlichkeiten in diesem Krieg, vor denen später einmal die Kriegshistoriker ratlos stehen würden: Es gab keine Munition, das Benzin für die deutschen Tigerpanzer wurde literweise abgewogen, zur Verpflegung kamen getrocknete Kartoffelscheiben als neueste Erfindung nach vorn an die Front, die Marmelade bestand aus allem möglichen, nur nicht mehr aus Früchten, und die Kunsthonigblöcke konnte man mit dem Meißel hacken. Die Bäckereikompanien schrien nach Mehl und Hefe. Die Werkstattabteilungen behalfen sich mit zerschlissenen Werkzeugen. Aber: In den Magazinen lagerten Kisten mit Champagner, sterile Pakete voller Präservative — und stapelweise Kartons mit Damenbinden. Und verantwortlich war keiner!
Die Offiziere der vier Bataillone waren von General Labbroths Erscheinen nicht sonderlich erbaut. Man mußte mäßiger saufen, durfte keine Rundgesänge grölen und vor allem nicht ein paar Weiber durch die Hintertüren einschleusen. Tiraspol war eine kleine Stadt, aber die Frauen hier in der Nähe der rumänischen Grenze und im Windhauch des Schwarzen Meeres waren von klassischer Schönheit: schwarzhaarig, glutäugig, schlank, biegsam, spitzbrüstig, und nach Einbruch der Dunkelheit läufig wie die Katzen.

Krieg?
Die Front schwieg seit April. Kleine Plänkeleien, na ja. Tagesverluste ein paar Mann, daran gewöhnt man sich. Auch der Russe hatte die Nase voll — das hörte man überall. Auch Überläufer und Gefangene behaupteten es.
Eine geschickte Täuschung der Sowjets? Von Belgorod am Schwarzen Meer bis Jassy am Prut standen der deutschen 8. und 6. Armee und der rumänischen 3. und 4. Armee die sowjetische 3. Ukrainische Front unter Marschall Malinowski und die Ukrainische Front unter General Tolbuchin gegenüber. Neun russische Armeen, fiebernd nach dem großen Durchbruch, der Zerschlagung der deutschen Südflanke.
Das Leben war schön in Tiraspol. Das Land war gesegnet. Im Frieden reifte hier ein schwerer roter Wein, dem Malvesiner vergleichbar. Der Kognak von Odessa war berühmt. Ein einziger Obstgarten war das Land, von überquellender Fruchtbarkeit. Aber der Krieg hatte Schneisen geschlagen, die Felder versteppten, die Weingärten verunkrauteten. Es gab keine Männer mehr. Wer nicht bei der Roten Armee diente, den hatten deutsche Menschenfänger unter der Regie des Reichskommissars Sauckel in Güterwagen nach Deutschland verschleppt. Statt Wein zu bauen, mußten sie deutsche Granaten drehen oder deutsche Kohle aus den Flözen brechen. Die ganze Ukraine hätte Deutschland und die deutschen Armeen ernähren können! Die »Untermenschen-Politik« kam als tödlicher Bumerang zu den Deutschen zurück.
Es war fast Mitternacht, als General Labbroth mit väterlicher Schulterumarmung Major von Labitz, den glücklichen Vater, zur Seite zog, in die Ecke der Scheune.
»Zigarre?« fragte er.
»Ich danke, Herr General.« Labitz ließ sich von Labbroth die Zigarre anzünden und blies den Rauch nach hinten aus. Es wäre ungehörig gewesen, ihn dem General ins Gesicht zu pusten.
»Es ist jetzt Mitternacht, Labitz. Ein neuer Tag. Der vergangene sollte ganz Ihnen gehören. Ihnen, Ihrer schönen, glücklichen Frau und Ihrem strammen Söhnchen. Ich habe damit einen Befehl durchbrochen, aber auf ein paar Stunden kommt es nicht mehr an. Ich bringe Ihnen etwas mit.«
»Noch etwas, Herr General? Sie beschämen mich . . .«
»Ob das ein Geschenk ist, weiß ich nicht.« Er griff in die Uni-

formtasche und zog einen Zettel heraus. »Ein dringendes Telegramm vom OKW. Sie werden nach Berlin befohlen.«
»Ein zweiter Generalstabslehrgang?«
»Wohl kaum. Eberswalde. Reitschule.«
»Das ist doch ein Witz, Herr General.«
»Ich habe nicht festgestellt, daß beim OKW sehr humorvolle Leute sitzen. Glaube kaum, daß sich das bei der beschissenen Lage geändert hat. Der Text ist klar: Sie sollen *sofort* nach Eberswalde kommen. Morgen früh um sieben fliegt Sie ein Flugzeug von Kischinew aus! Ich habe rückgefragt. Die Heeresgruppe weiß von nichts. Das OKW in Berlin sagte stur: Das ist Sache des Führungsstabes. Aus! — Mein lieber Labitz, trinken wir noch einen Champagner auf Ihren Sohn William Heiko. Und dann ab nach Kischinew und Berlin!«
Es war der letzte Champagner des Bodo von Labitz. Seinen strammen Jungen William Heiko hat er nie gesehen.

Dallburg, Alexander
20 Jahre
Fähnrich

Jede Kompanie besitzt, als verstünde sich das von selbst, drei ihr vom Schicksal zugeteilte Typen: einen Kompanie-Trottel, auch Depp genannt, einen Hauptfeldwebel mit Riesenschnauze, »Spieß« genannt, und einen zarten Knaben, um den sich jeder mit väterlicher Fürsorge kümmert, den »Benjamin« der Kompanie.
Den Ausspruch »Er lebt wie Gott in Frankreich« hatte der Fähnrich Alexander Dallburg wörtlich genommen. Frisch von der Kriegsschule gekommen, war er dem 914. Regiment der 352. Infanterie-Division zur Frontbewährung zugeteilt worden und traf in der Normandie ein, als Frankreich zu jenem Kriegsschauplatz geworden war, den man blessiert nur mit einer Nahkampfverwundung verlassen konnte: einem Tripper.
Fähnrich Dallburg, mit zwanzig Jahren dem Aussehen nach so jung, daß er sofort der »Benjamin« wurde, ein Kindergesicht, das mit großen blauen Augen in die Gegend blickte und jeden zu fragen schien: »Pardon, irre ich mich, oder ist hier Krieg?«, bezog eine kleine requirierte Wohnung in Grandchamps-les-bains, einem idyllischen Städtchen am Meer, mit einem

Strand, einem Hafen, der durch eine kleine Landeinbuchtung entstanden war, einem Café an der Strandpromenade — sofern man den Pfad am Meer entlang so bezeichnen konnte — und einer Bar, die sich »Bistro St. Jacques« nannte.
Der Dienst machte schläfrig. Normaldrill, Waffenreinigen, Übungsmärsche, Ausbau der Bunkerstellungen entlang der Küste, Verminen bestimmter Abschnitte, Errichten von Panzersperren.
»Die kommen nie rüber!« sagte der Kompaniechef, Oberleutnant Lippe. »Die wären ja verrückt! Diese Küste ist uneinnehmbar! Die Brüder knallen wir ab, während sie noch auf dem Meer schaukeln! Können Sie sich das vorstellen, Dallburg? Da drüben kommen sie übers Wasser angepinkelt, genau vor unseren Geschützen! Was bleibt da von denen übrig? Die kann man später mit 'nem Mikroskop suchen! Außerdem haben wir einen Rommel. Dallburg, Ihre Frontbewährung wird anders aussehen!«
Was Oberleutnant Lippe damit meinte, lebte er fleißig vor: Er lebte bei einer jungen, vollbusigen französischen Witwe in einem schönen Haus am Strand von Grandchamps-les-bains, setzte, trotz emsiger Liebesarbeit, dank viel Wein und gutem Essen Fett an, ging oft in Zivil spazieren, mit Baskenmütze und im Mundwinkel hängender Zigarette, offenem Hemd und ausgetretenen Leinenschuhen, so, als sei er im frischen Seewind der Normandie aufgewachsen. Die Sorgen seiner Generäle kannte er nicht. Er wußte nicht, daß drüben in England eine US-Armee unter General Bradley und eine britische Armee unter General Dempsey aufmarschiert waren. Er ahnte nicht, daß General Montgomery, Rommels alter Widersacher in Afrika, die Landetruppen übernommen hatte, und der amerikanische General Eisenhower als Oberbefehlshaber die ganze Aktion, die man »Overland« getauft hatte, leitete. Man wartete nur auf gutes Wetter. Viertausend Transportschiffe lagen bereit, sechshundert Kriegsschiffe aller Größen sollten der Landungsflotte Feuerschutz geben, zweitausendfünfhundert schwere Bomber und siebentausend Jagdbomber standen startbereit. An Englands Südküste lagen einhundertsechsundsiebzigtausend Mann mit einer ungeheuren Menge von Material und starrten in den Himmel. Wann scheint die Sonne? Wann läßt der starke Wind nach? Wann können wir über das Meer hinüber nach Frankreich? Wie in einer riesigen Zange

werden wir Deutschland zerquetschen: im Westen die USA und England, im Osten die Sowjets, im Süden, in Italien, Amerikaner, Engländer, Neuseeländer, Kanadier, in Südfrankreich die Landetruppen der Franzosen, Divisionen der Kolonialtruppen unter General Lattre.
Für Deutschland würde es kein Überleben mehr geben nach diesem Sommer 1944.
Aber wer sollte das dem kleinen Fähnrich Alexander Dallburg erklären? Sein Kompaniechef? Der lag mit Adrienne, »seiner« vollbusigen Witwe, bei offenem Fenster zur Terrasse mit Meeresblick und exerzierte Nahkampf, daß die Bettpfosten ächzten.
Die ganze Kompanie war mehr oder weniger damit beschäftigt, das allzu gesunde Leben in der Normandie zu verkraften, und Hauptfeldwebel Felix Bülles, als Kompanie-Mutter sich auch für die Betreuung des »Benjamin« zuständig fühlend, sagte nach vier Tagen Anwesenheit:
»Jungs, da muß was passieren! Unser Benjamin hat Angst vor Weibern! Nein, so was! Hat bestimmt noch kein Zentnerweib gestemmt! Ist noch unschuldig, das Kerlchen! Da hab' ich eine Idee: Wir legen ihn auf Gabrielle! Die macht einen Mann aus ihm, der freihändig Türen aufstößt.«
Gabrielle. Der Star vom »Bistro St. Jacques«. Klein, zierlich, puppenhaft, mit blanken Mäuseaugen, schmalen Beinchen und einem beweglichen Hintern. Sie hatte etwas rührend Kindhaftes an sich, eine Ausstrahlung heiliger Unschuld — und das war das Raffinierte an ihr. Wer einmal mit Gabrielle in ihrem kleinen Dachzimmerchen gewesen war, mußte sich am nächsten Morgen wegen Totalerschlaffung krank melden. Gabrielle dagegen zwitscherte schon wieder fröhlich im »Bistro St. Jaques« herum.
Alexander Dallburg, von seinem »Spieß« Felix Bülles in das Bistro geschleust, blickte Gabrielle verträumt an. Ebenso verträumt trafen ihn die Augen von Gabrielle.
»Bonjour, mademoiselle«, sagte Dallburg. Sein Französisch war perfekt. Im Baltikum gab es zwei Sprachen, die man in den angesehenen Familien beherrschen mußte: Russisch und Französisch. »Sie sind schön . . .«
Und Gabrielle antwortete: »Merci, monsieur. Sie sind so nett. Anders als die andern. Sie wollen nicht gleich nach fünf Minuten . . .«

Von dieser Stunde an war die Kompanie bei Gabrielle trokkengelegt, der »Benjamin« wurde bewundert und Hauptfeldwebel Bülles als Rindvieh beschimpft.
Drei Tage später zog Gabrielle zu Dallburg in die kleine Strandwohnung. Ihre Liebe war ehrlich und überstieg alles bisher Erlebte. Was vorher war, war ausgelöscht, als wär's auf eine Schultafel geschrieben. Jetzt stand dort: Gabrielle und Alexander.
»Ein Phänomen!« sagte Hauptfeldwebel Bülles. »Ich kenne das von Köln. Wenn eine Nutte wirklich liebt . . .«
In der Tat: Man konnte leben in Grandchamps-les-bains wie Gott in Frankreich. Aber auch Paradiese haben eine Pforte, durch die man hineinkommen und durch die man es auch verlassen kann.
Oberleutnant Lippe, der einmal täglich seine Schreibstube besuchte, sah den Schreiber entgeistert an, als der ihm einen Zettel hinschob.
»Telefonische Durchsage, Herr Oberleutnant. Habe mitgeschrieben. Kommt von der Division.«
»Von wem?«
»Von unserer 352.!«
»Neumann, Sie stinken aus allen Poren nach Calvados!« Oberleutnant Lippe riß ihm den Zettel aus der Hand. »Ich habe fest damit gerechnet, daß die Division gar nicht weiß, daß es uns überhaupt gibt! Wie? Um Dallburg geht es? Na, so was!« Er überflog das Telegramm und starrte dann den Schreiber ziemlich dümmlich an. »Haben Sie das gelesen, Pflanzl?«
Gefreiter Pflanzl nahm Haltung an. »Ich hab's doch mitgeschrieben, Herr Oberleutnant!«
»Die ganze Division ist besoffen! Dallburg soll weg? Nach Berlin? Da kommt er doch gerade her! Jetzt laufen die Befehle schon langsamer als die Männer! Das hat sich gekreuzt. Ich rufe an.«
Bei der 352. Infanterie-Division, deren Stab in einem schönen, verträumten Landschlößchen mit vielen kleinen Türmchen saß, hatte man andere Sorgen als den Fähnrich Dallburg oder Oberleutnant Lippes Zweifel. Neueste Meldungen besagten, daß die Invasion unmittelbar bevorstand. Deutsche Aufklärer brachten Luftbilder mit, die einem den Atem verschlugen. Rommel beschwor Hitler, die ziemlich offene Front in Frankreich aufzufüllen. Er verlangte neue Divisionen. Die Antwort

Keitels war deutlich: »Woher nehmen, Herr Kamerad? Von der Ostfront können wir nicht einen Mann abziehen, aus Italien auch nicht. Sie müssen sich mit dem Nachschub aus dem Reich begnügen.«
Das bedeutete: Junge Burschen, fast noch Kinder. Im Schnellverfahren ausgebildet. Beim ersten Trommelfeuer würden sie weinen oder nach ihrer Mutter rufen.
Oberleutnant Lippe im schönen Grandchamps-les-bains wurde am Telefon angeranzt. Der Befehl sei tatsächlich vom OKW, wie könne man dran zweifeln, die Sache sei brandeilig, Fähnrich Dallburg müßte eigentlich schon längst unterwegs sein ...
Lippe legt auf. Hauptfeldwebel Bülles kratzte sich den Nasenrücken.
»Wo ist Dallburg?« fragte Lippe.
»Zwischen den Beinen von Gabrielle, wo sonst?« antwortete Bülles. »Ich hole ihn heraus!«
»Das übernehme ich.« Oberleutnant Lippe setzte sich in seinen Kübel und fuhr an den Strand. Dallburgs Wohnung war unverschlossen. Gabrielle lief mit aufgelösten schwarzen Haaren in einem seidenen Morgenmantel herum, pfeifend wie ein Vögelchen und rundum glücklich. In der kleinen Wohnung roch es nach starkem Kaffee und frischen Croissants. Dallburg stand halb nackt im Badezimmer und rasierte sich. Pinsel in der Hand, Schaum im Gesicht, stand er sofort stramm, als er Lippe erkannte. Gabrielles Augen flimmerten plötzlich nervös. Ihr weiblicher Instinkt gab Alarm.
»Dallburg«, sagte Lippe väterlich. »Es tut mir wirklich leid, Sie aus Ihrer Idylle zu reißen, aber der Krieg findet nun mal nicht nur im Bett, sondern auch an normalen Fronten statt. Marschbefehl!«
»Rußland?« fragte der kleine Dallburg leise. Ich habe es geahnt, dachte er. Es mußte eines Tages so kommen. Frontbewährung eines Fähnrichs, der Leutnant werden will, kann unmöglich Frankreich sein. Nicht das jetzige Frankreich.
»Pustekuchen!« Lippe schüttelte den Kopf. »Zurück nach Berlin! Nach Eberswalde. Das OKW jammert nach Ihnen ...«
»Das OKW? Wieso?«
»Fragen Sie Keitel! Los, rasieren Sie sich fertig, springen Sie zum Abschied noch mal über Gabrielle, es wird das letztemal sein — und dann ab wie die Feuerwehr zur Division! Wenn's

nach denen ginge, würden Sie mit einer Rakete nach Eberswalde geschossen.«
Oberleutnant Lippe verließ die Wohnung, um Dallburg das Abschiednehmen zu ermöglichen. Es war ein stiller, schmerzhafter Abschied.
»Ich hole dich nach Deutschland, chérie . . .«, sagte Dallburg. »Nach dem Krieg heiraten wir. Ich liebe dich.«
Sie nickte, knöpfte ihm den Uniformrock zu, bürstete völlig sinnlos über seinen Rücken, rückte sein Koppel gerade. Als er seine Mütze aufsetzte und den korrekten Sitz im Spiegel kontrollierte, weinte sie doch.
Sie brachte ihn nicht bis zur Tür, winkte ihm nicht vom Fenster aus nach. Als unten die Tür zugefallen war, saß sie wortlos und mit plötzlich gealtertem Kindergesicht vor dem Spiegel, in den er zuletzt geblickt hatte. Dann nahm sie einen Aschenbecher aus Messing von Tisch, schleuderte ihn in den Spiegel und starrte auf die Scherben, die nach allen Seiten durchs Zimmer spritzten.
»Adieu!« schluchzte sie, ohne ihre Starrheit aufzugeben. »Oh, cette guerre infernale . . .«

In Abständen von knapp zehn Stunden trafen sie in Eberswalde ein. Meistens mit einmotorigen Kurierflugzeugen vom Typ Fokker, die auch auf dem improvisierten Flugfeld, einem festgewalzten Acker, landen konnten. Der kleine Dallburg kam als letzter, nicht weil es von der Normandieküste weiter als von Rußland gewesen wäre, sondern weil man bei der 7. Armee des Generals Dollmann, wohin man Dallburg von der Division verfrachtet hatte, den unscheinbaren Fähnrich warten ließ. Ein Kurierflugzeug für einen einzelnen Mann nach Berlin? Du lieber Himmel . . . Gerade lagen die neuen Luftaufnahmen der Aufklärer vor. Danach war die Südküste Englands ein einziges Heerlager. Wenn man jetzt einige Bombergeschwader gehabt hätte, mit dem nötigen Jagdbegleitschutz, wäre jede Bombe ein Volltreffer gewesen. Aber wo waren sie, die Bomber? Wo war die deutsche Luftwaffe des Reichsmarschalls Göring? Fast ungehindert strömten die amerikanisch-britischen Bomberverbände tief nach Deutschland hinein und zerstörten planmäßig die Städte, die Rüstungsfabriken, die Nachschubwege, die Tanklager, die Bunkerwälle an den

Küsten. Wie verstörte Motten kreisten einige deutsche Jäger um die Kampfgeschwader der Alliierten. Die Hauptarbeit hatte die Flak zu leisten. Nacht für Nacht tasteten Hunderte Scheinwerfer den deutschen Himmel ab, bellten Hunderte von Flugabwehrkanonen — ein paar Nadelstiche nur gegen die Massierung der Flugzeuge, die bei jedem Einsatz Zehntausende von Tonnen Sprengstoff über deutsche Städte regnen ließen.
Die Luft gehörte den Alliierten. Der Kampf um den Luftraum war für Deutschland längst verloren. Die Zeit, da Göring gesagt hatte: »Wenn ein einziges feindliches Flugzeug über Deutschland erscheint, will ich Meier heißen«, wurde allenthalben verdrängt. »Wie viele Meiers gibt es in Deutschland? Nur einen! Den Reichsmeier. Die anderen Meier mußten ihren Namen ablegen!« Der Witz kostete wegen Wehrkraftzersetzung Zuchthaus, KZ oder — wenn ein besonders strammer Kriegsrichter am Werke war — sogar das Leben!
Der große Tag X schien greifbar nahe zu sein. Aber weder der Oberbefehlshaber West, Generalfeldmarschall von Rundstedt, noch die Chefs der Heeresgruppen B und C, Rommel und Blaskowitz, erreichten bei Hitler mehr als ein heiseres Bellen. Die letzten Reserven waren bereits zusammengekratzt. Der alte Satz »Auf zehn Feinde kommt ein deutscher Soldat« kursierte wieder. So betrachtet, stimmte das Kräfteverhältnis. Nur von der ungeheuren Materialüberlegenheit sprach niemand. Rüstungsminister Speer stand vor zerbombten Produktionsstätten und leeren Vorratslagern. Es gab keine Rohstoffe mehr.
Und gerade jetzt will ein kleiner Fähnrich ein eigenes Kurierflugzeug haben?! Nur auf ein Telegramm des OKW hin? Soll doch das OKW selbst eine Maschine 'rüberschicken, wenn es sich Fähnriche ansehen will . . .
Der kleine Dallburg, mit seinem Herzen noch bei Gabrielle, noch tief bedrückt vom Abschiedsschmerz, lief bei der Armee herum und flog überall hinaus. Ein Verbindungsoffizier zur Luftwaffe ebnete Dallburg endlich den Weg — fast neun Stunden nach seinem Eintreffen bei der Armee.
Es war ein Springen. Zuerst nach Paris, dann nach Brüssel, von Brüssel nach Hannover und von dort endlich nach Berlin. In Berlin, wo er sich brav beim OKW meldete, erhielt er sofort einen Wagen und wurde nach Eberswalde gebracht. Vorher

mußte er noch einen Bericht abliefern über die Lahmarschigkeit der Dienststellen in Frankreich.
»Typisch!« sagte ein Offizier im OKW. »Frankreichs Geheimwaffe sind Weiber, Wein und Kognak! Du lieber Himmel, wenn es da mal losgeht! Die sind sogar zum Weglaufen zu fett geworden . . .«
Ein ungerechtes Urteil. Das große Sterben stand unmittelbar bevor.
Alexander Dallburg erschien also als letzter in dem Wohnflügel der Offiziersreitschule Eberswalde, in dem man die zehn Abkommandierten untergebracht hatte. Sie waren isoliert, als trügen sie eine hochinfektiöse Krankheit mit sich herum. Allein ihr Flur war belegt, die anderen Zimmer in diesem Wohntrakt waren geräumt. Jeder der Ankommenden war von einem Oberstleutnant Hansekamm begrüßt worden, als sei man schon seit Jahren befreundet. Hände wurden geschüttelt, es wurde gefragt, ob man eine gute Reise gehabt habe, ein Witz lockerte die dennoch spannungsgeladene Atmosphäre. Aber als jeder der nach Eberswalde Befohlenen die natürliche Frage stellte: »Was ist eigentlich los? Was sollen wir in einer Reitschule?«, beschied Oberstleutnant Hansekamm diplomatisch: »Meine Herren, ich bin nicht befugt, darüber zu sprechen. Herr Oberst von Renneberg wird Ihnen einen Vortrag halten, sobald er vom Führerhauptquartier zurückgekommen ist.«
Führerhauptquartier? Im Zusammenhang mit ihnen?
Die Herren machten sich zunächst miteinander bekannt. Leutnant Semper, der als Trostpreis für den entgangenen Schweinebraten zwei Flaschen Wodka aus Kowel mitgebracht hatte, stiftete eine Flasche, als von Labitz die Geburt von William Heiko bekanntgab. Man hatte sich im Zimmer von Asgard Kuehenberg versammelt, der den größten Raum bekommen hatte, mit einem wundervollen Blick über das Reitgelände ins märkische Land hinein.
In diese improvisierte Feier platzte Dallburg. Er kam von Oberstleutnant Hansekamm, hatte Händedruck und Empfangswitz hinter sich und wußte nun auch, daß sich das Führerhauptquartier mit ihm befaßte.
Dallburg wurde von den anderen begrüßt, als sei er ihnen als Maskottchen zugewiesen worden. Er nahm es mit gelassener Ergebenheit hin, der »Benjamin«. Es war sein Schicksal, solange er so jung aussah, als habe er die Schulhose mit dem

Uniformrock vertauscht, nur um einmal Soldat zu spielen. Er beglückwünschte Labitz zu dem Stammhalter, trank sein Glas Wodka, hustete — es war sein erster Wodka — und sagte dann: »Ich habe von Herrn Hansekamm gehört, ich sei der letzte. Nach mir kommt keiner mehr. Wir sind jetzt komplett!«
Freiherr von Baldenow blickte sich um. »Wir sind also zehn!« sagte er nachdenklich. »Zehn Offiziere . . .« Den kleinen Dallburg rechnete er einfach dazu. Fähnrich ist ja die Vorstufe zum Leutnant.
»Auf denen das Auge des Führers ruht!« rief Solbreit. Er blieb auch in Eberswalde seiner kodderigen Schnauze treu. »Womit haben wir das verdient?! Warum bestraft man uns nur so?«
Keiner lachte. Selbst ein trübes Lächeln wollte nicht aufkommen. Asgard Kuehenberg beugte sich vor, schenkte sich noch einen Wodka ein und blickte in die wasserklare Flüssigkeit. »Etwas fällt auf, meine Herren: Wir alle kommen aus dem äußersten Osten Deutschlands. Ostpreußen. Baltikum sogar . . .«
Sie fragten einander, wo sie zu Hause waren. Und bald fanden sie etwas heraus, was sie noch stutziger machte: Sie alle konnten Russisch. Und zwar perfekt. Schon daß sie alle aus dem Osten kamen, konnte kein Zufall sein. Aber daß einige von ihnen russische Mütter hatten, daß andere unter den verschiedensten Umständen mit Russen aufgewachsen waren, einige waren sogar in russische Schulen gegangen, als die baltischen Staaten von der Sowjetunion besetzt gewesen waren — das alles mußte sie erst recht nachdenklich stimmen. Und hatte nicht einer sogar gesagt, er sei waschechter Russe — Sohn russischer Emigranten?
»Das kann doch Zufall sein!« rief Poltmann, seltsam erregt. Seine weißblonden, schönen Locken umringelten seinen Kopf wie hundert kleine, gebleichte Schlangen. »Aus allen Ecken im Osten kommen wir, vom OKW ausgewählt — das wissen wir jetzt! Aber was soll das?«
»Vielleicht sollen wir einen Donkosakenchor bilden?« Solbreits verdammtes Mundwerk. Er hatte den meisten Wodka getrunken, jetzt sprang er auf seinen Stuhl. Die anderen starrten zu ihm hinauf. »Meine Herren Kameraden, wir singen jetzt — als Probe unseres Könnens — das schöne Lied vom dunklen Loch. Drei — vier . . .«

Er stemmte die Arme in die Seite und grölte mit durchaus nicht unangenehmer Stimme:
»Und darum klingelingeling klabuster tärätärätätä,
am Arsch, da ist es duster, tärätärätätä,
Warum soll es nicht duster sein, tärätärätätä?
Scheint weder Sonne noch Mond hinein, tärätätätätä!
Und wir tragen unsere Leiden mit Geduld,
an der ganzen Scheiße sind wir selber schuld!
Tärätärätätä! Furz!«
»Vollendet!« sagte Berno von Ranowski.
Solbreit kletterte von seinem Stuhl und setzte sich wieder. Sein Feuerwerk war abgebrannt. Jeder der zehn wußte, daß es ein Ausbruch tiefer Unsicherheit gewesen war. Wem ging es nicht so? Das Unheimliche ihrer Isolierung und ihrer Unwissenheit erhöhte die Spannung mehr, als an der Front die Erwartung eines sowjetischen Gegenstoßes. Dort wußte man: Da drüben liegt der Iwan, und gleich kommt er in erdgrauen Wellen aus den Gräben und Löchern. Die Artillerie hämmert schon den Weg frei, zerfetzt die deutschen Drahtverhaue, pflügt die Granattrichter vom letztenmal um . . .
Aber hier wußte man gar nichts. Man spürte nur: Die Jovialität, mit der Oberstleutnant Hansekamm sie empfangen hatte, übertünchte eine ganz dicke Sache. OKW — Führerhauptquartier — zehn Offiziere, alle aus dem Osten . . .
»Ich ahne etwas«, sagte Detlev Adler plötzlich. »Wir werden der Wlassow-Armee zugeteilt oder dem Kosakenregiment von Pannwitz. Wir sollen aus freiheitsliebenden Russen deutsche Soldaten machen. — Ist das eine Scheiße!«
»Noch 'n Lied?« sagte Solbreit dumpf.

»In Honolulu, im Land der Amazonen
und auf Samoa ist alles gleich.
Da gehn die kleinen Mädchen
zum Tanze in das Städtchen,
ohne Hemd und ohne Höschen
mit einem Feigenblatt,
das Löcher hat . . .«

»Aufhören!« sagte Labitz hart. Solbreits Mund klappte hörbar zu. Zum erstenmal spielte Labitz seinen Majorsrang aus. »Uns allen steht's bis zum Hals! Ich werde morgen früh ver-

suchen, mehr aus Hansekamm herauszuholen als ›Führerhauptquartier‹. Hüpfen wir in die Betten! Eins ist uns allen sicher völlig klar: Reiten sollen wir hier nicht lernen! Eberswalde ist als unser Versteck bestimmt. Ich werde herausbekommen, warum man uns versteckt!«
»Machen wir die zweite Flasche Wodka auf, meine Herren«, sagte Semper. »Was wir gesoffen haben, kann uns keiner mehr nehmen. Wer weiß, ob uns das OKW ab morgen nicht nur noch die Milch der frommen Denkungsart zuteilt.«
Die zehn stimmten ab und stimmten zu. Die zweite Flasche Wodka kreiste in Kuehenbergs Zimmer. Draußen stand eine helle Mondnacht über der märkischen Landschaft. In den Ställen wieherten müde die Pferde, scharrten, prusteten. Ein Pendelposten, das Gewehr umgehängt, marschierte einsam um die Blocks herum. Weit weg rumorte es dumpf. Flak. Ein Luftangriff. »Meiers Nachtgebet.« Aber Eberswalde war eine friedliche Oase. Kiefernumsäumt, von Junisonne durchtränkt. In der Nacht atmete der Boden die Wärme aus und sog den Tau aus den Wolken.
Solbreit sang gegen drei Uhr morgens noch eine kleine Sauerei, dann brach man auf, verteilte sich auf die zugewiesenen Zimmer und fiel wodkaschwer ins Bett.
Nur Kuehenberg saß noch am Fenster und blickte über den im Mondlicht fahlen Reitplatz. Hoffentlich räumen sie Thernauen rechtzeitig, dachte er. Wenn sie jetzt evakuieren, können sie die Zuchthengste mitnehmen und ein paar gute Mutterstuten. Das wäre ein gutes Anfangskapital nach dem Krieg. Vater, warte nicht zu lange!

Am nächsten Morgen saßen sie mit verquollenen Augen und pelzigen Gaumen am Frühstückstisch. Zwei Ordonnanzen bedienten sie mit stummer Aufmerksamkeit. Auch für die Mahlzeiten hatte man einen Raum eigens für die zehn freigemacht; er lag auf dem gleichen isolierten Flur. Völlig sinnlos, die beiden Obergefreiten, die mit der Lässigkeit gelernter Kellner servierten, zu fragen, was hier eigentlich los sei. So ging es beim Frühstück ziemlich einsilbig zu, man glotzte sich aus rotumränderten Augen an, und Peter Radek sprach allen aus der Seele:
»Mein lieber Semper, was Sie an Wodka mitgebracht haben,

muß in der Hölle gebrannt worden sein! Habt ihr das Zeug dort immer getrunken?«

»Immer!«

»Und habt dabei noch Russen sehen können?!«

»Und wie! Doppelt vergrößert. Das machte uns so schußsicher und beim Iwan gefürchtet . . .«

Ein paar grinsten müde. Landserleben! Vorgestern noch war man mittendrin gewesen — jetzt hockte man an einem weißgedeckten Tisch und frühstückte von Porzellan, klopfte das Ei vornehm wie im »Adlon« auf und aß das Brot mit Messer und Gabel.

Oberstleutnant Hansekamm stieß zu den zehn, als die Kaffeerunde fast beendet war und die Ordonnanzen Zigaretten herumreichten. Flache Stäbchen, die nach Stroh schmeckten und »Orientzigaretten« genannt wurden. Solbreit, Adler und Semper hatten noch russische Papyrossi bei sich. Man ließ die Flachstäbchen liegen und paffte das sowjetische Kraut. Daran hatte man sich gewöhnt, auch an die fast schwefelgelben Rauchwolken. »Mücken gab es bei uns nie!« sagte Solbreit, der Pripjet-Sumpf-Fachmann. »Wenn unsere Kompanie geschlossen rauchte, vernichteten wir sogar die Brut.«

Oberstleutnant Hansekamm begrüßte die Herren, winkte schon an der Tür, man solle sitzen bleiben und keine Rangunterschiede aufkommen lassen. Alles Kameraden, sagte seine freundliche Handbewegung. Ob Dallburg Fähnrichslitzen oder Labitz Majorsschulterstücke — wir sind eine Familie.

Er überblickte den Tisch, setzte sich neben Solbreit — was mit einigem Entsetzen wahrgenommen wurde, denn Solbreits Schnauze kannte keine Grenzen — und lächelte nach allen Seiten.

»Das war das letztemal, daß Sie mit Messern und Gabeln gespeist haben«, sagte Hansekamm. »Schon zu Mittag bekommen Sie nur einen Löffel. Wenn nötig, ein Messer. Das Brot nehmen Sie bitte in die Hand und beißen herzhaft hinein. Die vier Finger der Hand können Sie ruhig auf die Wurst drücken und sich die Finger hinterher ablecken. Das ist ein Genuß, sage ich Ihnen!«

Die zehn starrten Oberstleutnant Hansekamm entgeistert an. Labitz warf einen warnenden Blick zu Solbreit. Junge, halt den Mund! Frage jetzt bloß nicht: Wer hat hier Wodka getrunken — wir oder Sie? Wir werden wohl noch mehr hören.

»Also doch!« sagte Detlev Adler. Hansekamm hob die Augenbrauen. »Kosakenausbildung bei von Pannwitz ... Ich verstehe bloß nicht, warum man daraus plötzlich ein solches Geheimnis macht? Das ist doch längst eine speckige Mütze.«
»Ihre Mutmaßungen haben Salto geschlagen.« Oberstleutnant Hansekamm lachte meckernd, was ihn noch sympathischer machte. Er war ein großer, rundlicher Mensch, dem man ansah, daß er gutes Essen liebte, einen mittelschweren Bordeaux und seine Frau, die in einem Bauernhaus in der Nähe der Reitschule mit ihm eine Dreizimmerwohnung ausfüllte. Eine Dienstwohnung. Zu Hause war er in Soest. »Fruchtbare Gegend«, sagte er immer. »Gemüsefelder! Soester Börde! Als Kind konnte ich Blumenkohl und Salat nicht mehr riechen.«
»Was Sie auch gedacht haben mögen, meine Herren: Es ist falsch!« Hansekamm nahm eine der Flach-Zigaretten. Die sowjetischen Mundgranaten waren nicht sein Fall, er war nicht der Typ für Machorka und Kartoffelschnaps. Solbreit, sein Nachbar, gab ihm Feuer. »Ich kann Ihnen noch nichts sagen, wir müssen warten, bis Oberst von Renneberg aus dem Führerhauptquartier zurückgekommen ist. Ohne den Segen des Führers betrachten Sie sich als bevorzugte Gäste des OKW.«
»Und mit Führersegen?« Das war Solbreit.
»Wird es ernst.«
»Natürlich!« Das war Kuehenberg. »Undenkbar, daß man uns von den Fronten abzieht, um uns andere Eßmanieren beizubringen, wie Sie eben angedeutet haben, Herr Oberstleutnant.«
»Wenn's nur das wäre ...« Hansekamm winkte ab und rauchte versonnen seine »Orient«. — »Von Renneberg müßte längst zurück sein. Es scheint beim Führer doch nicht alles so glatt zu gehen, wie wir gehofft hatten.«
»Es ist eben schwer, dem Führer zu erklären, daß seine Offiziere vier Finger auf die Wurst legen sollen.«
Solbreit! Labitz blickte ihn strafend an. Solbreit zuckte, um Verzeihung bittend, mit den Schultern und zog an seiner giftwolkigen Papyrossa. Aber Hansekamm war weit davon entfernt, sich durch Schnoddrigkeit aus der Reserve locken zu lassen. Er lachte wieder herzhaft, blickte dann auf seine Armbanduhr. »Darf ich die Herren bitten, mit mir in den Schulungsraum zu kommen?«

Die zehn erhoben sich wie auf ein Kommando. Schulungsraum! Das Wort verwirrte. Was sollte geschult, was gelehrt werden? Verfluchte Scheiße — vielleicht doch Reiten? Einem baltischen Landmann will man Reiten beibringen? Mit Führerbefehl? Ist denn die Welt wirklich total verrückt geworden?
Der Schulungsraum, einem kleinen Klassenzimmer nicht unähnlich, lag unmittelbar neben dem »Speisezimmer«. Zehn Stühle standen in Zweierreihen, an der Wand hing eine riesige Landkarte. Davor stand ein schmaler Tisch und noch ein Stuhl.
Die zehn blickten auf die Karte. Wortlos, mit Gedanken, die gleichsam durch ihre Hirnwindung purzelten. Oberstleutnant Hansekamm ging um die zehn herum und lehnte sich an den schmalen Tisch.
»Sie erkennen es richtig, meine Herren! Das ist Moskau und Umgebung. Bitte sich zu setzen, ganz zwanglos. Über alles, was Sie jetzt hören, gibt es keine Notizen und werden auch keine Notizen gemacht. Wir vertrauen auf Ihre überdurchschnittliche Intelligenz.«
»Danke!« Solbreit natürlich. Er schlug das linke Bein über das rechte. »Für meinen Mathelehrer war ich eine taube Nuß!«
Hansekamm lächelte väterlich. »Erst im Leben entwickelt sich der Mensch, nicht in der Zeugniskonferenz. Die meisten Genies waren schlechte Schüler.«
»Und wir sollen auf Führerbefehl Genies sein?« fragte Kuehenberg.
»Im übertragenen Sinne, meine Herren.« Hansekamm betrachtete sie stumm und drehte sich wieder weg. Er ging zur Riesenkarte »Moskau und Umgebung«. — »Ich bitte um Verständnis«, sagte er, wie ein Konditor, dem der Käsekuchen zusammengefallen ist. »Aber vor der Rückkehr Herrn von Rennebergs habe ich nur die Aufgabe, Sie zu beschäftigen. Vielleicht fällt alles aus, und Sie können zu Ihren Truppenteilen zurückkehren. Ich darf Ihnen nur sagen, daß Sie ausgewählt worden sind für das größte und auch das riskanteste Unternehmen des Krieges. Ein Unternehmen, dessen Durchführung nach menschlichem Ermessen unmöglich ist. Zehn Offiziere — Sie, meine Herren! — sollen den Krieg entscheiden helfen!«
»Ist das nicht ein wenig zu pathetisch?« fragte Major von Labitz.

»Es klingt so, ich gebe es zu, wenn man die Fakten nicht kennt. Ihre völlige Isolation ist damit zu erklären, daß der geringste Hinweis auf Ihre Aufgabe alles in Frage stellen kann! Vor allem eins: den Endsieg! Wenn Oberst von Renneberg vom Führerhauptquartier zurückkommt, und wenn Sie in alles eingeweiht werden, wird Ihnen klar sein, daß Sie für Deutschland mehr wert sind als jede Heeresgruppe.«
Die zehn schwiegen und betrachteten die Karte von Moskau und Umgebung. Sie war aus Luftaufnahmen zusammengestellt und ins Riesenhafte vergrößert worden. Jedes Haus war erkennbar, jede Scheune, jeder Bachlauf, jedes Brückchen, jeder Waldweg, jede Lichtung, jede größere Pfütze, Hansekamm rieb sich die Hände wie der liebe Gott, als ihm die Schöpfung der Rose gelungen war.
»Das ist die Generalansicht, meine Herren! Sie werden später noch Detailfotos sehen. Noch genauere! Ein schönes Foto ist dabei: ein Kornfeld, und darin liegen zwei und kopulieren! Man sieht's deutlich! So tief haben sich unsere Aufklärer gewagt, um Ihnen dieses Material zu liefern!«
Die Sympathien gegenüber Hansekamm wuchsen. Liegen im Kornfeld und kopulieren, dachte Freiherr von Baldenow. Wenn das Bild an die Reihe kommt, werden wir von Solbreit einiges hören. Vorausgesetzt, daß Herr von Renneberg auch diesen verhaltenen Humor besitzt, den Schalk hinter der Hand.
Hansekamm hüstelte, setzte sich hinter seinen schmalen Lehrertisch und holte sein Zigarettenetui aus der Tasche. »Das wäre im Augenblick alles«, sagte er. »Sie sehen mich irgendwie hilflos, aber ich kann ohne grünes Licht von der ›Wolfsschanze‹ nichts tun! Erwarte von Ihnen Vorschläge, meine Herren: Wie sollen wir uns beschäftigen?«
»Man könnte in Eberswalde ins Kino gehen«, schlug Radek vor.
»Nicht möglich! Niemand darf Sie sehen.«
»In Zivil.«
»In Eberswalde fallen *Sie* bestimmt auf, meine Herren!« Hansekamm nuckelte an seiner »Orient«. »Nicht daß wir Hypochonder wären — aber die gegnerische Spionage und die dunklen Elemente, die mit dem Feind sympathisieren, zwingen uns zur größten Vorsicht. Finden Sie sich damit ab, meine Herren, daß es Sie nicht mehr gibt . . .«

»Also auch keine Post nach Hause?« fragte der kleine Dallburg.
»Um Gottes willen, nein! Ausgeschlossen!«
»Ich bin vor drei Tagen Vater geworden«, sagte Labitz ruhig.
»Wir wissen es! Oberst von Renneberg wird Sie dieserhalb noch ansprechen.«
»Ein Telefonat mit meiner Frau — das kann doch keinen Spion anlocken.«
»Abgelehnt.« Hansekamm konnte auch hart und bestimmt sein. Jetzt war er es. »Wer nicht vorhanden ist, kann nicht telefonieren. *Sie* sind nicht vorhanden! Sie sind aus der Front zurückgezogen worden und bis auf weiteres verschwunden. Genügt Ihnen das als erste Erklärung, meine Herren!?«
Kuehenberg stand auf, ging langsam auf die Riesenkarte Moskaus zu und blieb vor ihr stehen, wie vor ein paar Minuten Oberstleutnant Hansekamm.
»Ich wage nicht auszusprechen, was ich denke!« sagte er betont deutlich.
Hansekamm nickte. »Verschlucken Sie es, Hauptmann Kuehenberg. Es ist bestimmt falsch, was Sie denken!«
»Ich war vor acht Jahren in Moskau . . .«
»Wir wissen es. Kurz vor den Olympischen Spielen hier in Berlin . . .« Hansekamm winkte wieder jovial, onkelhaft, von Wohlwollen durchpulst. Tröpfchenweise ließ er Wahrheiten heraus, die alle gierig aufsaugten wie durstende Wüstenwanderer. »Von Ihnen allen, meine Herren, wissen wir alles von der Geburt bis zum heutigen Tag. Sonst säßen Sie nicht hier.«
»Und wer hat sich — was immer wir auch erfahren werden — das alles ausgedacht?« fragte Berno von Ranowski.
»Das darf ich Ihnen sagen.« Hansekamm war sichtlich froh, eine knallige Information geben zu können, die aufgrund der Isolierung dieser zehn nicht mehr schaden konnte. »Der Führungsstab des OKW in engster Zusammenarbeit mit der Abteilung Abwehr.«
»Canaris!« sagte Kuehenberg laut.
»Ja!«
»Oh, Scheiße!« Jetzt nahm das Solbreit niemand mehr übel. Er sprach allen aus sämtlichen Falten der Seele. »Da werden wir einen dicken Hund verschlucken müssen!«

3

Warten ist des Soldaten meistgeübte Tugend. Ungeduld kann Karrieren zerstören. Drängende Fragen haben den Effekt übler Belästigungen. Wer zu einem übergeordneten Dienstgrad sagt: »Es *muß* etwas geschehen!«, kann damit rechnen, in eine Ecke gestellt zu werden.
Oberst von Renneberg wußte das alles. Im Generalstab war Zuhören und Nicken die Vorbedingung vorgesetzten Wohlwollens. Daß er jetzt seit zwei Tagen im Führerhauptquartier, der »Wolfsschanze«, in einer Baracke herumsaß und darauf wartete, seinen Vortrag halten zu dürfen, wäre unter normalen Umständen nicht erwähnenswert gewesen. Was zu sagen war, was den Führer interessierte, trugen Keitel und Generaloberst Jodl vor. Oder Hitler empfing die Befehlshaber der einzelnen Heeresgruppen, hörte sich deren berechtigte Sorgen an, beugte sich über riesige Kartentische, betrachtete den Verlauf der Fronten und legte seine Hand auf die Meßtischblätter. Sein: »Ich befehle, daß kein Meter Boden mehr hergegeben wird!« war zu einer stereotypen Rede geworden. Später, mit Keitel, Jodl, Adjutanten, SS-Obergruppenführer Schaub, oder seinem engsten Vertrauten Bormann allein, beklagte er sich bitter über die Generäle und deren in verschleierte Worte eingehüllte Feigheit. »Alles muß ich allein machen!« sagte er einmal zu Bormann. »Alles! Aber die Geschichte wird es nicht begreifen . . .«
Oberst von Renneberg, von Keitel selbst in die »Wolfsschanze« geholt, machte sich auf noch längeres Warten gefaßt, als der Oberbefehlshaber West, Generalfeldmarschall von Rundstedt, am 5. Juni 1944 im Führerhauptquartier erschien. Er wurde sofort vorgelassen, die Türen der Führerbaracke, die »Herzkammer Deutschlands«, wie Goebbels sie in seiner pathetischen Art nannte, schlossen sich für Stunden. General Schmundt, Hitlers Wehrmachtsadjutant, schien als einziger von Renneberg nicht vergessen zu haben. Er kam in die Gästebaracke und sah ihn am Fenster sitzen. Lässig winkte

er ab, als der Oberst aufspringen wollte, und stellte sich neben ihn ans Fenster.
»Es ist wie in der Wochenschau«, sagte von Renneberg etwas sarkastisch. »Soviel Prominenz auf einmal sieht man nie. Nicht unsereiner.« Er blickte zu Schmundt hinauf und wartete. Der Besuch von Hitlers Adjutant galt bestimmt nicht der Möglichkeit, hier aus dem Fenster zu gucken. Aber Schmundt schwieg. Seufzend lehnte sich von Renneberg zurück.
»Noch kein Termin für mich?« fragte er.
»Rundstedt ist gekommen.«
»Ich habe es gesehen.«
»Sie wissen, warum?«
»Wissen ist zuviel gesagt. Ich ahne es. Die Lage im Westen . . .«
»Kritisch. Gestern liefen von Canaris Meldungen ein. Der Führer hat getobt. Was ist eigentlich los mit euch in Berlin? Ihr seht die Gesamtlage anders als der Führer.«
»Das mag daher kommen, daß wir nicht der größte Feldherr aller Zeiten sind.«
»Renneberg!« sagte Schmundt nachsichtig warnend. »Wenn ich bei Ihnen nicht Wachs in den Ohren hätte . . .«
»Rundstedt hält Vortrag. Busch, Model und Schörner werden dem Führer nichts anderes sagen — und ich sitze hier herum mit einem Plan in der Mappe, der unter Umständen alle Sorgen wegblasen könnte. Keitel kennt ihn, Jodl und natürlich Canaris. Sonst noch keiner!«
»Sie!«
»Gut.« Renneberg wiegte den Kopf. »Sagen wir: Ein winzig kleiner Kreis. Ich brauche eine halbe Stunde, um dem Führer vorzutragen.«
»Sie Traumtänzer!« Schmundt lächelte mitleidig. »Eine halbe Stunde! Wissen Sie, wer eine halbe Stunde vortragen darf? Vielleicht Göring. Oder Himmler. Renneberg, was denken Sie sich eigentlich? Wenn Sie vorgelassen werden — ich glaube, daß Keitel, Ihr Mentor, das schafft —, machen Sie Männchen, schnarren im Telegrammstil Ihr Anliegen vor, und dann wird der Führer sprechen. Wenn Sie aus dem ›Lageraum‹ wieder herauskommen, ist eine Sauna für Sie wie ein Kühlschrank.« Schmundt blickte wieder aus dem Fenster. Zwischen den hohen Kiefern ging Himmler spazieren, umgeben von drei SS-Obergruppenführern. »Dicke Luft heute! Himmler tut, als

habe er den Stein der Weisen verschluckt. Ich mag ihn nicht . . .«
Schmundt trat vom Fenster zurück, als erzeuge ihm der Anblick der schwarzen Uniformen mit den SS-Runen und dem Totenkopf würgende Übelkeit. Renneberg starrte ihn entgeistert an. Schmundt, dachte er, was ist mit Schmundt los? Haben wir den bisher verkannt? »Vergessen Sie das«, sagte Schmundt gedämpft. »Eine laut geäußerte private Meinung.«
Renneberg rekapitulierte schnell, was nur wenige wußten: Am 11.2.1944: der Plan, Hitler zusammen mit Himmler durch eine Bombe zu beseitigen. Er konnte nicht ausgeführt werden, da Himmler nicht zu der vorgesehenen Besprechung erschien. — 9.3.1944: Plan, Hitler während einer Lagebesprechung am großen Kartentisch zu erschießen. Da der betreffende Offizier nicht zur Besprechung zugelassen wurde, zerfiel auch dieser Plan. — 15.5.1944: Geheimtreffen zwischen Generalfeldmarschall Rommel und General von Stülpnagel, dem Kommandeur von Paris. Sie besprechen, daß ein Kommando Hitler festnehmen soll. Hitler soll dann vor ein deutsches Gericht gestellt werden. Vorher Ausschaltung der SS. — Bei all diesen Plänen gegen Hitler, die in der »Wolfsschanze« oder bei Hitlers kurzen Besuchen in Berlin ausgeführt werden sollten, wäre auch General Schmundt dabeigewesen. Und jetzt? Oberst von Stauffenberg stand bereit, bei der nächsten sich bietenden günstigen Gelegenheit Hitler zu beseitigen. Das bedeutete, wenn es um ein Bombenattentat ging: auch Schmundt konnte getötet werden. Bei den meisten Lagebesprechungen stand Schmundt mit Hitler am Kartentisch.
»Darf ich eine Bitte vortragen, Herr General?« fragte von Renneberg.
»Wenn sie erfüllbar ist.«
»Verwenden Sie sich beim Führer, daß ich meinen Vortrag halten darf.«
»Sie unterschätzen meinen Einfluß, Renneberg.«
»Bitten Sie Reichsleiter Bormann um Vermittlung.«
»Bormann wird wissen wollen, um was es geht. Ich weiß es ja auch nicht.«
»Ich nehme an, daß der Führer in unseren Plan auch Reichsleiter Bormann einweihen wird.«
»Und Himmler auch?«

»Das wäre nicht in unserem Sinne«, sagte Renneberg vorsichtig.
»Dann ist Bormann der beste Sperriegel für das Geheimnis, das Sie da in der Aktentasche herumschleppen.« Schmundt ging langsam zur Tür und legte die Hand auf die Klinke. »Ich sollte also Bormann einen Wink geben?«
Renneberg nickte ergeben. Es bleibt uns nichts anderes übrig, dachte er. Für den Plan in meiner Tasche und die Nachfolgepläne ist ein Bormann immer noch besser als ein Himmler. Bormanns Hausmacht ist der Führer selbst . . . Himmler dagegen befehligt ein eigenes, bestens ausgerüstetes Heer von Totenkopfträgern. Bormanns Wort trifft Hitlers Ohr. Aber Himmlers Streitmacht trifft ganz Deutschland. Wenn es einmal keinen Hitler mehr gibt — was wird dann aus Bormann? Aber Himmler kann, seine Totenkopfdivisionen im Rücken, ganz gut ohne Hitler leben . . .
Göring? Von dem reden wir nicht. Er sitzt immer zwischen zwei Stühlen. Weder Bormann noch Himmler bewundern den Dicken. Und was wäre Göring ohne Bewunderung?
Goebbels? Der ist nach allen Seiten offen. Er lebt nur noch von Rundumschlägen gegen Himmler, Bormann und Göring.
Das einzige, worauf man sich verlassen kann, ist die Wehrmacht. Die Feldmarschälle Rommel und von Busch, die Generäle Hoeppner, Stülpnagel und Admiral Canaris, der Feldmarschall von Witzleben mit seinem Offizierskreis und die vielen Sympathisanten, die in der Stunde X die Wehrmacht fest im Griff haben.
Aber darum geht es jetzt ja nicht. Es geht um einen Plan, der in seiner Wahnwitzigkeit kaum zu übertreffen ist. Ein Plan mit Doppelwirkung: Ende des Krieges und kurz darauf folgend Ende des NS-Irrsinns.
Renneberg blickte zu General Schmundt, der noch immer an der Zimmertür stand.
»Ja«, sagte er. »Wenn Bormann mir beim Führer Gehör verschafft. Ich hoffe noch immer, daß Feldmarschall Keitel einen Termin für mich herausholt . . .«
Am Nachmittag des 5. Juni 1944 — Oberst von Renneberg trank in der Offiziersmesse der »Wolfsschanze« eine Tasse Tee mit Zitrone — kam ein Major zu ihm an den Tisch.
»Der Führer will Sie sprechen!« sagte er.
Renneberg Kopf flog hoch. Ist das die Möglichkeit?! Hat

Schmundt das so schnell mit Bormann regeln können, ohne daß Bormann weiß, um was es geht? »Wann?«

»Sofort.«

Renneberg sprang auf, schnallte um, setzte seine Mütze auf und band sich die schwarze Aktentasche mit einem Stahlkettchen um das Handgelenk. Eine altgewohnte Sicherheitsmaßnahme, sogar im Führerhauptquartier. Wer die Mappe haben wollte, mußte ihm schon den Arm ausreißen. Oder ihn töten.

Zum erstenmal betrat Oberst von Renneberg den »Lagebunker«. Er hieß im Jargon Bunker, obwohl er nur eine Baracke war, im innersten Sicherheitsbezirk, umgeben von hohen Kiefern, Birken und in den Baumkronen hängenden Tarnnetzen. Aus der Luft war die »Wolfsschanze« so gut wie unsichtbar.

In der Tür empfing Keitel persönlich den heranmarschierenden Renneberg. Keitel schöpfte Luft. Die Unterredung mit von Rundstedt war ganz nach Hitlers Art verlaufen. Dem Vortrag des Feldmarschalls über die Lage im Westen folgte ein Monolog des Führers, der darin gipfelte, daß eine Invasion der Alliierten reiner Wahnsinn sei. »Wir haben neunundfünfzig Divisionen in Frankreich stehen!« hatte Hitler gebrüllt. »Und da werden Sie nachdenklich? Was wollen Sie noch mehr?! Mit neunundfünfzig Divisionen jage ich jeden ins Meer zurück, der es wagt, die Küste zu betreten! Dünkirchen ist bei denen noch nicht vergessen! Wenn sie kommen, wird es ein hundertfaches Dünkirchen für sie werden! Das erwarte ich von Ihnen!«

»Sie haben ganze fünfzehn Minuten!« sagte Keitel zu Renneberg.

Über Keitel war man sich in Offizierskreisen nicht einig. Er war ein NS-Offizier, ohne Zweifel ein Karrieremacher um jeden Preis, Hitler devot ergeben, Klagemauer des Führers, gegen die er alle Wutausbrüche austoben konnte; still, wortlos, vielleicht ein guter Psychiater, der weiß, daß man Irre am besten beherrscht, wenn man sie ausschreien läßt. Keitel, das war Hitlers Geschöpf — so sahen es die meisten Offiziere. Aber andererseits war Keitel auch aufgeschlossen genug, Pläne wie diesen, den Renneberg in seiner Aktentasche trug, gutzuheißen und sich für ihn zu verwenden. Nicht allein, weil der Plan aus seinem Hause — dem OKW — stammte, sondern weil er klar erkannte, daß in einer verzweifelten Lage jede Chance wahrzunehmen sei.

»Wie ist die Stimmung?« fragte von Renneberg. Das klang seltsam vertraut zwischen einem Oberst und einem Feldmarschall. Keitels rundes Gesicht mit dem grauen Schnurrbart verzog sich leicht. Als Keitel noch Oberst war, war der junge Renneberg als frisch gebackener Leutnant in seinen Stab gekommen. Über Jahre hinweg hatte Keitel da väterliches Wohlwollen entwickelt, zumal er nie enttäuscht wurde.
»Sehr schlecht, Renneberg. Der Führer ist vom Vortrag des Feldmarschalls von Rundstedt etwas ermüdet.«
»Sie haben dem Führer den Plan erläutert?«
»Das ist Ihre Sache! Ich habe ihm nur den Grundgedanken vorgetragen.«
»Und die erste Reaktion?«
»Das ist potentieller Wahnsinn!« Keitel nickte kurz. »Ein Hinweis, Renneberg! Wenn der Führer zu sprechen beginnt, unterbrechen Sie ihn nicht.«
»Natürlich nicht.« Renneberg schloß kurz die Augen. Die gefürchteten Hitler-Monologe. Heute würde er einen erleben, zum ersten- und zum letztenmal . . .
Keitel ging voraus. Dann war alles so, wie es sich Renneberg vorgestellt hatte und wie er es von Fotos her kannte: In der Mitte der lange Kartentisch, getünchte Wände, ein paar Stühle . . . Spartanischer ging es nicht.
Hitler saß hinter dem Kartentisch und wirkte sitzend kleiner, als es Renneberg erwartet hatte. Er war überhaupt erstaunt, daß Hitler saß. Eine Tasse mit Kräutertee stand neben ihm. Hitler trug eine Brille, was Renneberg geradezu verblüffte, aber er nahm sie sofort ab, als der Oberst die Hacken zusammenknallte und sich meldete: »Oberst Renneberg, Führungsstab des OKW, Berlin, meldet sich dem Führer . . .«
Jodl lehnte neben dem Telefontisch, Keitel stand hinter Renneberg, eine Ordonnanz wartete wie ein blutleeres Gespenst im Hintergrund. Kein Schmundt, kein Zeitzler, der Chef des Generalstabs des Heeres, keine anderen Generäle, keine SS, kein Himmler, kein Bormann . . . Es war also Keitel gewesen, der den Vortrag durchgesetzt hatte.
Für eine lange Sekunde sahen sich Hitler und Renneberg an. Wie beginne ich, dachte Renneberg. Soll ich mich auf Keitel berufen? Oder sagt Keitel selbst das erste Wort? Erschreckend alt ist Hitler geworden. Falten im Gesicht. Seine Nase wirkt breiter als auf den Bildern. Er muß sehr müde sein. Die ge-

fürchteten und von seinen Anhängern wie ein Wunder bestaunten und umjubelten Augen, der Blick, »der in jedes Deutschen Herz trifft und auflodert zu heller Flamme . . .«, wie Goebbels einmal ausgerufen hatte — diese Augen waren trüb, fast verhangen.
Rundstedt hat ihn geschlaucht, dachte Renneberg nicht ohne Schadenfreude. Mein lieber Führer, das Jahr 1944 wird dein letztes sein! Ob du das tief im Inneren ahnst? Jedes Tier, selbst das wildeste, hat einen solchen Instinkt . . .»Der Feldmarschall« — Hitlers Blick traf Keitel, der an die Seite von Renneberg getreten war — »hat mir berichtet, was Sie mitbringen! Tragen Sie vor!«
Hitlers Stimme. Im Rundfunk klingt sie dunkler, dachte Renneberg. Aber das rollende R ist da, auch das Abgehackte, Zuschlagende. Eine Stimme wie ein Biß. Sie hält einen fest, sie dringt ein.
Renneberg löste die Aktentasche von ihrem Kettchen. Dann stellte er sie vor Hitler auf den Kartentisch. So einfach kann das also sein, durchfuhr es ihn. Wenn ich jetzt statt eines Aktenstückes eine Bombe herausholte, würde sich die Welt verändern. Aber ich habe nur einen dünnen Schnellhefter bei mir . . . Hoffentlich hat Stauffenberg auch einmal so unverschämtes Glück und kann seine Aktentasche vor Hitler auf den Tisch stellen . . .
Hitler erhob sich. Die Ordonnanz, von Keitel mit einem herrischen Blick bedacht, verließ schnell den Lageraum. Jetzt war man wirklich unter sich. Hitler, Keitel, Jodl und von Renneberg.
Hitler wartete, bis Renneberg den Schnellhefter herausgenommen hatte, und nahm ihn mit einem Ruck an sich. Er enthielt nur zwei Seiten: eine Namenliste und eine Aufstellung von Orten. Hitler betrachtete die beiden Seiten erstaunt und blickte dann Renneberg an. Die müden Augen wetterleuchteten plötzlich.
»Sind Sie verrückt?« fragte Hitler schroff.
»Mein Führer.« Renneberg wußte nicht, ob er stramme Haltung oder normale Stellung annehmen sollte. Er entschloß sich für bequemeres Stehen. »Generalfeldmarschall Keitel hat in Grundzügen alles erklärt. Der außergewöhnlichen Geheimhaltung wegen existieren keinerlei schriftlichen Unterlagen über das ›Unternehmen *Wildgänse*‹.«

»Der Name *Wildgänse* gefällt mir«, warf Hitler ein. »Warum *Wildgänse*?«
»Viele ziehen in den Norden, mein Führer, aber nicht alle kehren zurück . . .«
»Hm!«
Renneberg atmete durch die Nase. Standhalten, befahl er sich. Dieser Hitlerblick könnte entnerven.
»Weiter!«
»Darf ich erläutern, mein Führer! Die Großlage erfordert in militärischer Sicht auch eine Initiative, die sich außerhalb aller Normen bewegt.«
Hitlers Augen verengten sich. Jodl starrte Renneberg entgeistert an und wandte sich dann zu Keitel. Was ist denn das, fragte dieser Blick. Ein kleiner Oberst wagt es, dem Führer zu sagen, daß die Gesamtlage beschissen ist?! Ist der Mann verrückt?! Wen haben Sie denn da protegiert?!
Renneberg redete mutig weiter: »Der Plan *Wildgänse* zielt darauf ab, mit einem Schlag nicht nur die Frontlagen, sondern das gesamte Weltbild zu verändern. Der Schock, der bei Gelingen des Unternehmens entstehen wird, führt zu einer Lähmung Rußlands, der sich in schneller Folge Auflösungserscheinungen anschließen werden. Mit dem Ausfall der Ostfront aber haben auch die Alliierten sowohl im Südosten wie auch bei einer Invasion keinerlei Chancen mehr. Allein unser moralischer Gewinn wird den Gegner demoralisieren. Die Planungen, mein Führer, sind von uns bereits so weit vorangetrieben worden, daß die zehn Offiziere — Sie halten die Liste in den Händen — bereitstehen und in aller Kürze für *Wildgänse* eingesetzt werden können. Die andere Liste, mein Führer, bezeichnet die Einsatzstellen.«
Hitler warf den Schnellhefter auf den Tisch. Keitel schob eine von der Kartenzentrale bereitgelegte Karte von Moskau und Umgebung vor Hitlers Augen. Hitler beugte sich über sie. Die typische Haltung, dachte Renneberg, wie man sie auf Fotos sieht. Die Hände aufgestützt, den Kopf vorgestreckt, gebeugt und die Schultern etwas hochgezogen. Der »Gröfaz« — der Größte Feldherr aller Zeiten . . .
Hitler starrte auf Moskau und wischte mit der rechten Hand weit über die Karte. »Das ist doch Wahnsinn, was Sie da vortragen, Herr Oberst!« schnarrte er.
»Jawohl, mein Führer. Aber es ist durchführbar.«

»Es wird nie gelingen!«
»Man sollte es versuchen.«
»Wenn der Plan gelingt . . .«
». . . haben wir den Krieg gewonnen!« sagte von Renneberg.
»Wenn er mißlingt?«
»Kein Feldherr geht in eine Schlacht mit dem Gedanken, er könne sie verlieren.«
O Himmel, signalisierte Jodls Blick zu Keitel. Jetzt haben wir gleich das große Gebrüll, 2. Teil. Als Rundstedt gegangen war, hatte Hitler getobt und sich erst beruhigt, als er seinen Tee getrunken hatte. Aber erstaunlicherweise schwieg Hitler. Er betrachtete Renneberg wie einen seltsamen Kunstgegenstand.
»Wer steckt dahinter?« fragte Hitler plötzlich. »Natürlich Canaris?«
»Der Plan ist eine Gemeinschaftsarbeit von Experten, mein Führer. Mit Ihrer Erlaubnis kann *Wildgänse* geflogen werden.«
»Dieser Plan ist Blödsinn!« sagte Hitler hart. Mit einer Handbewegung wischte er den Plan von Moskau zur Seite. Dann straffte er sich und schob eine Hand in seine Uniformtasche. Der große Monolog begann. Widerspruchslos hörten Keitel, Jodl und Renneberg zu. Am Ende seiner Rede aber sagte Hitler, zu aller Überraschung: »Gut! Ich gebe meine Einwilligung. Aber ich befehle, daß das Unternehmen *Wildgänse* zur geheimsten Reichssache erklärt wird. Ob Erfolg oder Nichterfolg: Wir alle wissen davon nichts! Herr Oberst, Sie garantieren, daß keine Unterlagen vorliegen?«
»Keine, mein Führer. Die Personalakten der zehn ausgesuchten Offiziere sind beim OKW und werden am Tage des Einsatzes vernichtet. Es wird diese zehn Männer nicht mehr geben.« — »Bei einem Mißerfolg werden Vermißtenmeldungen herausgegeben.«
»Und bei Gelingen?«
Oberst von Renneberg wagte Ungeheures. »Das Maß der Belohnung überlasse ich meinem Führer«, sagte er. »Wenn diese zehn Offiziere das politische Weltbild verändert hätten . . .«
»Verrückt!« Hitler winkte ab. »Total verrückt! Ihr Einsatzstab, Oberst, bekommt alle Vollmachten. *Wenn* es gelingt« — Hitler blickte Renneberg mit schräg geneigtem Kopf an. Unendlich lange schien dieser forschende Blick zu dauern. Unter

Rennebergs Kopfhaaren begann die Haut zu zucken. »*Wenn?*... Auch dann müssen diese zehn Herren anonym bleiben! Aber der Dank ihres deutschen Vaterlandes und der Weltgeschichte wird ihnen sicher sein.«

Da haben wir es, dachte Renneberg. Der Propagandaredner Hitler. Der Mann der tönenden, vom Volk wie Honig und Milch aufgesaugten Phrasen. Der Wort-Dämon, vor dem es einfach kein Entrinnen gibt. Nur wer Hitler erlebt hat, kann das beurteilen. Spätere Geschichtsschreiber, spätere Generationen werden es schwer haben, ihn und uns zu begreifen. Er ist eine einmalige Erscheinung auf der Bühne unserer Welt — einmalig in jedem Sinne, von jedem Winkel aus betrachtet, vom fürchterlichsten bis zum erstaunlichsten.

Renneberg atmete tief aus. Hitler sah es genau, aber sein Gesicht blieb maskenhaft. »Wir dürfen uns, mein Führer, wenn ich Sie verlassen habe, als frei in unseren Handlungen betrachten?«

»Ja.«

»Ich danke Ihnen, mein Führer.«

Hacken zusammen, Gruß, noch ein letzter Blick in die etwas zusammengekniffenen Augen. Hitler nickte. Jodl zeigte keinerlei Regung. Keitel ging bereits zur Tür. Renneberg machte eine Kehrtwendung und marschierte aus der Lagebaracke. Er hörte noch, wie ein Stuhl über den Boden scharrte.

Hitler setzte sich wieder und spielte mit seiner Brille. Als die Tür zuklappte, hob er den Kopf. »Was halten Sie davon, Jodl?«

»Man sollte es vergessen, mein Führer, und sich überraschen lassen.«

»Sehr gut, Jodl!« Er setzte die Brille auf. »Dieser Rundstedt! Mein Atlantikwall ist uneinnehmbar!«

Vor der Führerbaracke verabschiedete Keitel ziemlich steif den Obersten von Renneberg. Es war nicht alles so gelaufen, wie er es sich vorgestellt hatte. Der Führer hatte grünes Licht gegeben — das war ein Erfolg —, aber unsicher war, wie sich Hitler in den nächsten Stunden verhalten würde. Keitel erwartete Vorwürfe: Wie konnten Sie mir einen solchen Mann zum Vortrag bringen?! Keitel, sehen Sie denn nicht, daß das alles Phantasten sind? Ich habe immer gesagt: Was von der Abwehr kommt, von diesem Canaris, sind Spinnereien! Sie haben mir den Vortrag *Wildgänse* ganz anders geschildert. Sie haben mir meine Zeit gestohlen!

Hitler war nicht sehr behutsam im Umgang mit seinen Generälen. Er liebte das Militär, weil das Militär einmal seine eigene Heimat gewesen war: der einzige Abschnitt seines jüngeren Lebens, in dem er nicht gehungert hatte, wo seine Leistungen anerkannt wurden. Aber den Generälen mißtraute er noch immer.

»Ich bin enttäuscht, Renneberg«, sagte Keitel draußen unter den hohen Kiefern. »Ihr Vortrag war lahm! Sie hätten den Führer mit *Wildgänse* begeistern müssen.«

»Ich habe die Erlaubnis — mehr wollte ich nicht, Herr Feldmarschall.« Renneberg grüßte stramm. »Darf ich mich bedanken?«

»Schon gut.« Keitel winkte ab. Was ahnte Renneberg von der Mühsal des täglichen Umgangs mit dem Führer! »Wie geht es nun weiter?«

»Das ganze Unternehmen wird vergessen, wie es der Führer befohlen hat. Er hat uns alle Vollmachten gegeben. Wir können tun, was wir für erforderlich halten. Niemand hat mehr etwas mit uns zu schaffen. Wir werden handeln, sobald es möglich ist.« Renneberg sah verstohlen auf seine Uhr. »Wann kann ich den Blankoscheck des Führers schriftlich haben, Herr Generalfeldmarschall?«

»In einer Stunde holen Sie ihn bei mir ab.« Keitel blickte auf die Absperrung des inneren Bezirkes. Ein graugestrichener Wagen bog auf die Zufahrtstraße, nachdem er die Sperre passiert hatte. Ein rundschädeliger Mann saß im Fond und blätterte in Papieren. Bormann.

Renneberg nickte dem Wagen zu. Keitel folgte seinem Blick.

»Wird er eingeweiht?«

»Wenn der Führer es tut . . . Von mir aus nicht.«

»Himmler?«

»Auf gar keinen Fall!« Keitel gab Renneberg die Hand. »Ich glaube, der Führer wird zu keinem darüber sprechen. Er nimmt Ihren Plan nicht ernst. Viel Glück, Renneberg.«

»Verbindlichen Dank, Herr Generalfeldmarschall.«

Keitel zögerte, als wolle er noch etwas sagen, wandte sich dann ab und ging zur Lagebaracke zurück. Bormann stieg gerade aus. Er sah Keitel, klemmte die Papiere unter die Achsel und ging ihm entgegen. Oberst von Renneberg wandte sich

ab und verließ nach neuerlicher Kontrolle den inneren Sperrbezirk der »Wolfsschanze«.
In der Gästebaracke erwartete ihn ein alter Freund aus den Tagen der Kriegsschule, der jetzt als Oberstleutnant und stellvertretender Chef der Nachrichtenabteilung im Führerhauptquartier eine ruhige Kugel schob und mittlerweile selber kugelrund geworden war.
»Habe erfahren, daß du hier bist!« rief er und umarmte Renneberg. »Hier bleibt nichts verborgen, Junge! Wolfsschanze ist für Kenner wie ein Spitzenhemd — überall durchsichtig! — Du warst beim Führer?«
»Ja«, antwortete Renneberg wortkarg. »Vortrag über Ersatzheer — Stärke — Erwartung.«
»Mies, was?«
»Alles sehr, sehr jung . . . oder zu alt. Was dazwischen liegt, ist schon längst in der Uniform. Und du?«
»Ich habe hier eine sehr undankbare Aufgabe. Ich muß dem Führer die Berichte zusammenstellen, die wir dauernd von allen Fronten bekommen. In Frankreich sieht es im Augenblick nach dampfender Scheiße aus.«
»Ach«, sagte Renneberg scheinheilig. »Wieso?«
»Hier.« Der Oberstleutnant zog ein Blatt aus der Tasche. »Wurde gerade durchgegeben. Wird dem Führer in diesem Augenblick serviert. Lies!«

Lagebericht OB West über die besetzten Westgebiete vom 5. 6. 1944: Starke Zunahme der Aktivität der Widerstandsbewegung in Südfrankreich, besonders in den Räumen südlich Clermont-Ferrand und um Limoges. Anscheinend einheitliches Vorgehen der Widerstandsgruppen im Kampf gegen Deutschland unter Zurückstellung innenpolitischer Gegensätze. Meldung über umfangreiche Aushebungen zur Armée secrète, teils durch Drohung und Zwang, teils durch Werbung gegen Arbeitseinsatz in Deutschland. Zusammenziehen von Kräftegruppen bei Tulle (70 km von Limoges) und in den Bergen des Zentralmassivs bei St. Flour (80 km südl. Clermont-Ferrand). Starke terroristische Aktivität im Dept. Corrèze. Laufende Überfälle auf Eisenbahnzüge, ungesicherte Ortschaften, franz. Verwaltungsdienststellen, Plünderung franz. Arbeitsdienstlager, Diebstähle von Kfz und Treibstoff. Befreiung eines Gefangenentransportes aus einem Eisenbahnzug des öffentl. Verkehrs nach Feuergefecht. In einer Kleinstadt bei Limoges 6 franz. Bürger, darunter der Notar und 2 Miliz-Angehörige, bei Tag aus ihren Wohnungen geholt und auf dem Marktplatz erschossen. In Umgebung Clermont-Ferrand sollen sich erstmals Angehörige der Armée secrète in Khaki-Uniform mit blauweißroter Kokarde gezeigt haben. Starker Gegenschlag mit ausreichenden Kräften und Luftw.-Unterstützung in Vorbereitung . . .

Oberst von Renneberg gab das Papier an seinen Kriegsschulfreund zurück. Der Oberstleutnant zerknüllte es und steckte es in seine Tasche.
»Nun, Abwehrspezialist?!« fragte er. »Was liest du daraus?«
»Die Invasion steht unmittelbar bevor. Wenn sich die Widerstandskämpfer bereits offen in der Uniform der Armée secrète zeigen, bedeutet das: Wir haben nichts mehr zu verbergen. Morgen oder übermorgen sind wir die Herren in Frankreich . . .« Renneberg winkte ab. »Das wissen wir schon lange. Aber er . . .«, er zeigte mit dem Daumen zum Inneren Sperrbezirk —, »der Gröfaz glaubt nicht daran! Auch jetzt noch nicht, obwohl Rundstedt bei ihm war.«
»Eine echte Tragödie, was?«
»Wie man's nimmt.« Renneberg brachte seinen Freund an die Tür. »Was wirst du nach dem Krieg anfangen?«
»Nach dem . . .?« Der Oberstleutnant blickte Renneberg irritiert an. »Ich hoffe einmal General zu werden. Du nicht?«
»Wir werden uns glücklich schätzen, wenn es zum Generalvertreter reicht. Für Margarine oder Klopapier, Shampoo oder Feuerversicherungen. Mach's weiter gut, Junge!«
Am Abend noch flog Oberst von Renneberg mit einer Kuriermaschine nach Berlin zurück. Hitlers Handlungsvollmacht hatte er in seiner angeketteten Aktentasche.
Sofort nach der Landung stieg er in einen wartenden Adlerwagen um und fuhr noch in der Nacht nach Eberswalde. Bei strahlendem Mondschein traf er ein. Die ländliche Ruhe, der Geruch von frischer Heumahd, die heute sehr früh nach einem regnerischen Frühling eingesetzt hatte, der Duft der ersten Rosen in den Vorgärten, die scheinbare Unantastbarkeit einer abgeschirmten Welt — das alles erweckte sogar bei ihm längst vergessene romantische Gefühle.
Er ließ den »Adler« halten und ging, sehr zur Verwunderung des Fahrers, eines Unteroffiziers mit dem silbernen Verwundetenabzeichen, einige Meter von der Straße weg in die Felder hinein und sog tief die von vielen Düften geschwängerte Nachtluft ein.

Wie schön ist Deutschland, dachte er bitter. Und wie wird es in ein paar Monaten hier aussehen? . . .
Als er wieder einstieg, war die sentimentale Regung vorbei. Nach einer Viertelstunde tauchte die Offiziersreitschule Eberswalde vor ihnen auf. Die Gebäude lagen im Mondschein und schliefen. Nur im Flügel E war Licht — in genau vierzehn Fenstern. Rennebergs Anruf aus Berlin hatte Oberstleutnant Hansekamm alarmiert. Die zehn Offiziere waren aus dem Bett geholt worden und warteten in korrekter Uniform im Lehrzimmer. Hansekamm begrüßte Renneberg unten im Flur.
»Alles klar?« fragte er kurz.
Renneberg nickte. »Alles klar. Der Führer sagt ja.« Er zeigte mit dem Daumen nach oben. »Wissen sie schon etwas?«
»Nichts. Aber sie ersticken in Latrinenparolen.«
»Kommen sie in Wirklichkeitsnähe?«
»Keiner. Wer könnte *so etwas* denken?«
»Jetzt können wir sie erlösen.« Renneberg stieg die Treppen hinauf. Im Schulungszimmer mit der riesigen Moskaukarte standen die zehn und starrten auf die Tür.
»Jetzt bekommt jeder von uns ein Küßchen von Canaris«, sagte Solbreit, die Kodderschnauze.
»So, wie ein Spinnenweibchen sein Männchen nach der Paarung totbeißt«, ergänzte Kuehenberg.
»Paarung!« Semper verdrehte die Augen.
Die Tür flog auf. Mit forschem Schritt trat Oberst von Renneberg ins Zimmer. Oje, ist der munter um 3 Uhr morgens, dachte von Ranowski. Das ist also der Kopf vom Ganzen. Der liebe Kamerad, der uns das alles eingebrockt hat . . .
»Renneberg«, stellte der Oberst sich vor. Er hatte sich hinter dem schmalen Pult aufgebaut. Im Schein der starken Deckenlampen geschah etwas Unheimliches: Renneberg und die Karte von Moskau und Umgebung hinter ihm verschmolzen zu einer Einheit. Es war, als sei Renneberg aus der Karte herausgetreten. »Meine Herren, ich begrüße Sie und freue mich, Sie so wohlauf zu sehen. Ich möchte Sie von Ihren Mutmaßungen erlösen und Ihnen in ein paar kurzen Sätzen sagen, weshalb man Sie hierher gebeten hat.«
Gebeten ist gut, dachte von Labitz. Man hat uns mit Raketen nach Eberswalde geschossen.
»Ich komme soeben vom Führer«, sagte Renneberg betont und doch sehr sachlich. Keinerlei Dramatik lag in seiner for-

schen Stimme. »Ich habe die Erlaubnis zu unserem Unternehmen mitgebracht: Sie, meine Herren, werden in Kürze Stalin töten.«

Am 6. Juni 1944, um 2.00 Uhr morgens, schwebten zwischen Montebourg und Caretan, zwischen Caen und Cabourg hinter dem unbesiegbar geltenden deutschen Atlantikwall von Cherbourg bis Caen, viele tausend Fallschirme vom Himmel. Die Nacht war ein einziges Dröhnen von Bombern und Spitfire-Jägern, von schweren, klobigen Transportmaschinen und pfeilschnellen Begleitschutz-Flugzeugen. Lautlos dagegen, von weitgespannten Flügeln getragen, kreisten Hunderte von Gleitflugzeugen und Lastenseglern über der Normandie und landeten auf den Feldern westlich des Flusses Vire und östlich des Flusses Orne: vollbepackt mit Material, leichten Kanonen, Granatwerfern, Munition, Verpflegung, Sanitätsmaterial, Zeltplanen und Ersatzteilen.

Die 82. und 101. US-Luftlandedivision und die 6. britische Luftlandedivision mit der 3. und 5. Fallschirmjäger-Brigade waren abgesprungen. Die deutschen Truppen, im Schlaf völlig überrascht, zum Teil nur in halber Kompaniestärke wie bei Ranville oder im Sumpfgebiet bei Chef-du-Pont, konnten nur noch ausschwärmen und versuchen, aus der Masse der schwebenden Fallschirme einige herunterzuschießen. Was bereits gelandet war an alliierten Truppen, setzte sich sofort fest, bildete Stützpunkte, grub sich ein oder stieß als Kampftrupp in den Rücken der deutschen Soldaten.

Die französische Bevölkerung half überall. Sie brachte Wein, versorgte in den Bauernhäusern beim Absprung verletzte Amerikaner oder Engländer, gab Hinweise auf deutsche Stellungen, zeigte, wie man unbeobachtet nahe an die gegnerischen Bunker herankam.

Um 3.14 Uhr rollte die nächste Welle heran. Über zweitausend Bombenflugzeuge unter dem Kommando von Luftmarschall Leigh Mallory deckten mit Sprengteppichen die Atlantikstrände zu, auf denen die Landung der ersten Truppenwelle erfolgen sollte. Ununterbrochen regnete es schwere und schwerste Bomben auf die Bunker des Atlantikwalls, auf die Küstenstreifen, auf das Hinterland unmittelbar hinter den deutschen Stellungen.

Unmittelbar danach, um 5.50 Uhr, tauchten im Morgendunst

auf dem Meer sechshundert Kriegsschiffe aller Größen auf, vom Schlachtschiff bis zum Zerstörer, und pflügten mit ihren gewaltigen Schiffsgeschützen noch einmal das Küstenland zwischen Quinneville und Nerville um. Die Flotte unter Admiral Ramsay schoß die Deutschen mürbe.
Um 6.30 Uhr belebte sich das Meer, als rolle ein riesiger Schwarm grauer, stählerner Fischungeheuer gegen die Küste: Die erste Landungswelle der Alliierten — die ersten Spezialboote mit dem breiten, herunterklappbaren, als Rampe benutzbaren Vorderteil, rund zweitausend von insgesamt sechstausendfünfhundert — stieß an Land und spuckte amerikanische, britische und kanadische Soldaten aus, Minenwerfer, Flammenwerfer und leichte Kanonen, Pionierleitern und Strickleitern ... Und immer noch dröhnten die Bombergeschwader über das Land und zerpflügten die deutschen Nachschubwege, schwebten die Lastensegler ein, sprangen die Luftlandetruppen ab. Welle nach Welle. Amphibienpanzer — eine Neukonstruktion —, die von schweren Landungsbooten bis nahe an die Küste herangebracht worden waren, schwammen an Land und griffen gleich urweltlichen Ungeheuern, die das Meer ausspie, in den Sturm auf die Bunkerstellungen ein. Fassungslos starrten die Deutschen auf das Unbegreifliche: Panzer entstiegen der Nordsee! Was sich kaum die kühnste Phantasie hätte ersinnen können, hier, zwischen Cherbourg und Caen, wurde es Wahrheit: Amerikanische und britische Panzer griffen, aus dem Meer steigend, den Atlantikwall an!
Beim Oberbefehlshaber West, Feldmarschall von Rundstedt, rasselten sämtliche Telefone. Feldmarschall Rommel sprang noch in der Nacht, zwischen der ersten und zweiten Luftlandewelle der Alliierten, in seinen berühmten Kübelwagen und raste nach Norden zur Front. Er war kein Feldherr, der auf Karten Schlachten schlug, er gehörte zu seinen Soldaten. Und er wußte: Da drüben steht als Gegner mein alter Widersacher aus Afrika, und wir beide haben große Hochachtung voreinander: Feldmarschall Montgomery, auch Monty genannt.
Um 5.20 Uhr, kurz nach dem Eingreifen der sechshundert Kriegsschiffe, die sich gerade auf Feuerposition begaben, weckte man in der »Wolfsschanze« Hitler und meldete ihm die Landung der alliierten Luftwaffenverbände in der Normandie und das schwere Bombardement.

»Eine Ablenkung!« schrie Hitler. »Vernichten! Alles vernichten! Kein gegnerischer Fallschirmjäger darf überleben! Ich befehle . . .«

Um 6.30 Uhr, als die erste Landungswelle die Küste gestürmt hatte und die Stützpunkte Utah und Omaha von den USA und Gold, Juno und Sword von den Briten errichtet wurden — unter schrecklichen Blutopfern, denn nach dem ersten Schock schlugen die Deutschen zurück, oft ohne Befehl ihrer Divisionskommandeure —, wußte man sowohl bei Rundstedt wie auch im Führerhauptquartier, daß der Tag D, der D-Day, das größte Abenteuer der Kriegsgeschichte, begonnen hatte: die Invasion.

Um 6.30 Uhr, mit dem Festkrallen der ersten Landungswelle vor den deutschen Bunkern des Atlantikwalls, gab General Eisenhower, der Oberbefehlshaber der Invasionstruppen, seinen berühmten Tagesbefehl heraus:

Soldaten, Matrosen und Flieger der alliierten Landungs-Streitkräfte! Ihr begebt euch nun auf den großen Kreuzzug, für den wir uns seit vielen Monaten vorbereitet haben. Die Augen der Welt blicken auf euch; die Hoffnungen und Gebete der freiheitsliebenden Menschen der ganzen Welt begleiten euch. Zusammen mit unseren tapferen Verbündeten und Waffenbrüdern an allen Fronten werdet ihr die deutsche Kriegsmaschine zerschlagen, die Nazi-Tyrannei über die unterdrückten Völker Europas hinwegfegen und Sicherheit für uns alle in einer freien Welt schaffen.

Eure Aufgabe wird nicht leicht sein. Euer Feind ist gut ausgebildet, gut ausgerüstet und kriegserfahren. Er wird fanatisch kämpfen. Aber wir stehen im Jahre 1944! Vieles ist geschehen seit den Siegen der Nazis von 1940 bis 1941. Die Vereinigten Nationen haben den Deutschen große Niederlagen beigebracht, aber auch in offener Schlacht von Mann zu Mann. Unsere Luftoffensive hat ihre Stärke in der Luft und ihre Kraft zu Lande erheblich angeschlagen. Unsere Heimatfront hat uns ein überwältigendes Übergewicht an Waffen und Kriegsmaterial verschafft, außerdem stellt sie uns große Reserven an ausgebildeten Kämpfern zur Verfügung. Die Flut hat sich gewendet! Die Soldaten der freien Welt marschieren zusammen in den Sieg.

Ich vertraue fest auf euren Mut, auf eure Pflichttreue und auf eure Kampffertigkeit. Nur ein völliger Sieg ist für uns annehmbar.

Glück euch allen und laßt uns den Segen des Allmächtigen Gottes für dieses große und edle Unternehmen erflehen.

Dwight D. Eisenhower

Hitler, dem man den Tagesbefehl Eisenhowers vorlas — ein bedauernswerter Adjutant war dazu ausersehen —, versteinerte. In der Nachrichtenbaracke war der Teufel los. Die Meldungen aus Frankreich überstürzten sich. Der Überblick über die Lage in der Normandie war noch unklar. Fest stand nur: Es war den Amerikanern und Engländern gelungen, mit einem großen Überraschungsschlag Tausende von Soldaten und Hunderte von Geschützen, Minenwerfern und leichten Panzern an Land zu bringen. Die Luftlandetruppen, die überall im Hinterland festen Fuß gefaßt hatten und nun von allen Seiten zur Küste vordrangen, um die deutschen Regimenter einzuschnüren, waren in ihrer Stärke überhaupt nicht zu schätzen. Aussagen erster Gefangener nannten Zahlen, die Hitler, aber auch Keitel und Jodl für irrsinnig hielten.
»Vernichten!« schrie Hitler an diesem Morgen. Die Karten von Rußland auf dem großen Kartentisch waren gegen die der Normandie ausgewechselt worden. »Sagen Sie Rommel, ich erwarte von ihm einen totalen Sieg über die Invasionstruppen!«
Was dachte Hitler in diesen Stunden wirklich? Ahnte er, trotz seiner noch immer auf Sieg setzenden Befehle, daß die Großoffensive der Alliierten in Frankreich seine ganze westliche Front aufriß?
Wie auch Eisenhowers einmaliges Abenteuer auslaufen würde, eines hatte er bereits gewonnen: Hitlers und der deutschen Wehrmacht Nimbus, an Frankreichs Küste unangreifbar zu sein, war zerstört. Das wußte Hitler, und er schluckte es in stummer Wut.
An fünf Stellen, breit gefächert, waren die Alliierten an Land gegangen: das VII. US-Korps unter General Collins, das V. US-Korps unter General Gerow, das britische XXX. Korps unter General Bucknall und das britische I. Korps unter General Crocker.
Das war die erste Welle.
Drüben in England ging die zweite Welle in die Landungsboote — in Fowey und Weymouth, Dartmouth und Shoreham. Aus der Tiefe des Raumes, von Swansea und Cardiff, von Bristol und Felixstowe, rückten die Nachstoßtruppen heran. Sieben Divisionen, fünf Korps — die Südküste Englands zerbarst von Menschen.
Am Abend des 5. Juni 1944 sagte Rommel zu seinem General-

stabschef: »Jetzt haben wir die Rechnung für alles, was Hitler ignoriert hat! Und die Rechnung bezahlen müssen wir! Sie und ich und wir alle werden von ihm zum Schuldigen gemacht werden.«

Oberst von Renneberg erschien zum Frühstück, als habe sich an diesem 6. Juni 1944 die Welt nicht verändert. Er erlaubte den Herren mit einem Wink, sitzen zu bleiben, nahm am Kopfende des langen Tisches Platz und sah interessiert zu, wie die Ordonnanz die Tasse voll Kaffee füllte. Es war kein Muckefuck, sondern bester Bohnenkaffee. Dazu gab es Sahne aus dem nahe gelegenen Gutshof. Frische, knackige Brötchen aus der Bäckerei der Offiziersreitschule. Gute Butter. Goldgelben Schleuderhonig aus der Mark. Aufgeschnittene Salami, echten ungarischen Bauernschinken, im Wacholderrauch geräuchert.
In diesem Zimmer bei Eberswalde schien es keinen Krieg mehr zu geben. Nicht was die Verpflegung betraf. Oberst von Renneberg schnitt ein Brötchen, von den Berlinern zärtlich Schrippe genannt, auf und schmierte es mit Butter. Als er eine Scheibe Rauchschinken darauf legte, sah er auf und blickte über den Tisch. Elf Augenpaare starrten ihn stumm an. Oberstleutnant Hansekamm hatte die Hände auf der Tischplatte gefaltet, als habe er gerade ein Morgengebet beendet. Keiner aß weiter.
»Ich sehe Ihnen an, meine Herren«, sagte von Renneberg ruhig, »daß Sie über die Ereignisse am heutigen Morgen bereits unterrichtet sind.« Er lächelte etwas mokant. »Nicht nur ich höre regelmäßig Radio London, wie mir scheint. Aber ich kann Ihnen bereits nähere Informationen geben, die ich soeben aus Berlin empfangen habe. Bitte, lassen Sie sich das Frühstück nicht verleiden.« Er biß in sein Schinkenbrötchen und aß mit Genuß. »Was erstaunt Sie so? Die Invasion kommt für uns nicht überraschend. Wir wußten seit Wochen, wo sie ansetzen würde, welche Truppenteile in England zusammengezogen wurden, wann der erste Vorstoß erfolgen würde — und daß die feindliche Tätigkeit im Raume Dover—Calais nur ein Ablenkungsmanöver war, auf das der Führer dann auch prompt hereinfiel! Was wir an das Führerhauptquartier meldeten, wurde als Phantasterei abgetan. Admiral Canaris

wurde als notorischer Schwarzmaler verunglimpft — die traurige Wahrheit rehabilitiert ihn auf schreckliche Weise. Sich darüber jetzt aufzuregen, meine Herren, bringt nichts mehr ein. Für uns allerdings ist der D-Day von größter Konsequenz.« Er griff in seinen Uniformrock und holte ein Blatt Papier heraus. Während des Essens strich er es glatt und rückte es neben seinem Teller zurecht. »Der Tagesbefehl Eisenhowers. Sie haben ihn gehört?«
»Sehr forsch!« sagte Labitz.
»Das kann er auch sein«, Renneberg tippte mit dem Zeigefinger auf das Papier. »In einigen Punkten irrt sich Eisenhower. Es gehört zu Ihrer Ausbildung, meine Herren, über die tatsächliche Lage — nicht über die Lage, wie sie das Oberkommando der Wehrmacht täglich bekanntgibt — unterrichtet zu sein. Sie werden dann die Notwendigkeit Ihrer Aufgabe einsehen.«
»Darüber hätte ich noch einiges zu sagen, Herr Oberst«, warf Freiherr von Baldenow ein. »Sie kommen vom Führer zurück, begrüßen uns mitten in der Nacht, stellen sich vor eine Moskaukarte und sagen ganz schlicht: Sie werden Stalin töten!«
»Später, mein lieber Baldenow. Später.« Renneberg aß die zweite Hälfte des Brötchens. »Wir sind jetzt nicht in Rußland, wir haben die Invasion auf dem Programm. Fangen wir mit der Analyse des Eisenhower-Befehls gleich an. Und bitte, setzten Sie Ihr Frühstück fort, meine Herren.« Renneberg blickte wieder auf den Text des Tagesbefehls. »Hier steht: ›Euer Feind ist gut ausgebildet . . .‹ Der erste Fehler. Im Invasionsgebiet befindet sich nur unsere 7. Armee unter General Dollmann. Ihm unterstehen elf Infanterie-Divisionen. Bei St. Nazaire ist eine Division in Aufstellung. Zwei Fallschirmjäger-Divisionen sind weit entfernt, südlich von Brest. Unmittelbar in die Invasion sind fünf Divisionen verwickelt; die 21. Panzerdivision, die zur 15. Armee gehört, wird wohl im Anmarsch auf Caen sein. Das wäre alles beruhigend, wenn nicht ein Teil unserer Frankreich-Divisionen sogenannte Küsten- und Ausbildungsdivisionen wären, also Verbände von geringer Kampfkraft, entweder überaltert oder zu jung.«
Er blickte hinüber zu dem kleinen Dallburg. Solbreit, der neben ihm saß, stieß ihn an. »Gib einen zum besten«, sagte er halb laut. »Wir kennen nur russische Scheiße . . .«
Renneberg erlöste Dallburg aus einer sichtbaren Qual. Er

sagte: »Seit der Kapitulation Frankreichs galt diese Front kaum noch als Kriegsgebiet. Es gibt ganze Bataillone, die nur aus Av-Leuten bestehen. Doch weiter: Eisenhower fährt fort: ›. . . gut ausgerüstet‹. Ein neuer Denkfehler. Die einzige gute Ausrüstung ist der Beton des Atlantikwalls. Die deutschen Divisionen verfügen über keinerlei erstklassige Ausrüstung, ja, man muß sie unterdurchschnittlich nennen. Die einzigen, die — wie immer — gut ausgerüstet sind; sind die SS-Divisionen. Aber sämtliche SS-Panzer-Korps stehen weiter südlich bei Paris oder sogar in Mittelfrankreich. Bis sie in der Normandie eingreifen können, haben die Invasionstruppen längst festen Fuß gefaßt. Bleibt unsere Luftwaffe. Eine Katastrophe, meine Herren! Obwohl selten anwesend, hat Reichsmarschall Göring selbst die 3. Luftflotte übernommen. Aber was heißt Luftflotte?« Renneberg blickte auf sein Papier. Neben Eisenhowers Tagesbefehl enthielt es handschriftliche Notizen. »Ich nenne Zahlen: Wir haben zur Verfügung an einsatzfähigen Maschinen: neunzig Bomber und siebzig Jäger! Die Gegenseite, nach Berichten unserer V-Leute aus England: dreitausendeinhundert Bomber und fünftausendneunundvierzig Jäger. Hinzu kommen rund fünftausend Transportflugzeuge . . .«

»Mein Gott!« sagte Kuehenberg laut. »Weiß das der Führer?«

»Wir haben es gemeldet. Hirngespinste, hieß es! Der Reichsmarschall war geradezu sauer.« Renneberg blickte kurz auf. Er sah in verstörte Gesichter.

»Ich kann Ihnen weitere Schocks leider nicht ersparen, meine Herren«, fuhr er fort. »Die Marine: Wir haben an Frankreichs Küste stationiert und einsatzbereit: Schlachtschiffe — keins. Kreuzer — keinen. Zerstörer: drei. Schnellboote: sechsunddreißig. U-Boote: vierunddreißig. Die Invasionstruppen: Schlachtschiffe: sieben, Kreuzer: siebenundzwanzig, Zerstörer: einhundertvierundsechzig, Landungsfahrzeuge aller Art und Konstruktionen, also auch bewaffnet, schätzungsweise über sechstausend Stück!«

»Gott mit uns!« sagte Labitz dumpf.

»Selbst das nicht!« Renneberg klopfte auf den Tagesbefehl Eisenhowers. »Auch Gott ist eingespannt. Den Segen des Allmächtigen Gottes hat Eisenhower bereits erfleht. — Wir kommen überall zu spät! — Doch weiter zu den Zahlen: Heute morgen haben nach grober Schätzung über sechshundert

Kriegsschiffe den Atlantikwall sturmreif geschossen. Die erste Welle, die an Land ging, umfaßte vierzig alliierte Divisionen! Als Gesamtoffensivtruppen stehen nach unseren Informationen sechsundachtzig Divisionen zur Verfügung. Achthunderttausend Mann stehen bereits in England, Gewehr bei Fuß. In dieser Stunde schwimmen bereits neue Soldaten und Material über den Kanal an die Invasionsfront. Sie können fast ungehindert transportieren. Die deutsche Luftwaffe ist ausgeschaltet, eine deutsche Marine gibt es hier praktisch nicht mehr, die deutschen Küstenbatterien haben anderes zu tun, als die See zu beobachten, sie kämpfen ums Überleben. Der Feind liegt vor ihren Rohren am Strand oder nähert sich von hinten den Stellungen. — Das ist die Lage im Westen seit heute morgen zwei Uhr.« Renneberg trank seine Tasse Kaffee mit Genuß. Dann erhob er sich.
»Mir ist der Appetit vergangen«, sagte Semper laut.
»Mir schon in der Nacht!« Detlev Adler sprang von seinem Stuhl auf. »Als Sie uns zu Mördern Stalins ernannten, Herr Oberst, lief die Invasion schon!«
»Aber ich wußte das nicht. Die erste Absprungwelle war gerade abgesetzt. Erst gegen vier Uhr früh erhielt ich den ersten Anruf aus Berlin. Seitdem sitze ich am Telefon.« Er ging an den elf Offizieren vorbei zur Tür. »Wenn ich die Herren in den Schulungsraum bitten darf. Herr Hansekamm wird die Lage im Osten erläutern . . .«
Ein paar Minuten später saßen die zehn wieder vor der riesigen Moskaukarte. Oberstleutnant Hansekamm stand hinter dem kleinen Pult, Renneberg hockte auf einem Schemel seitlich der Karte. Irgendwo krähte ein Hahn. Durch das offene Fenster klang Pferdegewieher. Ein schöner, sonniger Vormittag. Die Baumkronen wiegten sich im leichten Wind. Gekräuselte Wölkchen, wie zerzupfte Wattebäuschchen, trieben über den hellblauen Himmel.
Hoffentlich wacht Vater jetzt auf, dachte Kuehenberg. Die Invasion muß auch für ihn ein Alarmsignal sein. Vater, evakuiere Thernauen! Es geht jetzt von allen Seiten los.
Hansekamm gab Kuehenbergs Gedanken recht. Er sagte mit dozierender Stimme »Es ist als sicher anzusehen, daß die Invasion den Beginn einer großangelegten Vernichtungsoffensive aller Verbündeten an allen Fronten darstellt. Der nächste Schlag wird von uns an der Ostfront erwartet, und hier vor al-

lem im Mittelabschnitt. Wir rechnen damit in der zweiten Junihälfte. Das wäre taktisch das richtige Konzept: Bis Ende Juni haben die Invasionstruppen sich in der Normandie ausgebreitet, das Interesse der deutschen Heeresführung wendet sich immer mehr der Westfront zu, die ruhige Ostfront bleibt, trotz alarmierender Beobachtungen, zweitrangig. Da bricht der Rote Sturm los! Plötzlich und mit der gleichen Urgewalt, mit der die viertausend Schiffe mit Soldaten, Panzern und Kanonen plötzlich vor unserer Kanalküste auftauchten. Von der Abwehr, Abteilung ›Fremde Heere Ost‹, haben wir unbestätigte Zahlen, die aber zutreffen können. Demnach haben die Sowjets im Mittelabschnitt, meine Herren, nur im Mittelabschnitt bereitgestellt: einhundertsechsundzwanzig Schützendivisionen, sechs Kavallerie-Divisionen, sechzehn motorisierte Brigaden, fünfundvierzig Panzer-Brigaden. Die Zahl der Flugzeuge wird auf viertausend geschätzt; wir nehmen an, es sind mehr. Auch die Panzerzahl ist nur erratbar — an die fünfundvierzig Brigaden!«
»Helm ab zum Gebet!« sagte Solbreit in die Stille hinein.
Hansekamm dozierte unbeirrt weiter: »Auf deutscher Seite stehen dem entgegen: vierzig Divisionen, aber ohne eine einzige Reserve, achthundertneunundzwanzig zum Teil nur bedingt einsatzfähige Flugzeuge — und eine Panzer-Division!«
Labitz sprang auf. Über sein Gesicht zuckte es. Kuehenberg, der neben ihm saß, zog ihn am Uniformrock, aber Labitz reagierte nicht darauf.
»Das ist ungeheuerlich!« rief Labitz. »Wenn dieser Kräftevergleich stimmt, ist es ein Verbrechen, weiter an einen Endsieg zu glauben! Verzeihung, Herr Oberst! Aber für diese Bemerkung stehe ich gerade!«
Renneberg lächelte trübe. »Mein lieber Labitz, wir sind hier unter uns Pastorentöchtern. Wir können hier in vertrauter Runde alles sagen. Es dringt kein Wort nach draußen! — Die Zahlen stimmen. Der Heeresgruppe Mitte unter Feldmarschall Busch stehen vier riesige sowjetische Heeresgruppen unter Marschall Wassilewski und Marschall Shukow gegenüber. Das ist die Lage im Osten. Mit anderen Worten: 1944 wird das Schicksalsjahr Deutschlands sein. Das Jahr des allseitigen Zusammenbruchs. Das Jahr, an dem jede deutsche Front zerdrückt wird. Der Endkampf um das Reich wird noch in diesem Monat eingeläutet. Die Invasion ist das Startsignal.

— Ich sage Ihnen das alles so eindringlich, meine Herren, damit Sie trotz größter innerer Abwehr, die ich begreifen kann, die Notwendigkeit einsehen, mit einem einzigen Schlag nicht nur Deutschland zu retten, sondern der Weltgeschichte ein anderes Gesicht zu geben.«
»Stalins Tod . . .«, sagte von Ranowski heiser.
»Ja.«
»Und warum gerade wir?« Peter Radek starrte auf die Moskaukarte. »Was befähigt gerade uns zehn unter vielen tausend Offizieren und Millionen von Mannschaften zu Mördern?«
»Sie sehen das falsch, meine Herren! Das ist kein Mord — das ist ein Kommandounternehmen. Ein Stoßtrupp im Rücken der Sowjets mit dem Ziel, im Kreml oder wo sich die Gelegenheit bietet, einen Feind zu vernichten. Daß es ein einzelner Mann ist, macht aus einer Kriegshandlung noch keine kriminelle Handlung.« Renneberg ging zum Pult und lehnte sich dagegen. Hansekamm trat zurück.
»Das Unternehmen ist undurchführbar«, sagte Poltmann, das weißblonde Lockenköpfchen. »Genauso unmöglich, wie den Führer umzubringen.«
Hansekamm hüstelte verhalten. Er ging zum Fenster und sah hinaus in den stillen, sonnendurchfluteten Sommertag. Auf der Reitbahn war Betrieb. Schulung. Aufsitzen und drei Runden ohne Sattel und Zaumzeug. Ein Blödsinn, dachte Hansekamm. Deutschland steht vor dem Zusammenbruch, und dort lernen junge Offiziere reiten . . .
»Das letztere scheint mir nicht unmöglich«, sagte Renneberg ruhig. »Ich habe im Führerhauptquartier erstaunlich viele Schwachstellen entdeckt. Aber davon soll hier nicht die Rede sein. Wenn es um Stalin auch so viele Löcher gibt, müßte es Ihnen gelingen, das Kommando erfolgreich durchzuführen.«
»Einschließlich Himmelfahrt!« Solbreits großer Schnauze gelang es, den stählernen Ring, den jeder der zehn um sein Herz spürte, ein wenig zu lockern.
»So ist es.« Oberst von Renneberg blickte jeden einzelnen an, bevor er weitersprach. In den Augen las er, was keiner aussprechen wollte. »Das Unternehmen hat die Code-Bezeichnung *Wildgänse*. Der Führer fragte mich auch, was Sie jetzt denken. Warum *Wildgänse?* Und ich habe geantwortet: Viele ziehen nach Norden, aber einige kommen nie wieder . . .«
Die zehn verstanden. Freiherr von Baldenow erhob sich, ging

zu der großen Moskaukarte und dann zum Fenster, an dem noch immer Hansekamm stand und dem Reitunterricht zuschaute. Ein Rittmeister stand in der Bahn und brüllte herum. Ohne Gebrüll hat noch keiner reiten gelernt.
»Wer hat uns ausgewählt?« fragte von Baldenow frostig.
»Ein kleiner Stab von Fachleuten. Die letzte Entscheidung hatte ich — als Initiator von *Wildgänse*.«
»Aha!« Kuehenberg sprang auf. »Sie haben das ausgeknobelt, Herr Oberst?! Ein paar Offiziere nach Moskau ... bumbumbum ... Stalin tot ... Sowjetfront bricht zusammen ... der Schock lähmt die Amerikaner und Briten ... die ganze Welt scheißt sich in die Hosen ... Deutschland ist gerettet! — So einfach ist das!«
Renneberg lächelte nachsichtig. Die Aufregung war verständlich. Ohne daß es ausgesprochen werden mußte, waren soeben zehn Offiziere zum Tode verurteilt worden, zu einem »Heldentod« besonderer Provenienz. Das mußte verkraftet werden.
»Sie haben recht, Kuehenberg. Im Grunde genommen ist es einfach. Nicht die Tötung Stalins, sondern das Einsickern nach Moskau. Das ist von uns bis ins kleinste durchgespielt worden.«
»Im Sandkasten«, murmelte Semper.
»Mit logischem Denken!« entgegnete von Renneberg. »Aus einer Vielzahl Offiziere sind Sie ausgewählt worden, weil Sie alles mitbringen, was wir brauchen: Sie sprechen alle Russisch so gut wie Deutsch. Einige von Ihnen sogar einen Dialekt. Leningrader, Nowgoroder, Weißrussisch. Sie kennen genau die Mentalität der Russen, Sie haben mit Russen privat Berührung gehabt, einige von Ihnen haben eine russische Mutter. Es macht keinem von Ihnen Schwierigkeiten, sich im Handumdrehen in einen echten Russen zu verwandeln. In Rußland abgesetzt, würden Sie sich sofort integrieren.« Renneberg ließ seinen Blick schweifen. »Hat einer der Herren eine andere Ansicht von den Umständen?«
»Nein«, antwortete von Labitz für alle.
»Da Sie das Wort ergreifen, Herr Labitz: Sie waren als Führer des Kommandos auserwählt. Die Geburt Ihres strammen Sohnes William Heiko verändert das Bild. Ich kann Ihnen diesen Auftrag nicht mehr erteilen. Familienväter sind ausgeschlossen. Die Entscheidung liegt allein bei Ihnen.«

»Das bedarf keiner Frage, Herr Oberst«, sagte von Labitz steif.
»Überschlafen Sie es bis morgen.« Renneberg atmete tief durch; jetzt kam der zweite Schock für sie. »Ihre Entscheidung, Herr Labitz, versetzt Sie in den gleichen Status wie die anderen Herren: Es gibt Sie nicht mehr . . .«
»Wie bitte?« fragte Kuehenberg laut. »Was soll das heißen?«
»Ab sofort werden Sie in keiner Personalrolle mehr geführt. Oberstleutnant Hansekamm hat es Ihnen gestern vage angedeutet, ich darf es Ihnen heute frei heraus sagen: Mit Ihrem Ja zu *Wildgänse* gelten Sie für Ihre Verwandten als vermißt. Ihre Personalakten werden am Tag, an dem Sie zu Ihrem Kommando starten, im OKW vernichtet. Über *Wildgänse* wird es keine schriftlichen Unterlagen geben. Sie sind nicht mehr vorhanden, meine Herren. Ich bitte das zu überdenken, Herr Labitz: Ihre junge Frau und glückliche Mutter wird vielleicht noch in diesem Monat die Nachricht bekommen, daß Sie nach einem Einsatz vermißt werden . . .«
»Das hätte mir an der Front bei Tiraspol jeden Tag passieren können«, sagte von Labitz. Seine Stimme war etwas rauher geworden.
»Im Einsatz! Hier haben Sie sich freiwillig gemeldet. Ihr Ja ist die Auflösung Ihrer Person.«
»Tritt einer der Kameraden zurück?« Labitz sah sich um. Die anderen blickten ihn verlegen an. »Dallburg, Sie sind der Jüngste! Warum werfen Sie Ihr junges Leben weg? Solbreit, Sie Quadratschnauze, wollen Sie nie mehr Ihre Braut Herta wiedersehen? Kuehenberg — wer wird sich um die Pferdezucht kümmern?«
»Hören Sie auf, Herr Major!« sagte Adler laut. »Seit wann kümmern sich Wildgänse um Pferdezucht?!«
Labitz wandte sich Renneberg zu. »Ich weiß nicht, warum hier noch gefragt wird.« Er setzte sich wieder auf seinen Stuhl und schlug die Beine übereinander. »Ich nehme an, wir sollen Moskau auswendig lernen. Straßen, Plätze, Bauwerke, Schlupfwinkel, V-Mann-Verbindungen . . .«
»Alles, bis auf V-Mann! Es gibt keine Verbindung nach draußen. Jeder von Ihnen wird auf sich allein gestellt sein, bis er Moskau erreicht hat. Erst dort nimmt er Funkkontakt zu den anderen auf — falls sie in Moskau sind. Aber das sind schon Details. Zuerst kommt das Grundsätzliche.« Oberst von Renneberg nickte zufrieden. »Es sind eine Reihe Tests zu

durchlaufen, meine Herren. Wir wollen das Risiko so klein wie möglich halten.«
»Ein kleines Risiko: Stalin töten!« rief Solbreit. »Wo ist der Pappkamerad, an dem wir üben können? Ein Bömbchen, Erschießen, Erschlagen, Erstechen, Erwürgen! Ein vollendeter Landser erstinkt sogar seinen Gegner!«
Jetzt dreht er durch, dachte Kuehenberg. Aber wir alle sind mit den Nerven am Ende. Er hat nur keine Hemmungen, es zuzugeben. Ein bißchen viel für einen Vormittag: Zehn Wildgänse, zum Abschuß freigegeben. Und sie steigen in die Luft und wissen, daß sie nie wiederkommen.
Kamikaze. Das ist es! Wie ein japanischer Pilot, der sich als lebende Bombe auf sein Ziel stürzt, um die Stirn das Sonnenband geschlungen.
Nur: Wir sind nicht mit asiatischem Fatalismus geboren worden. Wir haben uns nie gewünscht, Helden zu sein. Es ist nicht unser einziges Ziel, fürs Vaterland zu sterben. Nein! Wir leben viel zu gern. Labitz, du Rindvieh, du kannst noch zurück zu deiner jungen Frau. Zu deinem vier Tage alten Sohn. Sag nein!
Die Stimme von Rennebergs riß ihn empor.
»Wir sind uns einig, meine Herren?«
»Ja!« antworteten die zehn wie im Chor. Hansekamm kam vom Fenster zurück. Väterlich, behäbig, aus der Scholle der Soester Börde gebacken.
»Pause«, verkündete er. »Bis nach dem Mittagessen. Dann sehen wir uns hier wieder. Wir müssen sowjetische Uniformen anprobieren.«
Renneberg und Hansekamm verließen den Schulungsraum. Die zehn blieben zurück. Der kleine Dallburg riß sich den Uniformkragen auf, als ersticke er plötzlich. Poltmann kämmte mit gespreizten Fingern sein blondes Haar. Ranowski suchte in seinen Taschen nach einer Packung Papyrossi. Und Semper sagte wie träumend: »Jetzt ist die Sülze richtig im Geschmack. Das macht dem Gefreiten Hölzerlin keiner nach.«
»Bis nach dem Mittagessen!« Kuehenberg schlug die Fäuste gegeneinander. »Wir brauchen die Stunden, um uns daran zu gewöhnen, daß es uns nicht mehr gibt.«

Die sowjetischen Offiziersuniformen waren nach den durch die Personalakten bekannten Maßen so ausgewählt, daß sie auf Anhieb paßten. Die Organisation, das erkannte man an solchen Kleinigkeiten, lief reibungslos an und würde sich bewähren bis zum Sprung in den russischen Nachthimmel.
Oberstleutnant Hansekamm, der für die zehn offensichtlich die Funktion des Familienoberhauptes übernommen hatte, war begeistert, als er sie in den Uniformen sah. »Wie so ein bißchen Tuch doch gleich den Menschen verändert!« rief er und lief um die zehn herum. »Vollendete Russen! Nur Sie, Poltmann, fallen aus dem Rahmen. Ihre zärtlichen Locken . . .«
»Es gibt genug hellblonde Russen!« In Poltmanns Stimme schwang Panik mit. Bloß nicht meine Locken, dachte er. Ihr könnt alles mit mir anstellen — nur schneidet mir keine Glatze!
»Nur kürzen, Poltmann«, sagte Hansekamm gütig, als müsse er ein trauriges Kind streicheln, dem man sein Spielzeug zerbrochen hat. »Es wächst ja wieder nach. Nur in Rußland sollten Sie nicht mit flatternden Löckchen herumspringen. So unauffällig wie möglich — das ist die beste Garantie des Erfolges. Später dürfen Sie Ihre Locken wieder zärtlichen Frauenhänden anvertrauen.«
Später, dachte Hansekamm. Gibt es für die zehn noch ein Später? Er vermied es, die Männer anzublicken. Eine fremde Sentimentalität befiel ihn. Da stehen sie und wissen, was sie erwartet. Was man von ihnen verlangt, ist das wahnwitzigste Unternehmen dieses Jahrhunderts. Aber keiner tritt vor und sagt: Ich mache das nicht mit! Sie stehen da und rauchen Papyrossi, tragen seit ein paar Minuten russische Uniformen und sind voller Erwartung vor dem, was noch kommen wird.
Ist das nun Heldentum? Sturheit? Blinder Gehorsam? Offiziersehre? Nervenkitzel? Ehrliche Begeisterung? Fatalismus? — Man sollte sie fragen, nicht in der Gemeinschaft, vielleicht einzeln, unter vier Augen, wie ein Beichtvater: Junge, warum tust du das so klaglos? Die Antwort wird immer sein: Ob an der Front oder auf einer Straße in Moskau — es kann überall passieren. Wir haben Krieg.
Ist das eine Erklärung?
Oberst von Renneberg kam in den Schulungsraum geschossen, als habe er draußen angesetzt, die Tür einzurennen, und

die habe sich plötzlich geöffnet. Er bremste vor dem kleinen Pult und warf einen dünnen Schnellhefter auf die Platte: »Neueste Nachrichten von der Normandie: Die Invasionstruppen haben fünf Strandabschnitte fest in der Hand. Die Luftlande-Korps haben Inseln gebildet und operieren in unserem Rücken. Sie werden durch Lastensegler und Fallschirme laufend mit Material versorgt. Drei SS-Panzer-Divisionen rücken zur Entlastung heran. Aber bis sie am Ort sind, ist die zweite Welle gelandet. Es dürften dann ungefähr einhundertsiebzigtausend Alliierte an der Küste sein.«
»Canaris-Zahlen«, sagte von Ranowski.
»Die stimmen meistens.« Renneberg betrachtete die zehn und war zufrieden. »Wir machen morgen einen kleinen Betriebsausflug nach Frankfurt/Oder. Bis dahin haben Sie sich an die sowjetische Uniform gewöhnt. In Frankfurt/Oder unterhalten wir ein russisches Offizierslager. Sie werden als Neuzugänge ins Lager transportiert und sich dort drei Tage aufhalten. Dabei wird sich zeigen, ob Ihre Sprache kleine Fehler besitzt, die im Ernstfall tödlich sein können.« Er schlug den Schnellhefter auf und blätterte in den lose darin liegenden Papieren. »Jeder von Ihnen bekommt jetzt seine neue Vita. Namen, Geburtsangaben, erlernter Beruf, Eltern, Großeltern, Wohnorte, Kindheitserinnerungen, Liebschaften, sowjetischen Truppenteil, Namen der Kommandeure und Kameraden, wann gefangen und wo. Später, für den Einsatz vor Moskau: wo und wann entlassen aus der Roten Armee, warum entlassen, Berufspapiere, Ausweise, Entlassungsscheine, Arbeitseinsatz-Befehle. — Sie werden mit allem komplett ausgestattet.« Renneberg nahm einen Bogen aus dem Schnellhefter und hielt ihn in Augenhöhe. »Major von Labitz!«
»Hier.« Labitz trat vor. Renneberg blickte ihn ernst an.
»Sie heißen ab sofort Pawel Fedorowitsch Sassonow. — Ihre neue Vita lernen Sie bitte bis morgen mittag auswendig. Ich höre Sie ab, dann wird das Papier verbrannt. Das gilt für alle Herren.« Er reichte Labitz das Papier. Es war eng beschrieben. Die Daten und Ereignisse eines neuen Lebens. Eines bereits über dreißig Jahre währenden sowjetischen Lebens.
Labitz nahm den Bogen, wandte sich ab. Langsam ging er zum offenen Fenster und las. Über Eberswalde lag eine Sonnenglocke. Es war warm. Kein Wind. Die Bäume bewegten sich kaum. Von den Feldern zog der Heuduft herb-süß bis ins

Zimmer. Renneberg nahm den nächsten Bogen aus dem Schnellhefter.
»Oberleutnant Radek! Sie heißen Piotr Mironowitsch Sepkin.«
»Jawohl«, sagte Radek leise, nahm sein neues Leben in Empfang und stellte sich in eine Ecke.
»Oberleutnant von Ranowski!«
»Hier!«
»Sie sind Iwan Petrowitsch Bunurian.«
»Ein schöner Name. Georgier?«
»Genau. Sie sehen auch so aus.« Renneberg griff zum nächsten Papier. »Leutnant Solbreit!«
»Hier!«
»Luka Iwanowitsch Petrowskij. — Einverstanden?«
»Jawohl, Herr Oberst. Lukuschka . . . das kann eine Frau gut flüstern . . .«
»Dachte ich mir.« Renneberg lächelte kurz. »Hauptmann von Baldenow!«
»Hier!«
»Leonid Germanowitsch Duskow.«
»Warum Germanowitsch?« fragte von Baldenow.
»Ihr Vater hatte das Unglück, German genannt zu werden. Lesen Sie Ihre Vita. Ihr Großväterchen verehrte die Deutschen und taufte seinen Sohn German. — Leutnant Poltmann!«
»Hier!«
»Fjedor Pantelijewitsch Iwanow. — Man wird Sie sicherlich überall Fedja nennen.«
»Die Locken sollen ab, Herr Oberst?« sagte Poltmann zerknirscht.
»Es werden genug bleiben, um Sie noch Fedja nennen zu können. — Oberleutnant Adler!«
»Hier!«
»Alexander Nikolajewitsch Kraskin.«
»Das knallt!«
»Nicht, wenn man Sascha zu Ihnen sagen wird. — Hauptmann Kuehenberg!«
»Hier!«
»Kyrill Semjonowitsch Boranow.»
»Danke!« sagte Kuehenberg.
»Leutnant Semper!«
»Hier!«

»Sergeij Andrejewitsch Tarski.«
»Nicht übel.«
»Fähnrich Dallburg.«
»Hier!« Der kleine Dallburg knallte als einziger die Hacken zusammen, obwohl er eine russische Uniform trug. »Verzeihung, Herr Oberst«, sagte er sofort und wurde rot.
»Sie heißen Nikolai Antonowitsch Plejin.« Renneberg gab ihm das Papier. »Sie haben eine schöne Vita, Nikolai Antonowitsch. Es war uns bekannt, daß Sie eine gute Singstimme besitzen, einen hellen, lyrischen Tenor. — Sie sind Künstler. Sänger in der Ausbildung, zur Front abkommandiert. Da Sie der einzige sind, der nicht verwundet ist, sind Sie wegen einer Infektion von Ihrem russischen Regiment freigestellt worden. Unklarer Befund. Sie wissen, die Russen haben eine höllische Angst vor ansteckenden Krankheiten. — Aber lesen Sie Ihren Lebenslauf!« Renneberg versuchte einen Witz, um die gedämpfte Stimmung aufzulockern: »Vielleicht hört man Sie eines Tages als Rudolf in ›La Bohème‹?! Der neue Star des Bolschoi-Theaters . . . Nikolai A. Plejin.«
»Ich werde mir Mühe geben, Herr Oberst«, sagte der kleine Dallburg gepreßt. »Vielleicht sitzt dann Stalin in der Loge, und ich kann ihn von der Bühne aus erschießen . . . Beim großen Liebesduett, am Rücken von Mimi vorbei . . .«
»Soviel Zeit haben wir nicht, meine Herren! Dies als neueste Information: Je schneller sich die Ereignisse an der Front überschlagen, um so weniger Zeit bleibt Ihnen. Es hat keinen Sinn, Stalin zu töten, wenn der Russe am Brandenburger Tor seine Lagerfeuer entzündet. — Sie sollen noch in diesem Monat in Rußland abgesetzt werden! Es ist brandeilig, meine Herren! Ein Wettrennen zwischen der sowjetischen Offensive und Ihnen!«
»Wer ist hier der Hase und wer der Igel?« fragte Kuehenberg.
»Sie sind zehn . . . Sie müßten also der Igel sein.«
»Die anderen sind 1,5 Millionen!« sagte von Ranowski. »Ein sehr überlastiges Verhältnis.«
Renneberg schloß den Schnellhefter, er war leer. »Ich bitte Sie, von jetzt ab nur noch Russisch zu sprechen und sich mit Ihren russischen Namen anzureden.« Und plötzlich, zum allgemeinen Erstaunen — nur Hansekamm war nicht verblüfft, er kannte ja genau den Ablauf der Dinge —, sprach von Renneberg auf russisch weiter: »Bis zu unserer Fahrt nach

Frankfurt/Oder lesen Sie Ihre Papierchen, Genossen. Dann verbrennen wir sie.«

»Hüten werde ich mich!« sagte Solbreit. Auch im Russischen behielt er sein Maulwerk, unbefangen und polterig. »So ein schönes Blatt Papier! Wo denken Sie hin, Genosse?! Das gibt zwanzig Papyrossi, mindestens. Aber nichts gegen eine Zeitung! Am besten schmeckt die Prawda.«

»Sehr gut!« lobte Renneberg und lachte.

Solbreit starrte den Oberst mit zusammengekniffenen Augen an. »Sage ich ja, Genosse. Sehr gut! Schmeckt sehr gut! Aber warum lachen Sie dabei ...?«

Am Abend, beim Essen an dem langen Tisch, bediente nicht mehr die Ordonnanz. Ein russischer Gefangener, den man aus einem Lager bei Berlin geholt hatte, war zum Servierdienst eingeteilt. Mit verwirrten Blicken bediente er die zehn sowjetischen Offiziers-Genossen, die zusammen mit den beiden deutschen Offizieren an einem Tisch saßen und zulangten, daß einem die Augen überliefen. Nur Sachen, von denen man träumt. Einen Braten vom jungen Ochsen mit einer Soße aus Sahne, dazu Blumenkohl und dicke, weiße Kartoffeln. Und hinterher Pudding mit Himbeersoße. Kein gesäuerter Kohl, keine glitschigen Blinis aus minderwertigem Mehl, mit Zwiebelgemüse gefüllt, weil's kein Fleisch gab, und auch kein Kepjatok — das ist einfaches heißes Wasser — als Nachtisch. Das füllt den Magen, täuscht Sättigung vor und wärmt die verzweifelte Seele. Nein! Sie sitzen da und fressen sich mit lauter Köstlichkeiten voll. Sowjetische Offiziere!

Der russische Kriegsgefangene trug auf, trug ab, klaute auf dem Rückweg zur Küche das übriggebliebene Fleisch von der Platte und leckte die Glasschüsselchen, in denen der Pudding mit der Himbeersoße gewackelt hatte, so sauber, als habe man sie unter heißem Wasser gespült.

Ausnutzen muß man so was, Genossen! Das kommt so schnell nicht wieder, dieses Glück. Im Lager nur Suppen oder Gemüsebreie, ein Kanten Brot und die schwabbelige Marmelade, gut, man konnte davon leben, man verhungerte nicht, man leckte nicht die Ölfarbe von den Wänden — aber wer weiß, wie lange es noch so geht? Schlecht sieht es aus mit den Deutschen.

Viele Parolen flattern durch die Baracken, man hört hier und

da was von draußen und braut sich daraus etwas zusammen. Aber da muß man sich doch fragen, was machen die zehn Genossen Offiziere dort oben im Zimmer und warum können sie fressen, wie's der Zar nicht besser hatte?
Der Kriegsgefangene lieferte seine leeren Teller und Platten ab. Der Küchenfeldwebel, ein Koch aus Dortmund, der nicht wußte, wer ein Stockwerk höher am Tisch saß, sondern nur Befehl hatte, für zwölf Mann exquisit zu kochen, und der dafür Sonderzuteilungen erhielt, die ihn ebenso wunderten wie den russischen Kriegsgefangenen, starrte auf das Tablett.
»Alles gefressen?« schnaufte er.
»Ich nix!« schrie der Russe. »Offiziere wie Wölfe!«
»Die lecken nicht die Teller ab, Iwan! Zunge 'raus! Mich anhauchen! Hch, hch — anhauchen, du Rindvieh!« Der Küchenfeldwebel zog den Russen zu sich heran und schnupperte an dessen Mund. »Vanillepudding! Also doch! Und das restliche Fleisch haste auch gefressen!«
Er gab dem Russen eine schallende Ohrfeige und trat ihm auch noch in den Hintern.
Gut, gut, dachte Dementi Jefimowitsch Awilow. Von Beruf war er Elektriker. Gib mir Ohrfeige, Feldwebel, tritt mich ins Gesäß . . . Aber ich bin satt! Und wenn das hier noch ein paar Tage andauert, fresse ich mich auf Vorrat voll. Kannst schlagen, soviel du willst, deutscher Feldwebel; was im Magen ist, kommt nicht wieder raus. Das ist gut eingerichtet von der Natur.
Er stellte sich an die Zinkwanne und spülte das abgeleckte Geschirr in heißem Sodawasser.
Zehn Genossen Offiziere, dachte er. Bleibt lange da, liebe Brüderchen! Dementi Jefimowitsch hat viel, viel Hunger.

Vor dem Mittagessen hörte Oberst von Renneberg das neue Leben der zehn ab. Sie hatten ungestörte Ruhe gehabt, um alles auswendig zu lernen. Ihre Vita, wie Renneberg die erfundenen Lebensläufe vornehm nannte, saß. Es war kein Korsett — das hätte man gemerkt —, es war ihr wirkliches Leben geworden. Da sie von Kindheit an mit russischem Wesen vertraut waren, stellte die »Umhäutung« ihrer Person kaum ein Problem für sie dar. Auch die Zweiteilung machte keine Schwierigkeiten: einmal das Leben des Offiziers (für das La-

ger in Frankfurt/Oder), zum anderen das kleine Alltagsschicksal eines sowjetischen Bürgers, als der wahnwitzige Marsch auf Moskau begann.
Zehn einsame Männer mit dem Auftrag, Stalin zu töten.
Die weitverzweigten politischen Unterströmungen, die pilzartigen Verflechtungen zwischen »Stalins Tod« und »Hitlers Tod« waren ihnen nicht bekannt. Sie würden davon auch nie erfahren.
Oberst von Renneberg ließ sie einzeln in den Schulungsraum kommen und nahm ihnen das Papier mit dem neuen Lebenslauf ab. Dann fragte er. Wort für Wort, wie beim Abhören von Vokabeln. Ein Frage-und-Antwort-Spiel in russischer Sprache.
»Ich danke Ihnen, Genosse«, sagte Renneberg nach Beendigung jeder Prüfung.
Nur bei Solbreit — bei wem sonst! — klappte nicht alles nach Wunsch. Solbreit — Verzeihung: Luka Iwanowitsch Petrowskij — betrat rauchend das Zimmer. Sein Gesicht verzog sich, als er Renneberg am Pult gewahrte. Bevor der Oberst etwas sagen konnte, beschwerte sich Luka Iwanowitsch:
»Der Machorka ist doch das Beste, Genosse!« rief Petrowskij klagend. »Auch wenn er aus Resten von viermal gerauchten Papyrossi besteht. Man kann ihn ertragen . . . aber das Papier! Das Papier! Genosse, wie kann man solch ein schlechtes Papierchen verwenden!« Er holte seine »Vita« aus der Tasche. Ein Streifen war abgerissen — als Zigarette gerollt, steckte er zwischen Lukas Lippen. »Der erste Zug — ich schwöre Ihnen, ich mußte mich an die Wand lehnen, sonst wäre ich umgefallen! Die Lunge zuckte wie ein gefangenes Ferkelchen. Mein Vater, ein gütiger, weiser Mann, der Iwan Tichonowitsch Petrowskij, Tischler von Beruf, mit eigener Werkstatt, sagte immer zu uns, seinen Söhnen — wir waren fünf: Ihr könnt Sägespäne oder Sägemehl rauchen, meine Söhnchen, es schmeckt alles, wenn nur das Papier stimmt! — Und hier stimmt das Papierchen nicht, Genosse!«
»Sie können gehen!« sagte Renneberg und winkte mit beiden Händen ab.
»Bitte, das Papier!« Luka Iwanowitsch hielt ihm das zerknitterte, beschädigte Blatt hin. »Für Papyrossi ungeeignet.«
Kurz vor der Abfahrt verbrannte Renneberg die zehn Lebensläufe. Die Asche zerbröselte er und streute sie aus dem Fen-

ster. Ein leichter Sommerwind trug die grauen Ascheteilchen davon.
Vor dem Eingang des abgesperrten Flügels der Reitschule wartete ein geschlossener Lastwagen. Zwei Obergefreite hockten im Fahrerhaus und äugten nach hinten. Sie hatten den Befehl erhalten, nicht auszusteigen. Die hintere Ladeklappe war heruntergelassen, eine Trittleiter dagegengeschoben. Im Inneren des Lastwagens standen links und rechts zwei lange Bänke. Wenn man die Ladeklappe schloß, war es dunkel. Kein Fenster, keine Lüftung, nur der kleine Schlitz zur Fahrerkabine. Und der war noch vergittert.
»Det ist 'n dicker Transport«, meinte der Beifahrer, »ick wette, det sind Verurteilte.«
»In 'ner Offiziersreitschule, du Depp?« Der Fahrer, Obergefreiter mit neun Verwundungen und seitdem nur noch »Av-Heimat«, tippte sich an die Stirn.
»In Frankfurt gibt's 'nen scharfen Knast. Deserteure, Wehrkraftzersetzer, Selbstverstümmler . . .«
»Nicht mehr! Die meisten haben schon die Rübe ab . . .«
»Vielleicht sind det neue Rüben. Weeßte det?«
»Sie kommen!«
Die beiden blickten um ihr Fahrerhaus. Aus der Tür trat zuerst Hansekamm, dann folgten zehn sowjetische Offiziere. Zuletzt erschien Oberst von Renneberg. Alle kletterten über das Leiterchen in den Lastwagen. Die Ladeklappe wurde geschlossen. Oberst von Renneberg hieb mit der Faust gegen das vergitterte Fenster.
Abfahren, hieß das. Der Obergefreite starrte den Beifahrer an.
»Haste das gesehen?«
»Bin ick blind? Iwans. Offiziere. Sag ick doch! Neue Rüben!«
»Die werd'n erschossen oder aufjehängt.« Der Obergefreite ließ den Motor aufheulen. Als er den Gang einlegte, zitterte der ganze Wagen. Das Getriebe röhrte mit seinen zerklüfteten Zahnrädern. »Wohin soll'n wa denn?«
»Nach Frankfurt/Oder.«
»Und dann? Auf die Müllkippe?«
»Befehl erfolgt noch kurz vor Frankfurt.«
»Das sieht mies aus.«
»Sag ick doch . . .«
Der Lastwagen rumpelte los, fuhr aus dem Hof der Reitschule und schunkelte über die Zufahrtstraße, bis er die Chaussee er-

reichte. Eberswalde — Freienwalde — Wriezen — Marxwalde — Seelow — Lebus — Frankfurt/Oder. Quer durch die Märkische Schweiz. Ein Land zum Verlieben. Hügel, Seen, Tümpel, Heide, Sand, Kiefernwälder, Birkenhaine, sanfte Hügel — und alles von der Sommersonne blankgeputzt. War es hier, wo Gott am siebten Tage der Schöpfung ruhte und sich sagte, das habe er gut gemacht?
Die zwölf Mann im dunklen Lastwagen sahen von alldem nichts. Sie sprachen gedämpft miteinander, russisch.
Oberst von Renneberg erklärte noch einmal, was in dem russischen Offizierslager auf sie wartete.

Sie blieben, wie vorgesehen, drei Tage im Lager.
Die Lagerleitung, die Bewachungsmannschaften, die interne sowjetische Lagerverwaltung, die Blockältesten, der »Offizier vom Dienst«, die Dolmetscher — niemand erfuhr oder erkannte das Geheimnis der zehn. Für die deutschen Bewacher waren es zehn Neuzugänge, abgeliefert vom OKW, anscheinend nach dringlichen Verhören. Oberst von Renneberg sprach eine halbe Stunde unter vier Augen mit dem Chef des Offizierslagers, einem Major.
»Hier sind die Papiere«, sagte er und packte aus seiner Aktentasche einige Protokolle aus. »Die Gefangenen sind eingehend verhört worden. Sie wurden uns von der Heeresgruppe Mitte nach Berlin überstellt, weil man den Verdacht nicht loswurde, daß einige der Offiziere falsche Papiere bei sich haben könnten und in Wirklichkeit, sowohl dem Dienstgrad wie ihrer Aufgabenstellung nach, keine normalen Truppenführer sind.«
»Politische Instrukteure?« fragte der Lagermajor.
»Wir vermuten es. Die Verhöre haben allerdings keinen Ansatz ergeben. Die Burschen halten dicht. Wir haben uns deshalb entschlossen, sie ins Lager einzuweisen. Da wird es sich zeigen. *Sind* es politische Kommissare, wird Unruhe in das Lager kommen. Es wird heimliche Gruppenbildungen geben, illegale Schulungsstunden. Diese Kerle sind hart und fanatisch.« Renneberg zeichnete bewußt ein düsteres Bild der zehn. Je mehr man sie beobachtet, um so russischer müssen sie sich gebärden, dachte er. Und um so schneller gewinnen sie das Vertrauen ihrer sowjetischen Kameraden. Mehr wol-

len wir nicht. Wir wollen nur sehen, ob sie »angenommen« werden. Wenn man einen sowjetischen General täuschen kann, dann sollte es doch mit dem Teufel zugehen, wenn man im Herzen Rußlands, in Moskau, über Kleinigkeiten stolpern würde. Allerdings gerade die kleinen, scheinbar unwesentlichen Dinge werden oft genug zu Stolpersteinen des Schicksals.

Die zehn wurden von ihren gefangenen sowjetischen Kameraden angenommen. Gar nicht erstaunlich war, daß es Luka Iwanowitsch Petrowskij — also Solbreit — war, der mit seiner großen Schnauze die anfängliche Zurückhaltung der Offiziere besiegte. Neuzugänge, vor allem, wenn sie als Einzeltransport kamen, wurden immer erst »getestet«. Die Angst vor Verrätern lauerte in jeder Baracke, nachdem man dreimal erlebt hatte, wie gute Freunde überwechselten zur Wlassow-Armee.

Oberstleutnant Konstantin Dmitrijewitsch Sakmatow, der heimliche Polit-Offizier des Lagers, begrüßte die neuen zehn Genossen mit Handschlag und ließ sich kurz ihr Schicksal berichten.

»Ein armes Volk, diese Deutschen!« sagte Luka Iwanowitsch und spuckte aus. »Ihr Papier ist nicht zu gebrauchen für eine gute Papyrossa. Konstantin Dmitrijewitsch, haben Sie eine anständige Zigarette?«

»Nicht ein Stück, Luka Iwanowitsch. Nur deutsche Ware.«

»Ich speie mir noch die Galle aus!«

So einfach dieser Dialog war, so wirkungsvoll war er auch. Oberstleutnant Sakmatow meldete dem Lagerältesten, Generalleutnant Iswarin: »Alles in Ordnung, Genosse. Die Neuen sind unverdächtig.«

Man trennte die zehn dennoch. Sicherheitshalber. In verschiedenen Baracken bekamen sie ihr Lager zugeteilt. Diese Baracken glichen nicht großen Schlafsälen mit langen Reihen von Etagenbetten, sondern waren in größere Zimmer unterteilt, in denen bis zu zehn Offiziere wohnten. Der Blockführer sorgte dafür, daß die Neuen nie ohne Beobachtung blieben. Niemand durfte das übelnehmen. Der Feind war überall, oft sogar im eigenen Herzen.

Am leichtesten hatte es Nikolai Antonowitsch Plejin, der kleine Dallburg. Als bekannt wurde, daß er Sänger sei, rief man sofort: »Los, Brüderchen, gib einen zum besten! In den

Waschraum mit dir! Und dann singe etwas Schönes für uns arme Seelen.«

Nikolai Antonowitsch sträubte sich nicht. Welcher Russe ziert sich, wenn er eine gute Stimme besitzt, am Abend ein Liedchen oder mehr zu singen? Vor allem in der Fremde und gar in der Gefangenschaft, mit wenig Aussicht, bald die Wälder und Sonnenblumenfelder, die Steppen und breiten Flüsse wiederzusehen. Oh, ihr Lieben, noch einmal im Buschgras zu liegen, am Ufer des Don. Dann ist das Rauschen des Stromes wie das mächtige Klopfen des Blutes, und wenn du ganz still liegst, hörst du die Haselmäuse zirpen und piepsen, das Land duftet, die Erde atmet dich an, und du liegst, blickst in den weiten Himmel, zählst die Wolken und weißt, daß es nur ein Glück auf dieser Welt gibt: Rußland.

»Komm, Nikolai Antonowitsch, sing uns von Rußland. Laß die Blumenglocken läuten, die Donner rollen, den Wind brausen, die Wasser rauschen! Stell dich auf den Waschtrog, Brüderchen, halte dich an den Wasserrohren fest und singe!«

Und Nikolai Antonowitsch sang. Seine helle Stimme füllte den Waschraum, lockte die Offiziere aus anderen Baracken an. Bald standen sie draußen auf der Lagergasse und lauschten andachtsvoll; die Fenster, die Türen waren geöffnet. Nikolai Antonowitsch sang das Lied vom sibirischen Reiter, das Lied von der Kornblume und die Ballade vom Mädchen, das Mais in den Himmel warf, bis Sterne daraus wurden.

Als Plejin seinen Vortrag beendet hatte, klatschte niemand. Stumm gingen sie auseinander, gesenkten Kopfes, jeder in seine Baracke, in seine Stube. Manchen standen die Tränen in den Augen, rannen über die Wangen, sammelten sich in den Falten des Gesichtes.

»Man müßte ihn erschlagen«, sagte jemand mit bebender Stimme. »Genossen, das ist nicht ernst gemeint . . . aber wenn er weiter so singt, zerfrißt mich das Heimweh. Ich kann nichts dafür, Brüder . . . Und wenn sie mir ganze Schweine braten und Pilze in Sahne servieren würden — ich ging zu Fuß bis nach Saratow, wenn sie mich nur ließen. Auf allen vieren krieche ich hin . . .«

An diesem Abend bekam Plejin die dreifache Portion an Essen. Er konnte so viel nehmen, wie er wollte . . . jeder gab etwas ab. »Iß nur, Genosse! Das tut der Stimme gut. Oh, wie hast du gesungen! Wie ein Vögelchen im Birkenbaum. Greif zu, Brüderchen. Brot und Margarine. Und schütte dir Zucker in den Tee. Ist kein echter Tee, nur Ersatz, irgendwelche deutschen Blätter — aber mit Zucker kann man ihn trinken. Zier dich nicht, wir geben es dir gern! Es freut uns, wenn es dir schmeckt!« Und Plejin aß, stopfte sich randvoll, bis er rülpste, was wohlwollend angehört wurde, lag dann auf seinem hölzernen Bett mit der harten Seegrasmatratze, verschränkte die Arme hinter dem Nacken und dachte vor sich hin.

Fünf Tage war es erst her. Gabriells weicher, zarter, sehniger, wilder Körper. Ihre glühenden Augen, die spitzen Brüste, der kleine Mund, der manchmal mit einem irren, hohen Schrei aufbrechen konnte . . . Ihre gezwitscherten Worte, ihr sonnenhelles Lachen, ihre so kindlich gebliebene Fröhlichkeit. Und dazu das rauschende Meer . . . Der Wind trieb den weißgelben Sand über die Dünen, und die Lippen waren salzig, wenn man darüber leckte oder sie küßte.

Vor fünf Tagen . . . Und heute ist man Russe. Nikolai Antonowitsch Plejin. Den Fähnrich Dallburg gibt es nicht mehr. Nie mehr. Und nie mehr Gabrielle und ihr seufzendes »chérie« . . . Man liegt im Sarg und merkt es gar nicht.

»Woran denkst du, Nikoschka?« fragte der Mann neben ihm.

»An meine Mutter, Genosse. Sie wird weinen, Tag und Nacht. Für sie bin ich tot.«

»Geht uns allen so. Um so größer wird die Freude sein, wenn wir zurückkommen.«

»Du glaubst, daß du Rußland wiedersiehst?«

»Nur dafür lebe ich, Nikolai Antonowitsch.«

Plejin, der einmal der kleine Dallburg war, drehte das Gesicht zur Wand.

Er wird Rußland wiedersehen, dachte er. Ich aber Deutschland nicht.

Zum erstenmal, in dieser Nacht, lahmte sein Herzschlag. Die Ausweglosigkeit seines Schicksals verdickte sein Blut, verstopfte die Lungen und machte das Atmen schwer.

Er war erst zwanzig Jahre . . .

Nach drei Tagen wurden die zehn wieder aus dem Lager abgezogen. Die russische Lagerleitung erfuhr es schon früher, vier Stunden bevor der Lastwagen wieder in den Lagerbereich einfuhr. Die Informanten behaupteten, die zehn sowjetischen Offiziere sollten in ein Straflager verlegt werden. Man betrachte sie als politische Gefangene.

»Welch ein Unsinn!« protestierte Oberstleutnant Sakmatow. Und selbst General Iswarin schaltete sich ein, bat um eine Unterredung mit dem deutschen Major und trug vor, daß die zehn Kameraden völlig normale Offiziere seien, keine Kommissare. Den Sänger Plejin wollten einige sogar verstecken, verschwinden lassen . . . Gruppen bildeten sich um die neuen Freunde und diskutierten, ob es zweckmäßig sei, Widerstand zu leisten. Kein Aufstand, keine Lagerrevolution — aber eine Diskussion mit den deutschen Offizieren.

»Ich kenne sie, Brüder«, sagte Pawel Fedorowitsch Sassonow, der einmal von Labitz geheißen hatte. »Wenig Sinn hat's! Haben wir noch Rechte, außer daß wir leben dürfen? Bringt euch nicht in Gefahr unseretwegen. Gute Menschen seid ihr alle, wahre Freunde — aber seid vernünftig. Als Irrtum wird sich alles herausstellen.«

Man verabschiedete sich, als habe man Jahre miteinander verbracht. Durch ein Spalier von Umarmungen und Wangenküssen gingen die zehn zum Lagerausgang, wo ein Zug deutscher Soldaten mit entsicherten Maschinenpistolen wartete. Die Stimmung im Lager war explosiv, das wußte jeder. Ein kleiner Funke genügte zur Katastrophe.

Am Lastwagen, vor der heruntergelassenen Ladeklappe, wartete Oberst von Renneberg. Hansekamm war im Wagen geblieben. Noch einmal drehten sich die zehn um, winkten zurück, die sowjetischen Offiziere winkten zurück, einer schlug sogar das Kreuz — dann kletterten sie in den Lastwagen und setzten sich auf die Bänke. Die Klappe krachte zu, von Renneberg klinkte die Innenriegel ein, der Wagen ruckte an und brummelte davon. Das letzte, was sie hörten, war ein rhythmischer, vielstimmiger Schrei: »Rossija! Rossija!«

»Rußland! Rußland!«

Der Abschiedschor für die Kameraden. Der ohnmächtige Protest. Der Aufschrei zum Mut, zum Durchhalten.

Rußland! Rußland!

»Ein voller Erfolg!« sagte von Renneberg in die Dunkelheit des rappelnden Lastwagens. »Gratuliere. Das übertraf alle unsere Erwartungen.« Er sprach russisch. »Sie sind wirklich die Besten, die wir finden konnten.«

In Eberswalde hatte sich nichts geändert.
Der Küchenfeldwebel mußte wieder Sonderessen kochen, der russische Kriegsgefangene leckte wieder Teller und Schüsseln leer und bekam seine Tritte in den Hintern. In der Normandie hatten die Alliierten ihre gesteckten Ziele erreicht: Überall waren die deutschen Regimenter in ärgster Bedrängnis, rollten aus dem Hinterland die schwachen Reserven heran, trugen Tausende von Schiffen aus England Panzer, Geschütze, Munition, Jeeps, Mannschaftswagen, Material und Munition über das Meer. Allein schon vom Aufwand her war für Deutschland die Schlacht um Frankreich verloren. Nach den Informationen von Canaris, also der deutschen Abwehr, hatten die Alliierten jetzt eine Million Mann an Land gebracht!
Oberst von Renneberg gab nur einen kurzen »West-Überblick«. Moskau war jetzt das Thema. Der Stadtplan, riesenhaft vergrößert, hing an der Wand. Die kleinste Gasse, der kleinste Steig, das winkeligste Eckchen waren eingezeichnet.
»Genosse, ich warte auf das versprochene Kornfeldfoto!« reklamierte Luka Iwanowitsch Petrowskij. »Habe ganz vergessen, wie's aussieht, wenn zwei aufeinanderliegen.«
»Es gibt etwas Besseres.« Renneberg nickte Hansekamm zu. Es war wie auf dem Theater, einer führt Regie, der andere holt die Akteure auf die Bühne und verteilt die Requisiten. »Eine Bitte: Sie sind zehn auf Leben und Tod verbundene Kameraden. Da darf kein Riß entstehen.«
»Warum auch?« fragte Kyrill Semjonowitsch Boranow. Er hieß einmal Kuehenberg.
Hansekamm öffnete die Tür zum Schulungsraum. Man hörte draußen auf dem langen Flur das Klicken von Schuhen. Und dann war es, als spiele eine unsichtbare Orgel mit allen Registern und Pfeifen, und das Herz tat einen Sprung bis hinauf zum Hals.
Das Zimmer betrat eine Frau mit kurzgeschnittenen, schwarzen Haaren. Sie trug einen einfachen Leinenrock in blauer Farbe, eine Bluse in Sonnengelb und offene Sommerschuhe mit halbhohen Absätzen. Und alles, was dazwischenlag, von den schwarzen Haaren bis zu den Ledersohlen, war von einer solch vollendeten Körperlichkeit, von einer so herb-sinnlichen Ausstrahlung, einer gleichsam überspringenden tierhaften Vitalität, daß Fjedor Pantelijewitsch Iwanow mit beiden Händen in seine gestutzten blonden Locken griff und laut:

»Grasa!« (Donnerwetter) sagte. Petrowskij faltete die Hände und blickte zu Renneberg.
»Genosse, wir sind bereit, alles zu erleiden. Aber ich bitte darum, nicht auch noch gefoltert zu werden . . .«
Die junge Frau lächelte, sah die zehn mit ihren leicht geschlitzten, asiatisch wirkenden Augen ungeniert an und legte die Arme auf den Rücken. Die Bluse spannte sich vor der runden, kräftigen Brust. Zwei Punkte drückten sich durch, haselnußgroß. In der Taille war sie schlank, die Hüften waren gut geschwungen, die langen, muskulösen Beine mit ihrer braunen Haut, die leicht ins Oliv schimmerte, verrieten sportliches Training.
Die zehn, in einem Halbkreis stehend, erwiderten den Blick der Frau je nach Temperament.
Sergeij Andrejewitsch Tarski, ehemals Leutnant Semper, stellte nüchtern fest: »Einer von uns scheidet aus. Er ist gerade Väterchen geworden.«
»Sie scheiden alle aus!« sagte von Renneberg mit sichtbarer Fröhlichkeit. Die Überraschung war gelungen. »Darf ich Ihnen Milda Ifanowna Kabakowa vorstellen?«
»Eine Name wie Musik am Amur . . .«, sagte Leonid Germanowitsch Duskow.
»Wir hatten vor, jeden von Ihnen ohne jede Kontaktmöglichkeit seinem Schicksal zu überlassen«, sagte Oberst von Renneberg. »Jeder sollte sein Risiko allein tragen. Wir sind dann aber nach langem Überlegen zu dem Entschluß gekommen, *doch* eine Kontaktadresse in Moskau einzurichten. Für den Fall, daß einer oder einige von Ihnen keinen Unterschlupf in Moskau finden, gibt es eine Wohnung: Milda Ifanowna wohnt in der Lesnaja uliza Nummer 19. Die Straße geht vom Belorussischen Bahnhof ab — in der Mitte des Platzes steht das Gorkij-Denkmal — und mündet in die Nowoslobodskaja.« Während Renneberg sprach, zeigte Hansekamm Platz, Straße und Weg auf der Moskaukarte. Aber keiner der zehn blickte auf den Zeigestock, alle sahen auf Milda Ifanowna. »Die Nummer 19 liegt hier.«
»Wann sind wir in Moskau?« fragte Iwan Petrowitsch Bunurian, ehemals Oberleutnant von Ranowski.
»Gospasha Milda wird schon in zwei Tagen abgesetzt. Sie müssen erst Fallschirmspringen üben. Haben Sie sich die Adresse eingeprägt?«

»Und wie!« Petrowskij nickte Milda Ifanowna Kabakowa aufmunternd zu. Sie sah ihn mit hochgezogenen Brauen ein wenig abweisend, ein wenig herausfordernd, sehr distanziert und abwägend an. »Genosse, zur Lesnaja uliza 19 werden mich tausend Glöckchen führen!«
»Gospasha Kabakowa wird so etwas wie ein Agentenführer für Sie sein. Bei ihr laufen Ihre Meldungen zusammen. Über sie werden Sie untereinander Kontakt bekommen. Sie werden aus zehn verschiedenen Richtungen nach Moskau kommen und sich bei Milda Ifanowna treffen — wenn Sie Glück haben.«
»Mich wird nichts aufhalten!« Alexander Nikolajewitsch Kraskin, vor fünf Tagen noch Oberleutnant Adler, rieb sich die Hände. »Milda Ifanowna, wenn Sie Pastetchen mit Hasenfleisch und dazu marinierte Pilze kochen können, hänge ich wie eine Klette an Ihnen.«
»Befassen wir uns mit Moskau!« unterbrach Renneberg schroff. »Gospasha Kabakowa wird Ihnen jetzt die Stadt und ihre Umgebung genau erklären. Prägen Sie sich alle wichtigen Einzelheiten gut ein! Ein Hausvorsprung, eine Toreinfahrt kann Ihr Leben retten ...«
Es war eine angenehme Unterrichtsstunde. Mildas Stimme war dunkel gefärbt, melodisch, schwingungsreich, es war ein Genuß, ihr zuzuhören. Ob sie Moskau erklärte, Plätze und Straßen nannte, oder — Phantasie, schwing dich in Himmelshöhen! — mit heißem Atem in die Armbeuge flüsterte: ein Zauber war immer um sie, auch wenn sie nicht sprach, wenn sie nur blickte, sich bewegte, den Arm, ein Bein, die Hand, den Kopf, einen Fuß vorstellte —, diese Frau mochte tun, was sie wollte: es war ein Zauber um Milda Ifanowna, der den Männern buchstäblich den Atem verschlug.
Zwei Stunden referierte sie über Moskau und Umgebung. Sie tat es bewußt unterkühlt, gab ihrer warmen Stimme einen magisterhaften Unterton, stützte sich manchmal auf den langen Zeigestock, der dann zwischen ihren Brüsten bis zum Kinn ragte, und reagierte nicht, als Alexander Nikolajewitsch Kraskin, vormals Leutnant Adler, beim Repetieren bestimmter Moskauer Plätze den Stock übernahm, ihn zärtlich streichelte und erst dann an die große Karte trat. Die anderen grinsten. Oberstleutnant Hansekamm schüttelte stumm den Kopf. Renneberg saß hinter dem Pult und machte sich Notizen.

»Wir danken Ihnen, Milda Ifanowna«, sagte der Oberst nach zwei Stunden und blickte auf seine Uhr. »Morgen um die gleiche Zeit.«
Die Kabakowa nickte, legte den Zeigestock weg, lächelte die zehn verhalten an und verließ den Schulungsraum. Ihre Hüften wiegten sich etwas, der Rock umspannte beim Gehen ein atemberaubendes Hinterteil. Mit einem Ruck warf sie die schwarzen Haare in den Nacken und zog hinter sich die Tür zu.
Renneberg warf einen Rundblick über seine Schützlinge. »Meine Herren«, sagte er ernst, und dieses Mal auf deutsch. »Sie sind alle junge Männer; ich habe Verständnis für Sie. Sie kommen von den Fronten und haben viel entbehrt. Aber das berechtigt Sie als Offiziere nicht zu einem Benehmen, das dem Ernst unserer Aufgabe entgegensteht. Entschuldigen Sie — aber Sie haben sich verhalten wie pubertierende Gymnasiasten!«
Die zehn sahen sich an. Luka Iwanowitsch Petrowskij — das Enfant terrible Solbreit — spreizte die Beine und schlug sich auf die Schenkel.
»Was ist das, Genossen?« fragte er laut und nickte Renneberg zu. »Ja, sagt mir, liebe Brüder, was höre ich da? Deutsche Laute? Wo sind wir denn? Was will er von uns? Hat einer von uns ihn verstanden? Redet daher in einer knackenden, knirschenden Sprache und glaubt, wir könnten ihm folgen?! Ein merkwürdiges Benehmen, das muß man feststellen, Genossen . . .«
»Ich kann es auch auf russisch!« sagte von Renneberg, etwas versöhnlicher. Und jetzt sprach er russisch: »Milda ist für Sie geschlechtslos!«
»Das zu aktzeptieren bedeutet das Absinken in völlige Entmenschlichung«, entgegnete Luka Iwanowitsch.
»Oder man müßte die Methoden altrussischer Zaren anwenden.« Sergeij Andrejewitsch Tarski — früher Leutnant Semper — legte beide Hände über seine Augen. »Wer nicht sehen sollte, wurde einfach geblendet — mit einer glühenden Säbelklinge.«
»Ich sehe, es hat keinen Sinn, mit Ihnen zu diskutieren!« Renneberg erhob sich hinter seinem Pult. »Um Ihnen nächtliche Spähtrupps und Stoßkommandos zu ersparen: Milda Ifanowna wohnt *nicht* in der Reitschule.«

»Und der Qualen waren Tausende, einige unerträglich ... sagte einmal ein Märtyrer.« Alexander Nikolajewitsch Kraskin, der seinen Oberleutnant Adler abgelegt hatte, erhob sich von seinem Stuhl. »Gospodin Renneberg, sagten Sie, daß Milda in zwei Tagen schon abgesetzt wird?«
»Ja.«
»Es eilt also.«
»Die Lage an der Invasionsfront ist verzweifelt. Amerikaner und Engländer gewinnen viel Raum in der Tiefe. An der Ostfront ist verdächtiges Schweigen. Die Sowjets karren in aller Ruhe ihre Divisionen und ein ungeheures Material heran. Das bringt uns in Zeitnot. Stalins Tod muß erfolgen, wenn unsere Gegner trunken vor Siegeszuversicht sind. Um so größer wird der Schock sein!« Renneberg trat ans Fenster. Unten hörte man das Aufbrummen eines Motors. Anscheinend fuhr Milda Ifanowna jetzt zu ihrem Quartier. »Gospasha Kabakowa ist Moskauerin. Woher wir sie kennen, auf welchem Wege sie zu uns gekommen ist, das interessiert hier nicht. Auf dem gleichen Weg zurück, das geht nicht mehr — es würde zu lange dauern. Also setzen wir sie per Fallschirm ab.«
»Und wenn man sie entdeckt?«
»Krieg ist kein Murmelspiel!« sagte Renneberg hart.
»Warum tut sie das?«
Kyrill Semjonowitsch Boranow knöpfte seine sowjetische Offiziersbluse auf. Es war heiß im Zimmer. Ein märkischer Sommer, wie ihn Fontane beschrieben hat.
»Ihr Großvater starb nach der Revolution als Offizier der ›Weißen‹ unter den Kugeln eines roten Liquidationskommandos. Er war Oberst bei Admiral Koltschak. Mildas Vater bekam einen Genickschuß, als Stalins Säuberungswelle auf die Generalität übergriff und Marschall Tuchatschewski hingerichtet wurde. Er war Kapitän. Ihre Mutter wurde wahnsinnig und lebt noch heute in einer Moskauer Heilanstalt. — Ich glaube, das reicht aus, um ein Regime nicht zu lieben.« Der Oberst räusperte sich. »Sie liebt übrigens auch die Deutschen nicht! Ihr Engagement bei uns ist rein privater Natur. Sie ist besessen von dem Wunsch, sich an Stalin zu rächen. Die politischen Aspekte interessieren sie überhaupt nicht. Wenn Sie Stalin getötet haben, wird sich Milda bei Ihnen bedanken und Sie dann bespucken.«

»Da sehe ich einen Gefahrenpunkt!« sagte Pawel Fedorowitsch Sassonow nachdenklich. »Private Fanatiker sind immer ein Risiko ...«
»Das wissen wir alle.« Renneberg steckte die Hände in die Taschen und suchte Zigaretten und Feuerzeug. »Aber man kommt als Besucher nur in die Hölle, wenn man dem Teufel über den Schwanz streichelt. Es darf geraucht werden, Genossen.«
Die zehn holten aus ihren Taschen Tabak aus dem russischen Gefangenenlager, Zeitungsfetzen und anderes Papier, rollten sich ihre Zigaretten und rauchten die ersten Züge. Hansekamm öffnete das Fenster. Der Gestank des Krautes, das sie Tabak nannten, biß in seine Luftröhre.
»Wann springen wir ab?« fragte Leonid Germanowitsch Duskow.
»Sofort nach Ihrer Springausbildung. Bis dahin haben Sie noch viel zu lernen. Im Eiltempo.«
Am Abend gab es russisches Essen: Kohlsuppe, Pellmeni — das sind in Nudelteig gewickelte Fleischbällchen —, dazu Rote Bete, Sauergurken und marinierte Pilze. Als Nachtisch servierte man Kronsbeeren mit Sahne. Üppig, üppig! Der russische Kriegsgefangene, der die Bedienung übernommen hatte, fühlte sich wiederum ins Märchenland versetzt, vertilgte alle Reste und bekam in der Nacht einen solchen Durchfall, daß er laut jammerte, er müsse sterben. Sein Magen verkrampfte sich, sein Darm zuckte, es lief aus ihm heraus wie jauchiges Wasser. Am Morgen lag er schlaff auf seinem Bett und stierte aus hohlen Augen den Küchenfeldwebel an, der ihn zur Arbeit abholte.
»Raus!« brüllte der Koch aus Dortmund. »Wer frißt und scheißt, kann auch arbeiten!«
»Ich tott!« jammerte Dementi Jefimowitsch Awilow. »Ganze Nacht Bumbumbum in Arsch. Nix mehr Kraft. Ganze Nacht ... pfff — ssst — bumm ...«
Es half nichts. Awilow mußte in die Küche und das Frühstück zu den zwölf Offizieren hinauftragen. Marmelade, Eier, Schinkenröllchen, duftenden Tee, heißes Brot, gerade aus dem Ofen gezogen. Bei dem köstlichen Geruch drehte sich Awilows Magen noch einmal um. Nach dem Servieren hockte er in der Küche, trank Pfefferminztee und sagte zu dem Küchenfeldwebel:

»Nix essen, wo alles da . . . Ist wie Hölle, Feldwebel . . .«
»Was sind das für zehn Genossen da oben?« fragte der Dortmunder. »Hast du was gehört, Iwan?«
»Nix gehört.«
»Was denkst du, was sie sein könnten?«
»Nix denken.«
»Du mußt doch was gehört haben?! Ein paar Worte.«
»Nix gehört.«
»Leck mich am Arsch.«
»Nix Hunger.«
Zu Mittag gab es Alexandrowna-Salat, Schweinekoteletts mit saurem Rahm und gedünstetem Kraut, zum Abschluß kleine Plätzchen, die man Zuckerrubel nannte.
»Ein Paradies«, sagte Dementi Jefimowitsch Awilow auf russisch zu dem Küchenfeldwebel, der ihn natürlich nicht verstand. »In einem Paradies leben wir hier. Und ich muß in den Eimer spucken. Ist das gerecht gegenüber einem so armen Menschen, wie ich es bin?«

Milda Ifanowna kam am nächsten Tag wieder zum Unterricht. Jetzt trug sie einen gelben Rock und eine rote Bluse, deren drei obere Knöpfe der Hitze wegen offenstanden und dreierlei sehen ließen: eine glatte, angebräunte Haut, den Rand eines weißen Büstenhalters und den Ansatz von zwei Brüsten, rund, knackig, sich unter der Bluse weiterwölbend und der Phantasie weiten Spielraum lassend. Sie hatte sich sogar etwas geschminkt und um das glänzend schwarze Haar ein mit Blüten besticktes Band geschlungen.
Die zehn atmeten hörbar durch die Nase. Es war ein Unding, Rennebergs Ansicht zu respektieren, Milda Ifanowna sei geschlechtslos. Die Verzauberung jedoch verflog sehr schnell, als Milda begann, die zehn der Reihe nach abzuhören. Ob Petrowskij, der jede Antwort mit dem Satz begann »Oh, Himmelstöchterchen, hör zu . . .«, oder das blonde Lockenköpfchen Iwanow, der beim Vortreten ungeschickt stolperte und sich an Mildas Ausschnitt festklammern mußte (wofür ihn seine Kameraden unverhohlen bewunderten), oder gar Plejin, der jungenhafte Benjamin, der seine Antwort sogar mit seinem hellen Tenor vorsang: sie alle kamen im Laufe der nächsten zwei Stunden heftig ins Schleudern. Renneberg griff

nicht ein. Das legt sich, dachte er. Gönnen wir ihnen diese kleinen Späße. Sollen sie sich spreizen wie Pfaue — wie lange können sie es noch?! Wenn sie über Moskau abgeworfen werden, wird ihr Leben zu Ende sein. Eine ganz kurze Spanne ist es nur noch. Lassen wir ihnen die kleine erotische Freude, Mildas Brustansatz zu bewundern und sie mit den Augen auszuziehen. In ein paar Tagen ist alles vorbei ...
Die Umgebung Moskaus.
Das Absprunggebiet.
Milda und Hansekamm lösten einander mit ihren Erklärungen ab. Die Detailfotos wurden mit einem Projektor auf eine Leinwand geworfen. Auch die Luftaufnahme mit dem lange erwarteten Kornfeld, in dem ein kopulierendes Paar lag, rutschte durch.
»Ei, ei, was ist denn das?« sagte Petrowskij. »»Milda Ifanowna, Täubchen aus Moskau, klären Sie uns auf!«
Hansekamm blickte hilflos zu Renneberg hinüber. Die zehn saßen brav wie Musterschüler auf ihren Stühlen, mit strahlenden Ohrfeigengesichtern.
»Dieses Kornfeld liegt bei Stupino«, sagte Milda nüchtern. »Hier, südlich von Moskau, auf dem Weg nach Tula westlich, und Rjasan, östlich. Es gehört zur Kolchose ›Ehre Lenins‹.« Ihr Zeigestock tippte Petrowskij gegen die Brust. »Bei dem Punkt, der Sie so anzieht, Luka Iwanowitsch, handelt es sich um zwei Menschen, die einen neuen Russen zeugen, damit Rußland ewig lebe!«
»Ich bin begeistert!« rief Petrowskij. »Genossin, gehört das zum Arbeitsplan einer Kolchose? Wie hoch ist das Soll? Erzählen Sie uns mehr davon!«
»Genossen«, sagte Hansekamm etwas lahm. »Wir spielen hier kein Kabarett! Was Sie sehen und auswendig lernen müssen, ist Ihr Arbeitsraum! Oder, um es ganz klar zu sagen: Es geht um Ihren Kopf! Ein einziger Fehler, und Sie haben verloren. Diese Aufnahme stammt aus dem vergangenen Jahr. Das Kornfeld ist auch in diesem Jahr ein Kornfeld. Es kann für einen von Ihnen zum rettenden Versteck werden. Bitte, mehr Ernst, Genossen!«
Das Kornfeld rutschte endlich weg. Der Projektor warf das Foto von einem Waldstück auf die Leinwand. Am unteren Rand sah man eine Straße.
»Das Gebiet von Latschine. Der Wald.« Milda wies mit dem

Stock auf das Foto. »Südlich des Waldes verläuft die Chaussee Rshjew—Moskau, die bei Golitzyno auf die bekannte Rollbahn Smolensk—Moskau mündet. Im Wald liegt eine Siedlung, die aber verlassen ist. Man sollte sie umgehen, weil sie öfter benutzt wird von . . .«

». . . von Genossen, die gerade dem russischen Volk einen neuen Sohn zeugen!« unterbrach Iwan Petrowitsch Bunurian. »Da ist man nicht entzückt, wenn welche vom Himmel fallen . . .«

Milda Ifanowna legte den Zeigestock zur Seite und lehnte sich neben die Leinwand an die getünchte Mauer.

»Jetzt ist sie beleidigt«, sagte Petrowskij und schlug die Hände zusammen. »Liebe Genossen, ihr dürft sie nicht mit eurer Derbheit erschrecken. Ein schwaches Täubchen ist sie, dem jeder Windstoß die Federchen zerzaust . . .«

»Ich erwarte Ihre Kontakte in der Lesnaja uliza 19«, sagte Milda Ifanowna. »Wie das vor sich geht, werden Ihnen Ihre Kameraden erklären. Ich nicht mehr!«

Mit stolzem Schritt ging sie an den zehn vorbei aus dem Zimmer.

Ein Hauch von Parfüm blieb zurück.

»Da geht sie hin und ist so böse!« sagte Sergeij Andrejwitsch Tarski. »Ich dachte, sie soll unsere russische Mutter werden. Statt dessen verstößt sie uns!«

Oberst von Renneberg löste sich vom Fenster. Sein Gesicht ließ nichts Gutes ahnen. »Wenn die Zeit nicht drängte«, sagte er auf russisch, »würde ich den Lehrgang unterbrechen, Sie in deutsche Offiziere zurückverwandeln und für eine Woche jene Konsequenzen ziehen, auf die Sie es offenbar angelegt haben!«

»Ich bitte um Verständnis.« Major von Labitz alias P. F. Sassonow erhob sich. »Es liegt in der Natur der Sache, daß . . .«

»Es liegt in der Natur der Sache, daß Sie endlich begreifen, daß jedes Wort, das hier an Sie gerichtet wird, nur Ihrer Sicherheit, Ihrem Überleben gilt!« schrie von Renneberg. Zum erstenmal verließ ihn seine Zurückhaltung, seine milde Duldsamkeit. »Ich kann von Ihnen, gerade von Ihnen, eine gewisse Reife verlangen! Aber Sie benehmen sich . . .«

»Ein Wort, Genosse!« unterbrach ihn Duskow. »Ich stamme aus Kasan, aus ärmlichen Verhältnissen. Mein Vater arbeitet im Straßenbau, meine Mutter näht in einem Kombinat kra-

genlose Hemden. Meine Schwester ist bereits Witwe mit Kind — ihr Mann starb an einem Leberleiden. Ich selbst bin gelernter Schuhmacher, arbeite aber jetzt nach der Entlassung aus der Roten Armee wegen Lungenkrankheit als Rangierer bei der Eisenbahn. Der frischen Luft wegen. Ich frage Sie, Genosse! Wenn mir ein solches Weib wie Milda Ifanowna begegnet — wie kann ich dann anders reagieren als ein lungenkranker Rangierer? Und Genosse Petrowskij?! Er ist Lagerarbeiter. Was kennt er schon? Ein Gläschen Kwaß, seine Zeitung, Kisten und Kartons, die er stapeln muß, und abends trifft er sich mit seiner Malinka. Was wohl, Genosse, tut er dann? Über den Ausbau der Landwirtschaft in Kasakstan philosophieren?! Malinka würde ihm weglaufen! Nein, er packt zu. Mit beiden Händen. *Das* erwartet man von ihm! Wer redet hier von deutschen Offizieren? Wir sind russische Bürger. Kleine Hunde, jeder von uns. Und so leben wir auch! Und wie Hunde, so bellen wir auch, wenn uns eine Milda über den Weg läuft. Wären wir sonst echt? So echt, wie man uns haben will?«
Oberst von Renneberg hatte mit starrem Gesicht zugehört. Sein Gesicht war gerötet. Er zog die Unterlippe durch die Zähne und suchte wieder nach seinen Zigaretten. Als der kleine Plejin ihm eine Papyrossa anbot, schüttelte er stumm den Kopf.
»Sind Sie fertig?« fragte er endlich. Nervös klappte er das gefundene Zigaretten-Etui auf und zu.
»Ja!« sagte Duskow und trat in die Reihe der zehn zurück.
»Sie haben recht!« Renneberg nickte und steckte sein Etui wieder ein. »Ich danke Ihnen, daß Sie mich auf einen Denk- und Verhaltensfehler hingewiesen haben. Ich brauche ja kein Russe zu sein . . .«
Der Abend, vor allem das Abendessen, wurde zu einem Fest. Nicht der Speisefolge wegen, auch nicht wegen des Krimweines oder des mit Kerzen geschmückten Tisches.
Milda Ifanowna Kabakowa aß mit ihnen.

Die Kabakowa sah hinreißend aus.
»Ich hoffe, ich sehe Sie alle in Moskau wieder«, sagte sie.
Während sie sprach, veränderte sich ihr Gesicht ständig, unterstrichen Augen, Nasenflügel, Lippen jeden Satz und verlie-

hen ihm eine eindringliche Deutlichkeit. Ab und zu fuhr sie mit der Hand durch ihre schwarzen Haare, oder wenn sie lachte, preßte sie die Hände flach gegen ihre Brüste, als müsse sie die schönen Formen festhalten, damit ihr Gelächter sie nicht aus der Bluse trieb. Sie lehnte sich nach hinten, warf den Kopf in den Nacken und hörte mit geschlossenen Augen zu, als der kleine Plejin mit seinem hellen Tenor das berühmte »Abendglöckchen« sang und dabei ganz hoch ins Falsett stieg, als klängen tatsächlich silberne Glöckchen von fernen Zwiebeltürmen. Petrowskij erzählte Witze aus Sibirien — man sollte es nicht für möglich halten, aber auch in Sibirien werden Witze gemacht. Kommt da ein Mensch an einen zugefrorenen See und sieht einen anderen Menschen auf dem Eis sitzen. »Hei!« ruft der am Ufer. »Bist du festgefroren, Genosse?« — »Nein, Brüderchen!« schreit der andere zurück. »Ich sitze nur hier und brenne mit meinem Hintern ein Fischloch in das Eis!«
Darüber kann man lachen oder nicht. In Sibirien jedenfalls lacht man über solche Witze.
»Moskau!« sagte Kraskin. Er sah Milda Ifanowna plötzlich mit entsetzten Augen an. Die anderen schienen nicht begriffen zu haben, was sie vorhin gemeint hatte. »Wann springen Sie ab?«
»Morgen nacht.«
»Mein Gott!«
»Ich habe keine Angst.«
»Um wieviel Uhr?« fragte Duskow.
»Warum wollen Sie das wissen, Leonid Germanowitsch?«
»Wir möchten alle an Sie denken, Milda Ifanowna. Und nicht nur denken. Wer mag, kann auch beten . . .«
»Glauben Sie an einen Gott?«
»Sie nicht?«
»Nein!« Ihr Gesicht mit den »asiatischen« Wangenknochen wurde härter, kantiger, dunkler. »Gott war nie bei uns. Nur die Bolschewisten.«
»Ab und zu, draußen an der Front, wenn man vom Trommelfeuer zugedeckt wird, wenn die Stalinorgeln heulen, wenn man sieht, wie die Kameraden neben einem zerfetzt werden und nach ihrer Mutter schreien, dann kann man ganz klein werden und wie ein Kind wieder an den lieben Gott glauben . . .«

»Sie glücklicher Leonid Germanowitsch . . .« Die Kabakowa blickte starr in das flackernde Licht der Kerze vor ihr. »Ich würde Gott in dieser Situation verfluchen. Er hat uns seine Kinder genannt und läßt uns dennoch hinschlachten. Welch ein Vater! Verstehen Sie das?«
»Ja.« Kyrill Semjonowitsch Boranow setzte das Weinglas ab. Der Krimwein leuchtete wie Blut im Kerzenschein. »Wir alle haben Väter. Haben sie mit Klauen und Zähnen dagegen gekämpft, daß wir in den Krieg zogen?! Im Gegenteil: Sie waren stolz! Mein Junge in Uniform! Mein Sohn, der Herr Leutnant! Mein Bub mit dem EK I. Komm an meine Brust, mein Junge: Du hast jetzt das Deutsche Kreuz in Gold! Oder das Ritterkreuz!« Er stockte und sah etwas verwirrt um sich. »Verzeihung, Genossen. Ich war im falschen Land. Ich sprach eben von dem Hauptmann Asgard Kuehenberg. Ein Deutscher, der immer und überall, wo er auftauchte, nur vaterländischem Stolz begegnete. Aber ist's in Rußland anders, wie? Da glitzert die Verdienstmedaille an der Brust des Helden, da küßt einem der Genosse Kommissar die Wangen. Milda Ifanowna, Väter sind eine Spezies Menschen für sich, sobald ihre Söhne Uniform tragen! Warum sollte Gott anders sein?« Er räusperte sich und schenkte sich Wein nach. »Wann springen Sie ab?«
»Morgen nacht zwischen 2 und 3 Uhr. Wenn alles glattgeht.«
»Wir denken an Sie!« sagte Kraskin. »Wir werden alle an unseren Fenstern stehen und in die Nacht blicken. Ob es Ihnen freilich helfen wird, Genossin . . .«
»Es hilft mir viel.« Sie versuchte ein herzerweichendes Lächeln. »Ich werde dann nicht so allein sein.«
»Und wie erfahren Sie, wann *wir* abgesprungen sind?« fragte Bunurian.
»Überhaupt nicht«, antwortete Renneberg an Stelle von Milda. »Erst wenn der erste von Ihnen sich bei ihr meldet, weiß sie, daß *Wildgänse* ihr Ziel erreicht haben. Ihr erstes Ziel.«
»Und wenn sich keiner meldet?« Es war eine bange Frage des kleinen Plejin.
»Unmöglich!« Renneberg rauchte jetzt eine Zigarre und blickte den Ringen nach, die er mit runden Lippen erzeugte. »Nach der Wahrscheinlichkeitsrechnung unmöglich. Bei zehn Mann *müssen* mindestens zwei durchkommen.«
»Das beruhigt ungemein«, sagte Boranow mit belegter

Stimme. »Man braucht sich nur daran zu gewöhnen, Steinchen in einem Glückspiel zu sein . . .«
In dieser Nacht brachten sie alle Milda Ifanowna zur Tür und verabschiedeten sich von ihr nach russischer Art mit Wangenküssen. Ein großer Horchwagen wartete auf der Zufahrt. Fassungslos starrten der Fahrer, ein Stabsgefreiter, und sein Beifahrer, ein Gefreiter, auf die ungeheuerliche Szene: Zehn sowjetische Offiziere küßten ein Mordsweib. Und ein deutscher Oberst stand daneben und griff nicht ein.
»Guschtav, do haschte dei hischtorische Stund«, sagte der schwäbische Stabsgefreite. »Wir sind Fahrer für ein russische Offizierspuff!«
»Eene für zehn. Det is mies . . .« Der Gefreite starrte auf Milda, die langsam auf den Wagen zukam und sich ab und zu umdrehte und winkte.
»Wie das Mädle gebaut ischt . . .«
»Trotzdem. Ick möchte nich der zehnte sein . . .«
»Hunger tut weh, Guschtav . . .«
Von der anderen Seite kam Oberstleutnant Hansekamm. Er riß die Tür auf.
»Schnauze!« zischte der Stabsgefreite. Und dann laut: »Stabsgefreiter Hämmerle zur Schtelle . . .«
Hansekamm winkte ab. »Sie fahren nach Berlin.« Er half Milda in den Wagen, warf die Tür zu und setzte sich auf die andere Seite neben die Kabakowa. Der schwere Wagen ruckte an und rollte auf die Landstraße nach Eberswalde.
Eine klare Juninacht. Mondschein über den märkischen Hügeln und Kiefern. Hansekamm drehte sein Fenster herunter und atmete tief. Es roch nach Harz und frischen Gräsern.
»Sie sind so still, Milda . . .«, sagte er.
»Ich bin müde.« Sie hatte sich weit zurückgelegt und ein Stück Seidenschal über ihr Gesicht gelegt, als blende sie der Mondschein. Natürlich, dachte der Stabsgefreite Hämmerle aus Vaihingen. Nach zehn Durchläufen ist man müde.
»Versuchen Sie zu schlafen«, sagte Hansekamm.
Milda Ifanowna nickte. Sie zog den Schal ganz über ihr Gesicht wie einen Vorhang. Ihr Kopf lag weit zurückgeworfen auf dem Polster.
Lautlos weinte sie nach innen.

Die Springausbildung — zuerst am Turm und an einem Sicherheitsseil, später aus einer Ju 52, gekoppelt mit einem erfahrenen Fallschirmspringer, der eingreifen sollte, falls jemand die Reißleine vergaß — begann schon am nächsten Tag. Die zehn trugen eine deutsche Uniform ohne Rangabzeichen und wurden in einem Lastwagen zum Fliegerhorst gebracht. Nach dem ersten Tag saßen sie, wieder in der Reitschule von Eberswalde, wie erschlagen beim Abendessen und stocherten lustlos auf den Tellern herum. Der kleine Plejin schämte sich; er hatte bei seinem ersten Sprung vom Turm aus Angst gekotzt. Niemand hatte ihm das übelgenommen. Selbst der robuste Petrowskij hatte oben auf der Turmplatte beim Blick hinunter gesagt: »Junge, wenn ihr mich unten aufhebt, packt mich nicht an der Hose.«
»Es ist alles nur Gewöhnungssache«, sagte der Fallschirmjäger-Leutnant, der die Ausbildung leitete. »Später seid ihr ganz geil auf das Springen! Dieses Schweben zwischen Himmel und Erde . . . das ist wie 'n Orgasmus!«
»Der Junge muß pervers sein!« stöhnte Iwanow, das blonde Lockenköpfchen. Aber als er dann schwebte, als gäbe es keine Schwerkraft mehr, wunderte er sich selbst, daß er eine merkwürdige Freude an diesem Zustand empfand. Nur auf einen so harten Aufprall hatte man ihn nicht vorbereitet. Den hatten auch die Abrollübungen kaum abschwächen können.
Oberst von Renneberg entschloß sich zu einer ersten umfassenden Beurteilung. Wie stets nach dem Abendessen, saß man noch eine Stunde gemütlich beisammen, rauchte, trank Wein oder Kognak und hörte die letzten Radionachrichten. Was das Oberkommando der Wehrmacht bekanntgab und was somit das deutsche Volk auch glaubte, glich wenig dem Bericht zur Lage, den Renneberg als Nachtisch besonderer Art servierte. Auch die Goebbelssche Propagandamaschine spulte nur Zuversicht ab. Danach schien die große Wende kurz bevorzustehen; die Invasion war der Todesstoß, den sich die Alliierten selbst gegeben hatten. Und die russischen Fronten waren so still, daß man sie nur mit einem Satz erwähnte. Das große Wunder, auf das die Deutschen hofften, schien unmittelbar vor der Tür der Weltgeschichte zu warten. Nur die Luftangriffe, jetzt Tag und Nacht systematisch die Städte zerstörend, trübten die Vision vom grandiosen Endsieg. Aber die Luftangriffe gehörten zum Alltag, und was sie bewirkten,

wurde am Ende der Wehrmachtsberichte angedeutet mit dem lapidaren Schlußsatz: Die Bevölkerung hatte Verluste.
Ein Satz, der zehntausendfaches Sterben und Grauen in sich schloß. Brennende Städte, Ruinenfelder, am Straßenrand gestapelte Leichen. Ein Leben, das sich in die Erde verkroch: in die Keller, unter die Ruinenberge, in aus Schutt zusammengebaute Wohnbunker ...
»Ich bin mit Ihnen zufrieden, meine Herren«, sagte von Renneberg und hob sein Glas mit dem russischen Kognak. »Nach den Berichten von ›Fremde Heere Ost‹ erwartet man die sowjetische Offensive im letzten Junidrittel. Das Kräfteverhältnis ist katastrophal. Drei sowjetische Heeresgruppen stehen einer deutschen gegenüber. Die Weißrussische Front unter Rokossowskij, die 2. Weißrussische Front unter Sacharow, die 3. Weißrussische Front unter Tschernjakowskij. Den Oberbefehl hat Marschall Shukow. Unsere Heeresgruppe Mitte unter Generalfeldmarschall Busch, vierzig deutschen Divisionen, von denen keine ihre Sollstärke besitzt, stehen einhundertzweiunddreißig russische Divisionen und einundsechzig Brigaden gegenüber. Darunter allein fünfundvierzig vollbesetzte Panzerbrigaden! Im Hinterland warten Reserven unbekannter Größe. *Wir* — das steht jetzt seit Tagen fest — haben keine Reserven. Der Mehrfrontenkrieg, die Rundumverteidigung Deutschlands, hat alle Kräfte, die noch zur Verfügung standen, gebunden. Außerdem: Der Gegner besitzt bis an den Rand gefüllte Munitions- und Benzinlager. Der Nachschub an Material rollt ungehindert. Unsere Luftwaffe hat die Kontrolle über alle Lufträume verloren.« Renneberg griff zum Kognak, als müsse er einen faden Geschmack neutralisieren. »Das ist die aktuelle Lage. Nach unserem Plan sollen Sie für *Wildgänse* zwischen dem 18. und 25. Juni abgesetzt werden.«
Die zehn schwiegen. Hansekamm ging herum und füllte die Weingläser. Er nebelte sich mit dem Rauch einer Zigarre ein, vielleicht um die Traurigkeit seines Gesichtes zu verbergen.
»Um 2 Uhr ...«, sagte Sergeij Andrejewitsch Tarski plötzlich.
Renneberg stellte sein Kognakglas zurück auf den Tisch. »Was ist um 2 Uhr?«
»Da springt sie ab.«
»Belasten Sie sich bitte nicht mit wehmütigen Gedanken. Milda Ifanowna trägt das geringste Risiko. Eine Landarbeite-

rin wird niemand festhalten und kontrollieren. Bei Ihnen ist das anders: Sie sind kräftige Männer, bei denen man sich fragen wird, warum sie während der entscheidenden Offensive nicht in der Roten Armee sind. Um Milda brauchen Sie sich keine Sorgen zu machen.«

Renneberg schaltete auf Radio London. Flotte Tanzmusik kam aus dem Lautsprecher. Er drehte den Ton etwas zurück und schlug die Beine übereinander. »Im übrigen gibt es Ärger«, sagte er lässig.

»Mit wem?« fragte Boranow.

»Mit dem Führerhauptquartier. Himmler und Kaltenbrunner haben was gewittert, aber niemand kann ihnen etwas sagen. Wie schnüffelnde Hunde rennen sie herum. Keitel und Jodl schweigen — und Bormann zu fragen, das wäre für Himmler so, als wollte er sich selber ohrfeigen. Der Führer hat *Wildgänse* schon vergessen, weil wir in seinen Augen doch nur Idioten sind. Aber da liegt eine offizielle Anfrage des Reichsführers SS beim OKW vor: Uns ist zu Ohren gekommen, daß gewisse Planungen, die auch das SS-Reichssicherheitshauptamt interessieren könnten . . . usw. Das OKW stellt sich natürlich taub. Aber ich frage mich: Wo ist hier eine undichte Stelle? Durch welches Loch sickern die Gerüchte? Wie ist es überhaupt möglich, daß auch nur eine Andeutung zur SS dringen konnte? Das OKW hat danach alle Unterlagen vernichtet. Nur noch hier gibt es zwei Seiten über *Wildgänse.* Ich unterrichte Sie deshalb davon, damit Sie wissen, daß der geringste Versuch von Ihnen, eine Nachricht hinauszuschmuggeln, etwa an Ihre Verwandten, für Sie tödlich sein wird.«

Renneberg faltete die Hände über dem angezogenen Knie. »Ich muß Sie auch darüber informieren, daß die Briefe an Ihre Verwandten, in denen mit größter Bestürzung und größter Trauer Ihr Vermißtsein bekanntgegeben wird, versandbereit auf einer Poststelle des OKW liegen. Sie gehen übermorgen hinaus.«

»Übermorgen schon . . .«, sagte der kleine Plejin leise. Er zerdrückte seine Zigarette.

»Dann sind wir also tot . . .« Duskow hob sein Glas und ließ es in der Luft kreisen. Ein böser, brutaler Humor überfiel ihn. Eine Schleuse zerbrach, unaufhaltsam stürzten die Wassermassen hervor. »Tot, Genossen! Welch ein Gefühl! Glotzt mich nicht an wie einen Ochsen im Gewitter! Genießt es, tot zu sein! Wer kann das schon *erleben*?!« Er lachte schrill, trank sein Glas leer und warf es mit Wucht an die Wand. »Genosse Oberst, was wird man schreiben? Zum Beispiel meinem Vater. Herrn Johannes Freiherr von Baldenow. ›Es fällt uns schwer, Ihnen die betrübliche Mitteilung zu machen, daß Ihr Sohn, Hauptmann Venno von Baldenow, bei den Kämpfen um (Ort ist einzusetzen) von sowjetischen Panzern abgeschnitten wurde. Er ist seitdem vermißt.‹ — Und vielleicht wird man in unserem ganz besonderen Fall sogar noch dazuschreiben: ›Nach Lage der Dinge müssen wir mit seinem Tode rechnen.‹ — Und dann eben das Übliche: ›Hauptmann Venno von Baldenow war einer der liebsten und tapfersten Kameraden in unserem Regiment, ein Vorbild für seine Soldaten, ein Mann, der für Führer und Vaterland immer in der ersten Reihe kämpfte und . . .‹«

»Halt die Schnauze!« sagte Boranow heiser. »Leonid Germanowitsch, wer ist dieser Freiherr von Baldenow? Woher kennst du ihn? Ist er so interessant, daß man in Rußland von ihm erzählen muß?«

Duskow fiel in sich zusammen, hing kraftlos in seinem Sessel. Sassonow umklammerte sein Weinglas mit beiden Händen und blickte Oberst von Renneberg an. Ein paarmal setzte er zum Sprechen an, verschluckte aber nur die Worte, erst beim dritten Anlauf gelang es ihm: »Als Toter interessiert mich eine Frage . . .«

»Bitte!« sagte Renneberg nonchalant. Duskows Ausbruch hatte ihn nicht getroffen. Er war sogar dankbar dafür. Das befreit, dachte er. Was hat sich in diesen Tagen alles angestaut!

»Ich habe eine junge Frau. Ich habe vor ein paar Tagen mein erstes Kind bekommen. Mein erstes . . . und mein letztes Kind. Wie — wie wird für sie gesorgt werden?«

»Ihre Witwe — ich muß es so aussprechen, wie es ist! — wird eine Ehrenpension bekommen. Die Berufsausbildung Ihres Sohnes ist garantiert, was immer er werden will.«

»Und wenn wir den Krieg verlieren?«

Zum erstenmal in diesem Kreis sprach es jemand klar und ohne Zögern aus. Renneberg hob beide Hände. Er griff nicht zur Maske, hielt keinen Vortrag über das Thema: Warum wir den Krieg nicht verlieren können. Die Gewißheit der deutschen Niederlage war nicht mehr zu vernebeln.

»Deutschland wird es immer geben«, sagte er. »Und wie dieses Deutschland dann auch aussehen mag: Es wird seine Verpflichtungen einhalten.«
»Ein kommunistisches Deutschland?«
»Das wird es nie geben!«
»Wer kann das garantieren?«
»Unsere Auffassung von einem lebenswerten Leben. Deutschland wird nie ein fruchtbarer Boden für einen importierten Leninismus sein, von ein paar Eiferern, Fanatikern oder politischen Clowns abgesehen. Moskau wird nie am Rhein liegen — weil es dann vor den Türen von Paris und London liegen würde.« Renneberg schwenkte den Kognak im bauchigen Glas. »Aber globale Politik ist nicht unser Thema, meine Herren.«
»Mich interessieren auch nur meine Frau und mein Kind«, sagte Sassonow leise. »Unser Gut liegt in Lettland. Wenn wir den Krieg verlieren, sind wir arm wie ein Clochard.«
»Wir haben es Ihnen von Anfang an gesagt: So phantastisch es auch klingen mag — es kann an Ihnen liegen, der Weltgeschichte eine andere Richtung zu geben. Ihr Einsatz kann die Welt verändern! Das ist ja das Abenteuerliche an der Menschheitsgeschichte: Epochen hängen ab von einzelnen Männern! Zeitalter werden von Persönlichkeiten geprägt. Mit Alexander starb auch das klassische Griechenland, mit Caesar ging die römische Republik zugrunde. Napoleon prägte das Gesicht Europas — bis heute! Die Galionsfigur eines neuen Zeitalters heißt heute ohne Zweifel nicht Adolf Hitler, sondern Josef Stalin. Nur: Der Haß gegen uns Deutsche ist so groß, daß die westlichen Alliierten nicht erkennen, daß sie mit ihrem sowjetischen Verbündeten sich auch gleich ihren Untergang ins Haus holen. Sie wollen es nicht begreifen, aber sie werden es erleben. Aber diese scheinbar unaufhaltsame Entwicklung könnte mit einem einzigen Schuß, einer einzigen Handgranate in eine andere Bahn gelenkt werden.«
»Dann hieße die Galionsfigur eben doch wieder Adolf Hitler!« sagte Boranow und hüstelte. Renneberg sah ihn ernst an.
»Nein! Ihnen, die Sie ja tot sind, kann man es anvertrauen: Auch Adolf Hitler wird das neue Weltbild nicht bestimmen. Wenn Sie Stalin getötet haben, wird sich auch in Deutschland vieles ändern . . .«

Um 2 Uhr früh standen die zehn an den Fenstern ihrer Zimmer und blickten hinaus in die Nacht. Zerfledderte Wolken trieben träge über den Mond, der Wind war von schmeichelnder Wärme und roch nach Kiefernnadeln. In den Pferdeställen der Offiziersreitschule scharrten die Gäule, prusteten, wieherten im Traum. Das Fenster der Wachkammer war erleuchtet, durch einen Schlitz der Verdunkelung fiel ein Streifen Licht. Die Stallwache spielte Skat. Weit weg, nach Berlin zu, rumpelte und donnerte es schwach. Flak und Bomben — der nächtliche Luftangriff, schon zur Gewohnheit geworden. Die Bevölkerung hatte Verluste . . .

»Mach's gut, Milda!« sagte das Lockenköpfchen Iwanow.

»Ob wir sie wiedersehen?« fragte sich der kleine Plejin. »Nicht daß ich auf ihr liegen möchte — ich frage nur so! Ob es uns gelingt, durchzukommen?«

Neben Boranow am Fenster stand Oberst von Renneberg. Auch er blickte nach Osten in den mondfahlen Nachthimmel. Aber er sprach mit leiser Stimme, nicht von Milda Ifanowna, sondern von Adolf Hitler.

»Ich kann Sie noch auswechseln, Hauptmann Kuehenberg«, sagte er auf deutsch.

»Genosse, ich verstehe Sie nicht«, antwortete Boranow auf russisch.

»Lassen Sie das, Kuehenberg.« Renneberg rückte näher an ihn heran. »Ich kenne Ihre Personalakte, Ihre Familiengeschichte, alles. Ich habe Sie beobachtet. Sie sind ein kritischer Mensch, und Sie lieben Ihre Heimat.«

»Wer täte das nicht, Genosse?« Boranwo sprach russisch weiter. Renneberg unternahm keinen neuen Versuch, Kuehenberg zurückzuverwandeln.

»Ich könnte Sie hierbehalten und in den Stab von General Oster schleusen.«

»Was soll ich da?«

»Sie würden Witzleben kennenlernen, von Stauffenberg, Goerdeler, Hoeppner, den Kreisauer Kreis . . .«

»Wer ist denn das?«

»Das kann man Ihnen alles erklären. Sie werden auf jeden Fall die Persönlichkeiten kennenlernen, die aus glühender Vaterlandsliebe heraus an ein Weiterleben Deutschlands glauben . . . nach Hitler! Auch Canaris gehört dazu, von Stülpnagel. Rommel . . .«

»Der auch?« Boranow drehte sich vom Fenster weg. 2.12 Uhr. Jetzt konnte Milda gelandet sein. Irgendwo in der Nähe von Moskau. Ein Bauernmädchen, das am nächsten Morgen in die große Stadt fährt. »Was wollen Sie von mir?«
»Wir brauchen Männer wie Sie, Kuehenberg. Unerschrocken, mit Weitblick, mit der angeborenen politischen Intelligenz, mit staatserhaltenden Ideen, mit Mut zum Risiko. Sie sind noch jung. Achtundzwanzig! Sie sind die Zukunft, Kuehenberg. Ich habe mich in den letzten Tagen immer wieder gefragt und mein Gewissen gefoltert: Darfst du diesen Mann in Moskau verheizen? Denn daß Ihr Leben beendet ist, auch wenn Sie *Wildgänse* überleben, ist Ihnen doch klar?«
»Wir sind zehn, Genosse Oberst!« antwortete Boranow bestimmt. »Und wir bleiben zehn! Wir werden Stalin töten. Töten Sie Hitler! Vielleicht treffen wir uns dann später einmal und diskutieren darüber, ob es sich gelohnt hat.«
»Ich kann Sie noch austauschen, Kuehenberg.«
»Wenn Sie das können, dann nehmen Sie Major von Labitz heraus. Ich bewundere ihn, daß er nicht verrückt wird. Als lebender Toter Vater eines Sohnes zu sein, auf den er Jahre gewartet hat — das sollen Nerven erst einmal aushalten. Gut, er hat bei Ihrer Frage, ob er zurücktreten will, so reagiert, wie man es von ihm erwartet hat. Aber von Tag zu Tag wird er stiller, verkriecht sich in sich selbst, sitzt vor dem Bild seiner Frau — ein Bild seines Sohnes hat er gar nicht und wird es nie bekommen — und spricht mit ihr. Leonid Germanowitsch, der bei ihm im Zimmer wohnt, sagt, es sei ergreifend, ihn zu beobachten, wie er das Foto anblickt, wie er sein Herz öffnet vor diesem Foto, wie er es zärtlich küßt und dann befreit einschläft, glücklich wie ein beschenktes Kind. — Das ist ein echtes Problem, Genosse Oberst. Sie sollten Duskow auswechseln, nicht mich.«
»Es war auch nur ein Gedanke — es ist vorbei. Es war interessant, sich mit Ihnen zu unterhalten, Kyrill Semjonowitsch.«
Renneberg ging zur Tür.
»Danke, Genosse Oberst.«
Er wandte sich ab und blickte wieder aus dem Fenster. Hinter ihm schnappte das Schloß ein. Er begriff noch nicht, was er gehört hatte: von Witzleben, Canaris, Rommel — sie alle Hitlers Gegner? Stalins Tod der Auftakt einer weltweiten Änderung?! Er zog die Schultern hoch und stützte sich mit beiden

Armen auf das Fensterbrett. Ihn fror vor der Ungeheuerlichkeit und dem Ausmaß der Aufgabe, zu der man ihn befohlen hatte und die er, gehorsam, wie man es von ihm erwarten durfte, auch übernommen hatte.
Petrowskij kam herein, eine Zigarette im Mundwinkel, die Hände in den Hosentaschen.
»Machst du mit?« fragte er.
»Was?«
»Wir feiern Mildas ›Niederkunft‹ . . . Bei Piotr Mironowitsch auf dem Zimmer.«
»Stoßt für mich mit an!« Boranow schüttelte den Kopf. »Ich bin zu müde. Das Fallschirmtraining heute . . . Ich habe keine Knochen mehr. Seid nicht böse, Brüderchen.«
»Dann bis morgen, Kyrill Semjonowitsch.«
»Bis morgen, Luka Iwanowitsch.«
Wir werden mißbraucht, dachte Boranow und legte sich angezogen auf sein Bett. So oder so, für welches Ziel auch immer — wir werden schlicht mißbraucht! Und obwohl wir das wissen, machen wir mit! Das soll mir einmal jemand erklären. Hier sind die Grenzen der Psychologie, hier stößt die Ergründung des Menschen an eine Mauer.
Zwischen dem 18. und 25. Juni werden wir rund um Moskau abspringen und in die Stadt einsickern zu Milda Ifanowna. Und wenn nur einer von uns durchkommt, dieser Einsame wird versuchen, den Befehl auszuführen.
Töte Stalin!
Wer kann mir erklären, was wir für Menschen sind . . .?

Der kleine wendige Nachtaufklärer brummte in beträchtlicher Höhe über das Gebiet von Minsk in Richtung Smolensk—Moskau. Deutsche Scheinwerferbatterien tasteten den Himmel ab, aber der war über diesem Gebiet bedeckt, die Strahlenfinger verfingen sich in den Wolken, wurden wie von Watte aufgesogen, zerflossen in ein trübes milchiges Licht. Die Kanoniere an den Flakgeschützen warteten, aber vom technisch Schießenden kam kein Befehl, keine Durchsage, keine Zielangabe. Er fliegt zu hoch, hieß es überall. Und dann ein Einzelgänger. Es lohnt sich nicht. Muß überhaupt ein Idiot sein. Was will der Junge so weit da oben am Himmel? Er sieht von oben genausowenig wie wir von unten.

Der Nachtaufklärer passierte die deutschen Linien und überflog kurz darauf Smolensk. Die sowjetische Luftabwehr reagierte auf das ferne Brummen schläfrig. Ein Deutscher nachts in der Luft? Also ist es einer von uns. Laßt euch nicht stören, Genossen, ruht euch noch aus. Der große Tag des Sieges ist nicht mehr fern.
Ein ganz wackerer Leutnant rief dennoch das Luftgeschwader in Kalinin an.
»Er kommt von Westen!« sagte er dem wachhabenden Kameraden Offizier.
»Das ist richtig.«
»Wieso ist das richtig?«
»Weil sowjetische Flugzeuge grundsätzlich nur noch nach Westen fliegen und — wenn sie nach Osten zurückkommen — von Westen anfliegen. Ist das klar, Genosse?«
»Völlig klar. Gute Nacht.«
Der Nachtaufklärer brummte weiter nach Moskau. Er hatte keine Nummer, keine Bezeichnung, keine Nationalitäts-Kennzeichen. Er war graugrün gestrichen und hob sich gegen den Himmel überhaupt nicht ab. Hinter Wjasma ging er tiefer, durchstieß die Wolkendecke und orientierte sich an dem breiten Band der Rollbahn. Kolonnen von Lastwagen und Artillerie fuhren nach Westen. Auf der parallel verlaufenden Bahnlinie stauten sich die Güterwagen.
Munition. Material. Menschen.
»Wir fliegen jetzt einen Bogen und nähern uns Moskau von Kaluga her«, sagte der Oberfeldwebel am Steuerknüppel. »Dann überfliegen wir bei Sjerpuchow die Oka und erreichen das Zielgebiet östlich Michnjewo. Über dem Flußtal der Lopassnja setze ich Sie dann ab. Alles fertig?«
»Alles fertig.«
Milda Ifanowna überprüfte noch einmal ihre Ausrüstung. Die Gurte saßen gut, die Reißleine würde sie festhalten, wenn sie sprang. Den Kopf hatte sie in eine Lederkappe gepreßt; über ihre bäuerliche Kleidung hatte sie einen Trainingsanzug gezogen. Sie fror erbärmlich in dieser Höhe, massierte immer wieder ihre Beine und hieb die Fäuste gegeneinander. Vor ihrer Brust hing ein zu einem Beutel geknotetes altes Kopftuch. Sie würde es später in der Hand tragen, wie alle Bäuerinnen, wenn sie etwas wegbrachten. Das war das einzige große Risiko, daß jemand sie anhielt und sagte: »Was trägst du da in

deinem Beutelchen, mein Täubchen? Laß einmal sehen!« Dann würde der Genosse von der Miliz große Augen machen, denn statt ein paar Eierchen, die man heimlich verkaufen wollte, würden zutage kommen: ein kleiner, aber starker Kurzwellensender, zwei Schlüssel für eine Haustür und eine Wohnungstür, ein Roman von Tolstoi, auf dessen Seiten bestimmte Buchstabengruppen den Code ergaben, und ein Paket mit fünftausend Rubeln in kleinen Scheinen. Das Wichtigste aber hing in einem goldenen Medaillon zwischen Mildas schönem, starkem Busen: eine Gelatinekapsel mit Zyankali.

Ein Verhör der Kabakowa war damit ausgeschlossen.

Der Feldwebel in der Kanzel zeigte nach unten. »Die Oka!«

»Ich sehe sie.«

»Noch zehn Minuten. Ich gehe auf Sprunghöhe.«

»Verstanden.«

Ein nüchtener Dialog am Abgrund zum Ungewissen. Milda Ifanowna blickte in die Tiefe. Der Aufklärer verlor an Höhe, drosselte den Motor und stellte ihn schließlich ab. Im lautlosen Gleitflug kam das Land näher — ihr Land, ihr Rußland, das von ihrer Familie nur Blut gefordert hatte und das sie trotzdem liebte mit einer Verzweiflung, aus der ihr ungeahnte Kräfte zuwuchsen. Die Wälder von Michnjewo. Schwach schimmerte ein gewundenes Band durch das dichte Grün. Das Flüßchen Lopassnja.

Weit und breit kein Licht, kein Haus, keine Siedlung. Nur der schwarzgrüne Waldteppich und der Fluß.

»Fertig?« rief der Oberfeldwebel.

Milda kontrollierte zum zehntenmal: Schultergurt, Leibgurt, Schenkelgurt. Der Verpackungssack fühlte sich wie ein Eisklumpen an. Den Fallschirm darin, aus Seide, hatte sie selbst zusammengelegt, auf den breiten Falttischen der Fallschirmjäger. Es war ihr wie ein Zeremoniell vorgekommen, das den Eingang zu Leben oder Tod freigab. Ein paar verhedderte Fangleinen, ein lächerliches Versagen der Reißleine — und schon würde der Verpackungssack nicht mit dem allen routinierten Springern so vertrauten lauten Schmatzen aufreißen. Sekundenlang würde man glauben, ein Vogel zu sein, tatsächlich durch die Luft segeln zu können mit ausgebreiteten Armen und Beinen, bis dann die Luft hart würde wie ein Brett und der Kopf wie ein Hammer mit blitzschnellen Schlägen

dagegenhieb und eine ungeheuer rauschende Dunkelheit öffnete.
Es tröstete Milda Ifanowna, was der junge Fallschirmjäger-Kompaniechef gesagt hatte: »Die meisten, die aus solchen Höhen ohne Fallschirm aufschlagen, sind bereit bewußtlos und merken nichts mehr. Das haben Versuche gezeigt. Garantieren kann man das natürlich nicht; es hat noch keiner, der als menschliche Granate in den Boden eingeschlagen ist, erzählt, was er empfunden hat . . .«
»Sprungziel!« rief der Oberfeldwebel. Der Nachtaufklärer flog einen weiten Bogen über das Flüßchen Lopassnja und kehrte im lautlosen Gleitflug zurück. »Jetzt!«
»Jetzt! Ich danke Ihnen.«
»Ich bete für Sie«, sagte der Junge am Steuerknüppel tonlos.
Milda Ifanowna stieß sich ab. Mit dem Kopf zuerst stürzte sie sich in den Nachthimmel. Einen Augenblick schien sie wirklich schwerelos zu schweben, die wahnsinnige Illusion, in der Luft hängenzubleiben, überflutete sie mit einer Euphorie, die tödlich sein konnte . . . Dann fiel sie, spreizte weit Arme und Beine, die sogenannte X-Lage, zählte einundzwanzig . . . zweiundzwanzig . . . dreiundzwanzig . . . vierundzwanzig . . . und riß dann an der Leine.
Mit einem explosionsartigen Knall riß an ihrem Rücken der Packsack auf. Der Fallschirm zischte heraus, entfaltete sich, blähte sich gegen den Nachthimmel zu einem ungeheuren Dom und riß Milda in der Luft herum. Ein paarmal pendelte sie in ihren Gurten, dann hing sie senkrecht, griff in die Haltegurte, strampelte mit den Beinen wie ein übermütiges Kind und starrte nach unten. Wald und Fluß kamen ihr langsam entgegen. 5,5 Meter falle ich in der Sekunde, dachte sie. Das hat der Leutnant gesagt. Er nannte es Sinkgeschwindigkeit. Wie sanft das alles ist, wie losgelöst von allem Irdischen, nicht mehr vergleichbar mit den vielen Trainingssprüngen, die hinter ihr lagen.
Der Aufklärer, noch immer im Gleitflug, zog einen tieferen Kreis. Mit zusammengekniffenen Augen und Lippen starrte der Oberfeldwebel auf den zum Fluß wegtreibenden Fallschirm. Die schönste Frau, die er bisher gesehen hatte, fiel dort in ein geheimnisvolles Schicksal.
»Scheißkrieg!« sagte der junge Pilot, nickte dem Fallschirm noch einmal nach und entfernte sich nach einem weiten Gleit-

bogen von der Absprungstelle. Dann stellte er den Motor wieder an, zog das Flugzeug steil nach oben und nahm Kurs auf Kaluga.
Das Abschiedswort seines Kommandeurs fiel ihm ein: »Fritz, und wenn es Klumpenscheiße regnet: Sie müssen die Dame ins Ziel bringen! Ob Sie dann noch zurückkommen, überlasse ich Ihrem Glück. Aber die Dame *muß* sicher 'runter!«
»Ich komme zurück!« sagte der Oberfeldwebel laut. Er schrie es jetzt, in dreitausend Meter Höhe, zwischen Kaluga und Smolensk. Sowjetische Scheinwerfer tasteten den Himmel ab, die riesigen Strahlenarme griffen nach ihm, polypenhaft, saugend, ihn aus den Sternen reißend. Er schoß in die Wolken hinein, spielte Verstecken mit diesen gnadenlosen Lichtfingern, stieg und ließ sich im Sturzflug fallen, wandte alle Tricks an, die er so vollendet beherrschte, er, ein alter Flughase, mit über zweihundertdreiundsechzig Feindeinsätzen als Aufklärer — er schwebte jetzt wieder mit abgestelltem Motor über den Wolken, glitt in ein Wolkenloch, streifte einen der Strahlenfinger, gab volle Pulle und schoß wieder in die Wolken zurück.
»So leben wir, so leben wir, so leben wir alle Tage!« grölte er, als er eine riesige Wolkenwand ansteuerte und sich in sie einwickelte, unerreichbar für Scheinwerfer und Flak.
Noch zehn Minuten, dann war er über Smolensk. Guter Gott da oben, breite einen Wolkenteppich aus, damit ich auf ihm nach Hause gehen kann. Wird doch nicht so schwierig sein, ein paar dicke Wolken zwischen mich und die sowjetische Flak zu ziehen. So wie jetzt . . . Jetzt ist es gut! Mitten in einer Suppe!
Herr Hauptmann, würde er melden, Oberfeldwebel Fritz Stolte vom Einsatz zurück. Ziel erreicht. Die mitfliegende Person planmäßig abgesetzt. Keine besonderen Vorkommnisse . . .
Um die Mittagszeit diktierte der Kommandeur des Aufklärungsgeschwaders, Hauptmann Grossjung, dem Ia-Schreiber seinen Bericht:
»Vom Feindflug im Sonderauftrag OKW nicht zurückgekehrt: Oberfeldwebel Fritz Stolte. Schicksal der Begleitperson unbekannt . . .«
Ein neues, winziges Rätsel dieses Krieges. Es lohnte nicht, darüber nachzudenken.

Am 18. Juni 1944 saßen die zehn wieder im Schulungsraum. An der Wand hing die Karte: Moskau und Umgebung. Ein Kreis von einhundert Kilometern rund um die Stadt.
Oberstleutnant Hansekamm stützte sich auf den Zeigestock, er wartete wie die zehn auf Oberst von Renneberg. Irgend etwas lag in der Luft; sie spürten es alle. Vor allem, als Hansekamm gesagt hatte: »Sie dürfen rauchen!«, war jedem klar, daß eine Ausnahmesituation eingetreten war. Ungewißheit und Spannung klammerten sich an sie, als läge ein Zentnergewicht auf ihrem Brustkorb.
Moskau und Umgebung.
Es ist soweit, dachte Boranow. Die Wildgänse werden freigelassen zu ihrem Todesflug nach Osten. Hinter uns bleibt die Leere ... die Briefe mit unserem Vermißtenschicksal sind bereits an unsere Verwandten abgeschickt worden. Ab heute werden wir in die Luft geworfen. Nun fliegt ... fliegt ... ihr Vogelfreien ... Rettet die Welt vor dem Bolschewismus! Mein Gott, von Tag zu Tag wird uns der Wahnsinn klarer, für den wir hier erzogen werden.
Renneberg trat ein, etwas unterkühlt, wie immer, seine blaue Pappmappe unter dem Arm, und tat etwas, das verhaltene Heiterkeit erzeugte: Er winkte an der Tür ab. Nicht aufstehen, meine Herren, keine Ehrenbezeigungen!
Die zehn lümmelten sich auf ihren Stühlen. Sie grinsten freundlich. Seit wann knallt ein Russe die Hacken zusammen? Was soll das, Brüderchen Oberst. Hier irrst du dich. Was geht uns deine deutsche Uniform an, ha?!
Renneberg trat hinter das Pult und schlug die blaue Mappe auf. Hansekamm, wie ein Musterschüler, trat mit dem Zeigestock an die riesige Moskaukarte heran.
»Meine Herren, ich habe Ihre Einsatzpläne fertig«, sagte Renneberg auf deutsch.
Sofort hob Petrowskij die Hand. »Nix verstehn!« rief er und wedelte mit der Hand. »Nix Sprache von Germanskij ...«
»Pardon! Ich vergaß.« Renneberg lächelte säuerlich. Auf russisch sprach er weiter. »Wer aufgerufen wird, trete bitte an die Karte und zeige uns, wo der genannte Ort liegt. Ich nehme an, das geht blitzschnell, denn die Umgebung von Moskau muß in Ihrem Gehirn fotografiert sein!« Er nahm ein Blatt aus der blauen Mappe und hielt es näher an seine Augen. »Piotr Mironowitsch Sepkin ...«

»Hier!« Oberleutnant Radek erhob sich.
»Sie springen ab bei Uvarowka/Moshaisk. — Zeigen Sie es bitte auf der Karte.«
Sepkin nahm aus Hansekamms Hand den Zeigestock, trat an die Karte und tippte sofort auf sein Einsatzgebiet.
»Gut! — Iwan Petrowitsch Bunurian.«
»Hier!« Oberleutnant von Ranowski erhob sich.
»Sie springen ab bei Maximowo.«
Schritt zur Karte, Zeigestock, ein Antippen auf der bedruckten Leinwand.
»Gut!«
Noch achtmal wiederholte sich der Vorgang. In einen Automaten wurde ein Wort wie eine Münze eingeworfen, und der Automat marschierte zur Karte Moskau und Umgebung und tippte auf den angegebenen Punkt.
»Luka Iwanowitsch Petrowskij. Sie springen ab bei Kosterowo.
Leonid Germanowitsch. Sie springen ab bei Kolchugino/Alexandrow.
Fjedor Pantelijewitsch Iwanow. Sie springen ab bei Dubna.
Alexander Nikolajewitsch Kraskin. Sie springen ab bei Stupino.
Kyrill Semjonowitsch Boranow. Sie springen ab bei Wjerjejo.
Sergeij Andrejewitsch Tarski. Sie springen ab bei Lataschino.
Pawel Fedorowitsch Sassonow. Sie springen ab bei Jegorjewsk.
Nikolai Antonowitsch Plejin. Sie springen ab bei Pjereslawl-Saljeresskij.«
Oberst von Renneberg legte das Blatt in die blaue Mappe zurück.
Der kleine Plejin stand noch immer an der Moskaukarte, den Zeigestock in der Hand.
»Die Gebiete sind Ihnen durch Luftaufnahmen bekannt. Von jedem Absprungziel ist Moskau über gut ausgebaute Straßen oder mit der Eisenbahn zu erreichen. Zu Ihrer Beruhigung — ich lese die stumme Frage in Ihren Augen: Milda Ifanowna ist in Moskau.«
»Bravo!« rief Petrowskij, »Genossen, ein Hoch auf das Mädchen!«
»Der Aufklärer, der sie absetzte, wird allerdings vermißt . . .«
»Echt — oder nur aktenmäßig?« fragte Boranow heiser.

»Echt. Man rechnet damit, daß die Maschine von sowjetischen Nachtjägern abgeschossen wurde.«
»Der erste Tote von *Wildgänse.*« Kraskin zündete sich eine selbstgerollte Zigarette an und inhalierte den Rauch, als sei er ein nervenberuhigendes Mittel.
»An der Invasionsfront starben gestern Tausende. Es ist Krieg . . .«
Renneberg klappte die Mappe zu.
Der kleine Plejin gab seinen Zeigestock wortlos an Hansekamm zurück.
»Die Belehrung war unbedingt notwendig, Genosse Oberst«, sagte Petrowskij mit belegter Stimme. »Beim heiligen Stephanus, wir hätten das bald vergessen! Sitzen hier, werden gemästet wie die Kapaune, werden gepflegt wie Rennpferdchen, und alles nur, weil Krieg ist und wir bald krepieren müssen. Oje, wie konnten wir das bloß vergessen!«
»Sie bekommen gleich Ihre Zivilkleider, Ihre Papiere, ein paar Rubel und alltägliche Kleinigkeiten, die man so mit sich führt. Gibt's noch Fragen?«
»Keine Fragen«, antwortete Sassonow.
»Morgen früh fahren wir zu den Fliegerhorsten.«
»Dann ist heute unser letzter gemeinsamer Abend?«
»Ja.«
»Wir werden einen russischen Abschied feiern, Brüderchen«, sagte Bunurian bedrückt. »Wer weiß, ob wir uns wiedersehen.«
Vorahnungen? Todesschatten? Resignation? Unbewußte Auflehnung? Die zehn blickten ihren Lehrmeister an. Oberst von Renneberg klemmte die blaue Mappe unter die rechte Achsel.
»Ich habe Sekt kalt stellen lassen. Echten Krimsekt. Andenken an die Zeit, als wir die Krim fest in der Hand hatten. Aber um 23 Uhr ist Bettruhe, meine Herren. Ich glaube —«, Rennebergs Gesicht wurde weicher —, »daß jeder von Ihnen noch ein paar stille, nur ihm gehörende Stunden braucht. Ich weiß, Sie halten mich für einen kalten Rechner oder — um russisch zu bleiben — für einen Apparatschik. Aber auch ich weiß, daß wir keine Schlangen sind, die sich schmerzlos häuten können. Glauben Sie mir, ich sehe dem morgigen Tag nicht ohne Teilnahme — ja, auch mit einer gewissen Angst entgegen. Ich habe Sie alle in mein Herz geschlossen. Es wird schwerfallen, Sie gründlich zu vergessen.«

Renneberg und Hansekamm selbst verteilten später die Zivilkleider. Anzüge aus harten Stoffen, derbe Schuhe, handgestrickte Strümpfe, karierte oder gestreifte Hemden, alles schon lange getragen und dementsprechend verschlissen. Petrowskij zum Beispiel erhielt ein Hemd, dessen Rückenteil man verkürzt hatte, um mit dem Stoff den Kragen auszubessern.
»Ha!« schrie Petrowskij sofort und schwenkte den Lumpen. »Mir das! Genossen, ich bin ein ästhetischer Mensch! Nicht einmal bis zur Ritze reicht das Hemd! Das gibt Krankheiten, ich schwöre es. Mein Onkel Kostja Tichonowitsch hat auch einen solchen Arschbetrüger getragen. Zwei Jahre lang. Er wurde hinten immer kürzer, denn Kragen schaben sich mehr ab als freihängende Lappen. Was tat das Tantchen Pelageja? Ritsch — ratsch hinten ab und am Kragen dran. Zwei Jahre lang. Der Erfolg? Onkelchen hatte immer einen gepflegten Kragen, aber nach zwei Jahren einen Schließmuskelkrampf! Chronisch! Ein anständiger Hintern hat das Recht, auch anständig bekleidet zu sein!«
»Alle Sachen sind desinfiziert worden.« Hansekamm stand mitten unter den zehn, die sich umzogen und zu russischen Menschen wurden. Arbeiter, Bauern, Kleinbürger. »Ihr gekürztes Hemd, Luka Iwanowitsch, entspricht Ihrem Lebensstandard.«
»Ein jammervolles Dasein! Warum hat man ausgerechnet mich zum Dachdecker gemacht?«
»Sie haben in Ihrem vorletzten Urlaub das Dach des elterlichen Hauses gedeckt«, sagte Renneberg. »Stimmt's?«
»Er weiß alles!« Petrowskij zog sein verkürztes Hemd über. »Was habe ich am Abend des 19. Oktober 1941 getan?«
»Da hatten Sie eine Woche Urlaub nach dem Lehrgang in der Kriegsschule. Vermutlich haben Sie mit einem knackigen Mädchen im Bett gelegen . . .«
»Er weiß wirklich alles!« Petrowskij stieg in seine brettharte, ausgeblichene Hose. »Aber eins weiß er noch nicht: Daß ich der erste sein werde bei Milda Ifanowna in der Lesnaja uliza 19!«
Am Abend tranken sie Krimsekt, sang der kleine Plejin traurige und fröhliche Volkslieder, tanzten Tarski und Sepkin, sich unterfassend, einen knalligen Krakowiak. Sogar eine Balalaika gab es, Kraskin hatte sie zwischen die Beine geklemmt

und spielte auf ihr, als habe er in seinem Leben nie etwas anderes getan. Petrowskij glänzte mit einem unerschöpflichen Repertoire von säuischen Witzen, Boranow besoff sich still, Bunurian und Sassonow spielten trotz des Lärms eine Partie Schach mit Remis, Iwanow, das blonde Lockenköpfchen, entpuppte sich als Parterre-Akrobat und zog eine zirkusreife Nummer ab, und Duskow spielte die Pantomime von einem Herrenreiter, dem sein Pferd durchgeht.
Um ein Uhr nachts schaute Renneberg provozierend auf seine Uhr.
Ende der Feier. Schluß mit der Demonstration krampfartiger Lebenslust. Ende des Selbstbetruges.
»Wir fahren in fünf Gruppen ab. Die erste schon in fünf Stunden.« Renneberg machte eine ausgreifende Armbewegung über die zehn — aber wie ein Segen sah's nicht aus. »Schlafen Sie kurz, aber gut. Wir sehen uns um 6 Uhr früh.«
Die Fröhlichkeit tropfte von ihnen ab wie ein Wasserguß. Sie nickten und verließen stumm den Gemeinschaftsraum. Hinter dem letzten — es war Boranow, der am Rande der Volltrunkenheit torkelte — schloß Renneberg die Tür.
Er schloß sie ab und steckte den Schlüssel ein.
Vorbei! Aus dem Zimmer war Historie geworden, die wahrscheinlich nie jemand schreiben würde.

Auszug aus dem Brief des Maschinenbauingenieurs Pawel Fedorowitsch Sassonow, früher Major Bodo von Labitz, an seine Frau Enrica und seinen vor wenigen Wochen geborenen Sohn William Heiko:
». . . es ist nun die letzte Nacht in Deutschland, in der ich an euch denke. Auch in Rußland, wo immer ich sein werde, fliegen meine Gedanken zu euch und werde ich mit euch sprechen, wenn ich alleine bin.
Mein Sohn — später wirst Du Deinen Vater einmal fragen — oder wirst Deine Mutter fragen, wenn wir uns nie sehen sollten: Warum hast Du das getan? Was treibt einen erwachsenen, halbwegs intelligenten, nüchtern denkenden Mann dazu, ohne Vorbehalt das zu tun, was Du, Vater, in den letzten Stunden in Deutschland getan hast?! Erkläre mir das! — Und ich werde Dir heute schon antworten können: Ich habe keine Erklärung dafür.
Offiziersstolz? — Nein, Junge, das ist ein billiger Stolz, der mit jedem silbernen Stern wächst, so wie die Schichten eines Baumkuchens. Wo

ist der Unterschied zwischen dem Stolz eines Majors oder dem Stolz eines Kaminfegers? Stolz, mein Sohn, hat immer den üblen Nachgeschmack des Unnahbaren, des Überlegenen, des Mehr-sein-Wollens. Nein — ich bin nicht stolz, in dieser Nacht hier zu sitzen und Abschied von euch zu nehmen. Mir ist hundeelend ...
Pflichtgefühl? — Irgendwann hört jede Pflicht auf — wenn sie unzumutbar wird. Die Grenze ist hier längst überschritten.
Vaterlandsliebe? — Ein Schlagwort. Du wirst das später eher begreifen als ich. Du wirst in einer anderen Zeit aufwachsen, die euch kein Lebensbild diktieren wird, wie es uns heute suggeriert wird. Ich liebe Deutschland — aber mehr noch liebe ich Dich, mein Junge, liebe ich Dich, meine schöne Frau Enrica. Und es brauchte das Land, in dem ich mit euch glücklich bin, nicht Deutschland zu heißen — wenn ich nur euch bei mir habe! Das klingt alles sehr ketzerisch. Für euch, die spätere Generation, wird es selbstverständlich sein. Ihr werdet fragen: Warum hast du dich nicht geweigert? — Und ihr werdet maßlos erstaunt hören und es nicht glauben, wenn man euch antwortet: Es war nicht möglich. Es war Krieg! An der Atlantikküste rollten Amerikaner und Engländer die deutsche Front auf, aus dem Osten fluteten die bolschewistischen Heeresgruppen nach Deutschland. Wir wurden zerquetscht! Was wirst Du tun, mein Junge, wenn Du zwischen einem riesigen Schraubstock hängst und die Backen drücken Dich unbarmherzig zusammen? Auch wenn es Deine eigene Schuld ist, in diese Lage gekommen zu sein: Du wirst Dich wehren gegen diese tödliche Umklammerung, Du wirst um Dich schlagen, Du wirst nicht aufgeben bis zum letzten Atemzug! Du willst leben ...
Ist es nicht schizophren, daß ich euch vom Leben schreibe, während dies hier mein letzter Brief sein wird? Ich weiß auch gar nicht, warum ich ihn schreibe. Eine Rechtfertigung ist er nicht, kann er nicht sein, denn auf alle meine Fragen, die ich mir unablässig stelle, kann ich keine Antwort geben.
Vielleicht soll mein Brief das sein: Die Frage an euch, meine geliebte Frau Enrica, mein kleiner Sohn William Heiko, ob ihr dem Mann verzeihen könnt, der euch heute freiwillig verläßt. Freiwillig — das ist es, was mich so verstört macht. Ich gebe euch, mein Liebstes auf dieser Welt, für immer auf ...«

Sassonow las den Brief noch einmal durch, als er ihn beendet hatte. Er las ihn hörbar, mit leiser Stimme. Zum Ende wurde sie immer leiser und erstarb in einem zerflatternden Flüstern. Sassonow erhob sich, zündete den Brief an und hielt das Papier so lange über einen Aschenbecher, bis es verkohlt war.

Dann zerrieb er die Asche zwischen den Händen, trug sie zum Fenster und streute sie in den warmen märkischen Nachtwind. Mit einem neuen Rätsel mußte er fertig werden: Er fühlte sich innerlich befreit und leicht.

Der Morgen war kühl. Über den blaßblauen, von der soeben aufgegangenen Sonne milchig erhellten Himmel zogen im trägen Wind einige Haufenwolken nach Westen. Es war kühler als in den vergangenen Tagen, die Luft war feuchter, das Wetter schien umzuschlagen. Über dem Land lag Tau. Die Wälder und Wiesen schimmerten naß, wie gewaschen. Aus den Feldern stiegen die Lerchen hoch; eine Gruppe Trappen umkreiste mit klatschendem Flügelschlag einen kleinen, verschilften Tümpel.
In den Ställen der Offiziersreitschule hatte der Dienst bereits begonnen. Nach dem alten Soldatenmotto »Zuerst das Pferd, dann der Mann« wurden die Boxen ausgemistet, die Pferde gefüttert und gestriegelt. Zum Morgenappell mußte alles blitzen, dann ging der Hauptwachtmeister mit weißen Handschuhen von Pferd zu Pferd und strich über das Fell. Blieb eine Schmutzschicht auf den weißen Handflächen zurück, hagelte es Ausgehverbote, nächtliche Stallwachen, Strafexerzieren. Der Drill ging weiter, auch im fünften Kriegsjahr. Ob in der Normandie die Alliierten von Stunde zu Stunde fester Fuß faßten, ob in Rußland der entscheidende Schlag gegen die deutschen Stellungen kurz bevorstand, ob in Italien die Lage völlig verwirrt war — in Eberswalde vergaß man keine Minute lang, was preußische Kasernenhoftradition ist.
Kurz vor 6 Uhr früh standen zehn Zivilisten in abgetragenen Anzügen und schmutzigen Schuhen im Vorraum des abgesperrten Blocks II und rauchten schauerlich stinkende, aus Zeitungspapier gedrehte Zigaretten. Sie lehnten stumm an den Wänden, blickten auf die gescheuerten Dielen und kamen sich wie jenseits ihrer Umwelt vor. Die letzten Zeugen ihrer Identität hatten sie vor einer Viertelstunde abgegeben: ihre Uhren, ihre Unterwäsche, kleine persönliche Dinge wie ein Taschenmesser, eine Zigarettenspitze, einen Siegelring, die Brieftaschen mit den Fotos der Eltern, Geschwister, hübscher Mädchen und einer schönen, blonden Frau, die Geldbörsen, die Brustbeutel, die doppelte, in der Mitte perforierte

Erkennungsmarke, ein paar Taschentücher, Streichholzschachteln, Feuerzeuge. Alles wurde in großen Tüten eingesammelt und weggebracht.
Pawel Fedorowitsch Sassonow hatte einen Augenblick gezögert, ehe er seinen Trauring vom Finger zog. Es war mehr als ein Abgeben — es war der letzte Schritt zur völligen Auflösung seiner Person. Geduldig, ohne mit einem Wort nachzuhelfen, wartete Oberstleutnant Hansekamm mit der Tüte, bis Sassonow den Ehering abstreifte und zu den anderen Sachen fallen ließ. Was sollte man jetzt noch sagen? Jedes Wort war zuviel, war sinnlos, gab keinen Halt mehr her.
»Was wird damit?« fragte Sassonow gepreßt. »Sie heben das doch nicht auf?«
»Warum nicht?« Hansekamm verschloß die Tüte.
»Wir sind doch tot!«
»Das stimmt.«
»Spurlos verschwunden.«
»Wir werden die Utensilien entweder vergraben oder der Berliner Müllbeseitigung übergeben. Sassonow, ich weiß, wie Ihnen jetzt zumute ist . . . aber Sie sehen doch ein, daß ein sowjetischer Maschinenbauingenieur nicht mit einem deutschen Ehering herumlaufen kann. Auch wenn Sie ihn irgendwo an sich verstecken; die Gefahr, daß er doch entdeckt wird, ist zu groß.«
Hansekamm hatte dann russische Streichholzschachteln, russische Taschenmesser und sogar russische Schlüssel verteilt. Nikolai Antonowitsch Plejin, der kleine Tenor, der eigentlich Elektriker war, aber in Moskau nach seiner Verwundung die Gesangsausbildung fortgesetzt hatte, von morgens bis zum Nachmittag in einem Kombinat verantwortlich für die Energieversorgung, am Abend neben einem Klavier stehend und Tonleitern übend, Atemstützen, mezza di voce, portamenti, fermata — er bekam sogar einen vollkommenen Elektrikerkasten mit allen Werkzeugen, wie man ihn braucht, wenn man zu Reparaturen in die Außenbezirke des Kombinats fährt. Ein solider Metallkasten, hergestellt in Leningrad. Plejin hatte den Kasten geöffnet, die Werkzeuge betrachtet und wieder zugeklappt. »Wenn das nur gutgeht!« hatte er gesagt.
»Wir wissen, daß Sie ein begeisterter Bastler sind. Ihre Mutter hat erzählt, daß Sie schon als Junge aus alten Teilen ein Radio zusammengebaut haben. Und es funktionierte.«

»Das stimmt!« Plejin schluckte. Sein Jungengesicht bestand in diesem Moment nur noch aus seinen großen Augen. »Sie haben mit meiner Mutter gesprochen?«
»Unsere Informationen über jeden von Ihnen sind vollkommen.« Hansekamm hatte es trotz des väterlichen Untertons sehr ablehnend gesagt. Keiner fragte mehr nach Einzelheiten. Das hier ist ein höllischer Perfektionismus, dachte Boranow. Ich wette, sie wissen sogar, wie oft wir im Wochendurchschnitt auf den Lokus gehen . . .
Nun standen sie im Vorraum, rauchten und warteten auf ihren Transport. Oberst von Renneberg war noch nicht erschienen. Vom Hof her hörten sie Motorengedröhn und quietschende Bremsen. Die Wagen. Es war kurz vor sechs Uhr.
»Noch leben wir, Genossen!« sagte Petrowskij plötzlich laut. »Verdammt noch mal, warum hängen wir an der Wand?! Man sollte sich das alles von einer anderen Seite aus besehen: In ein paar Stunden sind wir in Sicherheit. Der Krieg ist für uns vorbei. Überall hätten wir jetzt die Chance, den glorreichen Heldentod zu sterben — nur nicht als Russe in Rußland! Plejin, du lägst jetzt mitten in der tiefsten Scheiße bei deinem Normandie-Städtchen. Und wir anderen würden in ein paar Tagen von der sowjetischen Offensive niedergewalzt werden! Doch wie geht's uns wirklich? Wir spazieren gemütlich nach Moskau. Wir haben unsere Entlassungspapiere aus der Roten Armee. Was in Europa auch noch passiert — uns geht's nicht mehr an! Wir sind arbeitsame, friedliche Bürger geworden. Daran sollten wir denken. Wer von uns Moskau erreicht, der überlebt auch!«
»Und Stalin kommt zu dir, hält den Kopf hin und sagt freundlich: ›Nun schieß schon endlich ein Loch in meinen Schädel, Brüderchen!‹« Boranow zertrat seine halbgerauchte Zigarette auf den Dielen. »Mindestens einer von uns muß an ihn heran. Aus der Ferne ist es kaum möglich. Seine Autos sind gepanzert. Wenn er außerhalb seines Wagens ist, hat nur das Aug'-in-Auge eine Erfolgschance.«
»Wer kann das vorher sagen?« Sassonow ging ruhig auf und ab. »Wir sollten nicht schon so weit denken, Genossen! Erst kommt der Absprung. Dann werden wir sehen, wie unsere Wege laufen . . .«
Drei Minuten vor sechs kam Oberst von Renneberg die Treppe vom ersten Stockwerk herunter. Er hatte umgeschnallt

und einen Ledermantel lose um die Schultern gelegt. Auch er rechnete mit Regen. Er grüßte knapp und erwartete keinen Gegengruß. Er hatte Russen vor sich, die sich, von Zigarettenqualm eingenebelt, an die Wand lehnten und ihn stumm anstarrten.

»Die Wagen warten!« Renneberg stellte seine Aktentasche auf den Boden und holte aus der linken Uniformtasche einen kleinen, verchromten Kasten. Er sah aus wie ein etwas zu dick geratenes Zigarettenetui.

»Ich möchte jetzt nicht große Worte an Sie richten. Wir haben uns gut genug kennengelernt, um auf Floskeln zu verzichten. Wir werden uns mit Bestimmtheit nicht wiedersehen. Ich wünsche Ihnen viel Glück bei Ihrer Aufgabe. Noch eins, meine Herren. Ich habe es bis zu dieser Minute aufgeschoben. Wenn Sie in Schwierigkeiten geraten und absolut keinen Ausweg mehr wissen, gibt es eine sekundenschnelle Erlösung von allen Problemen. Ich weiß, daß jeder von Ihnen diese Lösung einer unehrenhaften Kapitulation vorzieht.« Er klappte die Chromdose auf und trat zuerst an Sassonow heran. »Bitte, bewahren Sie diese Fluchtmöglichkeit an einer Stelle auf, wo sie Ihnen immer greifbar ist. Ich hoffe, daß keiner von Ihnen sie benutzen muß.«

Er giff in die Dose und hielt Sassonow eine kleine, durch einen weißen Überzug geschützte Kapsel hin. Mit unbewegtem Gesicht nahm Sassonow sie entgegen und steckte sie zunächst achtlos in die Rocktasche.

»Endlich!« sagte Boranow frostig. »Ich habe mich schon gewundert, wo sie bleibt. Gesehen habe ich solch eine Ampulle noch nie, aber ich weiß von einem Bekannten, daß bestimmte Personen sie mit sich herumtragen wie einen Talisman.«

Oberst von Renneberg ging zu Sepkin und gab ihm die Ampulle.

»Zyankali«, sagte er. »Es wirkt augenblicklich. Schmeckt penetrant nach Mandeln, aber dieser Geschmack ist schon das letzte, was Sie noch wahrnehmen. Sie werden keine Schmerzen haben.«

»Beruhigend!« sagte Petrowskij. »Eine meiner Lieblingsspeisen ist Vanillepudding mit Mandelsplittern.«

Renneberg überreichte jedem seine Giftkapsel. Der kleine Plejin ließ sie auf seiner Handfläche hin und her rollen und betrachtete sie mit geweiteten Augen.

»So schrumpfen wir zusammen«, sagte er tonlos. »Ein paar Tröpfchen — das ist alles. Das Leben ist doch beschissen . . .«
»Es haben schon bedeutendere Männer als wir Gift geschluckt.« Boranow hielt seine Ampulle zwischen Daumen und Zeigefinger, als betrachte er einen Edelstein. »Da war Sokrates, da war . . .«
»Es genügt, Kyrill Semjonowitsch, wenn ich es tun muß!« Kraskin steckte seine Ampulle provisorisch in eine Hemdentasche. »Das Vorbild Sokrates läßt mich nicht aufjauchzen.«
Oberst von Renneberg griff nach seiner auf den Dielen stehenden Aktentasche. Es war fünf Minuten nach sechs Uhr morgens.
»Können wir?«
Die zehn sahen sich an. Dann gingen sie aufeinander zu, umarmten sich, küßten sich nach russischer Sitte auf beide Wangen und drückten den anderen an sich. Es war ein stummer, ergreifender Abschied. Sogar Petrowskij hielt seine große Schnauze und hatte plötzlich Augen wie eine leidende Kuh. Nur einer sagte einen Satz, der blonde Lockenkopf Iwanow: »Bis Moskau, meine Lieben!«
Bis Moskau . . .
Sassonow wartete ab, bis sich alle voneinander verabschiedet hatten. Er hatte ab sofort das Kommando.
»Alles bereit!« sagte er laut und hart.
Renneberg öffnete die Tür. Die Morgensonne flutete in den Vorraum. Die Luft, vom Tau gesättigt, roch frisch nach Gras und herber Erde. Auf dem Parkplatz von Block II standen nebeneinander, korrekt ausgerichtet, fünf geschlossene, graugrün lackierte Wagen. Zwei Adler, zwei DKW, ein großer Horch. Die Fahrer warteten daneben und knallten die Hacken zusammen, als sie Oberst von Renneberg sahen. In ihren Blikken lag Verwunderung. Zwei Offiziere und zehn Zivilisten. Aber was für welche! Zivilisten in schäbigen Kleidern. Gesichter wie Galgenvögel. Sie dachten an ihren Auftrag, an das Fahrtziel: Fliegerhorste. Was haben diese Zivilisten bei der Luftwaffe zu suchen? Vielleicht Bombenexperten, die eine neue Waffe ausprobierten? Seit Monaten sprach Goebbels von einer Wunderwaffe. Jungs, haltet die Luft an. Wir fahren da eine dicke geheime Sache . . .
Fünf Minuten später fuhren sie ab.
Wagen 1 mit Sepkin und Kraskin zum Flugplatz Fürstenfelde.

Wagen 2 mit Boranow und Petrowskij zum Flugplatz Frankfurt/Oder.
Wagen 3 mit Renneberg, Bunurian und Plejin zum Flugplatz Stettin.
Wagen 4 mit Hansekamm, Tarski und Iwanow zum Flugplatz Küstrin.
Wagen 5 mit Duskow und Sassonos zum Flugplatz Muskauer Heide.
Petrowskij rekelte sich auf dem zerschlissenen Polster des Adler-Wagens und tippte dem Fahrer auf die Schulter. Der Obergefreite zuckte zusammen. »Wat is'n?« fragte er laut.
»Was hört man so im Land?«
Der Fahrer starrte auf die Straße. Achtung Holzauge! Der fragt wie einer von der Gestapo. Kann auch sein, das sind Kerle von der Gestapo, die nach der Meinung des Volkes schnüffeln. Beschissen genug sehen sie ja aus.
»Watt soll ma hören?« fragte er zurück. »Der Endsieg ist nahe.«
»Er sollte eigentlich anhalten, wir steigen aus und gehen zu Fuß!« sagte Petrowskij zu Boranow. »Mit einem Idioten fahre ich nicht so gern.«
Der Obergefreite zog den Kopf in die Schultern. Halt die Fresse, dachte er. Das ist ein ganz Raffinierter. Der provoziert, und schon biste im Loch. Er lenkte den Wagen auf die Chaussee nach Fürstenfelde und gab Gas.
Die Wolken ballten sich am Himmel. Riesig weiße Gebirge, von der Sommersonne durchleuchtet.
»Gibt es Regen?« fragte Boranow.
»Nee.«
»Warum nicht?«
»Der Wind ist zu stark.«
»Sie verstehen was vom Wetter?«
»Ick bin Bauer aus der Mark. Vielleicht ein Sommergewitter, aber keen großer Regen.«
»Haben Sie Kinder?«
»Viere! Und wenn Sie's wissen wollen: Ick bin av geschrieben wegen Lungensteckschuß. Ist noch drin, die Kugel. Kriegen sie nicht raus, soll wandern, sagen se. Aber richtig wandern, in die richtige Richtung. Macht die sich in verkehrter Richtung auf die Socken, knallt se mir die Lungenpartie kaputt. Aber wie soll man dem Biest beibringen, wie's zu wandern

hat? Überhaupt — jibt es det, det Kugeln im Körper wandern?«
»Ja. Aber das kann Jahre dauern.« Boranow griff in seine Jakkentasche und holte eine Handvoll Geldscheine heraus. Er warf sie über die Lehne auf den Beifahrersitz.
»Wat ist'n det?« fragte der Obergefreite erschrocken und nahm das Gas weg.
»Rund zweitausend Mark. Für Sie.«
»Für mich? Wieso denn?«
»Für Ihre vier Kinder.«
»Det jeht doch nich! So einfach zweitausend Mark . . .«
»Ich habe sie übrig.«
Der Obergefreite schwieg. Da stimmt etwas nicht, dachte er. Das ist irgendeine Falle. Wieso verschenkt der Mann zweitausend Mark? Er blickte wieder auf die Chaussee und gab erneut Gas.
Petrowskij beugte sich zu Boranow hinüber und flüsterte ihm ins Ohr: »Ich denke, du hast alles abgegeben?«
»Das Geld nicht. Für den Reißwolf war es mir zu schade. Ich wollte es jemandem geben, der es nötig hat. Mit vier Kindern und einem Lungensteckschuß hat er es nötig.«
Boranow lehnte sich zurück. Er war zufrieden. Das letzte, was er besessen hatte, konnte noch ein gutes Werk tun. Er lächelte Petrowskij an und faltete die Hände über dem Bauch.
Sie hatten den kürzesten Weg von allen fünf Wagen und erreichten als erste den Flugplatz Frankfurt/Oder. Der Obergefreite wartete, bis die beiden Zivilisten ausgestiegen und vom Kommandeur empfangen worden waren. Er meldete sich ab, setzte sich hinter das Steuer und schielte auf die noch immer auf dem Nebensitz liegenden Geldscheine. Der Zivilist kam nicht zurück. Langsam fuhr der Obergefreite an, kurvte dreimal um den Parkplatz, hielt noch einmal an und wartete. Dann startete er durch, gab Vollgas und raste zurück auf die Landstraße.
Erna, dachte er. Ick schick dir morgen per Postanweisung zweitausend Mark! Da wirste staunen! Und wenn ick dir erst erzähle, wie ick se bekommen habe . . . det jlaubt mir keener. Als ob der Krieg sie alle verrückt macht.
Er fuhr einige Kilometer, hielt dann an und zählte die Scheine. Es waren genau zweitausendundfünfundzwanzig Mark. Die fünfundzwanzig Märker behalte ick, dachte er. Dafür sauf ick

mir einen an. Erna, det habe ick mir auf den Schrecken vadient.

»Sie starten so, daß Sie gegen 2 Uhr nachts über dem Zielgebiet sind«, sagte der Kommandeur der Aufklärungsstaffel zu Boranow und Petrowskij. »Bitte, kommen Sie mit in den Faltraum. Sie sollen Ihre Fallschirme selbst legen. Es sind sowjetische Beuteschirme . . .«

Die Perfektion war nicht mehr zu überbieten.

4

Die letzten Minuten vor etwas Unabwendbarem sind eine merkwürdige Zeitspanne. Meistens wirken sie lähmend, säubern das Hirn von allen Gedanken, eine schreckliche Leere entsteht. Es gibt Menschen, die in solchen Minuten zu schreien beginnen, obgleich sie wissen, daß es sinnlos ist, und es gibt Menschen, die kriechen gleichsam in sich zusammen, als könnten sie damit ihrem Schicksal entweichen. Andere flüchten sich in einen Fatalismus, knacken allenfalls mit den Fingergelenken und beißen die Zähne aufeinander. Minuten, in denen es kein Entweichen mehr gibt, keine Flucht, kein Erbarmen.

Iwan Petrowitsch Bunurian hockte, den Fallschirm auf dem Rücken, an der Ausstiegsklappe unterhalb der Glaskanzel des Heckschützen. Für den Transport hatte man einen zum Aufklärer umgebauten Dornier-Bomber eingesetzt. Nur zwei Mann flogen ihn. Die verminderte Besatzung und das Fehlen der schweren Bomben machten das Flugzeug schnell und gestatteten ihm, in größere Höhen zu steigen. Reservetanks verliehen ihm zusätzlich größere Reichweite. Da auch der Heckschützenstand nicht besetzt war, hatte sich Bunurian dort einquartiert und versucht, etwas von dem Land zu sehen, das sie überflogen. Aber das war nicht möglich. Sie flogen über einer Wolkendecke, die ab und zu in Fetzen riß, aber doch keinen Blick auf die Erde freiließ. Das war gut so, denn die sowjetische Luftabwehr wurde dadurch machtlos. Ab und zu, vor allem während sie die Front überflogen, tasteten Scheinwerfer in den Himmel, aber die dicken Wolken warfen die Strahlen zurück wie eine weiße Mauer. Später, weit hinter der Front, kümmerte sich keiner mehr um das einsame Flugzeug, das man nur hörte. Was soll ein einzelnes deutsches Flugzeug mitten in der Nacht hinter Witebsk? Wird eins von unseren sein, dachten die Russen. Ein Transporter, dem Ton nach. Zweimotorig. Vielleicht ein General, der zu seinen Leuten fliegt.

Nicht anders dachten an neun Stellen rund um Moskau die Luftüberwacher, als über ihnen das Motorengeräusch zu hören war und schnell wieder verebbte. Ein Flugzeug allein — das kann kein Deutscher sein. Was sollten die Deutschen mit einem Flugzeug über Rußland? Auch wenn ihre Luftwaffe zerschlagen war — so arm waren sie nun doch wieder nicht, daß sie Angriffe mit nur einer Maschine flogen.
Ein Fehler war es, daß die Luftüberwachung nicht zentral geleitet wurde, denn sonst wäre es aufgefallen, daß über zehn Linien je ein unbekanntes Flugzeug sich Moskau näherte — ein Sternflug zum Herzen der Sowjetunion. Das konnte kein Zufall mehr sein. Aber da niemand sich darum kümmerte, setzten die einsamen Maschinen unbehelligt ihren Weg fort und erreichten gegen 2 Uhr nachts ihre Zielorte.
Bunurian war kurz vorher noch einmal nach vorn zum Piloten geklettert und hatte sich, den Fallschirm bereits umgeschnallt, in die enge Kabine gepreßt. »Ich habe keine Ahnung vom Fliegen«, sagte er laut gegen das Motorengedröhn. »Aber mir ist's ein Rätsel, wie ihr den Weg findet. Ihr seht doch nichts!«
»Alles Gefühl!« Der erste Pilot, ein junger Leutnant, grinste Bunurian breit an. »Das ist wie bei einer Frau: Auch wenn sie dir unbekannt ist, weißt du, wo sie ihre Brustwarzen hat.«
»Idiot!« Bunurian kletterte zurück in die Heckschützenkanzel und starrte in die Tiefe. Das Flugzeug legte sich auf die Seite, flog einen Bogen und verlor an Höhe. Es durchstieß die Wolkendecke. Aber auch jetzt konnte Bunurian noch nichts erkennen. Das Land unter ihm war schwarz, ein unendlicher Abgrund. Kein Lichtschimmer, kein Punkt, an dem sich der Blick festhalten konnte.
Wenn er jetzt springen müßte — er würde sich in einen grenzenlosen Raum hineinwerfen, ohne ein Gefühl für oben oder unten. Natürlich ist unten da, wohin die Füße zeigen, dachte er. Du hängst an einem Schirm und schwebst nach unten. Aber ein verdammtes Gefühl ist es dennoch, wenn du nicht siehst, wohin du treibst . . .
Der zweite Pilot, ein Feldwebel, tappte nach hinten und erschien in der Heckschützenkanzel. Bunurian stand in der Tür unterhalb des Sitzes. Er hatte seine russische Mütze tief in die Stirn gezogen und umklammerte den Haltegriff seitlich des Ausstiegs. Die Motoren liefen auf halber Tourenzahl, das Flugzeug senkte sich immer mehr in großen Kreisen.

»Wir sind da!« sagte der Feldwebel. »Unter dir liegt der Wald von Maximowo. Nördlich liegt die Kleinstadt Turginowo, da mußt du einen Bogen rum machen. Also nicht nach Norden! Wir setzen dich in der Nähe der Straße nach Wolokolamsk ab. Dort erreichst du die Bahnlinie nach Moskau.«
»Die Gegend kenne ich nun wieder besser als ihr eure Brustwarzen!« sagte Bunurian fröhlich. Der Druck der letzten Minuten baute sich ab. Erstaunt stellte er fest, daß er nicht die geringste Angst empfand, nur den fiebrigen Drang, endlich die Tür aufzureißen und sich kopfüber hinauszustürzen. Dann würde der Ruck kommen, das Herumreißen des Körpers, das Auspendeln. Und dann das Schweben — ein seltsam euphorischer Zustand; man wünscht sich, er möge nie enden.
»Macht's gut, Jungs!«
»Viel Glück, Kumpel!« Der Feldwebel klopfte Bunurian auf die Schulter. »Wie heißt du denn?«
»Iwan Petronowitsch . . .«
»Blödsinn! — Soll ich irgend 'was bestellen?«
»An wen?«
»An deine Eltern, Mensch, an deine Frau, an ein Mädchen, was weiß ich? Irgend jemand läßt du doch zurück.«
»Ich lasse keinen zurück.« Bunurian öffnete die kleine Tür. Der Zugwind riß ihn fast aus dem Flugzeug. Er umklammerte die Haltestange und stemmte die Füße gegen den eisernen Boden. »Jetzt?« schrie er gegen den Lärm.
»Gleich!« Der umgebaute Bomber legte sich etwas auf die Seite und flog wieder einen Kreis an. Von der Pilotenkanzel ertönte ein Pfeifsignal. »Jetzt!«
Der Feldwebel gab Bunurian einen Klaps auf den Hintern. Iwan Petrowitsch duckte sich, ließ die Stange los und stieß sich ab. Kopfüber fiel er in den freien, schwarzen Raum, breitete die Arme aus, als könne er wie ein Vogel aus eigener Kraft fliegen. Dann zog er an der Reißleine und hielt unwillkürlich den Atem an. Entfaltete sich der Fallschirm?
Über ihm zischte es hell. Aus dem Packsack schnellte die weiße Seide heraus, blähte sich, wölbte sich zu einer großen offenen Halbkugel. Dann kam der Sturz in die Gurte, sein Körper bäumte sich auf und hing dann wie erschlafft unter den Leinen.
Bunurian stieß den Atem aus. Geschafft! Jetzt begann die Minute der Schwerelosigkeit. Das beseligende Schweben.

Über sich, sehr schwach, hörte er die Motoren des Flugzeugs. Steil zog es wieder nach oben durch die Wolkendecke und entfernte sich nach Westen.

Der Leutnant hatte ein Berichtsbuch auf den Knien und trug ein: »2.05 Uhr. Auftrag ausgeführt. Sprung geglückt. Treten Rückflug an zum Stützpunkt Polozk.«
Er klappte das Buch zu und warf es in eine Ecke der Kanzel. Der Feldwebel kletterte auf den zweiten Sitz und schnallte sich wieder an.
»Er heißt Iwan Petrowitsch — sagt er ... Ob das wirklich ein Russe war?«
»Nie! So ein perfektes Deutsch?«
»Die Abwehr hat die tollsten Typen im Einsatz.«
»Irgend etwas ist da sowieso faul.« Der Leutnant ging auf große Höhe und gab die Motoren frei. Der Bomber dröhnte und schüttelte sich. »Ein Mann allein wird über Rußland abgesetzt. Das ist doch blöd.«
»Vielleicht ein hohes Tier, das einen ganzen Spionagering aufbaut?«
»Für wen? Was soll das noch helfen? Kann ein Mann allein den Krieg gewinnen?« Der Leutnant blickte auf seine Instrumente. Er flog blind nach Kompaß und Karte. Links von ihnen mußte bald Rshjew auftauchen. Sie bogen nach Norden ab, um es zu umfliegen und nicht in die Luftsperre hineinzukommen. »Eins steht fest«, sagte der Leutnant und brach ein Stück Schoka-Cola aus der runden Blechschachtel. Das war die bevorzugte Fliegernahrung: sie hielt wach und gab Energie. Bei großen Einsätzen schluckte man Pervitin. Dann waren die Nerven wie Violinensaiten gespannt und klangen beim geringsten Anstoß an. »Eins steht fest«, wiederholte der Leutnant, »das war der blödeste Einsatz, den wir je geflogen sind. Und dazu noch diese Geheimniskrämerei! Da waren mal wieder solche Glasbläser am Werk, die blasen dir aus jedem Furz einen Elefanten ...«

Bunurian erkannte nach wenigen Sekunden, daß er sich einem dichten Wald näherte. Die Augen hatten sich an die Dunkelheit gewöhnt. Formen schälten sich aus dem Schwarz:

Baumgipfel, Lichtungen, ein fast runder Waldsee, Schneisen, Feldwege, ein Windbruch, der in einen Kahlschlag überging. Hohe Stapel geschälter Stämme. Traktoren. Drei Blockhäuser. O Scheiße, dachte Bunurian. Das fehlte mir noch, daß ich mitten unter den Holzfällern lande. Gott zum Gruße, Brüder! Ich falle da vom Himmel, weil ich es so eilig habe, bei euch ein Süppchen zu essen! Ich bin Iwan Petrowitsch, ein vom Militär entlassener Bäcker. Da staunt ihr, liebe Genossen, ich bin hier, um euch knuspriges Brot zu backen. Und köstliches Schmalzgebäck . . . Ich sage euch, ihr werdet die Mäuler lecken wie die Kälber nach der fetten Milch. Ihr habt doch Fett da, liebe Brüder? Gänsefett tut es auch. Da kenne ich eine ganz neue Sorte Blinis; die Augen werdet ihr verdrehen, das verspreche ich euch . . .

Sie werden es nicht glauben. Bäcker werden nicht an Fallschirmen abgeworfen. Das wäre doch sehr ungewöhnlich, das würden nicht einmal die wundergläubigen Russen glauben.

Bunurian strampelte mit den Beinen und riß an den Leinen. Er hatte gelernt, daß man das Segeln mit dem Fallschirm ein bißchen beeinflussen konnte. Nicht viel — aber schon das Wegtreiben von der Holzfällersiedlung könnte sein Leben retten.

Mit zusammengebissenen Zähnen starrte Bunurian nach unten. Ihm kam es vor, als falle er jetzt schneller, als habe er gar keinen Fallschirm über sich, so schnell kam die Erde näher. Aber er trieb über die Baracken weg, dem Wald entgegen, über den Windbruch hinweg, in ein Gebiet, wo die Bäume dicht an dicht standen und die Wipfel wie ein grünes Meer mit Tausenden spitzer Kronen wogten.

Landung im Wald . . . das hatten sie auch geübt. Er zog die Beine an, hielt sich an den Stricken fest und hoffte, daß die Äste den Aufprall federnd mildern würden. Dann spürte er die ersten Zweige unter seinen Füßen, trat nach unten und dachte: Halt die Luft an, mach dich schwer, und wenn du einen dicken Ast zu fassen kriegst, klammere dich daran fest. Der Aufprall auf die Baumwipfel war sanft. Er warf die Arme vor, umarmte einen hochragenden dicken Ast, eine Ulme war's, schlang die Beine wie eine Zwinge darum und spürte, wie an seinem Rücken der geblähte Fallschirm zerrte, ihn weitertreiben, seinen Brustkorb abquetschen wollte, ihm fast den Atem nahm. Er drückte das Gesicht in das Blätterwerk, stöhnte leise und biß in das Holz, als die Brust- und Schenkel-

riemen ihn zu zerteilen schienen und der Fallschirm mit ungeheurer Kraft ihn vom Baum zerren wollte. Endlich fiel die seidene Halbkugel zusammen, breitete sich malerisch über einen Baum aus, umkleidete ihn wie mit einem weißen Tischtuch und gab Bunurian der Erde frei.
Er befreite sich aus den Gurten, hing wie ein Affe im Gipfel der Ulme, hörte ein Knacken und sah mit Schrecken, wie der Ast sich unter seinem Gewicht durchbog. Dann brach sein Halt mit einem bösartigen Knirschen. Rückwärts stürzte Bunurian in die Tiefe, streifte Äste, griff um sich, faßte einen Ast, der seinen Fall bremste, aber nicht aufhalten konnte.
An seinem Körper — überall — spürte er ein wildes Brennen, als würde seine Haut abgeschält, dann fiel er weiter, schlug auf einen dicken Seitenast auf, schloß die Augen und gab sich ganz dem Schmerz hin . . . Mein Rücken, dachte er noch. Mein Rücken . . . Die Wirbelsäule ist gebrochen. Wieso kann ich noch denken?
Ein anderer Ast federte ihn zurück und warf ihn auf den Boden.
Der linke Fuß knickte um. Bunurian fiel auf das Gesicht, streckte sich, hieb die Finger in die weiche Erde und krallte sich im Boden fest, als könne auch der noch nachgeben und ihn in eine grenzenlose Tiefe schleudern. Dann lag er eine Weile still auf dem Bauch, lauschte in sich hinein und hörte den Schmerz singen.
Ich lebe, dachte er verblüfft. Ich lebe! Meine Haut ist abgezogen worden, als sei ich eine Pellkartoffel, mein Rückgrat ist zerbrochen, meine Hüfte zertrümmert, mein Knöchel zersplittert . . . aber ich lebe. Wie lange noch?
Er dachte an Rennebergs letzte Worte: Sie werden selbst entscheiden müssen, wann Sie die Kapsel nehmen . . . Selbst entscheiden . . . Solange man atmen kann, will man leben, Herr Oberst. Und ich kann noch atmen. Ich will leben . . . leben.
Bunurian versuchte, sich vorsichtig herumzudrehen. Wider Erwarten gelang es. Er lag auf dem Rücken und zitterte. Mein Rückgrat kann nicht zerbrochen sein, dachte er. Ich hätte mich sonst nicht umdrehen können. Und auch die Hüfte hat nur eine Prellung abbekommen, wie könnte ich sonst die Beine bewegen? Aber der Knöchel — da sitzt das Übel! Der Knöchel ist gebrochen, das ist sicher.

Er lag ausgestreckt, bewegte sich nicht und wartete, was sein Körper tun würde. Der Schmerz, stechend, bohrend, klopfend, ziehend, verlagerte sich immer mehr auf seinen linken Fuß und zog sich aus den anderen Körperteilen zurück.
Der Himmel wurde heller. Nicht, daß es schon dämmerte, aber seine Augen hatten sich ganz auf die Nacht eingestellt und bündelten das wenige Licht. Er sah, daß er durch einen unberührten Wald gefallen war und auf einem Boden lag, der weich war vom Laub vieler Jahre, ein Polster aus verrotteten Blättern und abgstoßenen, morschen Ästen. Den Fallschirm sah er nicht ... irgendwo dort oben hing er im Blättergerank, turmhoch und unerreichbar. Wenn ihn kein Sturm davonwehte, würde er eines Tages ins Astwerk einwachsen.
Bunurian richtete sich vorsichtig auf und setzte sich. Sein Anzug war an vielen Stellen zerrissen. Das bedeutete, daß er sich schnell einen neuen beschaffen, irgendwo in der nächsten Siedlung eine günstige Gelegenheit abpassen mußte, um einen stehlen zu können. Aber bis zur nächsten Siedlung mußte man laufen.
Er hielt das linke Bein ausgstreckt, zog das rechte an und versuchte, sich auf diesem hochzustemmen. Ein wilder Schmerz durchzuckte ihn vom linken Knöchel her und warnte ihn. Er seufzte tief, ließ sich zurückfallen und saß mit bebenden Nerven auf dem weichen Boden.
Eine Schiene müßte ich mir machen, dachte er. Den zerbrochenen Knöchel bandagieren, rundherum mit Holz abstützen, zwei starke Äste unter die Achseln pressen und mich auf einem Bein vorwärtsbewegen. Das müßte möglich sein. Wenn ich nur einigermaßen beweglich bin, dann kann ich abwarten, bis der Knöchel wieder zusammengewachsen ist. Versteift wird er sein, aber die Hauptsache ist, daß man wieder auftreten kann.
Sechs Wochen kann das dauern oder zehn, wer kann das sagen. Zehn Wochen in diesem Wald! Da können die anderen schon längst in Moskau sein und bei Milda Ifanowna auf ihn warten.
Unmöglich — sagte Bunurian zu sich selbst. Das ist unmöglich, mein Lieber. Nur neue Kleider brauch' ich, dann geht es weiter. Gibt es eine bessere Erklärung für meine Wehrdienstunfähigkeit als diesen zerbrochenen Knöchel? Man wird mich umringen, mich bedauern, mit guten Ratschlägen versorgen,

mir ein Glas Gurkensaft zu trinken geben oder ein Schüsselchen mit Kascha, wird zu mir sagen:
»Welch ein Unglück! Kannst nicht mehr weiterkämpfen für uns, Brüderchen! Erzähl, wie's gewesen ist, Iwan Petrowitsch! Hast du's den Deutschen gegeben?«
Und er würde erzählen: »Das war so, liebe Genossen: Ich liege im Loch, habe mich gut eingegraben, habe sogar ein Dach über dem Kopf, aus guten, soliden Balken, und so hätte ich's ausgehalten, bis mir der Bart weiß wird. Aber nein! Die Küche — diese Hundesöhne von Köchen, man sollte sie alle kastrieren! — liefert nach vier Tagen eine Suppe aus Kohl. Wir alle lieben sie, meine Freunde, schöne, duftende Kohlsuppe, die macht das Herz weit. Aber was bringen sie uns da von der Kompanieküche? Eine saure Suppe! Hat ein paar Tage im Kessel gestanden, weil die Deutschen schossen und keiner nach hinten konnte, Essen zu holen. Aber die Köche, diese Wolfsbrut, schütten sie etwa die saure Suppe weg? Nein! Sie wärmen sie auf, sauer, wie sie ist, kümmern sich nicht um die Gärblasen, die aus dem Kessel hüpfen, und schicken uns den Fraß nach vorn! Was tun? Wißt ihr, wie ein Magen brüllt, der seit vier Tagen leer ist — und plötzlich Kohl riecht? Wir stürzen uns über die saure Suppe, und schwupp ist sie weg! Doch ein paar Stunden später! Genossen, ein Leib ist auch nur ein Stück Natur. Ehe mir die Därme platzen, hab' ich mir gesagt, und eh' du dir dein schönes Schützenloch verschmutzt, werde ein Held! Ich also 'raus aus meinem Unterstand und durch den flachen Laufgraben gekrochen zu einem Hügelchen, die Hose runter, und dann, ich schwör' es euch, feuerte es aus mir heraus wie aus einer Rakete! Und da muß irgendwie bei dieser Tätigkeit mein linker Fuß aus der Deckung geraten sein. Ich bekomme einen Schlag ans Bein, falle um, rolle mich geistesgegenwärtig weg von den Auswirkungen der sauren Suppe und liege dann da, mit zuckendem Bein und zerschossenem Knöchel. O diese Deutschen! Selbst das Scheißen gönnen sie einem nicht!«
Das würde er erzählen. Und alle würden lachen, ihn hochleben lassen, alles für ihn tun, daß er zum Zug nach Moskau kommt. Man würde ihn in einen Waggon heben und ihm den besten Platz anbieten. Ein Held! Ein zweifaches Opfer sogar: einmal der Deutschen — und einmal der Feldküche der Roten Armee . . .

Bunurian unterbrach, legte sich wieder auf den Rücken. Sein linker Fuß hämmerte, als läge er auf einem Amboß. Der Schmerz wurde penetrant, nicht mehr stechend und lokalisierbar, sondern allgegenwärtig und bis in die Schläfen ausstrahlend. Er suchte ein Stück Holz — erinnerte sich an einen Landarbeiter vom elterlichen Gut bei Riga, der unter einen fallenden Baum geraten war, der ihm das Bein abquetschte —, auch er schob nun ein Stück Holz zwischen seine Zähne und hieb die Kiefer zusammen. Dann drehte er sich auf die rechte Seite und begann, Zentimeter um Zentimeter vorwärts zu kriechen.

Es war fürchterlich. Von seinem linken Bein aus flammte der ganze Körper auf, trotz des Holzes zwischen den Zähnen stöhnte er, Schweiß brach aus, als sei jede Pore ein Springbrunnen, rann über das Gesicht, biß in die Augen und lief als Rinnsal über das Holz zwischen seinen Zähnen in den Gaumen. Nach wenigen Metern lag er still, preßte das Gesicht in die Erde und zerkaute das Holzstück, als sei er ein ausgehungerter Hund, der einen Knochen gefunden hat.

So geht das nicht, dachte er. So geht das nie! Noch ein paar Meter, und ich brülle, daß sie drüben in den Holzfällerhütten aus den Betten fallen. Ich muß ganz still liegen, irgendwo zwischen schützenden Büschen. Ganz still liegen und warten, bis der Knöchel sich beruhigt hat. Zwei oder drei Tage, das wird reichen. Es hilft nichts, Iwan Petrowitsch, du mußt die Tugend der Russen annehmen und warten können.

Bunurian schleifte sich noch ein paar Meter weiter bis zu einer Buschgruppe, fiel dort zwischen das Geäst, lag auf dem Rücken und schlug beide Hände vor das Gesicht. Er konnte es nicht mehr zurückhalten ... er weinte vor Schmerzen, nagte an seinem Handballen, schrie sich zu: Es geht vorbei! Es geht vorbei! ... Mit einem zitternden Stöhnen riß er einen Ast vom Gebüsch und stopfte ihn sich mitsamt den Blättern in seinen zu einem Schrei aufgerissenen Mund ...

Der Absprung von Leonid Germanowitsch Duskow war eine Meisterleistung: Er landete zwischen einer Hügelkette in einer sanften Senke auf einer fetten Wiese, rollte sich vorschriftsmäßig ab, unterlief den Fallschirm, raffte ihn zusammen und lag dann ein paar Minuten sichernd wie ein Wild

neben seinem Schirm im hohen Gras. Über ihm brummte leise das Flugzeug in einem Bogen nach Westen zurück.
Oberst von Renneberg hätte in die Hände geklatscht. Wie bei einem Zielsprung hatte Duskow aufgesetzt, genau in der Mitte zwischen den Orten Kolchugino und Alexandrow. Nordwestlich, vielleicht zehn Werst entfernt, zog sich die Autostraße von Jaroslawl nach Moskau durch die Wälder und die Sumpfniederungen des Flusses Njerl. Wenn er diese Straße erreichte, war er eigentlich schon in Moskau. Die Eisenbahn, die von Alexandrow über Sagoressk nach Moskau führte, war ihm zu riskant, obgleich sie der schnellste Weg gewesen wäre. Es war bekannt, daß man die Eisenbahn schärfer kontrollierte als die Straßen und jeden halbwegs gesund aussehenden Mann fragte, warum er nicht in der Roten Armee sei und das Vaterland schützte. Anscheinend fuhren die Drückeberger lieber mit dem Zug, als in irgendeinem Fuhrwerk, das sich nur mühsam vorwärts quälte, über die Straßen zu rattern.
Duskow schleppte den Fallschirm hinter sich her und verstaute ihn am Rand eines Baches unter einigen Steinen. Dann trug er mit seinen Händen Erde heran und häufte sie auf den Schirm, bis er nicht mehr zu sehen war. Der Nachthimmel war klar, ein Gewölbe aus glitzernden Sternen. Er blieb am Bach sitzen, wusch sich Hände und Gesicht und fühlte sich von dem dumpfen Druck befreit, der ihn im Flugzeug belastet hatte. Jetzt hatte er die Erde wieder unter den Füßen, jetzt war er Russe und wollte so schnell wie möglich nach Moskau, um seine neue Stelle als Kraftfahrer anzutreten.
Wandern wir also, dachte Duskow zufrieden. Der Bach mußte den Namen Pjeschka haben, weiter unterhalb lag eine Ziegelei, dann folgten Wälder bis kurz vor Kolchugino. Das Kartentraining mit Milda Ifanowna machte sich bezahlt,. er kannte sich so gut in dieser Gegend aus, als sei er hier aufgewachsen. Nach Norden mußte man also jetzt, frech hinein nach Alexandrow, sich irgendwo am Ortsrand niederlassen, vielleicht hinter einer Scheune oder einem großen Busch, die Morgensonne abwarten und dann fröhlich durch die Straßen schlendern, hier und da ein Schwätzchen halten und sich erkundigen, ob einer die Absicht hatte, nach Moskau zu fahren. Ob auf einem quietschenden Holzwagen oder auf dem Rükken eines triefäugigen Panjepferdchens, das war ihm gleich.

Er mußte nur Dubna erreichen, den kleinen Ort an der großen Straße zur Hauptstadt.
Duskow verließ sein friedliches Tal, nachdem er sich noch einmal vergewissert hatte, daß der Fallschirm gut begraben war. Er wanderte über einen schmalen Pfad am Ufer des Pjeschka-Baches entlang, erreichte einen lichten Wald und entschloß sich, ihn zu durchqueren, ganz gleich, wo er herauskommen würde. Die Richtung stimmte. Nordwesten.
Nach einer Stunde legte er eine Rast ein, setzte sich unter einen Baum und sagte sich vor, was er alles erzählen würde, wenn er zum erstenmal auf Menschen stieß. Ihn wunderte, daß das große Abenteuer bisher so simpel verlaufen war. Keine Flak hatte den Flug gestört, keine Scheinwerfer hatten nach dem einsamen Flugzeug getastet, kein sowjetischer Jäger hatte sie abgefangen.
So einfach war das, nach Rußland zu kommen und hinter den Linien, mitten im Land, abzuspringen. Duskow versetzte sich in die Denkweise der Russen. Die Front war weit von Moskau weggerückt, die deutsche Luftwaffe hatte jeden Schrecken verloren, sie war froh, ab und zu in unmittelbarer Nähe der Hauptkampflinie einzugreifen und den Luftraum sauberzuhalten. Ins Hinterland drang sie nicht mehr vor. Wozu auch? Die wenigen einsatzbereiten Maschinen konnten weder den Truppenaufmarsch noch den Nachschub wesentlich behindern, und wenn sie einen Güterzug sprengten — was soll's? Der nächste Zug folgte in wenigen Minuten, man kippte die zerbombten Wagen vom Bahndamm, säuberte die Geleise von den Trümmern, trug die Toten zur Seite und gab die Strecke wieder frei. Fahrt zu, Brüder! Es war nur ein Mückenstich. Spürt so etwas ein großer Bär? Gute Fahrt, ihr Lieben! Entschuldigt die kleine Unterbrechung . . .
Die Weite des Landes ist seine beste Waffe, dachte Duskow. Was gilt hier schon ein einzelner Mensch? Selbst wenn er mit einem ganzen Regiment abgesprungen wäre — sie wären nicht viel mehr gewesen als ein vom Stiefel geschüttelter Batzen Dreck. Ein verlorener Haufen, den das Land aufsaugen würde wie der Schwamm einen Wassertropfen. Nein, Rußland war unbesiegbar. Dieses Land hätte es bei einer Kriegsdrohung einfach haben können: Es hätte nur einen Diplomaten zu der kriegslüsternen Regierung zu schicken brauchen, mit nichts als einer Landkarte . . . Das hätte genügen müssen.

Aber anscheinend können Politiker keine Landkarten lesen oder kennen sich in den Größenordnungen nicht aus. Rußland endet nicht bei Moskau oder am Ural. Dort fängt es erst an. Aber was Napoleon nicht begriff — wie soll es Hitler verstehen?
Duskow streckte sich aus und blieb unter dem Baum liegen, bis es dämmerte. Der Nachthimmel löste sich in Streifen auf, färbte sich blaßblau, unterbrochen von gelblichen Fäden. Ein schöner Sommertag begann. Duskow kaute an einem dünnen Ast. So einen Himmel gibt es nur über Rußland, dachte er. Das glaubt einem keiner, der es nicht selbst erlebt hat. Himmel ist Himmel, wird jeder sagen. Was ist da schon für ein Unterschied? Mal ziehen dicke Wolken darüber, mal dünne, mal ist er blank geputzt, mal verhangen; wenn es regnet, sieht er wirklich zum Weinen aus, und wenn die Sonne brennt, nennt man ihn gerne »unbarmherzig«. Und nachts, bei klarem Wetter, na, ich bitte euch . . . da ist jeder Himmel voller Faszination. Ob im Norden oder Süden — das millionenfache, unbegreifbare Gefunkel macht andächtig, auch wenn man zu Gott noch so schief sieht. Übrigens der Norden — die haben auch noch ihr Nordlicht! Wieso, frage ich, ist da der russische Himmel einmalig? Darauf kann man keine Antwort geben, das muß man fühlen, mit der ganzen Seele aufsaugen, das leere Herz damit füllen, das denkende Hirn verzaubern . . . Nur wer stundenlang auf dem Rücken liegen und in diesen Himmel blicken kann, wer keine Zeit mehr zählt und glücklich ist, mit dieser Unendlichkeit eins zu sein — nur der begreift, warum die Kosaken sagen: Deck dich zu mit deinem Himmel . . .
Als die Sonne golden in das Blau hineinschwamm und der Waldboden herb zu duften begann, machte sich Duskow auf den Weg nach Alexandrow. Er erreichte eine halbwegs befahrbare Straße, einen Lehmweg, den Karrenspuren durchfurchten, blieb stehen, untersuchte seine Kleidung, ob noch Spuren der Landung und des Waldbodens an ihr waren, klopfte ein paar Schmutzstellen aus und setzte dann seinen Weg fort.
In einer sanften Senke tauchten die ersten Bauernhäuser auf: strohgedeckte Hütten, umgeben von kleinen, mit Knüppelholz eingezäunten Gärten. Hundegebell und Hühnergegacker drangen zu ihm hinüber. Auf einer viel zu kleinen Koppel ga-

loppierte ein schönes Pferdchen unruhig hin und her, stieß mit Kopf und Brust gegen den Lattenzaun und wieherte ab und zu hell und fordernd. Die bemalten Klappläden waren noch vor die Fenster gezogen. Tau glitzerte auf den grob geschnitzten Dachsimsen.

Ist noch sehr früh, dachte Duskow. Um diese Zeit ist kein Wanderer unterwegs. Man kann sich verdächtig machen, wenn man jetzt schon auftaucht. Er setzte sich auf einen gefällten Baumstamm am Waldrand, wischte den Schmutz von den Schuhen mit feuchtem Gras ab und drehte sich bedächtig eine Papyrossa aus grob gehacktem Tabak und Zeitungspapier.

Hunger habe ich. Das ist es. Der Magen dreht sich fast um bei dieser Zigarette. Wann habe ich das letztemal die Zähne zum Kauen bewegt? Vor vierzehn Stunden!

Im Flugzeug hatte er es abgelehnt, etwas von der Schokolade zu nehmen, die ihm der junge Leutnant angeboten hatte. Denkt an die Kleinigkeiten, hatte von Renneberg immer wieder gemahnt. Auch Mundgeruch ist ein Verräter. Man kann nicht nach Wodka stinken, wo es keinen Wodka gibt. Und so kann ich auch nicht nach Schokolade riechen, wenn es in Rußland keine Schokolade gibt. Noch nicht wieder, ihr Lieben. Wenn wir den Krieg gewonnen haben, überschwemmen wir euch mit der besten Schokolade der Welt. Ihr werdet euch vollfressen können, bis eure Därme platzen. Nach dem Krieg, Genossen, werden wir alles haben. Aber jetzt? Für eine Tafel Schokolade kann man zwei Patronen bekommen, und zwei Patronen, das können zwei tote Deutsche sein ... Rechnet einmal mit, Brüder: Bei nur zehntausend Tafeln sind das zwanzigtausend Deutsche! Eine ganze Division! Ich frage euch: Wer will da noch eine Tafel Schokolade essen? So einfach wegessen? Man sabotiert den Sieg damit ... überlegt das mal ...

Duskow strich mit beiden Händen durch das taufrische Gras und leckte die Feuchtigkeit ab. Genauso wusch er sich das Gesicht und den Nacken. Es erfrischte herrlich, er fühlte sich, trotz des bohrenden Hungers, fröhlich und stark.

In einem der Bauernhäuser wurden jetzt die Läden aufgestoßen. Ein Kopf erschien mit zerwühlten, abstehenden Haaren, eben erst aus den Kissen gekrochen. Der Mensch hüstelte, reckte sich, kratzte die von einem grauen Hemd bedeckte

Brust. Dann rief er dem Hund, der ohne Unterbrechung bellte, was zu. Ein alter Mann war's, der sich aus dem Fenster beugte und kräftig ausspuckte. Das schien ihn erleichtert zu haben, er gähnte noch einmal und trat ins Haus zurück.
Duskow erhob sich. Ein Stück Brot und eine Schale Milch wird er haben, dachte er. Und man wird ihn auch überreden können, ein Ei herauszurücken. Mit einem frischen Ei im Bauch sieht die Welt geradezu liebenswürdig aus. Das muß man ihm sagen. Er hat bestimmt darüber noch nicht nachgedacht. Ißt seine Eierchen, der Genosse, ohne an ihren Wert für die Seele zu denken! Vielleicht fällt auch noch ein Stückchen Speck ab. In der Pfanne gebraten, zusammen mit dem Ei . . .
Er schlug einen Bogen und kam dann über die Straße mit rüstigem Schritt an die Bauernkate heran. Ein Hundekonzert empfing ihn, denn jeder hatte hier einen Köter, nicht aus Mißtrauen gegenüber den Nachbarn, denn das waren über Generationen die gleichen, aber es treibt sich genug Gesindel herum im weiten Land, und außerdem gehört ein Hund zu einem Hauswesen wie eine gute Kohlsuppe oder ein saftiges Zwiebelgemüse.
Duskow erreichte das erste Haus. Ein Großmütterchen, das Kopftuch ums eisgraue Haar geschlungen, in klobigen Schuhen mit Holzsohlen und einem langen, mit Flicken übersäten Rock, humpelte gerade zu einem kleinen Stall. In den Händen trug es eine Schüssel mit Maisbrei. Es hatte den Fremden weder gesehen noch gehört und stieß deshalb einen zittrigen Schrei aus, als Duskow freundlich sagte: »Welch ein Tag, Mütterchen! Welch eine Luft! Das macht die Seele weit . . .«
Die Schüssel fiel aus ihren Händen, der Maisbrei spritzte nach allen Seiten und an ihrem Rock hinauf. Mit schreckensweiten Augen starrte sie Duskow an, ihr zahnlückiger Mund klaffte, die Hände falteten sich über der schlaffen Brust. Dann lehnte sie sich gegen einen morschen Leiterwagen und wakkelte erschreckend mit dem Kopf, als stecke er auf einer Spirale.
»Ich wollte ihn wegschütten . . .«, stammelte das Mütterchen. »Glauben Sie's mir, lieber Genosse. Ein schlechter Brei, gegoren, nicht mehr genießbar. Er stinkt! Da habe ich mir gedacht: Trag ihn weit weg, damit du es nicht mehr riechst . . . Genauso war es, Genosse.«
»Der schöne Brei!« sagte Duskow. Er wußte nicht, was er mit

diesem Satz anrichtete. Das Mütterchen verdrehte die Augen, als würge man es, seufzte tief und elend und wackelte wieder schaurig mit dem Kopf. »Auch gesäuerter Brei kann in der Not eine kräftige Nahrung sein . . .«

»Einen alten Magen habe ich, einen uralten Magen«, jammerte die Alte. »Um die achtzig muß ich sein, genau weiß ich es nicht. Aber als der Zar erschossen wurde, der letzte, der Nikolaus, da war ich schon Großmutter. So alt bin ich! Da verträgt man keinen sauren Mais mehr. Glauben Sie mir, Genosse. Kommen Sie hinein . . . sehen Sie alles nach . . . steht Ihnen frei, alles zu kontrollieren . . . O heilige Jungfrau, immer war ich ein ehrlicher Mensch. Habe nie zu tun gehabt mit den Behörden . . .«

Duskow stützte sich auf den Zaun aus Birkenkrüppeln und lächelte freundlich. Er begriff, daß man ihn für eine Art Beamten hielt, der plötzlich aufgetaucht war, um irgend etwas zu kontrollieren. »Haben Sie Milch, Mütterchen?« fragte er.

»Nur ein paar Tröpfchen gibt die Ziege. Eine ganz alte Ziege . . .«

»Und ein Ei?«

»Oh, ein Ei! Seht euch die Hühner an, Genosse. Zerhacken müßte man sie, wenn man nicht soviel Mitleid mit ihnen hätte. Gackern herum, fressen die guten Körner, scharren und schütteln sich . . . aber legen sie auch Eier? Ein Jammer ist es. Als ob sie an Verstopfung litten!«

»Ich habe Hunger . . .«, sagte Duskow schlicht.

»Hunger?«

»Und Durst. Verwundert Sie das, Mütterchen? Jeder Mensch, ganz gleich, was er ist, ernährt sich täglich, und wenn er Nägel kaut. Wovon leben Sie?«

»Was braucht ein alter Mensch wie ich zum Leben?«

»Mehr brauch ich auch nicht. Teilen wir's uns . . .«

Duskow stieß sich vom Zaun ab, ging zur Haustür und wartete, bis das Mütterchen von innen den Riegel weggeschoben hatte. Er kam in einen großen Raum mit einem riesigen aus Steinen und Lehm gemauerten Ofen. In einer Ecke standen eine Bank, ein langer Tisch und zwei Hocker. Duskow steuerte auf die Bank zu, setzte sich breitbeinig hinter den Tisch und sah sich um. An Nägeln hingen Mütterchens Kleider, hinter dem Ofen, in der Ecke, wo's am wärmsten war, stand ein breites Bett aus Holzbrettern. Auf dem Herd, der mit einer eisernen Platte belegt war, grummelte ein Kessel mit heißem Wasser. Duskow hob den Kopf und schnupperte. Es roch nach frischem Maisbrei, nicht nach einem ungenießbar gesäuerten.

»Ha!« schrie die Alte plötzlich auf. Duskow zuckte zusammen und spannte die Muskeln.

»Haben Sie Schmerzen, Mütterchen?« fragte er rauh.

»Ich habe noch ein Eichen entdeckt, Genosse!« rief die Alte überglücklich. »Lag ganz hinten im Ofen, hatte sich versteckt, das böse Eichen ... Aber es nützt ihm nichts ... ich gebe es Ihnen, Genosse Inspektor ...«

»In der Pfanne gebacken mit etwas Speck, Mütterchen?«

»Was ist Speck?« Die Alte faltete die Hände und betrachtete treuherzig ihren ungebetenen Gast. »Wer weiß noch, was Speck ist ...«

»Soll ich ihn dir zeigen? Noch lebend, an einer schönen, fetten Sau?! Gehen wir hinaus in den Anbau, Mütterchen. Hast es unter der Erde in einer Grube stecken, was? Damit man es nicht grunzen und piepen hört ... Ein sanftes Schweinchen, das guten Maisbrei frißt ...«

Die Alte versuchte es wieder mit ihrem fürchterlichen Kopfwackeln und sank auf die Ofenbank. Da der Inspektor darauf nicht reagierte, begann sie bei jedem Atemzug zu röcheln, als habe sie eine Schilfröhre verschluckt. Dann setzte der Atem sogar aus, sie verdrehte die Augen und ließ den Kopf gegen den gemauerten Ofen prallen. Duskow wartete ab. Er betrachtete seine Hände, kratzte sich mit auffälliger Langsamkeit den Kopf und leckte sich über die Lippen.

»Ist es möglich, Mütterchen —«, sagte er, »daß sich vielleicht, genau wie das Eichen, ein Stückchen Speck oder Schinken irgendwo versteckt hat? Nur eine Frage ist's. Man erlebt die sonderbarsten Dinge, wenn man so auf Reisen geht ...«

Die Alte beruhigte sich zusehends, saß gebeugt auf der Ofenbank und kalkulierte das Risiko ein, wenn sie wirklich mit einem Stück Speck das gefundene Ei würzte. Es gab zwei Möglichkeiten: Der Herr Inspektor brüllte: »Ha! Also doch ein heimliches Schwein im Haus! Wo kommt der Speck her, Genossin?! Wie kann 1944 noch ein unregistriertes Schwein herumlaufen?!« Oder der Herr Inspektor sagte milde: »Das war ein gutes Ei mit Speck. Mütterchen, du hast eine gute Seele. Wir wollen heute einmal an allem vorbeischielen, was man sieht . . .« — Wenn man wüßte, nach welcher Richtung sich der Herr Inspektor wenden würde!

»Ich kann suchen«, sagte sie und dehnte die dünne Stimme wie vom Löffel fließenden Sirup.

»Ein guter Gedanke, Mütterchen. Schau in jede Ecke. Aber beeile dich . . . Hunger habe ich, als ob ein Bär aus dem Winterschlaf erwacht. Man könnte auch, wenn man ganz gründlich sucht, ein Stück Brot und etwas Butter finden. Und Himbeermarmelade vom letzten Jahr. Deine Himbeersträucher hinten am Zaun stehen gut, Mütterchen . . .«

Die Alte seufzte tief, als drücke jemand einen schadhaften Blasebalg zusammen, sprang dann, für ihre achtzig Jahre sehr behende, von der Ofenbank und lief hinaus.

Duskow lehnte sich wohlig zurück und blickte aus dem Fenster. Das ganze Land glänzte wie poliert in der Morgensonne. Wir werden gut frühstücken, dachte er. Wie es dann weitergeht, wird sich zeigen. Solange man ein Inspektor ist, der ein Auge darauf zu werfen hat, ob die Bauern auch keine unerlaubten Schweine züchten für den eigenen Magen, anstatt sie für die Allgemeinheit abzuliefern, wird man nicht fragen. Jeder, den man scharf anblickt, wird froh sein, ihn weiterzuschieben. Denn jeder hat irgend etwas, das er verbergen muß, in seinem Haus.

Auch so kann man nach Alexandrow kommen.

Stupino an der Oka ist ein wichtiger Verkehrspunkt im Süden Moskaus. Nicht nur eine wichtige Eisenbahnlinie führt durch den Ort hindurch, nämlich die große Strecke Moskau—Tula—Kursk—Charkow—Stalinow—Rostow und somit die Verbindung Moskaus mit dem Asowschen Meer und dem ganzen fruchtbaren Süden zwischen der Krim und dem Don-Becken, sondern auch eine schöne Straße von Kaschira an der Oka über Stupino in das Herz Rußlands.

Alexander Nikolajewitsch Kraskin war gegen 2.05 Uhr nachts ohne Zwischenfall im Waldgebiet zwischen Stupino und Sjerpuchow gelandet, und zwar so glücklich, daß er im seichten Flußbett der kleinen Lopanassja wieder Land unter die Füße bekam. Das träge Wasser hielt den Fallschirm fest, er watete ans Ufer und zog ihn ein, faltete ihn notdürftig zusammen und versteckte ihn unter dem losen Geröll, das der schmale

Fluß im Laufe der Jahrtausende aus dem Boden herausgeholt hatte. Dann entkleidete er sich, hängte seinen Anzug und die Unterwäsche zum Trocknen an einen Baum und wartete auf den Morgen. Es war eine warme Nacht, er fror nicht, lief aber ab und zu zwischen den Bäumen hin und her und ließ das Blut zirkulieren.
In der ersten Morgensonne kleidete er sich an, sein Anzug war noch klamm, vollgesogen von Feuchtigkeit, aber im Laufe der nächsten Stunden würde er an seinem Körper trocknen und wenigstens etwas von seiner Form behalten. Der Stoff stank erbärmlich, als sei er aus der Wolle eines Ziegenbocks gewebt, und Kraskin fragte sich, ob er mit so einem Gestank unter die Menschen gehen könne. Man konnte es erklären, etwa so: Vier Jahre habe ich die Uniform der Armee getragen, liebe Freunde. Habe ich gestunken? — Nein! — Stinken alle unsere tapferen Kameraden? Na also! Millionen Krieger sind wir, und wenn wir alle gemeinsam so stinken würden, wäre der Krieg längst gewonnen, denn soviel Geruch hält kein Gegner aus. Habt ihr schon mal etwas von dem Perserkönig Darius gehört? Nein? Ein Kerl ist das, sage ich euch! Der hat eine Schlacht gewonnen, weil er Tausende von ungewaschenen Kamelen vor seinen Pfeilschützen hertreiben ließ. Und was tut der Gegner. Er schnuppert in die Luft, bekommt den bestialischen Gestank in die Nase, erbleicht vor soviel giftigen Gasen und flüchtet. Alles haben sie liegengelassen, so fürchterlich stanken die Kamele. Aber bei uns, Brüder, bei uns in der Roten Armee ist so etwas unmöglich! — Doch kaum bin ich entlassen, weil mir die Deutschen einen höllischen Schuß verpaßt haben, kaum bekomme ich meine Zivilkleider, was sage ich, was rieche ich? Ich stinke. Ein bißchen Regen nur, ein paar harmlose Tröpfchen, und schon bin ich wie ein Perser-Kamel! Eine Tragik ist das, Genossen! Was soll ich dagegen machen? Ich wage es ja nicht einmal, mich in der Hose zu waschen oder von einem Wasserkran einen Trunk zu schlürfen. Nur ein Tröpfchen auf den Anzug . . . wie giftiges Gas kommt's aus den Fasern! Weiß der Teufel, womit sie die Stoffe jetzt weben! Aber für die Zivilisten ist es gut genug. Man muß es eben ertragen können, Freunde. Es geht um Größeres, um den Sieg im Vaterländischen Krieg. Da können die Zivilisten ruhig vor sich hin stinken, wenn nur die Armee alles hat, was sie braucht . . .

Das war einleuchtend, aber Kraskin entschloß sich, solchen Diskussionen aus dem Weg zu gehen. Sein Ziel Moskau lag ohne große Anstrengungen vor ihm, etwas über 80 km weit entfernt, mit einem Güterzug leicht zu erreichen.
Bis zum Mittag trieb sich Alexander Nikolajewitsch im Wald von Stupino an der romantisch dahinplätschernden Lopanassja herum, wanderte dann, stinkend wie ein Bock, aber frohen Mutes, über einige Nebenwege in östlicher Richtung und erreichte um 3 Uhr nachmittags den losen Häuserhaufen Stupino. Es war eine trostlose Kleinstadt, die eigentlich nur von der Bahnstrecke und der Straße lebte und von der Nachbarstadt Kaschira, die wiederum vom Fluß Oka lebte. Hier gab es Fischer und Frachtdampfer, eine Konservenfabrik und eine Fabrik für Holztüren, die aber jetzt im Krieg simple Eisenbahnschwellen herstellte, um neue Bahnlinien für den Nachschub auszubauen. Stupino war stolz auf einen kleinen Park mit sibirischen Ulmen und breitflächigen Platanen, ein paar Bänken und einem Stalin-Denkmal aus bemaltem Gips. Es hatte sogar ein Krankenhaus, einen Parteipalast mit Säulen und ein kleines Hotel, dessen Pächter — das Hotel gehörte dem Staat — sich unentwegt wunderte, daß er bei den fast ständig leerstehenden Zimmern immer noch lebte. Das Restaurant war schon lange geschlossen, und wenn Emil Benjaminowitsch Priwalzew nicht wöchentlich einmal schwarz Schnaps im hintersten Keller gebrannt hätte, ich glaube, er wäre gezwungen gewesen, wie ein Panjepferd das Stroh von Hausdächern zu fressen.
Um so erstaunter, ja geradezu begeistert war Priwalzew, als ein Gast zu ihm ins Hotel kam und sagte: »Ich möchte ein Zimmer mieten!« So einfach sagte er das, als sei's das Selbstverständlichste von der Welt. Ein Zimmer will er haben. Ein richtiges Zimmer mit Bett und Schrank und frischer Wäsche. Genossen, haben wir denn schon Frieden?!
Priwalzew atmete verhaltener. Der Gast stank wie eine ganze Ziegenherde, aber man soll das ertragen können, wenn solch ein Mensch ein Zimmer mieten will. Er schlug ein dickes Gästebuch auf, dessen letzte Eintragung vier Monate alt war, blätterte darin herum, als suche er noch einen freien Platz und strahlte den wartenden Mann an.
»Zimmer 4!« sagte Emil Benjaminowitsch gütig. »Ein schönes Zimmer zum Bahnhof hinaus. Eben frei geworden! Ist das ein

Verkehr, Genosse! Man müßte fünfzig Zimmer haben. Aber wieviel habe ich? Ganze neun! Es gibt Tage, da stehen die Leute an, bis drüben zum Bahnhof, schlafen in den Haustüren und warten geduldig, bis sie in einem meiner Betten nächtigen dürfen. Aber Sie haben Glück, ein Glück, sage ich! Und dann noch Zimmer 4! Das beste! Gestern wohnte noch ein General darin und war direkt traurig, als er weiterfahren mußte, Tränen standen ihm in den Augen, ich schwöre es. So schläft man alle hundert Jahre nur einmal, hat er zum Abschied gesagt. Ich habe mir das gut gemerkt . . . ich werde den Spruch als Schild malen und vor die Tür hängen. — Das Zimmer kostet vier Rubel . . .«

»Zwei!« sagte Kraskin milde. »Bin ich ein General?«

»Aber es ist Nummer 4.«

»Dann geben Sie mir Zimmer 9, Genosse . . .«

»Drei Rubel, weil es gerade frei ist«, sagte Priwalzew und rümpfte die Nase. Ab drei Rubel darf man Körpergeruch wahrnehmen. Kraskin bemerkte es und dehnte sich. Das vermehrte die Ausdünstung des nassen Stoffes und beleidigte jede Nase.

»Zwei! Ich bin ein Maschinist auf der Durchreise. Maschinist in einer Zuckerrübenfabrik.«

»Das ist es!« Priwalzew duckte sich und trat einen Schritt zurück an die Wand hinter der Theke. »Zuckerrüben! Verfaulte Zuckerrücken! So etwas zieht in die Haut, als hätte man täglich in Jauche gebadet. Was kann man dagegen tun, Genosse?«

»Sich daran gewöhnen.« Kraskin legte die offene Hand auf die Theke. »Zwei Rubel für Sie, Brüderchen, und für mich der Schlüssel! Wie steht's mit Essen?«

»Haben Sie Bezugskarten?« Priwalzew schob das Gästebuch hinüber. »Bitte einzutragen. Aber genau! Wir werden kontrolliert.«

Das war eine wichtige Mitteilung. Kraskin trug sich ein und leckte ein paarmal über die Spitze des Bleistiftes, als schreibe er dadurch besser. Priwalzew las die Eintragung und nickte zufrieden.

»Alexander Nikolajewitsch, wieviel Essenmarken haben Sie?«

»Genug. Aber sparen will ich sie. Moskau ist ein arges Pflaster. Und nach Moskau muß ich. Die haben dort eine Stelle für mich in einer Panzerplattenfabrik. Welch eine Beförde-

rung. Von der Zuckerrübe zur Panzerplatte. Ich bin richtig stolz, Genosse! Was sagen Sie dazu?«
»Man wird Sie zuerst entgiften müssen.« Priwalzew händigte Kraskin den Schlüssel von Nummer 4 aus. An diesen Gestank würde er sich nie gewöhnen können. Wie es der Genosse Kraskin aushielt, war ihm rätselhaft. Aber es gibt eben Menschen, die haben eine abgestumpfte Nase. Die riechen nichts. Die beschnuppern ein Schwein in der Suhle und rufen freudestrahlend: »Welch ein süßes Ferkelchen!« Bedauernswerte Geschöpfe, solche Nasengelähmten. Von der Welt geht ihnen viel verloren. »Was soll ich Ihnen ohne Essenmarken geben?« fragte er.
»Ich lege noch einmal zwei Rubel drauf! Wenn Sie aus den Ekken etwas herausholen könnten . . . Wie heißen Sie eigentlich?«
»Emil Benjaminowitsch Priwalzew.«
»Emil Benjaminowitsch, Sie sind mir sympathisch. Sie sind mir wie ein Bruder. Schon als ich hereinkam und Sie hinter der Theke stehen sah, hat mir mein Herz gesagt: Das ist ein Mensch, mit dem läßt sich's leben! Dieser Genosse hat Gefühl, man sieht's an seinen Augen. Er ist klug, seine Stirn verrät es. Er ist mutig, seine ganze Haltung drückt Kraft aus! Ein solcher Mensch sollte doch für zwei Rubel eine nahrhafte Mahlzeit besorgen können . . .«
Es war eine gute Idee gewesen, gerade bei Priwalzew Station zu machen, obwohl viel Mut dazu gehört hatte. Jeder andere in seiner Situation hätte die Öffentlichkeit gemieden — aber nein: Kraskin steigt wie ein harmloser Reisender in einem Hotel ab und trägt sich auch noch in das Gästebuch ein, das täglich von der Miliz kontrolliert wird!
Priwalzew brachte wirklich ein köstliches Essen zustande, und Kraskin verschlang es, als habe er bisher nur von getrockneten Rübenschnitzeln gelebt, die er in den Nähten seines fürchterlichen Anzugs mitgeschleppt hatte. Da war ein Hühnerschenkel mit Roten Rüben, und hinterher eine Schale mit dicker Milch und Dörrobst, und weil Kraskin so satt rülpste und, bis auf seinen Gestank, ein sehr sympathischer Mann war, wagte es Emil Benjaminowitsch, ihm zwei Gläschen von seinem selbstgebrannten Schnaps anzubieten.
Kraskin hustete nach dem ersten Schluck, verdrehte die Augen, sank tief in sich zusammen und schnellte dann hoch wie

von einem Skorpion gebissen. »Oh!« schrie er. »Gut! Das ist gut! Gut! Emil Benjaminowitsch, wer hat den gebrannt? Der versteht etwas vom Handwerk! Oje ... mir braust der Kopf. Gib noch einen her, Brüderchen ...«
Sie soffen bis zum Abend, umarmten sich, küßten sich und nannten sich Du, als die Sonne versank. Sie sangen ein Lied ums andere, und Priwalzew stellte mit Verwunderung fest, daß man sich an den Gestank gewöhnen konnte, und bedauerte Alexander Nikolajewitsch, diesen netten Menschen, den der verdammte Krieg aus der Bahn geworfen hatte. Ohne Krieg wäre er heute bestimmt 1. Vorsitzender in der Zuckerrübenfabrik, hätte ein süßes Weibchen, vielleicht auch schon ein kleines Bübchen und könnte in einer Zweizimmerwohnung auf dem Fabrikgelände schlafen. So aber mußte er nach Moskau, in die große Stadt, vor der er Angst hatte.
Zu später Stunde weinte Kraskin, ließ sich von Priwalzew trösten und auf Zimmer Nummer 4 bringen. Kraskin warf sich auf das Bett, weinte weiter, nannte sich einen unglücklichen Menschen und verfiel dann in einen von Schluchzen durchschüttelten Schlaf. Priwalzew deckte ihn zu und verließ leise das Zimmer.
Kraskin wartete, bis Emil Benjaminowitsch wieder unten im Gastzimmer war, dann sprang er auf, verriegelte die Tür und setzte sich ans Fenster.
Ein wunderbarer Aussichtsplatz war das. Gegenüber lag der Bahnhof. Er konnte die ankommenden und abfahrenden Züge beobachten und frei hinüberblicken zum Güterbahnhof, wo man die Züge nach dem Süden oder nach Moskau zusammenstellte. Das war der Weg, den Kraskin nehmen wollte: Mit einem Güterwagen in aller Ruhe nach Moskau fahren, dort aussteigen und zu Milda Ifanowna in die Lesnaja uliza 19 pilgern.
»Ich bin schon da!« wollte er dann sagen, wie der Igel zum Hasen. »Wo sind die anderen?«
Kraskin war überzeugt, er werde der erste in Moskau sein. Alle Gelegenheiten sprachen dafür. Moskau lag gewissermaßen vor seiner Tür.
Er saß noch lange am Fenster, blickte auf den düsteren Bahnhof und freute sich, es geschafft zu haben. Dann hängte er seinen Anzug zum Auslüften an den Fensterriegel, kroch unter die mit einem geblümten Leinen überzogene Decke und

schlief schnell ein. Emil Benjaminowitschs selbstgebrauter Schnaps bewirkte, daß er nach langer Zeit wieder träumte. Es war ein verdammt schöner, aber anstrengender Traum.
Er lag bei Milda Ifanowna im Bett, nackt und gespannt, und sie beugte sich über ihn, seine Lippen tasteten nach ihren Brustwarzen. Sein Körper glühte vor Verlangen, in den Lenden pulsierte das Blut, ihre Hand glitt mit kreisenden Bewegungen über seinen Unterleib . . .
Gegen Morgen traf auf dem Güterbahnhof Stupino ein Güterzug mit Kühen aus dem Süden ein. Er blieb auf dem Abstellgleis und fiel Kraskin sofort auf, als er am Fenster stand, um den neuen Tag zu begrüßen.
Ein Viehtransport, dachte er. Gibt es etwas, das sicherer wäre? Kühe kontrolliert man nicht. Kühe für die Mägen von Moskau haben freie Fahrt.
Er zog sich an, sein Anzug stank nicht mehr. Er stieg die Treppe hinunter zu Priwalzew.

Das Glück kann man sich nicht aussuchen; man muß die Dinge hinnehmen, wie sie eben kommen, und versuchen, sie so zu wenden, daß sie einem nützlich werden! Wie ein guter Schneider muß man sein. Der bekommt da von dem braven Genossen Ipatjew einen uralten, abgeschabten, mit nicht mehr wegreibbaren Flecken bekleckerten Anzug auf die Theke gelegt, und Ipatjew, dieser aufrechtgehende Hohlkopf, sagt gönnerhaft: »Sieh dir meinen schönen Anzug an! Na, ist das ein Stoff?! Noch zweihundert Jahre kann man ihn tragen — was sage ich, zweihundert, für die Ewigkeit ist er gemacht. Aber sag selbst: Ist es schon ein Leid, ein Leben lang immer die gleiche Frau neben sich im Bett schnaufen und prusten zu hören, dann sollte man wenigstens das, was man täglich am Leib trägt, erneuern! Ein billiges Vergnügen, Genosse! Sieh dir den Anzug an! Was man daraus machen kann, daß er wieder wie neu aussieht? Ein Künstler wie du . . . das muß dir doch eine Freude sein!« Und der Schneider betrachtet das Monstrum von Anzug, seufzt und verspricht, sein Bestes zu tun. Was macht er? Na? Er wendet den Anzug, kneift dort eine Naht, hier ein Fältchen, schneidet einen Schlitz in den Rock, und fertig ist das Meisterwerk. Darin zeigt sich die Kunst des Schneiders, durch Wenden Neues zu schaffen. Aus einem

glatten Stück guten Stoffs kann jeder halbwegs gebildete Schneider einen Anzug zaubern, der dann mit Ah und Oh angezogen wird ... aber aus Ipatjews Ruine noch ein bewohnbares Hüttchen zu sägen, das ist eine Leistung.
Nicht anders erging es Kyrill Semjonowitsch Boranow, als er sprungbereit an der Tür des Langstreckenaufklärers stand, sich an der Eisenstange oberhalb des Ausstiegs festklammerte und auf das Kommando wartete. »Los! Ab!«
Aber von der Kanzel kam kein Kommando. Statt dessen kroch der 2. Pilot, ein Oberfeldwebel, durch den niedrigen Rumpf zu Boranow und richtete sich neben ihm auf.
»Scheiße!« sagte er.
»Da sind wir uns einig.« Boranow hörte am Ton des Motors, daß sie wieder mehr Fahrt aufgenommen hatten. Außerdem flog das Flugzeug nach oben statt nach unten und zog einen weiten Bogen. »Habt ihr euch verflogen?«
»Das Zielgebiet liegt unter uns. Werjeja. Aber wenn wir dich jetzt 'rauswerfen, schwebst du genau auf eine große sowjetische Transportkolonne zu. Über die Straße Wolschenki—Borowsk knattert Lastwagen an Lastwagen. Alle in Richtung Rollbahn. Was rundherum in den Wäldern liegt, sehen wir nicht. Aber da sind einige Feuer, nur winzige Punkte, das sieht verdammt nach Lagerfeuern aus. Wir müssen ausweichen.«
Boranow nickte. Rennebergs und Mildas Ausbildung machte sich schon jetzt bezahlt: Er hatte die Karte im Kopf, sah die Landschaft unter sich wie das projizierte Bild auf der großen Leinwand: Die Wälder, von Straßen durchzogen. Der Fluß Nara, den die Straße Roslawl—Moskau überquerte. Die verstreuten Bauernhöfe. Die große Kolchose von Simbuchowo. Das Sägewerk von Nasarjewo. Aber dazwischen, schon näher bei Moskau, gab es ein Gebiet, das sich zum Absprung vorzüglich eignete: die Rübenfelder von Plesenskoje.
»Abdrehen in Richtung Naro—Fominsk«, sagte Boranow.
»Verrückt! Da ist doch eine Straße 1. Ordnung und die Eisenbahnstrecke Kaluga—Moskau!«
»Aber da ist bei Plesenskoje auch ein großes Rübenfeld. Da steige ich aus!«
»Wenn in den Rüben nicht auch russischer Nachschub sitzt und sich ein Süppchen kocht.«
»Es gibt Ausweichmöglichkeiten genug.« Boranow klammerte

sich wieder an der Stange über der Tür fest. Das Flugzeug zog eine scharfe Linkskurve und legte sich zur Seite. »Wenn's nicht anders geht, werft mich da ab, wo ihr nichts seht. Die Hauptsache ist, ich komme aus eurem Kasten 'raus!«
Der Oberfeldwebel hob zwei Finger. »Also gut! Kümmern wir uns um die Rüben. Es ist verdammt windig, was du da vorhast . . .«
Boranow schwieg. Windig nennt er das! Mein Junge, wenn du wüßtest, zu welchem Sturm wir abkommandiert worden sind! Was du den ganzen Flug über von mir denkst, weiß ich nicht, wir haben nie ein Wort darüber gesprochen, nur deine fragenden Augen habe ich gesehen und habe weggeguckt. Ein Spion, wirst du dir sagen. Ja, das ist ein Spion. Wir setzen ihn über Rußland ab. So also sieht einer aus, der aus dem Dunkeln zuschlägt, der sabotiert, der auch morden kann. Trägt einen alten Anzug und eine Arbeitermütze. Sieht aus wie tausend andere Arbeiter und ist doch einer, der ohne Skrupel und Nerven der Vernichtung dient.
Alles ist ganz anders, lieber Kamerad. Viel weniger romanhaft, fern allen Klischees. Wir sind nur arme Hunde, die man abgerichtet hat, dressiert für eine ganz besondere Nummer in diesem Weltzirkus: Wir bringen Stalin um. Den großen Konkurrenten. Damit der Zirkus weiterlebt, der andere, in dessen Manege auch nur die Puppen tanzen nach den Flötentönen des großen Dompteurs.
Was mit den armen Hunden passiert? Vielleicht erschlägt man sie mit Knüppeln, ersäuft sie im Fluß, schießt ihnen ein Loch in den Kopf oder jagt sie einfach in die Weite, wo sie verwildern können und sich mit den Wölfen paaren dürfen, um dann erneut gejagt zu werden. Wen interessiert das? Hauptsache: die große Zirkusvorstellung geht weiter, und die Menschen klatschen Beifall.
Der Oberfeldwebel kroch zurück. Das Flugzeug drehte wieder ab, gewann an Höhe und summte ruhig unter dem Nachthimmel in Richtung Moskau. Die sowjetische Luftüberwachung kümmerte sich nicht um die einsame Maschine. Moskau und Umgebung war tiefste Etappe, fast schon ein Land des Friedens. Abgesehen von der reduzierten Ernährung und der enorm gesteigerten Rüstungsproduktion, lebte man hier schon der Zukunft entgegen. Stalin hatte es klar genug gesagt: Nach dem Krieg wird die Sowjetunion ein Goldenes

Land werden! Unbesiegbar und reich, gesegnet mit unermeßlichen Bodenschätzen und einer Landwirtschaft, die uns vergessen läßt, was das Wort Hunger bedeutet. Bewohnt von einem Volk, dessen Tapferkeit die Geschichte der Menschheit überstrahlt. So wird Rußland sein! Es gab keinen Anlaß mehr, daran zu zweifeln. Die deutschen Armeen waren weit nach Westen zurückgedrängt. Die nächsten Tage würden beweisen, ob in einem gewaltigen, bisher nie erlebten Feuersturm nicht auch der ganze Krieg verbrannte und ein ewiger Frieden aus der Asche wuchs. Ganz Rußland war ein einziges Heerlager, zwischen Moskau und der Frontlinie ballte sich die Kraft eines ganzen Kontinents.

Kyrill Semjonowitsch hatte keine Ahnung, wie spät es war. Eine Uhr trug er nicht — wer besaß schon eine Armbanduhr in Rußland? Es gab öffentliche Uhren genug, in Türmen, an den Giebeln der Parteihäuser, in den Städten sogar an den Ekken der Hauptstraßen. Uhren, die man mit sich herumträgt, sind ein Luxus. Allenfalls eine Uhr im Zimmer, das läßt man sich gefallen, oder ein Wecker, damit man frühzeitig aufwacht und nicht zu dem Genossen Vorarbeiter sagen muß: »Mir ist das peinlich. Kaum liege ich im Bett, strecke mich aus und sage zu mir: Piotr, du mußt morgen früh um fünf Uhr aufstehen . . . da fallen mir die Augen zu, noch bevor ich mir die Zeit gemerkt habe. Wie eine Krankheit ist's! Verzeihen Sie, Genosse.«

Boranow lauschte auf das Summen des Motors. Es erinnerte ihn an das helle Brummen der Windmaschine auf Gut Thernauen. Mit diesem Geräusch war er aufgewachsen, hatte als Junge oft unter dem hochragenden Eisengestänge im Gras gelegen und beobachtet, wie der Wind die silbern glänzenden Flügel antrieb. Erst zaghaft, dann immer schneller, so wie die Wolken am Himmel über ihn hinwegjagten. Dann sah er keine Flügel mehr, sondern einen silbernen, summenden Kreis, und in einem Holzhäuschen neben dem Windrad mahlten und knirschten Zahnräder und rumpelte ein Motor.

Kyrill Semjonowitsch schrak hoch. Er hatte die Stirn gegen die Flugzeugwand gepreßt, die Augen geschlossen — ihm war kaum mehr bewußt, daß er dreitausend Meter über russischen Wäldern schwebte. Jemand tippte ihm auf die Schulter, der Ko-Pilot: »Unter uns ist Plesenskoje.«

»Auch Militärkolonnen?«

»Nein. Alles dunkel.«
»Siehst du das Rübenfeld?«
»Aber genau!« Der Oberfeldwebel grinste. »In jeder Reihe 432 Rüben, wenn ich mich nicht verzählt habe.«
»Blöder Hund!« Boranow kontrollierte zum letztenmal den Sitz der Fallschirmgurte. Ihm war dieser Sack auf seinem Rükken, der über Leben und Tod entschied, immer unheimlich geblieben. Daß er ihn auch noch selber gefaltet hatte, wenn auch unter Anleitung des jungen Fallschirmjägerleutnants, stärkte durchaus nicht sein Vertrauen. Nur eine einzige Schnur verheddert, dachte er, und du wirst in das Feld hineingeschleudert wie ein weicher Sack. Ob ein Mensch zerplatzt, wenn er aus solcher Höhe aufschlägt?
»Wir gehen jetzt auf Sprunghöhe«, sagte der Oberfeldwebel. »Wenn wir dein Rübenfeld sehen, wackeln wir kurz. Dann 'raus!« Er klopfte Boranow auf die Schulter. »Wird schon klappen. Ich stehe ja hinter dir . . .« Er räusperte sich und brachte die Frage vor, die ihn während des langen Fluges nicht losgelassen hatte: »Wie heißt du eigentlich?«
»Adieu.«
»Noch nicht. Erst, wenn wir wackeln . . .«
»Ich heiße Adieu.«
»Das gibt's doch nicht! Das ist doch kein Name!« Der Oberfeldwebel kratzte sich an der Nase. »Verstehe. Geheimhaltung . . .«
»Durchaus nicht. Ich habe mich Adieu genannt.«
Der Ko-Pilot schien plötzlich zu verstehen. Er fingerte nervös an seiner Lederjacke herum. »Weil — weil du nicht wiederkommst . . .?« sagte er leise. »Keine Möglichkeit?«
»Kaum!« Boranow klammerte sich fest. Das Flugzeug ging fast im Steilflug herunter. Jetzt mußte der Pilot das Rübenfeld im Visier haben. Boranow lächelte schwach. »Gute Heimkehr, Kumpel! Überlebt, sag' ich euch! Es dauert nicht mehr lange . . .«
»Das glaub' ich auch! Wenn wir erst unsere neuen Wunderwaffen einsetzen . . .«
Boranow zog den Kopf zwischen die Schultern. »Verzeihung, ich wußte nicht, daß du ein so großes Rindvieh bist. Du glaubst wohl an die Goebbels-Reden?«
»Aber eisern! Klar, wir sind gegenwärtig in einer Scheißsituation. Aber der Führer weiß genau, was er tut. Frontverkür-

zung, dadurch mehr freie Truppen auf engerem Raum, tief gestaffelt, beweglich, elastisch. Der Iwan wird gegen uns anrennen wie gegen einen Gummiberg! Das ist eine ganz neue Taktik, eine federnde Kriegführung. Alle werden sich an uns verbluten!«

»Du hast recht, mein Junge.« Boranow tätschelte dem jungen Oberfeldwebel die Wangen. »Glaub ganz fest daran, auch wenn du schon unterm Birkenkreuz liegst. Lebt deine Mutter noch?«

»Ja. In Wuppertal.«

»Dann schreib ihr sofort, wenn du wieder im Fliegerhorst bist. Schreib ihr: Ich habe in der Luft, keine 50 Kilometer von Moskau entfernt, einen Mann kennengelernt, der behauptet, jeder Tag länger Krieg sei ein Verbrechen an der Menschheit. Mutter, das war ein richtiger Wehrkraftzersetzer! Einer, den sie zum Tode verurteilen müßten. Und stell dir vor: ein deutscher Offizier. So etwas sagt ein deutscher Offizier. Gott sei Dank haben wir ihn über Rußland abgeworfen, und er kommt nicht wieder zurück! So hat er seine Strafe doch noch bekommen! — Ja, so ist das, Oberfeldwebel. Entsetzt? Sprachlos? Ein deutscher Offizier . . .«

Die Maschine begann zu zittern. Der junge Oberfeldwebel schluckte. »Sie — sie wackelt. Sie — Sie müssen jetzt 'raus!«

Boranow stieß die schmale Tür auf. Der Fahrtwind riß ihn an sich und zog ihn fast aus dem Flugzeug. Ein hohles Brüllen war um ihn. »Mach's gut!« schrie er.

»Adieu . . .«, stammelte der Oberfeldwebel. Er hielt sich an der Eisenstange fest, mit der linken Hand. Die rechte legte er an die Ledermütze und grüßte.

Kyrill Semjonowitsch Boranow stieß sich ab, warf sich in die schwarze Dunkelheit, breitete die Arme aus, spreizte die Beine und fiel ins Bodenlose. Dann riß ihn ein Ruck herum, der Fallschirm entfaltete sich und blähte sich über ihm zu einer riesigen Kugel auf.

Ich schwebe, dachte Boranow. Ich werde nicht zwischen den Rüben zerplatzen. Ich lande weich auf russischer Erde.

Er blickte nach unten und erkannte in der fahler werdenden Nacht, an die sich seine Augen nun gewöhnten, die Ebene südlich von Plesenskoje. Ruhig hing er in den Gurten und wartete auf die Landung. Er brauchte nicht die Richtung zu ändern, nicht mit den Beinen zu pendeln, sich nicht zu überle-

gen, wie er Bäumen ausweichen konnte. Unter ihm kamen die Rübenfelder näher, ein mit Kraut bestandenes Land, so weit er in der Dunkelheit um sich blicken konnte. Die nächsten Häuser waren ungefähr zwei Werst entfernt ... eine kleine Siedlung, die zur Kolchose »Frunse« gehörte. Dazwischen lag ein Wäldchen. Man konnte ihn nicht sehen. Vollkommene Stille war um ihn. Als er aufprallte, war der Boden weich vom grünen Laub der Rüben. Der Fallschirm zerrte ihn noch ein Stück weiter, er hing in den Gurten und hatte keine Möglichkeit, sich — wie er gelernt hatte — abzurollen. Ein leichter Wind blähte die Seide und zog ihn über das Feld. Da griff er in den Boden, hielt sich an den dicken Stengeln fest, bekam eine herausragende dicke Rübe zu fassen und umklammerte sie. Das bremste seine Fahrt, der Schirm sank vollends zu Boden und fiel in sich zusammen.
Boranow blieb inmitten der Rüben liegen, atmete tief und hastig und erholte sich von dem Aufprall wie ein Fisch, der, an Land geworfen, zurück ins Wasser schnellen konnte, langsam dahintreibt mit flatternden Kiemen, während die Flut ihn mit neuer Lebenskraft erfüllt. Dann sprang Boranow auf, raffte den Fallschirm zusammen und schleppte das zusammengeknüllte Bündel aus dem Rübenfeld weg zu dem schmalen Bach, der die Westseite des Feldes begrenzte. Dort suchte er nach einem Versteck, fand aber keins, und entschloß sich, den Schirm in der Nähe der Kolchose abzulegen.
Der Gedanke amüsierte ihn, so gefährlich seine Situation im Augenblick auch war. Man stelle sich vor: Irgendwann — vielleicht in drei oder vier Tagen — findet die brave Bäuerin unter einem Haufen Stroh vom Vorjahr einen Ballen Seide, an dem viele Strippen und Gurte hängen. Es kann nun sein, daß die gute Frau schon etwas von Fallschirmen gehört hat oder sogar weiß, wie solch ein Ding aussieht — aber möglich ist auch, daß sie noch nie gesehen hat, wie so ein riesiger Pilz durch die Luft schwebt, und nur weiß: Hier liegt Seide! Viel Seide. Eine ganze Wolke aus Seide. Heilige Mutter von Kasan, was alles kann man da draus machen! Kleider, Hemdchen, Unterhosen, Blusen, Kopftücher ... für ein paar Jahre reicht das, was sage ich: ein Leben lang braucht man keine Sorgen mehr zu haben, wie man den Körper bedeckt, ja man wird bald so schick aussehen wie die verdammte Hure Rajetschka, die mit Offizieren und dicken Parteibonzen im Bett

und im Heu und sogar hinter dem Ferkelstall liegt, und dafür Bezugsmarken erhält, mit denen sie in Naro-Fominsk die schönsten Fummel kaufen kann. Bestickte Blusen, in denen ihre Brüste hängen wie Birnen in einem engen Sack. Röcke, die sie um ihren dicken Hintern zieht, als sei's eine zweite Haut, und in denen sie herumstolziert, daß man bei jedem Schritt ihre Arschfalte sieht. Das leiste ich mir jetzt auch, Rajetschka, du elendes Luder. Ein Gebirge von Seide liegt vor meiner Tür ... Wem gehört's? Wen kümmert es? Der Vorbesitzer wird schon schweigen, denn geklaut hat auch er's! Ha, wird Iwan Michailowitsch Augen machen. Große Augen. Geile Augen, wenn seine Sojuschka mit einem seidenen Blüschen ins Zimmer hüpft und ihn überrascht. Iwan ist da wie alle Männer ... der bekannteste Körper wird wieder interessant, wenn er in einer neuen Hülle steckt. Daran soll es jetzt nicht fehlen ... wir haben Neuheiten auf Jahre hinaus.
Boranow pfiff leise vor sich hin, schritt kräftig aus, erreichte einen von Traktoren und Karren ausgewalzten Fahrweg und sah aus dem fahlen Nachtdunkel die ersten Dächer der Kolchose auftauchen. Da verhielt er den Schritt, lauschte wie ein verhoffendes Wild und wartete. Aber drüben rührte sich nichts. Nicht einmal ein Hund bellte. Boranow überlegte, schlug einen Bogen und schlich sich von der Scheunenseite heran. Er erreichte einen Schuppen, dessen Tür weit offenstand und im leichten Wind hin und her pendelte. Die Scharniere knirschten im Rost und übertönten seine Schritte auf dem grob gepflasterten Boden. Boranow schlüpfte in den Schuppen, sah ihn gefüllt mit alten Kisten, die gestapelt oder nur aufeinandergeworfen den ganzen Raum ausfüllten, zwängte sich, nachdem er den Fallschirm abgelegt hatte, fast lautlos in den Kistenberg, drang bis zur Rückwand vor und holte dann das Seidenbündel nach. In eine große Kiste, ganz hinten, stopfte er den Fallschirm, legte einen Deckel darüber und verbaute bei der Rückkehr wieder seinen Weg. Wenn sie Kisten brauchen, dachte er, werden sie nicht hinten, sondern vorne beginnen, wer täte das nicht? Bis sie an der Rückwand angelangt sind, wird's dauern; bis dahin gibt es keine Spur mehr. Und wenn die Kolchose einen klugen Natschalnik hat, wird er den Mund halten und den Himmel bitten, daß man alles schnell vergißt. Ein Untersuchungskommando des NKWD ist kein angenehmer Gast ...

Boranow schlich aus dem Schuppen und hetzte durch die Nacht davon. Erst nach ein paar hundert Metern, aus der Sichtweite der Kolchose und am Rande eines mageren Birkenwäldchens, hielt er ein, gönnte sich ein paar Schnaufer Ruhe, lehnte sich weit und schweratmend gegen einen Birkenstamm und wischte sich mit dem Jackenärmel den Schweiß vom Gesicht.
Geschafft, dachte er. Das hätten wir geschafft. Nun bin ich ein normaler sowjetischer Bürger. Moskau ist nicht mehr weit, ich kann mir den Weg aussuchen. Von Naro-Fominsk fährt eine Eisenbahn bis Moskau, aber Züge werden kontrolliert, und wenn ein gesunder junger Mann fröhlich dasitzt und aus dem Fenster schaut, knallt ihm plötzlich eine Hand auf die Schulter, und eine harte Stimme fragt: »Was ist denn mit dir los, Genosse?! Nicht in Uniform? Zeig deinen Ausweis her!« Und mag der Ausweis dann noch so schön in Ordnung sein — unangenehme Diskussionen gibt's wahrscheinlich doch.
Ein guter Weg nach Moskau ist die Straßenbahn. Sie fährt wieder bis in die Vororte, ist überfüllt, keiner kontrolliert sie. Denn wer mit der Straßenbahn fährt, ist ein arbeitender Genosse. Wer sonst nähme die Unbequemlichkeit auf sich, auf den Trittbrettern mitzufahren, sich an Stangen festzuklammern oder sich in einer Menschenmenge so einkeilen zu lassen, daß man die Kopeken Wechselgeld in den Mund geschoben bekommt, weil keine Hand mehr gehoben werden kann.
Boranow entschloß sich, erst die Fahrt mit dem Zug und dann mit der Straßenbahn zu wagen. Er wartete in dem Birkenwäldchen, bis sich sein Atem beruhigt hatte, rekapitulierte dann in seinem Hirn die Landkarte — es gelang ihm leicht, dank der guten Milda Ifanowna, die sie so hart gedrillt hatte! —und sagte sich, daß nordwestlich die Straße von Plesenskoje nach Naro-Fominsk verlaufen müßte. War er erst einmal in Naro und am Bahnhof, würde die Welt viel normaler aussehen. Am unauffälligsten ist der Mensch in der Masse.
Boranow wanderte los, erreichte die unbefestigte Straße nach Plesenskoje und nach vier Werst die ersten Häuser des Dorfes. Vor dem zweiten Haus sah er ein Gerät stehen, das für ihn schicksalsbestimmend sein konnte: ein Fahrrad! Mit der Gelassenheit eines Hundes, der an die Hauswand geht, um sein Bein zu heben, betrat Boranow den durch einen Knüppelzaun vom Weg abgegrenzten Vorgarten, wartete auf das Kläffen ei-

nes Hofköters und legte sich einen schönen Begrüßungssatz zurecht, falls man die Tür aufriß und ihn mit einem Beil bedrohte. Aber auch hier bellte kein Hund — sie werden alle in den Hungerjahren aufgefressen haben, dachte Baranow —, und nichts rührte sich, als er nach dem Fahrrad griff, es aus dem Vorgarten schob und sich auf den zerschlissenen Sattel schwang. Mit ein paar kräftigen Tritten sauste er davon, die Kette knirschte so laut, daß Boranow vor Schreck den Atem anhielt, aber nichts geschah. Die Häuser schliefen in der beruhigenden Gewißheit, daß der Krieg schon weit weg war und nie mehr zurückkehren würde. Die deutsche Gefahr war vorbei; Moskau ist uneinnehmbar. Nur einmal hatten fremde Truppen die Stadt geplündert und angezündet. Das war, als die Tataren wie eine feurige Wolke über die Welt zogen. Aber wie lange ist das her? Seither scheiterten alle Feinde an Moskau. Auch Napoleons Grande Armée. Auch damals brannte Moskau. Aber dieses Feuer hatten die Russen gelegt; es jagte die Feinde aus der Stadt und in den Untergang.

Boranow radelte die erste Wegstrecke, als müsse er ein Radrennen gewinnen. Erst auf der breiten Straße, die nach Naro-Fominsk führte, schlug er ein gemütlicheres Tempo ein, schob seine Mütze in den Nacken und war ausgesprochen froh gestimmt. Kaum wahrnehmbar begann der Himmel sich zu röten; das Nachtblau durchsetzte sich mit einem Schimmer Purpur, der Morgen schlich sich heran.

Es war hell, als Boranow mit der Fröhlichkeit eines pflichteifrigen Genossen, der sich auf seine Arbeit fürs Vaterland freut, durch die Straßen von Naro-Fominsk strampelte und sich dem Bahnhof näherte.

Es war ein schöner kleiner Bahnhof, der sogar eine Uhr besaß, die nicht stand. Danach war es jetzt 10 Minuten vor 5. In der Bahnhofshalle war schon Betrieb. Viele Bauern trafen sich hier, mit Gitterkisten voller Hühner und Enten, die sie offensichtlich nach Moskau bringen wollten, um sie den Städtern für gute Rubel zu verkaufen. Denn noch war ja Krieg, die Lebensmittel waren knapp und nur auf Karten zu haben, und wer ein Huhn erwerben konnte, der gab mehr her als nur Rubel. Man tauschte Schmuck und gute Stiefel ein, und wenn das auch bei harten Strafen verboten war — wer wollte es unterbinden?! Tauschte man nicht überall? Kam nicht der gestrenge Kommissar, der die Hütte zur Untersuchung durch die Haustür betrat, nach dem amtlichen Akt durch die Hintertür wieder herein und fragte freundlich: »Mütterchen, hast du nicht ein Körbchen Eier für mich, einen schwerarbeitenden Menschen?«

Boranow setzte sich auf eine Bank zu einer Gruppe von Arbeitern, die — so entnahm er ihren Reden — in einer Federnfabrik bei Rassudowo beschäftigt waren. Er holte eine dicke Zwiebel (der keiner ansah, daß sie in Mecklenburg gewachsen war) aus der Tasche und begann sie mit Kennermiene zu schälen und stückweise zu essen.

Bevor der Zug nach Moskau einlief — da war es schon fast acht Uhr —, erschien dreimal ein Milizionär auf dem Bahnsteig, überschaute die wartende Menge, begrüßte ein paar Bekannte und verschwand dann wieder.

Um halb neun Uhr fuhr der Zug dann endlich ab. Boranow saß in einem Abteil mit sechs Bauern, dreiundfünfzig Hühnern, einem winzigen, mageren, aber um so lauter quiekenden Ferkelchen und einer dicken Frau, die nach Stallmist duftete und ihm erzählte, sie sei Witwe im dritten Jahr.

Boranow sprach sein Beileid aus, lehnte sich zurück und schloß die Augen. Bis Moskau runde 70 Kilometer, dachte er. Das ist eine große Strecke, wenn der Tod mitfährt. Jeden Augenblick kann eine Kontrolle kommen. Dann hängt es davon ab, wie überzeugend man reden kann.

Moskau und Umgebung, dachte Boranow. Durch Mildas Hartnäckigkeit gelernt, als wär's die Stadt, in der man aufgewachsen ist. Die Endstation der Straßenbahn, die für mich in Frage kommt, heißt Ochakowo. Eine Bahnstation hinter Peredelkino. Eine herrliche Landschaft. Wogende Wälder und verträumte Teiche, ein sanftes Hügelland, verstreute Datschas von Schriftstellern und verdienten Künstlern der Sowjetunion. Ein Stückchen unsterblich russischen Geistes. In Peredelkino kann man das tun, was jeder Russe gerne tut: vom Glück träumen.

Baranow tat, als ob er schlafe, hörte die stallduftende Witwe von ihrer verhexten Kuh erzählen, die am Euter kitzelig sei und immer so merkwürdig stoßweise brummte, wenn sie ihr die Zitzen strich, und verwartete die Zeit, bis Peredelkino auftauchte. Hier stürmten neue Massen den vollbesetzten Zug, es kam zu Streitereien, ein Unteroffizier der Miliz brüllte herum, was völlig sinnlos war, denn auch Lautstärke schafft keinen zusätzlichen Sitzplatz, und ein Offizier ließ aus einem Abteil neun Bauern hinauswerfen, um es allein zu beziehen. Der Offizier hatte viele Orden auf der Brust, der Milizunteroffizier stand bald stramm, bald zerrte er Bauern aus dem Abteil, und Boranow machte sich beliebt, indem er laut verkündete, er werde in Ochakowo aussteigen und sein Platz würde damit frei.

»Nur eine kurze Strecke ist's!« riefen zwei Männer und klopften Boranow auf die Schulter. »Überlaß uns deinen Platz, guter Bruder, und fahr draußen an der Tür mit. Warm ist's, du wirst es nicht bereuen. Die frische Luft weitet die Lungen.« So fuhr Boranow die letzte Strecke auf dem Trittbrett vor der Tür, klammerte sich am Fensterrahmen fest und war sicher, hier nicht kontrolliert zu werden. Es war tatsächlich warm, der Zugwind fegte die letzte Müdigkeit aus seinem Körper, er fühlte sich erfrischt und sprang auf die Gleise, kaum daß der Zug in Ochakowo hielt. Er nahm seine Mütze vom Kopf, steckte sie in die Rocktasche, ging an dem an der Bahnhofstür stehenden Milizionär vorbei und sagte: »Das wird ein schöner Tag, Genosse!« — und war endgültig allen Kontrollen entwichen.

Vor dem Bahnhof war auch die Endstation der Vorortstraßenbahn nach Moskau. Ein großer, alter Waggon, mit kernigen Sprüchen bemalt, wie »Stalin ist der Sieg« oder »Rußland ist unsterblich durch euren Mut«. Um die Straßenbahn herum lagerte, als gelte es, sie auszuhungern, eine kleine Armee von Fahrgästen. Sie saßen auf Kisten und Kartons und warteten scheinbar geduldig, denn vor der einzigen geöffneten Wagentür stand, dem das Paradies bewachenden Erzengel gleich, eine ehrfurchtheischende Person: die Schaffnerin. Erst als sie die Tür freigab, begann der große Sturm. In den lauernden Blicken der Wartenden lag etwas von der Grausamkeit von Raubtieren kurz vor der Fütterung. Man hatte bereits errechnet — und Russen sind gute Rechner —, daß nur zwei Drittel der Wartenden einen Platz in der Straßenbahn bekommen konnten. Wenn die Schaffnerin also die Tür freigab, war das gleichbedeutend mit dem Öffnen eines Käfigs.

Boranow überblickte die Menschenmenge, steckte die Hände in die Hosentasche und schlenderte auf den Wagen zu. Er blieb vor dem Spruch »Rußland ist unsterblich durch euren Mut« stehen, nickte anerkennend und trat an die Tür. Die

Menschen hinter ihm schienen den Atem anzuhalten. Die Schaffnerin starrte ihn ungläubig an. Sie war ein nettes Geschöpf, hatte mittelbraune, halblange Haare, die sie mit zwei Spangen über den Ohren zusammenhielt, große, runde, braune Augen, einen Kirschenmund und ein Köpfchen, das man einer Puppe hätte aufschrauben können. Auch alles andere schien von Gottes Großmut geformt. Boranow betrachtete mit Wohlgefallen die runden Formen, soweit die sackähnliche Bluse, der unvorteilhaft geschnittene Rock und die klobigen Schuhe das erlaubten. Immerhin hatte sie lange schlanke Beine, die sich nicht verbergen ließen.

»Sind Sie blind?« fragte die Schaffnerin. Ihre Stimme klang trotz der unfreundlichen Frage angenehm.

»Im Gegenteil, ich habe mir den Spruch zu Herzen genommen, den Sie da herumfahren, Schwesterchen. Rußland ist unsterblich durch euren Mut . . .« Boranow setzte einen Fuß auf das Trittbrett. Die Schaffnerin zögerte, dann hob auch sie das Bein und trat Boranow auf den Schuh. Die Menge verharrte still. Das wird ein Schauspiel, Genossen, das heitert etwas auf. Kommt da ein Fremder her und legt sich an mit diesem Weibchen. Ihm werden noch die Ohren glühen, paßt gut auf, Genossen!

Boranow zog seinen Fuß zurück und kratzte sich die Nase.

»Sie treten wie ein Känguruh«, sagte er.

»Wie was?« fragte die Frau böse.

»Ein Känguruh! Genossin, Sie kennen kein Känguruh?! Da muß ich Ihnen etwas erzählen. In Leningrad — vor dem Krieg war's — gastierte ein Zirkus. Einen Zirkus kennen Sie doch?«

Beleidigt schwieg die Schaffnerin. Wer in Moskau kennt keinen Zirkus? Fünf Dinge liebt der Moskauer und behauptet, sie seien die besten der Welt: die U-Bahn, das Bolschoi-Theater, das Speiseeis, die Wiesen am Wolgaufer und den Zirkus.

Boranow lehnte sich gegen den Straßenbahnwagen und blickte in den blauen Sommerhimmel. Ein paar Kräuselwolken trieben nach Westen. Ein Offensivwetter, dachte er. Das Land ist hart und trocken. Die sowjetischen Panzerarmeen können gegen die deutschen Stellungen rollen. 132 Divisionen! Gott verzeih uns allen . . .

»In diesem Zirkus«, sagte Boranow mit wichtiger Miene, »gab es eine Attraktion, über die wir alle lachten: Ein Känguruh kämpfte gegen einen Bären. Das haben Sie noch nicht gesehen, was?! Kommt da der Bär her, hochaufgerichtet, ein Berg von Pelz, kraftstrotzend, mit listigen Augen blinzelnd, und steht dort das Känguruh auf seinen langen Latschenbeinen, wackelt mit den Ohren und leckt sich die Schnauze. Wir hielten den Atem an. Gleich wird der Bär das Beuteltierchen zermalmen, die Knochen werden wir knacken hören. Eine Frau fällt schon in Ohnmacht, ein Großväterchen knabbert an seinem Bart. Aber was sehen wir: Kaum ist der Bär nahe genug heran, hüpft das Känguruh herum, hebt einen Fuß und — klatsch! — tritt dem Bären vor den Bauch. Was soll ich sagen: Der Bär kippt nach hinten um, legt sich auf den Rücken, streckt alle viere von sich. Kapituliert! Vor einem Känguruh! Ganz Leningrad sprach darüber.« Boranow blickte begehrend in den Straßenbahnwaggon. »Wir verstehen uns, Genossin?«

»Nein!«

»Wann darf man die Straßenbahn besetzen?«

»Wenn ich das Zeichen gebe.«

»Und wann geben Sie es?«

»Wenn ich es für richtig halte.«

»Und wann ist diese Zeit gekommen?« Boranow lächelte sie an. »Muß man einen Kalender führen?«

»Idiot!« sagte die Schaffnerin. Sie trat zurück, brachte sich hinter einer Art stählerner Barriere in Sicherheit und hob die Hand. »Jetzt!«

Boranow machte einen Satz, stürzte in den Waggon und klemmte sich auf einen Sitz am Fenster. Kaum saß er, krachte die Woge der Wartenden in die Straßenbahn, ein Orkan von Stimmen brüllte über sie hinweg, die Schaffnerin saß hinter den Hebeln des Fahrerstandes und trat warnend auf die Klingel. Dann fuhr die Bahn plötzlich los, einige Zurückgebliebene rannten hinter ihr her und rauften sich die Haare, aber die Fahrt wurde immer schneller, die Unsicheren, die draußen hingen, sprangen noch halsbrecherisch ab, die Mutigen klammerten sich irgendwo fest. Die Vorortbahn nach Moskau nahm volle Fahrt auf und ratterte über die ausgeschlagenen Schienen der großen Stadt entgegen.

Boranow, der neben der Trennwand zum Fahrersitz saß, betrachtete das Profil der Schaffnerin. Ein hübsches Ding, dachte er. Wie alt mag sie sein? Höchstens Mitte Zwanzig, eher jünger. Wenn die Sonne auf ihr braunes Haar fällt, glitzert es an den Spitzen rötlich. Einen schlanken Hals hat sie, im

Nacken voll lockigem Flaum. Verdammt, sie ist wirklich hübsch.
So lernte Boranow die Schaffnerin Lyra Pawlowna Sharenkowa kennen.

Der Schmerz hatte gesiegt.
Ob er ohnmächtig gewesen war, oder ob sein Hirn bloß alle Wahrnehmungen gestrichen hatte und alle Nerven lähmte, wußte Bunurian nicht, als er wieder klar denken konnte. Er erkannte das Gebüsch wieder, in das er sich hineingerollt hatte. Sein Gaumen war gefüllt mit bitter schmeckendem Blätterteig. Er spuckte ihn aus und erinnerte sich: Ich habe einen Ast abgerissen und ihn samt den Blättern in den Mund gestopft, um nicht schreien zu müssen.
Warum nicht schreien, dachte er weiter. Ein Schmerz potenziert sich, wenn man ihn in sich hineinfrißt. Schreien befreit. Ich habe auf unserem Gut erlebt, wie sich ein Waldarbeiter mit einem Axthieb fast das Bein abtrennte, dann auf dem Rükken lag und brüllte, unmenschlich brüllte — und plötzlich lächelte, als ich ihn auf eine Trage hob. »Junges Härrchen«, sagte er, »is man nicht so schlimm. Hab' alles aus mir weggepustet . . .«
Holzfäller! Das war es! Bunurians Hirn dachte klar und logisch. Keine fünfhundert Meter nach rechts lagen drei Blockhäuser inmitten von Stapeln frisch geschlagenen Holzes. Eine breite Schneise wies den Weg, den die Genossen Holzfäller nahmen, die beim Morgengrauen aus den Hütten treten, sich an einer Tonne waschen, in einer Reihe und beim fröhlichen Schwatzen in Windrichtung pinkeln würden und dann, nach dem Genuß von Brot, kaltem Hasenbraten und gezuckerten Beeren, an ihre Kahlschläge marschieren würden. Ihnen konnte man kaum weismachen, daß durch bloßes Stolpern über eine Wurzel ein Knöchel so kompliziert brechen kann. Und sollten sie's doch glauben, war immer noch zu erzählen, wieso der Anzug so zerfetzt und die Haut an vielen Stellen abgeschabt war, als habe man unter einem Rindenschäler gelegen.
Bunurian hob mühsam den Kopf. Das Gebüsch, in das er sich geflüchtet hatte, war dicht, aber es lag nahe dem Weg, über den man das geschlagene Holz abtransportieren würde. Man

konnte ihn nicht sehen, und wenn kein Hund herumstrolchte, der ihn wittern würde, war er hier sicher. Ein paar Tage war es hier auszuhalten. Der Schmerz würde keinen Hunger aufkommen lassen, und den Durst besänftigte man, indem man den Tau von den Blättern leckte. Am frühen Morgen war das Gras noch feucht, man konnte das Gesicht hineindrücken und so liegenbleiben, bis die Wärme das Naß wegsaugte.
Der Knöchel war dick wie eine Zitrone. Mit klappernden Zähnen versuchte Bunurian, den zerrissenen Strumpf auszuziehen. Es war, als häute er sich, ein Brennen durchglühte seinen ganzen Körper, er biß wieder auf ein Stück Holz und befreite seinen Knöchel von dem Strumpf. Dann lag er wieder, mit Tränen in den Augen, auf dem Rücken und wartete ab, bis der größte Schmerz sich verteilte und überging in das gleichbleibende Gefühl, auf einem Nagelbrett zu liegen.
Einmal hört auch das auf, sagte er sich vor. Es wird alles besser werden, wenn die Schwellung nachläßt. Hör zu, Knöchel: Wir haben noch eine Menge vor uns. Wir müssen nach Moskau, hörst du? Ein paar Tage gebe ich dir Zeit, aber dann mußt du wieder mitspielen. Denk an die linke Schulter. Das war 1942, vor Kertsch. Genau am 14. Mai. Da hatten wir die Halbinsel fast erobert, und vier sowjetische Panzer versuchten verzweifelt, durchzubrechen. Ich lag hinter einem Erdhaufen, flach wie eine Flunder. Erinnerst du dich? Ich blieb liegen, die geballten Ladungen neben mir, und als der erste Panzer an mir vorbeifuhr und ich im toten Winkel lag, bin ich aufgesprungen und habe mein Handgranatenbündel unter den Panzerturm geschoben und abgezogen. Und dann hat's mich doch noch erwischt. Natürlich, eine Schulter ist kein Knöchel. Mit einer Kugel in der Schulter kann man noch laufen. Aber wenn ich dir vier Tage Ruhe gebe, Knöchel, solltest du soweit sein, daß du's erträgst, wenn ich auf Krücken weitermarschiere.
Bunurian zerriß sein Hemd, zog einige Fetzen durch das betaute Gras, bis sie naß waren, und wickelte sie um seinen unförmigen Fuß. Die Kühlung war köstlich, der Schmerz ließ nach, eine Art Fröhlichkeit überkam ihn, weil er wieder den Mund öffnen konnte, ohne daß seine Zähne klapperten. Er sah den neuen Tag in den Himmel steigen mit einer blaßgelben Sonne, die sofort das Land mit Wärme überschüttete. Im Wald erwachte hundertfaches Leben, Vögel zwitscherten über

ihm, im trockenen Geäst raschelten Tiere. Von den Blockhäusern schallten Stimmen herüber, und dann hörte er ein Knattern, als wehre sich ein alter Traktormotor gegen die Arbeit.
Nehmt eine andere Richtung, Genossen, dachte Bunurian und wechselte die Fetzenkompressen. Drüben stehen höhere und kräftigere Bäume. Macht einen Bogen um mich. Was habt ihr davon, wenn ihr mich totschlagt?! Den Ausgang des Krieges kann ich nicht mehr ändern, auch wenn man sich im OKW noch so sehr einbildet, wir zehn könnten mit der Ermordung Stalins das Weltgeschehen aufhalten. Genossen, Rußland wird den Krieg gewinnen — darum laßt mich leben, ich bitte euch. Warum ich abgesprungen bin? Eine kluge Frage, so klug, daß es darauf keine Antwort gibt. Jetzt, wo ich unter euch bin, weiß ich es selbst nicht mehr. Es ist wie ein Saatkorn: Man setzt es in die Erde und sagt: Jetzt wachse und trag Früchte! Und das Saatkorn tut es. Es sprießt, es stößt ein Hälmchen durch die Ackerkrume, es wächst in der Sonne, dem Regen und dem Wind entgegen, und dann setzt es Früchte an, und alle umstehen es und klatschen in die Hände: Welch eine gute Ernte. Es kann nicht anders, das kleine Saatkorn, es muß tun, was in seiner Natur liegt. Genossen, ich weiß, das ist keine Entschuldigung. Hier ein Körnchen, dort ein Mensch, der vom Himmel springt. Aber beide haben ein Schicksal: Sie müssen tun, was man von ihnen erwartet.
Und was werden sie antworten, die Brüder Holzfäller? Ha, werden sie sagen, hört, hört, wie schief er redet! Wie honigtropfend, dieser Lump! Wie schieläugig seine Rede ist! Überlege, du Schuft: Was geschieht mit einem Korn, das Halm geworden ist und Frucht trägt?! Na? Zitterst du endlich? Man schneidet es ab. Ritsch — ratsch, mit der Sichel, der Sense oder dem Mähdrescher. Man köpft es, man schlägt die Körner heraus! Los, Genossen, zeigt es dem Burschen! Will er ein Halm sein, soll er auch wie ein Halm behandelt werden . . .
Bunurian lauschte angestrengt. Lachen flatterte von den Hütten herüber. Der Traktormotor spuckte nicht mehr, er ratterte fröhlich. Die Arbeit begann. Bunurian dachte an seinen Fallschirm, der irgendwo hoch oben im Geäst hing. Wenn ein stärkerer Wind aufkam, würde er sich wie eine weiße Fahne blähen und weithin sichtbar sein.
Bunurian wußte, daß seine Lage fast aussichtslos war. Wenn man ihn heute nicht entdeckte, dann doch morgen oder über-

morgen. Mit seinem gebrochenen Knöchel kam er nicht weit. Was sind zwei oder drei Werst in diesem riesenhaften Land? Mehr konnte er nicht schaffen, das war sicher. Auf einem Bein hüpfend Rußland zu durchwandern, das war schon eine Wahnsinnsidee. Aber nur drei Tage noch, dachte er. Dann sieht alles anders aus. Drei Tage brauche ich für meine Wiedergeburt.
Er lag wieder auf dem Rücken, den gebrochenen Fuß mit den Hemdfetzen auf einen dicken federnden Ast gelegt, und analysierte jedes Geräusch. In einiger Entfernung das Aufkreischen von Baumsägen, das aufschreiende Brechen von Holz, wenn der Baum sich neigte, schwankte und dann mit einem majestätischen Rauschen zur Erde fiel, der blubbernde Traktor, rufende Stimmen und — Bunurian war es, als sträubten sich seine Nackenhaare — zum erstenmal Hundegebell! Mehrere Hunde — er unterschied genau die Klangfarben. Es waren drei.
Er tastete nach der Giftkapsel, die er in einem Ledersäckchen um den Hals trug, und griff ins Leere. Beim Absturz von dem hohen Baum, als er von Ast zu Ast fiel und sich die Haut abschürfte, mußte auch die Kordel gerissen sein. Ein eisiges Entsetzen überkam ihn und machte das Atmen zu einer Zentnerlast. Der letzte Weg, die Flucht in die schmerzlose Unendlichkeit, war ihm genommen. Entdeckte man ihn, lag das ganze schreckliche Leiden einer wehrlosen Kreatur vor ihm. Bunurian schloß die Augen und bekämpfte die würgende Angst. Wie einen tollwütigen Fuchs werden sie mich zerknüppeln, dachte er. Gott im Himmel, so wollte ich nicht sterben. Ich habe mir immer gewünscht, mit dem Tod um mein Leben zu kämpfen — ob im Krieg mit der Waffe in der Hand oder im Bett, mich aufbäumend gegen den Feind in mir. Aber nie wollte ich hilflos daliegen wie jetzt und mir den Kopf zertreten lassen, als sei ich eine Natter.
Er überlegte, ob er in der Nacht — falls er sie noch erlebte — nicht versuchen sollte, weiterzukriechen, und wenn's nur ein paar hundert Meter wären, um die Distanz zu den Holzfällern zu vergrößern. Jeder Meter war ein Schnipselchen Chance mehr, nicht entdeckt zu werden.
Aber der Fallschirm. Der verdammte Fallschirm oben im Baum! Er war wie ein wehendes Signal: Kommt her! Hier könnt ihr einen Menschen erschlagen, der in seiner Heimat

bereits tot ist. Oberleutnant Freiherr von Ranowski, in Rußland vermißt. Einer, der sich in der Weite des Landes aufgelöst hatte. Wie ein Wassertröpfchen aufgesaugt vom riesigen Schwamm Rußland. In stolzer Trauer . . . ob die Ranowskis das schreiben werden? Stolz?! Seit zwei Jahrhunderten marschierten die Ranowski-Söhne als Offiziere in den Armeen; ein Urgroßvater war sogar Admiral geworden. Und merkwürdig: die meisten Ranowskis waren in irgendwelchen Kriegen gefallen, aber immer erst dann, wenn sie einen Sohn gezeugt hatten.

Bunurian atmete schwer. Ich schlage aus der Reihe, Mama, dachte er. Der Gedanke an seine Mutter machte ihn weich und zärtlich. Sie war eine mittelgroße Frau mit einem Scheitel im braunen Haar, und jedes Mädchen, das er bisher besessen hatte, maß er an seiner Mutter. Sie kamen alle schlecht weg, die Bettkätzchen. Nicht daß die Mutter eine ungewöhnlich schöne Frau war — aber was er in allen anderen Frauen vergebens suchte, war ihre Güte, mit der sie alles einhüllte wie in dicke Daunenkissen.

In stolzer Trauer . . . Mama, schreib das nicht! Schrei hinaus: Sie haben ihn stückweise totgeschlagen! Man ist nicht stolz, wenn man sein Kind verliert. Das ist eine Vokabel der Menschenverachtung . . .

Gegen Abend kamen sie.

Bunurian hatte ein wenig geschlafen, obwohl er sich zwingen wollte, wachsam zu bleiben. Aber seine von den Schmerzen gefolterten Nerven waren jetzt etwas zur Ruhe gekommen, entspannten sich, durch die kalten Kompressen besänftigt, und mit dem Nachlassen der Schmerzen überfiel ihn auch die Müdigkeit. Erschrocken wachte er jetzt auf und blickte in einen goldroten Abendhimmel. Eine große, an den Rändern zerfledderte Wolke, die wie ein gelbes rauchiges Glas aussah, stand über dem Wald und bewegte sich kaum. Es war fast windstill und sehr warm. Die Erde duftete herb-süß, als sei sie im Laufe des Tages gebacken worden.

Ein Gewirr von Stimmen näherte sich langsam. Zweige knackten, dann schlug man mit Knüppeln gegen die Bäume, als wolle man verstecktes Wild aufscheuchen. Zurufe flogen hin und her.

Sie kommen, dachte Bunurian und lag ganz still. Sie gehen wie die Treiber vor. In einer Kette, Meter um Meter, und wie

die Treiber das Wild aufjagen, so rufen sie, machen Lärm, schlagen an die Stämme. Hör uns, du verdammter Schurke! Wir kommen! Wir finden dich! Wo du dich auch versteckst, entkommen kannst du nicht! Hörst du deinen Tod? Klack-klack-klack. Mit den gleichen Knüppeln, die wir gegen die Bäume schlagen, zertrümmern wir dir deine Knochen!
Bunurian war ganz ruhig. Fliehen? Wie sinnlos. Auch wenn es zur Natur eines jeden Lebewesens gehört, vor jeder Gefahr, auch vor der unvermeidbaren, zu flüchten — man muß wissen, wann Angst zur Lächerlichkeit wird.
Aber sein Herz krampfte sich doch zusammen, als er ganz in der Nähe eine Stimme rufen hörte: »Hierher, Genossen! Da liegt ein Schuh! Ein einzelner Schuh! Einen Schuh hat er verloren!«
Bunurian nickte ergeben. Die Ausweglosigkeit machte ihn auf rätselhafte Art zu einem kühlen Beobachter: Mit größtem Interesse verfolgte er die Bemühungen seiner Mörder, ihn, das Opfer, aufzuspüren. Den Schuh hatten sie jetzt gefunden, nachdem der Fallschirm in dem Baum zunächst ihr starres Erstaunen, dann aber eine große Aktivität hervorgerufen haben mochte. Er hörte, wie andere herbeiliefen, wie sie durcheinanderredeten, bis jemand mit einer tiefen Stimme rief: »Seht her, am Schuh ist Blut! Verletzt ist er! Wir müssen ihn finden!«
»Es ist ein russischer Schuh!« sagte jemand.
»Aber keiner von der Armee. Ein ziviler Schuh!« Die dunkle Stimme übertönte alle. »Genossen, wir sehen doch klar: Wenn es ein Notabsprung war, müßte es ein militärischer Schuh sein! Seit wann fliegen Zivilisten durch die Luft?«
»Genossen aus der Partei vielleicht . . .«
»Und springen hier ab? Weil's hier so schön ist? Oleg Viktorowitsch, trainier dein Gehirn!« Die dunkle Stimme lachte dröhnend. »Hast du vielleicht einen Knall gehört? Ist ein Flugzeug abgestürzt? Wenn so ein Vögelchen aus den Wolken fällt, gibt's eine Explosion, die man über viele Werst hinweg hört. Aber nichts war in der Nacht! Wer da herunterschwebte, wollte keinen Lärm machen! — Bildet wieder eine Kette! Weitersuchen!«
Bunurian setzte sich in seinem dichten Busch auf und legte den gebrochenen Fuß vorsichtig auf den weichen Boden. Plötzlich sah er die Holzfäller. Sie kamen in einer Reihe auf ihn zu, dicke Knüppel und langstielige Äxte in den Händen.

Einer von ihnen trug eine Pistole und streckte sie von sich weg, den Finger am Abzug. Dann standen sie endlich vor ihm. Der Mann, der ihn zuerst entdeckt hatte, stieß einen dumpfen Schrei aus und zeigte mit seinem Knüppel auf den Busch.

»Da!« rief er. »Da ist er! Hat sich verkrochen!«

Gleichzeitig fiel ihm ein, daß der Fremde bewaffnet sein könnte, vielleicht auf ihn zielte. Mit einem Satz sprang er zur Seite und ließ sich fallen. Das wirkte wie ein Signal. Auch die anderen plumpsten auf den Waldboden und machten sich flach. Der Mann mit der Pistole — es war der Stimmgewaltige — schoß sofort in den Busch, aber die Kugel zischte weit an Bunurian vorbei.

»Das war eine Warnung!« schrie der Schütze. »Du bist umzingelt, Freundchen! Komm heraus wie ein friedlicher Bürger, die Hände über den Kopf!«

»Ich kann nicht!« rief Bunurian zurück.

Seine Antwort versetzte sie in helles Staunen. »Es ist doch ein Genosse von der Partei«, flüsterte der Mann, der Oleg Viktorowitsch hieß. »Und du hast ihn beschossen, Pawel Tichonowitsch! Komplikationen wird das geben, ich sag es dir! Warum soll ein Zivilist in diesen ungewöhnlichen Zeiten nicht aus dem Himmel springen? Vielleicht setzen sie jetzt auf diese Weise die Kontrolleure ab? Im Krieg lernt man ganz neue Methoden . . .«

Pawel Tichonowitsch mit der schönen Stimme, die ihm so viel Sympathie einbrachte, wenn er auf Kolchosenabenden oder Dorffesten in der Stolowaja sang, hob vorsichtig den Kopf und fragte etwas Dummes: »Sind Sie bewaffnet, Genosse?«

»Nein!« antwortete Bunurian und lächelte schwach. »Warum sollte ich?«

»Wo kommen Sie her?«

»Von der Front. Ich lag bei Smolensk.«

»Und fallen hier einfach vom Himmel?«

»Das war ein Unfall.«

»Aha!«

»Man kann es auch ein Versehen nennen . . .«

»Sagen Sie bloß, Sie haben sich im Flugzeug in der Tür verirrt. Wollten sich ans Becken stellen und fliegen plötzlich im Freien. Und haben zufällig auch noch einen Fallschirm umgeschnallt! Genosse, halten Sie uns für zu früh geborene Kälber?!«

»Ich kann es euch erklären«, sagte Bunurian ohne viel Hoffnung. »Verletzt bin ich auch. Mein Knöchel ist gebrochen. Wenn man das Abspringen nicht geübt hat . . .«
Pawel Tichonowitsch, der nicht nur eine schöne Stimme hatte, sondern auch mutig war, erhob sich und ging auf den Busch zu. Bunurian bog die Zweige auseinander. Sie starrten sich gegenseitig an und musterten sich. Die anderen Holzfäller richteten sich nun auch auf und umringten den Busch. Oleg Viktorowitsch, ein kleiner, stämmiger Mensch mit einem Bukkel, schnaufte durch die Nase und wackelte mit dem Kopf. Ein Kontrolleur war der Fremde also nicht; das hätte er gesagt. Ein Kontrolleur hätte sofort losgeschnauzt. Er hob seinen Knüppel und stieß Bunurian in die Seite. Der Stoß vibrierte in dem zerbrochenen Fuß. Bunurian biß sich auf die Zähne. Wie mit glühenden Nadeln brannte es bis unter seine Kopfhaut.
»Steh auf!« sagte Oleg böse.
»Ich kann nicht.«
»Wer bist du?« fragte Pawel Tichonowitsch.
»Ich heiße Iwan Petrowitsch Bunurian.«
»Ein Armenier!« sagte Oleg verächtlich.
»Haltet ihn fest!« Pawel Tichonowitsch wartete, bis drei seiner Holzfäller Bunurian nach hinten niederdrückten. Dann begannen sie, ihn auszuziehen, streiften die Hose über den gebrochenen Fuß, daß Bunurian mit den Zähnen knirschte, zerrissen seine Unterwäsche und durchwühlten seinen Rock. Was sie fanden, legten sie auf einen Haufen. Pawel untersuchte alles und nickte mehrmals. »Der Ausweis stimmt«, sagte er. »Auch die Entlassungspapiere aus der Roten Armee hat er bei sich. Aber was ist das hier?«
Er hob eine Schachtel aus Blech empor und hielt sie Bunurian unter die Nase.
»Eine Tabaksdose, du siehst es doch!« sagte er. »Es ist noch Tabak drin. Dreht euch jeder eine Papyrossa, Freunde. Guter Tabak ist's, aus der Armee . . .«
Pawel Tichonowitsch wog die Tabaksdose in der Hand. Bunurian beobachtete ihn unruhig. Im doppelten Boden steckte ein Minisender, und der war nicht russisch, sondern die neueste Erfindung amerikanischer Elektroniker. Wenn Pawel Tichonowitsch auf das Scharnier des Deckels drückte, sprang auch der zweite Boden heraus. Dann gab es keine Erklärungen mehr.

»Gib her!« sagte Oleg, der finstere Bucklige. »Wenn's auch ein Grusinier ist, seinen Tabak sollte man probieren.« Er entriß Pawel Tichonowitsch die Tabaksdose und klopfte dagegen. »Aber nachher erklärst du uns, Freundchen, wie man so unvermittelt vom Himmel fällt.«
Das Klopfen hielt die Blechdose nicht aus. Einen Knack gab es, einen ganz leisen, und dann klappte der zweite Deckel auf. Erschrocken starrte Oleg auf den Minisender, ohne zu begreifen, was er sah. Bunurian atmete tief auf. Er war innerlich wie vereist. Pawel Tichonowitsch, der wirklich der Intelligenteste von allen war, gab Oleg einen Stoß, nahm die Dose wieder an sich und hielt sie näher an seine Augen.
»Aha!« sagte er bloß. »Aha!«
»Ich kann das erklären . . .«, sagte Bunurian durch die Zähne. »Genossen, Brüderchen alle, laßt mit euch reden! Eine lange Geschichte ist's. Bei Leningrad begann's. Die Verteidigung habe ich mitgemacht, und da widerfährt mir doch eine seltsame Geschichte. Glaubt es mir . . .«
Pawel Tichonowitsch drückte auf einen winzigen Knopf. Die Tabaksdose begann ganz leise zu summen. Er hielt sie ans Ohr, bestaunt von den anderen Holzfällern, dann ballte er die Faust darum.
»Du warziger Hund!« sagte er tonlos. »Du kahle Ratte! Steh auf!«
Er griff Bunurian, riß ihn mit einem Ruck hoch — o ja, ein kräftiger Mann war er, der einen Baumstamm noch bewegte, wenn andere hilflos in den Himmel blickten — und stellte ihn auf die Füße. Ein irrer Schmerz durchjagte Bunurian, der gebrochene Knöchel knickte wieder um, als er den Fuß belasten mußte, und das war mehr, als selbst ein tapferer Mensch ertragen kann. Bunurian brüllte auf, die Augen quollen ihm rotgerändert aus den Höhlen, aus dem aufgerissenen Mund rann Speichel, und als er sich an einem Ast festhielt und den zertrümmerten Fuß hochhob, rannen ihm auch noch Tränen aus den Augen und liefen über sein zuckendes Gesicht.
»Seid . . . seid Menschen . . . Hört mich an . . .«
Pawel Tichonowitsch war der erste, der mit seinem dicken knorrigen Knüppel auf ihn einschlug. Sofort folgte Oleg Viktorowitsch, der gemein und listig gegen das Bein hieb, daß Bunurian angezogen über den Boden hielt.
Der Mißhandelte schrie wieder auf, wollte sich zu Boden fal-

len lassen, aber drei Holzfäller ergriffen ihn, hielten ihn fest, und stehend empfing er die Schläge . . . auf den Kopf, in den Nacken, gegen die Schläfen, auf die Schultern, ins Gesicht. Blut schoß aus Nase und Mund, die Kopfhaut platzte auf, ein Sturzbach von Blut überschwemmte den ganzen Kopf und rann am Körper hinunter. Stumm, verbissen, als gelte es, einen besonders widerspenstigen Baum zu fällen, droschen die Männer auf Bunurian ein. Als die drei ihn endlich losließen, rollte er auf den Waldboden, verkrümmt, wie ein Wurm, ein formloser Haufen Kleidung und Blut. »Schlagt ihm die Därme heraus!« knurrte Oleg Viktorowitsch wie ein Kettenhund. »Ein Spion ist er! Ein elender Spion!«
Bunurian spürte keine Schmerzen mehr. Es gibt eine Grenze . . . Aber er konnte noch denken. Mutter, dachte er, Mama! Ich sterbe jetzt. Wie schön, daß du nie erfahren wirst, wie ich gestorben bin. Für dich bin ich vermißt. Und du wirst, solange du lebst, hoffen, daß ich wiederkomme. Das ist das Gemeine beim Vermißtsein. Die uns lieben, geben nie den Glauben an ein Wunder auf. Mama . . ., Mama . . .!
Bunurian verlor endlich das Bewußtsein. Ein guter Hieb auf seine Hirnschale war daran schuld. Er zertrümmerte seine Schädeldecke, zerquetschte sein Gehirn. Sein Sterben wurde nicht wahrgenommen . . . die Holzfäller trommelten weiter auf seinen Körper, bis Oleg, der Bucklige, seine Axt schwang und mit einem Hieb den schon formlosen Kopf spaltete.
»Jetzt hat er es!« schrie der Kleine hell und hysterisch. Seine Äuglein glänzten wie im Sumpffieber. »Jetzt kann er nicht mehr spionieren! Jetzt kann er nicht mehr funken . . .«
»Wo ist der Apparat?« brüllte Pawel Tichonowitsch.
Bei der intensiven Arbeit des Tötens hatten sie die Tabaksdose vergessen. Mit glühenden Wangen suchten sie den Blechkasten und fanden ihn neben dem Toten im Gras. Auch die Dose hatte ihr Spionenschicksal ereilt; sie lag zertrümmert, von einigen ausgerutschten Knüppelhieben getroffen, in einer Blutlache, als habe auch sie ein durchpulstes Leben gehabt.
Oleg hob sie auf und hielt sie Pawel Tichonowitsch hin.
»Idiot!« sagte der Riese und streifte seine Handflächen an seiner Hose ab. Überall war Blut. »Wirf sie weg, oder nein, besser noch, vergrab sie sofort! Einen wichtigen Beweis haben wir zerstört! Wird das eine Aufregung geben! Verhören wird man uns, ausquetschen wie einen Scheuerlappen, wird uns

einsperren, wenn wir sagen, daß wir auch den Sender zerschlagen haben. Kein Wort darüber, Brüderchen!«
»Überhaupt kein Wort!« sagte Oleg kleinlaut. »Hier ist nichts geschehen. Gar nichts von Bedeutung.«
»Das geht nicht. Melden müssen wir es! Der Fallschirm, der fremde Mann . . . Wer weiß, was dahintersteckt? Aber von dem Sender keinen Ton, hört ihr?«
Er betrachtete mit zusammengekniffenen Augen den Toten, wandte sich dann ab und trottete zu den Hütten zurück. Die anderen folgten ihm, eine stumme Herde, die ihrem Leittier nachzieht.
In einem großen Loch, das eine herausbrechende Baumwurzel hinterlassen hatte, vergrub Oleg den Sender in der Tabaksdose. Vorher aber nahm er den Tabak heraus und wickelte ihn in ein Taschentuch. Ein bißchen Blut war auch in den Tabak gespritzt, aber es war anzunehmen, daß es den würzigen Geschmack nicht beeinträchtigen würde.
Gegen Mittag rollten drei alte, erdbraun lackierte Autos in die Holzfällersiedlung nördlich von Maximowo. Die kleine Meldung — »Wir haben einen Fallschirm und einen fremden Zivilisten gefunden und letzteren erschlagen« — hatte das politische Kommissariat in Kalinin alarmiert.
»Was haben Sie?« schrie einer der feinen Herren in Kalinin entsetzt, als Pawel Tichonowitsch im kleinen Postamt von Maximowo mit ihm telefonierte.
»Wir haben unsere Pflicht erfüllt!« antwortete Pawel mit einem unguten Gefühl.
»Ist der Mann tot?«
»Man könnte es so nennen, Genosse Kommissar.«
»Hat er etwas gesagt?«
»Er wollte von Leningrad erzählen. Aber das sollte uns nur ablenken. Ich habe es sofort erkannt. Da haben wir als treue Sowjetbürger . . .«
»Wir kommen!« schrie der Mann in Kalinin sichtlich nervös. »Rühren Sie bloß nichts mehr an! Wie die Holzhacker habt ihr euch benommen!«
»Wir *sind* Holzhacker!« sagte Pawel Tichonowitsch kleinlaut und hängte ein. Der Posthalter, ein zerknitterter Mensch mit einem gelblichen Gesicht, das auf eine rebellische Galle schließen ließ, starrte den Riesen mit der wohltönenden Stimme verständnislos an.

»Was ist denn?« fragte er, als Pawel Tichonowitsch nichts sagte, sondern sich, als suche er Halt, an die Theke lehnte.
»Wieviel Tote hatten wir bisher im Großen Vaterländischen Krieg?« fragte Pawel.
»Wer weiß das? Wer zählt sie überhaupt? Hunderttausende. Vielleicht Millionen? Man soll nicht darüber sprechen.«
»Kommt es dann auf einen mehr an, he?«
»Logisch gesehen, nicht.«
»Aber in Kalinin tun sie so, als hätten wir Lenin aus seinem Glassarg geklaut. Was man tut – immer ist es falsch! Ein mistiges Leben ist das, Brüderchen.« Pawel Tichonowitsch spuckte auf den Boden, was auch verboten war, denn man soll die Amtsräume, vor allem die Post, sauberhalten.
Das zerknitterte Männchen hinter der Theke wollte schon etwas sagen, aber als er in Pawels Augen blickte, verschluckte er den Protest.
»Ich glaube, wir haben vieles falsch gemacht«, sagte der Riese und klopfte seine Taschen ab. »Wieviel Kopeken für das Telefon?«
»Ist umsonst, Genosse. War ein Amtsgespräch. – Kommen nun die Kommissare?«
»Aber sicher.«
In Maximowo gab es so etwas wie einen lautlosen Alarm. Aus Kalinin rückt eine Kommission heran! Kommissionen – das kannte man – gaben sich nie mit dem zufrieden, was sie untersuchen sollten. Das zog nur immer größere Kreise, so wie ein Stein, der ins Wasser fällt. Und das veranlaßte vor allem den Stadtsowjet von Maximow, im Eilverfahren seine Bücher zu überprüfen.
In Moskau ahnte man noch nichts. Es war ein Fall für den Bezirk Kalinin, und das dortige NKWD-Büro hütete verbissen das neue Geheimnis. Wenn etwas an der Sache war – vielleicht war's wirklich ein Spion –, wollte man sich das Lob selber verdienen. Die Genossen in Moskau trugen schon Orden genug.

Männer, die Milda Ifanowna Kabakowa kannten – und sie hatte einen weiten Bekanntenkreis –, schnalzten mit der Zunge, wenn sie ihr begegneten. Frauen aber sagten ihr artige Worte und platzten vor Neid. In ihrer kleinen Wohnung in

der Lasnaja uliza Nummer 19, nahe der Omnisbushaltestelle und der Straßenbahnstation der Linien 5 und 25, kamen jeden Sonnabend vor allem Künstler und Autoren zusammen, um zu diskutieren, Radio zu hören und eigene Werke vorzustellen. Ein kleiner Kreis war es nur — auch die meisten Künstler und Schriftsteller lagen ja irgendwo den Deutschen gegenüber und kämpften um die Befreiung des Landes. Aber sie schrieben alle fleißig Briefe; man las sie vor, und oft waren auch Gedichte und Erzählungen dabei, die es wert gewesen wären, in den Kulturzeitschriften veröffentlicht zu werden.
Milda pflegte diese Abende. Sie war zu allen freundlich, gönnte jedem Mann einen Blick auf ihre üppige Schönheit, wippte mit den Brüsten und stolzierte auf ihren langen schlanken Beinen einher wie ein Reh und trug ihre Röcke immer so, daß man bei einer koketten Drehung unter dem sich hebenden Stoff auch noch die Oberschenkel sehen konnte. Ein erfreulicher Anblick.
Aber mehr war bei Milda Ifanowna nicht zu erreichen. Man forschte herum — vergebens. Nicht einer war da, der von sich sagen konnte, er habe in Mildas Kissen gelegen und ihr wunderschönes Körperchen über die Bettdecke gewälzt. Nicht einer, der auch nur einen Griff an ihren runden Busen gewagt hätte. So lockend Mildas Erscheinung war, so festgefügt schien der Panzer zu sein, der sie unsichtbar umschloß.
Um so verblüffter waren alle in Mildas Kreis, als ein Mann auftauchte, der es wagen durfte, sie unterzuhaken und mit ihr im Gorkipark spazierenzugehen. Und geradezu eine Sensation war es, als jemand berichtete, er habe beobachtet, daß dieser Mann — zum Teufel, wer war er?! — Milda sogar geküßt hatte. Hinter einer hohen Taxushecke! Am hellen Tag! Genau um 3.29 Uhr am Nachmittag. Dem Beobachter war diese Tatsache so bedeutungsvoll erschienen, daß er sogar die Uhrzeit festgehalten hatte.
An einem Montagmorgen sah man dann einen Major in voller Uniform aus dem Hause Nummer 19 kommen und zur U-Bahn-Station gehen. Forschen Schrittes, wenn auch etwas übernächtigt. An Mildas Wohnung im zweiten Stockwerk aber gingen die Fenster auf, um einen schwülen Sonntag auszulüften.
Der Fall war klar. »Natürlich ein Offizier«, sagte der lyrische Dichter Matwej Petrowitsch Ptscholkin, der so lungenkrank

war, daß die Militärärzte, unmittelbar nachdem sie ihn untersucht hatten, sofort inhaliert hatten, kaum daß er aus dem Zimmer gegangen war. »Daß Milda Ifanowna auf so etwas hereinfällt, das enttäuscht eigentlich. Hat sie das nötig? Aber wer begreift die Frauen? Ein Major! Wie alt ist er? So um die Vierzig! Und sie ist vierundzwanzig! Man kann es nicht verstehen! Aber es mag etwas Wahres daran sein: Je älter der Bock, um so härter das Horn!«

Was man allerdings nicht wußte, war das Betätigungsfeld des Majors. Er gehörte zu jener kleinen Gruppe ausgewählter Offiziere, die im Kreml Dienst taten und Stalin jeden Tag sahen. Mal von nah, mal von fern, aber sie waren immer um ihn, gewissermaßen ein militärischer Hofstaat, der von General Jefim Grigorjewitsch Radowskij befehligt wurde. Radowskij war ein eleganter Mann mit einer bewundernswert geschnittenen Uniform. Im Kreml behauptete man, sein Schneider müsse ihm bei den Anproben die Uniform naß anmessen, damit sie sich hautnah dem Körper anschmiegte. Das war natürlich übertrieben, aber manchmal hielt man doch den Atem an, wenn Radowskij sich hinsetzte. Man befürchtete, seine Uniform werde auseinanderplatzen wie ein überdehnter Luftballon.

Major Iwan Michailowitsch Wolnow hütete sich, der Eleganz seines Chefs Radowskij Konkurrenz zu machen. Er entsagte allen diesbezüglichen Verlockungen, was ihn insgeheim schmerzte, denn er war von Natur aus ein Schöngeist, für den elegante Kleidung kein überflüssiger Luxus war: So hätte er sich auch eine etwas attraktivere Schale gewünscht, als er Milda Ifanowna auf dem riesigen Vorplatz der Universität kennenlernte, wo sie Tauben fütterte. Sie hockte, lockte die Vögel mit einem samtenen Gurren an, und als ein Windstoß kam, sah er ihre Schenkel und den unteren Rand eines sanftblauen Schlüpfers. Dann fiel der Rock wieder zurück. Aber bevor Major Wolnow das herrliche Mädchen ansprechen konnte, kam ein bleicher Jüngling — es war der Lyriker Matwej Petrowitsch Ptscholkin —, sprach mit ihr, lachte mit ihr, und dann gingen sie zusammen weg: die Schöne und ein Mann in zerknittertem, viel zu weitem Anzug.

Wolnow haßte sofort diesen Menschen.

Drei Tage trug er das Bild des blaßblauen Schlüpfers, zweier Schenkel, eines herrlichen Busens und roter, voller Lippen

unruhig mit sich herum. In den dienstfreien Stunden stand er auf dem Universitätsplatz, aber sie kam nicht wieder.
Nach vier Tagen beschloß Wolnow, seine Sehnsucht bei einem Tschaikowskij-Ballett im Bolschoi-Theater zu betäuben. Und da traf es ihn wie ein elektrischer Schlag: Im Foyer sah er die Taubenfreundin wieder. Ein enges, roséfarbenes Kleid trug sie, bodenlang, züchtig geschlossen bis zum Hals und bestickt, wie es die Frauen in Usbekistan tragen. Doch ihre verlockenden Formen verbarg dieses Gewand keineswegs.
Wolnow war verzaubert. Er glaubte, auf Wolken durch das Bolschoi-Theater zu schweben, ja, er sah sich mehrmals um, ob auch niemand seinen Zustand bemerkte, und war selig, daß der bleiche Jüngling mit seinem scheußlichen Anzug nicht in ihrer Begleitung war. Nein, sie stand allein im Foyer, blätterte in einem Programm, das man wegen des Krieges auf unansehnlichem braungrauem Papier druckte, und wartete auf das Klingelzeichen.
Major Wolnow schluckte, um seinen trockenen Hals anzufeuchten, trat auf die Schönheit zu und sagte — er verfluchte sich dieses dämlichen Satzes wegen, aber er war nun einmal herausgerutscht: »Haben Sie auch ein Körnchen für mich?« Dann wurde er rot im Gesicht. Die Schöne, Erhabene, Verzaubernde hob das Köpfchen, musterte den Offizier unbefangen, faltete das Programm zusammen und antwortete: »Ich verstehe Sie nicht, Genosse Major.«
»Sie haben die Tauben vor der Universität so zärtlich gefüttert, daß ich mir wünschte, ein Täuberich zu sein.«
»Ein tragischer Wunsch.« Sie lächelte verhalten, aber tatsächlich, sie lächelte! »Wissen Sie nicht, daß man die Tauben reduzieren will? Sie nehmen überhand. Man will die Hälfte mit Gift vernichten.«
»Und Sie füttern sie trotzdem?«
»Eine Henkersmahlzeit. Vielleicht auch aus Protest. Was gefällt Ihnen besser?«
»Protest! Ich liebe Tiere. Tiere aller Art. Das geht so weit, daß ich mich an der Front mit meinen Flöhen unterhalten habe . . .«
Jetzt lachte sie. Es war Wolnow wie ein Glockenklang. Er bewunderte ihr Gesicht, die geöffneten Lippen, die weißen Zähne, und als er tiefer blickte, bekam er einen heißen Atem. Ihr Busen vibrierte bei ihrem Lachen.

»Ich bin Iwan Michailowitsch Wolnow«, sagte er schnell, um diese günstige Minute auszunutzen. »Ich war drei Tage lang auf dem Universitätsplatz und hoffte immer auf ein Wunder. Nämlich: Sie wiederzusehen. Man darf in Rußland an Wunder glauben, das ist unsere Spezialität. Und es beweist sich wieder einmal: Sie stehen vor mir!«

»Ich heiße Milda Ifanowna Kabakowa.« Sie sagte es ganz schlicht, drehte dabei das Programm in den Fingern und sah an ihm vorbei.

»Damals gingen Sie sehr schnell weg mit einem jungen Mann.«

»Ach ja! Es war Matwej Petrowitsch. Ein Dichter. Ein armer Junge. Er wird bald an der Schwindsucht sterben. Und er weiß es.«

Wolnow ertappte sich bei dem bösen Gedanken, daß Matwej Petrowitsch recht geschehen würde, wenn er sich aus der Welt hustete.

»Sie betreuen ihn, Milda Ifanowna?« fragte er.

»Er gehört zu einem Kreis von Freunden, der sich bei mir trifft. Der Krieg hat unser Volk verroht. Wir wollen, daß nach dem Ende des Kampfes wieder die Poesie in unserem Lande aufblüht. Rußland ist so reich an zarten Seelen . . .«

Wolnow wurde es ungemütlich. Mit der Poesie stand er nicht auf so vertrautem Fuß, daß er hier mitsprechen konnte, wenn Milda Ifanowna ins Detail ging. Und von zarten Seelen hielt er als Offizier wenig. Mit zarten Seelen kann man keine Armee aufbauen. Ein Mann muß zugreifen und zuschlagen können, was nicht ausschließt, daß er auch sehr zärtlich sein kann und in den Armen einer Frau zu Wachs wird. Man kann ein Scharfschütze sein und trotzdem Puschkins Novellen lesen. Wer sagt, daß ein Mensch, der Rosen züchtet und bei Nachtfrost um sie zittert, nicht auch eine Granate auf einen deutschen Tiger-Panzer abfeuern kann? Der Mensch ist kompliziert, Milda Ifanowna.

»Wo sitzen Sie, Iwan Michailowitsch?« fragte sie. Wolnow bekam Magenschmerzen vor Glück. Sie nennt mich beim Namen! Sie sagt nicht Genosse Major . . . sie sagt Iwan Michailowitsch! Hinweg mit allen Gedanken, die nicht Milda heißen!

»Im Parkett, Reihe 17.«

»Ich habe Reihe 24.«

»In der Pause warte ich hier auf Sie, Milda Ifanowna. Und nach der Aufführung . . .«
»Ich glaube nicht . . .«
»Holt Sie der Lyriker ab?« Wolnows Hals wurde kratzig vor Eifersucht.
»Nein.« Sie strahlte ihn an. In ihren dunklen Augen hüpfte ein goldener Punkt, aber es war nur eine Spiegelung der Lampen im Foyer. Doch es war Wolnow, als habe ihm eine kleine Sonne zugelacht. »Warten wir es ab. Die Aufführung dauert noch drei Stunden, Iwan Michailowitsch.«
Wolnow durchlitt diese Stunden mit der Leidensfähigkeit eines Märtyrers, dessen Leib mit glühenden Zangen versengt wird. In der Pause hetzte er ins Foyer und kaufte — es gab ja nichts anderes — ein Glas rötlicher, klebriger Limonade und wartete auf Milda Ifanowna.
Sie kam herein, schwebend wie ein Engel, von den Männern geradezu frivol begafft — so erschien es Wolnow, und er hätte jeden, der sie anblickte, ohrfeigen mögen —, nahm ihm das Glas aus der Hand, nippte an der süßen Limonade, ließ ihre Zungenspitze blitzschnell über die Lippen gleiten und hakte sich dann bei Wolnow unter.
Das war so unerwartet, so ungeheuerlich, daß Iwan Michailowitsch wie gelähmt dastand und ein erschütternd dummes Gesicht machte. Erst nach ein paar Sekunden setzte er sich in Bewegung und wandelte, Moskaus schönste Frau am Arm, die ganze Pause über durch die Wandelgänge des Bolschoi-Theaters und genoß wie ein siegreicher Kampfhahn die hinterhältigen Blicke seiner männlichen Genossen.
Worüber er gesprochen hatte, wußte Wolnow nicht mehr, als er wieder auf seinem Theaterstuhl saß. Er hatte jedenfalls nicht viel von der Vorstellung, schloß zwar ab und zu die Augen, was man bei einer Sinfonie, aber nicht bei einem Ballett tun sollte, und dachte nur an Milda.
Nach dem Theater brachte er sie nach Hause und verabredete sich mit ihr für einen Spaziergang im Gorkij-Park.
Dann geschah es, daß er am Sonntag bei ihr blieb. Keiner von ihnen sprach ein Wort darüber — es war wie selbstverständlich, daß sich Milda am Abend auszog und ins Bett legte und daß Iwan Michailowitsch sich in einer Sitzbadewanne wusch und dann zu ihr kam, ihren nackten, warmen Körper streichelte, ihn von der Stirn bis zum zierlichen kleinen Zeh mit

Küssen bedeckte, bis er in den Zangen ihrer Arme und Beine den Rest von Verstand verlor.
Bis zur Fahlheit des frühen Morgens tobte in ihnen das heiße Gewitter, fast pausenlos. Wolnow und Milda tupften einander den Schweiß ab, rauchten eine Zigarette aus den Beständen der Kremlversorgung — ein süßlicher, parfümierter Tabak, der aus Aserbeidschan stammte — und tranken ein Glas goldgelben, grusinischen Kognaks, von dem Wolnow eine kleine Flasche mitgebracht hatte.
»Ich bin kein Mensch mehr«, sagte er selig ermüdet. »Ich muß die Augen schließen, weil ich nicht sehen will, daß ich auf der Erde lebe. Eigentlich müßten wir Angst haben . . .«
»Angst? Wovor Angst?« Sie streichelte seine Brust und wikkelte seine Brusthaare um ihren Zeigefinger. Es kitzelte, und er blies Luft durch die Zähne.
»Tausende sterben an diesem Morgen, wir aber schweben durch das Glück, Milduschka . . .«
»Du wirst nie mehr an die Front kommen.«
»Wer kann das wissen?«
»Du hast doch einen festen Posten im Kreml, sagst du. General Radowskij ist dein Freund.«
»Er mag mich.« Wolnow sah dem Rauch seiner Payrossa nach. »Ich gehöre zum Offiziersstamm um Stalin.«
»Für dich ist der Krieg schon zu Ende, mein Liebling«, sagte sie, und ihre Zärtlichkeit riß ihn mit. Er umarmte sie und zog sie über sich, aber sie blieben still liegen und genossen nur ihre glatte Haut. »Bald seid ihr in Berlin, und die Deutschen werden um Gnade winseln. Es kommt doch bald die große Offensive, Janja?«
»Am 20. Juni . . .«
»Das ist ja morgen!« Sie sah ihn erschrocken an. Er nickte und saugte an dem Rest seiner Zigarette.
»Wir werden sie niederwalzen, die Deutschen! Zehnmal stärker als sie sind wir — die Reserven, die aus Sibirien kommen, nicht mitgerechnet.« Er preßte ihren nackten Körper an sich und vergrub sein Gesicht in ihr duftendes Haar. »Du hast recht, du Engel«, sagte er, und im Wald ihrer Haare klang seine Stimme dumpf. »Wir haben den Krieg schon gewonnen. Die Welt weiß es aber noch nicht. Sie wird sich wundern, wie mächtig Rußland sein wird. Moskau — der Mittelpunkt der Welt! Ohne uns wird es keine Weltpolitik mehr geben. Den

Lauf aller Dinge bestimmen wir, die Russen! Daran wird sich die Welt gewöhnen müssen — oder sie geht zugrunde!«
Milda Ifanowna schwieg. Sie streichelte Wolnows Hüften und dachte an die zehn deutschen Offiziere, die jetzt um Moskau herum abgesprungen sein mußten und auf dem Weg in die Stadt waren.
Ein Sternmarsch des Tötens. Der letzte verzweifelte Versuch, die Welt vor dem Bolschewismus zu retten.
Stalins Tod . . . eine neue Zeit?
Plötzlich zweifelte sie daran. In Wolnows Armen begriff sie schaudernd die Illusion, der sie alle nachhingen. Rußland war nicht Stalin. Es gab auch noch die Wolnows, die vielen tausend kleinen Wolnows, die Millionen Iwan Michailowitschs, die hinter der Idee standen: Die Welt wird rot werden! Rot unter Rußlands Fahnen, vielleicht auch rot vom Blut durch Rußlands Waffen. Eine andere Alternative gab es nicht für die Wolnows, die nach Stalin kommen würden.
»Ich liebe dich, Janja«, sagte sie mit umflorter Stimme. »Ich könnte dich mit Wonne erwürgen . . .«
Sie meinte es ehrlich. Iwan Michailowitsch aber erschauerte unter ihrer Liebesraserei und nannte sich den glücklichsten Menschen unter der Sonne.

Am Montagmorgen, kurz nachdem Major Wolnow das Haus Nummer 19 in der Lesnaja uliza verlassen hatte und dabei beobachtet worden war, setzte Milda Ifanowna ihren langen Funkspruch an einen anderen Kontaktmann ab. Der Spruch wurde weitergegeben, immer mit nicht zu ortenden Kurzwellensendern geringer Reichweite, bis er vom letzten Glied der Nachrichtenkette über die Front hinweg zum Generalkommando der deutschen 2. Armee gefunkt wurde.
Der Ia der Armee las den Funkspruch und wurde nachdenklich. Daß am 20. Juni die große sowjetische Offensive beginnen sollte, war ihm neu. Andere Quellen hatten das Datum auf den 22. Juni festgesetzt. Aber ob zwei Tage früher oder später — die Lage war rundum beschissen. Ein Vergleich der Luftbildaufnahmen sagte genug: Auf russischer Seite ein tief gestaffeltes Stellungssystem, aus dem die sowjetischen Armeen hervorbrechen würden — auf deutscher Seite verstreute Mulden, sogenannte Schützenlöcher, armselige Vertiefun-

gen, in denen die Soldaten lagen wie auf einem riesigen Tortenteller, verbunden mit schmalen Gräben, an denen hie und da ein Erdbunker lag, Bodenlöcher mit Balkendecken und Erdaufschüttungen, die der Volltreffer einer 20,5-Granate zum qualmenden Riesentrichter machen konnte. Und hinter den deutschen Stellungen dezimierte Artillerie, die ihre Granaten zählen mußte. Panzerverbände, deren Tigerpanzer kaum noch Benzin hatten. Werferbatterien, die auf leeren Kästen saßen. Bodenflak, die verzweifelt anfragte, was sie tun sollte, wenn die Iwans mit ihren Panzerarmeen aufbrachen. Der Nachschub rollte nur zähflüssig, die immer erfolgreichere Invasion in Frankreich verbrauchte mehr Material, als man im Führerhauptquartier eingeplant hatte. Rommel schrie jeden Tag nach mehr Soldaten, mehr Panzern, mehr Munition. Über den Ärmelkanal schifften die Amerikaner und Engländer fast ungestört ihre dritte Besatzungswelle heran und mit ihr ein Gebirge an Material.
Was blieb da noch für die Ostfront übrig? In der Heimat versanken die Fabriken im Bombenhagel und einem Flammenmeer aus Phosphor.
Der Ia der 2. Armee legte den Funkspruch in eine rote Mappe und ging mit ihr hinüber zu seinem Kommandierenden.
»Das Datum kann nicht stimmen!« sagte der General. »Aber was soll's? Und die politischen Ansichten — das wird das Problem späterer Generationen sein, die alles besser machen wollen. Vernichten Sie den Funkspruch gründlich, mein Lieber. Nach diesem Krieg wird unsere Generation in den Augen unserer Kinder und Kindeskinder sowieso die Generation der Vollidioten sein! Vielleicht sind wir es auch. Wie anders ist es möglich, daß wir hier 'rumliegen, nur weil ein Mann das befiehlt? Das wird eine Frage sein, die man uns immer wieder stellen wird. Und wir werden antworten: Wir starben hier, um die bolschewistische Woge aufzuhalten. Schon einmal ist Europa gerettet worden, als Prinz Eugen die Osmanen aufhielt. Und vorher waren es die Hunnen, die von deutschen Rittern zurückgeschlagen wurden. Später gab die Geschichte einem aktuellen Wahnsinn immer recht, und aus Idioten wurden plötzlich Helden und Retter des Abendlandes. Nur befürchte ich, daß es uns anders ergeht. Dieser Krieg wird zum Trauma der Deutschen werden. Da kann dieser ungenannte Informant schon recht haben: Rußland wird die Weltpolitik bestimmen,

und es gibt da keine krummen Wege mehr. — Aber wen interessiert das jetzt? Am 19. Juni 1944? Verbrennen Sie den Funkspruch! Er bringt uns nicht weiter.«
In Moskau kaufte Milda Ifanowna ein. Mit vielen anderen Frauen stand sie in der Schlange vor einem Bäckerladen und wartete auf ihre Zuteilung. Aus dem Laden wehte der Duft frischen Brotes über die Straße. Es war heiß und stickig in Moskau. Aber der Himmel glänzte wie hellblaue Seide.
An diesem Tag nahm Major Wolnow an einer Lagebesprechung bei Stalin teil. Er erfuhr die Pläne der nächsten vier Wochen und die Ziele, die sich die Offensive gesteckt hatte. Der Bug, der Narew und die Weichsel sollten erreicht werden. Dann folgte die Umklammerung Ostpreußens, der Vorstoß nach Polen, die Befreiung der Ukraine und im Norden die Wiedereroberung der baltischen Provinzen. Der Süden war sowieso schon seit dem 23. Dezember 1943 in Bewegung. Die Heeresgruppe Süd unter Generalfeldmarschall von Manstein war am 1. April 1944 durch einen Befehl Hitlers aufgelöst worden, nachdem sie auf ihrer ganzen Länge zurückgeworfen worden war. Die Feldmarschälle von Manstein und von Kleist als Chef der Heeresgruppe A wurden abgelöst und zwei neue Heeresgruppen geschaffen: die Gruppe Nord-Ukraine unter Feldmarschall Model und die Gruppe Süd-Ukraine unter General Schörner. Hier wollte Stalin besonders aktiv einsetzen: Rumänien und Ungarn sollten in einem grandiosen Sturmlauf überrannt und Jugoslawiens Partisanen befreit werden. Auf der gesamten Breite, von der Ostsee bis zum Schwarzen Meer, sollten die roten Fronten die Deutschen vor sich hertreiben wie flüchtende Hasen. Menschen hatte man genug, auch Panzer, Kanonen und Munition. Selbst die sowjetische Luftwaffe lachte jetzt über Görings vereinzelte Flugzeuge, während der Heldenmut der deutschen Piloten ehrlich bedauert wurde. Ihr Opfer war eine Verzweiflungstat, die fast zu Tränen rühren konnte.
Major Wolnow saugte die Neuigkeiten von Stalins Tisch auf wie ein Schwamm. Das wird Milduschka interessieren, dachte er, noch immer im Glück schwebend. Welch eine Patriotin sie doch ist! Wie stark und herrlich schlägt ihr russisches Herz! Sie wird glücklich sein, wenn sie das alles hört.
Milduschka, wir werden heiraten, wenn wir als Sieger Deutschlands Fahnen durch die Straßen von Moskau tragen,

in einem Triumphzug, wie ihn Rußland noch nie gesehen hat! Milda, ich liebe dich ...
Zu dieser Zeit saß Milda Ifanowna in ihrer Wohnung am Küchentisch, kaute an einem Stück duftenden Brotes und schnitt dazu eine dicke Essiggurke in Scheiben.
Man hungerte auch in Moskau in diesem Juni 1944 — mehr als in Hamburg, Köln, Berlin, München oder Dresden. Aber man hungerte nicht verbissen wie die Deutschen. Ein Russe hungert mit innerer Ruhe, denn wann im Laufe der Jahrhunderte war Rußland jemals satt gewesen?
Ein leerer Magen — sagen die Kirgisen — macht den Reiter im Sattel leichter ...
Iwanow, Sepkin und Petrowskij — also Poltmann, Radek und Solbreit — erreichten Moskau von drei Seiten schon am Tag ihres Absprunges.
Die Landungen bei Dubna, Uvarowka/Moshaisk und Kosterowo waren fast Millimeterarbeit, um es ein wenig übertrieben auszudrücken. Die Nachtaufklärer stellten im Zielgebiet ihre Motoren ab, gingen im Gleitflug so tief, daß man einen Absprung gerade noch verantworten konnte, und dann purzelten die Körper aus dem Flugzeug und wurden sofort von der Nacht verschluckt. Das Öffnen der Fallschirme sahen die Piloten schon nicht mehr. Sie glitten weiter, stellten erst nahe über dem Boden die Motoren wieder an und stiegen steil nach oben, sofort abschwenkend nach Westen.
Auftrag erfüllt. Kameraden, was ihr auch vorhabt — ihr sprecht ja nicht darüber —, kneift die Arschbacken zusammen! Ihr wißt ja selbst, daß eure Chancen gleich Null sind ...
Die Landungen der drei erfolgten präzise in der Nähe von Eisenbahnlinien, die nach Moskau führten. Nachdem sie ihre Fallschirme versteckt hatten, warteten sie bis zum Morgen und wanderten dann wie brave Landarbeiter zu dem nahe gelegenen Bahnhof. Sepkin hatte das Glück, von einem Bauern auf dessen Heuwagen mitgenommen zu werden. Ein freundliches Väterchen war es, das gerne schwatzte, in Rübenkraut getauchten Tabak kaute, fröhlich durch die Gegend spuckte und keinen Gedanken daran verschwendete, woher der Fremde plötzlich kam. Er war da, das genügte. »Ich hole mir von meinem Bruder ein Ferkelchen«, sagte Väterchen munter. »Das ist zwar verboten, aber wer weiß es? Und quieken wird es auch nicht, wir haben da einen Trick, Freundchen. Bevor ich

es mitnehme, bekommt es Wodka zu saufen. Ha, wie wird es schlafen! Aber nicht zuviel Wodka, sage ich dir! Im vorigen Jahr war's, da hatte ich Not! Hole wieder ein Ferkelchen ab, und hinein mit einer Ladung Wodka. Wie ein alter Säufer hat es geschluckt, und dann — ich fahre ahnungslos durch Semjonowska und grüße den Genossen von der Parteileitung — da fährt es mir durch die Knochen: Hinter mir schnarcht einer! Laut und langgezogen, wie im Winter auf dem Ofen! Der Parteimensch starrt mich an, und ich, geistesgegenwärtig, schnaufe auf und sage: ›Es ist die Lunge, Genosse! Man wird eben alt. Wenn ich tief atme, hört sich's an, als schnarchte ich!‹ Und wie zum Trotz geht's wieder los! Rrrr — — huch — — rrr — — huch . . . Da habe ich das Pferdchen geschlagen und bin wie der Wind davon! Brüderchen, sei ehrlich: Hast du schon von einem schnarchenden Schwein gehört?«

Iwanow saß am Wegrand, der Wind spielte mit seinen hellblonden Haaren, als bei ihm ein Radfahrer hielt. Iwanow aß gerade eine Zwiebel und dachte daran, wie schwer die Übung in Eberswalde gewesen war; eine Zwiebel zu schälen und in Scheiben zu schneiden, ohne daß einem die Tränen in die Augen schossen. Ein Russe weint nicht beim Zwiebelessen, hatte Milda Infanowna gesagt. Übt, Genossen, übt. Und wenn ihr euch nachts Zwiebeln auf die Augen legt . . . ihr müßt euch daran gewöhnen!

Iwanow hatte es nie gelernt. Und so hockte er auch jetzt am Wegrand, aß mit abgewandtem Gesicht seine Zwiebel und trank kalten Tee aus einer sowjetischen Feldflasche.

Nun also hielt das Fahrrad vor ihm, und es konnte bei Iwanows blonden Locken gar nicht anders sein — wer saß auf dem Sattel? Ein junges Mädchen! Das ausgeblichene Kopftuch flatterte im Morgenwind, das lange Kleid bauschte sich, und das Mädchen hatte feste Beine, einen molligen Körper und zwei Grübchen in den Wangen.

Als sie sich zu Iwanow beugte, ruhten ihre Brüste auf der Lenkstange.

»Wer bist du denn?« fragte sie. »Ich kenne dich nicht.«

»Ich heiße Fjedor Pantelijewitsch, und du kennst mich.«

»Nein.«

»Aber doch. Seit einer Minute!« Er lachte, und sie lachte mit.

Sie war keine Schönheit, aber wenn sie lachte, schien ihre Haut zu leuchten.
»Wo kommst du her?« fragte sie.
»Aus dem Krieg. Sieh her!« Iwanow hob sein Hemd. Eine Narbe war da, von einem Granatsplitter, den er vor einem Jahr, kurz nachdem er Leutnant geworden war, durch Zufall eingefangen hatte. Eine verirrte Granate — auch so etwas gibt es im Krieg — schlug neben dem Erdbunker ein, vor dem er saß, um sich rasieren zu lassen. Als er sich hinwarf, streifte ihn der Splitter. Es war keine schwere Verwundung, sie heilte nach vier Wochen, er brauchte nicht einmal ins Reservelazarett, sondern blieb in der rückwärtigen Krankensammelstelle. Was ihn nur ärgerte, war die bald bestätigte Feststellung, daß es eine deutsche Granate war; ein deutsches Geschütz hatte zu kurz geschossen.
Das Mädchen auf dem Rad bewunderte die attraktive Narbe und kicherte etwas blöd, weil sie dabei auch Iwanows Nabel sah. Fjedor Pantelijewitsch zog sein Hemd wieder in die Hose und erhob sich. Der Wind zerzauste sein blondes Haar, und er dachte, daß er gut daran getan hatte, sich bei Oberst von Renneberg geweigert zu haben, seine Haare abschneiden zu lassen. Seine blonden Locken waren sein Schicksal.
»Ich muß zur Bahnstation«, sagte er. »Einen Onkel habe ich gesucht, aber nicht gefunden. Niemand kennt ihn hier. Vitali Platonowitsch Pupychew heißt er. So um die Sechzig muß er sein, der älteste Bruder meiner Mutter.«
»Hier gibt es keinen Pupychew«, sagte das Mädchen. »Völlig unbekannt.«
»Das habe ich auch erfahren. Und nun will ich zurück nach Moskau. Muß mich immer wieder bei der Ärztekommission melden. Die entscheidet, ob ich wieder zurück darf zu meinen Kameraden. Ha, ich will auch Berlin sehen!«
»Bis zum Bahnhof sind es noch neun Werst.« Das Mädchen kicherte wieder dümmlich. »Steig hinten auf . . . auf das Rad, meine ich!«
Iwanow steckte seine halb gegessene Zwiebel in die Tasche, schraubte die Feldflasche zu und setzte sich hinter das Mädchen auf den selbstgebastelten hölzernen Gepäckträger. Um sich festzuhalten, streckte er beide Hände vor und umklammerte die harten Brüste. Das Mädchen zuckte heftig zusammen, sein Körper versteifte sich, aber dann trat es in die Pe-

dale und fuhr langsam über die holprige Straße. Es sagte nichts, schnaubte aber durch die Nase, als Iwanows Finger zu tasten begannen, und dann fuhr es Schlangenlinien, wie ein Betrunkener, und rief ab und zu: »Fedja, laß das sein! Ich falle herunter! Fedja, nicht doch, wir verpassen deinen Zug! Fedja, du bist verrückt . . .«

Iwanow und Pelageja — so hieß die Dralle — erreichten den Bahnhof von Dubna eine Stunde vor Einlaufen des Zuges nach Moskau. Es reichte, um ohne Zeitnot in einem alten Lagerschuppen und auf einer schmierigen Decke Pelagejas Freundlichkeit abzugelten und zu versichern, man werde wiederkommen, sollte die Ärztekommission feststellen, daß man doch nicht gesund genug sei, um nach Berlin zu marschieren. Mit einem seligen Lachen auf dem breiten Gesicht winkte Pelageja ihrem blondmähnigen Fedja nach, als der Zug abfuhr und Iwanow aus dem Fenster hing und Kußhändchen zurückwarf. Dann sank er auf die Sitzbank zurück, schloß die Fenster und blickte sich um. Das Abteil war voll, es stank nach Schweiß, alten Kleidern und warmem Urin. Auf dem Platz neben der Tür, bedrängt vom massigen Körper eines alten, beim Atmen pfeifenden Bauern, hockte ein Weibchen und blinzelte Iwanow an. Nicht schon wieder, dachte Fjedor Pantelijewitsch und grinste verhalten zurück. Pelageja hatte einen verdammt unruhigen Hintern; verstehen kann man das, alle jungen Männer sind an den Fronten, und die Alten, so sie noch können, schaffen es nicht und falten glücklich die Hände, wenn mal ein Urlauber ins Dorf kommt und sich die Arbeit verteilt. Aber so ein Weibchen wie Pelageja nimmt einen ganz schön mit, glaubt es mir, Freunde. Und nun sitzt da wieder ein Röckchen, dreht die Brüstchen hin und her, wackelte mit den Stiefelspitzen und läßt verheißungsvoll die Äuglein rollen. Moskau wird eine harte Aufgabe werden, nicht nur wegen Stalin . . .

Iwanow lehnte sich zurück, schlug die Beine lässig übereinander und trommelte mit den Fingerspitzen auf seinem Oberschenkel. Das Weibchen blinzelte wieder, strich sich die rötlichbraunen Haare aus der Stirn und nestelte an ihrer Bluse, als wolle sie sich etwas Luft verschaffen. Iwanow seufzte leise und beugte sich vor.

»Man kann das Fenster nicht öffnen, ich habe es probiert. Es klemmt«, sagte er.

»Ich bin Wanda Semjonowna«, antwortete sie, obwohl er sie gar nicht nach ihrem Namen gefragt hatte.
»Fjedor Pantelijewitsch.« Iwanow machte eine kleine höfliche Verbeugung. Wanda nahm sie mit Erstaunen wahr und zupfte wieder an ihrer Bluse. Sie war ausgesprochen hübsch — nicht die Bluse, sondern Wanda Semjonowna. Selbst wenn sie saß, brachte sie ihr schlankes Körperchen zur Wirkung, und im Gegensatz zu Pelageja, die gegen sie wie die leibhaftige Mutter Erde wirkte, verbarg die Bluse einen jugendlichen Busen. Wie ein mittelgroßer Boskop-Apfel, dachte Iwanow. Seine Erfahrungen auf diesem Gebiet registrierte er nach Obstsorten, was anschauliche Vergleiche zuließ. So konnte man Pelageja als eine vollreife Melone betrachten.
»Ich bin Vorarbeiterin in einer Baubrigade«, sagte Wanda Semjonowna. Sie war stolz darauf. Mit ihren dreiundzwanzig Jahren hatte sie schon viel erreicht. Früher hatte es kaum Mädchen gegeben, die solch harte Männerarbeit verrichteten, aber seit der Revolution drängten sich immer mehr Frauen in Berufe, die ihre Stellung in der sowjetischen Gesellschaft dokumentierten. Mit den Kampftruppen gegen die Weißen Armeen fing es an, dann kamen die Traktoristinnen, später die Handwerkerinnen, und jetzt gab es keinen Beruf, in dem ein Mädchen nicht an der Seite der Männer sein Plansoll erfüllte. Auch auf dem Bau. Da saßen sie auf den Gerüsten und mauerten, gossen Beton oder verputzten Wände. Eine von ihnen war Wanda Semjonowna, sogar eine Vorarbeiterin, weil sie so fleißig war und die Gabe besaß, Menschen leiten zu können. Außerdem — aber darüber sprach man nicht — war sie zweimal mit dem Genossen Betriebsleiter verreist, bis dessen Frau ihm ein blaues Auge schlug. Das machte seinen Kopf wieder klar, Wanda Semjonowna kam in eine andere Abteilung der Baubrigade, aber Vorarbeiterin blieb sie natürlich.
Iwanow nahm die Mitteilung gelassen hin. »Ich habe noch keine Stellung«, erklärte er so laut, daß es alle im Abteil hörten. Man wich damit weiteren Fragen aus. »Die Ärzte sind sich noch nicht einig!« Er hob wieder sein Hemd hoch und zeigte seine imposante Narbe.
»Ein Held!« hauchte Wanda verhalten. »Genossen, wir haben einen Helden unter uns.«
»Das ist übertrieben.« Iwanow gab sich schamhaft und stopfte das Hemd wieder hinter den Hosenbund. »Meine Pflicht habe

ich nur getan, liebe Freunde. Ein bißchen mitgeholfen beim Sieg! Nicht der Rede wert! So ein Kratzerchen . . .« Er sah Wanda mit seinen blauen Augen liebevoll an, und seine blonden Haare leuchteten in der Sonne, die durch die schmutzigen Scheiben drängte. »Ich lebe noch vom Militärsold!«
»Wollen Sie Arbeit haben, Fedja?« fragte Wanda Semjonowna. Oh, sie sagt auch schon Fedja, durchrann es Iwanow. Wie schnell sie hier sind. Wahrhaft ausgehungert sind die Weibchen!
»Arbeit ist immer gut. Ein paar Rubelchen dazu . . . Wenn sie für meine Narbe nicht zu schwer ist . . .« Er klopfte einem Bauern, der ihm in patriotischer Aufwallung ein Stück Wurst hinhielt, auf die Schulter. Sie war gut gewürzt, eine Hausschlachtungswurst, ohne Zweifel, vermutlich von einem unterschlagenen Schwein. »Freunde, ihr seid alle so gut zu mir! Nur nicht weiter so, mir kommen sonst die Tränen.«
»Ich könnte in meiner Kolonne einen Einschaler gebrauchen«, sagte Wanda Semjonowna. »Keine schwere Arbeit, Fedja. Holzbretter zusammennageln.«
»Auf dem Bau?« Iwanow sah Wanda nachdenklich an.
»Bist du schwindelfrei? Das mußt du sein . . . Wir bauen zur Zeit an einer Seite des Kremlpalastes . . .«
Durch Iwanow fuhr ein heißer Strom. Er nahm dem freundlichen Nachbarn die Wurst aus der Hand, biß noch ein Stück ab und kaute schmatzend. Im Kreml! Vor Stalins Tür! Oberst von Renneberg im fernen Eberswalde — so viel Glück gibt es doch gar nicht!
»Ich tanze auf einem Seil, wenn ihr es zwischen die Kremltürme spannt«, sagte er überzeugend. »So schwindelfrei bin ich! Und mit dem Hammer arbeiten — das kann ich! Wanda Semjonowna, Sie werden begeistert sein, wie ich mit meinem Hammer umgehen kann!«
Es war unerfindlich, warum das Weibchen sich plötzlich zart rötete, aber es war so. Iwanow grinste unverschämt. Sie arbeitet im Kreml, dachte er. So eine Gelegenheit kommt nie wieder. Vielleicht kann man sogar durch ein Fenster in Stalins Zimmer blicken und vom Gerüst eine Handgranate vor seine Füße werfen. So einfach könnte Weltgeschichte gemacht werden. Könnte . . .
Der phantastische Gedanke setzte sich sofort in ihm fest. Wanda Semjonowna zuckte mit den Mundwinkeln und rieb

die Stiefel aufeinander. Ihr Apfelbusen atmete stärker und schneller.
»Wir können darüber sprechen«, sagte sie etwas belegt. »Ich bin sicher, daß der Brigadeleiter Sie nicht abweist, wenn Sie Ihre Narbe zeigen, Fedja. Für unsere Helden tun wir in der Heimat alles . . .«

Am Bahnhof von Kosterowo hielt der Zug nach Moskau, von Gorkij kommend, nur auf Wunsch. Das sah dann so aus, daß der Bahnhofsvorsteher eine gelbe Fahne hißte, die man weithin sehen konnte. Telefonisch war da gar nichts zu machen, obwohl es leicht war, den Kollegen in Sobinka anzurufen und zu sagen: »Da will einer von uns mit in die Stadt. Gib dem Zugführer Bescheid.« Aber meistens kamen die Halunken, die den Zug benutzen wollten, erst im letzten Augenblick, und da nutzte nur die gelbe Fahne, um zu signalisieren: Halt! Hier leben auch Genossen, die Sehnsucht nach Moskau haben!
An diesem Morgen war Luka Iwanowitsch Petrowskij einer von vieren, die auf den Zug warteten. Er war die Nacht über von seiner Absprungstelle quer durch die Felder marschiert, ohne jemanden zu treffen. Im Fluß Kjasma nahm er ein Bad, fühlte sich danach so frisch, daß er einen unbändigen Hunger bekam, und tauschte am Rand von Kosterowo ein wenig Tabak gegen zwei rohe Gurken, die er auffraß, als seien es gebratene Schweinelenden.
Als höflicher Mensch machte er sich mit den anderen Wartenden bekannt, teilte mit dem mürrischen Bahnhofsvorsteher eine Zigarette und erfuhr zu seinem großen Schrecken, daß gerade auf dieser Bahnlinie viele Offiziere der Roten Armee von Gorkij nach Moskau fuhren. In Gorkij war eine Offiziersschule für spezielle Einsätze, auch wurden dort Lehrgänge für den Generalstab abgehalten. Das hat Milda Ifanowna nicht erwähnt, dachte Petrowskij. Da ist ihr ein Fehler unterlaufen. Holde Milda, auch du bist nicht vollkommen! Man hätte sonst bestimmt einen anderen Absprungort gewählt.
Er erzählte den ergriffen Lauschenden auf dem Bahnsteig von seinem Magengeschwür, das ihn gegenwärtig kriegsuntauglich mache. »Ein Jammer ist es, Genossen«, sagte er traurig. »Da zerrt und blubbert es im Magen, und wenn ich rülpse —

wer muß das nicht? — kommt ein Geschmack hoch, als hätte ich Jauche gesoffen. Paßt mal auf!«
Er würgte etwas, der Mageninhalt stieg bis zur Speiseröhre, und dann ging er herum und hauchte jeden an. Da er eben die frischen Gurken gegessen hatte, roch er tatsächlich wie faulig Gegorenes, und die Mitreisenden bedauerten ihn mit erstarrten Mienen.
»Warum operiert man nicht, Luka Iwanowitsch?« fragte der Bahnhofsvorsteher. »So ein dreckiges Geschwürchen . . .«
»Fragt die Ärzte!« rief Petrowskij bitter und anklagend. »Sie röntgen mich, pumpen mir den Magen aus, Schläuche muß ich schlucken, eine ganze Rolle voll . . . aber dann schicken sie mich weg! Was tun sie mit mir? Pillchen bekomme ich, viel Milch soll ich trinken . . . Ich frage euch, wo bekomme ich so viel Milch in diesen Zeiten? Nicht aufregen soll ich mich, wo es doch Aufregung genug gibt, wenn ich Jauche atme . . . Ach, liebe Freunde, es ist ein grausames Schicksal, krank zu sein! Vielleicht operieren sie nicht, weil es gar keinen Sinn mehr hat. Ich bin für die schon tot . . .«
Dann lief der Zug ein, hielt bei der gelben Fahne, und Petrowskij kam tatsächlich in ein Abteil, in dem vier Offiziere saßen und an zwei Brettern Schach spielten. Sie nickten nur, als Luka Iwanowitsch höflich grüßte und sich in eine Ecke zwängte. Das ist ein Glück, dachte er zufrieden. Wer Schach spielt, fragt nicht. Ein Schachspieler lebt außerhalb dieser Welt; er lebt in seinen Figuren. Ein Russe, der Schach spielt, ist Gott am nächsten.
Er warf ein paar Blicke über die Schachbretter und stellte fest, daß die Spiele noch lange dauern konnten. Es waren verzwickte Stellungen — die vier Offiziere saßen in Gedanken versunken und starrten vor sich hin. Petrowskij unterdrückte den Vorschlag, einen der Springer einzusetzen, wodurch man den Turm kassieren könnte. Er blickte aus dem Fenster und fühlte ein Jucken unter der Kopfhaut, als er auf dem Bahnhof von Noginsk, den sie als nächsten erreichten, zwei Militärstreifen warten sah. Aber nichts geschah. Es ging keine Kontrolle durch den Zug. Die Polizisten waren auch nur Fahrgäste. Ist eben ein vom Militär bevorzugter Zug, dachte Petrowskij. Die paar Zivilisten fallen nicht auf; ängstliche Hundchen, die sich nicht bemerkbar machen. Ein Generalstabsoffizier übersieht solchen Unrat. Zivilisten! Wie sich

doch die Charaktere bei allen Militärs so brüderlich gleichen . . .
Hinter Noginsk, bei Kuchino, wurde es schon städtisch. Die Häuser rückten an die Bahnlinie heran. Auf der Straße, parallel zum Zug, tauchten Lastwagen auf.
Moskau kam näher. Man spürte schon seinen Atem.
Petrowskij stand auf und ging hinaus auf den Gang. Er mußte eine innere Unruhe bekämpfen. Alles war so glattgegangen, so einfach, so erbärmlich simpel. Wenn es so weiterging, sah er morgen schon Milda Ifanowna wieder.
Er drehte sich eine Zigarette und rauchte sie hastig. Ein großer Verschiebebahnhof wurde durchfahren, die Waggons ratterten und hüpften über unzählige Weichen.
Moskau! Moskau!
Petrowskij ging nach vorn zum Ausstieg und stellte sich zwischen die dort wartenden Offiziere.
Mit allen Reisenden in seinem Abteil hatte Piotr Mironowitsch Sepkin Freundschaft geschlossen, als er in den Belorussischen Bahnhof einrollte. So fröhlich war die Gesellschaft, daß sogar ein älterer Mitfahrer auf einer Mundharmonika spielte und alle den Takt der Lieder mit den Stiefeln schlugen. Der Lustigste war Sepkin selbst, denn er betrachtete sich als den größten Glückspilz der zehn: Vom Belorussischen Bahnhof bis zur Lesnaja uliza, wo Milda Ifanowna wohnte, konnte man fast hinspucken. Man brauchte nur den Platz zu überqueren, von dem sternförmig die großen Straßen abgingen wie bei der Place de l'Etoile in Paris, und schon stand man vor dem Haus Nummer 19.
Guten Tag, meine Schöne, würde Sepkin sagen. Sie können sich die Augen ruhig reiben — es stimmt, was Sie sehen. Der liebe Piotr Mironowitsch ist eingetroffen. Wo ist das Bömbchen für Stalin — ich will ihn gleich in die Luft sprengen!
Der Zug hielt knirschend in der riesigen Halle des Bahnhofs, der wie alle Moskauer Bahnhöfe eher einem Schloß glich und mit einem Prunk ausgestattet war, der einen Zaren hätte neidisch werden lassen. Sepkin verabschiedete sich von allen Mitreisenden mit vielen Wangenküssen. Dann stand er auf dem Bahnsteig mit klopfendem Herzen und wachen Augen.
Moskau. Endstation.
Ein böses Wort: Endstation.

Wer will an das Ende denken? Sepkin wollte es nicht. Er beobachtete die Militärpolizisten und die Milizionäre, schlenderte dann zum Ausgang, kaufte sich eine neue *Prawda* und las mit großem Interesse den sowjetischen Heeresbericht.
Kein Wort über die Offensive. An allen Fronten verdammte Ruhe. Örtliche Kämpfe, kleine Einbrüche. Nadelstiche nur gegen den deutschen Leib. Man atmete Kraft ein, um den großen Schlag zu führen.
Auf dem Kasaner Bahnhof lief wenig später Luka Iwanowitsch Petrowskij ein, umringt von reich dekorierten Offizieren, unauffällig und übersehen. Er verließ schnell das Gebäude, lief ohne Aufenthalt bis zum Lermontow-Platz und setzte sich dort auf eine Bank in die Sonne. Ein paar alte Männer, der eine mit einem struppigen Hund, der während der Hungerjahre erstaunlicherweise nicht in der Pfanne geendet hatte, genossen die Frühsommerwärme, kauten Sonnenblumenkerne und bespuckten den Boden mit den zerkauten Schalen. Petrowskij atmete ein paarmal kräftig durch, um seinen jagenden Puls zu besänftigen. Die letzten Worte Oberst von Rennebergs fielen ihm ein: »Meine Herren, wenn Sie Moskau erreicht haben, werden Sie vor Freude bloß nicht unvorsichtig! Denken Sie nur daran: Ich habe eine Stadt erreicht. In dieser Stadt muß ich unauffällig leben. In dieser Stadt muß ich einen Auftrag ausführen. Und dieser Auftrag ist das Schwerste, was je einem Menschen zugemutet wurde. — Dann sieht die Stadt für Sie schon ganz anders aus, auch wenn in der Sonne die goldenen Kuppeln der Kirchen leuchten.«
Petrowskij streckte die Beine von sich, schielte aus den Augenwinkeln über den Lermontow-Platz und wartete ab.
Man soll an seinem ersten Vormittag in Moskau nichts übereilen.
Eine Stunde später rollte Fjedor Pantelijewitsch Iwanow in den Jaroslawer Bahnhof ein. Auf dem Bahnsteig hakte sich Wanda Semjonowna bei ihm ein, als seien sie schon ein im Sturm erprobtes Liebespaar, die Abteilgefährten schüttelten sich die Hände, der dicke Bauer schenkte Iwanow den Rest der Wurst, und ein Väterchen mit langem Bart gab Fjedor die Adresse eines Arztes, der beste Verbindungen zu einer Klinik haben sollte, deren Chefarzt wiederum an maßgebender Stelle der Ärztekommission saß, die darüber zu entscheiden hatte,

ob Iwanow noch felddiensttauglich sei mit seiner aufsehenerregenden Narbe. Allseits herrschte reine Freude, und man versicherte sich einander seiner Freundschaft. Dann spazierte Iwanow, mit Wanda am Arm, über den Komsomolski-Platz, spendierte an einer Trinkbude ein Mineralwasser und gab sich sehr schüchtern, als Wanda Semjonowna sagte:
»Kommst du mit, Fedja? Zu meinen Eltern? Freuen werden sie sich, einen Helden des Großen Vaterländischen Krieges zu begrüßen. Oder mußt du gleich zu den Ärzten? Heute ist ein freier Tag für mich, und morgen spreche ich mit dem Brigadeleiter. Wäre es nicht wunderschön, wenn wir zusammen in einer Kolonne arbeiten könnten? Du baust das Gerüst, und ich verputze die Wände.«
»Am Kremlpalast!« Iwanow strich seine blonden Locken von den Augen. Über den Platz wehte ein warmer Wind. »Sie werden nicht jeden dafür nehmen!«
»Ich schlage dich vor. Ich bin ja Vorarbeiterin!«
Er nickte. Plötzlich küßte er sie, mitten auf dem Platz, und sie hielt still, stellte sich sogar auf die Stiefelspitzen und krallte ihre Finger in seine blonden Haare.
»Ich bin verrückt . . .«, sagte sie atemlos, als er sie endlich losließ. »Verrückt bin ich, Fedja. So kurz kennen wir uns, aber ich hab dich so lieb, daß ich dich nie wieder hergeben möchte.«
»Wer redet denn davon, Wanduschka?« sagte er zärtlich und umfaßte ihre schmale Taille. »Ich gehe nie wieder fort. Ich bleibe in Moskau und bei dir.«
Wie wahr, dachte er mit Bitterkeit auf der Zunge. Ich werde Moskau nie mehr verlassen können. Der Leutnant Poltmann ist ja seit zwei Tagen tot.
Sie gingen weiter, eng aneinandergeschmiegt, wie es sich für ein Liebespaar gehört, und bogen auf den Lermontow-Platz ein. Hier spielte das Schicksal Verstecken, denn genau sieben Minuten früher war Petrowskij von seiner Bank aufgestanden, hatte den Platz überquert und sich der Kirow-Straße zugewandt, die direkt zum Kreml führte. Über die Kirow-Straße kam man am Hauptpostamt vorbei, am Nowaja-Platz mit seinen Bäumen und am Marksa-Prospekt, an dem das berühmte Hotel Metropol lag, das beste Hotel von Moskau, um die Jahrhundertwende von britischen Architekten erbaut. Links lag dann der riesige Komplex des Kaufhauses *GUM,* und wenn man ein guter Russe war, schlug einem nun das Herz

schneller, denn vor einem breitete sich der Rote Platz mit dem Kreml aus, leuchtete der rote Stern an der Spitze des Spasski-Turms und fragte der dunkle Klotz des Lenin-Mausoleums jeden Staunenden: Hast du schon ins Gesicht der Revolution geblickt?! Und wie ein steingewordenes Märchen glänzten zur Moskwa hin die mächtigen bunten Zwiebeltürme der Basilikus-Kathedrale, von Iwan dem Schrecklichen erbaut als Dank an den gnädigen Gott, der den Russen den Sieg über die Tataren gegönnt hatte.

Petrowskij ging langsam die Kirow-Straße hinunter. Eigentlich hätte Iwanow noch seinen Rücken sehen müssen, aber wer achtet auf seine Mitmenschen, wenn er ein Mädchen wie Wanda Semjonowna spazierenführt?

Zum Frühstück gab es eine dicke Grießsuppe, die mehr Wasser als Milch enthielt, aber sie schmeckte süß, füllte den Magen und weckte Erinnerungen an bessere Zeiten, wo man Obst in den Grieß schnitt oder dicke Fruchtsäfte oder sogar kandierte Beeren.

Priwalzew, der Hotelpächter, hatte sogar einen Tee gekocht und wartete schon auf Kraskin.

»Na, wie schläft es sich in dem Prunkbett, Alexander Nikolajewitsch?« rief er erfreut und ließ die Gelenke knacken. Das war eine Spezialität von ihm; wenn er sich richtig dehnte, krachte es an verschiedenen Stellen in seinem Körper. Er hatte damit schon große Wirkung bei Gästen erzielt, die solche Demonstrationen fassungslos bestaunten.

»Schlecht!« sagte Kraskin und kratzte sich den Kopf. »Emil Benjaminowitsch, wenn ich länger bei Ihnen bleiben würde — leider kann ich das nicht —, müßte ich um ein anderes Zimmer bitten. Nummer 4 . . .«

»Ein General hat darin geschlafen!« rief Priwalzew mit erhöhter Stimme.

»Geschlafen? Ins Bett wird er genäßt haben. Es stinkt wie ein ausgelaufener Bock!«

»Das war Ihr nasser Anzug, Genosse!«

»Nicht allein. Mein Anzug hat sich beruhigt.« Kraskin kam näher und hielt Priwalzew die Jacke unter die Nase. »Na? Wie ist es? Nichts mehr! Beleidigen Sie nicht dauernd die sowjetische Kleiderindustrie! Gut, bei Regen stinkt der Stoff — aber

in der Sonne ist er neutral! Man fabriziert ja Anzüge auch nicht, um sie zu wässern. Ha, eine Grießsuppe! Sie sind ein guter Mensch, Emil Benjaminowitsch.«
Kraskin setzte sich und dachte an den Kuhtransport, der draußen auf dem Güterbahnhof von Stupino stand. Er mußte sich entscheiden: Entweder wagte er es, auf einen normalen Personenzug zu warten mit dem Risiko, in eine Streife zu laufen, oder er reiste inmitten der Kühe nach Moskau, die man bestimmt nicht kontrollierte, bevor sie ausgeladen wurden.
»Wenn Sie eine Brotmarke haben, gebe ich Ihnen die doppelte Portion«, sagte Priwalzew, der seine Suppe gern mit Brot aß. »Nur weil Sie mir so sympathisch sind, Alexander Nikolajewitsch.«
»Sie Gauner!« Kraskin holte seine Lebensmittelkarten aus dem Rock, zupfte einen Abschnitt für Brot ab und schob ihn Priwalzew über den Tisch. Der Hotelpächter rannte davon, kam mit einem Spankorb wieder und brockte eine Scheibe in die Suppe. Kraskin sah sich um.
»Sind wir die einzigen, die frühstücken?« fragte er.
»Ja«, antwortete Priwalzew mürrisch.
»Ich denke, das Hotel ist voll belegt?«
»Man sagt das so, lieber Freund. Soll man zugeben, daß man täglich durch die leeren Zimmer geht und in sich hineinhustet, nur damit man das Gefühl hat, sie seien bewohnt? Gut, das Haus gehört dem Staat, aber ich muß von dem leben, was nach der Pacht übrigbleibt. Und was bleibt in diesen Zeiten übrig? Der Pißgeruch des Generals — wenn stimmt, was Sie sagen, Alexander Nikolajewitsch.«
»Es muß so sein. Ich habe das Fenster die ganze Nacht offengehalten.«
Sie aßen eine Weile wortlos weiter, dann sah Kraskin hoch und ließ den Holzlöffel fallen. Immer, wenn ein Russe eine dicke Suppe oder seine Kascha ißt, benutzt er dazu am liebsten einen Holzlöffel wie seit Jahrhunderten. Sogar in den großen Läden von Moskau liegen sie neben dem polierten Metallbesteck.
»Ich habe geträumt«, sagte Kraskin. »Von Metallplatten. Es verfolgt mich, Brüderchen. Wenn ich an die großen Maschinen denke, die ich in Moskau bedienen soll — mich friert es im Sommer! Wie schön war das Leben in der Zuckerrübenfabrik. Sehen wir von dem Gestank ab, jede Arbeit hat ihren

spezifischen Geruch. Beschwert sich etwa ein Autofahrer, daß er nach Benzin stinkt? War das ein Leben auf dem Lande! Wissen Sie, was man mit Zucker alles anstellen kann? Ein Paradies kann man damit anstreichen . . .«
Priwalzew, die gute Seele, verabschiedete ein paar Stunden später seinen Gast mit einem kleinen Korb voll Eßwaren. Wie Brüder gingen sie auseinander, winkten sich so lange zu, bis Kraskin im Bahnhof verschwand, und dann saß Priwalzew wie verwaist in seinem leeren Lokal, starrte traurig vor sich hin und warf einen Verwegenen hinaus, der ins Hotel kam und fragte, ob man für 50 Gramm Fleischmarken hier etwas zu essen bekäme.
Kraskin strich im Bahnhof herum wie eine suchende Katze, die Fischtöpfe wittert. Er betrachtete den langen Güterzug mit den Kühen sehr eingehend, und stellte beruhigt fest, daß sich niemand um ihn kümmerte. Nur ab und zu stolperte eine dicke Bahnarbeiterin über die Gleise, um Wagen an- oder abzukuppeln.
Der Personenzug nach Moskau, der hier außer Fahrplan lief, rumpelte gegen Mittag ein. Kraskin hatte nun die Wahl, aber als er sah, daß ein Wagen voll Militär mitreiste, auf dem stand: »Die 4. Kompanie der Schützen von Woronesh marschiert nach Berlin«, entschloß er sich, bei den Kühen zu bleiben.
Er wartete, bis die dicke An- und Abkupplerin zwischen den vielen Güterwagen verschwunden war, kletterte dann über die Puffer an einem Waggon hoch, zog sich über den Rand der Wagenwand und ließ sich zwischen die Kühe fallen.
Die Tiere glotzten, brummten dumpf und stießen ihn mit ihren weichen Schnauzen an. Kraskin lachte, tätschelte ihnen das Maul, kraulte das Fell zwischen den Augen und drückte die Köpfe dann weg, die sich an ihn drängten. Es waren kurzhornige, schwere, fahle Rinder, die aus dem Süden kamen und seit drei Tagen unterwegs waren. Eine Unruhe lag in ihnen, die Kraskin aber nicht spürte. Er war ein Stadtmensch und kannte Kühe nur als Milchgeber und Fleischlieferanten. Aus den Häuten machte man Leder, aus den Knochenabfällen Seife. Das hatte er in der Schule gelernt. Ob das mit der Seife stimmte, wußte er nicht. Ein Schulkamerad fiel ihm ein, der Walther Bense, ein Kerl mit einer Kodderschnauze und frühreif wie eine alleinstehende Tomate. »Die beste, schäumend-

ste und fetteste Seife wird aus Rinderhoden gemacht!« sagte er und quiekte vor Lachen. »Seit sich meine Schwester damit wäscht, bekommt sie einen dicken Bauch . . .«
Walther Bense war dreimal nahe daran gewesen, wegen solcher Sprüche von der Schule zu fliegen. 1943 war er gefallen, als junger Leutnant, bei Brjansk. Kraskin suchte sich einen Platz für die Weiterfahrt und entschied sich für eine schmale Latte, die jemand, keiner weiß, warum, an die Schmalseite des Waggons genagelt hatte. Hier konnte Kraskin seinen Hintern abstützen. Es war nicht gerade erholsam, eher mühselig, aber auf die Dauer entlastete es die Beine, weil er das Gewicht ab und zu auf das Gesäß verlagern konnte.
Er stützte sich ab, hatte das Gefühl, wirklich zu sitzen, und betrachtete die Kühe, die ihn anglotzten. Von draußen hörte er wieder das Krachen der Puffer, das klirrende Aufeinandertreffen von Eisen, dann folgte das Einhaken der Stahlseile, das Einrasten der Druckluftbremsen. Die dicke Rangiererin war wieder am Werk. Als sie an Kraskins Viehwagen vorbeiging, hörte er sie singen. Die Arbeit, so schwer sie auch für eine Frau war, machte sie fröhlich. Kraskin schob wieder sich ihm nähernde Kuhmäuler weg und überlegte, ob er sich eine Zigarette drehen sollte. Da er nicht wußte, wie Kühe auf Qualm, und Tabakqualm im besonderen, reagieren, verkniff er sich den Genuß und konzentrierte sich darauf, alle Geräusche von außen zu analysieren.
Als auch dieses nicht mehr ablenkte, fand Kraskin zu seiner Leidenschaft, der klassischen Musik, zurück. Er starrte in den rotgeränderten Abendhimmel und ließ in seinem Gedächtnis seine Lieblingsstücke abspielen. Das Gralswunder aus Parsival, dirigiert von Toscanini . . . die Meistersinger-Ouvertüre unter der Leitung von Furtwängler . . . das 1. Klavierkonzert von Beethoven mit Edwin Fischer am Flügel, dirigiert von Bruno Walter . . . Elly Neys Beethoven-Sonaten und Giesekings Chopin-Nocturnes . . . Bruckners gewaltige 9. Sinfonie, mit Clemens Krauß am Pult . . . Mein Gott, ist das Leben schön, dachte Kraskin, der einmal Detlev Adler hieß und nie Offizier, sondern immer nur Dirigent hatte werden wollen. Dieser Himmel aus Musik! Diese Unsterblichkeit der Töne. Und ich hocke hier zwischen muhenden Kühen, will nach Moskau fahren und Stalin töten. Welche Unendlichkeiten liegen dazwischen . . .

Die Nacht kam sanft über Stupino wie ein warmes Samttuch. Ein Ruck erschütterte den Güterzug; eine Lok wurde angekoppelt. Kraskin hörte ihr Signal pfeifen. Der Rangierer — es konnte unmöglich noch die Dicke sein — antwortete mit einer Trillerpfeife. Dann rollten die Wagen vor und zurück, nur eine kleine Strecke, neue Erschütterungen vibrierten durch den Zug, andere Wagen hängten sich an den Transport, und plötzlich fuhren sie, begann das Singen der Räder über den Schienen.

Moskau, ich grüße dich! Räder müssen rollen für den Sieg, schrieb man an deutsche Güterwagen. Bei mir klingt es anders: Sta-lin— — — Sta-lin — — — Sta-lin —. Und wenn man Glück hat, unverschämtes Glück, auch: Mil-da — Mil-da — Mil-da — und Le-ben — Le-ben — Le-ben . . .

Die Kühe standen im Waggon, eng zusammengedrückt, als wollten sie sich gegenseitig stützen. Beißender Geruch von Urin und Kot verstärkte sich, den auch der Fahrtwind nicht mitriß.

Plötzlich fiel es Kraskin auf, daß der Waggon den Umständen entsprechend ziemlich sauber gewesen war, als er ihn zum Versteck gewählt hatte. Auf dem Weg vom Süden nach Moskau mußten die Waggons also gesäubert worden sein. Ausgespritzt mit einem Druckwasserschlauch, dessen scharfer Strahl alles wegschwemmte.

Es war nicht anzunehmen, daß vor Moskau der Zug noch einmal hielt und die Kühe gewaschen wurden. Erst auf dem Zielbahnhof würde man wieder mit den Schläuchen kommen und die Tiere säubern, damit sie nicht allzu verschmiert mit Kot in das Schlachthaus trotteten.

Kraskin war mit seinen Mutmaßungen zufrieden, drückte sich in die Wagenecke, stützte den Hintern auf die schmale Latte, und versuchte zu schlafen. Eine große Kuh mit fast menschlichem Blick leckte ihm über das Gesicht. Er lachte, drückte den Kopf zur Seite und sagte beruhigend: »Nun laßt mich schlafen, ihr Viecher! Ihr werdet sehen, wie gut das geht. Wir haben an der Front schon ganz anders geschlafen. Beim Vormarsch, damals im Sommer, da schliefen wir beim Marschieren und wachten auf, wenn wir auf den Vordermann prallten. Die Beine gingen weiter, Schritt um Schritt, aber der Kopf schlief. Da ist das hier geradezu komfortabel. Gute Nacht, ihr Rindviecher!«

Er schloß die Augen und spielte in sein Gehirn Melodien aus La Bohème ein. Die Winterszene vor dem Zollhaus ... Man konnte so gut dabei träumen. Musik streichelt die Seele.
Er wachte auf, weil ein rasender Schmerz vom Fuß durch seinen Körper zuckte. Der Zug ratterte durch die Nacht mit einer Geschwindigkeit, als jage er einem Unglück davon. Die Kühe waren unruhig, bedrängten sich, stießen gegeneinander, drückten mit den schweren Leibern. Ihre Köpfe waren erhoben, die Glotzaugen schienen sich um das Doppelte vergrößert zu haben. Kraskin stöhnte auf. Die Kuh vor ihm hatte ihn gegen das Schienbein getreten, ihr dicker Kopf war fast in den Nacken gelegt, und jetzt quoll ein dumpfer Schrei aus ihrem Maul, und Speichel lief an den Seiten heraus.
Kraskin klebte an der Waggonwand und konnte sich nicht mehr rühren. Die Tierleiber, eine bewegte kompakte Masse, gaben nicht nach, auch als er mit aller Kraft und beiden Fäusten gegen diese fleischige Mauer boxte. Trotz des Ratterns der Räder nahm er nun auch die Ursache der Unruhe wahr: tief über das Land, verborgen von der Nacht, jagten sowjetische Bombergeschwader nach Westen. Ihr dumpfes Motorengedröhn wurde zeitweise übertönt von dem Brüllen der Kühe. Für sie waren die unbekannten Laute aus dem Himmel eine Gefahr, eine Bedrohung, der sie nicht entrinnen konnten, solange sie hier eingepfercht waren. Sie wollten nichts, als diese Enge durchbrechen, sich befreien und vor den fremden Tönen davonrasen. Die Weite des Landes war ihr Schutz, sie kannten es, sie waren auf den riesigen Weiden immer der Gefahr davongelaufen. Und draußen, jenseits der klirrenden Wände, lag die Freiheit, sie witterten sie, sie rochen die Wiesen und Wälder. Wer hat da gesagt, eine Kuh sei dumm? Wer hat die Gedanken einer Kuh erforscht, wenn sie die Gefahr erkannt hat?
Kraskin stand mitten in einem Kampf gegen diese aufgewühlte Natur. Über ihm donnerten die Bombergeschwader, so tief über das Land fliegend, als wollten sie neben der Eisenbahnstrecke landen. Und nun gerieten die Kühe in Panik, trampelten, stießen mit den Köpfen um sich, warfen ihre massigen Leiber gegen die Waggonwände, drängten wie eine Lawine aus Fleisch und Knochen aus der Enge hinaus.
»Zurück!« brüllte Kraskin und hieb um sich. Er traf Mäuler und Hörner, Stirnen und Augen, trat in nachgebende Leiber

und stahlharte Knochen, hielt die Ellenbogen vor sein Gesicht, als die Kühe nach ihm stießen, und rammte seine Knie in Weichen und Euter.
»Zurück!« schrie er wieder. »Ihr dämlichen Viecher! Es sind doch nur Flugzeuge! Es ist nicht 'mal ein Gewitter! Zurück!«
Die Kuhleiber drückten ihn gegen die Wand. Er bekam kaum noch Luft, drosch ununterbrochen auf die Köpfe ein, brüllte dabei nur Laute, weil es keine Worte mehr gab, und versuchte, der ihn zerquetschenden Masse zu entrinnen.
Hinauf, dachte er. Die Wand hinauf! Und an der anderen Seite wieder hinunter. Auf den Puffern weiterfahren, irgendwie wird das schon gehen, es muß einfach gehen, hier werde ich wie eine Wanze an der Wand zerquetscht ... Er stöhnte auf, weil ihn ein Hornhieb gegen die Schulter traf, dann spürte er ein warmes Rinnen über seinen Körper, als läge seine Schulter unter einem offenen Wasserhahn.
Blut, dachte er. O verdammt, ich blute. Sie haben mir die Schulter mit den Hörnern aufgerissen. Ich muß hier heraus ... sie zermalmen mich ... sie treten mich zu Brei ...
Er versuchte hochzuspringen, um den Waggonrand zu erreichen, aber die Kühe ließen ihm keinen Platz für einen Sprung, ihre zitternden, von der Angst geschüttelten Leiber preßten ihn ein, umschlossen ihn mit ihrer unteilbaren Massigkeit.
Kraskin begann zu schreien, hell und langgezogen zu schreien. Sein linker Arm begann zu zittern, die Schulter war taub geworden, gefühllos, aber auch unbeweglich, und das Blut rann noch aus der Wunde, es mußte eine schreckliche Wunde sein, er wagte nicht, sie abzutasten, sie zu sehen, war unmöglich, denn sie war im Rücken, unter dem Nacken gerissen worden.
Noch einmal versuchte Kraskin, die rettende Oberkante der Waggonwand zu erreichen. Er drückte sich an der vor ihm stehenden Kuh empor, stemmte sich, mit dem Rücken an der Wand, mit den Beinen gegen den Tierleib, langsam hoch, so wie ein Kletterer einen Felskamin bezwingt ... aber auf halber Höhe krachte es über ihm im Nachthimmel, einer der Bomber mußte einen fehlerhaften Motor haben, er spuckte dröhnend, wie riesenhafte Schüsse klang es ... und nun verloren die Kühe den letzten Rest von Trägheit, bäumten sich auf, stiegen in der Enge übereinander, trampelten in wilder

Panik gegen alles, was Widerstand war, stießen mit den Hörnern um sich und hüllten sich in ein qualvolles Brüllen ein, Kraskin plumpste auf den Waggonboden zurück. Er rutschte auf dem glitschigen, von Urin und Kot verschmierten Boden aus, fiel auf die Knie und wurde sofort von einem Kuhtritt getroffen. Halb betäubt versuchte er, sich aufzurichten, aber da waren die Leiber um ihn und über ihm, niederbrechende Felsen aus Fleisch, die ihn vollends zu Boden warfen. Er stieß wieder mit den Fäusten um sich, die Spalthufe trommelten auf ihn herunter, traten ihn in den breiigen Kot, er antwortete mit Tritten, krallte sich mit beiden Händen in ein dickes Euter und zog sich daran vom Boden, zwischen der wild herumstampfenden Kuh hängend wie ein Kosak, der im vollen Galopp unter seinem Pferd hindurchkriecht und zwischen den wirbelnden Beinen pendelt.
Es war nur ein kärglicher Aufschub für Kraskin. Ein Stoß warf ihn wieder auf den Boden, und dort zertrat ihm ein Huf die rechte Hand. Bis in sein Hirn hörte er das Zerknacken der Knochen. Er biß sich in den linken Unterarm, begann vor Hoffnungslosigkeit und Todesangst zu weinen, ein Schluchzen durchzog seinen Körper, auf den die Huftritte herunterprasselten, und dann war Kraskin nur noch eine gefühllose, armselige Masse, die unter den brüllenden Kühen alle Formen verlor, die auseinanderfloß und sich mit Kot und Urin vermischte.
Gegen fünf Uhr morgens traf der Kuhtransport auf dem Güterbahnhof in Moskau ein. Die Tiere hatten sich längst beruhigt, standen schwankend in ihren Waggons und ließen sich ohne erkennbare Regung abspritzen. Drei Kolonnen mit dikken Schläuchen, meist Frauen in hohen Gummistiefeln, schoben die Eisentüren zur Seite und schwemmten mit hohem Wasserdruck den Mist von den Wagenböden.
Auch zu dem Wagen Nr. 27 kamen sie, knallten die Riegel herum und drückten die Rolltür weg. Der Wasserstrahl zuckte aus der Spritze, träge wälzte sich der Mistschlamm über die Waggonkante. In einer Ecke blieb ein Klumpen liegen. Die Arbeiterin Antonia Nikolaijewna stieß einen unfeinen Fluch aus, nannte den sperrigen Haufen einen Hurendreck und hielt den Wasserstrahl voll darauf.
Der Klumpen blieb, als sei er auf dem Boden festgebacken. Antonia Nikolaijewna gab ein Beispiel dafür, daß eine Frau im

Arbeitsprozeß beim Fluchen keinem Manne nachsteht, klemmte den Schlauch an der Tür fest, ließ den Wasserstrahl voll über die Kühe prasseln und beugte sich in den Wagen vor. Dann stieß sie einen hellen Schrei aus, warf die Hände über den Kopf und rannte japsend, mit hervorquellenden Augen, davon. Zwei Wagen weiter erbrach sie sich und setzte sich dann wie betäubt auf die Schienen.

Schon immer war Sergeij Andrejewitsch Tarski ein fröhlicher Mensch gewesen. Wenn ihm etwas gelungen war, was vorher sehr schwierig ausgesehen hatte, konnte er sich freuen wie ein Kind. Dann pfiff er ein Liedchen vor sich hin und war der Ansicht, daß alles im Leben nur eine Glücksache sei, und das Glück war nun bei ihm und wollte genossen werden.
Seine glatte Landung auf einer von Wäldern umgebenen Wiese bei Lataschino machte ihn geradezu lustig, er grub in aller Ruhe seinen Fallschirm ein, indem er eine Bodensenke ausnutzte und diese mit Erde zuschüttete, dann ruhte er sich aus, legte sich am Waldrand auf den weichen Boden und überdachte seinen weiteren Weg.
Von Lataschino führte eine kleinere Straße bis zur breiten Straße, die von Rshjew in einem großen Bogen nach Südosten verlief und bei Wnukowo auf die berühmte Rollbahn Minsk—Witebsk—Smolensk—Moskau stieß. Das war ein Weg mit vielen Umwegen und Gefahren. Leichter schien es, bis Wolokolamsk zu wandern und dort die Eisenbahn nach Moskau zu nehmen. Es war zwar eine Nebenstrecke, aber sie wurde — wie Milda Ifanowna erklärt hatte — von den Güterzügen bevorzugt, die aus dem nordwestlichen Raum heranrollten. Vor allem aber war es die Strecke, die jetzt der Nachschub für die kommende sowjetische Offensive benutzte. Hier rollten Tag und Nacht die Munitionszüge und Truppentransporter nach Westen, ungestört von der deutschen Luftwaffe, die nur vereinzelt in Erscheinung trat. Der Luftraum über Rußland gehörte längst wieder der Roten Luftflotte . . . ihre Abfangjäger zerstreuten jeden Versuch der Deutschen, Unruhe in den Nachschub zu bringen. Über Göring, den deutschen Reichsmarschall, konnte man mittlerweile im Kreml lachen, so sehr man ihn früher gefürchtet hatte. Es gab — vor allem aus russicher Sicht — wahre Helden unter den deut-

schen Fliegern, aber die von Tag zu Tag fortschreitende Ohnmacht der deutschen Luftwaffe war wie ein Symbol für den Zerfall der deutschen Kraft.
Tarski entschloß sich, bis Wolokolamsk zu wandern und dort auf einen Zug nach Moskau zu warten. Nach Mildas Informationen rollten über diese Strecke auch die Lazarettzüge — nicht nur Spezialwagen mit fahrbaren Operationsabteilen oder übereinander an den Wänden angeschraubten Betten, sondern auch simple Personenwagen, in denen die gehfähigen Verwundeten herumsaßen und auf einen guten Platz in einem Lazarett hofften. Das waren durchweg angenehme Menschen, denn was ist in einem Krieg schöner und lebensverlängernder als ein Schüßchen, sagen wir in den Arm oder den Schenkel, in die Schulter oder den Hintern, überall dorthin, wo der Schaden nicht allzu groß ist, aber doch gerade groß genug, daß man auf ein weißes Bett hoffen kann, auf durchaus hilfsbereite Sanitäterinnen, und vor allem auf eine Schüssel mit Kascha oder Kapustasuppe, die nicht so wässerig ist wie draußen im Graben.
Mit solchen Menschen, die ihre umwickelten Wunden mit tiefer seelischer Genugtuung betrachten, ist gut zu reisen, dachte Tarski. Sie fragen nicht, sie werden nur von ihren Heldentaten erzählen und von der Stunde ihrer Verwundung, sie werden darüber grübeln, welches Lazarett sie aufnimmt und ob es dort eine Möglichkeit gibt, in eine nahe Stadt zu fahren, wo man den Mädchen zeigen wird, wie schnell ein Frontsoldat seine Hose fallen lassen kann.
»Auch ich bin einer von euch«, würde Tarski dann erzählen. »Ein Veteran fast schon. Jawohl, ich bin erst 22 Jahre, aber das Milchgesicht hat man mir in den Pripjet-Sümpfen weggewischt. Mit heilem Leib bin ich herausgekommen, doch das Fieber hat mich gepackt. Kennt ihr das Sumpffieber? Wünscht es euch nicht, Brüderchen! Was hast du mitbekommen? Einen Steckschuß im linken Oberschenkel? Du Glücklicher! Und du, Freundchen? Ein Splitter hat dir fast die rechte Hand abgehackt? Sing ein Lied der Freude, sag ich dir! Das heilt alles, das kann man reparieren. Aber was so ein Sumpffieber ist — das bleibt. Das hat sich eingefressen wie eine Zecke. Das sitzt im Blut und schwimmt mit, rundum im Körper, und keiner kriegt es heraus. Was haben die Ärzte mir gesagt! ›Sergeij Andrejewitsch‹, haben sie gesagt und das Gesicht in kummer-

volle Falten gelegt, ›mein lieber Sergeij Andrejewitsch ...‹ Mehr nicht! Aber wenn ein Militärarzt sagt: ›*Mein* lieber Sergeij Andrejewitsch‹, dann ist das so, als stecke man dich bereits in eine Kiste. — Ich habe es ertragen: die glühende Hitze in den Adern und dann das eisige Frieren, den Schüttelfrost, obwohl du wegschwimmst im eigenen Schweiß, das Klappern mit den Zähnen, das klingt wie ein spanischer Tanz. Kennt ihr einen spanischen Tanz, Genossen? Klack-klack-klackklack Tönende Hölzchen schlagen sie aufeinander. So ist's mit den Zähnen, wenn der Anfall dich packt. Und dann kommt der Durchfall. Liebe Brüder, es ist erstaunlich, ja sensationell, was ein Mensch alles im Darm hat, obwohl er kaum was zu fressen kriegt. Beim ersten Anfall habe ich einen ganzen Eimer vollgeschissen, glaubt es mir. Danach bin ich zusammengefallen, als hätte ich alle Knochen aus dem Darm gedrückt. Mit Wasser haben sie mich wieder aufgefüllt, mit reinem Wasser ... und es ging von neuem los, pfrr ... pfrr ... ein neuer Eimer. Genossen, ich muß gestehen, es ist ein scheußliches Gefühl, da zu sitzen und sich zu sagen: Jetzt scheißt du dich tot! Gleich kommt die Leber 'raus — und dann die Milz — hoppla, war das schon die Galle? Selbst im Gehirn zieht es nach unten ... Du läufst einfach aus. — Das ist das Sumpffieber. Unheilbar. Jeden Augenblick kann es losgehen, auch jetzt ... wie ein Blitz haut es ein, man ist machtlos dagegen. Mit einem Zittern fängt es an, dann rasseln wieder die Zähne ... Ich bin wirklich ein Invalide, auch wenn ich gesund aussehe. Wer kann in mich hineinblicken?«
Es würde keiner im Abteil sein — soll man wetten? —, der Tarski nicht bedauerte und weitere Fragen stellte. So konnte man, umgeben von mitleidender Freundschaft, nach Moskau kommen.
Beim rotgoldenen Sonnenaufgang machte sich Tarski auf den Weg nach Wolokolamsk. Nach vier Stunden Wanderung quer durch Wälder und Felder, bei der er nur sechs Fuhrwerken mit Frauen begegnete, denen er freundlich zuwinkte, erreichte er das Ufer des Flüßchens Lama. Hier ruhte er sich aus, legte seine Kleider ab, schwamm in dem noch kalten Wasser, ließ sich von der Morgensonne trocknen und überlegte den Fortgang seines Weges.
Es gab wieder zwei Möglichkeiten: Über den Fluß Lama hinüber und weiter durch die Landschaft mit einem flachen Bo-

gen nach Süden bis Wolokolamsk, oder direkt auf die Straße, die von Rshjew kam. Das war der nähere, aber auch gefahrvollere Weg.
Tarski blinzelte in die Sonne und fand wiederum, daß er unglaubliches Glück gehabt hatte. Im Schulungsraum von Eberswalde und bei von Rennebergs Vorträgen und Mildas Gedächtnistraining, da hatte alles sehr kompliziert ausgesehen. Wenn jemand zu einem sagt: Du wirst nach Rußland geflogen, springst irgendwo ab und mußt dich bis Moskau durchschlagen — dann hört sich das an, als wollten sie einen über der Hölle absetzen. Das Herz macht einen Sprung und trommelt gegen die Rippen. Aber nun ist man hier, liegt an einem murmelnden Flüßchen in der Sommersonne, hat im kalten klaren Wasser geschwommen, streckt sich tatsächlich auf russischem Boden aus, weit hinter der Front der Roten Armee, läßt sich die himmlische Wärme auf den Bauch scheinen, und alle Angst, die man beim Schweben am Fallschirm noch geschluckt hat, jawohl, es war Angst, Oberst von Renneberg, alles ist verdaut und vergessen.
Ein nackter Russe liegt in der Sonne und will nachher nach Moskau fahren. Was ist daran so ungewöhnlich, Genossen? Tarski gönnte sich ein knappes Stündchen paradiesischen Friedens. Er hatte Zeit. Es kam nicht darauf an, im Eiltempo Moskau zu erreichen; Sicherheit ging vor. Er zog sich gar nicht erst an, sondern wanderte nackt am Ufer der Lama entlang, um eine Stelle zu finden, wo die Strömung nicht allzu stark war, so daß man ans andere Ufer schwimmen konnte. Eine Stelle, wo eine kleine Sandbank im Fluß lag, schien Tarski am besten geeignet. Er schätzte die Breite des Flusses auf knapp 150 Meter, was für einen russischen Fluß nicht viel ist, verknotete seine Kleidung zu einem Bündel, band sich dieses mit einem Gürtel auf den Kopf und watete ins Wasser. Die Strömung war, das hatte er beim Baden schon gemerkt, an den Uferrändern stärker als in der Mitte, als wolle die Lama ihr Bett erweitern und sich neue Freiheit aus dem Land heraussägen.
Tarski trieb etwas ab, schwamm dann mit langen Zügen zur Sandbank und machte dort Station. Jenseits der Bank erwischte ihn eine tückische Unterströmung ... sie trug ihn flußabwärts, schneller, als ihm lieb war, er kämpfte dagegen an, trat das Wasser unter sich weg und strebte dem anderen

Ufer zu. Prustend und den Fluß verfluchend, der selbst einem so guten Schwimmer wie ihm Mühe gemacht hatte, obgleich er so friedlich dahinzufließen schien, wenn man ihn vom erhöhten Böschungsufer aus betrachtete, landete Tarski auf der anderen Seite an einer Krümmung, wo die Lama das Land herausgerissen und eine kleine Steilwand geschaffen hatte. Hier hat das Eis gehobelt, dachte Tarski und dehnte sich zufrieden. Wie Messer können die Schollen sein, wenn im Frühjahr die Eisdecke aufreißt und sich die Bruchstücke aufeinandertürmen, mitgerissen von der Strömung, die dann niemand mehr bändigen kann.

Er knüpfte sein Kleiderbündel auf, schüttelte die Hosenbeine aus und wollte sein Hemd überstreifen, als über ihm ein knakkendes Geräusch erklang. Dann rief eine Stimme mit hartem Ton: »Stoj!«

Tarski blieb so stehen, wie er war — die Arme erhoben und das Hemd halb über dem Kopf. Stoj . . . das kannte er. Welcher Russe kannte es nicht? Stoj ist ein Satanswort, wenn man nicht sofort darauf reagiert. Wer »Stoj« ruft, hat immer recht, hat die Macht, kann Schicksal sein. Tarski hatte es oft genug selbst gerufen, wenn er mit seinen Spähtrupps die Schilfdikkichte der Pripjetsümpfe durchkämmte und die meisterhaft getarnten sowjetischen Maschinengewehrnester aufstöberte. Dann kamen sie heraus, die Arme weit emporgestreckt, graugrün vom Sumpfschlamm, mit flehenden Augen. Wir ergeben uns, Germanskij. Laß uns leben.

Stoj . . . das war im Krieg die dünne Grenze zwischen Tod und Überleben.

Tarskis Herz schlug nicht schneller als vorher. Doch er überlegte rasend schnell, wer da oben auf der Böschung stehen konnte. War's ein Bauer, irgendein Zivilist, so konnte man mit ihm reden. Man konnte sagen: »Was erschreckst du einen nackten Mann, Genosse? Ist es verboten, im Fluß zu baden? Habe ich die Fische vertrieben! Wolltest du hier angeln, he, und hast dich gefreut, auf einen saftigen Sudak pomoskowski, was? Und wer kommt statt eines Fisches aus der Lama? Ein nackter Mann! Na, so etwas! Gräm dich nicht, Genosse, ich bin ein sauberer Mensch. Mein Schweiß verjagt keinen Fisch . . .«

Tarski zog sein Hemd über, ganz langsam, denn er wußte ja nicht, wie der Mensch da oben reagierte.

Als er sich bückte und nach der Hose griff, sagte die scharfe Stimme über ihm: »Rühr dich nicht! Komm herauf.«
»Mit nacktem Unterteil? Genosse, Sie verletzen meine Schamhaftigkeit.«
Tarski drehte sich um. Oben auf dem Hang standen zwei Milizionäre, die Maschinenpistolen im Anschlag. Die runden Lauföffnungen mit dem dicken Zielkorn darauf sahen häßlich aus, vor allem wenn man weiß, daß in ihnen keine Gnade wohnt.
Miliz, dachte Tarski. Das ändert völlig die Situation. Du lieber Himmel, wo kommen die bloß her? Wie kann man einen so schönen Sonnentag verderben. Mit der Miliz muß man anders reden, da helfen keine Sprüche.
Er klemmte seine Hose unter den Arm und kletterte den sandigen Hang hinauf. Einer der Milizionäre half ihm sogar das letzte Stück und zog ihn empor. Hier sah Tarski, daß auf einem Weg, der hinter der Böschung entlanglief, ein Jeep wartete. Ein dritter Milizsoldat saß hinter dem Steuer und grinste zu ihm hin. Der Anblick eines unten herum nackten Mannes mußte zu komisch sein.
Tarski hielt die Hose vor sein Geschlecht und schaute die Milizionäre traurig an.
»Wenn ich nun doch die Hose anziehen könnte . . .«, fragte er. »Man kann sich dann besser unterhalten.«
»Wo kommst du her?« fragte der eine, der auch stoj gerufen hatte. Er stieß Tarski mit dem MP-Lauf nicht zu hart in die Seite, aber daß er überhaupt zustieß, bewies seinen ungehobelten Charakter.
»Von Kiew!« antwortete Tarski schnell. »Die Stadt habe ich wieder gesäubert, nachdem die Deutschen zurückgeworfen wurden. Vorher war ich beim 23. Schützenregiment, bis ich das Sumpffieber bekam. Wissen Sie, Genossen, was so ein Sumpffieber ist. Da liegt man ahnungslos im Schilf und plötzlich . . .«
»Ausweise!« unterbrach der widerliche Mensch und streckte die Hand hin.
»Sofort!«
Tarski kramte aus der Rocktasche seine Papiere. Sie waren imponierend. Ein Militärentlassungsschein mit vielen Stempeln und Unterschriften. Die Unterschriften waren nicht wichtig, man konnte sie doch nicht lesen, und Unterschriften kann je-

der auf ein Papierchen setzen. Aber die Stempel! Ein Stempel ist ein Dokument, und viele Stempel sind ein wichtiges Dokument. Das weiß jeder Russe, der jemals mit einer Behörde zusammengestoßen ist.
Der finstere Milizionär las die Ausweise gründlich, hob das Papier gegen die Sonne, als gäbe es auf dem billigen Kriegspapier Wasserzeichen, blickte dann Tarski mit gerunzelter Stirn an und steckte die Ausweise in seinen Rock.
»Wohin?«
»Nach Wolokolamsk, Genosse.« Tarski spürte, daß die Sache nicht harmlos ausgehen würde. »Ich habe gute Ausweise, nicht wahr, Genosse? Sogar ein Stempel der 1. Weißrussischen Front ist dabei. Vielleicht hat Marschall Rokossowskij selbst unterschrieben. Man kann's ja nicht lesen ... Durch das Sumpffieber bin ich Invalide, unheilbar. Lesen Sie den Lazarettbericht, Genosse ...«
»Warum schwimmst du im Fluß?« Der Milizionär zeigte mit dem MP-Lauf auf die Hose. Tarski nahm das als Aufforderung, sie anzuziehen, und niemand hinderte ihn daran.
»Ein so schöner, heißer Tag.« Tarski knöpfte den Schlitz zu. »Da überkommt es einen.«
»Was willst du in Wolokolamsk?«
»Ein Onkel wohnt dort. Dementi Russlanowitsch Koseboschkin. Der arme Onkel leidet unter diesem Namen ... wie kann man Koseboschkin heißen? Aber wer kann sich auch aussuchen, wo und von wem er gezeugt wird? Diesen Onkel möchte ich besuchen. Ein harmloses Vergnügen, Genossen.«
»Von Kiew aus?« sagte der finstere Bursche mit der Maschinenpistole. »Und alles zu Fuß?«
Tarski schüttelte den Kopf. »Ein Stück mit dem Zug, ein großes Stück auf Lastwagen unserer tapferen Armee ... man muß sich eben durchschlagen. Wenn ich von meinem Sumpffieber erzählte, hatte ich überall Freunde.«
»Auch wir sind deine Freunde«, sagte der zweite Milizionär und grinste breit. Es war der erste Satz, den er sprach. »Du sollst dir nicht die Füße wundlaufen, Freundchen. Wir bringen dich nach Wolokolamsk zu deinem Onkelchen. Mit dem Jeep ist es keine Stunde. Das sind wir einem Genossen schuldig, der so jung schon Invalide ist. Los, lauf voran, wir wollen dem lieben Koseboschkin die Hände drücken.«
Tarski nickte. Er war plötzlich eiskalt bis zum Herzen. Mit si-

cheren Schritten ging er auf den Jeep zu, grüßte den Fahrer und kletterte aufden Rücksitz. Der widerwärtige Mensch, der immer fragte, hockte sich neben ihn und rief: »Hoj!« Darauf begann eine Autofahrt, die es nicht zuließ, daß man sich unterhielt. Man hatte alle Mühe, im Wagen zu bleiben, nicht hinauszukippen oder bei Schlaglöchern durch die Luft zu fliegen. Erst nahe bei Wolokolamsk verringerte der Fahrer die Geschwindigkeit und blieb bei den ersten Häusern stehen.
»Wo wohnt das Onkelchen?« fragte der Milizionär neben Tarski mit klebriger Stimme. »Wird das eine Freude geben!«
»Wer soll das wissen?« Tarski war ganz ruhig. »Zum erstenmal besuche ich ihn. Früher kam er zu uns nach Kiew, ein kleiner, dicker Mensch mit einem runden, fast kahlen Kopf. Damals handelte er mit Farben — aber das kann sich geändert haben.«
»Doch der Name nicht . . .?«
»Man sollte es nicht annehmen.«
Die Milizstreife fuhr in den kleinen Ort und hielt vor einem Haus, an dem das Postzeichen klebte. Natürlich, dachte Tarski, das ist am einfachsten. Sie sind nicht dumm, die Genossen. Der Posthalter muß jeden im Ort kennen. Und wenn ein Brief an das Hündchen Babotschka eintrifft — er weiß sicher, wem Babotschka gehört.
Tarski stieg mit den drei Milizionären aus und betrat das Postgebäude. Hinter dem Schalter saß eine graugesichtige Frau mit vielen Falten um den Mund und aß eine große kalte Pellkartoffel mit der Schale. Wenig Betrieb heute, Genossen. Die Leute von Wolokolamsk haben eine schwere Hand, wer schreibt da schon gern? Ein paar Geschäftsfreunde — die liefern ihre Post erst gegen Abend ein. Da ist hier Hochbetrieb, und sie zanken sich, weil's jeder plötzlich eilig hat.
»Ha?« machte das Mütterchen und steckte ein Kartoffelstück in den faltigen Mund. »Was ist?«
»Es geht um einen Dementi Russlanowitsch Koseboschkin!« sagt der Wortführer der Milizstreife. »Wo wohnt er?«
»Wer?« kaute das Mütterchen. Ihr Kopf stieß vogelähnlich vor.
»Koseboschkin . . .«
»Hier nicht!«
»Was heißt das?«
»Wir haben keine Seele, die Koseboschkin heißt!«

»Ist das sicher?«
»Worauf sitze ich?« fragte das Mütterchen grob. »Auf meinem Arsch. So sicher wie das ist, gibt es bei uns keinen Koseboschkin . . .«
Die Milizionäre starrten Tarski an. Ihre Augen verhießen nichts Gutes. Die Post kennt jeden, sagten ihre Blicke. Nun bist du dran, Sergeij Andrejewitsch. Gib eine Erklärung ab, die man glauben kann. Gelingt dir das nicht, stellen wir dir Fragen, die deinen Rücken für immer krümmen. Was du auch im Inneren verbirgst — wir trommeln es aus dir hervor. Nun rede endlich, Sergeij Andrejewitsch! Tarski erregte sich nicht. Ganz gelassen blieb er, knöpfte sein Hemd auf und schob die Klappe seines ledernen Brustbeutels hoch. »Oje, da habe ich noch ein Papierchen vergessen«, sagte er dabei. »Die Krankheit macht vergeßlich, liebe Freunde. Gleich hat sich alles aufgeklärt. Wir werden alle zufrieden nach Hause gehen.«
Er griff in den Beutel und faßte mit Daumen und Zeigefinger die kleine Gelatinekapsel. Oberst von Renneberg, dachte Tarski mit einer Art Sarkasmus, ich melde mich ab. Streichen Sie meinen Namen durch. Leutnant Dietrich Semper. Und du, Mutter . . . ich danke dir für alles, was du mir in meinem Leben gegeben hast. Vater — auch dir Dank für alles . . .
Seine Hand zuckte zum Mund und warf die Kapsel in seinen Rachen. Im gleichen Augenblick biß er zu und schmeckte das Bittere. Bittere Mandeln, dachte er. Zyankali. Ein Sekundentod . . . mein Gott, wie lang kann eine Sekunde sein!
Die Milizionäre warfen sich über ihn, rissen Tarski zu Boden und schrien durcheinander.
»Reiß ihm das Maul auf!« brüllte einer. »Das Maul!«
Sie versuchten es, aber Tarskis Kaumuskeln waren bis zum Bersten gespannt. Die Zähne klebten aufeinander, als seien sie nie zwei Reihen gewesen. Mit den Fäusten hieben die Milizionäre auf Tarskis Kinn, bis einer auf die Idee kam, sein Messer zu nehmen und damit die Zahnreihe aufzubrechen. Man hörte die Kiefer krachen, der Mund klappte endlich auf, der Geruch nach bitteren Mandeln quoll aus dem Gaumen . . . Tarskis Körper zuckte zwar noch, die Nerven bäumten sich auf, aber er war schon tot, als sein Mund aufgebrochen wurde.
Hinter dem Schalter hockte das Mütterchen und zerdrückte mit dem Daumen den letzten Rest der großen Pellkartoffel.

»Was ist denn das?« stotterte sie hilflos. »Genossen, wer wird sich denn so aufregen, nur weil es keinen Koseboschkin bei uns gibt?«
Dann sah sie den aufgebrochenen Kiefer, die starren weiten Augen von Tarski und den verkrümmten Körper, steckte den Daumen in den Mund und fiel in Ohnmacht.

Es spricht sich 'rum — weiß der Teufel wie —, wenn ein Inspektor im Dorf ist. Duskow hatte nicht gesehen, daß die alte Frau Alarm gegeben hatte, aber als sie die Eier zusammensuchte, mußte sie irgendwie aus dem Fenster gewinkt haben. Von da an erhob sich eine große interne Geschäftigkeit im Dorf, die Bauern brachten alles in Sicherheit, was nach Unerlaubtem aussehen konnte, und stellten zur Begrüßung des strengen Mannes vorsorglich eine Pfanne bereit, um ihm ein Stückchen Speck zu braten, falls ihn danach gelüstete. Eine Abordnung aus zwei alten Männern stampfte mit schwerem Herzen zu der Hütte, in der gerade der Inspektor den Rest Eigelb vom Teller stippte. Er gebrauchte nicht wie ein ungebildeter Bauer die Zunge, sondern sagte zu dem Mütterchen: »Schneid noch ein Scheibchen Brot ab!« und mit diesem Brotscheibchen wischte er den Teller sauber, als habe man ihn unter der Wasserpumpe gereinigt. Ein feines Herrchen, fürwahr, und bei aller Strenge so menschlich.
Die Delegation verhielt vor der Hütte, straffte noch einmal die verschlissene Kleidung und klopfte dann an die Tür. Duskow zog den Kopf etwas in die Schultern und schielte kritisch zum Ausgang. Das Mütterchen faltete die Hände und lobte Gott, den gütigen. Verstärkung kam, das Alleinsein mit dem Herrn Inspektor war vorüber.
»Wer kommt da?« knurrte Duskow.
»Besuch sicherlich.«
»Schick ihn weg!«
»Was soll ich sagen?« Das Mütterchen watschelte zur Tür und hörte, wie hinter ihr der strenge Inspektor mit dem Teller klapperte. »Vielleicht will man Ihnen helfen . . .«
»Es weiß keiner, daß ich hier bin.« Duskow stand auf. Er ging zum Fenster und sah draußen die beiden alten Männer stehen. Nervös strichen sie über ihre Schnauzbärte und sprachen flüsternd miteinander. Sie waren nicht bewaffnet und mach-

ten nicht den Eindruck, daß sie gekommen waren, den Fremden peinlich auszufragen.
»Sicher, sicher —«, stammelte das Mütterchen und rang die Hände. »Niemand weiß es. Gott sei mein Zeuge, Sie waren so lautlos wie eine Schneeflocke. Aber auch ein Schneeflöckchen sieht man, wenn's im Sommer fällt . . .«
»Laß sie herein!« sagte Duskow. Man muß noch vorsichtiger sein, dachte er. Dieser Vorfall beweist es. Zwei Augen genügen nicht — man muß sich angewöhnen, mit beiden Augen rundum hundertfach zu sehen.
Er setzte sich wieder an den Tisch, schob die Beine von sich, spreizte sie etwas, was Überlegenheit demonstrierte, und verfinsterte sein Gesicht. Das Mütterchen riß die Tür auf, schrie nach draußen mit schriller Stimme: »Ah! Willkommen! Herein! Herein! Welch brave gute Freunde . . .«, und gab den Eingang frei.
Die beiden Alten drängten sich in die Stube, blieben am Türstock stehen und stierten den großmächtigen Inspektor ehrfurchtsvoll an. Da saß er nun, der stirnfaltige Genosse! Aus Moskau kam er sicherlich, ganz bestimmt aber aus Sagorsk . . . Man sah das sofort. Ein Stadtmensch war er. Diese Haltung, diese Kleidung. Man beachte nur seine Schuhe, und Strümpfe trägt er auch, graublaue Strümpfe. Ah, und sein Hemd. Nicht einen Flecken hat er drauf. Ganz natürlich, daß solch ein Genosse eine wichtige Stellung hat!
Die beiden Bauern überlegten kurz, strafften sich dann und hoben stumm die Faust zum Gruß. Was bei der Maifeier gut ist, kann auch hier nicht falsch sein! Schaden kann's auf keinen Fall, es macht immer einen guten Eindruck. Dann warteten sie ab, was der vornehme Genosse antworten würde, aber da Duskow schwieg und sie nur mit angezogenem Kinn musterte, wurde es ihnen warm unter den Haaren.
»Na?« fragte Duskow endlich. Die Bauern zuckten zusammen, als habe man ihnen mit einem Peitschenhieb zwischen die Beine gezielt.
»Alles für das Vaterland!« sagte der linke und grinste verhalten. Das klang gut, das konnte man keinem übelnehmen.
Der rechte beeilte sich, den gleichen guten Wind abzulassen, und rief mit heller Greisenstimme: »Wir werden siegen!«
Duskow nickte verhalten. »Ich habe nichts anderes erwartet«,

sagte er mit strenger Miene. »Aber was soll das hier? Was habt ihr anzubieten?«
Die beiden Bauern schielten sich an und waren sich einig. Ein guter Mensch ist er, man kann mit ihm sprechen. Auch an einem Inspektor nagt die schlimme Zeit, vor allem bei einem so schweren Amt. Man muß herumfahren und in alle Tröge schnüffeln, ob auch alles — wie befohlen — abgeliefert wird und nicht doch noch ein Kälbchen in einem verborgenen Stall quäkt. Muß ausrechnen, wieviel Gemüse ein Feld trägt, und ackert sich durch Listen durch, die beim Dorfsowjet in einem verschlossenen blechbeschlagenen Schrank liegen, den Kusma Mrychin stolz Tresor nennt.
»Wenn wir helfen können . . .«, sagte der linke und kratzte seine Nase. Helfen ist ein umfassender Begriff, man kann sich alles darunter vorstellen, es ist ein höflicher Antrag und riecht nicht nach Beeinflussung. Ausgesprochen menschenfreundlich klingt es.
Duskow erkannte die Situation sofort und atmete innerlich auf. »Wie wollt ihr helfen?« fragte er mit harter Stimme zurück. »Vorschläge, Genossen!«
Eine mistige Aufforderung war das! Vorschläge. Das mußte reiflich überlegt werden, denn bot man ihm zuwenig, verschärfte der Genosse Inspektor die Kontrollen, weil man ihn beleidigt hatte — bot man zuviel, konnte das den gleichen bösen Eindruck hinterlassen. Aha, würde der Inspektor sich denken, so reich sind sie also? Soviel haben sie beiseite geschafft! Können bieten wie die großen Sowchosen, wo die Natschalniks im Fettopf sitzen und jeden, der sie kontrolliert, dick einreiben können.
»Bestimmen Sie, Genosse!« sagte der rechte. »Wenn es uns möglich ist . . .«
»Ich brauche ein Fahrzeug!« sagte Duskow finster. Die Bauern glotzten ihn an, als habe er sie bespuckt. Das Mütterchen wakkelte mit dem Kopf und setzte sich auf die Ofenbank. Ein Fahrzeug? Was, ihr lieben Seelen, versteht er unter einem Fahrzeug? EinenTraktor etwa? Er weiß doch, daß wir die Traktoren von der Kolchose gestellt bekommen. Alle Maschinen, die Mähdrescher, die Rübenköpfer, die Kartoffelernter. Ist doch alles zentralisiert, Genosse.
»Ein Fahrzeug!« Der linke Bauer nickte schwer. »Wieso?«
»Wieso? Frage ich, wieso in abgedeckten Gruben unsichtbare

Schweine leben? Frage ich, wie seltsam sich bei euch die Hühner vermehren, obwohl es eine genaue Brütequote gibt? Wieso? Ha!« Duskow hieb mit der Faust auf den Tisch.
Das Mütterchen zog den Kopf ein und schnuffelte erregt vor sich hin. Er weiß einfach alles, stellte sie mit Bedrückung fest. Wie konnte man versuchen, ihn zu täuschen? Gebt ihm ein Fahrzeug, Brüderchen!
»Wir haben nur einen Rübenwagen hier, einen Anhänger!« Der rechte Bauer sah Duskow an, als müsse er um sein Leben betteln. »Aber man könnte eine Kuh davorspannen. Gewiß, das ist möglich. Mit Stricken kann man sie vorbinden. Das letzte Pferd ist vor sechs Wochen abgeholt worden. An die Front, Genosse! Dabei hatte es nur ein Auge. Aber der Genosse Offizier sagte: ›Es soll ja nicht auf Spähtrupp gehen, sondern einen Karren ziehen!‹ Und weg war es. Wenn eine Kuh genügt . . .«
»Es ist so«, sagte Duskow, milder gestimmt, und die Bauern hörten es mit Zufriedenheit, »daß das Auto, das mich hierher gebracht hat, sofort zurück mußte nach Kolschugino, weil noch ein anderer Genosse nach Jurjew-Polsski fahren wollte. Dort haben die Halunken von Bauern drei Rinder geschlachtet, ohne sie anzugeben!«
Die Bauern nickten voll Mitgefühl. Arme Genossen, dachten sie still. Wird das eine Untersuchung geben! Welches Geschrei! Gleich drei Rinder auf einmal . . . Waren sehr unvorsichtig, die Brüder!
Man muß sich einteilen können, das ist eine große, aber nützliche Kunst.
Hier ein Ferkelchen, dort eine Gans, und wenn man ganz sicher ist, auch ein Kälbchen. Aber gleich drei ausgewachsene Rinder . . .
»Nun muß ich zurück nach Moskau!« sagte Duskow laut.
Die Bauern nickten stumm. Es stimmt also, er kommt aus Moskau. So ein feines Herrchen. Je schneller man ihn los wird, um so besser für uns alle. Wir werden die beste, schnellste Kuh vor den Rübenkarren spannen.
»Man muß mich nach Alexandrow bringen, zur Bahn!« rief Duskow und ballte die Fäuste. Das sah gut aus und machte immer Eindruck. »Ist das möglich?«
»Man wird es möglich machen, Genosse. Wann wollen Sie gefahren werden?«

»Sofort.«
Das war ein Wort, das allen in die Adern fuhr. Sofort — das bedeutete, daß dieses Mal keine Kontrollen mehr stattfänden, daß das Dorf verschont blieb, daß ein Wunder über sie gekommen war . . .
»Wir besorgen alles!« riefen die beiden Bauern im Chor und rannten aus dem Haus. Das Mütterchen bekreuzigte sich verstohlen, blieb auf der Ofenbank hocken und starrte Duskow stumm an. Er wanderte unruhig im Zimmer auf und ab, blickte aus dem Fenster und atmete auf, als über die Dorfstraße ein abenteuerliches Gefährt rumpelte: Vor einem flachen Rübenkarren, von dem man die Seitenwände entfernt hatte, der aber jetzt belegt war mit einer alten, an zwei Seiten aufgerissenen Matratze, denn der Genosse Inspektor sollte ja weich reisen und nicht mit durchgewetztem Hintern in Alexandrow ankommen, was vielleicht seine erstaunliche Milde beeinträchtigt hätte —, also vor diesem vom Scheuern noch nassen Karren trottete eine sehr mißmutige Kuh, mit dicken Stricken an den Wagen gebunden. Sie blickte traurig drein, klagte ab und zu mit röhrendem Gebrüll ihr Leid, schleppte ein mächtiges, aber schlaffes Euter mit sich herum und hob demonstrativ den Schwanz, wenn Kusma Mrychin, der Dorfsowjet, die Peitsche knallen ließ, um etwas Temperament aus ihr hervorzulocken. Mrychin hatte sich nach Anhörung seiner beiden Abgesandten entschlossen, selbst den Karren zu fahren. Der Genosse aus Moskau schien ein umgänglicher Mensch zu sein, dem nur daran gelegen war, schnell wieder in die Stadt zu kommen. Auf dem Weg nach Alexandrow konnte man ihn ein wenig unterhalten und vielleicht — für spätere Inspektionen — einen guten Eindruck hinterlassen.
Über vier Stunden waren sie unterwegs, ehe sie den Bahnhof von Alexandrow erreichten. Mrychin, der nach einigen Ansätzen von Beredsamkeit an dem wortkargen Duskow gescheitert war, fuhr das Entsetzen in den Nacken: Der Bahnhof lag wie ausgestorben. Nicht ein Mensch zu sehen, geschweige ein Zug oder etwas, das darauf hindeutete, daß der Bahnhof in Betrieb war. Zwischen den Schienen watschelte eine Ente, ein zerrupftes, uraltes Vieh, und stieß mit dem gehörnten Schnabel gegen die Bohlen. Mrychin hielt die Kuh an, wischte sich den Schweiß von der Stirn und seufzte ergreifend. Welch ein Bild des Jammers!

»Da stimmt etwas nicht!« sagte Duskow ernst. »War hier die Pest?«
Mrychin verdrehte dieAugen, ließ seine Unterlippe wirkungsvoll zittern und stieg vom Rübenwagen. So etwas passiert immer nur mir, dachte er mit Bitterkeit gegen sein Schicksal. Vom Unglück bin ich verfolgt! Kommt über die heimlich gehaltenen Schweine der Rotlauf, man kann ein Kreuz darüber schlagen — es trifft mich zuerst! Oder die Sache mit Marianka! Zwei Jahre lang war ihr Mann, der tapfere Jefim Gawrilowitsch, vermißt, sicherlich von den Deutschen erschlagen, und da tröstet man die kleine Witwe, wärmt sie im Bettchen, nimmt teil an ihrem Schmerz . . . und plötzlich ist dieser Halunke Jefim da, frühmorgens, wo noch alles schläft, auch die kleine Witwe in meinen Armen, rennt durch das Dorf und brüllt: »Wo ist die Hure?« Man konnte ihn aufhalten, bis Marianka durch das Fenster davon und aufs Feld gelaufen ist und von dort zurückkommt, das fleißige Frauchen, das schon im Morgengrauen arbeitete, und schreiend vor Freude dem guten Jefim um den Hals fällt und ihn herzt und küßt. Und dann ist sie schwanger, und der zurückgekehrte Jefim freut sich und stolziert wie ein preisgekrönter Hahn umher. Ein Glück im Unglück, daß er nicht gut rechnen kann . . .
Mrychin packt die Kuh am Horn und trottete mit dem Rübenwagen dem schweigsamen Bahnhof von Alexandrow zu. Duskow blieb auf der alten Matratze hocken und erkannte, daß sein Plan, mit der Bahn nach Moskau zu kommen, offensichtlich scheiterte.
Im Bahnhof stand nur ein Mensch mit drei Kisten, begrüßte Mrychin und Duskow mit einem traurigen Kopfnicken und zeigte auf den geschlossenen Schalter. Dort hing ein Pappschild, auf das der Bahnbeamte mit Rotstift geschrieben hatte: Heute kein Zug wegen Reparatur der Gleise. Abfahrten nur in Sagorsk oder Kolchugino.
»Wer kann das wissen!« sagte Mrychin. »Aber der Aufbau braucht eben seine Zeit, Genossen! Die deutschen Flugzeuge! Bomben auf den Nachschub. Und die meisten Reparaturkolonnen sind Frauen. Bewundern muß man sie, was sie alles schaffen — aber es geht eben langsamer.« Er las noch einmal das Pappschild und hob die Schultern. »Man kann es nicht ändern. Wollen Sie nach Sagorsk? Mit der Kuh schaffen wir das nie, Genosse. Sie krepiert uns auf der Straße. Wie ihr die

Zunge aus dem Maul hängt . . . Es ist sogar möglich, daß sie herzkrank ist.«
Duskow verzichtete auf eine Diskussion über Kuhkrankheiten. Er ging auf den einsamen, wartenden Mann mit den drei Kisten zu und musterte ihn. Der Mann lächelte dumm und hob die Schultern.
»Wie lange warten Sie schon?« fragte Duskow.
»Drei Tage.«
»Wo ist der Bahnhofsvorsteher?«
»Wer weiß das? Ab und zu kommt er, telefoniert, sagt zu mir: ›Jetzt fehlen ihnen siebzig Meter Schienen‹, und geht wieder. Gestern abend hat er fast geweint. Ein guter Mensch ist er . . .«
»Ich werde hier in Alexandrow ein anderes Fahrzeug bekommen«, sagte Duskow zu Mrychin. »Ich danke Ihnen, Genosse. Sie und Ihre Kuh haben Hervorragendes geleistet. Ich werde es mir merken . . .«
Mrychin bekam einen Schluckauf vor Freude, drückte Duskow die Hände, wünschte ihm viel Glück und zockelte dann mit seinem Rübenwagen zurück ins Dorf. Das war ein guter Morgen, sagte er zu sich. So bald werden wir einen Inspektor nicht wieder bei uns sehen.
Duskow wartete, bis Kuh und Karren hinter der Straßenbiegung verschwunden waren, und trat dann zurück in die kleine Bahnhofswartehalle. Der geduldige Genosse hatte sich auf eine seiner Kisten gesetzt und die zweite Kiste wie einen Tisch gedeckt. Er bereitete sich zum Mittagessen vor. Ein Stück Brot gab's, eine Flasche mit Wasser, eine große Zwiebel, ein Endchen Hartwurst und ein rohes Ei. Das Ei war schon ein Luxus, und der brave Mensch achtete darauf, daß es nicht von der Kiste rollte, und klemmte es mit dem Brot fest.
»Heute kommt auch kein Zug, was?« fragte Duskow.
»Wir wollen gläubig sein«, antwortete der Mensch weise. »Die Arbeitsleistungen unserer Kollektive sind überwältigend!«
Duskow verzichtete darauf, die Unterhaltung weiterzuführen, besichtigte den kleinen Bahnhof und traf im umzäunten Garten eines Anbaus, hinter verwilderten Büschen, einen Mann, der mit sichtbarer Inbrunst armselige Tomaten begoß. Nur Hose und Unterhemd hatte er an, sein Bart war vier Tage alt, und er blickte drein wie einer, dem die Magensäure bis zu den

Mandeln schwappt. Duskows Gruß erwiderte er mit einem Grunzen und schwenkte den Wasserstrahl zu einem Apfelbaum. »Wenn zwischen den Schienen Sonnenblumen wachsen, gibt's eine gute Ernte«, sagte Duskow. Der griesgrämige Mann schielte zu ihm hin und drückte den Daumen auf das Schlauchende. Das Wasser sprühte in einem breiten Fächer, in den die Sonne bunte Reflexe zauberte.
»Rufen Sie die Zentralverwaltung in Moskau an!« knurrte der Mann. »Alles meckert mit mir! Was kann ich dafür? Ich tu meine Pflicht auf dem Bahnhof, aber wenn kein Zug 'reinkommt, kann ich auch keinen 'rauslassen. Ist das logisch?«
»Sehr sogar. Ich muß nach Moskau.«
»Das müssen viele. Ab Sagorsk!«
»Und wie komme ich nach Sagorsk?«
»Es gibt da ein gutes Mittel. Man sagt zu seinem rechten Bein: Vorwärts! Und dann zum linken Bein: Vorwärts! Und wenn man das einige Stunden sagt, ist man in Sagorsk. So einfach ist das!«
»Ungeheuer einfach! Ich möchte Sie vor Dankbarkeit küssen!«
Duskow wandte sich ab und ging zum Bahnhof zurück.
»Idiot!« sagte der philosophische Genosse und lenkte den Wasserstrahl auf einen Komposthaufen, auf den er Kürbisse ausgesät hatte.
Alexandrow erwies sich als ein sauberer Ort. Duskow durchwanderte ihn in Richtung des Dorfes Strunino, wo es eine große Ziegelei gab. Den hohen Schornstein sah er weit in der Ferne stehen wie eine Nadel, die den blauen Sommerhimmel ankratzt. Die gute Milda Ifanowna, dachte er. Es stimmt alles auf den Punkt, was sie uns eingehämmert hat. Man kann durch die Gegend gehen, als sei man hier aufgewachsen. Nichts ist mehr fremd. Noch zweihundert Meter, und der Weg muß sich gabeln . . .
Es war so. Duskow setzte sich auf einen Grenzstein an der Weggabelung, wischte den Schweiß vom Gesicht und betrachtete ein Gehöft, das — wie alle Häuser in russischen Dörfern — mit einem Zaun umgeben war. Kirschbäume standen im Garten, das Gemüsebeet war sauber gehackt, kein Pflänzchen Unkraut zu sehen, und die hölzernen Fensterläden waren sogar lackiert, in einem Blau, als habe man ein Stück Himmel an das Haus geschmiert. Alles glänzte vor Sauber-

keit, und für die Gartengeräte gab es einen offenen Schuppen, wo sie an der Wand hingen. So etwas fällt auf. Was Duskow aber noch mehr interessierte, stand vor dem Gartentor.
Ein Auto. Ein richtiges Auto, wahrhaftig! Gewiß, ein uraltes Modell mit schwarzgestrichenem Kastenaufbau, aber da die Räder hoch mit Staub bedeckt waren, schien es noch intakt zu sein. Es hatte eine Moskauer Nummer, die einzeln auf die Kotflügel gesetzten Scheinwerfer trugen schwarze Wachstuchüberzüge mit kleinen Lichtschlitzen. Wie bei uns in Deutschland, dachte Duskow. Verdunkelung gegen die Flugzeuge. Eine Nachtfahrgenehmigung aber bekommen nur wichtige Personen, Behörden oder kriegswichtige Betriebe. Was ist hier in Alexandrow kriegswichtig? Der Natschalnik der Ziegelei? Möglich.
Duskow sprach ein paar Worte mit sich selbst und entschloß sich dann, entgegen der Ansicht von Oberst von Renneberg, der empfohlen hatte, Wagnissen aus dem Weg zu gehen, bis man in Moskau war, in diesem besonderen Falle wieder mit Frechheit sein Glück zu beeinflussen.
Er schlenderte hinüber zu dem schmucken Bauernhaus, betrachtete die Holzschnitzereien am Giebel, strich dann am Zaun entlang und blieb vor dem Auto stehen. Mit Erstaunen sah er, daß der Zündschlüssel steckte. Der Wagen war fahrbereit. So viel Glück gibt es gar nicht, dachte er. Aber das Glück wäre erst vollkommen gewesen, hätte er das Auto mit gestecktem Schlüssel in der Nacht entdeckt. Was nützte es jetzt? Natürlich — man konnte hineinspringen, den Motor starten und davonbrausen. Aber wie weit kam man damit? Sofort würde es Alarm geben, und es war anzunehmen, daß die Telefonleitungen intakt waren und die Besatzung der nächsten Milizstation ausrücken würde. Bis Sagorsk kam man nie, auch nicht auf Schleichwegen.
»Wenn es Nacht wäre . . .«, sagte Duskow laut. Er öffnete die Tür, setzte sich hinter das Lenkrad und betrachtete den Schlüssel. Dann hätte ich ihn im Leerlauf die Straße hinuntergeschoben und dann erst gestartet. Wer weiß, welchen Krach der alte Motor macht?
Es gibt im Leben eine Sekunde — wirklich, mehr ist es manchmal wirklich nicht —, die Grundstein eines völlig neuen Schicksals wird. Das hat mancher von uns schon einmal erlebt. Einen Herzschlag lang ist man wie gelähmt, und

dann dreht sich das Lebensrad weiter, aber mit einer anderen Geschwindigkeit oder gar in eine andere Richtung. Man kann sich nicht dagegen wehren, selbst wenn man noch fähig ist, vernünftig zu denken, und diese Vernunft einem sagt: Tu es nicht! Lauf weg! Guck in eine andere Richtung! Halt dir die Ohren zu! —Aber wer hört schon auf seine Vernunft, wenn ihm widerfährt, was jetzt Duskow hinter dem Lenkrad erstarren ließ.

Die Tür des schmucken Bauernhauses öffnete sich. Nicht ein dicker, vom sonderzugeteilten Fressen aufgeblähter Natschalnik kam in den Vorgarten, sondern ein Wesen, dessen Anblick Duskow traf wie ein Hammer, der schwer gegen sein Herz schlug.

Sie war für eine Frau verhältnismäßig groß, aber ihre Größe lag in ihren schlanken Beinen, die Zweidrittel ihres Körpers ausmachten. Trotz der derben Schuhe, die sie trug, sah Duskow unter dem glockigen, hellroten Baumwollkleid die wohlgeformte, schlanke Schönheit ihrer Beine, die sich bei jedem Schritt durch den dünnen Stoff drückten. Aber wenn dies alles gewesen wäre! Jeder Teil dieser Frau war ein Kunstwerk der Natur, das Duskows Blicke geradezu mit Beklemmung abtastete. Die vollen Brüste, die Schultern und die wiegenden Hüften, übergehend in die sanften, aber aufregenden Rundungen des Gesäßes, die nackten Arme, die beim Gehen leicht pendelten — und dies alles gleichsam untergeordnet einem Kopf, einem Gesicht, wie es Duskow noch nie gesehen hatte. Es war breitflächig, aber nicht breit; die hochangesetzten Wangenknochen und die etwas schräggestellten, tiefschwarzen Augen, der vollippige Mund und die schmale, gerade Nase ergaben die Komposition eines Gesichtes, dessen Harmonie nicht zu übertreffen war. Das schwarze Haar war lang; mit einem roten Tuch war es im Nacken zusammengebunden. Die Enden des Tuches wehten beim Gehen über ihre Schulter.

Haben wir eben »Gehen« gesagt? Unhöflich ist das, meine Lieben! Kein Gehen war's . . . ein Federn war es, ein lautloses, katzengleiches Schreiten, bei dem jede Bewegung wie ein sichtbarer Herzschlag war. Was da über den Weg durch den Vorgarten zum Auto kam, war ein herrliches Tier mit menschlichen Formen.

Duskow atmete tief seufzend aus und kletterte aus dem Wa-

gen. Die Frau blieb am Gartentor stehen. Der leichte Wind drückte den Rock gegen ihre langen Beine. Duskow zwang sich, nicht dorthin zu sehen, wo die Oberschenkel sich im Rumpf trafen.
»Sie wollten also gerade meinen Wagen stehlen, Genosse?« sagte sie. Ihre Stimme war dunkelgetönt und in keiner Weise scharf zurechtweisend, anklagend oder erregt.
Duskow stand steif da, als überriesele ihn ein heißer Regen — sein ganzer Körper war Gehör. »So ist es, Genossin!« sagte er. Seine eigene Stimme kam ihm fremd vor — es war, als fiele in einen weichen Celloklang plötzlich eine schnarrende Klarinette ein. »Ich stehe hilflos davor . . .«
»Sie saßen bereits . . .«
»Ich habe sechs Jahre lang bei der Armee Autos gefahren, Genossin. Was sage ich? Gefahren? Geliebt habe ich sie! Vom schweren Lastwagen bis zum Hüpfer. Keinen Typ gibt es, dessen Motor von mir kein Gas bekommen hat! Zuletzt habe ich einen Genossen General gefahren, das war eine Freude. Und plötzlich, wegen eines Schusses in die Hüfte, soll ich das nicht mehr können? Sagt man zu mir: ›Leonid Germanowitsch, bist ein guter Autofahrer, aber mit deinem Loch in der Hüfte, das mußt du doch einsehen . . . Keinen General mehr. Stell dir vor, du bekommst plötzlich ein Zucken im Bein und fährst den General in einen Graben. Oder gegen eine Mauer! Oder wer weiß wohin? Nicht auszudenken, Leonid Germanowitsch! Gib das Autofahren an den Genossen mit keinem Loch in der Hüfte ab und spezialisiere dich aufs Laufen!‹ — Das sagt man zu mir! Zu *mir*! Zu Leonid Germanowitsch Duskow, der jedes Auto von innen besser kennt als der Doktor einen menschlichen Körper! Ich darf nicht mehr fahren! Können Sie das verstehen? Und dann, nach ein paar Wochen ohne Auto, wurde es ganz schlimm. Immer, wenn ich ein Auto sehe, überfällt es mich! Ha, eine wilde Sehnsucht ist das, hinter einem Steuer zu sitzen. Das Gaspedal zu fühlen! Die Bremsen! Die Kupplung! Und dann das Brummen des Motors . . . Genossin, warum hat Tschaikowskij keine Sinfonie für einen Motor geschrieben?«
»Damals gab es noch keine Autos«, sagte die sanfte Cellostimme.
»Was hat Tschaikowskij versäumt!« rief Duskow enthusiastisch. »Ein Auto ist wie eine immer bereite, mit allen Fasern

ihres Körpers zitternde Geliebte. Wenn ich ein Auto sehe ... hach, da ist ein Drang in mir ... Genossin, vielleicht bin ich ein Psychopath?!«
»Möglich!« Das herrliche Weibtier lachte. Sie kam durch das Vorgartentor und tippte mit dem ausgestreckten Zeigefinger ihrer rechten Hand gegen Duskows Stirn. Ihm war, als glühe jeder Tupfer auf wie ein winziger feuriger Einschlag. »Das werden wir gleich feststellen«, sagte sie mit der gleichen warmen Stimme. »Sie haben doppeltes Pech, Genosse. Ich bin Ärztin.«
Duskow lächelte beglückt. Laß dich umarmen, unvergleichliches, herrliches Rußland, dachte er. Eine Ärztin ist sie! Daher die Sondergenehmigung für das Auto. Mit einer Moskauer Nummer. Was macht sie da in Alexandrow?! Wenn sie mich mitnimmt nach Moskau, den armen Rotarmisten mit dem Loch in der Hüfte, der so geil auf das Auto ist, dann stehe ich am Abend schon auf dem Roten Platz und bin untergetaucht im Millionenheer der Moskauer.
»Soll ich mich ausziehen?« fragte er. Ihre Augen waren so groß und schwarz, daß er schnell dachte: Ob sie die Augen jeden Morgen putzt? So einen Glanz bekommt man nur durch Putzen. Aber selbst Hans Briszliszky, sein Bursche, der die Reitstiefel wienerte, bekam diesen Glanz nicht heraus. Dabei hatte Hauptmann Venno Freiherr von Baldenow immer die blankesten Reitstiefel des Regiments! Hauptmann von Baldenow? Vorwärts, du Idiot: Du bist Duskow, gelernter Schuhmacher aus Kasan, aus der Roten Armee entlassen wegen eines Hüftschusses und wegen eines Lungenleidens und arbeitsverpflichtet als Rangierer ... Der frischen Luft wegen! Jetzt auf dem Weg nach Moskau, um sich bei der Zentralverwaltung zu melden. Wie man da nach Alexandrow kommt? Das muß natürlich erklärt werden, Genossin ...
»Ich praktiziere nicht auf der Straße.« Die sanfte Stimme holte Duskow aus seinen herumwirbelnden Gedanken zurück.
»Wenn es im Auto besser geht ...«, sagte Duskow und grinste verhalten. »Oder dort in Ihrer Praxis?« Er zeigte auf das schmucke Bauernhaus. Ein Arztschild fehlte, nicht einmal ein Rotes Kreuz war an die Tür gemalt. Kein Hinweis, daß hier ein Arzt wohnte. Aha, sie ist auf Patientenbesuch, dachte Duskow. »Schwerer Fall?« fragte er.
»Sie? Kaum! Außerdem ist das nicht mein Haus.«

»Darum frage ich: Schwerer Fall dort hinter der Tür?«
»Nein!« Sie sah ihn wieder forschend an. »Es ist mein Elternhaus. Ich habe meine Mutter besucht.«
»Welch ein Glück, ein Mütterchen zu haben . . .«
»Sie haben keins mehr?«
»Erschrecken Sie mich nicht. Natürlich habe ich ein Mütterchen. Ich sagte ja: Welch ein Glück!«
»Sie sind tatsächlich ein Idiot!« sagte sie sanft. Ihr Blick wurde förmlicher. »Ein großer Idiot!«
»Auch das sagte ich bereits. Wollen Sie mich in Ihre Praxis mitnehmen?«
»Ich arbeite in Moskau. An der Botkin-Klinik. Ich bin Chirurgin . . .«
»O nein!« Duskow streckte beide Hände abwehrend aus. Einen Schritt trat er zurück und rollte mit den Augen. »Das Loch in der Hüfte genügt mir! Ich möchte nicht, daß Sie mir noch etwas wegschneiden . . .«
Die Botkin-Klinik, dachte er schnell. Etwas außerhalb vom Moskauer Zentrum, im Blickfeld des großen Dynamo-Stadions. Die Leningradskoje-Chaussee teilt das große Gebiet. Die Botkin-1.-Straße mündet auf die Botkin-2.-Straße, und dort liegt der riesige Komplex des Krankenhauses. Eine der größten Kliniken der Welt. Bis zum Belorussischen Bahnhof sind es zu Fuß vielleicht fünfzehn Minuten, dann links ab ein paar Schritte, und man hat die Lesnaja uliza erreicht. Im Haus Nummer 19 wohnt Milda Ifanowna, unser erstes Ziel.
Milda Ifanowna, ein herrliches Mädchen bist du . . . Aber wie ganz anders ist diese unbeschreibliche Frau!
»Das ist gut!« sagte Duskow. Die Ärztin blickte ihn verblüfft an.
»Was ist gut?«
»Sie arbeiten in einem Ärzte-Kollektiv. Um in das Botkin-Krankenhaus eingeliefert zu werden, muß man viele Stationen durchlaufen, bis sie zu einem sagen: Bleib hier, du bekommst ein Bett! — Das ist gut, Genossin! Sie können nicht so ohne weiteres an mich heran! Das beruhigt mich ungemein!«
Die Ärztin antwortete nicht, ging um Duskow herum und öffnete die Wagentür. Über die Schulter hinweg fragte sie darauf: »Sie heißen Duskow. Es gibt keinen Duskow in Alexandrow. Wo kommen Sie her?«

Die Frage, auf die Duskow gewartet und sich vorbereitet hatte. Er trat neben die Ärztin, so nahe, daß er den ganz leichten Lysolgeruch wahrnahm, der aus ihrem Kleid kam, was bewies, daß sie dieses Kleid unter ihrem Arztkittel auch im Krankenhaus trug, und hielt ihr die Tür auf, wie ein Chauffeur, der seine Herrschaft einsteigen läßt.
»Aus Kasan komme ich . . .«
»Da haben Sie sich aber weit verlaufen.«
Sie setzte sich hinter das Lenkrad und umfaßte es mit beiden Händen. Sie hatte lange schlanke Finger, die zu ihren langen schlanken Beinen paßten. Alles an ihr ist Ebenmaß, dachte Duskow entzückt. Mit diesen Händen mußte sie phantastisch Klavier spielen können.
»Sie spielen Klavier?« fragte er.
»Ja!« Sie sah ihn erstaunt an. Zum erstenmal waren ihre schwarzen Augen keine obsidianglänzenden Lavastücke, sondern sprachen aus ihrer Tiefe heraus. »Wie kommen Sie darauf?«
»Ihre Hände. Sie greifen leicht drei Oktaven.«
»Was verstehen Sie davon? Sagen Sie bloß, Sie können auch noch Klavier spielen?«
»Ein armer Idiot wie ich hat eine bewegte Geschichte, Genossin. Mein Vater ist Gleisarbeiter in Kasan, meine Mutter schuftet in einer Wäscherei, die vor allem das Dreckzeug aus den Arbeitslagern säubert. Meine Schwester ist schon Witwe, ihr Mann, der Nikita Ifanowitsch, war ein guter, fleißiger Mensch, aber leider soff er in jeder freien Minute und zerstörte damit seine Leber. Ich war der einzige Sohn, viel zu klug für diese Familie, sollte studieren, lernte bei dem Sarghändler von Nowo Rabinssk — das ist unser Wohnort bei Kasan — das Klavierspielen und begleitete mit zwölf Jahren schon die aufgebahrten Toten, wenn man ein ganz feierliches Begräbnis wünschte. Meistens spielte ich ›Wie das Glöckchen traurig klingt . . .‹ Die Toten konnten sich ja nicht wehren, und Awdej Jefimowitsch, der Sarghändler, fand es schön und weinte manchmal sogar echte Tränen, wenn ich zum Abschluß einen Triller hinsetzte.«
»Hören Sie auf!« sagte die Ärztin. »Sie reden viel und dumm.«
»Aber so war es, Genossin! Ich war sehr begabt. Doch des Menschen Wege sind verschlungen. Ich wurde nicht Pianist, ich studierte auch nicht — ich lernte Schuhmacher. Das

Schicksal bestimmte mich dazu. Ein Onkel, der Bruder meiner Mutter, starb und hinterließ seine Schusterwerkstatt. Wer mußte sie übernehmen? Ich natürlich! Die Familie befahl es einfach. Aus war es mit dem Klavierspiel — aber ich lernte den Hammer schwingen, im Takt sogar; eine Sohle, soll sie gut angeheftet sein, muß im Takt angeschlagen werden. Und da sagte ich mir: Musikalisch bist du, schlagen kannst du jetzt auch — mach was draus! Also wurde ich in unserem Stadtorchester Paukist!«

»Steigen Sie ein!« sagte die Ärztin. »Los! Glotzen Sie nicht so erbärmlich! Ich muß nach Moskau zurück — Sie können mitfahren! Ihr Leben können Sie auf der Fahrt erzählen — wenn Sie bis Moskau damit fertig werden.«

Duskow rannte um den Wagen herum, riß die andere Tür auf und schwang sich auf den Sitz. Geschafft. Der Weg nach Moskau war frei! In Rußland muß man reden können. Reden, daß es wie ein Wildbach rauscht. Wer intensiv redet, dem hört man zu und fragt ihn nicht. Für eine gute Geschichte hat man immer Zeit und ein weiches Herz dazu.

Der Ärztin fuhr an. Der Motor jammerte auf, der Wagen machte einen Sprung nach vorn und schlingerte dann über die Straße. Duskow hielt sich am Armaturenbrett fest.

»Oje!« schrie er. »Oje! Zuviel Gas! Und die Kupplung läßt sie abschnellen wie ein Katapult! Die Lenkung ist ausgeschlagen, und die Federung weint . . .«

»Aber er fährt«, sagte sie laut und etwas höher im Tonfall. »Wenn Sie über die Straßen schweben wollen, wandern Sie nach Amerika aus. Da soll es Autos geben, bei denen man gar nicht merkt, daß man fährt! — Hier ist Rußland, bald im vierten Kriegsjahr!«

Sie hielt den Wagen mitten auf der Ausfallstraße nach Sagorsk an und sprühte Duskow mit ihren dunklen Blicken an. »Können Sie es besser?«

»Oh, all ihr verbotenen Heiligen . . . wenn Sie mich 'ranlassen! Ich darf wirklich wieder fahren? Mit meinem Loch in der Hüfte? Es fallen noch Wunder vom Himmel.«

Sie stiegen aus, wechselten die Plätze und drückten sich in das zerschlissene Polster. Duskow umklammerte das Lenkrad — seine Finger fuhren zärtlich über das alte Holz.

»So könnte ich keine Frau streicheln«, sagte er ergriffen. Er spielte seine Rolle meisterhaft.

»Fahren Sie!« Das war laut gesprochen. Duskow gab wohldosiert Gas, nahm die Kupplung sanft zurück und rollte ruckfrei an. Die Ärztin sah ihn von der Seite an. »Na ja . . . Was wollen Sie in Moskau?«
Duskow erzählte es ihr. Es klang gut, glaubhaft und forderte keine Fragen heraus. Dafür benahm sich der alte Wagen wie ein störrisches Pferd, das von Meter zu Meter bockiger wurde und sich zu schütteln begann. Duskow klopfte auf das Lenkrad und zog ein nachdenkliches Gesicht.
»Ein Zylinder weigert sich . . . vielleicht sind's auch zwei. Das muß ich Ihnen erklären. Mit Zylindern bin ich aufgewachsen. Als Klavierspieler bei den Begräbnissen wimmelte es manchmal — vor allem bei den reichen Toten — von Zylindern. Dann lernte ich die Autos lieben, und da sah ein Zylinder ganz anders aus . . .«
»Ich werfe Sie gleich aus dem Wagen, wenn Sie weiter so reden, Leonid Germanowitsch!«
»Ich wollte es ja nur erklärt haben.«
Schweigend fuhren sie weiter, bis kurz vor dem Dorf Krasnozawodsk der Motor einen dumpfen, fast tierischen Schrei von sich gab und dann schwieg. Duskow zuckte zusammen, drehte den Zündschlüssel auf Aus und blies in seine Handflächen, als habe er sie verbrannt.
»Was nun?« fragte er.
Die Ärztin saß groß, schlank und märchenschön neben ihm und starrte auf die im Sonnenlicht von der heißen, flimmernden Luft wie verzogene Straße. »Was soll das?« fragte sie zurück.
»Der Motor ist gestorben, Genossin! Ich möchte jetzt ›Wie das Glöckchen traurig klingt . . .‹ spielen!«
»Idiot!« sagte sie wieder, öffnete die Tür, sprang aus dem Auto, lief zur Motorhaube und klappte sie hoch. Ein beißender Geruch von heißem Stahl stieg sofort auf. Sie trat erschrocken einen Schritt zurück und schabte die Handflächen an ihren herrlichen Schenkeln ab. Duskow stieg ebenfalls aus und klappte die Motorhaube wieder zu.
»Es sieht böse aus«, sagte er. »Ich brauche es gar nicht anzusehen, ich rieche es. Wie bei Ihnen im Krankenhaus. Wo es kritisch wird, stinkt es.«
»Ich habe den Sonderschein 1! Ich bekomme einen neuen Motor!«

»Hier?« Duskow machte eine ausladende Armbewegung. »Gott liebt die Russen, heißt es — aber ob er einen Motor regnen läßt . . .?«
»Halten Sie den Mund!« Das klang schon anders. Die warme Stimme bekam einen metallischen Unterton. Aha, sie kann auch so, dachte Duskow. Schwebt durch die Krankenzimmer wie ein Engel, aber wenn sie wütend ist, faucht sie die Patienten an und spart damit Tabletten ein, denn wer so angeraunzt wird, liegt von alleine still und brav im Bett. »Wir gehen ins Dorf.«
»Nach Krasnozawodsk?«
»Ja!« Sie blickte ihn erstaunt an. »Woher kennen Sie es?«
Das war ein Fehler, durchfuhr es Duskow. So etwas darf einfach nicht vorkommen. Recht haben Sie, Oberst von Renneberg! Immer an Kleinigkeiten denken! Oft verändert sich alles durch eine vergessene Kleinigkeit.
»Da stand vorhin ein Schild, Genossin«, erklärte er. »Nach Krasnozawodsk. Ich habe ein gutes Namensgedächtnis.«
Sie gab sich damit zufrieden, hieb mit der Faust auf die Motorhaube, als bestrafe sie den Motor, und ging mit weitausgreifenden Schritten die Straße hinunter. Duskow starrte ihr nach. Ihr Gesäß schwang atemberaubend bei jedem Schritt, das schwarze, lange Haar wehte über ihre Schulter, um die langen Beine bauschte sich der Glockenrock. Welch eine Frau! Man muß der Natur, die Orchideen blühen und Paradiesvögel in der Sonne schillern läßt, dankbar sein, daß sie gelegentlich auch der menschlichen Rasse soviel Schönheit schenkt.
Er lief ihr nach, schob sich an ihre Seite und sagte: »Ist es nicht leichtsinnig, das ganze Gepäck im Wagen zu lassen?«
»Hier stiehlt niemand! Nicht alle kommen aus Kasan!«
»Danke! Wir verstehen uns nicht, Genossin! Ich wollte nicht stehlen. Ich wollte mich nur erotisch befriedigen. Wenn ich ein Auto sehe . . .«
Sie blieb ruckartig stehen, und ihre Augen sprühten Feuer. »Hören Sie endlich auf damit, Leonid Germanowitsch! Warum wollen Sie mit Blödheit imponieren?!«
»Ich kann auch auf den Händen gehen«, sagte Duskow still. »War der beste Turner meiner Klasse. Wünschen Sie sich, was Sie wollen, Genossin. Ich möchte, daß ich etwas tue, was Ihnen gefällt.«
»Dann halten Sie den Mund!«

Duskow nickte, schlug sich mit einer weitausholenden Geste auf die Lippen und machte durch Zeichen kund, daß nun alles geschlossen sei. Die Ärztin schüttelte den Kopf und ging weiter.

Es dauerte fast eine halbe Stunde, bis man sich in Krasnozawodsk einig war, wer den Wagen reparieren sollte: der Schmied oder der Stellmacher. Sie fanden zu dem Kompromiß, daß bei einem so schweren Fall beide Berufsgruppen Arbeit finden könnten, und schleppten den Wagen mit zwei davorgeseilten Kühen ins Dorf. Der Schmied beteuerte, es sei ihm eine Ehre, die Gäste zu beherbergen, zeigte ihnen ein Zimmer mit einem riesigen selbstgezimmerten Bett und ließ sie dann allein. Die Ärztin setzte sich auf die Bettkante und band mit dem roten Tuch ihr Haar straffer an den Kopf und in den Nacken.

»Was stehen Sie noch herum?« fragte sie.

»Verzeihung, was soll ich tun?«

»Suchen Sie sich eine Bleibe.«

»Sofort!«

Duskow verließ das Zimmer, umkreiste dreimal das Haus und kam dann zurück. Der Schmied hatte unterdessen einen Eimer Wasser gebracht, in dem sich die Ärztin die Hände wusch. Duskow stellte sich ans Fenster und blickte traurig drein. »Ich werde neben dem Amboß schlafen«, sagte er.

»Wieso?« Sie blickte auf und trocknete ihre Hände und Unterarme an einem sauberen Handtuch.

»Ein ängstliches Volk, die Leute von Krasnozawodsk! Keiner will einen alleinstehenden, fremden Mann im Bett haben! Man kann es verstehen. Die meisten Weibchen sind allein, die Männer an der Front, die Uralten sind kein Schutz. Und da kommt so ein flotter Bursche wie ich daher und fragt: Ist bei dir noch ein Plätzchen im Bett frei?! — Was würden Sie da antworten? Na also! Eine Frau hat mich sogar mit dem Besen bedroht und ›Du lausiger Bock!‹ gerufen!«

»Bis zum Abend haben wir vieles geklärt!« Die Ärztin warf das Handtuch weg und ging hinaus in den großen Wohnraum. Dort, in der Küchenecke, stand Lipa, die Frau des Schmiedes, am Feuer und kochte eine Schtschi, eine dicke Suppe aus gesäuertem Kohl. Es roch scharf nach Gärung, aber es war ein Geruch, der auf dem Land immer ein gutes Essen signalisierte.

Das Auto war ein Wrack. Das zeigte sich, als Duskow mit dem Schmied und dem Stellmacher den Motor untersuchte. Mit einem Flaschenzug, mit dem der Schmied gelegentlich kranke Pferde und Kühe auf die Beine stellte, denn er war gleichzeitig auch der Tiermediziner des Dorfes, hoben sie den Motor aus dem Wagen und schwenkten ihn auf einen Holzbock. Dort ruhte er nun, schwarz, verölt, feindselig, und die Dorfbewohner standen um ihn herum, bestaunten ihn wie eine Mißgeburt und genossen zum erstenmal den Anblick eines ausgebauten Motors. Duskow hatte den Motorblock aufgeschraubt und die Kolben bloßgelegt. Zwei Kolben waren wie angefressen, die Kolbenringe glichen verölten Fransen. Ein Wunder wahrhaftig, daß der Wagen überhaupt noch bis Alexandrow gekommen war.
Die Ärztin sprach unterdessen über das einzige Telefon, das auch dem Schmied gehörte, mit Moskau und scheuchte einige Beamte aus ihrer Ruhe. Das soll man, wenn es irgend möglich ist, vermeiden, denn ein Beamter ist immer überlastet und bei Sonderforderungen überfordert.
»In frühestens einer Woche können sie einen Motor schikken!« sagte die Ärztin nach dem Gespräch. Sie war wütend, betrachtete den verdreckten Motor mit einem Anflug von Ekel und ging unruhig in der Schmiede hin und her. Duskow, ölverschmiert, mit entblößtem Oberkörper und rußschwarzen Händen, saß neben dem Motorblock und rauchte eine Papyrossa, die ihm der Schmied geschenkt hatte. »Einen anderen Wagen bekomme ich nicht! Wir müssen nach Sagorsk und von dort mit dem Zug nach Moskau. Nach Sagorsk können wir nur mit einem Traktor oder mit einem Fahrrad! *Ein* Rad! Sie müßten fahren, ich sitze hinten drauf! Unmöglich! Also mit dem Traktor! Du lieber Himmel, wie sehen Sie aus! Bekommt man Sie überhaupt noch sauber?!«
Es war ein Problem. Duskow setzte sich in eine Holzwanne mit heißem Seifenwasser, schrubbte sich mit einer scharfen Borstenbürste ab, bis seine Haut rot anschwoll, wickelte sich dann in eine alte Pferdedecke, die aber, gottlob, gewaschen war und nicht mehr nach Gaul stank, und legte sich in das riesige Holzbett. Als die Ärztin im Zimmer erschien, blinzelte er müde und gähnte.
»Ich dampfe«, sagte er zufrieden. »Und sauber bin ich wie ein gepudertes Knäblein. Wollen Sie sehen, Genosse Ärztin?«

»Kommen Sie aus meinem Bett heraus!« Ihre Stimme war wieder dunkel und celloähnlich.
»Ich glaube, ich habe Fieber! Eine Influenza epidemica . . .«
»*Was?*« Sie beugte sich vor.
»Vielleicht auch eine Hypomnesie . . .«
Sie starrte ihn sprachlos an, setzte sich dann neben ihn auf das Bett und legte die schönen Hände in den Schoß. Duskow schloß die Augen — er beneidete die Hände.
»Wer sind Sie?« fragte sie sanft. »Kommen Sie bloß nicht wieder mit Ihrem Schuhmacher aus Kasan!«
»In der Jackentasche ist mein Ausweis. Warum sollte ich lügen?«
»Was weiß ein Schuhmacher von Hypomnesie?«
»Ich bin auch als Sanitätsgehilfe ausgebildet, Genossin.« Duskow schlug die Augen wieder auf und bedachte das erregende Gesicht über sich mit einem treuen Blick. »Der Sarghändler wollte es so. Klavierspiel und Anatomie — das war bei ihm wichtig. Wie viele brave Menschen sterben im Sitzen! Man soll es nicht meinen! Hocken im Sessel und geben ihren Geist auf. Und statt daß man sie dann ins Bett legt — nein, die Hinterbliebenen lassen sie im Sessel sitzen! Dann kommen wir und sollen sie gerade und ausgestreckt in den Sarg legen! Man kann sie doch nicht mit angewinkelten Knien zum Grab tragen! Was also tun? Wir müssen ihnen die Knie brechen. Das Kniegelenk. Aber unser Sargmacher sagte nie zu mir Kniegelenk, er sagte immer nur, vornehm, wie er war, Articulatio genus! Ich bekam Spaß an der Sache, kaufte mir ein medizinisches Wörterbuch und lernte viele Begriffe auswendig. Zum Beispiel Spermatorrhoe . . .«
»Sie Ferkel!« sagte sie und stand auf. »Raus aus meinem Bett!« Sie drehte sich zum Fenster, wartete, bis Duskow aus dem Bett war und sich, in die Decke gewickelt, auf einen Stuhl hockte. Drei Semester Medizin sind etwas wert. Universität Greifswald. Ein fröhliches Leben mit viel Suff und ab und zu Puff. Mädchen als lebender Anatomieunterricht. Gynäkologische Praxis in Horizontallage. Bis die Familie von Baldenow auf Gut Neu-Nomme befand, daß der älteste Sohn Venno nicht Arzt, sondern Offizier werden müsse. Aus Tradition. Auf ewig Adieu, schönes Greifswald, mit deinen dunkelhäutigen Mädchen, und hinein in den Uniformrock. Ein Baldenow hat sich der Tradition zu beugen! Und jetzt heißt er Dus-

kow, Leonid Germanowitsch, und ist im Begriff, die schönste Frau der Welt zu erobern ...
»Fertig!« sagte er. »Ich habe mit dem Schmied ausgemacht, daß er mir einen Ballen Stroh neben den Amboß schüttet ...«
Sie nickte, sah ihn an, trat plötzlich auf ihn zu und legte ihre flache Hand auf seine Stirn. Ihre Berührung durchblitzte ihn, sein Herz flimmerte, als künde sich ein Infarkt an.
»Kein Fieber!« sagte sie laut.
»Jetzt doch! Ein plötzlicher Schub ...«
Sie zögerte, die Hand noch auf seiner Stirn, holte dann blitzschnell aus und gab ihm eine schallende Ohrfeige. Wortlos verließ sie darauf das Zimmer. Duskow war glücklich. Er hatte ihren unsichtbaren Panzer durchstoßen.
Nach dem Abendessen mit kohlgefüllten Piroggen und selbstgebrautem Kwaß standen sie sehr schweigsam in ihrem Zimmer und vermieden es, das Bett anzusehen. Der Schmied hatte ihnen drei Kerzen hingestellt — von einem Strohballen neben dem Amboß hatte die Ärztin nichts gesehen.
»Es ist Krieg!« sagte sie endlich.
»Ja«, antwortete Duskow vorsichtig, um sie nicht zu provozieren.
»Man hat nicht mehr die freie Wahl, man muß Konzessionen machen. Frühere Maßstäbe gelten nicht mehr. Also gut — teilen wir uns das Bett. Breit genug ist es. Ich lege den Stuhl zwischen uns! Wenn Sie den Stuhl verschieben oder um ihn herumkriechen,. steche ich zu. Ich habe ein Messer bei mir. Der Schmied hat es mir geliehen. Beidseitig geschliffen, scharf wie ein Rasiermesser.«
»Ich falle um vor Müdigkeit«, log Duskow und setzte sich auf seine Bettseite. Er betrachtete die Ärztin mit hungrigen Augen, wie sie den Stuhl ins Bett hob und zwischen sich und ihn legte. Genau in die Mitte.
»Wenn ich nach hinten falle, schnarche ich schon ...«
»Sie schnarchen?«
»Ein Erbübel! Mein Vater ging mit einem Sägewerk ins Bett!«
»Es ist ja nur eine Nacht!« Sie legte sich auch hin, angezogen, wie sie war, und blies die Kerzen neben sich aus. Tiefe Dunkelheit hüllte sie ein. Warm war es im Zimmer, obwohl das Fenster offen stand. Eine lautlose Nacht umgab sie, nicht einmal das schläfrige Jaulen von Dorfhunden durchbrach die Stille.

Duskow drehte den Kof zur Seite und betrachtete den Stuhl. Seine vier Beine waren wie Stachel an einer unüberwindlichen Mauer.
»Sie schnarchen ja gar nicht!« sagte sie plötzlich.
»Vielleicht macht das die Hypomnesie? Ich kann mich nicht mehr erinnern, daß ich schlafen wollte. Genossin . . .«
»Ich heiße Anna Iwanowna Pleskina . . .«
Duskow atmete tief durch die Nase. »Sie sind verheiratet?«
»Pleskin fiel gleich 1941 beim Überfall der Deutschen an unserer polnischen Grenze.«
»Mein Beileid.«
»Danke!« sagte sie knapp.
»Eine verdammt heiße Nacht, Anna Iwanowna. Das Kleid muß wie klebriger Gummi sein. Warum ziehen Sie sich nicht aus? Es ist dunkel, und ich werde auf der anderen Seite schlafen.«
»Das Kleid ist aus dünnem Stoff.« Aber sie erhob sich doch, er hörte, wie der Stoff knisterte, wie sie das Kleid abstreifte und dann wieder ins Bett kam. Er stellte sich vor, wie ihr Körper war: von reinstem Ebenmaß mit einer glatten, leicht gebräunten Haut.
»Haben Sie Interesse an der Medizin?« fragte sie plötzlich.
»Ich habe an allem Interesse. Ich bin ein verhinderter Intellektueller.«
»Müssen Sie zur Eisenbahn?«
»Ich habe eine Zuweisung. Verwendung in einem kriegswichtigen Betrieb.«
»Ein Krankenhaus ist auch kriegswichtig.«
»Das sollte man meinen.«
»Ich könnte einen Antrag stellen, daß man Sie ins Botkin-Krankenhaus überweist, als Hilfspfleger. Es gibt in einem solch großen Haus viele Möglichkeiten, Sie zu beschäftigen. Wären Sie damit einverstanden?«
Duskows Herz trommelte gegen die Rippen und begann schmerzhaft zu schlagen.
»Ein Idiot wie ich, Anna Iwanowna?« fragte er.
Er drückte den Kopf gegen den Stuhl. Von der anderen Seite erschien ihr herrliches Gesicht. Nur die Breite des Sitzes trennte sie voneinander. Über und unter ihnen stachen die Stuhlbeine in die Dunkelheit . . . sie hatten keine abwehrende Funktion mehr.

»Wie alt sind sie?« fragte sie.
»Achtundzwanzig, Anna Iwanowna.«
»Ich bin siebenundzwanzig. — Schlafen Sie gut, Leonid Germanowitsch. Und stellen Sie Ihre Hypomnesie ab.«
»Sofort!« Duskow streckte seine Hand durch den Stuhl. Sie hob ihren Arm und klopfte ihm auf die Finger.
»Hier ist die Grenze! Bleiben Sie ein guter Mensch.«
Am nächsten Morgen, sehr früh, ratterten sie mit einem Traktor nach Sagorsk, um den ersten Zug nach Moskau zu erreichen.

Pawel Fedorowitsch Sassonow hatte die Chaussee erreicht, die von Rjasan über Kolomna nach Moskau führte. Eine belebte Straße, über die Tag und Nacht Lastwagenkolonnen und Militärnachschub in die Hauptstadt rollten. Ein einzelner Mann fiel hier nicht mehr auf, auch nicht ein Genosse, der am Straßenrand stand, winkte und freundlich fragte, ob man ihn nicht mitnehmen wolle.
Die Fallschirmlandung bei Jegorjewsk war so leicht gewesen, daß Sassonow sich fragte, warum die deutsche Abwehr nicht mehr Sabotagetrupps im Hinterland absetzte und die Russen empfindlich störte. Eine Kompanie Spezialisten, sinnreich verteilt, einzeln operierend, weil ein einzelner am wenigsten auffällt, könnte ganze Nachschubgebiete blockieren und lahmlegen. Es waren Gedanken, die Sassonow mit sich herumtrug, während er seinen Fallschirm in der Uferböschung eines Baches eingrub, sich dann in dem träge fließenden Wasser wusch und nach rückwärts noch einmal kontrollierte, ob er keine Spuren hinterlassen hatte.
Nach einer Zigarettenpause, die er sich gönnte, um die in ihm aufgestaute Erregung abzubauen — es soll keiner kommen und mir erzählen, daß einem die Nerven bei solch einem Unternehmen nicht zittern, dachte er —, machte er sich auf den Weg zur großen Chaussee. Milda Ifanownas Geländebeschreibung spulte sich in seinem Kopf ab: links lag der Ort Jegorjewsk, rechts das Dorf Jijinsk Pogost, zwischen beiden Ortschaften mußte man durch einen Wald wandern, die Bahnlinie Rjasan—Moskau überqueren, um südlich von Windgradowo die Moskwa zu erreichen. Dann ging es wieder durch einen Mischwald und einige Felder, bis man bei dem

winzigen Dorf Starnikowo, das aus neun Häusern bestand, die breite Straße erreichte, das erste Ziel auf dem Wege nach Moskau.
Sassonow kam gut voran. Auf seiner Wanderung traf er keinen Menschen, umging die einsamen Gehöfte wie Kladkowo, überkletterte bei Knobejewo die Gleise der Eisenbahn und stieg in das gefahrlose Sumpfgebiet nördlich von Marishkino ein, wo die Moskwa aus den Fugen geriet, tote Arme bildete, Sandbänke, Inselchen und eine Art Mini-Dschungel mit Riedgras, Schilf und verfilzten Weidenbüschen. Hier änderte Sassonow seinen Plan und zog nicht weiter nach Norden zu der Fähre von Windgradowo, sondern ließ sich von einem alten Fischer, der in dem Moskwaschilf eine Reihe von Schnurangeln ausgelegt hatte, mit einem uralten blaugestrichenen Kahn übersetzen nach Marchugi. Er gab dem Alten, der nicht fragte, zwanzig Kopeken Lohn für seine Mühe, teilte mit ihm einen Kanten Brot und ein Stück Hartkäse, ruhte sich etwas aus und wanderte dann weiter nach Starnikowo.
Jetzt stand er an der breiten Straße, beobachtete den regen Lastwagenverkehr, zählte die Munitionslaster und stellte fest, daß innerhalb zwanzig Minuten zwei Batterien schwerer Artillerie und ein Bataillon aus dem asiatischen Rußland an ihm vorbeigezogen waren. Dazwischen rauschten die schweren Transporter mit Material, meistens Wagen amerikanischer Bauart. Die Hilfe über den Ozean klappte reibungslos, selbst hier vor Moskau sah man es deutlich.
Und wir wollen siegen, dachte Sassonow. Mit unseren ausgebluteten Divisionen, mit unseren Panzern ohne Sprit, mit unserer Rüstung, die jede Nacht ein Stückchen mehr zerbombt wird, mit unserer Luftwaffe, die nur noch aus dem dicken Meier, früher Göring, zu bestehen scheint, mit einem Feldherrn Adolf Hitler, der nicht glauben kann, daß der deutsche Soldat besiegbar ist, nicht einmal von den Russen, die aus den unendlichen Weiten ihres Landes Reserven herankarren, deren Zahlen schwindelig machen.
Mein Gott, wir wollen trotzdem den Krieg gewinnen. Mit einer einzigen verzweifelten Aktion: Stalins Tod! Es gibt keine Verrücktheit, die im Krieg nicht entscheidend sein könnte . . .
Er stand an der breiten Straße, wartete, bis Zivillastwagen heranrollten, und winkte dann. Ein Fahrer beugte sich aus dem Fenster, brüllte: »Anhalten ist unmöglich! Spring hinten

drauf, Genosse, ich fahre langsamer!« und Sassonow enterte einen Lastwagen mit verzinkten Eimern. Er klemmte sich zwischen die scheppernden Dinger, zog die Beine an und war zufrieden. Einen Transporter mit Eimern ließ jede Kontrolle weiterfahren. Eimer kann man nicht auffressen — das war die ganze Sorge der Miliz: daß bei Lebensmitteltransportern ein Teil der Ladung auf geheimnisvolle Art verschwand. Man vermutete, daß sogenannte »Springer« an die Wagen hechteten, während der Fahrt Kisten und Kartons abwarfen und dann wieder absprangen, ohne daß der Fahrer etwas merkte. Aber wer wirft schon Eimer auf die Straße?
Sassonow erreichte sicher, aber unbequem zwischen den schwankenden und scheppernden Eimerbergen die Moskauer Vorstadt Perowo und kletterte aus dem Wagen, als die Bremsen kreischten. Die beiden Fahrer — ein alter Mann und eine männlich wirkende Frau mit einem kantigen, harten Gesicht und kurzgeschnittenen Haaren, die einen blauen Arbeitsanzug trug — begrüßten Sassonow wie einen Freund und fragten ihn, wie die Fahrt gewesen sei.
»Man muß vorliebnehmen mit dem, was man bekommt«, sagte Sassonow weise. »Dank euch, Genossen. Ist hier Perowo? Da wollte ich hin! Kann man es besser haben, als bis vor die Haustür gefahren zu werden? Kennt jemand das Stahlkombinat ›Maxim Gorkij‹?«
»Es wird sich finden lassen!« antwortete die herbe Frau mit einer rauhen Stimme. »Kombinate kann man nicht verstecken. Wir laden hier ab.«
Sassonow verabschiedete sich, verließ das staatliche Magazin, an dessen Laderampe sie standen, und ging gemächlich in die Stadt.
Vieles war hier neu gebaut worden, als habe es nie einen Krieg gegeben oder als sei er schon längst beendet. Überall standen Rohbauten und Gerüste, kreischten die Mischmaschinen und turnten Arbeiter, vor allem Frauen, auf den Gerüsten herum. Sie schleppten Steine und Zementsäcke, mischten Beton und mauerten in luftiger Höhe die Wände hoch.
Es war nicht schwer, das Stahlkombinat zu erreichen. Sassonow blickte aus unverfänglicher Entfernung zu dem Verwaltungsgebäude hinüber und bereitete sich auf den entscheidenden Schritt vor. Es war vier Uhr nachmittags. Müdigkeit lag in seinen Beinen, die Wanderung durch Wälder und

Sümpfe zerrte in den Muskeln. Er spürte einen unbändigen Drang, sich irgendwo hinzulegen und sich auszustrecken. Muß alles an einem Tag sein? dachte er. Besser ist es doch, frisch an die Sache heranzugehen, ein Bett zu suchen, die Erschöpfung wegzuschlafen. Oberst von Renneberg, es ist leicht gesagt: »Vergessen Sie Ihre Nerven!«

Sassonow wischte sich über die Augen. »Geizen Sie mit der Zeit!« hatte von Renneberg auch noch gesagt. »Denken Sie immer daran, wieviel Kameraden in jeder Stunde fallen, die Sie untätig verstreichen lassen! Je schneller Sie Stalin ausschalten, um so mehr Leben retten Sie! Das mag simpel klingen, primitiv. Aber schon eine lähmende Minute an der Front ist wertvoll! Denken wir in großen Dimensionen, meine Herren . . .«

Sassonow stieß sich von der Hauswand ab und überquerte die breite Straße vor dem Stahlkombinat ›Maxim Gorkij‹. Er hatte einen einwandfreien Einweisungsschein in der Tasche. Der Maschinen-Ingenieur Pawel Fedorowitsch Sassonow hat sich nach der Entlassung aus der Roten Armee im Kombinat zu melden. Während alle anderen Abgesetzten in ihren Arbeitsmöglichkeiten freie Hand hatten, wollte Oberst von Renneberg den Chef von *Wildgänse* an einem sicheren Platz wissen. Von hier aus sollte in aller Ruhe die Aktion in Moskau gestartet werden. Sassonow war der zweite ruhende Pol; der erste, Milda Ifanowna, war dieAnlaufstelle der übrigen neun. Wenn der Kontakt untereinander hergestellt war, entschied Sassonow allein über alle weiteren Tätigkeiten.

Im Verwaltungsgebäude geriet Sassonow an einen Hausmeister, der in einer offenen Koje saß und den Eingang kontrollierte. Er winkte Sassonow heran, musterte ihn und stellte fest, daß er nicht wie ein Arbeiter aussah.

»Wohin?« fragte der mürrische Mann, der Anton Michailytsch Ukleikin hieß. Er trug eine blaue Mütze mit einem roten Stern und war sehr stolz darauf.

»Zum Genossen Direktor«, antwortete Sassonow höflich.

»Nicht gleich zu Stalin?« bellte Ukleikin und bekam rote Ohren.

»Noch nicht. Vielleicht später! Ich bin der Ingenieur Sassonow. Den Genossen Personalleiter muß ich sprechen, sofort. Man erwartet mich! Genügt das?«

»Dritter Stock, Zimmer Nummer 339.« Ukleikin blickte an die

Decke und rückte seine schöne Mütze fester um den Schädel. Warum sie immer gleich brüllen müsen, die studierten Herrchen, dachte er. Kommunisten sind wir alle, Brüder, Genossen im Bauern- und Arbeiter-Staat. Aber wehe, man kommt ihnen brüderlich.
»Danke!« sagte Sassonow höflich. Ukleikin nickte, verwundert über soviel Achtung vor dem Proletariat, und blickte Sassonow nach, wie er zu dem Paternoster ging, in eine vorbeischwebende Kabine sprang und nach oben entschwand.
Zimmer Nummer 339 beherbergte das Sekretariat des Personalleiters. Da macht auch ein russisches Kombinat keine Ausnahme: Der Weg zu leitenden Genossen führt immer über die Schreibstube. Und dort sitzt — o Einigkeit der Industrie — entweder ein hübsches Mädchen hinter der Schreibmaschine oder ein häßliches. Die alte Erfahrung ist's: Je unscheinbarer die Sekretärin, um so wachsamer war die Frau des Chefs!
Der Personalleiter des Stahlkombinats ›Maxim Gorkij‹ von Perowo schien ein Junggeselle zu sein. Seine Schreibkraft pflegte trotz aller kriegsbedingten Mängel ihr Blondhaar mit Lockenschere und Aufhellmitteln und hatte sogar, im vierten Kriegsjahr, ihre Lippen geschminkt, was geradezu ungeheuerlich war. Sassonow begrüßte sie mit verhaltenem Charme und nannte seinen Namen.
»Lisa Nikolajewna«, antwortete sie. Ein Zwitschern war's, als singe ein Vögelchen auf einem Ast. Sassonow blinzelte ihr zu.
»Kann man den vielbeschäftigten Genossen sprechen, Lisa? Ich bin der neue Ingenieur, zugewiesen vom Kommando der 1. Weißrussischen Front. Marschall Rokossowskij hat mir persönlich die Hand gedrückt.«
Lisa Nikolajewna strahlte ihn an, schürzte die roten Lippchen, erhob sich und verschwand hüftenschwingend im Nebenraum. Sassonow hörte Stimmen und bereitete sich auf seinen Auftritt vor. Er strahlte vor Sicherheit. Die Papiere waren vollkommen. Übersät mit Stempeln und Unterschriften. So etwas sieht auch der Personalleiter eines Stahl-Kombinats selten.
Lisa kam wieder in das Sekretariat, ließ die Tür offen und winkte ihm. Ihre runden blauen Augen kullerten wie bei einer Puppe. »Sie können herein, Pawel Fedorowitsch.«
Mit festen Schritten betrat Sassonow das Zimmer des Personalleiters. Er war nicht allein . . . ein zweiter Mann stand am Fenster und starrte Sassonow an. Und dieser andere Mann

lähmte Sassonow für ein paar Sekunden. Der Schrecken war zu groß, die Überraschung zu massiv, als daß Sassonow anders reagieren konnte als durch ein Zögern in seinen Beinen. Dann war der Schock vorbei, er ging weiter und holte dabei seine Papiere aus der Rocktasche.

Die Welt ist erbärmlich klein, dachte er. Gab es für ihn keinen anderen Platz als gerade Perowo?! Keinen anderen Fleck auf dieser Erde als das Büro von ›Maxim Gorkij‹? Mußte er gerade heute hier am Fenster stehen? Warum müssen wir uns begegnen, Makar Prokojiewitsch Kutusow?!

Ihre Blicke begegneten sich, nur eine Sekunde lang, und das Klirren des Aufeinanderpralls war nur in ihren Seelen wahrnehmbar. Dann reichte Sassonow seine Papiere über den Tisch. Der Personalleiter überflog sie, von den Stempeln sichtlich beeindruckt. »Wir freuen uns über Ihr Kommen, Pawel Fedorowitsch!« sagte er und zeigte auf einen Stuhl. »Ich bin Oleg Abramowitsch Omelkow, und das ist der Zweite Technische Leiter Makar Prokojiewitsch Kutusow. Sie werden in seiner Abteilung arbeiten . . .«

»Nein!« sagte Kutusow hart. Er stieß sich vom Fenster ab und starrte Sassonow mit zusammengezogenen Brauen an. Er ist es also doch, dachte Sassonow und fühlte es in sich eiskalt werden.

Mein Gefühl! Ein Bett suchen und schlafen. Nicht alles an einem Tag! Morgen hätte Kutusow nicht hier im Zimmer gestanden. Mit der Zeit geizen, Oberst von Renneberg, ist nicht immer der Weisheit bester Schluß. Hier trifft deutsche Tüchtigkeit auf russisches Zeitgefühl! Ich hätte heute mehr ein Russe sein müssen — mit der Begabung des Wartens . . .

Sassonow blieb hinter dem angebotenen Stuhl stehen. Omelkow starrte Kutusow betroffen an und schüttelte wortlos den Kopf. Gleich wird er von seinem Erstaunen erlöst sein, dachte Sassonow. Kameraden, ich melde mich ab. Hauptmann von Baldenow — nein Leonid Germanowitsch Duskow — übernehmen Sie jetzt das Kommando! Macht's gut, Jungs . . . besser als ich! Und wenn du jemals nach deinem Vater fragen solltest, William Heiko, mein kleiner Sohn, und keiner dir etwas von ihm sagen kann, dann ahne wenigstens, daß dein Vater gestorben ist in einem Einsatz, der einmalig war in diesem Krieg!

»Wo kommen Sie her, Baron von Labitz?« fragte Kutusow ge-

nüßlich auf deutsch. Er sprach hart wie alle Russen, aber perfekt in Grammatik und Satzbau. Omelkow starrte beide dümmlich an und setzte sich schwer in seinen Holzsessel hinter den Schreibtisch.
»Bin ich verrückt?« stotterte er.
Sassonow antwortete nicht. Er wußte, daß der Zeitpunkt gekommen war. Mit einem schnellen Griff riß er die Giftkapsel aus seiner Rocktasche, aber Kutusow kam ihm zuvor, schlug den Arm zur Seite, ergriff ihn und drehte ihn im Schultergelenk brutal nach hinten. Sassonow schwollen die Adern an der Stirn, aber er gab keinen Laut von sich, ließ auch die Kapsel nicht los und verkrallte seine Faust, als Kutusow in wilder Entschlossenheit in seine Hand biß.
»Was machen Sie da?!« brüllte Omelko entsetzt. »Makar Prokojiewitsch, sind Sie irre geworden?!«
In Sassonows Faust zerquetschte die Kapsel. Ein scharfer Mandelgeruch hing plötzlich in der Luft. Kutusow unterließ das Beißen, ruckte noch einmal an Sassonows Arm, kugelte ihn aus und stieß mit dem Kinn gegen Sassonows Schädel. Da erst öffnete sich die Faust, ein paar Tropfen fielen auf den Boden. Der Mandelgeruch verstärkte sich. Kutusow rannte zum Fenster, riß es auf und starrte Sassonow an. Hilflos hing dieser jetzt auf dem Stuhl, unfähig, an seine Hand zu kommen und den Rest der Blausäure abzulecken. Ob es noch tödlich gewesen wäre, war zweifelhaft.
»Rufen Sie den NKWD, Oleg Abramowitsch!« schrie Kutusow und hielt Sassonow, der aufspringen wollte, fest. »Das hier ist ein deutscher Offizier! Bodo von Labitz! Ich kenne ihn gut! In Args gehörte ihnen eine Fabrik, ich war dort technischer Zeichner, bis sie mich hinauswarfen! Ich hatte kommunistische Flugblätter verteilt, sie wollten mich in ein KZ bringen, aber ich konnte fliehen! Das ist er! Ein deutscher Offizier!«
»Ein deutscher . . .« Omelko seufzte, schluckte und starrte Sassonow ungläubig an. Dann begriff er, daß ausgerechnet in seinem Kombinat etwas Ungeheuerliches vorgefallen war, und daß nun der NKWD den ganzen Betrieb auf den Kopf stellen würde, um vielleicht noch mehr Spione zu finden. Was dabei an anderen Entdeckungen abfiel, war nicht auszudenken. Ein schlechtes Gewissen hat jeder, und ein um so größeres, je höher die Stellung ist.

»So ein Schwein!« sagte Omelko aus tiefer Brust. Er sprang auf, rannte um den Schreibtisch herum und verabreichte Sassonow drei Fausthiebe auf die Nase. Die Haut platzte auf, das Nasenbein zerbrach mit einem knackenden Laut, Blut stürzte über Sassonows Mund und Kinn und lief den Hals hinunter in das Hemd.
»Den NKWD!« schrie Kutusow unbeherrscht. »Schlagen Sie ihn bloß nicht tot, Oleg Abramowitsch. Wir brauchen ihn! Ich ahne es, aus dem ist noch vieles herauszuholen!«
Sie verzichteten darauf, Betriebsalarm zu geben, ließen Sassonow mit seinem blutenden Gesicht auf dem Stuhl sitzen, und während Omelko die Zentrale des NKWD in Moskau anrief, um gleich an oberster Stelle einen guten Namen zu bekommen, stand Kutusow vor Sassonow und achtete darauf, daß er zu keiner Überraschung ansetzte. Er konnte zum Beispiel aus dem Fenster springen.
Sassonow verhielt sich still. Sein ausgekugelter Arm wurde nach dem anfänglichen Schmerz wie taub. Seine Nase schwoll an, er mußte durch den Mund atmen und wischte sich mit der freien linken Hand das Blut ab. NKWD. Er wußte, was ihn erwartete, aber er wußte auch, daß er sich den Verhören entziehen mußte. Die Methoden dieser Befragung waren bekannt. So heldenhaft war kein Mensch, um sie stumm zu ertragen. Irgendwie und irgendwo auf dem Weg nach Moskau oder in der Zelle des NKWD würde es eine Möglichkeit geben, die Panne mit der Zyankalikapsel auszugleichen. Wenn man sich töten will, gibt es immer einen Weg.
Ich komme also doch nach Moskau, dachte er mit bitterem Sarkasmus, während Omelko ihn mit hochrotem Gesicht beschimpfte und Kutusow ihn mit beiden Händen auf der Schulter niederdrückte, als könne Sassonow jetzt noch aufsässig werden. Wie mag es den anderen neun ergangen sein? Es ist wie bei dem alten Kinderlied, das ich von der Oma, einer geborenen Gräfin Hachburg, gelernt habe: Zehn kleine Negerlein ... Jetzt sind es nur noch neun ... Oder sind es noch weniger?
Omelko tobte in seinem Zimmer herum, das Herz voller Furcht, der NKWD könne entdecken, daß einige Tonnen Stahl heimlich gegen Lebensmittel eingetauscht worden waren. So ein richtiger schöner Ringtausch, angefangen bei einem Baugeschäft, das Miniereisen brauchte, bis zu einer Kolchose, die

einen neuen Silo errichtete. Im Sekretariat hockte Lisa Nikolajewna mit runden Kulleraugen verschreckt hinter ihrer Schreibmaschine und verstand die Welt nicht mehr. Der nette Pawel Fedorowitsch ein deutscher Spion? Ein Nazi-Offizier? Wer kann das begreifen?!
In der Moskauer NKWD-Zentrale hatte man mit unbegreiflicher Ruhe die Meldung aus Perowo entgegengenommen. Omelko wunderte sich über den Gleichmut der Genossen. Eine fast gelangweilte Stimme sagte: »Gut! Wir schicken einen Wagen zu Ihnen. Was macht der Deutsche? Er blutet? Das ist gut. Können Sie ihn einsperren? Was? Sie lassen ihn bei Ihnen im Zimmer? Auch gut! Halten Sie den Vorfall geheim. Keine Informationen!«
Es dauerte drei Stunden, bis zwei Autos mit NKWD-Beamten eintrafen. Drei endlose Stunden, in denen sich Omelko heiser schimpfte, Sassonow die grausamsten Strafen androhte oder ihn — er konnte sich nicht beherrschen — gegen das Schienbein trat, was ja nicht tödlich ist. Kutusow hatte ihm ausführlich erzählen müssen, was damals in Args geschehen war. »Aha!« und »Oho!« schrie er abwechselnd. »So einer ist er?! Ein von und zu, wie ein Bojare! Ein Ausbeuter der Arbeiter? Einer von der Herrenrasse, dem man die Stiefelspitzen lecken soll! — Sie werden dich schon kleinkriegen, die Genossen aus Moskau! Wie eine Haselmaus wirst du piepsen! — Was willst du hier bei uns? Woher hast du die Papiere? Wie kommst du an die Stempel der 1. Russischen Front? Seit wann geisterst du durch Rußland?!»
Sassonow gab keine Antwort. Sein ausgekugelter Arm starb von den Fingerspitzen an ab. Kutusows Ruck mußte auch einen Nerv oder eine Vene eingeklemmt haben; Sassonow wußte nicht, ob das möglich war, aber er hatte das Gefühl, daß sein rechter Arm schon nicht mehr zu seinem Körper gehörte. Meistens saß er mit geschlossenen Augen da. Wenn er sie öffnete, war Kutusows Gesicht vor ihm. Die kalten Augen beobachteten jede seiner Bewegungen.
Fast erlöst atmete Sassonow auf, als die Männer aus Moskau ins Zimmer traten und ihn umringten. Die Aussicht, schnell zu sterben, vergrößerte sich.
Ein Mann, der sich als Major vorstellte, lehnte sich gegen den Schreibtisch und las zunächst Sassonows hervorragende Papiere. Dann betrachtete er die zerquetschte Zyankalikapsel,

die Kutusow auf ein Blatt Papier gelegt hatte, schnupperte vorsichtig daran und schob sie weg.
»Sie sind Offizier?« fragte er auf russisch.
Sassonow blickte ihn mit trüben Augen an.
»Ja.«
»Sie heißen?«
Es hatte keinen Sinn, in Gegenwart von Kutusow falsche Angaben zu machen. »Bodo von Labitz . . .«, sagte er.
»Dienstrang?«
»Major.«
»Welcher Truppenteil?«
Sassonow schwieg. Der NKWD-Major wartete, zuckte dann mit den Schultern und blieb höflich, was Omelko nicht begriff.
»Wie sind Sie nach Perowo gekommen?« fragte er weiter. »Was ist Ihr Auftrag? Warum sollten Sie gerade im Kombinat arbeiten?« Omelko stöhnte qualvoll, um sein Entsetzen zu dokumentieren. »Sind Sie Mitglied der deutschen Abwehr!? Haben Sie Ihren Auftrag von Admiral Canaris?«
Sassonow schwieg. Er legte den Kopf weit in den Nacken und starrte an die Decke. Jetzt sollte man ihm einfach die Kehle durchschneiden, dachte Omelko, vor Wut fast verrückt. So schön sitzt er da . . . Wie provozierend sein Kehlkopf tanzt! Der Major vom NKWD schien mit einer Beantwortung seiner Fragen gar nicht gerechnet zu haben. Er nickte Sassonow geradezu freundlich zu und wäre enttäuscht gewesen, wenn er etwas von ihm gehört hätte. Man hatte in Moskau Erfahrung mit solchen Fällen; solche Männer mußte man aufknacken wie eine Kokosnuß. Auch an die Kokosmilch kommt man nur heran, wenn man ihr den Kopf abschlägt. Die Methoden des Verhörs waren beim NKWD bis zur Perfektion entwickelt worden. Irgendwo hat auch der härteste Wille eine Grenze, an der die Qual unerträglich wird und jeder Aufschrei der Wahrheit eine Erlösung bedeutet.
»Kommen Sie mit!« sagte der NKWD-Major höflich zu Sassonow. »Unternehmen Sie keinen Fluchtversuch. Er ist keine Garantie für einen schnellen Tod. Wir werden Ihnen immer nur in die Beine schießen. Sie sehen, wir kennen die Mentalität unserer Gegner. Können Sie gehen?«
»Ja.« Sassonow erhob sich von seinem Stuhl. Ein NKWD-Mann stützte ihn, als er schwankte. Der ausgekugelte Arm

war noch nicht tot, ein unsagbarer Schmerz durchstach seine Schulter. »Mein Arm«, sagte er wie zur Entschuldigung.
»Ein Arzt wird sich um Sie kümmern. Aber erst in Moskau.«
»Ich werde es aushalten!« sagte Sassonow. Er torkelte zur Tür, stützte sich auf die Schulter des NKWD-Mannes und drehte den Kopf zu Kutusow. »Das war Pech, Makar Prokojiewitsch . . .«
»Ich war das meinem Vaterland schuldig!«
»Es macht Ihnen keiner einen Vorwurf. Man muß verlieren können.«
»Ganz Deutschland wird verlieren!« sagte Kutusow laut. »Wir werden ganz Deutschland vernichten! Wir werden es so zerstören, daß es nie wieder die Welt in Unordnung bringen kann! Es wird nie mehr einen deutschen Soldaten geben.«
»Welch ein Traum! Eine Welt ohne Soldaten! Eine friedliche Menschheit! Kutusow, ich erlebe es nicht mehr, aber vielleicht Sie. Ich fürchte allerdings, die Generationen nach uns werden genauso unbelehrbar und genauso zerstörungswütig sein wie wir! Es wird sich nichts ändern! Die Massen werden sich immer von ein paar einzelnen fanatisieren lassen und jeden Ansatz von Ordnung zerschlagen. Es ist die Natur des Menschen, unbelehrbar und beeinflußbar zu sein . . .«
»Schlagt ihm in die Schnauze!« schrie der aus den Fugen geratene Omelko. »Er beleidigt sogar unsere noch ungeborenen Kinder!«
Sassonow verließ das Büro, ging an der blassen Lisa Nikolajewna vorbei, die bei diesem Anblick wie ein Kind zu weinen begann, und stieg dann unten in das Auto des NKWD. Anton Michailytsch Ukleikin, der Portier, hüpfte aus seinem Verschlag und schrie mit sich überschlagender Stimme:
»Ich habe es gleich gewußt! Ich habe es ihm angesehen! Aber wer hört denn auf mich? Ein armer Proletarier bin ich ja nur . . .!«
Der Major drückte ihn weg wie ein großes Insekt, Ukleikin rutschte aus, hielt sich gerade noch an der Wand fest und spuckte dann kräftig aus.

In der Moskauer NKWD-Zentrale, einem düsteren Eckgebäude mit einer an den Klassizismus erinnernden Fassade, führte man Sassonow zunächst in eine Art Krankenzimmer.

Da in den Kellern eine unbekannte Zahl von Inhaftierten saß, deren phantasievolle Selbstverstümmelungen, durch die man weiteren Verhören ausweichen konnte, immer neue Überraschungen bescherten, gab es so etwas wie eine ärztliche Wachstation.
An diesem späten Abend war das Krankenrevier nur mit einem Sanitäter besetzt. Er betrachtete Sassonows Arm, grinste wortlos und riß ihn mit einem Ruck herum. Sassonow knirschte mit den Zähnen ... der Schmerz zersprengte fast seinen Schädel, betäubte ihn gleichzeitig und zerschnitt seine Umgebung in bunte, glitzernde Streifen. Aber dann begriff er, daß er wieder einen Arm besaß, daß er die Finger bewegen konnte und sich der Arm im Schultergelenk drehen ließ. Er hielt ihn mit der linken Hand fest, drückte ihn gegen seinen Körper und atmete schwer. Der Major, der hinter ihm stand, sagte höflich:
»Jewseij ist ein Künstler in solchen Dingen. Vor dem Krieg war er Sportmasseur. Ein kurzer Schmerz, aber alles ist wieder an der richtigen Stelle! — Können Sie gehen?«
»Ja.«
Sassonow wandte sich um. Hier geht es nicht, dachte er. Zuviel Leute um mich herum. Ich habe keinen Platz zum Anlauf. Sonst wäre diese gekachelte Wand ideal ... den Kopf gesenkt, mit Schwung dagegen, das ganze Körpergewicht hineingelegt ... das hält keine Hirnschale aus. Aber vielleicht gibt es eine Möglichkeit, sich die Pulsader aufzuschneiden und still zu verbluten. Ein schöner, sanfter Tod ist das; man wird müde und gleitet hinüber in das große Vergessen ...
Mit einem Aufzug fuhren sie in die vierte Etage, gingen einen langen, getünchten Gang entlang und kamen in ein Zimmer, das nach russischen Begriffen luxuriös eingerichtet war. Neben einem Schreibtisch standen um einen runden Tisch in der Ecke vier Sessel mit einem Kunstlederbezug. Hinter dem Schreibtisch hing ein Bild von Stalin. Er lächelte väterlich und strahlte Wohlwollen aus.
Sassonow warf einen schnellen Blick darauf. Vor mir bist du jetzt sicher, dachte er. Aber neun andere kreisen dich ein. Wenn sie noch leben ...
Die Tür schloß sich. Außer Sassonow hatte nur noch der Major den Raum betreten. Er nahm Haltung an und grüßte zackig.

Aus einem Sessel in der Ecke löste sich eine Gestalt und drückte eine Papyrossa in einem Glasaschenbecher aus. Ein mittelgroßer, stämmiger Mann mit geraden Schultern und mit zu Stoppeln gestutzen, schon grau werdenden Haaren. Er trug eine olivfarbene Uniform mit breiten Schulterstücken und eine doppelte Ordensspange.
Einige Sekunden musterte er stumm den Mann in dem blutverschmierten Hemd, kam dann um den runden Tisch herum und zog seinen Uniformrock zurecht.
»Igor Wladimirowitsch Smolka«, sagte er. Seine Stimme war angenehm dunkel und ohne versteckte Drohung.
»Pawel Fedorowitsch Sassonow, Herr Oberst.«
Das ist er also, dachte Sassonow. Die Erinnerung an eine Unterrichtsstunde mit Milda Ifanowna kam in ihm hoch. Der Aufbau des NKWD und besonders der sowjetischen Abwehr, der Gegenspielerin der deutschen Abwehr unter Admiral Canaris. Auch der Name Smolka war dabei gefallen, und Milda hatte gesagt: »Sie brauchen sich das nicht zu merken. Sie werden nie mit diesen Leuten in Verbindung kommen, denn wenn Sie in Berührung mit dem NKWD kommen, gilt Nummer II a.«
II a . . . das war die Zyankali-Kapsel.
Theorie und Praxis, Milda Ifanowna, dachte Sassonow. »Sie müssen sich einer Gefangenschaft sofort entziehen!« hatte auch Oberst von Renneberg gesagt. »Ihre Enttarnung bedeutet immer II a . . . Sie verkürzen damit nur das sowjetische Verfahren!«
Wie leicht sich das so hersagt.
Sassonow betrachtete Oberst Smolka eingehend. Die gegenseitige joviale Vorstellung täuschte nicht darüber hinweg, daß die kommenden Stunden oder Tage ein Spaziergang durch die Hölle werden würden.
»Sassonow? — Ist Ihnen Baron von Labitz nicht lieber?« fragte Smolka.
Er wies auf einen Sessel. Während der Major an der Tür stehenblieb, setzten sich Sassonow und Smolka einander gegenüber. Höflich reichte der Oberst eine Packung Papyrossi über den Tisch. Sassonow bediente sich und beugte sich vor zu dem Streichholz, das Smolka anriß.
»Sie haben sich vorgenommen, nicht zu reden!« sagte Smolka durch die kleine Flamme hindurch. Er blies sie aus, als Sasso-

now an seiner Zigarette zog, und betrachtete den brandgeschwärzten Holzrest, als sei er ein Kunstwerk. »Diskutieren wir nicht darüber. Ich würde an Ihrer Stelle auch stumm wie ein Fisch sein. So sagt man doch, nicht wahr? Der Vergleich hat nur einen Fehler: Fische sind nicht stumm! Sie können Laute von sich geben. Es gibt eine eigene Sprache der Delphine.«
»Delphine sind keine Fische, Herr Oberst.« Sassonow lächelte höflich. »Sie gehören zur Gruppe der Zahnwale und sind somit Wassersäugetiere.«
»Ein Punkt für Sie, Major von Labitz.« Smolka zerbrach den Streichholzrest. »Aber wir haben noch einen Knurrhahn. Ohne Zweifel ein Fisch, ein Triglide, zu den Stachelflossern gehörend. Die Knurrhähne geben Laut und können sogar auf den ersten drei Stacheln ihrer Brustflossen gehen.«
»Der Punkt geht an Sie, Oberst Smolka.« Sassonow saugte gierig an seiner Papyrossa und blies den Rauch langsam von sich, um möglichst viel von dem Genuß zu haben. Es war vielleicht seine letzte Zigarette. Er war nicht nach Moskau gebracht worden, um sich mit dem stellvertretenden Chef der sowjetischen Abwehr über Fischarten zu unterhalten.
Igor Wladimirowitsch schien anderer Ansicht zu sein. Er lehnte sich bequem in den Sessel zurück und gab einen Einblick in seine erstaunlichen Fischkenntnisse.
»Denken Sie an die Aale, Major von Labitz. Sehr reizfähige Tiere«, sagte er und blieb in einem angenehmen Plauderton. »Es ist bekannt, daß ihre Nerven elektrische Stromstöße aussenden können. Man konnte sie sogar messen. Wenn man einen solchen Fisch zusätzlich mit Elektrizität reizt, kommt es zu erstaunlichen Reaktionen. Dann haben wir das, worüber wir jetzt sprechen: Fische bleiben nicht stumm.« Oberst Smolka blinzelte Sassonow zu, als habe er einen Witz unter Männern erzählt. »Ich nehme an, wir verstehen uns über diesen Umweg!«
Sassonow nickte. Eine Bemerkung von Milda Ifanowna fiel ihm wieder ein: »Oberst Smolka gilt als einer der intelligentesten Männer im Geheimdienst. Er liebt vor allem unorthodoxe Methoden. Das heißt: Es gibt bei ihm keine Grenze der Belastbarkeit!«
So wirkte Smolka, wie er gemütlich im Sessel lehnte, durchaus nicht. Er schlug die Beine übereinander in der Manier ei-

nes Mannes, der in einem Boulevardcafé sitzt und die an ihm vorbei Promenierenden spöttisch betrachtet.

»Wollen wir uns nicht einigen?« fragte er höflich.

Sassonow schüttelte den Kopf. »Ich appeliere an Ihre Offiziersehre, Herr Oberst.«

»Im Ernst?«

»Wo sollte da der Witz sein?«

»Wem sind Sie verpflichtet? Ihrem Adolf Hitler? Das wäre ein Witz. Ein deutscher Offizier nimmt einen Irren ernst?«

»Ich habe einen Eid geleistet, mein Vaterland zu verteidigen.«

»Und tun Sie das? Deutschland hat Rußland angegriffen, nicht umgekehrt. Sie haben nicht verteidigt, Sie wollten erobern! Jetzt natürlich, wo Rußland siegt, wo die deutschen Divisionen ausbluten, wo wir sie vor uns hertreiben wie Hammel, jetzt natürlich *müssen* Sie verteidigen! Aber Sie unterstützen nur ein verbrecherisches Regime, weiter nichts. Wie können Sie das mit Ihrer Offiziersehre vereinbaren? Sie sind zum Handlanger eines Verbrechers geworden, der die ganze Welt ins Unglück stürzte! Bitte kein Wort von Gehorsam! Sie sind — auf welchem Wege, das werden wir noch erfahren — bis Perowo gekommen, als Russe getarnt, mit hervorragenden Papieren, um einen Spezialauftrag auszuführen. Sie werden uns das nicht sagen, ich weiß. Sie werden weder Namen noch Hintermänner, noch Kontaktpersonen nennen. Aber halten Sie uns nicht für Hirnlose, die glauben, daß Sie als Einzelkämpfer durch unser Land wandern.« Oberst Smolka schnippte die Asche von seiner Papyrossa. »So ist es, nicht wahr?«

»Kein Kommentar«, sagte Sassonow ruhig.

»Ich stehe immer mit maßlosem Erstaunen vor der deutschen Moral.« Smolka wechselte die Beinstellung und strich seine Hosen gerade. »Wir werden Sie durchleuchten, im wahrsten Sinne des Wortes. Ich weiß nicht, warum — aber Sie sind mir sympathisch, Major von Labitz. Bitte, zwingen Sie mich nicht, Sie in den dritten Keller bringen zu lassen . . .«

Sassonow hob die Schultern. Du bist ein ganz gerissener Hund, Igor Wladimirowitsch, dachte er. Das war eine galant servierte, tödliche Drohung. Der dritte Keller des NKWD war fast schon eine Sage aus der Unterwelt. Die letzte Station . . .

»Sie können das Verfahren abkürzen, Herr Oberst«, sagte Sassonow und schloß wieder die Augen. Die Erschöpfung überflutete ihn und lähmte seine Auffassungsgabe. Der eingekugelte Arm schickte einen ziehenden Schmerz durch den ganzen Körper, das eingeschlagene Nasenbein brannte, geronnenes Blut und die Schwellung machten ein freies Atmen unmöglich. »Ich kann Ihnen kaum noch folgen«, murmelte er ehrlich. »Es war ein anstrengender Tag.«

»Wie lange sind Sie in Rußland?«

»Ich habe kein Gefühl für Zeit und Raum mehr.«

»Wann sind Sie in Perowo eingetroffen?«

»Vergessen! Vielleicht zur Zeit Katharinas der Großen . . .«

Oberst Smolka beugte sich vor. Er lächelte schief. Seine Fragen hackten auf Sassonow ein, der mit geschlossenen Augen auf seinem Sessel schwankte.

»Sie sollten im Kombinat ›Maxim Gorkij‹ sabotieren? Sie wissen, daß wir dort Panzerplatten herstellen. War es Ihre Aufgabe, die Maschinen unauffällig durch hineinmontierte Fehler auszuschalten? Oder galt Ihr Interesse der neuen Stahllegierung für unseren Panzer T 32? Sind Sie im Zivilberuf Ingenieur? Sie sind nicht allein, unmöglich! Wie groß ist Ihre Gruppe?!«

Sassonow schüttelte müde den Kopf. »Fragen Sie einen Kürbis . . . er kann Ihnen mehr sagen als ich jetzt. Gleich falle ich Ihnen zu Füßen und schlafe ein . . .«

»Wir werden morgen weitersehen.« Oberst Smolka nickte dem Major, der noch immer wortlos an der Tür stand, kurz zu. Zwei NKWD-Soldaten kamen ins Zimmer, zerrten Sassonow aus dem Zimmer und führten ihn ab. Er schwankte auf weichen Beinen, wurde von den Soldaten fast weggeschleift und ergab sich ganz dem Zusammenklang von Schmerzen und Erschöpfung.

Der Major sah den Oberst fragend an. Smolka hatte die Unterlippe vorgeschoben und spielte mit einer Papyrossischachtel. Er warf sie in die Luft, fing sie wieder auf und ließ sie über den Tisch hüpfen.

»Lassen Sie ihn ausschlafen«, sagte er dann. »Was wir jetzt auch mit ihm tun könnten — es wäre für ihn eine Erlösung. Aber er soll nicht erlöst werden! Sprechen soll er! Und wenn es nur ein Hauch von Wahrheit ist — er bringt uns weiter!«

Sie brachten Sassonow in eine kleine, fensterlose Zelle in den 2. Keller. Mit einem geradezu seligen Gefühl streckte er sich auf der Holzpritsche aus, zog die dünne graue Decke über seine Füße und spürte eine dumpfe Erschütterung in seinem Kopf. Bevor alles in ihm gelähmt wurde, dachte er noch: Jetzt haben sie mir den Schädel eingeschlagen. Es tat gar nicht weh! Ich danke euch — ihr habt mir die Arbeit abgenommen ...

Daß Tote wiederaufwachen, kennt man aus den gespenstischen Geschichten von Edgar Allan Poe oder liest so etwas in den Zeitungen, wenn Scheintote im Sarg wieder sehr lebendig werden. Für Sassonow war es ein rätselhaftes Ereignis, daß er als Toter noch immer Schmerzen in der rechten Schulter und in seiner Nase spürte, daß er ferne Geräusche wahrnahm und sein Geruchssinn arbeitete — trotz zerschlagenem Nasenbein — und ihm einen muffigen, moderigen Gestank signalisierte. Auch fühlte er, daß er unter einer Decke lag, und hörte das Knacken von Holz, als er sein linkes Bein anzog ... alles Dinge voller Rätsel, denn ein Toter besitzt keine reagierenden Nerven mehr.

Es dauerte ein paar Sekunden, bis Sassonow sich an die Erkenntnis gewöhnte, daß er lebte, auf einer Pritsche lag, in einer dunklen Zelle des NKWD-Gebäudes von Moskau, und daß man ihm nicht den Schädel eingeschlagen hatte. Das war sein letzter Gedanke gewesen, und mit diesem wachte er wieder auf ...

Er lag unter der Decke in völliger Nacktheit. Man hatte ihn während seiner Besinnungslosigkeit ausgezogen und die Kleidung weggebracht. Außer der Decke war nichts in der Zelle, womit er sich bekleiden konnte. Er schob die Beine von der Pritsche, wickelte die Decke um sich und konzentrierte sich wieder auf die einzige Handlung, die ihm übriggeblieben war: Wie töte ich mich selbst?

Irgendwo mußte ein gut funktionierendes Alarmsystem seine Zelle beobachten — die Tür öffnete sich, Lichtschein fiel in den dunklen Raum und erfaßte sofort Sassonows hockende Gestalt. Er blinzelte in die Helligkeit hinein, unterschied drei Personen in Uniform und stand auf.

»Geht es jetzt zur Entlausung?« fragte er. »Ich bin ein sauberer Mensch. Oder hat man in meinem Anzug ein Tierchen entdeckt?«

»Kommen Sie mit!« sagte eine harte Stimme.

»So wie ich bin?«

»Ja.«
Sassonow raffte die Decke, hielt sie mit beiden Händen fest und tappte auf nackten Sohlen hinaus in den Zellengang. Ein junger Leutnant nickte ihm ernst zu, zwei Soldaten flankierten ihn und murmelten das berühmte »Dawai!«. Sie führten ihn sechs Türen weiter, und dort, in einem kahlen Raum mit in grüner Ölfarbe bemalten glatten Wänden, saß Oberst Smolka hinter einem einfachen Holztisch. Ein Stuhl vor dem Tisch war so aufgestellt, daß er zwischen zwei Scheinwerferbatterien stand. Es waren auf jeder Seite vier Stück. Acht starke Scheinwerfer, deren Lichtbündel und Strahlhitze gründlich zermürben konnten. Oberst Smolka zeigte höflich auf den Stuhl, als lade er zu einem gemütlichen Tee ein.
Sassonow blieb hinter der Lehne stehen. Die Scheinwerfer brannten noch nicht; ihre Anwesenheit sollte zunächst nur andeuten, was man von ihnen erwartete.
»Nicht doch, Oberst Smolka«, sagte Sassonow ruhig. »Wollen wir in einem solchen Ton miteinander reden? Es hat doch keinen Sinn! In einem solchen Lichtkasten bekommen Sie mich nur zum Schwitzen — was hätten Sie davon?«
»Wir wissen jetzt schon mehr über Sie, Major von Labitz.« Smolka lehnte sich zurück. Sein väterliches Gesicht wirkte etwas grämlich. »Sie mögen es Heldentum nennen, wenn Sie sich hier zerbrechen lassen. Ich nenne es Wahnsinn! In wenigen Tagen hat die deutsche Front in Rußland aufgehört zu existieren. Dann gibt es nur noch zurückrennende deutsche Soldaten. Unsere Offensive von der Ostsee bis zum Schwarzen Meer ist die größte militärische Aktion, die je in der Kriegsgeschichte der Welt abgelaufen ist. Unsere Übermacht ist erdrückend. Man kann uns nicht mehr aufhalten!«
»Das weiß ich!« sagte Sassonow und setzte sich. »Aber warum Sie das einem nackten Mann erzählen . . .« Er schlang die Decke wieder enger um sich.
»Sie wollen also sterben für einen verlorenen Krieg?«
»Nein! Sie sehen das falsch, Herr Oberst. Man kann Ihnen das nicht verübeln, denn Sie kennen die Situation ja nicht. — Ich habe etwas zu vollziehen, was ich bereits bin: Es gibt mich nicht! Sie wollen von einem Toten Informationen. — Bitte sehen Sie ein, daß so etwas nicht möglich ist. Mit Heldentum oder sturer Pflichterfüllung hat das gar nichts zu tun. Mehr ist nicht zu sagen.«

»Ihre Ansicht!« Smolka legte die Fingerspitzen aneinander und stützte das Kinn darauf. »Wir wissen: Sie sind deutscher Offizier. Wir haben gefunden: in den beiden abschraubbaren Absätzen Ihrer Schuhe einen zusammensetzbaren kleinen Kurzwellensender amerikanischer Bauart. Von diesem Typ hatten wir bisher keine Ahnung — ich gebe es zu. Wir haben ihn ausprobiert, aber wir kennen die Frequenz nicht und nicht ihren Code. Der Sender aber beweist uns: Sie sind nicht allein in Rußland! Sie haben Kontakt zu anderen Spionen oder Saboteuren. Sie gehören einer Gruppe an! Sie waren mit einer Zyankali-Kapsel ausgerüstet — also ist Ihr Auftrag von größter Bedeutung! Absolutes Schweigen! Wir wissen auch noch: Ihre gesamte Kleidung, von den Schuhen über Strümpfe, Unterwäsche, Hemd und Anzug bis zu dem Kamm in Ihrem Rock, dem Tabaksbeutel und den Streichhölzern ist russischer Herkunft. Ihre Papiere sind einwandfrei. Ihr Auftraggeber hat Sie zu einem vollkommenen Russen gemacht! Hinter Ihnen steht also nicht eine begrenzte militärische Aktion, sondern Ihre Aufgabe ist weit gewichtiger!« Oberst Smolka lächelte dünn. »Wir haben ja auch unsere eigenen Erfahrungen mit unseren Spitzenleuten. Irgendwo gleichen sich die Methoden, auch wenn jeder um Modifikation bemüht ist. — Du lieber Himmel, warum sprechen Sie nicht? Denken Sie an das Kriegsende!«
»Für mich ist der Krieg zu Ende!«
»Das stimmt. Sie haben Familie?«
»Eine Frau und ein Kind. Einen Sohn. Noch ein Säugling . . .«
William Heiko, dachte Sassonow. Mein kleiner Junge, jetzt will man mich mit dir erpressen. Ich weiß, was Oberst Smolka jetzt reden wird. Der große Stich in Herz und Gewissen.
Tatsächlich sagte Smolka:
»Ich garantiere Ihnen, daß Sie Frau und Sohn nach dem Krieg in bester Verfassung wiedersehen. Sie werden in ein Offizierslager bei Moskau kommen, in dem Sie Kameraden vom Komitee Freies Deutschland treffen werden. Den General von Seydlitz, um nur einen Namen zu nennen. Offiziere mit Ehrgefühl, die in Stalingrad begriffen haben, daß Ihr Führer Adolf Hitler ein irrer Verbrecher ist.«
»Sie könnten an meinem Ehrgefühl zweifeln, Herr Oberst, wenn ich auf diesem Stuhl hier zum Verräter würde.«
»Sie sind ins Messer gelaufen, Major von Labitz!« Smolka

nickte zufrieden. »Ihre Bemerkung enthält die Wahrheit, daß Sie Ihre Aktion nicht allein ausführen.«

Sassonow schwieg und biß sich auf die Lippen. Ein Fehler! Oberst von Renneberg, ich erkenne Ihre Ansicht jetzt voll an: Bei diesem Einsatz gibt es kein Ausweichen mehr!

»Verfügen Sie über mich!« sagte Sassonow hart und blickte Smolka voll an. »Das ist der letzte Satz, den Sie von mir hören.«

Neun Stunden dauerte die Qual. In einem schalldichten Kellerraum prasselten die Schläge auf Sassonows nackten Körper, legte man ihn auf elektrisch geladene Stahlplatten, rief ihn mit kalten Wassergüssen zur Wirklichkeit zurück, wenn er ohnmächtig wurde, briet ihn zwischen Scheinwerfern, hing ihn mit nach hinten gedrehten Armen an Stricken auf, schnürte seine Hoden mit elastischen Bändern ab, die sich bei Nässe wie Gummi zusammenzogen und einen nicht mehr ertragbaren Schmerz durch den Körper jagten ... Sassonow sagte kein Wort. Wohl schrie er, brüllte seinen Schmerz gegen die grauen Betonwände, unartikulierte Laute, nur noch schrille Töne der Qual, aber wenn man ihn in den Zwischenräumen der Ruhe fragte, gab er keine Antwort.

Nach neun Stunden starb er endlich. Ein Stromschlag war zu hoch berechnet, der zermarterte Körper widerstand ihm nicht mehr. Das Herz zerriß und erlöste Sassonow.

Oberst Smolka verzichtete darauf, den Toten noch einmal zu sehen. In manchen stillen Augenblicken haßte er sein Metier — ein solcher Tag war auch heute. Er saß in seinem Büro, verkroch sich fast in seinem Kunstledersessel und nahm die Vollzugsmeldung stumm entgegen.

Zwei Stunden später fuhr ein unscheinbarer, geschlossener Lastwagen den Leichnam Sassonows in das Krematorium. Er wurde verbrannt, seine Asche streute ein Krematoriumsarbeiter auf ein Blumenbeet, das bewundernswert üppig hinter dem Kesselhaus blühte.

Semjon Tichonowitsch Haller war ein bulliger Kerl und wusch sich gerade unter der Wasserleitung im Flur einer Gemeinschaftswohnung, die er mit vier anderen Familien teilte. Auf jede Familie kamen zwei Zimmer, eine gemeinsame Küche, eine Toilette und zwei Waschbecken, von denen eins in

der Küche, eins im Flur an der Wand hing. Zum Waschen benutzte ein ästhetischer Mensch das Becken im Flur, schon deshalb, weil es nicht jedermanns Geschmack ist, sein Gemüse oder seine Kartoffeln in dem gleichen Becken zu spülen, in dem sich Panteleij Iwanowitsch, der Nachbar, der vom Straßenbau teerverschmiert nach Hause kam, die Füße säuberte. Auch von Semjon Tichonowitsch konnte man nach Rückkehr von der Arbeit nicht eine saubere Haut erwarten; er stand an der riesigen Stahlsäge in einem Walzwerk und kehrte gepudert mit Eisenspänen nach Hause zurück. Im Waschraum des Werkes war zwar der gröbste Dreck abgespült, so richtig sauber aber fühlte er sich erst, wenn er im Flur seiner Wohnung in einem Holzfaß hockte und sich mit einer Wurzelbürste abgeschrubbt hatte.
Semjon Tichonowitsch saß noch bis zum Hals in seiner Holztonne, als sein Töchterchen Wanda Semjonowna die Tür aufschloß, einen fremden Kerl in die Wohnung schob und fröhlich sagte: »Ah! Da ist ja Väterchen! Kommt gerade von der Schicht!« Sie winkte dem nackten Mann zu, schob Iwanow noch näher an das Faß und strahlte geradezu greifbares Glück aus. »Das ist Fjedor Pantelijewitsch . . .«
Semjon Tichonowitsch knurrte etwas Unverständliches, legte die Wurzelbürste auf den Bottichrand und starrte Iwanow an. Er hatte mit seiner hübschen Tochter wenig Ähnlichkeit. Sein Gesicht war breit, von der Arbeit im Walzwerk und der ihn ständig umgebenden Gluthitze ausgedörrt und von schon ergrauenden Haaren umgeben.
»Ich begrüße Sie, Fjedor Pantelijewitsch«, sagte er mit einer rauhen, tiefen Stimme. Dann hustete er, krümmte dabei den Rücken und schluckte den Schleimpfropfen hinunter. »Der Eisenstaub!« sagte er nach einigen tiefen Atemzügen. »Überall ist er! In der Nase, in der Kehle, in der Lunge . . . Selbst wenn ich pinkele, klirrt es!«
Wanda stieß einen Pfiff aus und bekam einen roten Kopf. Semjon Tichonowitsch ließ die Bürste ins Wasser platschen und verzog sein Gesicht zu einem Grinsen.
»Ich bin ihr zu ordinär, mein guter Fjedor Pantelijewitsch. Immer, wenn ich etwas sage, was ich denke oder was wahr ist, pfeift sie. Wie ein Schiedsrichter auf dem Fußballfeld! Abseits! Kümmern Sie sich nicht darum! Woher kennen Sie Wanduschka?«

»Von der Eisenbahn«, sagte Iwanow. Ihm gefiel der muskulöse Mann in dem Holzbottich. — Er war ein Mensch, zu dem man Vertrauen haben konnte.
»Woher?« fragte Semjon verblüfft.
»Wir saßen heute im selben Abteil. In Dubna bin ich zugestiegen. Wir haben geplaudert, und Wanda Semjonowna hatte den Einfall, mich zu Ihnen mitzunehmen.«
»Er ist ein Held!« rief sie, bevor der Vater berechtigterweise fragen konnte, ob sie verrückt geworden sei. »Wie ein Löwe hat er gegen die Deutschen gekämpft. Zeig es Väterchen mal, Fedja!«
Iwanow, an solche Demonstrationen mittlerweise gewöhnt, hob wortlos sein Hemd und zeigte seine imposante Narbe. Semjon betrachtete sie mit sichtbarer Ehrfurcht und kratzte sich mit der Bürste die Stirn.
»So jung und schon ein Veteran!« erklärte Iwanow und stopfte das Hemd wieder in die Hose. »Eine lange Geschichte ist's. Wanda hatte die Idee, mich vielleicht an ihre Baubrigade zu empfehlen, obwohl ich den Auftrag habe . . .«
»Was sie sich vornimmt, das gelingt!« Semjon zeigte mit der Bürste auf Iwanow. »Gehen Sie in die Wohnung, mein Lieber. Ich bin in ein paar Minuten fertig . . .«
Wanda faßte Iwanow unter, schmiegte sich an ihn, was Väterchen Semjon mit zusammengezogenen Augenbrauen verfolgte, und drängte ihn in die Tiefe des langen Flures hinein. Hinter einer Tür mit abgeblätterter grüner Farbe öffnete sich ein mittelgroßer Raum mit zwei Fenstern, der sowohl Küche wie Wohnzimmer, Schlafkammer und offener Kleiderschrank war. An Haken und Nägeln hingen die Kleider der Familie Haller. Eine stofffreie Wand gab Platz für ein Bild von Lenin und einen Buntdruck, der eine Ikone mit einer gütig lächelnden Maria zeigte. An einem Küchenherd, der mit Kohle befeuert wurde, stand eine noch jugendlich aussehende Frau in einem blauen Rock und einer farblosen Bluse, die sich über eine erstaunliche Oberweite spannte. Das braune Haar war zu einem Knoten zusammengedreht.
»Das ist Mütterchen!« sagte Wanda. »Antonina Nikitajewna. Oh, Mama!« Sie rannte auf sie los, umarmte sie, küßte ihr die Stirn und benahm sich wie ein kleines Kind, das erzählen will, es habe endlich entdeckt, was einen Jungen von Mädchen unterscheidet.

»Ich wollte nicht mitkommen!« sagte Iwanow, als er Antoninas kritischen Blick auffing. Wie alle Mütter, musterte sie den fremden jungen Mann, als solle er stückweise verkauft werden. Iwanows sonniges Lächeln und seine blonden Haare stimmten sie nach wenigen Sekunden milder. Im Gegensatz zu ihrem Mann Semjon begrüßte sie Iwanow mit den Worten: »Hat Wanda Ihnen ein Abendessen versprochen?«
»Über eine solche Auszeichnung haben wir nie geredet.«
»Eine Kartoffelsuppe gibt es. Mit Zwiebeln . . .«
»Ein Luxus geradezu, Antonina Nikitischna.« Iwanow lächelte, wie um Verzeihung bittend. »Es wird Probleme geben, habe ich zu Wanduscha gesagt. So einfach daherkommen und sich an den Tisch setzen, als sei man an ihm großgeworden, das geht nicht. Aber sie meinte, alle hier seien freundliche Leute, und ich sei willkommen . . .«
»Das sind Sie!«
Antonina rührte in dem Suppentopf. Es roch gut, Iwanow setzte sich auf einen Stuhl und überlegte, wie man das Problem der Schlafstätten lösen wollte, wenn er wirklich hierbleiben sollte. Semjon, das Väterchen mit dem Muskelrücken, kam herein, nur mit einer Hose bekleidet, das Handtuch um den Hals gelegt, nach Seife mehr stinkend als riechend, denn die Seife, die man jetzt bekam, stank nach Tran, und stellte sich ans Fenster.
»Da sind Sie nun, Fjedor Pantelijewitsch!« sagte er. »Machen Sie es sich gemütlich. Spielen Sie Schach?«
»Welche Frage!« Iwanow hob beide Hände. »Von der Mutterbrust wurde ich abgesetzt ans Schachbrett . . .«
Die Antwort gefiel Semjon Tichonowitsch, er grunzte zufrieden und rieb sich mit dem Handtuch den Nacken trocken. »Von meiner Tochter bin ich viel gewöhnt . . . Dreimal hat sie einen herrenlosen Hund heraufgebracht, zweimal eine Katze, zweimal eine lahmende Taube, und einmal — man muß sich fragen, wo kommt er her, wer kann sich das heute leisten, so ein Vieh zu ernähren?! — einen Papagei! Begreifen Sie das? Einen grün-roten, echten Papagei, der mich anschielt, den Schnabel aufreißt und deutlich ›Du Idiot‹ schreit. Soll ich mich beleidigen lassen? Ha, ich habe alle Tiere in den Zoo gebracht! Und nun hat Wanda Sie hergebracht. Das ist neu — Sie sind der erste Mann, den sie aufliest.«
»Ich bezweifle, daß auch mich der Zoo aufnimmt«, sagte Iwa-

now freundlich. »Ich wollte Wanduscha nicht enttäuschen, deshalb kam ich mit. Ich gehe gleich wieder, ihr Lieben . . .«
»Du bleibst!« rief Wanda sofort. Sie deckte den Tisch mit einem bunt bemalten Porzellan. Das ganze Zimme erschien gleich fröhlicher, wohnlicher und strahlte Gemütlichkeit aus.
»Sie hören es!« Semjon Tichonowitsch warf das Handtuch auf die Fensterbank neben einen Geranientopf, trottete ins Nebenzimmer, nahm ein Hemd vom Haken, zog es über, ließ ungeniert die Hosen herunter, stopfte das Hemd hinein und knöpfte die Hose dann zu.
Es waren gute Menschen, die Hallers. Fleißig, genügsam, patriotisch. Das einzige, worunter sie litten, war ihr deutsch klingender Name. Semjon beteuerte immer, daß er versucht habe, das zu ändern, aber die Behörden sahen die Notwendigkeit nicht ein. Er hatte beantragt, sich Hallow oder Hallerinski nennen zu dürfen, doch sogar die Begründung, er wolle gerade jetzt, wo die Deutschen sein Vaterland überfallen hatten, keinen deutschen Namen mehr haben, wurde mißachtet. Seinem Vorfahren, aus Schwaben eingewandert um 1766 unter Katharina der Großen, fühlte sich Semjon nicht mehr verbunden. Er war Russe und ein guter Kommunist dazu. In der Schule hatte man ihm Schwaben auf der Landkarte gezeigt; der Anblick erzeugte bei ihm keinerlei heimatliche Gefühle. Aber wenn er sonntags im Sommer am Ufer der Moskwa saß und angelte, und in der Ferne schwebten im Sonnenglanz die goldenen Kirchtürme wie eine herrliche Fata Morgana, dann hätte er vor Glück weinen können, dankbar, daß er hier leben durfte.
Die Kartoffelsuppe war etwas dünn. Antonina hatte, des neuen Gastes wegen, noch Wasser hineingeschüttet. Sie saßen rund um den Tisch, löffelten stumm, und Wanda strahlte Iwanow an, daß man meinen konnte, die jetzt schon lastende Sommerwärme müsse noch um einige Grade heißer werden durch diese Blicke. Als der Suppentopf leer war, beendete Semjon das Essen mit einem diskreten Rülpser und streckte die Beine von sich. Wanda räumte ab und ließ Spülwasser in das emaillierte Becken neben dem Herd. Vor den Fenstern glitt der Tag in eine lange Dämmerung hinein. Die Häuser atmeten die Tageswärme zurück; es war schwül und schweißtreibend.

»Schach?« fragte Semjon.
Iwanow nickte. »Aber ja!«
Bis spät in den Abend spielten sie drei Partien, die Semjon gewann. Das machte ihn sehr väterlich und gut gelaunt. Außerdem fragt man nicht, wenn man Schach spielt, und das erschien Iwanow an diesem ersten Abend wichtig. Morgen zerbröselte der Alltag alle lästigen Fragen, und übermorgen hatte man sich an den Zustand gewöhnt, daß Fjedor Pantelijewitsch anwesend war. Mit dem Schlafen gab es keine Schwierigkeiten. Väterchen Semjon lieh sich vom Nachbarn eine Matratze und legte sie in der Küche neben dem Tisch aus. Decken gab es genug, aber es war warm in diesen Juni-Nächten, man brauchte sie ohnehin nicht und war froh, wenn der Körper unbedeckt atmen konnte.
Iwanow lag noch lange wach. Die Tür zum Nebenraum war nur angelehnt. Er hörte Semjon husten, hörte das Flüstern von Antonina Nikitischna und die ebenfalls geflüsterten Antworten von Wanda Semjonowna. Plötzlich dröhnte Semjons Stimme, begleitet vom zischenden »Tss! Tss!« Antoninas: »Soll er hierbleiben?«
»Ja, Väterchen!« antwortete Wanda.
»Du willst damit sagen, daß wir uns an ihn gewöhnen sollen?«
»So ist es. Ich liebe ihn.«
»Sie liebt ihn! Ha! Sagt das so daher! Wieso liebst du ihn?«
»Sprich leiser!« zischte Antonina. »Wenn er das hört . . .«
»Der schläft! Die Augen fielen ihm ja schon zu bei der dritten Partie. Die letzten Züge — wie ein Schwachsinniger hat er gespielt!« Semjon Tichonowitsch ließ einen röhrenden Wind frei — er war kein vornehmer Mensch, der sich so etwas verkneift.
»Wieso liebst du Mama?« fragte Wanda zurück. Semjon schien diese Frage aus dem Gleichgewicht zu bringen. Er wälzte sich in seinem knarrenden Bett und hüstelte wieder.
»Das ist etwas anderes!«
»Wieso?«
»Das Kind kann fragen!« knurrte Semjon. »Ich werde mir das morgen alles genau überlegen . . .«
Iwanow starrte an die gekalkte, fleckige Küchendecke und war zufrieden. Er hatte Moskau erreicht, hatte eine sichere Unterkunft, ein Mädchen liebte ihn, morgen würde er eine Arbeit annehmen. Ohne Schwierigkeiten hatte er sich in das

russische Land eingeschlichen. Ob die anderen neun auch solch ein Glück gehabt hatten? Er dachte intensiv an sie: an den kleinen Plejin, den kritischen Boranow, den Opernliebhaber Kraskin und die Großfresse Petrowskij. In sechs Wochen wissen wir mehr. Dann werden wir uns melden auf der Frequenz von Sassonows Funkgerät. Und dann werden wir uns wiedersehen bei der schönen Milda Ifanowna Kabokowa und auf der Lauer liegen, bis Stalin in greifbare Nähe kommt.
Sie liebt mich, dachte er. Wanda Semjonowna liebt mich ... Zeigen Sie keine Gefühle, hatte Oberst von Renneberg gesagt. Wenn es nötig ist, legen Sie sich mit einer Frau ins Bett. Aber seien Sie nur Körper, schalten Sie Ihre Seele aus! Denken Sie nur an das eine Ziel: Stalin!
Iwanow drehte sich auf die andere Seite und blickte auf die angelehnte Tür zum Nebenraum. Melde, Herr Oberst: Ich liebe Wanda auch! Man kann davor nicht weglaufen, Herr Oberst. Solbreit — Verzeihung — Petrowskij würde mit seiner großen Schnauze sagen: Die Vorbereitungen waren lükkenhaft. Man hätte uns alle auch noch kastrieren müssen. Aber seien Sie beruhigt, Oberst von Renneberg: Die Aktion *Wildgänse* wird planmäßig durchgezogen.
Irgendwann in der Nacht — Iwanow merkte es nicht — öffnete sich lautlos die Tür, und Wanda huschte in die Küche. Semjon schnarchte zum Gotterbarmen; in den Pausen hörte man den pfeifenden Ton von Antonina. Auch Iwanow schlief fest; er lag mit bloßem Oberkörper auf dem Rücken, die Arme ausgebreitet, als sonne er sich.
Wanda kniete neben seiner Matratze, betrachtete ihn mit glücklichen Augen, streichelte ganz vorsichtig über seine weißblonden Locken, beugte sich vor und küßte seine Brust, seinen Magen und die breite Narbe seiner Wunde.
»Du bist so schön ...«, flüsterte sie. »O Fedja — die anderen Weiber werden sich auf dich stürzen wie Wespen auf einen Honigtopf! Ich werde um mich schlagen müssen.«

Ein kleiner, mickriger Kerl war er, der Genosse Bauleiter des Kombinats III für Wiederaufbau. Viktor Leontiewitsch Skamejkin hieß er, hockte in einem Büro am Ende der langen Verwaltungsbaracke und war bei den Weibern seiner Brigade ein gefürchteter Mann. Nicht wegen der Arbeitsnormen, sondern lediglich wegen seines unstillbaren Dranges, jeden Rock als eine Art Vorhang zu betrachten, den man zur Seite ziehen und das darunter verborgene schöne Bild beäugen durfte. Das gab oft zu Mißverständnissen und handgreiflichen Auseinandersetzungen Anlaß, aber ab und zu gelang es Skamejkin doch, ein Mädchen auf seine spitzen Knie zu ziehen und mit der einen Hand oben, mit der anderen tiefer tätig zu werden. Meistens waren Versetzungen zu leichteren Arbeiten die Anerkennung für die Duldung solcher Fingerübungen.

Skamejkin betrachtete Iwanow nicht sehr wohlwollend, prüfte penetrant gründlich die Entlassungspapiere aus der Roten Armee, ließ sich die große Narbe zeigen, weil Wanda unbedingt auf diesem Indiz bestand, und kratzte sich dann die dünne Nase.

»Es ist schwierig!« sagte er mit bedeutungsvoller Stimme. »Fast unmöglich! Sie müssen zentral erfaßt werden, sonst bekommen Sie keine Lebensmittelmarken. Nur wer in der zentralen Kartei des Arbeitsamtes steht, hat ein Recht, zu fressen! Das schützt uns vor den Banditen, die sich überall drücken, aber trotzdem einen Bauch vor sich hertragen! Das Arbeitsamt aber weist Sie zu — ob nun gerade zu unserer Brigade, das weiß der Himmel! Wünsche können Sie natürlich äußern, aber sie werden natürlich auf gar keinen Fall erfüllt, weil sie geäußert wurden! Hinter jedem Wunsch steckt eine krumme Hoffnung . . . Mißtrauische Genossen sind das auf den Ämtern, Fjedor Pantelijewitsch! Man wird Sie also einweisen, wo Sie notwendig sind, vielleicht beim Schienenbau oder an der Moskwa-Regulierung, was weiß ich! Aber bei uns? Wir haben keinen Mangel.«

»Wir brauchen Einschaler!« sagte Wanda laut. »Vitja — nur einen Vermerk in die Papiere . . .«

Skamejkin rollte mit den Augen und seufzte. Wenn ihn jemand weiblichen Geschlechts statt Viktor zärtlich Vitja nannte, klopfte es in seinem Unterleib, und er wurde zugänglicher. Er beugte sich auch jetzt noch einmal über Iwanows Papiere, starrte die vielen Stempel an und traute sich kaum, das imposante Bild durch seine Anmerkung zu verunzieren. Schließlich schrieb er scheu an den Rand: »Wird angefordert für die Baubrigade — Aufbaukombinat III, Moskau Innenstadt, als Betonschaler . . .«, und schob alles zu Iwanow zurück.

»Aber zum Arbeitsamt müssen Sie trotzdem!« sagte er sehr dienstlich. »Zement, Sand und Bretter kann man nicht fressen! — Gehen Sie hinaus! Nein, nicht Sie, Iwanow. Sie, Wanda Semjonowna.« Er wartete, bis Wanda zögernd und mit fragenden Augen das Büro verlassen hatte, und winkte dann Iwanow näher an den Tisch. »Saufen Sie?«
»Sehe ich so aus, Viktor Leontiewitsch?«
»So war es nicht gemeint. Jeden Monat bekommt die Brigade eine Sonderzuteilung Wodka. Als Anerkennung, daß wir bei Wind und Wetter . . .« Skamejkin grinste mit seinen schmalen, bleichen Lippen. »Es könnte ja sein, Fedja, daß Sie sich vor Alkohol schütteln! Daß Ihnen der Ekel in der Kehle zuckt! Daß allein der Geruch Sie schwindlig werden läßt. In diesem Fall könnte man sich einigen . . . Ich möchte nicht, daß Sie uns krank werden.«
»Jeder die Hälfte, Genosse«, sagte Iwanow und blinzelte Skamejkin wie einem alten Verschwörer zu. »Ich liebe den Duft von Wodka. Aber weil wir uns so gut verstehen: die Hälfte also.«
»Ich denke, Sie lieben Wanduschka?«
»Anders als Wodka.«
»Wie anders? Wie denn?« Der kleine, mickrige, geile Skamejkin beugte sich über den Tisch. »Wie ist das mit ihrer Liebe? Wie macht sie es? Von Freund zu Freund, Fedja: Vertrauen Sie mir eine kleine Einzelheit an . . .«
Es kann nicht schaden, dachte Iwanow. Skamejkin hat einen Schlüsselposten inne — so widerlich er ist, so wichtig ist er auch. Eine Kumpanei mit ihm ist wie eine Tarnkappe. In meinem Fall.
»Sie pustet!« sagte er leise und geheimnisvoll. Skamejkin zuckte im Stuhl zurück. Seine Nase blähte sich.
»Was tut sie?«
»Sie pustet! Im richtigen Augenblick spitzt sie die Lippen und bläst einem ins Gesicht. Es ist, als entweiche aus ihr alle Luft.«
»Phantastisch!« stotterte Skamejkin und wischte sich über die Stirn. »Sie pustet! Man lernt nie aus, Fedja! Ein Rätsel bleiben sie immer, diese Weibchen! Wanduschka pustet, haha! Ich glaube, Genosse Iwanow, wir werden uns gut aneinander gewöhnen.«
Später fragte Wanda Semjonowna neugierig: »Was wollte er noch von dir?«

Iwanow machte eine wegwerfende Handbewegung. »Er wollte wissen, ob ich noch gute Papyrossi aus Armeebeständen habe.«
»Hattest du?«
»Nur noch drei. Ich habe sie ihm geschenkt.«
»Das ist gut, Fedja! Das war klug. Jetzt mag er dich leiden!«
Sie hakte sich bei ihm unter und zog ihn mit. Sie trug schon ihre Maurerkleidung, mörtelbespritzte blaue Hosen, dicke Schuhe, einen Pullover und ein Halstuch. Die Haare hatte sie unter einem Kopftuch verborgen. »Komm mit! Ich zeige dir die Baustelle.«
»Im Kreml?« Iwanow atmete ganz langsam, obwohl sein Herz heftig zu klopfen begann. »Die Wachen werden mich sofort verhaften!«
»Dich doch nicht, Fedja! Wir fahren mit einem Materialwagen! Den kennt jeder von den Wachen. Den lassen sie ohne Kontrollen durch.«
»So einfach ist das?«
»Hast du gedacht, man muß sich ausziehen und darf nur nackt in den Kreml?« Sie lachte und küßte ihn auf die Backe.
»So ähnlich.«
»Aber warum denn? Wegen Stalin? Stalin hat keine Angst!« Sie sah ihn mit plötzlich leuchtenden Augen an. »Stalin ist unverwundbar! Und wir von der Brigade sind seine treuesten Freunde . . .«
»Das sind wir!« sagte Iwanow und legte den Arm um Wandas Hüfte. »Bekommt ihr ihn manchmal zu sehen?«
»Fast jeden Tag! Einmal hat er zu mir ins Gerüst hinaufgerufen: ›Wirst du nicht schwindelig?!‹ Und ich habe zurückgerufen: ›Jetzt plötzlich, wo ich Sie sehe, Genosse Generalissimus . . .‹ — Seitdem grüßt er mich immer, wenn er mich erkennt.«
Iwanow schwieg. Eine seltsame Kälte durchzog ihn, was ihn sehr betroffen machte. Er begriff plötzlich, daß von den zehn vielleicht nur er es sein würde, der Stalin so nahe gegenüberstand, daß ein Schuß oder eine Handgranate die Weltgeschichte verändern konnte. Vielleicht morgen schon, lange vor dem geplanten Zusammentreffen mit den anderen? Lange vor jedem gezielten Einsatz . . . Welch ein Witz: Stalin steht unten am Baugerüst, und in dieses Gesicht hinein kann man den Tod werfen. Auch den eigenen.

»Woran denkst du?« fragte Wanda. Iwanow lächelte sie an und küßte ihr flatterndes Haar.
»Ich habe Sehnsucht nach dir«, sagte er leise. »Wie soll ich dir das erklären?«
»Nachher, Fedja.« Sie lehnte den Kopf an seine Schulter und seufzte. »In der Mittagspause. Im Magazin, hinter den Kalksäcken, sieht uns keiner.«

Der beste Platz, wo ein Mensch nicht auffällt, ist unter vielen Menschen. Im Gewimmel um den Belorussischen Bahnhof und auf dem riesigen Platz davor mit dem Gorki-Denkmal fühlte sich Piotr Mironowitsch Sepkin am sichersten. Er umkreiste den Platz, sah in die Lesnaja uliza hinein und wagte es dennoch nicht, bis zu Mildas Wohnung zu gehen. Es wäre auch gegen alle Planungen gewesen. Jeder der zehn sollte sich in Moskau zunächst einen eigenen Platz suchen und erst mit Milda Ifanowna zusammenkommen, wenn sie alle zu sich rief. So kehrte Sepkin zum Bahnhofsvorplatz zurück, reihte sich in die Masse der Genossen ein, die an den Wänden lehnten, Zeitungen lasen oder nur, geduldig vor sich hin stierend, auf irgend etwas warteten. Und wie er, die *Prawda* in den Händen, das laute Leben um sich beobachtete, fragte er sich, ob man wohl im Führerhauptquartier wußte, wie normal das Leben hier in Moskau verlief. Wären nicht die Schaufenster der Geschäfte leer gewesen, und hätten nicht lange Menschenschlangen vor Bäckereien oder Milchgeschäften gestanden — in Moskau hätte man vom Krieg nichts mehr bemerkt. — Die U-Bahnen waren überfüllt, und aus den Eingangsschächten quollen die Massen heraus. Die wenigen Straßenbahnen und Omnibusse bewältigten kaum den oberirdischen Verkehr. Überall wurde gebaut, ganze Häuserblocks riß man ab und errichtete auf den Grundstücken die monumentalen Wohn- oder Geschäftspaläste in einem eigenen Stil, den Stalin selbst entwickelt hatte: Bauten, die Rußlands unsterbliche Größe dokumentieren sollten. Moskau: die schönste und modernste Stadt der Welt!
Von einem unerschütterlichen Lebenswillen war diese Stadt erfüllt. Sepkin spürte es überall: Der Krieg war für Moskau vorüber. Die deutsche Gefahr gab es nicht mehr. Die Angst, die deutschen Armeen könnten ihre Siegesparade auf dem

Roten Platz vor dem Kreml abhalten, war absurd geworden. Nie hatte ein deutsches Heer seinen Marschtritt durch Moskaus Straßen dröhnen lassen — und nie würde das in Zukunft möglich sein. In diesen Monaten war die Unbesiegbarkeit Rußlands dokumentiert worden. Sie galt bis zum Weltuntergang. Erst wenn die Erde auseinanderbrechen würde, gäbe es auch kein Rußland mehr. Von Menschenhand war es nicht zu zerstören.
Sepkin begriff das, als er für fünf Kopeken eine Fahrkarte für die U-Bahn kaufte und vier Stunden lang unter Moskaus Erde herumfuhr. Das neue Weltwunder, wie man die U-Bahnhöfe nannte, faszinierte auch ihn. Die Station Ploschtschad Revoljuzii mit ihren achtzig Bronzefiguren, die die Revolution feierten, die Stationen Kropotkinskaja, Kiewskaja, Lermontowskaja und Nowoslobodskaja mit ihren prunkvollen, an Schloßhallen erinnernden Bahnsteigen, jedes Gewölbe mit einem anderen Marmor verkleidet — Piotr Mironowitsch erging es nicht anders als den Bäuerlein aus dem Hinterland, die zum erstenmal durch die Säulenkolonnade einer Station tappen und nicht begreifen können, daß eine so prunkend schöne Halle nichts anderes sein soll als ein Bahnhof für alle sowjetischen Bürger. Er stieg an jeder Station aus, wanderte durch die Marmorpracht, stieg in den nächsten Zug wieder ein und fuhr bis zum nächsten Bahnhof. Er ließ sich auf der Kozewaja-Strecke rund um Moskau fahren, stieg dann um und klapperte die Bahnhöfe der berühmten Kirowsko—Frunsenskaja-Strecke ab, wechselte dann am Prospekt Marxa auf die Gorkowslo—Samoskworezkaja-Strecke über und stieg auf der Station Belorusskaja wieder an die Oberfläche.
Es war Abend geworden. Moskau lag dunkel unter einem fahlen, warmen Himmel. Wenn auch die Deutschen für die Moskauer keine Gefahr mehr waren — die Verdunkelung blieb bestehen. Und dies, obwohl man es für ausgeschlossen hielt, daß deutsche Flugzeuge über Moskau erscheinen könnten, nachdem man in den letzten Monaten gesehen hatte, daß etwas geradezu Unbegreifliches geschehen war: Die sowjetische Luftflotte hatte die Lufthoheit wiedererobert. Die gefürchteten deutschen Bombergeschwader gab es nicht mehr, die entnervenden *Stuka*-Angriffe waren nur noch Alpträume aus ferner Zeit, die schnellen Jagdbomber der Deutschen wurden schon beim Anflug abgefangen und weggedrängt. Der

Luftraum über Moskau war frei — so frei, wie in absehbarer Zeit das ganze Land sein würde. Wer fürchtete sich noch vor den Deutschen? In ein paar Tagen würde man sogar über sie lachen; wie die Hasen würden sie vor den donnernden Reihen der T 34 herlaufen oder sich in Erdlöchern verkriechen, wo man sie 'rausholen würde wie Regenwürmer. Geduld, Genossen, nur noch ein wenig Geduld! In diesem Jahr 1944, merkt euch das, wird die Weltgeschichte umgeschrieben werden. Weltgeschichte? Vergeßt dieses Wort! Es wird von jetzt ab nur noch Russische Geschichte heißen, denn die Welt wird Rußland heißen.
Sepkin pilgerte die breite Gorkistraße hinunter, vorbei an den alten Nobel-Hotels Lux und National mit ihren reichverzierten Fassaden, ging über den Swerdlow-Platz und blickte hinüber zum Kreml. Dann umkreiste er das Bolschoi-Theater, wanderte zur Gorkistraße zurück und suchte ein Lokal, wo er etwas essen konnte. Er entschied sich für das Restaurant *Baku* in der Uliza Gorkowa 24, aber hier kam er nicht weiter als bis in den Vorraum. Dort stand ein großer finsterer Mensch, musterte ihn, als habe Sepkin schon beim Eintritt einen unerwünschten Gestank verbreitet, und wedelte mit seinen riesigen Händen.
»Besetzt!« sagte er grollend. Das war glatt gelogen, denn Sepkin sah durch eine Scheibe, daß das Lokal fast leer war. Ein paar Offiziere der Roten Armee hockten herum und stocherten lustlos in einem Gemüsebrei.
»Ich habe Marken!« sagte Sepkin und klopfte gegen seine Brusttasche. »Lieber Bruder, ich komme von weit her und möchte mich in Moskau heimisch machen. Aber wenn schon gleich beim ersten Versuch ›Besetzt‹ gebrüllt wird . . .«
»Besetzt!« sagte der finstere Mensch stur.
»Ich sehe genug leere Tische . . .«
»Hebe dich hinweg!« sagte der Mann mit den riesigen Händen. »Heute ist eine geschlossene Gesellschaft da! Begreifst du das endlich! Kein Publikumsverkehr! Geladene Gäste! Dreh dich um und drück die Tür auf!«
Sepkin verzichtete auf weitere Diskussionen und verließ das *Baku.* Er schlenderte die Uliza Gorkowa wieder hinunter, Richtung Kreml, blieb vor dem Hotel *National* stehen und betrachtete die großen, verhängten Fenster. Nach einigem Zögern betrat er den Eingang zum Restaurant, wühlte sich durch

einen schweren, lichtabdichtenden dunkelroten Filzvorhang und stand in dem großen Speisesaal. Alle Tische waren besetzt, aber für einen echten Russen ist das kein Hindernis. Ein Russe sitzt sowieso nicht allein an einem Tisch, sondern nur in Gemeinschaft, denn nur ein voll besetzter Tisch mit wartenden Genossen lockt einen Kellner herbei. Ein einzelner, der einen ganzen Tisch für sich allein hat, ist für das Personal einfach nicht vorhanden. Die Würde eines Kellners verbietet es, einen einzelnen zu bedienen; er ist für die Allgemeinheit da. Hier, im Hotel *National,* gab es längst keine Kellner mehr. Vier mürrische Mädchen, davon eine so dick, daß sie mangels Platz zwischen Händen und Busen nur jeweils einen Teller tragen konnte, standen herum, betrachteten die Gäste als persönliche Beleidigung und Beschneidung ihrer Freiheit und sahen auch Sepkin mißmutig entgegen, wie er durch die Tische drängte und den einzigen noch freien Platz am Tisch 23 besetzte. Das bedeutete, daß man nun Tisch 23 bedienen mußte.
»Welch ein warmer Abend!« sagte Sepkin zu seinen Tischnachbarn, die ihn mit einem Nicken willkommen hießen. Es waren Fremde, Mitglieder einer Parteidelegation aus Buchara, die, mit Sondermarken ausgerüstet, neugierig auf das warteten, was man dafür zu essen bekam.
Das Mädchen, das Tisch 23 bediente, sah Sepkin böse an, strich die Essenmarken ein und verkündete: »Heute gibt es eine Pochljobka . . .«
»Oh, das ist gut!« Sepkin klatschte in die Hände. »So eine dicke Suppe füllt den Magen. Was können Sie uns noch anbieten, Schwesterchen?«
Das Mädchen schürzte die Lippen, ihr Blick verriet, daß sie Sepkin für einen entlaufenen Idioten hielt, aber sie antwortete doch mit schleppender Stimme: »Eine Rybnaja Soljanka . . .«
Das ist nun etwas ganz besonders Feines, wenn man es in Friedenszeiten ißt. Eine pikante Fischsuppe ist's; in der Fischbrühe gart man grüne Gurken, Kapern, Tomaten, Zwiebelringe, Zitronen, Oliven und Petersilie, und natürlich Fischstückchen, in die man Gewürze hat einziehen lassen. Dazu gibt es mit Quark gefüllte Blätterteigtaschen und Schwarzbrot mit Senf und Salz. Liebe Freunde, ist das ein Schmatzen, wenn man solch eine Rybnaja vor sich stehen hat! Dann lobt man Gott, daß er den Magen als einen dehnbaren Sack geschaffen hat!

Jetzt aber war 1944, und Krieg war es, und Stalin hatte gesagt, daß man mit vollen Bäuchen und dicken Ärschen keinen Großen Vaterländischen Krieg gewinnen könne, genau wie drüben die Deutschen, denen man zurief: »Brot oder Kanonen?« und die aufjubelten »Kanonen!« obgleich ihnen der Hunger in den Därmen röhrte. So war es logisch, Genossen, daß alle, die für eine hervorragende Fischsuppe sorgen mußten, verhindert waren. Die Bauern, die Zwiebeln, Tomaten und Gurken ziehen sollten, lagen den Deutschen gegenüber; Zitronen und Oliven kamen erst gar nicht bis Moskau, denn die Eisenbahnen mußten Munition befördern, und die Fischer, die Fische fangen mußten, trugen ebenfalls Uniformen, waren drauf und dran, Berlin zu erobern. Wie also — frage ich — soll da eine gute Rybnaja Soljanka entstehen?
Was auf den Tisch kam, war ein Gefräß aus Wasser, in dem einige Stückchen herumschwammen, die zwar nach Fisch rochen, aber wie Gummi schmeckten. Heiß war die Suppe, das muß man zur Ehre der Küche feststellen; sie dampfte wie in Friedenszeiten, und Schwarzbrot gab es auch, eine dünne Scheibe, glitschig, nicht durchgebacken, aber schon beim Senf hockte der Krieg wieder am Tisch, denn Senf gab es nicht.
Die Parteidelegation aus Buchara starrte betroffen in die Fischsuppe und sah dann Sepkin an. Es war offensichtlich, daß man auch noch 1944 in der Usbekischen Sowjet-Republik angenehmer essen konnte. Dort, im Serawschantal der Wüste Kysylkum, gab es noch Hammelfleisch in Fülle, und ohne Essenmarken. Und die Fische, die man aus den spärlichen Bächen holte, waren zwar klein, aber sie schmeckten nach Fisch, so wundervoll zart, daß man sie sogar roh essen konnte.
»Der Magen wird voll, das ist die Hauptsache«, sagte Sepkin und löffelte seine Fischsuppe. Er polkte das glitschige Brot in die Brühe, ließ es aufquellen und trank dazu eine Flasche Narsan, das ist ein geschmackloses Mineralwasser.
Während er seinen Bauch mit so viel Flüssigkeit füllte, dachte er intensiv darüber nach, wo er die erste Nacht in Moskau verbringen sollte. Es gab da einige Möglichkeiten. Man konnte sich zum Beispiel bei der Miliz melden und sagen: »Genossen, hier bin ich! Aus der Armee entlassen, soll ich mich in Moskau melden. Das ist gut befohlen — aber wo soll ich mich hinlegen? Kann man mir ein Hotelzimmer geben? Nein! Gibt es hier Lagerstätten für Durchreisende? Wie kann ich das

wissen? Meine Lieben, ratet mir. Ich bin müde, und morgen soll ich einen guten Eindruck machen, wenn ich mich beim Natschalnik melde.«
Man könnte sich auch an die Behörden wenden, aber die hatten ihre Büros längst geschlossen. In einer so warmen Nacht wie heute konnte man auch am Ufer der Moskwa schlafen, im Gras liegend, vom Murmeln der Flußwellen in den Schlaf gewiegt. Oder man lief kreuz und quer durch Moskau, klapperte alle Hotels und Zimmervermittler ab und bekam so die Nacht herum mit der Suche nach einem Bett, das man am Morgen nicht mehr brauchte. Es ist schon eine Strafe, meine Lieben, als Fremder und ohne gütige Verwandte oder Bekannte nach Moskau zu kommen. Wie ein Ausgestoßener fühlt man sich. Ein Bett will er haben, in Moskau so einfach ein Bett, wo er sich langstrecken und schnarchen kann? Hört ihn mal an: strolcht da so einfach in die Stadt und glaubt, aus jedem Fenster hingen einladend die Kissen. Erwartet vielleicht auch noch ein Weibchen, das ihm die Hosen auszieht?!
Sepkin bezahlte die erstaunliche Fischsuppe, wünschte der Delegation aus Buchara noch viele schöne Tage in Moskau, was die Genossen mit einem scheelen Blick erwiderten, und trat wieder hinaus auf die Uliza Gorkowa. In einem Neubau könnte man schlafen, dachte er sich. Eine gute Idee ist das. So ein halbfertiges Haus hat den Vorteil, daß sich niemand dafür interessiert. Die Bauarbeiter kommen morgens zu einer Zeit, wo man längst schon wieder unterwegs ist, und sollte es regnen, hat man ein paar Betondecken über sich und kann sich genußvoll räkeln, während draußen das Wasser gegen die Wände klatscht. Entschließen wir uns also für einen Rohbau, Piotr Mironowitsch. Es ist ja nur eine Nacht. Ab morgen werden die Genossen vom Zentralen Arbeitsamt für dich sorgen ...
Er bog von der breiten Uliza Gorkowa ab, wanderte durch die Stanislavskogo uliza zur breiten Allee der Gercena uliza und erreichte hier den Nikitskije-Vorota-Platz, einen der Drehpunkte der großen Ringboulevards, neben der U-Bahn, dem Kreml und dem Gorkipark für Kultur und Erholung, dem Stolz der Moskauer.
Hier, an der Ecke der Kacalova uliza, fand Sepkin den Neubau, den er suchte. Ein hohes Verwaltungsgebäude, dem monumentalen Denkmal Alexander Tolstois gegenüber, noch

von Gerüsten eingeschalt, umgeben von Baracken und Steinhaufen, Sandbergen und Mischmaschinen. Ein imposantes Haus, dem nachts jeder aus dem Wege ging — aus Angst, irgend etwas könne ihm auf den Kopf fallen.
Sepkin wurde von diesen Besorgnissen nicht geplagt. Er kletterte über die Baumaterialien, tastete sich in die weite, dunkle Höhle des Rohbaues hinein, fand eine breite, aus Beton gegossene Treppe in die Kellergeschosse und entschied sich für den ersten Keller als Schlafraum. Von hier aus konnte man schnell und ungesehen wieder verschwinden, wenn der Morgen graute und bevor die Bautrupps das Gebäude besetzten. Eine Nachtwache gab es nicht, obgleich sie eigentlich notwendig sein sollte. Wieviel wertvolle Dinge lagen hier herum! Schon ein einziger Sack mit Zement ist ein Kapital in diesen schlechten Kriegszeiten. Und dann die Nägel, Schrauben, Moniereisen, zu Körben gebogene Eisenstäbe, fertig zum Ausgießen als Fenstersturz, die Holzkeile, Schalbretter, Gerüstketten und Haken . . . Es war unverständlich, daß nicht dauernd Patrouillen um den Neubau kreisten und Interessenten wie Ratten verjagten.
Die Moskauer sind brave Genossen, dachte Sepkin. Er setzte sich auf den Betonboden, lehnte sich gegen die Wand und schloß müde die Augen. Seid gelobt, liebe Brüder. Eure Ehrlichkeit verschafft mir ein Ruheplätzchen. Nun sei ein gut trainierter Mensch, Piotr Mironowitsch, programmiere dich und deine innere Uhr auf das Morgengrauen und ziehe die Mütze des Schlafes über dich. Der nächste Tag wird anstrengend werden.
Er nickte ein, von der wohltätigen Stille seines Kellers umhüllt, und wäre wohl in tiefen Schlaf versunken, wenn er nicht plötzlich über sich ein Poltern und laute Stimmen gehört hätte. Er schrak hoch, sprang auf die Beine, erreichte mit einigen großen Sprüngen den schützenden Bogen der Treppe, patschte durch Wasserlachen und trat auf ein Brett, das hochschnellte und schmerzhaft gegen sein Bein prallte.
Über ihm, in dem großen Raum, von dem die Kellertreppe herunterführte, schrie eine helle Stimme auf. Dröhnendes Gelächter antwortete ihr, aber der Schrei der Frau war durchdringender, herausgestoßen aus tödlicher Angst. Sepkin hörte es jetzt deutlich: Über ihm schrie jemand um Hilfe, dem das Kreischen als einzige Waffe geblieben war.

Lassen Sie sich nie provozieren, hatte Oberst von Renneberg gesagt. Blicken Sie von allem weg, was Sie nichts angeht. Kümmern Sie sich nur um sich und Ihre Aufgabe; alles andere gibt es für Sie nicht! Weichen Sie allen Situationen aus, in denen man Ihnen mehr Aufmerksamkeit schenken könnte, als Sie gebrauchen können. Kommen Sie zum Beispiel nie auf den Gedanken, einen Ertrinkenden zu retten; man wird Sie feiern, und das kann später für Sie tödlich sein. Verstehen wir uns?

Aber Sie haben nicht an eine Frau gedacht, die um Hilfe schreit, Herr Oberst . . . Sepkin schlich zu den Treppenstufen. Wenn Sie das hören könnten . . . diese Angst, dieses »Hilfe! Hilfe!«, diese Verzweiflung! Das soll man ertragen können, feig in eine dunkle Ecke gedrückt?

Er rannte dieTreppe hinauf und sah schon auf den letzten Stufen, die er wie zum Sprung nahm, daß nur mit seinem vollsten Einsatz etwas zu retten war. Zwei betrunkene Rotarmisten hatten ein Mädchen in den Rohbau gezerrt und bemühten sich nun, ihm die Kleider vom Leib zu reißen. Einer hielt das Mädchen von hinten umschlungen, und während die Überfallene sich mit Tritten und Umsichschlagen wehrte und immer wieder hell um Hilfe schrie, hatte der vor ihr stehende Soldat bereits seine Hose auf die Stiefel fallen lassen, hüpfte mit seinem aufrecht stehenden Pfahl hin und her und hatte ihr gerade mit beiden Händen das Vorderteil des Kleides zerrissen.

»Wie sie sich ziert!« brüllte der Kerl, der das Mädchen von hinten festhielt. »Einen Arsch hat sie, nicht zu ersetzen durch zehn Nonnen!« Er lachte meckernd, griff um ihren Leib herum und drückte sie an sich. »Ignat, pack sie an den Haaren, zieh sie nach vorn, ich bin in der richtigen Stellung! Wirst du wohl stillhalten, Luderchen! Ha, ist das eine Hexe! Sollte dankbar sein, in so schlechten Zeiten so viel Fleisch zu bekommen! Ignat, zieh sie nach vorn! Sei still, du Teufelchen! Soll ich dich würgen? Hast du's noch nie gemacht? Wer glaubt dir das?«

»Hilfe!« schrie das Mädchen und trat wieder nach dem Soldaten. Der brachte seinen nackten Unterkörper in Sicherheit, schlug ihr ins Gesicht und mußte in seiner Trunkenheit mehrmals zugreifen, ehe er ihr Haar erwischt hatte.

Es war der Augenblick, in dem Sepkin eingriff. Eine helle Juni-Nacht war es, im bleichen Licht erkannten seine an die

Dunkelheit gewöhnten Augen jede Einzelheit. Wie ein riesiger Vogel kam er über die beiden Rotarmisten, seine Faust knallte dumpf gegen die Schädel, sein rechtes Knie stieß er mit aller Kraft in Ignats Unterleib. Aber den packte der Schmerz nicht mehr ... von den Fausthieben betäubt, fiel er um und schlug auf den Betonboden. Nur sein Unterbewußtsein signalisierte den wahnsinnigen Stich in den Hoden und erzeugte ein dumpfes, aus der Tiefe der Brust hervorquellendes Grollen.

Der Soldat hinter dem Mädchen, am Kopf getroffen, aber noch nicht außer Gefecht, stieß sie zur Seite und duckte sich. Aber Sepkin war schneller. Seine Handkante traf wie ein Beilhieb die Schläfe des Betrunkenen. Lautlos, wie erstarrt, fiel der Rotarmist um. Es klatschte und klirrte, als er auf dem Betonboden landete.

Das Mädchen war zurückgewichen, drückte sich gegen die Wand und starrte Sepkin mit weit aufgerissenen Augen an. Ihr schmales, fast noch kindliches Gesicht schien sich in wilden Zuckungen aufzulösen.

»Nicht schreien!« sagte Sepkin und rührte sich nicht von der Stelle. Seine Stimme hatte den besänftigenden Klang, mit dem man einen fletschenden Hund anspricht. »Es ist alles vorbei. Es ist alles gut! Nicht mehr schreien. Haben Sie keine Angst mehr ... ich bin bei Ihnen ...«

»Wo ... wo kommen Sie plötzlich her?« Ihre Stimme zitterte. Jetzt weinte sie auch, umfaßte mit beiden Händen ihren Kopf und drehte sich zur Wand.

»Ich habe draußen Ihren Hilferuf gehört. Zufällig kam ich vorbei. Wie kann ich Ihnen weiterhelfen?«

»Ich — ich möchte weg — sofort weg von hier ...« Sie warf sich herum, raffte das zerrissene Kleid über ihrer Brust zusammen und wagte es doch nicht, über die vor ihr liegenden beiden Soldaten hinwegzutreten. »Wenn — wenn sie wieder aufwachen ...«

»Das kann man verhindern.« Sepkin bückte sich und vertiefte die Betäubung durch zwei neue Handkantenschläge. Als er sich wieder aufrichtete, sagte er: »Vorbei. Wir haben Ruhe.«

»Sie haben sie getötet?« fragte das Mädchen. Vor Entsetzen biß es sich in die Faust.

»Ich glaube nicht.«

»Sie glauben ... Und wenn?«

»Wir sollten hier keine theoretischen Überlegungen anstellen.« Sepkin bot ihr seine rechte Hand. »Kommen Sie. Haben Sie Vertrauen. Ich bringe Sie nach Hause, Genossin.«
Sie nickte, stieg über die beiden Betäubten, ohne seine Hand zu berühren, aber sie gab ihr offenbar die Kraft, sich zu bewegen und zum Ausgang des Hauses zu schwanken. Sepkin folgte ihr und blieb draußen neben einer umgekippten Mörtelkarre stehen. Das Mädchen ging weiter bis zu einem Stapel Steine und drehte sich dort um. »Kommen Sie nicht mit?« fragte es mit etwas festerer Stimme.
»Natürlich . . .«
»Sie haben mir das Leben gerettet.«
»Wohl kaum. Die beiden wollten alles andere von Ihnen, nur nicht Ihr Leben.«
»Sie hätten mich totschlagen müssen, um es zu erreichen!«
»So viel wert ist Ihnen das?« Er griff in die Jackentasche, zog eine Schachtel mit Papyrossi heraus und hielt sie dem Mädchen hin. Es schüttelte den Kopf und blickte ängstlich auf das riesige, halbfertige Haus.
»Man hat nur ein Leben, Genossin.«
»Wir sollten von hier weggehen, bevor sie wieder aufwachen. Es sei denn, sie wären tot . . .«
»Das kann man nie so genau sagen.«
»Sie können fürchterlich zuschlagen.«
»Es ist ein Trick dabei. Wir haben es von den Chinesen gelernt.«
»Sie waren schon in China?«
»Nein. Wäre nicht Krieg — ich wäre aus meinem Heimatort wohl nie herausgekommen. Kennen Sie Nowo Karpyrdak? Natürlich nicht. Wer kennt es schon? Am Fuße des europäischen Urals liegt das Nest, am Flüßchen Jurjuzaw. Die nächste größere Stadt ist Perm. Aber der Krieg hat uns weit herumgetrieben.« Er kam auf sie zu, und sie wich nicht vor ihm zurück. Die Andeutung eines traurigen Lächelns überhauchte ihr Gesicht. Mit der rechten Hand hielt sie das zerrissene Kleid zusammen, mit der linken fuhr sie sich durch das zerzauste, dunkelblonde, volle Haar. »Wo kann ich Sie hinbringen, Genossin?«
»Ich heiße Jelena Lukinischna Puschkina«, sagte sie und seufzte dabei, als fiele damit der letzte Schrecken von ihr ab.
»Piotr Mironowitsch Sepkin.«

»Sie waren sehr mutig, Piotr Mironowitsch.«
»Sie haben auch laut genug geschrien, Jelena Lukinischna. Was bleibt einem Mann da anderes übrig?«
Plötzlich lachten sie . . . scheu, verhalten, mehr nach innen, befreiend, erlöst und dankbar. Sie suchten sich einen Weg zwischen Steinhaufen und Sandbergen, liefen um den Neubau herum und hielten erst auf der Uliza Alekseja Tolstogo an, wo sie sicher waren, nicht mehr von den beiden betrunkenen Rotarmisten verfolgt zu werden — sofern die noch leben sollten.
Jelena blickte an sich herunter und drückte sich schamhaft in eine Haustürnische. Sie nestelte an ihrem Kleid, aber der Stoff war über ihren Brüsten so zerfetzt, daß auch ein Zusammenraffen nichts mehr half. Außerdem hatte der andere Soldat das Kleid auch am Rücken zerrissen, wo man nichts mehr verdecken konnte.
»Ich muß mit der U-Bahn nach Hause«, sagte sie. »Aber so kann man doch nicht fahren. Alle Leute werden mich anstarren. Soll ich mich in den Wagen stellen und rufen: Seht euch das an! Das haben zwei Rotarmisten mit mir gemacht! Warum glotzt ihr so? Ja, ich habe mich gewehrt! — Und sie werden schadenfroh grinsen und sich denken: Schade um das Kleid! Wo will sie jetzt ein neues Kleid hernehmen? Hätte lieber ihr Kleid retten sollen — das bekommt sie nicht wieder. Das andere kann man abwischen . . . Welch ein blödes Mädchen!« Sie schüttelte den Kopf. »Ich schäme mich, Piotr Mironowitsch. Was soll ich tun? Zu Fuß ist es zu weit nach Hause. Ich muß bis zur Station Turgenewskaja fahren.«
»Es gibt zwei Möglichkeiten.« Sepkin baute sich breit vor ihr auf wie ein schützendes Tor. »Wir rufen die Miliz, und die bringt Sie nach Hause. Allerdings wird es eine große Untersuchung geben, man wird die Soldaten verhaften . . .«
»Und Sie auch, Piotr Mironowitsch, weil Sie sie geschlagen haben!«
»Auch mich, das ist sicher! Man wird ein langes Protokoll anfertigen, wir werden in die Akten der Polizei kommen . . .«
»Das alles will ich nicht.«
»Dann bleibt nur die zweite Möglichkeit: Sie ziehen meine Jacke an, und wir fahren gemeinsam mit der U-Bahn zu Ihrer Wohnung.«
»Ich schäme mich so«, sagte sie wieder.

»Dazu ist kein Anlaß.« Sepkin streifte seine alte Jacke ab und wünschte sich, man hätte ihm in Eberswalde einen besseren Rock gegeben. Dieser hier stank nach Schweiß und bitterem Tabak, wies auch noch Flecken der Landung auf, die mit Ausbürsten allein nicht wegzubringen waren, und überhaupt hinterließ Sepkin einen Allgemeineindruck, der ein so junges, hübsches Mädchen nicht animieren konnte, sich für ihn zu interessieren.

Er ließ Jelena Lukinischna in seinen Rock schlüpfen, sie knöpfte ihn zu und sah nun aus wie ein trauriger weiblicher Clown des Moskauer Staatszirkus. Sepkin erriet ihre Gedanken und wedelte mit der rechten Hand.

»Wer Sie auslacht, Jelena, den werde ich ohrfeigen!« sagte er. »Und wenn ich den ganzen U-Bahn-Wagen ausräume . . .«

»Oje! Sie prügeln sich gern, Piotr Mironowitsch?«

»Für Sie —immer!«

»Wie soll ich das alles meinem Vater erklären?«

»Sie wohnen bei Ihren Eltern?«

»Nur mein Vater lebt noch. Mamuschka starb vor einem Jahr.« Sie blickte an Sepkin vorbei auf die Straße, löste sich dann aus der Dunkelheit der Türnische und trat in die helle Nacht hinaus. Sepkin folgte ihr, legte den Arm um ihre Schulter, und sie wehrte ihn nicht ab. Er merkte, daß sie sehr wachsam wurde, daß ihre Muskeln sich strafften. »Sie hat den Tod von Jurij nie überwunden«, fuhr sie leise fort. »Jurij war ein schöner Junge. Groß, blond, stark wie ein Stier. Und immer fröhlich. Er konnte so herrlich lachen, daß er alle mitriß. Wo er sich aufhielt, lachten in kürzester Zeit alle Menschen mit. Bei Gomel, in der großen Panzerschlacht, wurde er von den Deutschen erschossen. Ein Kamerad, der sich retten konnte, hat es erzählt: Jurij hatte sich schon ergeben. Er stand oben auf dem Panzer mit hocherhobenen Händen. Trotzdem haben sie ihn abgeschossen. Eine Zielscheibe war er für die Deutschen.«

Sepkin blickte auf das Pflaster und kam sich elend vor. »Der Krieg —«, sagte er bedrückt. »Jelena Lukinischna, man führt keinen Krieg, indem man Palmenwedel schwingt. Krieg ist absolute Gnadenlosigkeit.«

»Mamuschka hat es nicht überlebt. Immer weniger wurde sie, sie fraß sich innerlich auf, man konnte sehen, wie sie sich auflöste. Eines Morgens blieb sie im Bett liegen, sah uns mit weiten glänzenden Augen an, sagte mit klarer Stimme: ›Jurij ist da! Er streckt mir beide Hände entgegen. Ein guter Sohn!‹ Dann seufzte sie mit einem Lächeln und war nicht mehr da.«

»Jetzt hassen Sie die Deutschen?«

»Sie nicht, Piotr Mironowitsch?« Sie blieb stehen und musterte ihn. Es war, als sähe sie Sepkin jetzt zum erstenmal bewußt und kritisch. Welch ein Mensch ist er? Gerettet hat er mich, dankbar muß man ihm sein, Mütterchen hätte ihm bestimmt die Hände geküßt, ganz gleich, ob er mit ihnen die beiden Soldaten erschlagen hatte, und Papuschka wird ihn auch an sich drücken und ihn loben und mit ihm die versteckten hundert Gramm Wodka teilen, die er hütet wie eine ererbte Ikone ... Aber trotzdem muß man sich darüber im klaren werden, welch ein Mensch er ist, dieser Piotr Mironowitsch. Gut sieht er aus, auch wenn er nicht rasiert ist. Gute Augen hat er und einen schön geschwungenen Mund. Die Haare sind kurzgeschoren, wie es die Soldaten tragen. Wie breit seine Brust ist! Aber sein Anzug ist schäbig und zerknüllt, als würde er ihn auch nachts nicht ausziehen. Ein seltsamer Mensch, der plötzlich auftaucht und zwei Männer erschlägt ...

»Sie hassen die Deutschen nicht?« fragte sie wieder. »Kennen Sie die Deutschen überhaupt?«

»Sehr gut.« Sepkin stopfte sein Hemd in die Hose. Während des Kampfes war die linke Seite herausgerutscht. »Ich habe gegen sie gekämpft. Direkt von der Front komme ich. Zum Heulen ist es, Jelenaschka: Untauglich, hat der Truppenarzt zu mir gesagt. Ein dicker, unfreundlicher Mensch mit einer runden Brille, über die man lachen könnte, wenn er einen nicht sofort anbrüllen würde. Zweimal bin ich verwundet worden, aber immer hat es geheißen: Du bist geheilt, Piotr! Zurück zu deinen Kameraden. War das eine Freude, sag' ich Ihnen. Aber diesmal steht da der dicke Molch von Arzt, klopft mich ab, hört mit einem Rohr in mich hinein, pfeift mir gegen die Brust — wirklich, er hat gepfiffen, der Kerl, einen Präsentiermarsch sogar —, und dann sagt er ganz kalt: ›Piotr Mironowitsch, mit Ihrer Lunge stimmt etwas nicht! Sie haben eine kaputte Bajan verschluckt. Haha!‹ — Wissen Sie, Jelena, was eine Bajan ist? Eine Knopfharmonika! So ein gemeiner Mensch war dieser Arzt! Sehe ich aus wie ein durchlöcherter Blasebalg?! Ich zittere vor Stärke, das ist es! Divisions-Boxmeister bin ich gewesen. Unschlagbar!«

»Das haben Sie bewiesen, Piotr Mironowitsch«, sagte Jelena Lukinischna und lächelte versöhnt. »Was wollen Sie nun tun?«

»So etwas darf man mich nicht fragen!« Sepkin gab sich Mühe, den unendlich Enttäuschten zu spielen. Es gelang ihm so gut, daß Jelena ihm in einer Anwandlung von Mütterlichkeit die Stirn streichelte. Er ergriff ihre Hand, hielt sie fest und mußte sich zwingen, sie nicht zu küssen. »Ich werde mich morgen beim Zentralarbeitsamt melden, die Genossen anhusten, damit sie auch begreifen, mit wem sie es zu tun haben, und ich werde sagen: ›Hier bin ich! Abgeschoben aus dem Großen Vaterländischen Krieg! Ein dicker Arzt hat das bestimmt. Nun seht zu, was ihr mit mir macht!«

»Sie müssen doch etwas gelernt haben, Piotr Mironowitsch.«

»Käse.«

Sie sah ihn irritiert an. »Was soll das?«

»Ich habe gelernt, Käse zu machen.« Sepkin grinste verlegen. »Es ist immer dasselbe: Wo ich es erzähle, ziehen sie ein schiefes Maul. Fünf Boxkämpfe habe ich durch k.o. gewonnen, weil meine Gegner mich vorher ›Käskopf‹ oder ›Molkensack‹ gennant haben. Einer, der mich ›Schimmelrinde‹ nannte, wachte erst nach drei Stunden auf und mußte in ein Hospital. Warum das alles? Käsemachen ist ein ehrsamer Beruf. Wir hatten in Nowo Karpyrdak eine große Käserei. Ein Musterbetrieb war das! Das einzige, was sich über Karpyrdak zu berichten lohnt. Unsere Rundkäse waren berühmt. Fest in der Rinde, aber innen zart wie Butterschmelze. Und ein Duft. Jelena Lukinischna — ein Duft! Schon vom Riechen wurde man halbsatt, so wohlige Gefühle stellten sich ein. Viermal bekamen wir einen Ersten Preis und ein Diplom. Das soll uns einer mal nachmachen!«

»Sie werden es schwer haben, in Moskau eine Arbeit in Ihrem Beruf zu kommen«, sagte Jelena. »Aber überall baut man auf. Sicherlich werden Sie Arbeit auf einem Bau oder an der Straße finden.«

»Das verhindert meine Lunge.«

»Aber wovon wollen Sie leben?«

»Ist das meine Sorge? Sie haben mich untauglich geschrieben — also müssen sie auch für mich sorgen! Ich werde jeden fragen: ›Antwort, Genosse! Was hat meine Lunge mit einem Gewehr zu tun? Zielt etwa die Lunge? Drückt die Lunge ab?

Wirft die Lunge Handgranaten?‹ Sie werden sich alle ducken, die Genossen Beamten, und blöde dreinschauen! Vielleicht schicken sie mich dann nach Karpyrdak zurück. Oder, noch besser, zu meiner Kompanie.«

Sie gingen über den Tverskoj bul'var und stiegen hinunter in die U-Bahn-Station Majakowskaja, einen Palast, dessen Gewölbedecke auf Säulen aus rostfreiem Stahl ruht und an dessen Wänden 35 riesige Mosaiken den Ruhm der Sowjetvölker verkünden. Eine in ganz Rußland berühmte U-Bahn-Station: Während die deutschen Armeen im Halbkreis um Moskau lagen und niemand wußte, ob es ihnen nicht doch noch gelingen würde, Mütterchens Herz zu erobern, oder ob der mit seltener Gewalt einbrechende Winter sie zurücktreiben konnte, hielt hier unter der Erde, in der weiten U-Bahn-Halle, am 6. November 1941 Stalin die Festsitzung zum Jahrestag der Oktoberrevolution ab. Eine Metro-Station mit Weltgeschichte. Eine große Gedenktafel erinnerte daran.

Jetzt, um diese späte Nachtzeit, war die Majakowskaja fast leer. Ein paar Leute standen herum, meist alte Menschen, die mit trüben Augen kaum Notiz von Sepkin und Jelena nahmen und sich auch nicht wunderten, daß in einer so warmen Juninacht ein junges Mädchen sich in einen alten, schmuddeligen Männerrock wickelte.

Im Metro-Zug saßen sie allein in einer Ecke des Wagens. Niemand grinste sie an. Sepkin war nicht gezwungen, sein großmäuliges Versprechen einzulösen, jeden niederzuboxen, der Jelena auslachte. Während sie unter der Erde ostwärts ratterten, mußte Sepkin an die beiden betrunkenen Rotarmisten denken. Hatte er sie wirklich mit seiner Handkante totgeschlagen? Wenn sie am Morgen von den Bauarbeitern gefunden wurden, würde es eine riesige Aufregung geben. Aber es gab keine Spuren. Vielleicht nur ein paar undeutliche Schuhabdrücke im Bausand und in der erstarrten Kalkmilch, auf die Sepkin, als er in den Neubau eindrang, getreten war. Aber was sagte das schon aus? Wie will man in Moskau unter Millionen Schuhen gerade diesen einen Schuh finden?

»Woran denken Sie, Piotr Mironowitsch?« fragte Jelena und stieß Sepkin an. »Sie sind plötzlich so still geworden?«

»Ich trauere im voraus.« Sepkin blickte Jelena voll ins Gesicht. Er hat gute Augen, dachte sie mit einem unbekannten Glücksgefühl. Sein Blick ist wie ein sanftes Streicheln. »In wenigen

Minuten müssen wir uns trennen. Vielleicht sehen wir uns nie wieder . . .«
»Wo wollen Sie heute schlafen?«
»Ich war noch auf der Suche, als ich Sie schreien hörte. Ich dachte: Melde dich in einem Urlauberheim der Armee. Noch gehöre ich dazu. Gott verfluche den dicken Arzt!«
»Wir werden mit Papuschka sprechen.«
»Mit Ihrem Vater?«
»Wir sind keine reichen Leute, aber Väterchen kennt eine Menge Leute mit Einfluß. Und immer weiß er einen Rat. Er ist Krankenpfleger in der Sklifossowski-Unfallklinik.«
Sepkin nickte und blickte nach innen. Der Stadtplan Moskaus, das Aufzählen der wichtigsten Gebäude. Abteilung Krankenhäuser: Die Botkin-Klinik, die Lungen-Klinik, die staatlichen Krankenhäuser Nr. 1, Nr. 2, Nr. 4, Nr. 13, Nr. 14 und Nr. 24, die Poli-Klinik, die Unfall-Klinik . . . Das waren die wichtigsten. Damals hatte er es merkwürdig gefunden, daß die Krankenhäuser keine Namen, sondern nur Nummern trugen. Aber dann, nach Mildas Vorträgen über sowjetische Lebensphilosophie, hatte er den Nutzen erkannt. Ein kranker Mensch wurde in diesem staatlichen Gesundheitswesen selbst zu einer Nummer, passiver Teilnehmer an einem großen Reparaturprozeß. Einem stotternden oder lecken Motor gleich, lag er vor den für ihn zuständigen Spezialisten und wurde für weitere Dienste zurechtgeflickt. Wie der Motor hieß und woher er kam, war völlig unwichtig; er mußte wieder laufen, und deshalb standen ihm die besten Mechaniker zu. Im Kreml-Krankenhaus, wohin man die hohen Genossen brachte, mochte es anders sein. Aber wen kümmerte das? Was hinter den hohen roten Mauern lag, entzog sich stets aller Kritik.
»Ein guter Posten«, sagte Sepkin. »Krankenpfleger sind angesehene Menschen. Ich kenne das. Bin ja zweimal verwundet worden. Diplomatisch muß man da sein, muß herumhören, wer ist zuständig für dein Revier, und dann trifft man den wichtigen Bruder irgendwo auf einem Flur und steckt ihm etwas zu. Papyrossi, ein Schnäpschen, ein Stück Wurst, was man gerade so hat. Das zahlt sich aus . . .«
Sie rollten durch prunkvolle Stationen mit Marmorwänden und riesigen Gemälden, lichtfunkelnd, Staunen erweckend. Sepkin drückte das Gesicht gegen die Scheibe und war jetzt

wie jeder Mensch, der Moskaus Metrostationen zum erstenmal sieht: stumm vor Bewunderung.
»Ich arbeite auch«, sagte Jelena Lukinischna plötzlich. »Als Sekretärin. Im Kreml.«
Sepkin zuckte unmerklich zusammen. Es war ihm, als streife ein heißer Wind seinen Nacken. »Im Kreml?« fragte er gegen die Scheibe. »Tatsächlich?«
»Im Außenhandelssekretariat. Ich sitze in der Abteilung für Nordeuropa.«
»Sehen Sie ab und zu auch Stalin?« fragte Sepkin ruhig.
»Bisher habe ich ihn noch nicht gesehen.« Jelena schüttelte den Kopf. »Was soll er bei uns? Er hat andere Sorgen . . .«
Sie arbeitet im Kreml, dachte Sepkin und bemühte sich, nicht schneller zu atmen als vorher. Stalin hat sie noch nie gesehen, aber man kann über sie in den Kreml hineinkommen. Die Mauern, die für unüberwindbar gelten, haben plötzlich ein kleines Loch. Ein Mauseloch. Genossen, verachtet mir die Mäuse nicht! So manche Maus hat schon an einem Speck geknabbert, den man für unerreichbar hielt. Sepkin lehnte sich zurück und blickte Jelena bewundernd an. »Was würden Sie tun, Jelena, wenn plötzlich Stalin im Kremlgarten vor Ihnen stünde?«
»Ich weiß es nicht.« Sie schob nachdenklich die Unterlippe vor und sah jetzt aus wie ein Schulmädchen, das eine Aufgabe zu lösen hat. »Vielleicht würde ich vor ihm auf die Knie fallen. Er ist unser aller bester, gütigster Vater. Was wären wir ohne ihn? — Und Sie, Piotr Mironowitsch? Was würden Sie tun?«
Sepkin hob die breiten Schultern. Es wäre eine Sekundensache, dachte er. Wir würden beide mit einem hellen Knall in die Luft fliegen. »Ich würde vor ihm strammstehen!« sagte er mit Würde. »Schließlich bin ich Soldat . . .«

Luka Antipowitsch Puschkin hockte in einem alten Plüschsessel und war über der *Prawda* eingeschlafen, als Jelena die Wohnungstür öffnete. Eine Tischlampe mit einer trüben Birne brannte, es roch nach Tee und angebrannten Piroggen. Als die Tür zuklappte, schrak das Väterchen auf, warf die Zeitung von sich, schnellte aus dem Sessel und entdeckte zuerst Sepkin. Er schien in seinem schmuddeligen Hemd keinen vertrauenswürdigen Eindruck zu machen, denn Luka Antipo-

witsch warf die Arme hoch und brüllte: »Ein Überfall! Ein Verrückter! Wirft sich auf einen Armen und will ihm die Luft aus den Taschen blasen! Haha! Gleich werden Sie über Ihren Irrtum weinen!«
»Väterchen!« sagte Jelena beruhigend. Sie stand bereits an der Küchentür. Auf dem Herd verkohlten die vergessenen Piroggen. Es stank grauenhaft, in der Küche wallten blauschwarze Rauchschwaden.
Puschkin wirbelte herum, starrte sein Töchterchen an und holte tief Luft.
»Weit nach eins!« schrie er. »Weit nach Mitternacht!«
»Ich weiß es, Papuschka . . .« Sie riß die Piroggen vom Herd, öffnete das Fenster und kippte die verkohlten Rollen aus Teig, mit Kohl gefüllt, in einen Abfalleimer neben dem Spülbecken. »Ich werde es dir erklären.«
»Und wer ist das da?« Luka Antipowitsch zeigte mit ausgestrecktem Arm auf Sepkin. »Ist das der Grund?«
»Das ist Piotr Mironowitsch.«
»Etwas Besseres gibt es wohl nicht in Moskau?! Nicht einmal einen Rock hat er!« Dann sah er endlich, daß Jelena das Männerjackett trug, und er sah auch, daß ihr Kleid schmutzig und zerrissen war, vor allem über den Brüsten. Er schnaufte laut, starrte Sepkin mit zuckenden Augen an, schätzte ihn ab, erkannte, daß der junge Mensch zehnmal stärker war als er, und beschränkte sich deshalb nur auf Worte. »Haben Sie das getan? Haben Sie Jelena so zugerichtet?! Und Sie wagen es auch noch, mitzukommen?« Er stürzte an dem verblüfften Sepkin vorbei zur Tür, riß sie auf und stellte sich ins Treppenhaus. »Hier kommen Sie nicht wieder 'raus!« schrie er. »Über fünfzig Bewohner dieses Hauses werden Sie aufknüpfen! Jawohl, aufknüpfen!«
»Komm herein und mach die Tür zu, Väterchen«, sagte Jelena ruhig. »Alles bringst du durcheinander. Das Leben hat mir Piotr Mironowitsch gerettet. Laß es dir erzählen.«
»Das Leben gerettet?« Puschkin tappte in die Wohnung zurück, verriegelte hinter sich die Tür und wußte nun nicht, wie er sich benehmen sollte. Der fremde junge Mensch, der noch keinen Ton gesagt hatte, nahm seiner Tochter die Jacke ab. Das ganze Ausmaß der Zerstörung war erst jetzt erkennbar: ein Fetzen war das Kleid, nur noch an ein paar Streifen hing es am Körper. »Wer war das?« fragte Puschkin dumpf.

»Zwei betrunkene Soldaten«, sagte Sepkin. »Ich kam gerade zur richtigen Zeit.«
»Piotr hat sie totgeschlagen, Väterchen.«
»Was hat er?«
»Mit der bloßen Hand! Umgefallen sind sie wie die Kegel.«
»Ist das wahr?« fragte Puschkin mit Ehrfurcht in der Stimme. »Um Jelena zu retten, haben Sie zwei Soldaten erschlagen?«
»Ich weiß es nicht. Ich habe es vermieden, hinterher noch einmal nachzusehen. Jelenas Sicherheit war mir wichtiger.«
»Ich danke Ihnen«, sagte Puschkin und kam auf Sepkin zu, um ihn an sich zu drücken. »Wer Sie auch sind — ein Teil meines Herzens gehört Ihnen. Sie haben mein Kind gerettet. Da will ich nicht mehr fragen!«
Später aber fragte er doch. Sie tranken mit Narzan — das ist ein geschmackloses Mineralwasser — verdünnten Krasnoje, einen einfachen Rotwein, den Puschkin von seinem Vetter bekommen hatte, der auf der Krim lebte und in einem Winzerkombinat arbeitete. Der Wein stammte noch aus der Vorkriegszeit, und als Puschkin die Flasche holte, war sie weißgrau von mehligem Staub. Sein Versteck war nämlich raffiniert; er löste unter dem Plüschsessel ein Bodenbrett und holte darunter seinen Schatz hervor. Der Wein war sogar noch trinkbar, ein wenig sauer zwar, aber erfrischend mit dem Narzan. Dazu aßen sie Brot und einen bitteren Käse mit einer stinkenden braunen Kante.
Jelena hatte über ihr Unglück berichtet, und Luka Antipowitsch war stolz auf seine Tochter. Seine Brust schwoll an, als er sagte: »So ist sie! Sieht aus wie ein zartes Täubchen — und hat das Herz eines Adlers! Trotzdem wäre sie verloren gewesen ohne dich, Piotr Mironowitsch. Wie alt bist du? Laß mich raten. Na, schätzen wir — schwer ist's, der Krieg macht aus Kindern Greise — ich sage: Mitte Zwanzig.«
»Genau getroffen. Fünfundzwanzig Jahre.«
»Jelena ist neunzehn. Ihr Bruder Jurij wäre jetzt dreiundzwanzig.« Puschkin blickte starr gegen die getünchte, rosafarbene Wand. »Sie wissen schon von Jurij?«
»Jelena hat es erzählt. Panzerschlacht von Gomel.«
»Wir müssen den Krieg gewinnen«, sagte Puschkin leise und mit vor Ergriffenheit heiserer Stimme. »Ihr Soldaten müßt ihn gewinnen, schon um eurer Brüder willen, die ihr Leben lassen mußten, um die Deutschen zu vertreiben. Wie Jurij wollten

sie alle leben und alt werden, aber die Deutschen haben es verhindert. Was sind das für Menschen, Piotr Mironowitsch? Fallen über uns her, und wir haben ihnen nichts getan. Nur daß wir leben, ist für sie ein Grund, uns zu vernichten. Sind das noch Menschen wie wir? Du hast sie gesehen, du bist ihnen gegenüber gelegen, du hast auf sie geschossen. Nicht wahr, es sind Ungeheuer, diese Deutschen?«
Sepkin umklammerte das Wasserglas mit dem verdünnten Rotwein. In der Küche backte Jelena süße Blinis und strich sie mit einer Marmelade aus Roten Rüben ein. Es roch köstlich und trieb den Speichel über die Zunge. So sehen sie uns, dachte Sepkin bitter. Ungeheuer sind wir. Wer hat nun recht: der Führer, der von der Bedrohung der Welt durch den Bolschewismus spricht, oder der Krankenpfleger Puschkin in Moskau, der glaubt, man habe sein Land grundlos überfallen? Wir werden das Urteil der Geschichte nie hören, Väterchen Luka Antipowitsch, wenigstens ich nicht. Ich bin gekommen, um zu töten. Jetzt frag mich nur: Was bist denn *du* für ein Mensch? Und ich werde dir antworten: Ich weiß es nicht, mein lieber Puschkin. Vielleicht auch ein Ungeheuer — oder ein deutscher Patriot — oder einfach nur ein Soldat, der seine Pflicht tut, ohne zu fragen . . . Denn wenn wir fragen würden, immer wieder fragen, wenn jeder auf der Welt fragen könnte und dürfte, Tag und Nacht, zu jeder Stunde, unentwegt fragen — dann gäbe es keine Kriege mehr. Denn die, die Kriege befehlen, wissen dann keine Antwort mehr, und ohne Antwort verfliegen die Gründe wie Dünste. Aber wir fragen ja nicht, wir gehorchen nur. Dein Sohn Jurij hat gehorcht und ist dafür erschossen worden, und ich gehorche und werde auch nicht überleben, und so wird es immer sein, Luka Antipowitsch, immer gibt es zwei Ansichten vom Krieg, und jeder hat recht, wenn man ihn anhört, denn wir hören ja bloß zu, wir fragen nicht, und wir glauben, was wir hören, und lassen uns dafür umbringen. Das ist die unbegreifliche Dummheit der Menschen von Anbeginn, als Kain seinen Bruder aus Neid erschlug. Wir Menschen haben unseren Namen »Mensch« mit Blut geschrieben. Wer kann das ändern, ohne die ganze Menschheit auszulöschen?
»Die Deutschen, Luka Antipowitsch«, sagte Sepkin nachdenklich und ließ den Wein in seinem Wasserglas kreisen. »Sie kämpfen auch um ihr Vaterland.«

»Sagen sie das? Hast du mit einem dieser Ungeheuer gesprochen?«
»Mit vielen, Väterchen.«
»Sie lügen! Wir wollten nie ihr Land wegnehmen.«
»Man hat es ihnen erzählt, und sie glauben es.«
»Wir haben Land genug. Was wollen wir mit Deutschland? Wir haben soviel Land, daß wir es gar nicht bewohnen können! Warum blickt in Deutschland keiner auf die Landkarte? Ein Punkt — das ist Deutschland! Ein großer Fleck, das halbe Blatt fast — das ist unser Land! Was nützt uns der Punkt, he?«
»Du bist ein Philosoph, Luka Antipowitsch«, sagte Sepkin und trank einen langen Schluck Wein. »Aber können wir es ändern?«
Wir sind hier, um es zu versuchen, dachte er dabei. Wir sind nach Moskau gekommen, um dem Rad der Welt eine andere Richtung zu geben. Zehn deutsche Offiziere mit dem wahnsinnigsten Befehl im Hirn. Frage mich jetzt nicht, mein lieber Puschkin, ob dieser Mord mit irgendeiner Rechtfertigung verklärt werden kann! Du freust dich, daß die sowjetischen Soldaten bald mit einer breiten Feuerwalze nach Westen stoßen werden, um Deutschland zu vernichten. Für uns ist es der Kampf ums Überleben. Wer fragt da nach der Schuld? Das wahre Urteil spricht nie die Generation, die im Granatloch verreckt ist.
Jelena kam mit den duftenden Blinis. Ihr schmales Gesicht war vom Herdfeuer gerötet, die Augen leuchteten. Einen einfachen Kittel trug sie, mit einem Gürtel zusammengebunden. Schön sah sie aus, ein Wunder von einem Mädchen, und als sie jetzt lachte, überkam Sepkin ein seliges Glücksgefühl.
»Ich habe einen großen Einfluß«, sagte Puschkin und leckte sich über die Lippen. Mit der Gabel zog er einen dicken Pfannkuchen auf seinen Teller. »Ha, wer hat nicht alles auf meiner Station in der Unfallklinik gelegen! Schweigen muß ich, das habe ich mit einem Eid beschworen, aber ich sage dir, Piotr Mironowitsch: Morgen werde ich von der Klinik einige wichtige Leute anrufen und dir eine gute Stellung besorgen. Verlaß dich darauf! Du hast meine Jelena beschützt . . . Es bleibt dabei: Ein Teil meines Herzens gehört dir! Greif zu, Söhnchen, ich übertreibe nicht, wenn ich sage, daß Jelanas Blinis die besten in ganz Moskau sind.«

Es blieb Luka Iwanowitsch Petrowskij vorbehalten, seinem Ruf, eine große Fresse zu haben, nicht untreu zu werden, obwohl Oberst von Renneberg ihn noch bis zuletzt gewarnt und ermahnt hatte.
»Solbreit«, hatte er noch beim Abschied in Eberswalde gesagt, »bei Ihnen habe ich Angst, daß Sie überziehen. Nicht daß die Russen merken können, wer Sie wirklich sind — aber auch in Rußland ist Ihre Art, jeden Menschen mit Worten in den Hintern zu treten, nicht sehr beliebt. Versprechen Sie mir, die Hälfte dessen, was Sie sagen wollen, zu verschlukken!«
Petrowskij-Solbreit versprach es großzügig, aber schon bei seiner Eisenbahnfahrt nach Moskau — wir haben es gesehen — unterhielt er das ganze Abteil mit seinem angeblichen Magengeschwür, sammelte weise Ratschläge ein, rülpste zum Gotterbarmen, um alle Mitreisenden teilhaben zu lassen am Geruch seines Mageninhalts, und kam so mit einer Frechheit, die Renneberg alarmrote Ohren beschert hätte, glatt bis Moskau. Er wartete bis zum Abend, ging an diesem warmen Junitag in Moskau spazieren, besichtigte wie ein Tourist die Gärten und Boulevards, die Kremlmauer und die Kirchen, fuhr sogar mit der Metro die schönsten Stationen ab und saß dann in der milden Abendsonne auf einer Bank des Petrowskij-Boulevards, genau gegenüber dem Krankenhaus Nr. 13.
Auch das war typisch für Luka Iwanowitsch. Es gab noch andere Krankenhäuser in Moskau, zum Beispiel die riesige Botkin-Klinik, wo man wie auf ein Fliesband gelegt wurde und entweder gesund herauskam — oder in einer hölzernen Kiste. Aber nein: er suchte sich das Krankenhaus Nr. 13 aus, weil es am Petrowskij-Boulevard lag und er nun auch Petrowskij hieß. Er saß da gemütlich in der orangefarbenen, untergehenden Sonne, rauchte eine Papyrossa, was ein Mensch mit Magengeschwüren eigentlich nicht darf, beobachtete den Betrieb vor dem Klinikeingang, zählte die Ankunft von neun Krankenwagen, freute sich über den appetitlichen Anblick der Krankenschwestern, die in kleinen Gruppen nach dem Schichtwechsel an ihm vorbeigingen, und hatte Mitleid mit den zahlreichen Angehörigen einer Familie, die aus der Klinik kamen, sich vor dem Eingang versammelten und gemeinsam weinten. Vom Säugling bis zum Greis, der gestützt werden mußte, war jede Altersgruppe vertreten. Die Leute blockier-

ten den Eingang und wurden endlich von einem rabiaten Portier wie streunende Hunde verjagt.
Als die Sonne weggetaucht war und eine fahle Dämmerung über Moskau so etwas wie Trübsinn über die Häuser tropfen ließ, erhob sich Petrowskij, klopfte seinen Anzug ab, knöpfte den Hemdkragen zu und überquerte den Boulevard. Vor dem Krankenhaus drängten sich die Menschen nicht mehr, nur der Portier stand vor der blitzenden Glastür wie ein General, der gerade einen Vorbeimarsch hinter sich hat, und musterte Luka Iwanowitsch mit zusammengekniffenen Brauen.
»Keine Besuchszeit mehr!« sagte der unhöfliche Mensch und deutete mit seinem breiten Daumen auf ein Schild. »Kommen Sie morgen wieder.«
»Ist das mein Krankenhaus?« fragte Luka Iwanowitsch. Er legte den Kopf in den Nacken, zeigte auf das Namensschild über dem Eingang und klatschte dann begeistert in die Hände. »Das ist es! Das ist es! Mein Krankenhaus!«
Der Portier wackelte mit der Nase. Irre werden bei uns nicht behandelt, dachte er. Aber wie kann der arme Mensch das wissen? Denkt, ein Krankenhaus sei einfach ein Krankenhaus für alle. Wie kann er die feinen Unterschiede kennen? Ein sanfter Irrer, so scheint es. Steht da und klatscht in die Hände. Aber wer weiß, wie er sich erst benimmt, wenn man ihn nicht hereinläßt?!
»Was steht da?« rief der im Geiste arme Mensch. Der Portier sah keinen Anlaß, ihm die Antwort zu verweigern.
»Petrowskij.«
»Es stimmt! Es stimmt! Es ist mein Krankenhaus! Ich heiße Petrowskij!«
Er macht einen Schritt zur Tür, aber der Portier hielt ihn am Ärmel fest. Auch ein Hohlkopf hat sich der Ordnung zu fügen.
»Ich rate dir, dreh dich um und geh in eine andere Richtung«, sagte er freundlich. »Und freue dich, daß du Petrowskij heißt.«
»Ich muß hinein!« sagte Luka Iwanowitsch stur.
»Nein!«
»Aber ja!«
»Schleich dich weg, oder ich klopfe dir auf die hohle Nuß!«
»Was soll das helfen, lieber Genosse?« Petrowskij holte sein mit vielen Stempeln versehenes Einweisungspapier aus der

Tasche. Der Portier ahnte Schwierigkeiten, zumal alle Russen sehr nachdenklich werden, wenn sie viele Stempel auf einem Blatt sehen. Ihr Wunderglaube an die behördliche Unfehlbarkeit wird nur noch von dem der Deutschen übertroffen, für die ein Mensch, der hinter einem Schalter sitzt, mit einer Art Heiligenschein gekrönt ist.
»Woher?« fragte der Portier knapp, um, angesichts der veränderten Situation, seine Würde nicht zu verlieren.
»Direkt von der Front. Vom Generalarzt . . .«
»Sie sind eine Überweisung, Genosse?«
»Nein. Ich bin Luka Iwanowitsch Petrowskij . . .«
Der Portier hob wie betend den Blick in den Abendhimmel und blähte die Nasenflügel. Was ein Krieg so alles an die Oberfläche schwemmt, dachte er. In einer normalen Zeit hätte man so ein Subjekt nie in eine Uniform gesteckt.
»Sie sind also eine Aufnahme?«
»Genosse, ich sagte es schon, ich bin Luka Iwanowitsch . . .«
»Wohin?« brüllte der Portier gequält. »Welche Station?«
»Fährt durch das Krankenhaus die Metro?«
Jeder Mensch gerät einmal an die Grenze seiner Duldsamkeit. Der Portier, von Natur aus ein cholerischer Mensch, glotzte Petrowskij aus rollenden Augen an, stieß die Glastür auf und atmete heftig mit offenem Mund. »Geradeaus, dann links in den Flur, Zimmer 20!« keuchte er. »Über der Tür steht *Aufnahme*. Da klopfen Sie an, und wenn jemand herein ruft, gehen Sie hinein!«
Petrowskij nickte, betrat das Krankenhaus Nr. 13 und blieb vor dem Glaskasten des Portiers stehen. Der unhöfliche Mensch stand dicht hinter ihm und schnaufte ihm in den Nakken.
»Ist es auch möglich, daß keiner herein ruft?« fragte er.
»Los!« knurrte der Portier und knirschte mit den Zähnen.
Eine hübsche kleine Krankenschwester kam den Flur herunter, ging an ihnen vorbei und verließ das Krankenhaus. Petrowskij nestelte an seinem Hemdkragen und gab einen grollenden Rülpser von sich. Mit dieser Nummer hatte er schon als Schüler großen Erfolg gehabt. Vor allem im Mathematik-Unterricht versetzte er seinen Studienrat in tiefe Betroffenheit, wenn er sich vornüberbeugte, sich den Magen festhielt und mit gequältem Gesicht rülpste. Meistens durfte er dann die Mathematikstunde verlassen, sich an der frischen Luft er-

holen und am Rande des Schulhofes auf einer Bank in der Sonne sitzen, während die Klasse sich mit Logarithmen herumschlug. Auf die Zensur hatte das keinen Einfluß; man kann einen Kranken ja nicht bestrafen! So wurde im Zweifelsfall immer der gute Wille bewertet.
Auch jetzt hinterließ der Rülpser eine tiefgehende Wirkung. Der Portier zog den Kopf in die Schultern und knirschte: »Was war denn das?«
»Mein Magen. Ich hab's am Magen, lieber Genosse.« Petrowskij wischte sich über den Mund. »War das ein Vögelchen! Ja, ja, mein Magen! Ich darf mich nicht erregen. Immer wenn ich mich aufrege, sammeln sich Luftwirbel in mir. Ein Gefühl ist das ... als ob man innerlich zerreißt!«
Er ging den Flur hinunter, bog um die Ecke und stand dann vor der Tür Nr. 20. Der Portier lief in seine gläserne Loge, klemmte sich hinter den alten Schreibtisch mit dem Telefonvermittlungskasten, ballte die Fäuste und wünschte sich die Gegenwart des Krankenpflegers Domschack, mit dem er seit einem Jahr im Streit lag. Er war jetzt in der richtigen Stimmung, um unflätig herumzubrüllen.
Im Zimmer 20 saß ein alter kurzsichtiger Mann in weißem Kittel hinter einem Schachbrett und spielte gegen sich selbst. Er hieß Dr. Speschnikow. Man hatte ihn wieder in den Hospitaldienst geholt, weil die jungen Ärzte selbstverständlich an der Front waren, auch die jungen Ärztinnen, die vor allem in den Auffanglagern, den rückwärtigen Lazaretten und den Gefangenenlagern berüchtigt waren. Was hier in Moskau zurückgeblieben war, gehörte zu den Nichttauglichen, von den großen Spezialisten abgesehen. »Das Fest der Mumien«, nannte Dr. Speschnikow die tägliche Arztkonferenz im Krankenhaus, wo er neben besonders forschen, knorrigen oder dicken Ärztinnen saß und — mit sieben Kollegen rettungslos in der Minderzahl — sich kommentarlos anhörte, was diese sich nie einig werdende Weiberversammlung an Problemen aufwarf und zu bewältigen versuchte.
Dr. Speschnikow hatte zwar herein gerufen, aber dann kümmerte er sich nicht mehr darum, saß tief gebeugt über dem Schachbrett und grübelte darüber nach, wie der nächste Zug aussehen könnte.
Petrowskij wartete an der Tür, räusperte sich, aber da nichts geschah, kam er näher, betrachtete über die Schulter des Arz-

tes das Schachbrett und sagte dann: »Der weiße Springer kann doch den Bauern wegnehmen . . .«
»Sie Rindvieh! Weiß bin doch ich. Schwarz ist am Zug!« antwortete Dr. Speschnikow.
»Dann sollte der Turm von E 3 nach . . .«
»Das ist es! Das ist es wirklich! Der Turm!« Dr. Speschnikow kassierte einen weißen Läufer und hob dann den Kopf. Hinter der randlosen dicken Brille funkelten seine graublauen Augen. »Sie haben mir meinen Läufer weggenommen. Setzen Sie sich! Jetzt bin ich wieder dran. Freuen Sie sich nicht zu früh. In vier Zügen sind Sie matt!«
Petrowskij setzte sich, schob seinen Stuhl näher heran — und nach sechs Zügen war Dr. Speschnikow schachmatt. Er seufzte, nahm seine Brille ab, rieb die Gläser an seinem Hemdärmel und musterte dann den Mann, der ihn besiegt hatte.
»Wer sind Sie?« fragte er interessiert.
»Der Ulcus ventropoli . . .«
»Das Ulcus ventriculi!«
»Sie müssen es wissen, Genosse Doktor. Ich habe es so verstanden.«
»Wo?«
»Der Genosse Armeearzt persönlich. Sagt zu mir: Mein lieber Luka Iwanowitsch, mit deinem Magen ist es ein Kreuz! Du kannst nicht mehr wie die anderen nach Berlin marschieren und die Nazis vernichten. Dein Ulcus ventro . . .«
»Ventri!«
»Ist das so wichtig, ob o oder i? Es schmerzt höllisch, Genosse Doktor. Hier ist meine Einweisung. Ich soll mich melden.«
»Sie kommen reichlich spät.« Dr. Speschnikow überflog das Papier mit den vielen Stempeln. Er fand es imponierend, wieviel amtliche Stellen so ein Ulcus ventriculi beschäftigen kann. Daß dieses Papier in einer Spezialwerkstatt in Berlin hergestellt worden war — wer konnte an so etwas denken?
»Die für Sie zuständige Ärztin ist längst gegangen, die Röntgenabteilung ist geschlossen.«
»Bin ich verantwortlich für die Pünktlichkeit der Züge?« Petrowskij faltete die Hände und blickte Dr. Speschnikow treuherzig an. »Ich erinnere mich . . . Da hat mir einmal jemand erzählt: Du, Luka — hat er gesagt —, weißt du, wir haben Krieg . . .«

Dr. Speschnikow lächelte sauer, streckte die kurzen Beine von sich, rutschte im Lehnstuhl etwas nach vorn und drehte seinen besiegten Schachkönig zwischen den Fingern. »Was machen wir jetzt mit Ihnen?« fragte er. »Ja, was machen wir denn? Ich bin Dr. Speschnikow, der wachhabende Arzt. Ich mache hier grundsätzlich die Nachtwache. Am Tage müßte ich mich zuviel ärgern. Wer soll Sie untersuchen?«
»Ich denke, Sie, Genosse.«
»Ich bin Frauenarzt.«
»Ha!« Petrowskij streckte abwehrend beide Hände von sich. »Da werden Sie bei mir kein Glück haben!«
»Wie äußern sich Ihre Beschwerden?«
»Das ist eine lange Geschichte. Soll ich sie erzählen? Am schlimmsten ist es, wenn ich rülpse. Rot werde ich vor Scham! Wie wenn ich zu Hause das Kartoffelfeld dünge, so stinkt's aus dem Rachen . . .«
»Spucken Sie Blut?«
»Erschrecken Sie mich nicht, Genosse Doktor!«
»Blut im Kot?«
»Wo bitte, Genosse?«
»In der Scheiße!« sagte Dr. Speschnikow geduldig.
»Wie soll ich das wissen?«
»Haben Sie nie nachgesehen?«
»Genosse!« Petrowskij grinste verlegen. »Betrachtet ein anständiger Mensch seine Exkremente und knetet sie vielleicht auch noch durch? Ich bitte Sie! Was Ärzte alles von einem hilflosen Kranken verlangen!«
»Ziehen Sie sich aus.«
»Vor einem Frauenarzt?« Petrowskij erhob sich zögernd von seinem Stuhl. »Dr. Speschnikow, es gibt da ein Schamgefühl, das ich . . .«
»Ausziehen!«
»Wenn Sie es so hart befehlen!«
Petrowskij ließ seine Hose fallen, zog sein hinten mehrmals gekürztes Hemd, aus dem der Kragen erneuert worden war, über den Kopf und streifte die Unterhose hinunter. Dr. Speschnikow bewegte die Schuhspitzen und spielte weiter mit seinem Schachkönig. Er musterte Petrowskij und klopfte ihn gewissermaßen mit den Augen ab.
»Von extremer Länge«, sagte er darauf.
»Kann ich das schriftlich haben?« erwiderte Petrowskij.

»Warum?«
»Anfissa — meine Braut in Frolovo — behauptet, er entspräche einem vierzehnjährigen Knaben.«
»Ich meine Ihre Beine, Sie Ferkel! Sie sind ein extrem langbeiniger Typ. Guter Sportler? Weitsprung? Hochsprung? Schnelläufer?« Dr. Speschnikow winkte ab, bevor Petrowskij antworten konnte. »Geht ja alles nicht! Ihr Magengeschwür! Erlebe ich immer wieder: Wozu ein Mensch prädestiniert ist, das wird von anderen Faktoren lahmgelegt. Da laufen Frauen mit Becken herum, in denen sie ganze Völkerscharen austragen könnten — und was haben sie? Ihre Gebärmutter hat einen Knick!«
Dr. Speschnikow erhob sich, trat an Petrowskij heran, kniff ihm in die Bauchdecke, klopfte seinen Magen ab, fragte, ob das weh täte, worauf Luka Iwanowitsch pflichtschuldig »Au!« hervorstieß, legte sein Ohr an den Rücken, als könne man über die Lunge ein Ulcus ventriculi hören, schob ihm die Augenlieder auseinander und starrte ihm in die Pupillen, kommandierte »Bücken!« und blickte ihm in den Hintern, stellte mit Zufriedenheit fest: »Keine Arschfransen!« und ging dann zu seinem Schachbrett zurück.
»Anziehen!«
»Das war alles?« fragte Petrowskij enttäuscht.
»Mehr kann man jetzt nicht tun.« Dr. Speschnikow baute das Schachspiel wieder auf. »Röntgen zu, Labor zu, alles erst morgen früh wieder in Betrieb.«
»Aber ein Bett wird doch für mich frei sein?«
»Frei ist gar nichts, Luka Iwanowitsch. Wir Russen sind immer überfüllt. Die Russen sollen das gesundeste Volk sein — möchte wissen, was da die anderen Völker machen! Liegen bei denen die Kranken auch noch auf den Dächern?« Er starrte Petrowskij durch seine starke Brille an, wartete, bis dieser seine Hose zugeknöpft hatte, und griff dann nach dem Telefonhörer. »Für Sie ist Station 11 zuständig. Mein vollstes Mitleid gilt Ihnen! Auf Station 11 herrscht Barynja Fjodorowna Tschigirina. Oje, ist das ein Luder! Ein Turm von Weib, mit Muskeln wie ein Hammerwerfer. Und Brüste hat sie! Wenn sie sich über ein Bett beugt, legen die Kranken immer die Arme über ihren Kopf, aus Angst, der Halter könnte reißen und sie würden von den Massen erschlagen. Bei Barynja Fjodorowna haben Sie keinen Namen. Wissen Sie, wie sie Sie

nennen wird: Stinker! Los, reiß dein Hemd hoch, Stinker! wird sie brüllen, und dann wird sie in Ihren Magen mit der Faust donnern, daß Ihr Geschwürchen kapituliert und einfach platzt. Dann werden Sie zu Dr. Bubnow verlegt. Das ist unser Chirurg. Bubnow war einmal ein Genie, aber das ist vierzig Jahre her. Damals fand er eine neue Methode der Gallenexstirpation. Seitdem rupft er jedem, der auf seinen Tisch zu liegen kommt, die Galle 'raus, ganz gleich, ob er eine Speiseröhre operiert oder eine Phimose. Genosse Bubnow leidet unter einer cholelithiasinen Zwangsneurose. Wenn er einen Bauch unter seinen Händen sieht, muß die Galle weg! Haben Sie Ihre Galle noch, Luka Iwanowitsch?«

»Aber ja!« rief Petrowskij betroffen.

»Sie bedauernswerter Mensch! Übermorgen haben Sie sie nicht mehr. Dr. Bubnow wird Sie davon erlösen, nachdem Barynja Fjodorowna Ihnen das Magengeschwür durchgeboxt hat. Ihr Fall ist besonders kritisch. Ob eine Gallenentzündung oder ein Ulcus ventriculi — das liegt bei der Differential-Diagnose eng beieinander. Ich wette, Bubnow läßt Sie nicht mit erhaltener Galle vom Tisch hüpfen!« Dr. Speschnikow winkte ihn auf den freien Stuhl. »Setzen Sie sich, Petrowskij. Spielen wir noch eine Partie! Sie sind ein guter Spieler. Ich mache Ihnen einen Vorschlag . . .«

»Die Angst vor morgen lähmt mich, Genosse Doktor.« Petrowskij setzte sich. Er zweifelte nicht einen Augenblick an der Existenz dieser Barynja Fjodorowna und des Dr. Bubnow. Die Sache begann, schiefzulaufen, das konnte er sich ausrechnen. Der Plan, auf dem Umweg über das Krankenhaus in Moskau Fuß zu fassen, erwies sich als äußerst riskant, wenn man dabei seine Galle opfern mußte. Das war durchaus nicht im Sinne von Oberst von Renneberg, auch wenn man durch diese Wegnahme der Galle voll integriert wurde und keiner mehr fragte, woher man kam. Man mußte also einen Weg finden, an Barynja und Dr. Bubnow vorbeizukommen. Vielleicht war das Krankenhaus Nr. 4 in der Pawlowskaja uliza ein Haus mit weniger exzentrischen Ärzten . . .

»Ich drücke Ihnen einen Aufnahme- und Behandlungsstempel in die Papiere, und Sie bleiben bei mir und spielen mit mir Schach«, sagte Dr. Speschnikow. »Ein idealer Partner sind Sie. An sich dämlich, aber beim Schach naturbegabt. Sie machen mit mir die Nachtwachen, und keiner wird fragen. Ist Ihr

Name erst einmal im Verwaltungsprozeß, läuft alles automatisch. Ihr Geschwürchen trocknen wir aus. Ist das ein Vorschlag?«

»Vergessen Sie nicht, ich muß ein Bett haben, Genosse. Ich kann nicht auf dem Schachbrett schlafen.« Petrowskij atmete auf. Die akute Gefahr Barynja Fjedorowna war gebannt. Im schützenden Schatten von Dr. Speschnikow konnte man morgen oder übermorgen neue Möglichkeiten auskundschaften.

»Und ernährt muß ich auch werden.«

»Das ist kein Problem.« Dr. Speschnikow winkte ab, überblickte die aufgestellten Figuren und rieb sich in froher Erwartung der neuen Partie die Hände. »Wir haben genug. Ich bin als großer Fresser bekannt. Keine Sorgen, Luka Iwanowitsch, wir werden Ihr Geschwürchen pflegen!« Er rückte seine Brille näher an die Augen, knackte mit den Fingergelenken und setzte den ersten Zug. »Da staunen Sie, was?« rief er enthusiastisch. »Diese Eröffnung stammt von mir! Retten Sie sich, Luka Iwanowitsch!«

Am Morgen gegen acht Uhr ging Dr. Speschnikow nach Hause.

Er war verwirrt. Gleich nach Öffnung von Röntgenabteilung und Labor hatte er Petrowskij unter die Lupe genommen, ihn mit Kontrastbrei vollgepumpt, in Röhrchen pinkeln und in Töpfchen scheißen lassen, aber was man mit diesem Menschen auch anstellte, es blieb alles negativ. Keine Spur von einem Magengeschwür! Petrowskij war der gesündeste Mensch, den Dr. Speschnikow bisher unter den Händen gehabt hatte, aber der Eindruck, den er machte, ergab ein ganz anderes Bild. Petrowskij krümmte sich vor Schmerzen, verdrehte schauerlich die Augen, rülpste zum Erschrecken der Röntgenschwester auf dem Röntgentisch, wodurch drei Aufnahmen verwackelt wurden, und mußte sich nach den Untersuchungen kraftlos bei Dr. Speschnikow auf dem Nachtwachenbett ausruhen.

»Es gibt nur eine Erklärung«, sagte Speschnikow und saß ergriffen vor den Röntgenbildern, die nichts zeigten, was nach Ulcus ventriculi aussah. »Sie sind ein Psychopath, Luka Iwanowitsch. Ein Hysteriker! Ihr Magengeschwür ist ein hysterisches Syndrom!«

»Unheilbar also.« Petrowskij faltete die Hände. »Wie lange lebe ich noch?«
»Sie Idiot! Sie sind gesund!«
»Aber der Armeearzt . . .«
»Ein Rätsel ist das! Was hat der Kollege bloß gesehen?! Oder haben Sie schon eine Rollkur hinter sich?«
»Eine was, Genosse?« fragte Petrowskij verwirrt.
»Im Bett! Mal links . . ., mal rechts . . .«
»Noch nie! Ich kenne nur vorn und hinten . . .«
»Sie sind ein Saustück, Petrowskij!« sagte Dr. Speschnikow und beendete die Untersuchung. »Sie bekommen jetzt Ihren Stempel und eine Karteikarte in der Verwaltung. Sie stehen als ambulanter Patient unter ständiger ärztlicher Kontrolle. Da brauchen Sie hier offiziell kein Bett. Und wenn Sie jemand fragt, sagen Sie: Ich gehöre zur Forschungsabteilung. Da läßt Sie jeder in Ruhe. Dann sind Sie nämlich ein unklarer Fall, und man wird Ihnen aus dem Weg gehen, weil man nicht weiß, welche verteufelte Krankheit Sie mit sich herumtragen.«
Petrowskij bedankte sich bei Dr. Speschnikow, aß mit Appetit das Frühstück aus glitschigem Brot, Ersatzmarmelade und schleimigem Grießbrei, schlief dann drei Stunden und wusch sich nebenan im Badezimmer der Ambulanz.
Der riesige Bau des Krankenhauses Nr. 13 summte von Menschen. Petrowskij wanderte durch die Flure und Stationen, blickte in die offenen Krankenzimmer und blinzelte den Krankenschwestern zu, obgleich die meisten hochnäsig an ihm vorbeisahen. Er hatte sich gerade brav auf eine Wartebank im Flur gesetzt, als er von weitem Barynja Fjedorowna kommen sah — sie mußte es sein; soviel Brust konnte nach der Beschreibung Dr. Speschnikows nur die Barynja mit sich herumschleppen — und erhob sich erst wieder, als er sicher war, daß sie nicht zurückkommen würde. Niemand hielt ihn an, keiner fragte ihn . . . Nach einem bestimmten System lief hier alles umeinander und durcheinander zum Wohle der Kranken.
Zurück in der Ambulanz — nachdem er im Operationstrakt die roten Lämpchen über der breiten Milchglastür gesehen und sich dabei gedacht hatte: Aha, Bubkow ist bereits in seinem Gallenrausch —, blieb er ruckartig vor einer der Wartebänke stehen. Da saß, ganz allein, ein Mädchen mit blonden Haaren, einer frechen Stupsnase und einem Mosaik von Som-

merspossen im Gesicht. Es saß da mit ziemlich verängstigter Miene, scharrte nervös mit den Füßen und schien auf das zu warten, was man ihm gleich aus dem Untersuchungsraum mitteilen würde. Petrowskij spürte bei ihrem Anblick jene Beschleunigung des Blutes in den Adern, die man grundsätzlich nicht ignorieren sollte. Er sah auch, daß sie körperlich selbst vermessenen Wünschen entsprach, und so entschloß er sich, es nicht beim Betrachten zu belassen.
»Ein Unfall?« fragte er sachkundig.
Das Mädchen hob den Kopf. Ihre Stubsnase vibrierte vor Erregung.
»Sind Sie ein Arzt, Genosse?« fragte sie zurück. Ihre Stimme war angenehm weich.
»Sehe ich so aus?«
»Man weiß das nie, wenn die Ärzte keinen weißen Kittel anhaben.«
»Ich bin der Ulcus ventriculi . . .«
Das Mädchen nickte mit plötzlicher Befangenheit. »Sehr angenehm. Verzeihen Sie — ist das so etwas Ähnliches wie der Chefarzt?«
»So nahe dabei.« Petrowskij sagte es mit ernster Stimme. »Kann ich Ihnen helfen?«
»Ich habe meine Freundin gebracht. Sie wird jetzt untersucht. Plötzlich fiel sie vom Traktor und war ohnmächtig.«
»Vom Traktor?« Petrowskij setzte sich neben das Mädchen auf die Bank. Es lächelte ihn scheu an. Die werden staunen, wenn ich ihnen das erzähle, dachte sie. Neidisch werden sie sein. Diese Ehre: ein Ulcus soundso setzt sich neben mich! Ein ganz hoher Akademiker.
»Ich bin Traktoristin«, sagte sie zögernd und etwas verklemmt. Mit so hohen Herren hatte sie keine Erfahrung. Die Männer im Traktorenwerk waren anders. Sie kannten genau ihren Seltenheitswert, wo jetzt alles an der Front gegen die Deutschen stand. Alle jungen Männer, die gesund und noch in den Werken übriggeblieben waren, kamen sich wie Preisbullen vor, jederzeit zum Sprung bereit, wenn ein Rock an ihnen vorbeiwehte. Hier aber saß ein Mann neben ihr, der nicht gleich auf ihre Brüste schielte und die Unterhaltung nicht mit der Frage begann: »Wann war es das letzte Mal?«
»Ich arbeite in der Endkontrolle«, sagte sie, als sie Petrowskijs fragenden Blick auffing. »Wenn die Traktoren fertig sind,

fahre ich sie zur Probe, und dann erst können sie ausgeliefert werden.«
»Ein verantwortungsvoller Posten.« Petrowskij blickte auf die Tür zur Ambulanz. Ein Krankenwagen war eingetroffen; zwei Sanitäter trugen einen stöhnenden alten Mann in die Aufnahme. Als die Tür offenblieb, konnte man für einen Moment in die Vorräume blicken. Zwei Ärzte unterhielten sich, eine Schwester trug einen Korb mit blutiger Wäsche fort. »Wie lange sitzen Sie schon hier?«
»Eine halbe Stunde.«
»Ich werde mich darum kümmern«, sagte Petrowskij großsprecherisch. »Wie heißt Ihre Freundin?«
»Wjera Petrowna Orkol.«
»Und Sie, Genossin?«
»Larissa Alexandrowna Chrulankowa.«
»Keine Sorge!« Er lächelte sie ermunternd an. »Sie bekommen gleich Nachricht.«
Sie nickte und verfolgte ihn mit bewundernden Blicken, als er aufstand. »Wie kann ich Ihnen danken, Genosse Ulcus . . . das andere habe ich vergessen.«
Petrowskij winkte ab. »Lassen wir das! Das ist doch nur ein Titel. Ich heiße Luka Iwanowitsch Petrowskij.«
»Oh! Wie das Krankenhaus . . .«
»Ein entfernter Verwandter von mir!« Petrowskij gab Larissa die Hand, strahlte sie an, daß sie bis unter die blonden Haare errötete, und entwich in geschütztere Gefilde, nämlich in den Waschraum.
Ein Zufall war es, daß wirklich fünf Minuten später eine Schwester aus der Ambulanz kam und zu Larissa Alexandrowna sagte:
»Eine Frühgeburt ist's. Viel zu früh. Das Kind ist tot. War ein Mädchen. Sie können gehen, Genossin — das andere erledigen wir. Der Vater wird benachrichtigt . . .«
»Wjera ist nicht verheiratet!« sagte Larissa und schämte sich.
»Aha!« Die Schwester starrte sie böse an. »Aber vom Wind kann sie das Kind nicht haben!«
»Sie hat's mit dem Vorarbeiter der Achsenmontage . . .«
»Wie schön! Achsenmontage! — Dann benachrichtigen wir den!«
»Er ist verheiratet, Schwester . . .«
»Ihr seid mir schon eine Bande!« sagte die Schwester und

kratzte sich zwischen den Brüsten. »Wie die läufigen Katzen . . .«
»Was wisen Sie, wie es in den Fabriken aussieht!« Larissa Alexandrowna bebte vor Wut. »Wir haben keine Mittelchen wie ihr, wenn ihr mit den Ärzten hurt! Bildet euch bloß nicht ein, besser zu sein als wir!«
Sie ließ die rot anlaufende Schwester stehen und rannte aus dem Krankenhaus. Draußen besann sie sich, verfiel auf den schicksalsschweren Gedanken, sich bei dem freundlichen und gewiß einflußreichen Ulcus Luka Iwanowitsch zu beschweren, und rannte in das Krankenhaus zurück. Dort prallte sie auf Petrowskij, der von seinem Fenster aus gesehen hatte, wie Larissa das Hospital verließ, und ihr nachlaufen wollte.
»Na, zufrieden?« rief er und faßte ihre Hand.
»Ich muß mich beschweren!« sagte sie laut.
»Da sind Sie bei mir richtig, Larissa. Sprechen Sie sich aus. Ich bin ein leeres Gefäß — füllen Sie es mit Ihren Wünschen.«
So hatte noch keiner zu Larissa gesprochen. Ihr Herz seufzte unter dem Druck neu entdeckter Wonne. »Es war die Schwester«, sagte sie milder gestimmt. »Sie nannte uns Flittchen . . .«
»Unerhört!« Petrowskij runzelte dramatisch die Stirn. »Erzählen Sie mir das genauer, Larissa Alexandrowna. Verlassen wir das Krankenhaus! Trinken wir eine Limonade zusammen?«
»Mein . . . mein Traktor wartet. Ich muß ihn zurückbringen.«
»Zu allem bin ich bereit, um Ihnen zuzuhören! Gehen wir also zum Traktor.«
So kam es, daß Petrowskij, hinter Larissa stehend, die in dem schalenförmigen, mit Wachstuch bezogenen Sitz hockte und mit großer Sicherheit fuhr, eine ganze Strecke mit einem bulligen, neuen Traktor durch Moskau ratterte, Larissas Haare roch, die ihm über das Gesicht flatterten, und glücklich war wie noch nie in seinem Leben.
Später zeigte ihm Larissa das Traktorenwerk und platzte fast vor Stolz. »Ein Ulcus ist er«, flüsterte sie den Freundinnen zu, wenn sie dazu Gelegenheit fand. »Ein ganz Großer. Fast ein Chefarzt . . . Und er ist ein guter Mensch.«
Petrowskij lernte auch den Natschalnik des Montagewerks I kennen, einen dürren, stoffwechselkranken Mann mit gelben Augäpfeln. Das bot Anlaß, sich geradezu brüderlich über Krankheiten und insbesondere über die des Magen- und

Darmtraktes zu unterhalten, was beide mit tiefer Sympathie für den anderen erfüllte. Hier erfuhr er auch, daß alle Männer hinter Larissa Alexandrowna her waren, so daß sie in einem ständigen Abwehrkampf stand. Ferner: daß sie 22 Jahre alt war, allein in einem kleinen Zimmer wohnte, die Mutter war schon vor dem Krieg an einer Lungenentzündung gestorben, der Vater war bei Tarnopol vermißt — ganz allein stand sie auf der Welt und mußte sich durchboxen durch alle Widerwärtigkeiten, die einem jungen Mädchen das Leben schwermachen.

»Wie ist das nun, Freundchen?« fragte der Natschalnik und ließ Petrowskij sich eine Zigarette drehen aus Machorka und grünfaserigem, selbstfermentiertem Tabak. Sie saßen in der Glaskabine, von der aus man die Montagehalle überblicken konnte. Larissa hatte einen Schwarm Mädchen um sich versammelt und schien von Petrowskij zu berichten. Temperamentvoll fuchtelten ihre Arme durch die heiße Luft. »Ändert sich da etwas?«

»Was soll sich ändern, Genosse?«

»Kriechen Sie zu Larissa ins Bett?« Der Natschalnik lachte meckernd. »Sie als höhergestellter Genosse haben die besten Aussichten. Kein Wunder, wenn man ein Ulcus ist!«

»Ulcus ist ein Magengeschwür«, sagte Petrowskij sanft.

»Was ist es?« Der Natschalnik kaute an seiner Zigarette. »Ich denke . . .«

»Ein Irrtum, Genosse. Ein Gedankensalto. Ich hatte noch keine Gelegenheit, Larissa darüber aufzuklären.«

»Sie sind ein Magengeschwür?« Der dürre, gelbäugige Mensch begann zu lachen, bog sich auf seinem Stuhl, verschluckte sich am Zigarettenrauch, hustete mit ausgebreiteten Armen, als wolle er seine Lunge ausstoßen, schüttelte sich dann tränenden Auges und seufzte vor Wonne. »Das muß Larissa passieren!« jubelte er. »Ah, ist das schön! Ist das eine Wonne! Wie wird sie's aufnehmen, was glauben Sie, Luka Iwanowitsch? Wird sie Sie prügeln oder sich verstecken? Da möchte man dabeisein . . .«

Er holte tief Atem, beruhigte sich ein wenig und fragte dann erneut: »Sie gehen mit ihr ins Bett?«

»Vielleicht . . .«

»Sicher! Es wäre gut für uns alle. Ruhe würde es in der Montagehalle geben, wenn man weiß: Larissa hat jetzt alles, was

sie braucht. Hihi! — Wer sind Sie wirklich, Luka Iwanowitsch?«
»Bis vor zwei Wochen war ich noch an der Front. Da entdeckte man das Ulcus ventriculi. Von Beruf bin ich Dachdecker . . .«
»Und wie soll's weitergehen?«
»Darauf habe ich keinen Einfluß. Ich möchte arbeiten.«
»Eins ist sicher: Wir Magenkranken müssen zusammenhalten. Luka Iwanowitsch, möchten Sie bei mir arbeiten? Wenn ich mit dem Genossen Personalleiter spreche . . . er hat einen sehr sensiblen Darm und wird Sie als Magengeschwür sicherlich einstellen. Ein kriegswichtiger Betrieb sind wir; keiner wird mehr auf die Idee kommen, Sie noch einmal an die Front zu schicken. Sie können Larissa ein Kind nach dem anderen machen, hehe!«
Eine gute Unterhaltung wurde es, über eine Stunde lang. Als Larissa aus der Montagehalle zurückkam, mit roten Wangen, voll Glück gepumpt, weil wirklich alle sie um den großen Ulcus beneideten, hatten Petrowskij und der Natschalnik, der Bogdan Filofejewitsch Iswarin hieß, verheiratet und trotz seines gestörten Stoffwechsels Vater von sieben Kindern war, enge Freundschaft geschlossen. Petrowskij beschloß, das Angebot anzunehmen. Wo kann man sicherer sein als in einem kriegswichtigen Traktorenwerk mit einem in Kameradschaft verbundenen darmkranken Personalchef?
Es ist gelungen, dachte er zufrieden. Ich habe Fuß gefaßt in Moskau. Schon am zweiten Tag. Wie mag es den anderen ergehen? Ob sie auch schon Moskau erreicht haben?
Am Abend lagen Luka Iwanowitsch und Larissa in dem kleinen Zimmer auf dem Bett und schämten sich nicht, daß sie nackt und satt in der Liebe waren. Wie ein Steppensturm war es über sie gekommen, als sie Larissas armselige Behausung betreten hatten und das noch von der vergangenen Nacht aufgeschlagene Bett sahen. Mit fiebrigen Fingern rissen sie sich fast die Kleidung vom Leib und fielen dann übereinander her, als seien sie ausgehungerte Kannibalen. Erst als Petrowskij bei jeder stoßenden Bewegung einen stechenden Schmerz im Rückgrat spürte und Larissas Atem nur noch ein Gluthauch aus einer brennenden Tiefe war, fielen sie voneinander ab und warteten, jeder mit sich allein, auf die Sekunde, da ihr Herz aussetzen und sie sterben würden vor einem alles vernichtenden Glück.

»Gar nichts macht es mir aus, daß Ulcus nur ein Magengeschwür ist«, sagte Larissa später in der Nacht, nachdem sie einen zweiten, aber etwas kürzeren Sturm hinter sich hatten. »Wie ich dich liebe, Luka, hat noch nie jemand geliebt. Laß uns heimlich beten, daß wir die Deutschen vernichten und der Krieg schnell zu Ende geht . . .«

Man kann mit der Straßenbahn von einem Ende zum anderen Ende ihrer Strecke fahren, dazu ist sie da, dafür hat man bezahlt, ihre Aufgabe ist die anonyme Personenbeförderung. Trotzdem verlor die Schaffnerin Lyra Pawlowna Sharenkowa Geduld und Nerven, als der aufsässige Fahrgast, der neben ihr hinter der Trennwand zum Fahrersitz hockte und sie anstarrte, als sei sie etwas Unanständiges, auf keiner Station ausstieg, sondern ihr fröhlich zunickte, wenn sie ihn auffordernd anblickte.
Kurz vor der Endstation streckte sie den Kopf um die Trennwand herum und fauchte Boranow an. Erschrocken weiteten sich seine Augen, als sei er ein gescholtenes Kind.
»Haben Sie Leim am Gesäß?« zischte sie.
»Das wäre neu.« Boranow lüftete seinen Hintern und strich mit der flachen Hand über seinen Hosenboden. »Ich kann vermelden: nichts dergleichen, Schwesterchen!«
»Ich bin nicht Ihr Schwesterchen! Warum steigen Sie nicht aus?«
»Muß ich das? Mir gefällt es in der Straßenbahn! Das Rattern über die Schienen, das Bimbim der Glocke. Man sitzt hinter einer Scheibe und kann die Menschen und die Häuser beobachten . . ., ein wahres Vergnügen ist das! Schon als Kind bin ich für mein Leben gern Straßenbahn gefahren. Und immer waren die Schaffnerinnen besonders lieb zu mir; ich war ein ausgesprochen süßes Kind! Lange blonde Löckchen wehten im Wind — es blieb gar nichts anderes übrig: man mußte mich liebhaben!«
Lyra Pawlowna verzichtete darauf, sich weiter in eine Unterhaltung mit dem offensichtlich leicht idiotischen Fahrgast einzulassen, klingelte ab und fuhr weiter. Sie erreichten die Endstation, ein großes, gepflastertes Rondell, auf dem noch zwei andere Straßenbahnen aus anderen Richtungen eine Ruhepause von zehn Minuten einlegten, ehe sie die Strecke wieder

zurückfuhren und dem Gegenzug begegneten. Die letzten Fahrgäste stiegen aus, nur Boranow blieb sitzen und rührte sich auch nicht, als Lyra von der Straße her in der Tür erschien.
»Endstation!« rief sie. »Schluß! Räumen Sie den Wagen!«
»Ich fahre wieder zurück.« Boranow ließ die Geldstücke auf der Handfläche hüpfen. »Fünfzehn Kopeken . . . stimmt's?«
»Sie sollen 'rauskommen!«
»Aber ich fahre doch gleich weiter.«
»Es ist den Fahrgästen verboten, während der Ruhepause im Wagen zu bleiben!« schrie Lyra Pawlowna.
Sie kletterte die zwei Stufen hoch und blieb vor Boranow stehen. Ihre großen Augen waren wie Feuerkohlen. »Das hat seinen Grund! Der Wagen soll auslüften! Solange Sie da sitzen, stinkt er.«
»Das überzeugt!« Boranow erhob sich, schnupperte in Richtung von Lyras schönen braunen Haaren, deren Spitzen in der Sonne rötlich schimmerten, und schüttelte den Kopf. »Die Seife ist's! Jetzt hab ich es! Das Fett ist ranzig . . .«
Lyra Pawlowna öffnete den Mund, ließ ihn offen und starrte Boranow entgeistert an. Es machte ihr offensichtlich Mühe, zu begreifen, was der Kerl da von sich gab. »Mein Haar?« sagte sie endlich. »Ich rufe Pawlow drüben von der Linie 3 zur Hilfe!«
»Ist er der Lieferant der Seife? Und riecht es nicht? Leidet der arme Genosse an einem Dauerschnupfen?«
»Ein blöder Mensch sind Sie! Steigen Sie aus, oder wollen Sie hinausgetrieben werden?«
»Ich bin ein friedfertiger Mensch«, sagte Boranow, verließ die Straßenbahn und reckte sich in der Sonne. Lyra Pawlowna schloß den Wagen ab, eilte mit weiten Schritten zu einer Art Wartehäuschen und schloß sich in der Toilette ein. Dort betrachtete sie sich in dem blinden, durch einen Riß verunstalteten Spiegel, feuchtete ihre Fingerspitzen an, strich damit durch ihr Haar und roch an den Händen.
Nichts.
Sie versuchte es noch einmal, kämmte sich dann und verließ mit zusammengepreßten Lippen das Wachhäuschen. Boranow unterhielt sich mit dem Schaffner der Linie 3 und erfuhr dabei, daß Lyra Pawlowna Sharenkowa ein besonderes Exemplar von Weib war, erst zwanzig Jahre alt, aus gutem

Haus — ihr Vater war Architekt, die Mutter Lehrerin —, und daß sie bei der Straßenbahn arbeitete, weil ein Onkel als Schreiber in der Verwaltung saß und ihr diesen guten Posten besorgt hatte. Über ihr Privatleben wußte der Kollege von der Linie 3 nichts zu berichten. Verlobt war sie nicht, das war sicher, aber ob sie einen Freund habe, das wage man nicht zu behaupten. »Voll Saft ist sie«, sagte der Schaffner von Linie 3. »Man sieht's ja! Aber nie spricht sie über sich selbst. Leiden jetzt alle Not, die Vögelchen. Die Hähne sind selten geworden.«

Nach zehn Minuten stand Boranow wieder an der Tür der Straßenbahn. Lyra saß schon auf dem Fahrersitz, aber sie gab den Einstieg noch nicht frei. Das Spiel wiederholte sich, jedoch warteten hier nur sieben Fahrgäste auf das Kommando, den Wagen zu erstürmen.

»Sehen wir das einmal tief menschlich«, setzte Boranow zu einem Vortrag an und versammelte damit die Wartenden um sich, was Lyra mit tiefem Mißfallen wahrnahm. »Gibt es ein schöneres Gefühl, als andere zu kommandieren? Laßt euch erzählen, wie das so ist: Einen Leutnant hatte ich, bei der Ausbildung in Nowgorod. Oje, war das ein scharfer Hund. Wenn uns der Schweiß in Strömen über den Körper rann, brüllte er freudig: ›Da sparen wir ja Wasser! Ihr wascht euch ja von selbst! Brave Leute!‹ Und dann jagte er uns noch mehr, bis wir umfielen. Ermorden hätten wir ihn können. Doch werde ich eines Morgens weggeschickt, um bei ihm zu Hause einen Brief abzugeben. Er hatte dienstfrei, und wie ich an sein Haus komme, erschreckt mich eine keifende Weiberstimme. Und mein Leutnant steht in Hose und Hemd hinter dem Haus, zerschlägt auf einem Hauklotz Baumstämme zu Scheiten, und hinter ihm steht sein Weib und nennt ihn einen schlaffen Schwanz. Das Schönste aber: Er schwitzt. Schwitzt, daß seine Haut in der Sonne wie mit Diamanten übersät glitzert. Leid hat er mir da getan. Ich habe begriffen, warum er uns so mitleidlos über das Feld gejagt hat . . .« Boranow wischte sich über die Stirn. Die Zuhörer nickten ergriffen. »Ein Mensch lädt auf und entlädt sich, wie eine Batterie, liebe Genossen. Seid deshalb unserer Schaffnerin nicht gram; sie befindet sich im Stadium der Entladung.«

Lyra Pawlowna nahm das nicht hin. Mit der Faust schlug sie auf die Klingel, schrie »Einsteigen! Die Zeit ist um!« und

fauchte Boranow, der als letzter an Bord kam, giftig an: »Wohin?«
»Für fünfzehn Kopeken, liebe Freundin . . .«
»Wohin?!«
»So weit man kann. Nächste Endstation . . . oder bis an den Rand der Welt! Mit Ihnen fahre ich überallhin. Eine Schwäche habe ich für freundliche Menschen, Lyra Pawlowna . . .«
»Woher wissen Sie meinen Namen?«
»Der Kollege von Linie 3 . . .«
»Ein zahnloser Schwätzer! Die Kopeken her!« Boranow gab ihr das Geld, sie zählte es nach und blickte ahnungsvoll hoch.
»Das sind dreißig!«
»Für die Rückfahrt, Lyraschka . . .«
»Ich werfe Sie aus dem Wagen!«
»Das wäre wider die Beförderungsbedingungen. Wer bezahlt, hat ein Recht auf Transport. Ausnahmen sind nur in Notfällen möglich. Wenn jemand in den Wagen kotzt, gegen die Wände pinkelt, sich sogar hinhockt und . . .«
»Ein Schwein sind Sie.«
»Auf keinen Fall gehört zu den Notfällen, daß man die Schaffnerin hübsch findet und sich nicht von ihr trennen kann. Ich habe ausgerechnet, Lyra Pawlowna: Bis zum Dienstschluß kann ich mit Ihnen vier Rubel verfahren haben. Für vier Rubel darf ich Sie stundenlang ansehen. Das ist fast ein geschenktes Vergnügen. Hat Ihnen das noch niemand vorgerechnet?! Nein, so etwas! Sind in Moskau alle Männer blind?!«
Lyra antwortete nicht, nahm fünfzehn Kopeken, warf die anderen fünfzehn auf den Boden und ließ die Straßenbahn abfahren. So lernte Boranow auf angenehmste Art Moskau kennen, fuhr quer durch die Riesenstadt, zwar immer nur die gleiche Strecke, an der er bald jedes Haus kannte, aber er hatte Zeit, über seine weiteren Unternehmen nachzudenken. Als freundlicher Mensch unterhielt er sich mit anderen Fahrgästen, machte Lyra darauf aufmerksam, daß am Fenster eines grauen Steinhauses ein nackter Mann stand und sich abtrocknete, was fast zu einem Verkehrsunfall geführt hätte, weil Lyra zu Boranow herumfuhr, ihn mit »Sau!« anschrie und dabei einen Radfahrer übersah, der leichtfertig die Schienen kreuzte. Und an den Endstationen bezahlte Boranow seine fünfzehn Kopeken für eine weitere Fahrt. Dagegen gab es kein Mittel. Lyra Pawlowna war machtlos, schäumte vor Zorn

und kam nur aus dem Gleichgewicht, als Boranow an der Endstation I nach viermaligem Hinundherfahren plötzlich verschwand.
Lyra wartete in ihrer Straßenbahn, starrte ungeduldig, dann mit bebenden Lippen auf die Uhr, umklammerte den Elektrohebel, spürte ein schweres Herzklopfen und riskierte es, um sechs Minuten den Fahrplan zu überschreiten. Dann bemächtigte sich ihrer eine wilde Unruhe, völlig unerklärlich war sie dem Weinen nahe — und als Boranow endlich auftauchte, aus dem Wartehaus, und pfeifend den Wagen bestieg und seine fünfzehn Kopeken auf das Zahlbrett legte, sagte sie mit verschleierter Stimme: »Zum Teufel, wo bleiben Sie?!«
»Eine Limonade habe ich getrunken! Die Zunge klebte mir am Gaumen. Erstaunlich, wie Sie das durchhalten, Lyraschka . . .«
»Wir haben neun Minuten Verspätung!«
Boranow setzte sich auf seinen Stammplatz und schlug die Beine übereinander. »Dann aber los!« sagte er und schickte ein inniges Lächeln zu Lyra Pawlowna. Sie fing es mit einem heftigen Stoß ihres Herzens auf und entging anderen Reaktionen, indem sie Boranow brüsk den Rücken zukehrte. »Zwischen den Stationen 7 und 10 und 14 und 18 können wir die Zeit wieder herausholen!«
Bei dieser Fahrt war es Lyra, als sei ihr sonst harter Fahrersitz mit Wolken gepolstert.

Man soll nicht sagen, Frauen seien wie Kartenhäuser: man tippt sie an, und schon fallen sie um. Das wäre ungerecht und trägt nicht ihrer seelischen Beschaffenheit Rechnung, vor allem, wenn sie mit wilden Zweifeln ringen und sich letztlich für das entscheiden, was ihrem Herzen am wohlsten tut.
Niemand hätte von Lyra Pawlowna erwartet, daß sie nach Ende ihrer Dienstzeit Boranow nicht einfach stehenließ und sich entfernte. Genau das Gegenteil war der Fall. Sie brachte die Übergabeverhandlungen mit der Kollegin von der Spätschicht so schnell wie möglich hinter sich und schielte mit einem Auge ständig zur Straße, ob Boranow noch wartete. Er tat es, vertrat sich die Beine, rollte sich eine Zigarette aus Tabakresten und grinste erfreut, als Lyra mit umgehängter Ledertasche auf ihn zukam.
»Ich habe meine Kollegin gewarnt«, sagte sie abweisend.

»Wenn Sie weiter hin und her fahren, werden Sie von der Miliz in eine Anstalt gebracht! Ihr Verhalten ist eine Provokation!«
»So habe ich das noch nicht gesehen.« Boranow kratzte sich den Nasenrücken. »Aber bei genauer Betrachtung könnte man so etwas glauben. Dem muß man entgehen, Genossin. Ich gehorche Ihnen. Ich stelle meine Straßenbahnlust ein. Aber was nun tun? Wie soll ich ohne Ihr Klingeln leben?«
»Wer sind Sie eigentlich?«
»Ich heiße Kyrill Semjonowitsch Boranow.«
»Das interessiert mich nicht.«
»Sie haben gefragt ...«
»Ich wollte wissen, wo man Sie abliefern muß!« Sie holte einen Kamm aus der Tasche, fuhr sich damit schnell durch das Haar und sah ihrer Straßenbahn nach, die unter neuer Leitung zur nächsten Fahrt ansetzte. »Sie scheinen viel Zeit zu haben.«
»Ich könnte damit handeln.«
»Jede unproduktiv verschenkte Stunde schadet dem Volk und nützt dem Feind!«
»Parole Nummer 19! Aber kennen Sie auch Nummer 22? — Freundschaft erhöht die Produktivität! — *Das* ist ein Spruch, Lyra Pawlowna!«
Sie blieb ernst, zeigte auf das Wachhaus der Endstation und nestelte an ihrer ledernen Schaffnertasche. »Ich fahre jetzt nach Hause«, sagte sie. »Hoffentlich sehe ich Sie nie wieder. Dieser Tag war genug!«
»Sie fahren! Womit? Wieder mit der Straßenbahn?«
»Mit einem Fahrrad.«
»Das ist grandios!« rief Boranow enthusiastisch. »Sie müssen wissen: Ich bin ein berühmter Radfahrer! Mit siebzehn Jahren habe ich meine erste Meisterschaft erstrampelt. Noch nie etwas gehört von dem ›Adler von Nowgorod‹? Die Menschen standen am Straßenrand, wenn ich an ihnen vorbeisauste, und besabbelten sich vor Freude. 1939, im Sommer, beim Rennen von Smolensk, kam es zu einer Fehlgeburt, als ich durchs Ziel fuhr. Ein Junge. Man taufte ihn sofort Kyrill — mein Name —, und ich übergoß das Knäblein mit dem Rest meiner Wasserflasche ... Lyra, davon haben Sie nichts gehört? Aber nein, das ist ja nicht möglich! Da waren Sie ja erst fünfzehn. Und 1940, in Minsk, welch ein Tag! Da wurde ich als Sieger von der Tochter des obersten Sowjets geküßt. Ein zartblondes

Mädchen. Nach dem Kuß verlor sie den Verstand und wollte nicht mehr ohne meine Hose schlafen . . .«
»Man sollte Sie in kaltes Wasser legen!« sagte Lyra steif. »In eiskaltes! Gehen Sie mir aus dem Weg!«
»Darf ich Sie nach Hause fahren?«
»Mit dem Rad? Als ›Adler von Nowgorod‹?«
»Nein, als Kyrill Semjonowitsch. Als Ihr Kyrill!«
»Warum sterben Sie nicht vor Aufgeblasenheit?!« Sie ging mit schnellen Schritten zu dem Wachhaus, holte aus einem Abstellraum ein altes Herrenfahrrad und hängte ihre große Schaffnertasche an den Lenker. Das Rad war rot lackiert und sah sehr stabil aus.
Boranow rieb sich die Hände. »Wo wollen Sie sitzen? Auf dem Rahmen oder hinten auf dem Gepäckträger?«
»Auf dem Rahmen nicht! Da wehen Ihnen meine Haare entgegen, und die stinken ja nach ranziger Seife . . .«
»Lyraschka!« sagte Boranow zärtlich. »Vergessen wir vieles, was gesagt worden ist . . . Ein wirklich glücklicher Mensch bin ich jetzt zu dieser Stunde. Geben Sie mir das Rad!«
Er nahm es aus ihrer Hand, schwang sich in den Sattel, und Lyra setzte sich hinter ihn und schlang die Arme um seinen Leib, was man tun muß, um nicht wegzurutschen. Die Berührung mit ihr durchfuhr Boranow wie ein Feuerkeil, der sich vom Hirn bis in die Zehenspitzen bohrte. Er holte tief Atem und seufzte dabei.
»Wo geht es hin?!« rief er mit vor Glück belegter Stimme. »Nach Grusinien, an den Amur, ans Eismeer oder durch die Taiga? Jeden Wunsch erfülle ich Ihnen, Lyra Pawlowna! Nennen Sie das Ziel!«
»Ein gelbgestrichenes Haus in der Poltekava uliza. Sie haben noch ungefähr neunzehn Minuten Zeit.«
»Wozu?«
»In neunzehn Minuten wird mein Vater Sie aus dem Haus prügeln. Eine Freude wird das sein! Ha, welch eine Freude!«
Man erwarte nichts Außergewöhnliches . . . Väterchen Sharenkow schlug Kyrill Semjonowitsch natürlich kein blaues Auge. Zurückhaltend war er dennoch, denn die Familie Sharenkow erlebte zum erstenmal, daß Töchterchen Lyra einen Mann in die Wohnung brachte. Marja Iwanowna, die Mutter, schob deshalb Lyra sofort in die Küche, während Vater Pawel Ignatiewitsch bedauerte, dem Gast nichts anderes anbieten zu

können als kalten Tee, gesäuert mit einem synthetischen Zitronenextrakt.
»Wie steht es an der Front?« fragte er. »Man hört so wenig. Wann sind die Deutschen am Ende? Kann es noch lange dauern? Erzählen Sie, Kyrill Semjonowitsch, erzählen Sie! Wie sieht die Lage aus der Sicht des Frontkämpfers aus?«
Boranow berichtete, was man hören wollte. Man war zum Marsch auf Berlin angetreten, auch wenn noch das halbe europäische Rußland, Polen und Westpreußen dazwischen lagen. »Nicht aufhalten kann man uns, wenn wir erst marschieren!« sagte er. »Wir erdrücken sie einfach, die Deutschen! Ein Jammer, daß ich nicht mehr dabei bin.«
»Sie werden sich hier erholen, Kyrill Semjonowitsch.«
»Bestimmt. Aber die Kugel, die mir in der Schulter sitzt, neben der Lungenarterie, die erholt sich nicht. Keiner wagt es, sie mit dem Messer herauszuholen. Starren auf das Röntgenbild, zeigen mit Bleistiften auf den dunklen Fleck, sagen: »Ha, da sitzt das Biest!« und runzeln dann die Stirn. »Inoperabel. Sie müssen damit leben, Genosse.« Boranow blickte hoch. Mütterchen Marja kam mit Lyra aus der Küche und brachte runde Plätzchen, die als Notvorrat in einer hohen Blechdose aufbewahrt worden waren. Die Plätzchen waren trocken, hart und schmeckten etwas muffig. Lyra vermied es, Boranow anzusehen — sie hatte rote Backen und schien in der Küche eine heftige Diskussion mit Marja Iwanowna gehabt zu haben.
»Sie sind ein gebildeter Mann, Pawel Ignatiewitsch«, fuhr Boranow fort. »Darf ich Sie fragen: Welche Auswirkungen hat so eine Kugel im Körper, die keiner herausholen will? Je mehr ich darüber nachdenke, um so größer werden meine Angstgefühle. Wie ist das, wenn ich an einem Magneten vorbeigehe? Klebe ich dann sofort daran wie eine Fliege am Leim? Oder bei Gewitter, Pawel Ignatiewitsch? Mir wird angst und bange! Eisen zieht die Blitze an . . . Ist es möglich, daß in mich ein Blitz einschlägt?!«
»O Himmel!« sagte Lyra leise und betroffen. »Das habe ich nicht gewußt. Sie haben mir nichts davon erzählt.«
»Wie konnte ich.« Boranow grinste breit. »Ich stand doch im dauernden Kampf um meinen Sitzplatz in der Straßenbahn.«
»So überfüllt war sie?« fragte Väterchen Sharenkow ahnungslos. »Warum haben Sie nicht gerufen: Platz da! Hier kommt ein Invalide!«

Boranow fing einen flehenden Blick von Lyra auf und nickte kaum merklich. Keine Sorge, mein Täubchen, mit dir war es die schönste Straßenbahnfahrt meines Lebens. Du hast mich gegen das Schienbein getreten, du hast mich angebrüllt, bedroht, schikaniert und beleidigt, man kann dir bescheinigen, du hast dich mit Krallen und Zähnen gegen mich gewehrt, warst eine wilde, fauchende Katze . . . aber es hat alles nichts genutzt. Jetzt sitze ich hier auf einem alten Sessel, trinke bitteren Tee und knabbere muffige Plätzchen, und Väterchen Pawel findet mich sympathisch. Lyranja, man sollte deine Straßenbahn bekränzen und Rosen auf deinen Sitz streuen!

»Haben Sie keine Angst, Kyrill Semjonowitsch«, sagte Sharenkow und klopfte Boranow auf das Knie. »Weder ein Magnet noch ein Blitz kann Ihnen gefährlich werden. So eine kleine Kugel . . .«

»Inoperabel!« rief Boranow und hob den Zeigefinger. »Neben der Arterie! Ich darf gar nicht daran denken!«

»Und warum hat man Sie nach Moskau geschickt?« fragte Mütterchen Marja.

»Ich soll hier arbeiten!« Boranow zermalmte eines der harten Plätzchen. Es klang, als zerknacke ein Raubtier einen Knochen. »Man braucht jetzt jede Hand.«

»Was ist Ihr Beruf?« Sharenkow legte die Fingerspitzen aneinander. Er war ein schlanker, feiner Mann mit grauen Haaren, ein aristokratischer Mann, dem man sofort ansah, daß er mit dem Kopf arbeitete.

An den Wänden hingen, mit Heftzwecken befestigt, statt billiger Bilderdrucke einige gezeichnete Ansichten von Sharenkows Hausentwürfen, wahre Prachtbauten, die er nie hatte realisieren können und die er deshalb besonders liebte. Daneben hing in einem einfachen Holzrahmen Marjas Diplom als Lehrerin und eine Belobigung der Bau-Akademie für Sharenkow, die seine Leistung bei der Planung einer neuen Technischen Hochschule rühmte.

»Ich bin Biologe«, sagte Boranow.

Er war darüber nicht sehr glücklich und hatte schon bei Oberst von Renneberg interveniert. Aber die Fachleute von Canaris hatten herausgefunden, daß Kuehenbergs beste schulische Leistung eine Eins in Biologie gewesen war, und daß nur die Tradition der Kuehenbergs und der Krieg es verhindert hatten, daß er sich in Greifswald für dieses Studium ein-

schreiben ließ. »Ein Biologe macht auch in Rußland Eindruck«, hatte Renneberg gesagt. »Vor allem wird man Sie dort beschäftigen müssen, wo Sie große Freiheiten haben. Was wollen Sie mehr für Ihren Auftrag?«
»Ein Biologe!« sagte Sharenkow und pustete gegen seine Finger. »Oje! Was soll man jetzt damit anfangen? Was ist Ihre Spezialität?«
»Die künstliche Besamung.«
Lyra Pawlowna, das brave Mädchen, verfärbte sich und preßte die Lippen aufeinander. Nur noch ein Strich waren sie. Ihre Augen bettelten um Mäßigung. Aber weder Pawel Igantiewitsch noch Marja Iwanowna reagierten betroffen oder beleidigt, sie nickten nur zustimmend.
»Ich meine die Besamung von Pflanzen!« erklärte Boranow und vermied es, Lyra anzusehen. »Wir haben in Kasan neunzehn neue Orchideenabarten gezüchtet.«
»Damit kann man keinen Krieg gewinnen«, stellte Sharenkow fest. »Womit man sich alles in Friedenszeiten beschäftigt! Wozu braucht Rußland Orchideen?! Haben wir nicht Nelken, Rosen und Sonnenblumen genug?! Mein lieber Kyrill Semjonowitsch, ich fürchte, man wird Sie kaum als Biologe beschäftigen können. Was erwarten Sie?«
»Ich bereite mich auf große Enttäuschungen vor.«
»Das können Sie auch!« Sharenkow erhob sich, verschwand in der Schlafstube und kam nach einer Weile mit einem silbernen Kästchen zurück. Als er es öffnete, mit geradezu verträumtem Gesicht, war es halb gefüllt mit einem goldgelben, langfaserigen Tabak. »Orient!« sagte Pawel Ignatiewitsch feierlich. »Von einem Türken habe ich ihn bekommen, der 1939 die Akademie besuchte. Einen verrückten Namen hatte er ... Yüksülükel oder so ähnlich. Wer kann das aussprechen? Zwei Packungen Tabak ließ er zurück, das ist der Rest. Und davon drehen wir uns jetzt eine dicke Zigarette, um in aller Würde nachzudenken, Kyrill Semjonowitsch.«
Da wußte Boranow, daß er zum Mitglied der Familie geworden war, und er war sehr glücklich darüber.

Der kleine Nikolai Antonowitsch Plejin hörte zum letztenmal seinen richtigen Namen Dallburg, als er mit umgeschnalltem Fallschirm und staksigen Schritten zu dem Flugzeug ging, das ihn in die Nähe Moskaus bringen sollte. Die Maschine wartete auf dem Militärflugplatz Stettin abseits von den anderen Staffeln; ein Fähnrich der Luftwaffe saß bereits in der Kanzel und studierte beim Schein einer Taschenlampe noch einmal die Flugroute. Ihm war klar, daß der Hinflug problemlos, der Rückflug aber ein Wettlauf mit dem Tod werden würde. Wenn alles nach Plan ablief, kam er trotzdem noch über Polen in das Morgengrauen hinein. Dort erwarteten ihn die sowjetischen Abfangjäger, die seit Monaten den Luftraum beherrschten. Keine schnellen Burschen wie die Amerikaner, auch nicht so fliegerisch-präzise ausgebildet, aber was tut das zur Sache, wenn weit und breit keine deutsche Maschine zu sehen ist, die einem helfen könnte. In der Luft war der Krieg schon verloren, nur durfte man das nicht laut denken, wollte man nicht als Wehrkraftzersetzer erschossen werden. Der Mythos Görings war zerstört; zurückgeblieben war nur der barocke Dicke in seiner theatralischen, hellblauen Reichsmarschall-Uniform. Ein überdimensionaler Hofnarr, von der Tragik überschattet, zwischen Trümmern zu stehen, die eigentlich ein Jahrhundertwerk sein sollten: die unbesiegbare deutsche Luftwaffe.

»Machen Sie's gut, Dallburg«, sagte der Major, der den kleinen Plejin bis zum Flugzeug brachte. »Ich will gar nicht fragen, was Ihre Kostümierung soll und warum man Sie so weit hinten in Rußland aus dem Himmel fallen läßt. Ich vergesse auch Ihren Namen, den ich nur durch Zufall erfahren habe. Auf jeden Fall ist das, was Sie machen, absoluter Blödsinn!«

»Da sind wir uns einig.« Der kleine Plejin nahm vor dem Flugzeug die Hacken zusammen und grüßte stramm. »Ich danke Ihnen, Herr Major.«

»Wie alt sind Sie?«

»Zwanzig, Herr Major.«

»Das ist eine Scheiße, was? Los, steigen Sie ein! Wissen Sie, was ich Ihnen wünsche? Einen Motorschaden noch vor der Grenze!«

»Dann müßte ich morgen nacht fliegen.«

»Wer weiß, was morgen ist?« sagte der Major ahnungsvoll. »Die Luft ist schwer von Gerüchten . . .«

Das Schicksal spielte nicht mit: Plejins Maschine erreichte ohne Motorschaden und unbehelligt von der sowjetischen Luftabwehr — genau wie die anderen neun — das Zielgebiet

hinter Moskau. Der fliegende Fähnrich tippte mit der Hand nach unten in die tiefe Dunkelheit. Dann glitt er tiefer, durchstieß eine fahle Wolkenschicht und schwebte lautlos durch die Nacht. Unter ihnen zog ein flimmerndes Lichtband nach Westen; eine Kette winziger, blinkender Sterne. Das war die Rollbahn von Jaroslawl nach Moskau, übersät mit Wagenkolonnen, deren bis auf ein Mindestmaß abgedunkelte Scheinwerfer eine neue, schmale Milchstraße schufen. Dort unten rollte ein Nachschub gigantischen Ausmaßes durch das Land, aus der Tiefe Rußlands quollen die Menschen nach Westen, mit dem einzigen Ziel, Deutschland zu vernichten.
»Zielgebiet Pjereslawl-Saljeresskij erreicht!« meldete der Luftwaffen-Fähnrich trocken. »Wo wollen Sie landen? Auf einem Kanonenrohr oder auf einem Lastwagenkühler?«
»Wie ist es nördlich mit dem Plejeschtschjejewa-See?« fragte der kleine Plejin.
»Ich vermute, da liegt alles voll Infanterie.«
»Noch weiter rauf. In das Sumpfgebiet des Njerl?«
»Sehen wir uns das mal an.« Das Flugzeug stieg wieder höher und zog in einem weiten Bogen um den See herum, überflog das Flüßchen Njerl und verlor dann wieder an Höhe. Hinter ihnen stachen endlich die fahrbaren Scheinwerfer in den Himmel und tasteten ihn nach dem fremden Geräusch ab. Es war nur eine Formsache, an ein deutsches Flugzeug dachte hier niemand mehr. »Wir sind in der Nähe von Michailowskoje«, sagte der Fähnrich. »Es sieht gut aus. Ich gehe auf Sprungtiefe. In Ordnung?«
»In Ordnung!« Der kleine Plejin umklammerte die Gurte seines Fallschirms. Plötzlich dachte er an Grandchamps-les-bains, an den schönen Nordseestrand, an das Häuschen mit der winzigen Puppenwohnung, an Gabrielle und ihre Küsse und an ihre zärtliche Stimme, wenn sie ihm völlig verrückte Koseworte ins Ohr flüsterte. Sie war seine erste richtige Frau gewesen, bei ihr hatte er gelernt, daß die Rückenlage nur eine Zuflucht für bequeme ältere Herren war, und daß ein Körper erschreckend viele Möglichkeiten der Liebe bot. Bis zur Willenlosigkeit hatte ihn das fasziniert, und daran mußte er jetzt denken, ausgerechnet jetzt, wo das Flugzeug im Gleitflug tiefer ging und die Erde näher kam. Auf die er sich gleich stürzen mußte. Der Sprung aus dem Leben, von dem er nur eine Frucht hatte kosten dürfen.

»Fertig?« fragte der Fähnrich.
Der kleine Plejin nickte. »Fertig.« Er klopfte dem Fähnrich auf die Schulter, ein kameradschaftlicher Abschied, und tappte dann nach hinten zur Tür. Hier hockte ein Gefreiter auf einem Segeltuchstuhl und hatte sich festgeschnallt.
»Los!« sagte Plejin laut.
Die Tür flog auf, der Sog riß Plejin fast von selbst aus der Maschine. Mit ausgebreiteten Armen schwebte er im Nichts und fand es herrlich, losgelöst zu sein von aller Erdenschwere. Daß er dabei rasant fiel, spürte er nicht. Mit Bedauern fast zog er an der Reißleine, der Knall des sich öffnenden Sackes prallte gegen sein Trommelfell, dann folgte der Ruck, als sich der Fallschirm entfaltete, sein Körper wurde wieder schwer, pendelte und hing dann in den Schnüren. Gelungen, dachte er. Nikolai Antonowitsch, du kommst zur Erde! Von jetzt ab vergiß alles, was gewesen ist. Denk nur an Moskau, denk an Stalin, denk russisch. Du bist der Gesangstudent Plejin, den dieser Krieg erschreckt, der nie ein Held werden wollte, dem Soldatsein eine Qual bedeutet, der nur für die Musik lebt, für die Oper, für seinen schönen hellen Tenor.
Ein Waldstück, dann eine große Wiese, versteppt, mit hohem Gras, seit Jahren nicht geschnitten . . . Plejin strampelte, zog dann die Beine an, landete in der Hocke auf dem Boden, der seltsam weich war, rollte sich ab, wie gelernt, und krallte sich dann in die Schnüre seines Fallschirms. So blieb er liegen, lauschte angespannt, aber die Nacht um ihn herum war lautlos, nur die Fallschirmseide knirschte leise im harten, fast mannshohen Gras.
Plejin holte den Schirm zu sich heran, knüllte ihn zu einem dicken Paket zusammen und benutzte ihn als Kopfkissen. Er blickte hinauf in den Sternenhimmel, den Wolkenbänder wie vorbeiwehende Schleierstreifen unterbrachen, und malte in Gedanken gegen den Himmel die Landkarte seiner Umgebung: Westlich liegt Michailowskoje. Dort erreicht man die Straße von Uglitsch an der Wolga nach Moskau. Bei Sagorsk trifft sie auf die Straße von Jaroslawl und vereinigt sich dort mit ihr.
Plejin fand, daß er genau richtig gelandet war, an einem idealen Platz, und daß ihm nichts Besseres widerfahren konnte als diese riesige Nachschubkolonne auf der Rollbahn. In sie wollte er sich eingliedern und sich mittreiben lassen nach

Moskau. Ein Mensch in dieser Masse Mensch fällt nicht auf, aber einen einzelnen, der durch das Land wandert, fragt man, wer er sei. Wo sich Menschen zusammenballen, verlieren sie den Blick für das Besondere.
Nach einer Ruhepause trug Plejin den Fallschirm in den Wald, versteckte ihn in einem dichten Gebüsch und klopfte seinen Anzug ab. Dann marschierte er los, traf auf einen Fahrweg für die Landwirtschaft, eine von Traktoren ausgewalzte Spur, der er nachging, weil sie nach Westen führte. Hier gibt es keine Häuser, dachte er. Das ganze Gebiet wird von einer Sowchose verwaltet. Erst nahe der Straße fangen die ersten Siedlungen an. Man sollte sie nicht vor dem hellen Tag erreichen. Ein Mann, der aus der Dunkelheit kommt, ist immer ein seltsamer Gast. Bis kurz vor die ersten Häuser, die er im fahlen Dämmern vor sich liegen sah, hatte er drei Stunden gebraucht. Jetzt setzte sich Plejin hinter einen Busch und wartete.
Als die ersten Fahrzeuge über die Straßen rollten — ein klappriger Lastwagen, dessen Keuchen bis zu Plejin herüberklang, und zwei bäuerliche Flachwagen mit alten, mageren Panjepferden davor, die müde über ihre eigenen Beine stolperten —, erhob er sich, kontrollierte noch einmal sich selbst, ob nichts Auffälliges an ihm war, und ging dann gemächlich der Ortschaft zu. Es war eine kleine Siedlung, ziemlich neue Häuser aus Stein, keine hölzernen Wände wie sonst auf dem Lande, auch fehlten die traditionellen Holzschnitzereien an den Giebeln oder Fensterumrandungen, selbst die Bemalung hatte man gespart — eine nüchterne, moderne Wohnkolonie, sicherlich Bestandteil einer großen Sowchose.
Plejin blieb stehen und betrachtete die Siedlung. Milda Ifanowna hatte sie nicht erwähnt, auch auf den Karten war sie nicht eingezeichnet, glaubte er sich zu erinnern. Aber wozu auch . . . Renneberg hatte gesagt: »Meine Herren, was wir Ihnen hier beibringen, ist nur ein Rahmen. Wir versuchen, so detailgetreu wie möglich zu sein, aber Sie werden alle Vorzüge der Improvisation gebrauchen, um später am Einsatzort die richtigen Entscheidungen zu treffen. Das müssen Sie allein tun! Wir bereiten Sie hier darauf vor, daß Sie sicher zur Erde kommen . . . *auf* der Erde sind Sie allein. Da hilft Ihnen keiner . . .«
Höflich, wie ein Fremder zu sein hat, grüßte er einen Bauern,

der, auf seinem Flachwagen sitzend, an ihm vorbeirollte und mit seinem Gaul sprach. »Ich weiß, ich weiß«, sagte der Mann, »du bist müde, du bist alt, du bist auf einem Auge blind; im Ställchen willst du lieber liegen und dich ausstrecken. Hast genug gearbeitet in deinem Leben. Wer weiß das nicht?! Aber was hilft's, he?! Wir müssen etwas tun, bis wir umfallen und uns für ewig ausschnaufen.« Er betrachtete im Vorbeifahren den ihm fremden Plejin, zog die Zügel straff und hielt an. »Wohin?« fragte er. »Und woher?«

»Wohin? Das ist eine sehr komplizierte Frage. Nach Moskau . . .«

»Zu Fuß?« Der alte Bauer drückte mit dem Daumen ein Nasenloch zu, katapultierte mit einem Luftstoß aus dem anderen Nasenloch einen beachtlichen Rotzfetzen und schien darob sehr befreit zu sein. Er lachte mit greisenhaftem Gemecker. »Zu Fuß! Die Idioten sterben nicht aus. Was willst du in Moskau?«

»Ich komme von der Front . . .«, sagte Plejin leichthin.

»Auch zu Fuß?! Hast dich in der Richtung geirrt, was? Soll nach Berlin marschieren und landet in Duschansk . . . Na, so was!«

»Das hier ist also Duschansk?« fragte Plejin. »Es gibt schönere Orte.«

»Ein kluges Mitglied der Partei hat es entworfen. Vor zehn Jahren! Sollte eine richtige Stadt werden, aber dann entdeckte man, daß irgend etwas nicht genug vorhanden war. Haben nie erfahren, was es war . . . Aber nun stehen die Häuser da, und wir haben sie von der Sowchose übernommen.« Der Bauer griff an die Nase, und Plejin befürchtete einen neuen Rotzer. Er ging aus dem Weg, aber der Alte dachte nur angestrengt nach und musterte dann den Fremden mit Mißtrauen. »Wieso kommst du nach Duschansk?«

»Das ist eine tragische Geschichte, Genosse. Das muß man hören — man glaubt sie kaum.«

»Steig auf!« Der Bauer klopfte mit der flachen Hand auf die Holzbretter. »Wir fahren nach Michailowskoje. Das heißt, wenn wir es erreichen. Sieh dir mein Gäulchen an! Wenn ich den Namen schon nenne, wackelt es mit den Hufen! Aber was soll man machen? Die Traktoren hat man uns weggenommen, die kräftigen Pferdchen dienen in der Armee, alles marschiert gegen die Deutschen — richtig so, sage ich, nur immer zu,

jagt sie davon, zerhackt sie zu Mastfutter — aber zu uns Alten sagt man: Ihr müßt dafür sorgen, daß wir nicht verhungern, wir Soldaten, jede Krume Erde muß eine Frucht tragen. Und das bei so einem Gaul! Steig auf, Genosse!«
Plejin setzte sich neben den Alten, das Pferdchen trottete weiter, und so verließ er Duschansk, ohne es betreten zu haben. In Michailowskoje, so sagte der Bauer, bekäme er bestimmt ein Auto, das ihn bis Moskau mitnehmen würde. »Und später dann« — der Alte rülpste, es roch nach sauren Gurken — »kommst du durch ein Gebiet, wo die Datschas liegen. Da wohnen die bedeutenden Genossen. Welche, die Musik machen, oder die Bücher schreiben, und welche, die an der ganzen neuen Zeit herumdenken und immer Neues erfinden. Ich bin noch nie in der Gegend gewesen. Wieso kommst du von der Front?«
»Ich bin eine seltene Krankheit!« sagte Plejin wichtig.
»Eine was?« Der Bauer starrte ihn an. Auch der alte Gaul schien menschliche Worte zu verstehen und versuchte, sich umzublicken.
»Eine unbekannte Krankheit, Väterchen.«
»Ich heiße Abram Porfiriewitsch.«
»Also es fing so an, Abram Porfiriewitsch: Ich stehe in einem Granatloch hinter meinem Gewehr, da kriechen plötzlich Drillinge auf mich zu. Was ich dir sage: Drei Offiziere, alle Leutnants, alle das gleiche Gesicht, die gleiche Uniform, die gleichen Orden, die gleiche Stimme, die gleichen Bewegungen . . . vollkommene Drillinge! Na, so was, denke ich! Das ist einmalig. Ich stehe stramm und melde mich. Die drei fallen in meinen Trichter, aber es wurde nicht eng, obgleich da nur noch ein Mann Platz hatte. Und dann sprechen die drei gemeinsam, genau eine Stimme über der anderen, so daß es wie eine klingt, und schnauzen mich an: ›Was glotzen Sie so blöd, Nikolai Antonowitsch?!‹ Und ich sage: ›Genosse Leutnant, ich habe nicht gewußt, daß Sie noch zwei Brüder haben!‹ — Ha, gab es da eine Aufregung! Ich mußte nach hinten zum Befehlsstand, und überall, wo ich hinkam, gab es Drillinge! Jeder muß verstehen, daß ich verwirrt war! Ich war plötzlich in eine Sondereinheit geraten, die nur aus Drillingen bestand! Wer hätte je geahnt, daß es in Rußland so viele Drillinge gibt, daß man daraus ein ganzes Bataillon zusammenstellen konnte?! Sogar der Kommandeur war ein Drilling — es war

phantastisch!« Plejin seufzte und strich sich über sein jungenhaftes Gesicht. »Von da ab wurde ich von den Ärzten untersucht . . . bei der Division, in drei Lazaretten, bei der Armee. Und immer von Drillingen! Spritzen hat man mir gegeben, mit starken Lichtstrahlen meine Augen geblendet, meinen Kopf mit lauter elektrischen Kontakten beschraubt, mit einer Augenbinde, wie ein Blinder, mußte ich herumtappen, sogar drei Professoren — natürlich auch Drillinge! — führten mich einem Haufen Studenten vor und erklärten, ich sei ein geheimnisvoller Fall von monokulärer Diplopie, der erste bekannte Fall von Triplopie!«

»Hä?!« sagte der Bauer und starrte Plejin entgeistert an.

»Nicht nur das!« Plejin hob wegen der Wichtigkeit seinen Zeigefinger. »Man nannte es einen hysterischen Akkommodationskrampf . . .«

»Phantastisch, Genosse!« rief Abram Porfiriewitsch. »Und weiter?«

»Man machte Schießübungen mit mir. Auf Scheiben. Drillingsscheiben. Was sonst?! Natürlich traf ich immer die falschen, nämlich daneben . . . Es gab nämlich gar keine Drillinge.«

»Wieso denn? Ich denke, du hast . . .«

Plejin winkte ab. »Wer kann das verstehen, Väterchen?! Es nimmt dir keiner übel, wenn du blöd dreinschaust! Ich brauchte Wochen, um das zu begreifen. Aber in diesen Wochen stellte man durch die Ärzte fest: Plejin ist eine Gefahr für die Rote Armee. Wo nur einer ist, sieht er drei. Das kann zu großen Komplikationen führen! Und so erhielt ich den Befehl: Nach Moskau! Zu einem Spezialisten.«

»Ich begreife! Ich begreife!« schrie Abram Porfiriewitsch. »Und weil du alles dreimal siehst, bist du in Duschansk gelandet! Ist das ein Leben, Genosse!«

Plejin verzichtete darauf, sein Auftauchen nördlich von Moskau auch noch zu erklären. Abram Porfiriewitsch war so begeistert von der Geschichte mit den Drillingen, daß er nach einer halben Stunde eine Rast einlegte, aus einem Sack Brot, Ziegenkäse und eine verbeulte Blechflasche mit saurem Kwaß holte und mit Plejin ein gemütliches Frühstück abhielt.

Nach weiteren drei Werst langsamer Trottelfahrt wurde die schmale Straße plötzlich von einem erdbraun gestrichenen offenen Auto merkwürdiger Bauart gesperrt. Vier Gestalten in

Uniform standen um den Wagen herum und diskutierten. Sie schienen wütend zu sein, denn einer, ein schlanker Bursche, trat mit seinen Stiefeln heftig gegen einen Hinterreifen, als sei er ein Ochsenhintern.
»Oh, Gott mit uns!« sagte Abram leise und bekreuzigte sich. »Miliz . . . Ausweichen können wir nicht! Söhnchen, ich ahne Schwierigkeiten. Man wird dir deine Drillinge nicht glauben.«
»Ich habe eine ärztliche Bescheinigung bei mir. Hier!« Plejin klopfte gegen seine Brust. »Mit vielen Stempeln. Ich bin ein Sonderfall!«
Sie kamen näher, sprangen vom Wagen und bestaunten das fremdartige Gefährt der Miliz. Abram sah es zum erstenmal. Plejin kannte es aus Frankreich. Es war ein amerikanischer Geländewagen, ein fabelhaftes Ding, besser als der deutsche VW-Kübel.
Die Milizionäre warfen einen Blick auf den alten Gaul, der mit zitternden Flanken im Geschirr stand, und verzogen den Mund.
»Wohin?« fragte einer der Uniformierten.
»Nach Michailowskoje«, sagte der Alte.
»Ausspannen!«
»Warum, liebe Genossen?«
»Der Gaul zieht unseren Wagen bis zur Werkstatt!«
»Ich habe einen Auftrag von der Sowchose!« rief Abram und hüpfte etwas in die Luft vor Erregung.
»Du bekommst eine Bescheinigung!«
»Es ist ein dringender Auftrag!« schrie Abram.
»Wir sind dringender!« brüllte der Milizionär zurück. »Ausspannen!«
»Das Pferd überlebt das nicht!« Abram warf beide Hände über den Kopf und schielte vor Entsetzen. »Genossen, ihr bringt einen wichtigen Teil des Nahrungsnachschubs der Armee um, wenn ihr das Pferdchen vergewaltigt!«
»Was hat es denn, das Maschinchen?« fragte Plejin freundlich.
Der Führer der Milizstreife, ein Leutnant, der vorhin auch das Hinterrad getreten hatte, hatte sich umgewandt. Plejin hielt den Atem an, schluckte plötzlich an einem Kloß und spürte, wie seine Handflächen feucht wurden. Ein halbtatarisches Gesicht mit hohen Wangenknochen und einem Mund voller Wildheit wandte sich ihm zu. Unter der Mütze, von hinten

nicht sichtbar, quollen an den Seiten rußschwarze Haare hervor und legten sich auf die leicht olivfarbene Haut der Schläfen. Die Augen dagegen flimmerten in einem ganz dunklen Bernsteinton, in den wie große dunkle Löcher die Pupillen hineingestanzt waren. Es war ein Gesicht, bei dessen Anblick ein Gefühl von wonnevoller Beklemmung den ganzen Körper überzieht. Man spürt das Wunder dieser Schönheit wie einen Würgegriff.

»Das Maschinchen steht!« sagte sie. Ihre Stimme war eigenartig, mit anderen menschlichen Stimmen nicht zu vergleichen, ein Ton, der irgendwie nachklang, hauchend verzitterte, während schon das nächste Wort im Raum stand. Plejin starrte sie fassungslos an ... Das ist es, dachte er plötzlich, nur dieser Vergleich ist gültig: Ihre Stimme hat den Klang einer singenden Säge. Ein einziges Mal, in Berlin, hatte er einmal ein Konzert mit diesem seltenen Instrument gehört und dann vergessen. Jetzt kamen die Töne wieder, in dieser weiblichen Stimme aus der Tiefe Asiens, ein Singen von Tönen, die sich noch außerhalb des Körpers verschmolzen. Und trotzdem blieb es eine menschliche Stimme, jedoch von einer Faszination, gegen die man sich nicht mehr wehren konnte und auch nicht wollte.

»Man sollte sich den Motor einmal ansehen!« sagte Plejin. Seine eigene Stimme kam ihm nun fremd vor. Ein wenig tonlos, flach, ohne Atemstütze, würde ein Gesangslehrer sagen.

»Genossen, wir scheinen auf ein Genie gestoßen zu sein!« Ihr Spott durchfuhr seine Ohren, und er spürte, daß er rot zu werden begann wie ein getadelter Schüler. Sie trat wieder gegen den Reifen, stützte die Hände auf die Hüften und lehnte sich gegen den niedrigen Aufbau. »Nur ran, Genosse! Das ist ein amerikanischer Wagen ... ein Mistding.«

»Ich sehe es.«

»Sie nennen es dort drüben Jeep.« Der weibliche Leutnant der Miliz wartete ab, bis einer der Milizionäre die Klammern von der Motorhaube geöffnet hatte und den Deckel hochklappte. »Na, was ist, Sie Leninpreisträger für Technik?! Ein Blick genügt, um Magenschmerzen zu bekommen! Die Amerikaner bauen alles anders!«

Plejin trat an den Jeep heran, beugte sich über den Motor und wühlte in den verschiedenen Kabeln und Verbindungen. Dann richtete er sich auf und fragte sanft:

»Wie blieb er stehen?«
»Gibt es da verschiedene Variationen?« Das erschreckende Weib lachte hell, und wieder schwangen die Töne seltsam nach, als stießen sie in der Luft zusammen. »Er lief plötzlich nicht mehr weiter.«
»Wer saß am Steuer?«
»Ich!« Der weibliche Leutnant zog das schmale Kinn an. Ihre asiatischen Augen wurden noch enger und geschlitzter. Wie alle Frauen, die Auto fahren, hörte sie aus der Frage sofort eine Abwertung heraus. Diese Überheblichkeit des Mannes! Diese Alleskönner. Diese Erdbeherrscher . . . Nur weil sie ein paar Zentimeter mehr am Körper tragen! »Ich fahre seit sechs Jahren!« fügte sie hart hinzu.
»Hat es gestunken?« fragte Plejin.
Sie schoß einen heißen Blitz gegen ihn ab und stieß die Faust gegen den Kühlerdeckel.
»Zumachen!« befahl sie. »Wenn ein Wagen durch Gestank stehenbleibt, dürften Sie nie in die Nähe eines Autos kommen, Genosse!«
»Hat er gehüpft?«
»Das ist ein Auto und kein Ballettänzer!«
»Ein Zündkabel ist verschmort!« sagte Plejin und warf die Kühlerhaube zu. »Aber da es nicht gestunken hat, kann ich mich irren.«
»Sind Sie Automechaniker?«
»Nein.«
»Es hat ganz kurz gestunken. Nach heißem Gummi . . .«, sagte einer der Milizionäre. Er wich dem Blick seines Leutnants aus und klappte die Haube wieder hoch. Ihm war ein Weiterkommen wichtiger als ein Streit mit diesem Unbekannten. »Das wird es gewesen sein.«
»Das *war* es! Es ist unwichtig, ob es lang oder kurz stinkt . . ., man muß nur merken, daß es stinkt! Aber Geruchssinn ist eine Gabe Gottes . . ., nicht jeder hat ihn mitbekommen. Ich heiße übrigens Nikolai Antonowitsch Plejin.«
»Wen interessiert das?« Der weibliche Leutnant trommelte mit den Fingern auf das Autoblech. Es waren lange, zarte, wohlgeformte Finger mit rosa Nägeln und großen, fast weißen Monden. Ihre Bernsteinaugen leuchteten warnend. »Können Sie nur dumm reden oder auch praktisch helfen?«
»Ich will es versuchen. Haben wir Ersatzkabel?«

»Wie soll ich das wissen?«
»Wo ist das Werkzeug?«
»Pfeifen Sie mal, vielleicht meldet es sich!«
»Genossin Leutnant«, sagte Plejin mutig, vermied es aber, ihren Blick einzufangen, der doch nur seinen Atem stocken ließ, »von den sechs Jahren hinter dem Steuer hätten Sie mindestens ein Jahr *unter* dem Steuer verbringen sollen. Ein Auto ist wie eine Frau; es will von allen Seiten erkannt werden. Was hat man davon, wenn man einer Frau nur auf die Nase blickt und weiter unten ist es wesentlich interessanter?!«
»Hoho!« machte Abram Porfiriewitsch fröhlich, schwieg dann aber sofort wieder, als der weibliche Leutnant sagte:
»Wenn Sie so weiterreden, verhafte ich Sie, Nikolai Antonowitsch!« Ihre Stimme war kalt wie Metall im Schnee. Plejin beeilte sich, dem zuvorzukommen, klappte die hintere Sitzbank hoch, fand in dem Hohlraum tatsächlich das in Segeltuch zusammengerollte Werkzeug und breitete es auf dem Vordersitz aus. Natürlich war kein Kabel vorhanden, aber Plejin zog eine Zange aus der Schlaufe und ließ sie auf- und zuklappen.
»Das wird ein Problem«, meinte er dabei. »Man muß das so sehen: Ein Motor hat viele menschliche Züge. Wenn bei einem Menschen zum Beispiel der Darm verstopft ist, breitet sich in ihm Übelkeit aus. Verstopft bei einem Auto der Auspuff, verringert sich das Leistungsniveau sofort um . . .«
»Sie sind verhaftet, Nikolai Antonowitsch!« unterbrach ihn der weibliche Leutnant mit schneidender Stimme. »Ab sofort unterstehen Sie meinem Befehl! Eine klare Frage: Können Sie den Wagen reparieren?!«
»Eine klare Antwort, Genossin Leutnant: Ja!« Plejin blickte sie nun doch an. Sein Herz wurde wie ein Bleisack unter ihren Augen und erhitzte beim Pumpen das Blut so stark, daß es wie kochend durch seine Schläfen pulste. Nie wird es wieder eine schönere Frau geben, dachte er — und erschrak vor seiner Begeisterung. Nie kann es eine schönere gegeben haben! Solch eine Frau ist einmalig wie ein Stern, der plötzlich mit strahlendem Glanz inmitten von Milliarden anderer Sterne auftaucht und ihr Licht übertrifft.
»Dann fangen Sie endlich an!« sagte sie hart. »Wenn alle Mechaniker so viel reden würden . . .«
»Ich bin kein Mechaniker, Genossin . . .«

»Was sind Sie dann?«
»Opernsänger.«
»Hihi!« brüllte seitlich von ihnen Abram und schlug sich auf die Schenkel. »Er singt allein dreistimmig . . . hoho!« Dann schwieg er abrupt, weil einer der Milizionäre ihm das Knie in den Hintern stieß. So etwas hat man nicht gern, es mindert die Freude.
»Sänger?« Der weibliche Leutnant musterte Plejin wieder, unschlüssig, ob sie ihm glauben oder ihn wieder anschreien sollte. »Wieso fahren Sie auf einem Bauernkarren durch diese Gegend — als Sänger?«
»Das ist eine lange Geschichte. Ich erzähle sie Ihnen, wenn das Maschinchen wieder läuft. Darf ich bei der Reparatur singen? Mir geht dann alles schneller von der Hand. Das war schon immer so: Wenn ich als Kind meiner Mutter beim Wäscheaufhängen half, sang ich aus dem ›Troubadour‹ die Arie ›Lodern zum Himmel . . .‹. Man soll es nicht glauben: Die Wäsche trocknete schneller!« Er sah, wie sie die Fäuste ballte und an die Seiten preßte, und beeilte sich, indem er eine zweite Zange aus dem Segeltuch-Etui riß. »Bei diesem durchgebrannten Zündkabel werde ich singen: ›So gut und schlimm es geh', schling ich das Seil und singe . . .‹ Erste Norne. ›Götterdämmerung‹ von Wagner.«
»Singen Sie das gut, Nikolai Antonowitsch!« sagte sie eisig. »Wenn in kürzester Zeit der Wagen nicht läuft, singe ich zurück: ›Nur Todgeweihten taugt mein Anblick; wer mich erschaut, der scheidet vom Lebenslicht . . .‹ Brünnhilde. ›Die Walküre‹, auch von Wagner . . .«
Plejin lehnte sich gegen den Jeep und breitete die Arme aus. »Ich gebe mich geschlagen«, sagte er und spürte in sich einen Brand, der sich durch alle Adern und Muskeln fraß. Daß er überhaupt noch stehen, denken und sprechen konnte, empfand er als ein Wunder. »Sie kennen Wagner!?«
Sie antwortete nicht, drehte sich weg, zeigte ihm den Rücken und starrte ins Land. Abram Porfiriewitsch tippte verstohlen an seine Stirn. Du Idiot, hieß das Signal für Plejin. Sich mit der Miliz anlegen, und dann noch mit einem Weib in Uniform! Von allen Geistern ist er verlassen, dieser Nikolai Antonowitsch. Laß das Maschinchen wieder laufen und laß sie schnell wegfahren! Hast du nie erlebt, wie sich ein Weib verändert, wenn es kommandieren darf? Wenn es eine Uniform

trägt? Einem Wolf kannst du einen Zahn ausreißen — man wird es dir glauben. Aber wenn du erzählst: Brüder, mich hat heute eine Frau in Uniform angelächelt, wird man dich als infamen Lügner aus dem Haus prügeln! Aber woher sollst du das wissen, du bist ja noch so jung! Mein lieber, kleiner Kolka, flick ihnen das Kabelchen! Und dann wollen wir zwei drei Kreuze schlagen, wenn wir sie nicht mehr sehen . . .

Natürlich kam alles ganz anders. Es half gar nichts, daß Abram Porfiriewitsch in Kenntnis aller Schwierigkeiten, die eine Bekanntschaft mit der Miliz mit sich bringt, ungeduldig mit der Zunge schnalzte und darauf hinwies, er müsse weiter nach Michailowskoje, sonst bekäme er Schwierigkeiten mit der Sowchose.

»Laßt den alten Meckerbock ziehen!« sagte der weibliche Leutnant endlich, während Plejin über dem Motor hing und ein Lichtkabel abschnitt, um es als Zündkabel zu verpflanzen.

»Ohne meinen Freund«, setzte der Alte mutig an. Aber da fiel ihm Plejin in den Rücken, indem er, mit dem Kopf nach unten, rief:

»Ich komme nach, Väterchen! Fahr voraus!«

Abram rollte verzweifelt mit den Augen, trat an Plejin heran und beugte sich neben ihn in den Motorraum.

»Idiot!« flüsterte er. »Glaub nicht, das sei ein Weib! Ein Satan ist es! Feuer spuckt sie aus sich heraus, und weg bist du, verbrannt! Sag, man kann das nicht reparieren!«

Plejin schüttelte den Kopf, drehte die Drahtenden zusammen und drückte sie mit der Zange fest. »Ich bleibe«, flüsterte er zurück. »Vielen Dank für alles, Väterchen.«

Abram war schon lange in der Ferne des Weges verschwunden — nur ein Haufen Pferdeäpfel, wie zum Protest von dem alten Gäulchen dampfend neben dem weiblichen Leutnant abgeworfen, erinnerte noch an ihn — als Plejin mit seiner Flickarbeit fertig war. Er lehnte sich gegen den Kühler, rieb die ölverschmierten Hände und sagte mit jungenhaftem Strahlen:

»Fertig!«

»Endlich!« Der weibliche Leutnant schwang sich auf den Fahrersitz. Plejin rubbelte die Hände durch das Gras, aber das fettige Öl ließ sich nicht abstreifen. Der Motor heulte auf, ein heftiges Rütteln durchzog den Jeep.

»Nicht zuviel Gas!« schrie Plejin. »Und vergessen Sie nicht — das war eine Notoperation!«

»Einsteigen!« befahl sie und blickte starr geradeaus. Die Milizionäre kletterten in den Wagen und grinsten Plejin dankbar an. »Sie auch!«
»Bin ich noch immer verhaftet?!«
»Haben Sie etwas anderes gehört?!« Sie winkte, der Milizionär an ihrer Seite wechselte auf die Hinterbank, dann klopfte sie auf den Sitz und warf einen schnellen Blick auf Plejin. »An meine Seite! Sie wollen doch nach Michailowskoje! Oder sind Sie ein fanatischer Wanderer?«
»Es wird für mich ein Erlebnis sein.« Er setzte sich neben den weiblichen Leutnant und hielt die öldreckigen Hände von sich. »Ich bin noch nie in einem Jeep gefahren. Übrigens: Jetzt leuchtet nur noch ein Scheinwerfer! Ich habe einen Draht gebraucht . . .«
»Dieses Mistzeug von Auto gebe ich in Michailowskoje ab! Damit fahre ich nicht weiter nach Moskau!«
Plejin blickte auf seine Hände und spürte, wie sein Herz schmerzte. Moskau. Sie fährt nach Moskau! Wie stellt man es an, daß sie mich mitnimmt! Gibt es etwas Sichereres?! In Begleitung der Miliz rücke ich in Moskau ein! Wenn das Oberst von Renneberg sehen könnte — in seinen Stiefeln würde er schwimmen, so viel Angstschweiß flösse aus ihm heraus!
»Moskau —«, sagte er verträumt. Der Jeep machte einen Satz und ratterte dann über den holprigen Weg. Der weibliche Leutnant nickte. Ich weiß: weniger Gas! Laß bloß das Kritisieren, Freundchen!
»Ich muß nach Moskau.«
»Was müssen Sie?« Sie schielte zu ihm hin. »Ein Lügner sind Sie!«
»Wieso, Genossin?«
»Sie haben nicht gesungen! Sie können gar nicht singen . . . Nur dumm reden!«
»Was wollen Sie hören?«
»Nichts!«
»Zauberflöte?« Er sah sie voll an. »›Dies Bildnis ist bezaubernd schön . . .‹? Oder ›Manon Lescaut‹: ›Wo lebte wohl ein Mädchen, herrlich wie sie . . .‹? Noch besser: ›Walküre‹: ›Winterstürme wichen dem Wonnemond . . .‹ — Sie können sich etwas wünschen, Genossin.«
»Ich heiße Ljudmila Dragomirowna Tscherskasskaja —«,

sagte sie plötzlich völlig unlogisch. Plejin nickte. Anders konnte es gar nicht sein, dachte er. Kein anderer Name paßt zu ihr. Tscherskasskaja ... Da weht der Wind über die Steppe, da biegen sich die Gräser, da zittert die Erde unter den Hufen der Pferdeherden, da glühen die Feuer in den Auls und treiben die Wolken unter dem unendlichen Himmel. Ljudmila Dragomirowna Tscherskasskaja ..., welch ein Klang!

»Was wollen Sie in Moskau?« fragte sie und fuhr langsamer, weil er, Halt suchend, seine Beine gegen das Bodenblech stemmte.

»Die Armeeärzte haben mich aus der Front gezogen und zu Spezialisten nach Moskau geschickt. Ich gebe es zu — ich habe einen Bogen gemacht und habe meinen Onkel besucht, meinen einzigen Verwandten. Weiß man, ob man ihn jemals wiedersieht? Sie haben mich nun beim Anmarsch auf Moskau überrascht, Ljudmila Dragomirowna. Mein Risiko, wenn Sie mich nun anzeigen wollen.«

Die Tscherskasskaja blickte ihn voll Interesse an. Ihre Bernsteinaugen glitzerten in der Sonne, die ihr voll ins Gesicht fiel, wie flüssiger Honig. »Sie sind krank, Nikolai Antonowitsch? Was haben Sie?«

»Ich leide unter Drillingen!«

Plejin klammerte sich an der Windschutzscheibe fest. Ljudmila hatte voll aufs Gas getreten, ihr Gesicht war wie ein olivener Stein. Für sie war diese Antwort eine neue Provokation; sie überlegte allen Ernstes, ob sie diesen Plejin jetzt nicht aus dem Jeep stoßen sollte, ohne Rücksicht, ob er sich dabei die Knochen brach oder gar den Hals.

»Gas weg!« rief Plejin. »Ich schwöre Ihnen, Ljudmila Dragomirowna: Das ist die Diagnose! Bis vor genau vier Tagen sah ich alles dreifach! Mein lieber Himmel, wäre das ein Erlebnis gewesen, auch Sie als Drilling zu sehen! Ob ich das überlebt hätte?! Aber seit vier Tagen sehe ich wieder alles einzeln. Ich führe das darauf zurück, daß ich bei meinem Onkel mit dem Kopf gegen einen Balken gerannt bin. Es hat so niedrige Zimmerchen, das Onkelchen. Ich renne also gegen das Holz, mit vollem Schwung, es gibt einen Schlag, halb betäubt sinke ich auf die Eckbank, in meinem Kopf summen Bienenschwärme und macht es knack-knack-knack ... Können Sie sich meine Angst vorstellen, Genossin? Aber dann komme ich zu mir, meine Umwelt wird wieder klar, ich erkenne meinen Onkel,

der am Herd steht und in einem Kaschatopf rührt — und er ist kein Drilling mehr! Er ist allein! Alles um mich herum ist wieder normal. Geweint habe ich vor Dankbarkeit und den niedrigen Balken geküßt.«
»So etwas gibt es nicht!« sagte die Tscherskasskaja hart.
»Ich habe alle ärztlichen Papiere bei mir. Ich wäre ein Phänomen, sagte der Generalarzt Sakmatow. Aber was mache ich jetzt in Moskau? Was sage ich den Spezialisten, Ljudmila Dragomirowna? Meine Drillinge sind weg! Aber sie können wiederkommen — vielleicht habe ich einen besonders zartgebauten Kopf, der auf jede Prellung mit Triplopie reagiert . . .«
»Mit was?«
»Das ist ein neues Wort. Bisher kannte man nur Diplopie. Mir ist die Ehre zuteil geworden, die Medizin um einen neuen Begriff zu bereichern.«
»Wenn Sie wollen, schlage ich Ihnen auf den Kopf, damit Ihre Drillinge wiederkommen!« sagte die Tscherskasskaja mit ihrer seltsam singenden, die Knochen durchdringenden Stimme. »Seien Sie still! Nichts will ich mehr hören, Nikolai Antonowitsch. Es ist bedauerlich genug, daß in einem leidlich gut aussehenden Menschen solch ein Idiot steckt.«
Es ereignete sich dann auf der weiteren Fahrt nach Michailowskoje das seltene Schauspiel, daß in einem wie verrückt über die Straße tanzenden Jeep mit vier Milizionären und einem Zivilisten dieser junge, nicht uniformierte Bursche Opernarien sang, und zwar so gut, daß die Tscherskasskaja nach zwei Arien das Gas wegnahm und den Wagen zahmer fuhr, um keinen Ton zu verpassen. Tosca, Troubadour, Butterfly, La Bohème, Carmen . . . und nach jeder Arie klatschten die Milizionäre in die Hände und riefen: »Bravo! Bravo! Noch einmal, Kolka! Noch einmal!« Und Plejin sang sich durch das Repertoire der lyrischen Tenöre, bis sie den Stadtrand von Michailowskoje erreicht hatten.
Da hieß es wieder amtliche Würde verbreiten, und so fuhren sie stumm bis zur Milizstation. Kurz vor dem Ziel fragte die Tscherskasskaja: »Haben Sie genug Rubel?«
»Es reicht bis Moskau«, antwortete Plejin. »Dort komme ich ja doch in eine Klinik. Einschließen wird man mich. Das befürchte ich.«
»Warum sollte man Sie einschließen, Nikolai Antonowitsch?«
»Für die Ärzte bin ich ein Verrückter!«

»Nicht nur für die Ärzte.« Sie bremste und stützte die Ellenbogen auf das Lenkrad. »Wollen Sie privat übernachten oder im Milizgebäude?«
»Kann man sich das als Verhafteter wünschen?«
Die Tscherskasskaja wölbte die dünne Unterlippe vor, als wolle sie wie ein Lama spucken. »Steigen Sie aus!« sagte sie scharf. »Sie sind nicht wert, daß man sich um Sie kümmert. Zuerst aber weisen Sie Ihre Papiere vor!«
Plejin holte seine Schreiben mit den vielen schönen Stempeln aus der Brusttasche seines Anzuges und überreichte sie Ljudmila Dragomirowna. Sie überflog die Atteste, ohne sich die Mühe zu machen, die Stempel zu untersuchen, und gab die Papiere an Plejin zurück. Er hatte die Wahrheit gesprochen, und es zeigte sich wieder, daß die Wahrheit verrückter sein konnte als die idiotischste Kapriole: Genosse Plejin litt tatsächlich an der einmaligen Krankheit eines Dreifachsehens. Und er war auch Opernschüler des Opernstudios der renommierten Oper von Charkow. Ein hochinteressanter Mensch. Die Tscherkasskaja lächelte ihn milde an.
»Wie haben Sie sich entschieden?«
»Wo schlafen Sie, Ljudmila Dragomirowna?«
»Im Milizgebäude.«
Plejin breitete die Arme aus. »Ich folge Ihnen . . .«
Einen Augenblick zögerte die Tscherskasskaja. Ihre Augen verdunkelten sich und wurden noch schräger. Plejins Benehmen schien sie zu warnen — oder auch bei ihr war das unbegreifliche Phänomen aufgetreten, daß ihr Inneres anders fühlte, als ihr Mund sprach. Mit einem Konflikt rang sie, das sah man ihr an, aber wer nun siegte, behielt sie für sich. Auch ihre Antwort »Wir werden uns kaum sehen!« gab darüber keine Auskunft, wenn man das Wort »kaum« nicht allzu schwer wog. Aber wer kennt sich bei Frauen aus? Aus einem kleinen Wort können sie ein Schicksal kneten . . .
Es wurde — keiner hätte das geglaubt — ein schöner Tag, für beide.
Der Kommandant der Miliz von Michailowskoje, ein fetter Oberleutnant, den man aus der Pension reaktiviert hatte, weil ja alle jungen Männer in der Roten Armee gegen die Deutschen marschierten, empfing seine Gäste mit offenen Armen, denn in Michailowskoje war soviel Abwechslung wie in einem Sandhaufen. Zwar durchzogen seit drei Wochen fast un-

unterbrochen Transportkolonnen den Ort — Lastwagen hinter Lastwagen, aufgebockte Kanonen, und ab und zu sogar donnernde Panzerkolonnen, die in Michailowskoje nichts hinterließen als aufgerissene Straßendecken, herumwirbelnden Dreck, verstaubte Menschen und Tiere und wortgewaltige Beschwerden von Genossen, die das Unglück in der Gestalt von durstigen Soldaten heimgesucht hatte, die vor ihrem Haus anhielten und um etwas Genießbares baten. Darüber war man stets geteilter Meinung, und so endeten solche Bitten immer mit blutigen Nasen, Beulen und dreimal sogar mit der Besteigung der Hausfrau. Das alles aber vermochte den alten Oberleutnant nicht zu erfreuen. Er klagte darüber, daß man ihn wieder in Uniform gesteckt hatte und daß seine chronische Magensäure sich dadurch noch verdoppelt habe. Den Besuch der Tscherskasskaja empfand er als Besonnung seines tristen Alltags, und so nahm er auch die Mitläuferschaft von Plejin gelassen hin.

Plejin bezog die leere Zelle Nr. III im Milizgebäude. Obwohl man sie wohnlicher hergerichtet hatte mit zwei weißen Dekken, einem emaillierten Spucknapf, einem Kleiderständer, der noch aus der Zarenzeit übriggeblieben sein mußte, denn so etwas Feines und Stabiles gab es im Sowjetzeitalter nicht mehr, sogar eine Tischdecke breitete man über den erbärmlichen Holztisch aus — trotz dieser Zutaten also blieb es eine typische Zelle mit gekalkten Wänden, einem vergitterten Fensterchen nahe der Decke, muffigem Geruch, einem knackenden Bett mit einer von innen schimmelnden Matratze und einer beiderseits mit Stahlblech beschlagenen, klinkenlosen Tür, in die man eine Klappe geschnitten hatte. Nur daß die Tür offenblieb, war tröstend und vermittelte einen Hauch von Freiheit. Plejin probierte es: Er sprang vom Bett auf, ging hinaus, rannte durch den Flur und rannte zurück. Niemand kümmerte sich um ihn. Nur die Tür am Ende des Ganges war abgeschlossen. Hier mußte er klopfen, um in die normale Welt hinausgelassen zu werden. Diese Sicherung war notwendig, Plejin sah es ein. In den Zellen I, II und IV saßen dunkle Elemente ein und warteten auf ihren Abtransport nach Jaroslawl.

»Es ist zum Jammern«, sagte der alte fette Oberleutnant, der Dytschkin hieß. »Eine wahre Satansbrut! In Nummer I zum Beispiel sitzt ein düsterer Mensch. Vier dicke, wohlgenährte Pferde hat er den Bauern verkauft. Zwei Tage später fielen sie zu knochigen Ludern zusammen. Sie waren voll Luft gewesen! Der Kerl hat sie durchs hintere Loch mit einem Bambusrohr aufgeblasen! Ein alter Pferdehändlertrick— aber das in Michailowskoje! Ja, wenn wir im Süden wären, in Kasakstan, am Don, bei den Kirgisen . . .«

Plejin konnte sich von seinen verölten Händen befreien, er konnte sogar in einer Zinkwanne baden, schrubbte sich gründlich ab und wünschte sich, etwas anderes am Leib zu tragen als diesen alten Anzug, den man ihm zugeteilt hatte. Er schrubbte sogar den Kragen seines Hemdes mit Seife und spülte ihn mit Wasser nach, setzte sich, mit einem Handtuch als Zwischenlage, darauf und trocknete und bügelte ihn so durch seine Körperwärme. Das Ergebnis war mager, der Schmutzrand war noch sichtbar, aber das Hemd als Ganzes gesehen leuchtete weißer als zuvor. Plejin freute sich. Man lernt, auch mit Bruchstücken glücklich zu werden.

Es war nicht wahr, daß die Tscherskasskaja unsichtbar blieb. Nachdem sie den Jeep in der Werkstatt abgegeben hatte und einen neuen Wagen, einen grüngestrichenen, offenen Ford bekommen hatte (keiner wußte mehr, wie dieser seltene Wagen in Michailowskoje hängengeblieben war), ging sie mit Plejin in der kleinen Stadt spazieren und fiel unangenehm auf, weil jeder glaubte, das sei nun der neue Milizkommandant, der sich an der Seite eines Geheimpolizisten informierte. Was war schon zu sehen in Michailowskoje?! Ein elendes Nest war es, nur die Kirche war sehenswert, aber die konnte niemand mehr besuchen. Ein Warenlager war sie jetzt, nachdem vor einem halben Jahrzehnt der letzte standhafte Pope mit zweiundneunzig Jahren vor der Ikonostase still und glücklich eingeschlafen und nicht wieder aufgewacht war.

Am Abend tischte Oberleutnant Dytschkin ein gebratenes Huhn und Blumenkohl auf, mit gehackten Eiern überstreut. Dabei lernte man auch die Dytschkina kennen, eine brave, ebenso dicke Frau mit einem tiefen Nackenknoten, deren Unterlippe beim Sprechen zitterte wie angeschlagene Klaviersaiten. Sie verschwand sofort nach dem Servieren und nachdem sie die Tscherskasskaja angesehen hatte. Was beweist, daß sie auch klug war.

Dytschkin betrank sich ziemlich schnell an einem selbst aufgesetzten Brombeerwein vom letzten Jahr, als er noch sorgloser Pensionär gewesen war, jammerte über den Krieg, ließ

Stalin hochleben und wankte davon in seine Privatwohnung. Auch Plejin erhob sich, um in seine Zelle zu gehen. Die Tscherskasskaja jedoch blieb sitzen. Sie streckte die langen Beine in den engen Stiefeln von sich, lag fast in dem zerschlissenen Plüschsessel, der auch noch die Zarenhymne gehört haben mußte, und drehte das Glas mit dem Brombeerwein in den Händen. Die Uniformjacke hatte sie geöffnet, die schwarzen Haare fielen über ihren Nacken und halb über die Wangen, und ihre Bernsteinaugen waren dunkel und poliert. Plejins Puls klopfte in den Schläfen. Nachdem sie die Jacke aufgeknöpft hatte, verriet der straffe Busen ihre ausgereifte Weiblichkeit.

»Einen guten Schlaf wünsche ich, Ljudmila Dragomirowna —«, sagte er mit belegter Stimme.

Sie nickte, fixierte den Wein in ihrem Glas und fragte leichthin: »Wie alt sind Sie, Kolka?«

Er spürte mit Unbehagen, wie er rot wurde, etwas Unabwendbares, das er nicht unterdrücken konnte.

»Zwanzig«, sagte er.

»Neun Jahre jünger als ich . . .«

»Das hätte ich nicht gedacht. Im Gegenteil. Ich habe mich gefragt: So jung und schon Offizier der Miliz?«

»Reden Sie keinen Blödsinn, Kolka. Trotz meiner neunundzwanzig Jahre liebe ich solche verlogenen Komplimente nicht.« Sie trank einen Schluck und hielt den blaßroten Wein gegen die einsame Glühbirne, die von der Decke hing. »Zwanzig Jahre! Das war 1935! Wie weit liegt das zurück. Da studierte ich in Alma-Ata Archäologie. Können Sie sich das vorstellen, Kolka?« Sie lachte kurz und abgehackt. »Ich wollte die Vergangenheit Kasakstans ausgraben! Ganz versessen war ich auf die Geheimnisse vergangener Jahrhunderte. Mit zwanzig Jahren . . . Es ist herrlich, so jung zu sein!«

»Und warum haben Sie nicht gegraben?« fragte Plejin. Er setzte sich ihr gegenüber in einen alten Korbsessel, ziemlich weit entfernt von ihrem offenen Uniformrock und der straffen Bluse. Ein breiter Tisch stand zwischen ihnen wie ein Grenzwall. Ljudmila Dragomirowna warf mit einem Ruck den Kopf zurück. Ihre schwarzen Haare flatterten wie eine zerfetzte Fahne um den schmalen Kopf mit den breiten Wangenknochen.

»Ich lernte Georgi kennen.«

»Ach so.«
»Sagen Sie nicht bloß ›ach so‹ daher! Georgi Iwanowitsch Ameljew. Sie kennen ihn nicht?! Der Name sagt Ihnen gar nichts?! Wie sollte er auch ... Sie waren damals 12 Jahre jung! Georgi war der beste Läufer Rußlands. 800 Meter, 1500 Meter und 3000 Meter. Unbesiegbar. Ein Sportler wie aus dem Bilderbuch. Und blond! Blonde Locken! Jeden Tag, den ich mit ihm zusammen war, starb ich vor Liebe. Jeder Kuß war wie ein Blitzeinschlag, jede Umarmung eine Flamme, jede ...« Sie winkte ab und trank wieder einen Schluck. »Ich war dem Wahnsinn nahe. Das war 1936. In Deutschland, in Berlin, demonstrierte Hitler mit den Olympischen Spielen seine Macht. Georgi sollte für die Sowjetunion laufen. Jeden Tag trainierte er im Stadion von Alma-Ata, und ich saß an der Aschenbahn und stoppte seine Zeiten. Vier Tage vor der Abfahrt stürzte er in einer Kurve, beim letzten Training, und brach sich den Knöchel. Drei Tage vor Berlin sagten ihm die Ärzte: ›Du wirst nie wieder laufen können. Der Knöchel bleibt steif.‹ Als im Radio die Eröffnung der Olympischen Spiele übertragen wurde, als die Fanfaren erklangen und der Athlet mit der olympischen Fackel ins Stadion einlief, hat sich Georgi in seinem Krankenbett mit einem Dolch ins Herz gestochen. Keiner konnte ihm mehr helfen ...« Sie trank das Glas aus und hielt es Plejin hin. »Schenken Sie noch einmal ein, Kolka! Oder wollen Sie ins Bett?! Sie sind müde? Bei Ihrer Jugend?«
Plejin goß aus Dytschkins Karaffe nach und setzte sich dann auf die Tischkante. Der Grenzwall zwischen ihm und der Tscherskasskaja wurde niedriger. »Es war ein Schock für Sie, nicht wahr, Ljudmila Dragonowna?«
»Neun Tage war ich wie gelähmt. Dann konnte ich Alma-Ata nicht mehr sehen und fuhr nach Moskau. Der Bruder meiner Mutter war hier Major der Miliz. Bei ihm wohnte ich, bei ihm weinte ich, bis ich ausgetrocknet war und meine Augen nur noch brennen konnten. Er stellte mich der Kommandantur vor, und ich trat in die Miliz ein.«
»Warum haben Sie nie geheiratet?« fragte Plejin.
»Wen?« Sie lachte mit jenem girrenden, singenden Ton, der in einen eindrang und sich dort festfraß. »Jedem Mann blicke ich zuerst in die Augen. Und was sehe ich da: Gier! Nichts als Gier! Schmieriges Verlangen. Klebrige Geilheit! Nicht einer

war dabei, der mich fragte, wer ich bin, was ich denke ... Ihr ganzes Interesse galt nur dem Körper.«
Plejin entschloß sich, auch noch ein Glas zu trinken, weniger, weil er Durst empfand, sondern um sich von Ljudmila abwenden zu können und nicht durch seine Augen zu verraten, wie intensiv ihr Körper auch auf ihn wirkte.
»Darf man fragen«, sagte er, während er sich einschenkte, »woher Sie jetzt kommen? Sie sind doch in Moskau stationiert?«
»Ich habe einen Transport begleiten müssen. Nach Iwanowo. Gefangene deutsche Offiziere. In Moskau wurden sie verhört, selektiert ...«
Um Plejins Herz wurde es eiskalt. »Was heißt selektiert?«
»Ein Teil erklärte sich bereit, gegen Hitler zu kämpfen, und sah seinen Irrtum ein, sich an einen Eid zu binden, den man einem Irren geschworen hatte. Der andere Teil ließ sich nicht überzeugen. Sie kamen nach Iwanowo. Dort ist ein großes Offizierslager. Auf dem Rückweg versagte der Mist-Jeep.«
Sie sah ihn über dem Glasrand an. »Noch Fragen, Kolka?«
»Eigentlich nicht.« Plejin dachte kurz an die gefangenen deutschen Offiziere. Von diesem »Komitee Freies Deutschland«, das deutsche Offiziere gebildet hatten, um durch Propaganda an den Fronten die deutsche Kampfmoral zu erweichen, hatte er nur vage gehört. In Frankreich war das kein Gesprächsstoff gewesen, dort kümmerte man sich mehr um die Betten der schönen Französinnen und um Adressen, wo man Cognac und Champagner erwerben konnte. Ob da an der Ostfront Flugblätter über die Stellungen regneten und über riesige Lautsprecher Lockparolen ins Land hallten — das war so weit weg von den Schenkeln der süßen Lorette, und über Stellungen sprach man hier nur in einem anderen Zusammenhang. Zum erstenmal hörte Plejin jetzt, daß die sowjetische Führung diese umgepolten deutschen Offiziere sehr ernst nahm und sich viel von ihnen versprach. Genausoviel wie eine Gruppe im OKH, die zehn deutsche Offiziere über Rußland abgesetzt hatte, damit sie Stalin ermordeten ...
Und einer bin ich, dachte Plejin. Und ich sitze hier mit einem weiblichen Offizier der Miliz, der mich, den kommenden Mörder, sicher nach Moskau bringen wird ... Das würde keiner glauben — sofern man das später einmal erzählen könnte.
»Ich habe doch noch eine Frage«, sagte Plejin.

»Keine Hemmungen, Kolka.« Die Tscherskasskaja lachte schon etwas trunken. Sie merkte Dytschkins Brombeerwein jetzt auch, ein Höllengesöff, das dazu anregte, Liter von ihm zu trinken, bis es plötzlich mit Urgewalt zuschlug und die Hirnnerven lähmte. Heiß wurde es im Raum, sie zog die Uniformjacke aus und warf sie über den Tisch. In ihrer grünen Bluse, über den Brüsten etwas zu eng, verlor sich der Eindruck knabenhafter Schlankheit vollends, den die Uniform vorgespiegelt hatte. Nur vom Gürtel ab änderte sich nichts; aus ihren schmalen Hüften wuchsen schlanke Beine von klassischem Ebenmaß — das sah man, obwohl sie in Stiefeln steckten. Mit beiden Händen kämmte Ljudmila ihr schwarzes Haar nach hinten und legte ihre Stirn frei. Der dunkle Bernstein ihrer Augen glänzte im Schein der freihängenden Glühlampe. »Was wollen Sie wissen? Noch ein Glas Wein — und ich erzähle Ihnen hemmungslos, wie sich die Männer zu meinem Bett drängten! Warum ich das gerade Ihnen erzähle? Sie sind so jung, Kolka . . . für Sie ist das alles noch wie ein Märchen, was?«

Plejin atmete tief durch. Irgendwie schmerzte ihn die unerwartete Frivolität der Tscherskasskaja. Ihn schmerzte auch, daß sie ihn nicht als vollen Mann ansah. Ich komme aus Frankreich, Ljudmila — er sagte es gleichsam nach innen zu ihr —, ich habe bei Gabrielle gelernt; das konnte dein Renner Georgi nicht vorweisen! Wer drei Tage und drei Nächte hintereinander unter Gabrielles Händen überlebt hat, und hat dann hören dürfen: »Du bist wundervoll, chéri . . .« — den solltest auch du ernst nehmen, du tatarische Göttin!

»Mich interessieren Ihre Männer nicht«, sagte er rauh. »Ich möchte nur wissen, ob Sie mich mit nach Moskau nehmen, oder ob ich mit dem Zug oder als Mitfahrer eines Lastwagens morgen mein Glück versuchen soll.«

»Ich nehme Sie mit, Kolka!« Die Tscherskasskaja stützte sich aus ihrem Plüschsessel hoch, Plejin sprang hinzu und hielt sie fest, sie schwankte stark — dann legte sie ihren Kopf gegen seine Schulter. Er war nur wenige Zentimeter größer als sie, und so spürte er ihre Lippen an seinem Hals. Es war, als brenne man ihm ein Mal in die Haut. »Dytschkins Wein ist ein Teufelsgebräu!« sagte sie mit schwerer Zunge. »Wissen Sie, wo mein Zimmer ist?«

»Nein.«

»Aber Sie kennen Ihr Zimmer?«
»Zelle Nummer III. Neben dem Händler, der seine Pferde durch den Hintern aufbläst.«
»Ein schöner Trick, was?« Sie lachte und hing an ihm. Die Beine sackten ihr weg. Ihre Arme waren um seinen Nacken verschränkt, die Lippen tasteten über seinen Hals und seine Wangen. Als er einen Moment in ihre Augen blickte, erschrak er bis ins Innerste. Der Bernstein brannte. Versunkene Sonnen leuchteten aus ihm. »Bring mich weg, Kolka«, sagte ihr bebender Mund. »Kleiner, junger, lieber Kolka . . .«
Er schleifte sie weg, indem er sie um die Hüfte packte und etwas hochhob, während ihre Umklammerung nicht nachgab, sondern sich eher noch verstärkte. So erreichten sie die Zelle III, Plejin legte die Tscherskasskaja auf die Holzpritsche und schloß dann die Tür. Auch hier war es heiß, die Luft bekam durch das kleine Fenster unter der Decke kaum eine Ventilation, die Wände atmeten ihre Muffigkeit aus, mit der sie sich in den langen Regenwochen vollgesogen hatten.
Ljudmila Dragomirowna streckte sich auf dem Holzbett aus, knöpfte ihre grüne Bluse auf und hob ein Bein in die Luft.
»Zieh mir die Stiefel aus, Kolka . . .«
Plejin tat es, befreite die schönen Beine von dem weichen Juchtenleder und setzte sich dann auf einen Hocker. Wieder trennte ihn der Tisch von der Tscherskasskaja. Sie schob die Hände unter ihren Nacken, kratzte mit den Zehen über die Matratze und lachte ab und zu völlig unmotiviert. Es war ihre einzige Unterhaltung. Die grüne Bluse klaffte weit auseinander, ein einfacher, weißer Halter umschloß die Brüste. Ihre Haut schien aus mattiertem Gold.
»Sing etwas —«, sagte sie plötzlich.
Plejin zuckte zusammen. »Jetzt? Hier?«
»Ich will, daß du singst!« Sie blickte ihn mit weiten Augen an, aus denen alles »Asiatische« verdrängt war. »Kolka, wenn du jetzt nicht singst, geschieht etwas Fürchterliches. Ich spüre es . . . es kommt in mir hoch . . . es klettert aus der Tiefe herauf . . .«
Plejin umfaßte mit beiden Händen seinen Kopf. Er tappte zur Pritsche, setzte sich neben Ljudmilas ausgestreckte Beine, und sie spielte mit den Zehen, ließ sie auf und ab flattern, bis er sie in seine Hände nahm.
»So ist es gut —«, sagte sie leise. »Sing!«

Plejins Blick streifte über ihre Brüste, ihren Hals, das Kinn, den halbgeöffneten Mund, die schmale Nase mit den kleinen ovalen Löchern, die Augen, die ihn brennend anstarrten. Um diesen wilden Kopf herum waren die Haare ausgebreitet wie ein schwarzer, zerfetzter Schleier.
»Wenn du über mich kommst«, sagte sie mit singender Zärtlichkeit, »laß ich dich morgen früh erschießen . . .«
»Ich möchte weiterleben. Was soll ich singen, Ljudmila Dragomirowna?«
»Irgend etwas. Nun sing endlich, zum Teufel!«
Er nickte, holte Atem, massierte ihre unruhigen Zehen und sang in einem schwebenden Piano die Liebesarie des Nemanrino aus dem »Liebestrank«. Er sah sie dabei nicht an, aber als er zu Beginn der zweiten Strophe doch einen Blick wagte, sah er, wie sie tief schlief, mit einem Lächeln um den schmalen Mund, die Finger verkrallt in ihr zerwühltes Haar.
Plejin brach die Arie ab. Er löste seine Hände ganz langsam von Ljudmilas Zehen, schlich zu seinem Hocker und setzte sich. Stück für Stück seines Körpers starb vor Müdigkeit ab, als würde es in Blei eingegossen. Er beugte sich über den Tisch, legte die Arme darauf und bettete sein Gesicht auf seinen linken Oberarmmuskel. Als er hinüberblickte zur Tscherskasskaja, verschwamm sie vor seinen Augen, nur die weißen Wölbungen ihrer leinenbedeckten Brüste hoben sich deutlich ab.
Nein, sagte Plejin zu sich und schloß dieAugen. Nein, Ljudmilaschka! Ich bin hier, um Stalin zu töten. Ich soll dem Krieg eine andere Wende geben; man erwartet von mir eine Änderung der Weltgeschichte. Von mir, einem kleinen Fähnrich, zwanzig Jahre alt. Ich soll Deutschland retten! Ich habe Angst davor — nur dir sage ich es jetzt, weil du es nicht hören kannst —, aber ich werde es tun! Ich werde Stalin töten. Sie alle hoffen darauf . . . die Kameraden an der Front, die Menschen in der Heimat. Oh, verdammt, ich habe Angst . . .
Er schlief ein und begann leise pfeifend zu schnarchen wie ein junger Hund.

Am nächsten Nachmittag erreichten sie Moskau.
Der fette Dytschkin verabschiedete sie mit wässerigen roten Augen und stank erbärmlich aus dem Hals. Er bedankte sich

für die Abwechslung und winkte ihnen sogar noch nach, was wenig militärisch aussah, aber er war ja auch ein neu uniformierter Pensionär, dem man manches verzieh.
Die Tscherskasskaja hatte sich wieder in den Leutnant verwandelt, der seine Uniform mit Strenge trug. Plejin hatte ihr Gelegenheit gegeben, sich still aus der Zelle zu entfernen, als der Morgen graute. Er wusch sich auf der Toilette, und als er zurückkam, war die Pritsche leer. Später beim Frühstück sahen sie sich kaum an, redeten belangloses Zeug miteinander und hatten auch auf dem Weg nach Moskau lange Strecken des Schweigens. Meist fuhren sie eingekeilt in Lastwagenkolonnen und Militärnachschub, und ab Sagorsk half nur das provisorisch montierte zuckende Rotlicht, ihnen den Weg freizumachen. Wer vermutet schon in einem offenen grünen Fordwagen ein Milizkommando?
Als sie den breiten Prospekt Jaroslavskoje herunterfuhren und sich dem Dschershinski-Erholungspark näherten, hielt die Tscherskasskaja auf der Brücke an, die über die Reka Jauza, einem der Zweigarme der Moskwa, führte. Sie bremste an der Straßenseite und wandte sich Plejin zu.
»Was haben Sie nun vor?« fragte sie mit dienstlicher Stimme.
Plejin hob die Schultern. »Wir sind in Moskau. Werfen Sie mich hinaus. Den Rest schaffe ich allein.«
»Wo wollen Sie wohnen?«
»Ich nehme an, in der zentralen Psychiatrischen Klinik. Ich werde die Ärzte mit meinem Dreifachsehen ganz schön aufregen, zumal es verschwunden ist. Der Deckenbalken des Onkels . . .«
»Man wird Sie sofort zur Front zurückschicken!«
»Das ist möglich. Ein gesunder Mensch muß jetzt dem Sieg dienen!«
»Sie bleiben im Wagen!« sagte die Tscherskasskaja hart. »Sehen wir, was noch kommt.«
Sie fuhren zu Ljudmilas Kommandantur. Plejin blieb im Wagen, während die Milizionäre mit der Tscherskasskaja im Gebäude verschwanden. Aber schon nach zwanzig Minuten kam sie allein zurück und schwang sich wieder hinter das Steuer.
»Zwei Tage Urlaub habe ich bekommen«, sagte sie. »Ein Geschenk, weil es so gut geklappt hat. Der Wagen bleibt hier stehen, wir werden mit der Metro fahren.«

»Wohin?«
»Bis zur Station Turgenevskaja. Dort steigen wir aus und gehen in die Marchlevskogo uliza.«
»Einverstanden. Aber was soll ich da? Liegt dort die Psychiatrische Klinik?«
»Genau gegenüber der Polnischen Kirche steht ein gelbgestrichenes Haus. In der zweiten Etage wohne ich. Drei kleine Zimmer.«
»Drei Zimmer! Welch ein Luxus!«
Sie lächelte verhalten. »Mein Onkel ist Major der Miliz. Er arbeitet jetzt im Führungsstab.«
»Und Sie laden mich ein in Ihre Wohnung, Ljudmila Dragomirowna?«
»Wir sollten noch einmal über Ihre Krankheit sprechen, Kolka. Es ist auch noch früh genug, wenn Sie sich morgen bei den Ärzten melden.«
Er nickte stumm, blickte sie an und ertrank in ihren Bernsteinaugen.
Eine halbe Stunde später stand er in ihrem kleinen Wohnzimmer, dessen einziger Schmuck ein großes Stalinbild in einem massiven Holzrahmen war. Die Möbel bestanden aus hellem Buchenholz, die grünen Polsterbezüge hatten gelbe Tupfen. Es sah lustig aus, und doch ein wenig ärmlich. Nur das Notwendigste stand in diesen drei kleinen Zimmern, sie hatten keine persönliche Atmosphäre, waren eine Behausung, aber kein Zuhause.
»Es gefällt Ihnen nicht?« fragte die Tscherskasskaja und vertauschte den Uniformrock mit einer weiten, seidenglänzenden, bestickten Bucharajacke; die Stiefelhosen und die Stiefel ließ sie an.
Plejin stand unter dem Stalinbild und betrachtete es schweigend. Sein Opfer! Wie ein gütiger Onkel blickte er drein, so wie alle Diktatoren auf Bildern gütig blicken — oder stolz, unnahbar, sieghaft: immer ein Idol, ein Vorbild, ein irdischer Gott.
»Sie lieben Stalin?« fragte er.
»Ich verehre ihn. Er ist ein großer Staatsmann. Was wäre Rußland heute ohne ihn und Lenin?«
»Ja, wer kann das wissen?!«
»Er hat uns Menschen befreit!«
»Fühlen Sie sich frei, Ljudmila Dragomirowna?«

»Ja. Vollkommen! Der Krieg bringt Einschränkungen, das ist natürlich. Aber nach dem Krieg, nach dem Sieg, werden wir die freiesten Menschen der Welt sein. Daran glaube ich.«
»Es ist wunderbar, so einen Halt zu haben«, sagte Plejin und wandte sich von Stalins Bild ab. Ljudmila hatte sich in die Küche begeben und holte von einem Regal eine Schüssel und einige Tüten. »Was gibt das?« fragte er.
»Haben Sie keinen Hunger? Ich habe einen wie eine Raupe!« Sie setzte den Gasbackofen in Tätigkeit und suchte nach einem Quirl. »Fleisch gibt es heute nicht. Aber ich habe Milch hier, und Mehl, Zucker, Eier, Butter, Hefe und 30 Gramm Wodka. Ich backe uns ein ›Altes Mütterchen‹. Einverstanden?«
Plejin kannte kein »Altes Mütterchen«, aber er ahnte, daß es eine Art Kuchen sein mußte. Da haben wir einen Fehler bei aller Perfektion, dachte er fast schadenfroh. Herr Oberst von Renneberg, vom »Alten Mütterchen« hat uns Milda Ifanowna nichts erzählt. Aber anscheinend gehört es zur russischen Küche.
»Das Wasser läuft mir im Mund zusammen!« sagte Plejin und setzte sich in einen der hellen Sessel. Er setzte sich so, daß er Stalin im Rücken hatte. Ihn dauernd ansehen zu müssen, wollte er seinen Nerven nicht zumuten. Er fühlte, wie alles in ihm vibrierte, als seien seine Adern und Nerven nichts als angeschlagene Saiten.
Nach dem Essen — es war wirklich ein ziemlich süßer Kuchen, den sie dampfend verschlangen und der in ihren Mägen noch einmal aufquoll, was ein Gefühl unheimlicher Sättigung erzeugte — tranken sie eine mit Kunstzucker angesetzte Limonade, weil Ljudmila keinen Tee in der Wohnung hatte. Sie saßen nebeneinander auf einer Holzbank am Fenster und blickten hinüber zur Polnischen Kirche. Die Straße unter ihnen war leer, der Abend warf lange Schatten auf das Pflaster. Hier schien Moskau ausgestorben zu sein, obwohl die Kirow-Allee und die breite Dschershinski-Straße in unmittelbarer Nähe lagen.
»Ich weiß, die Wohnung könnte anders aussehen«, sagte die Tscherskasskaja. »Aber für wen? Ich lebe in der Dienststelle. Hier bin ich selten. Aber wir können Musik machen . . .«
»Wie?«
»Ich habe ein Grammophon. Und genau zweiunddreißig Plat-

ten. Sinfonien, Opern — und eine Platte mit Tangos. Kolka, können Sie Tango tanzen?«
Das war gefährlich. Plejin überlegte blitzschnell eine Antwort. Wieder eine Lücke in der Vorbereitung: Wie weit und in welchen Kreisen ist der Tango in Sowjetrußland verbreitet?
»Sie können es, Ljudmila Dragomirowna?« wich er aus.
»Ja! Die meisten Männer glotzen mich dumm an, wenn ich sie frage.«
»Ich auch.« Plejin atmete auf. »In der Opernschule sollten wir auch tanzen lernen. Das muß man ja können auf der Bühne. Aber bevor der Kursus begann, zog man mir die Uniform an.«
»Ich bringe es Ihnen bei, Kolka.« Sie sprang auf, schleppte das Grammophon, einen großen viereckigen Holzkasten mit einer Nadelmembrane und einem versenkten Trichter, aus dem Nebenzimmer, stellte es auf den Boden und zog die Feder mit der Handkurbel auf. Mit der anderen Hand hielt sie die schwarze Schellackscheibe hoch. »Eine deutsche Platte ist es sogar!« sagte sie. »Wenn sie nicht so selten wäre, hätte ich sie längst zertrümmert.«
»So hassen Sie die Deutschen?«
»Ich könnte jedem Deutschen mit einem tatarischen Schwert den Kopf abschlagen! Sie nicht, Kolka?«
»Aber ja!« Plejin schnaufte durch die Nase. Der Druck in seiner Brust wurde unerträglich. Was Ljudmila sagte, waren nicht so dahergeplapperte Worte — sie meinte es wirklich so. Er konnte sie sich vorstellen, wie sie mit beiden Händen das Schwert umklammerte und zuschlug. Und er begriff nicht mehr, warum ihn diese Frau dennoch verzauberte.
Plejin las das Plattenetikett. Tangos aus Südamerika. Bernhard Etté und sein Orchester.
Die große Zeit der Berliner Tanz-Cafés. Der Zaubergeiger Dajos Béla. Marek und sein Tanzorchester. Und natürlich Bernhard Etté. Er hatte das nie erlebt, er war ein Kind damals, er kannte es nur von Erzählungen der Älteren und von Platten. Schwarze Scheiben wie diese hier. Bernhard Etté in Moskau bei einem weiblichen Leutnant der Miliz. Leben, wie bist du verrückt!
Dann tanzten sie. Plejin stellte sich bewußt dämlich an, trat Ljudmila oft auf die Füße, ließ sich alles mehrmals erklären. Sie tanzten beide Plattenseiten dreimal durch, ohne Licht in

den Zimmern, nur umhüllt von der diffusen Dämmerung einer warmen Sommernacht.
Plötzlich tanzten sie in einem anderen Raum, ein Bett hob sich gegen die helle getünchte Wand ab, ein klobiger Schrank, ein runder Tisch mit zwei alten Stühlen, ein Messinghaken, an dem ein chinesischer Morgenrock hing, schwarz mit riesigen Blüten und goldenen Ranken. Und sie tanzten keine Schritte mehr, keine Figuren, es war überhaupt gleichgültig, welche Musik da im Hintergrund spielte, ob Tango oder Walzer oder sinfonische Kaskaden ... Ihre Körper glitten aneinander und ineinander, fanden ihre eigenen Melodien, ihren eigenen Rhythmus und ihren ganz besonderen Klang. Sie fielen auf das Bett, aber da hatte sie schon ihren Buchara-Umhang verloren, preßte Plejins Hand auf ihre Brust und küßte und biß ihn gleichzeitig in die Halsgrube.
Er war atemlos und verwirrt, spürte ihre Hände und ihre Lippen überall, verlor die Erkenntnis über das, was mit ihm geschah, und tauchte mit zitternden Nerven in einen Nebel, aus dem er ihre Stimme dicht neben seinem Ohr hörte:
»Wie ich brenne —«, glühte es an seinem Ohr. »Oh, ich brenne ... brenne ... Hilf mir, Kolka, hilf mir! Lösch mich ... lösch mich aus ... Gnade, Kolka, Gnade ... laß mich nicht verbrennen ...«
Sein Atem stockte. Sie brach über ihm zusammen, begrub sein Gesicht zwischen ihren Brüsten, rollte auf den Rücken und lag mit weit von sich gestreckten Armen und Beinen wie gepfählt auf dem Bett, während Plejin neben ihr auf dem Boden kniete und auf seinen Tod wartete. Sein Kopf mußte jetzt zerspringen — nur das blieb noch übrig.
Aber sie überlebten es beide ... Plejin holte aus dem Nebenzimmer die übersüße Limonade, sie tranken sie wie Verdurstende, und dann streichelten sie sich wieder, tasteten ihre Körper ab, erforschten jede Tiefe und jede Erhöhung, jede Fläche und jeden Winkel. Ihr Glück war nicht mehr meßbar, es verließ die Dimensionen, wurde außerirdisch.
»Du bist vermißt —«, sagte die Tscherskasskaja später, als sie nebeneinander lagen und wieder wie Menschen sprechen konnten. »Du bist von der Front abgefahren, aber nie in Moskau angekommen. Verloren hat man dich. Aufgelöst in Nichts hast du dich. Du bist vermißt ...«
»Das kann mich den Kopf kosten, Ljudmilaschka.«

»Nur, wenn sie dich entdecken. Aber niemand wird dich bei mir entdecken.«
»Das ist mir zu gefährlich.« Das ist es wirklich, dachte er. Ich gebe mich voll in ihre Hand. Von ihrer Gnade wird abhängig sein, ob ich lebe oder erschossen werde. Ich werde ihr Geschöpf sein! Nur noch ihren Willen wird es geben.
»Es ist alles so einfach, Kolka«, sagte sie und strich mit den Fingerspitzen über seine Scham. In seinen Lenden zuckte neue Erregung, er biß die Zähne aufeinander und schüttelte stumm den Kopf.
»Ganz einfach, glaub es mir«, sagte sie. »Ich bringe dir aus der Kommandantur eine Milizuniform mit.«
Wie ein Schlag durchfuhr es Plejin. Der unirdische Zauber zerbarst, auch Ljudmilas tastende Finger holten ihn nicht zurück. Seine Gedanken waren klar und kalt.
»Das ist unmöglich!« sagte er.
»Du wirst den Dienstrang eines Unteroffiziers haben. Glaubst du, man hält einen Unteroffizier der Miliz an und fragt nach seinen Papieren? Ebensogut könnte man Stalin fragen, ob er Stalin ist . . .«
»Das würdest du tun?« Plejin beugte sich über die Tscherskasskaja. Er küßte die Spitzen ihrer Brüste und sah, wie das Bernsteinmeer in ihren Augen zerfloß. Das ist ein Weg, dachte er dabei. Das ist geradezu phantastisch. Wenn sie die Uniform bringt, macht sie sich mitschuldig. Dann ist das Gleichgewicht wiederhergestellt. Auf Gedeih und Verderb sind wir miteinander verbunden.
»Es ist ja nur eine kurze Zeit, Kolka.« Sie nickte, schlang ein Bein um seine Hüfte, zog ihn damit zu sich heran und seufzte tief. »Wenn der Krieg zu Ende ist, fragt niemand mehr, woher Nikolai Antonowitsch Plejin kommt. Es kann nicht mehr lange dauern, die Deutschen sind schon besiegt, sie begreifen es bloß noch nicht!«
Bis zum Morgendämmern schweißten sie ihre Körper zusammen, rissen sie wieder auseinander und verschmolzen sie erneut in der Glut. Dann schien die Sonne ins Zimmer, über die Straße klapperten Pferdefuhrwerke, hupte ein Auto. Plejin schlief wie ein Narkotisierter, lag wie ausgelaugt auf dem Rücken, atmete flach. Im Schneidersitz hockte die Tscherskasskaja neben ihm, betrachtete ihn und strich mit dem rechten Zeigefinger ganz leicht über sein Brustbein.

»Mein kleiner Kolka«, sagte sie, als spräche eine Mutter glücklich zu ihrem genesenden Kind. »So jung . . . Und du sollst von den Deutschen totgeschossen werden . . .«

Der Bauleiter des Kombinats III — Betonbau —, der Genosse Viktor Leontinowitsch Skamejkin, hatte Wort gehalten: Fjedor Pantelijewitsch Iwanow bekam eine gute Stelle bei der Einschalbrigade. Wanda Semjonowna freute sich so darüber, daß sie sich überwand und Skamejkin, diesem triefäugigen, mickrigen Bock, aus Dankbarkeit einen Kuß gab. Vitja, der Geile, wie man ihn im Kombinat nannte, wollte das mit einem schnellen Griff zwischen die Schenkel ausnutzen, aber er war nicht schnell genug. Wanda hüpfte davon, wiegte sich an der Tür lachend in ihren Hüften und ließ einen ziemlich rotgesichtigen Genossen zurück.

Die Familie Haller hatte sich schnell an den neuen Untermieter gewöhnt.

Das Töchterchen hatte erklärt, man solle Iwanow nicht mit den herrenlosen Hunden vergleichen, die sie bisher in die Wohnung mitgebracht hatte; sie liebe diesen Mann, er sei ein Held und ein armer Invalide mit seiner großen Narbe, und sie redete so lange und so laut, bis Vater Semjon Tichonowitsch so, wie er war, nämlich in Hose und Unterhemd, hinüber zu seinem Nachbarn flüchtete.

Auch das Problem des Schlafens wurde mit der Gottesgabe der Russen, der Improvisation, schnell gelöst: Iwanow bekam in der Küche eine Ecke zugewiesen, in der man abends eine dreiteilige Matratze auslegte, die, am Tage aufeinandergeschichtet, wiederum einen Sesselersatz bildete. Die Matratze stammte von dem Nachbarn, zu dem Semjon Tichonowitsch geflüchtet war, und der Iwanow, Wandas erste bekannte Liebe, eingehend durch die angelehnte Tür musterte.

»Ein schöner Mensch«, sagte der Nachbar zu den Hallers, als Wanda und Fjedor Pantelijewitsch zur Arbeit fuhren und man ihnen vom Fenster nachblickte, wie sie Hand in Hand, glücklichen Kindern gleich, zur Metro-Station gingen. »Diese blonden Haare! Kommt aus dem Norden, was?«

»Danach haben wir noch gar nicht gefragt!« Semjon Tichonowitsch setzte sich auf die hochgestapelte Matratze und kratzte sich den Nasenrücken. Er hatte heute Spätdienst und war nur aus seinem Bett gekommen, um dem plötzlichen Gast beim schnellen Frühstück Gesellschaft zu leisten. Sein Töchterchen benahm sich wie eine betrunkene Glucke, schmierte Iwanow das Brot, goß ihm Tee ein, umflatterte ihn, als müsse sie Mükken verjagen, und kämmte ihm sogar das Haar, während er am letzten Bissen kaute. »Ein guter Schachspieler ist er. Ein höflicher Genosse mit einer guten Bildung — man merkt das sofort. Wenn er sich in den Zähnen polkt, hält er die Hand davor und wendet sich ab.«

»Wahrhaftig, er hat Bildung.« Panteleij Iwanowitsch, der Nachbar, der beim Straßenbau den Teer versprühte und deshalb immer in einer herbsüßen Duftwolke herumlief, beglückwünschte die Hallers und trank den Tee, den Iwanow übriggelassen hatte.

Unterdessen fuhr Fjedor Pantelijewitsch mit zwei Lastwagen der Einschalbrigade in den Kreml. Er hatte sich bewußt ganz hinten in den Wagen gesetzt, nachdem ihn der Vorarbeiter als neuen Kollegen vorgestellt hatte. Die meisten waren alte Männer, die ihm ohne Interesse zunickten oder ihm eine schwielige Hand reichten, oder ganz Junge, halbe Kinder noch, die ihn umarmten, als sie erfuhren, daß er geradewegs von der Front zu ihnen gekommen war.

Wie immer — sein bester Ausweis war das — zeigte Iwanow seine Narbe und wurde in die Gemeinschaft aufgenommen. Ein alter Arbeiter, der noch den Ersten Weltkrieg mitgemacht hatte, bei Tannenberg in deutsche Gefangenschaft geraten war und später auf den Seiten der Roten gegen den »weißen« General Denikin gekämpft hatte, lobte nach Begutachtung der Narbe die russischen Ärzte und berichtete von einem Genossen, den ein Granatsplitter der Deutschen in der Mitte durchgesägt und den man dann wieder zusammengenäht habe. »Sie hatten keine Wasserwaage dabei, die Ärzte, haha«, meckerte der Alte. »Ein bißchen schräg haben sie die beiden Teile aufeinandergesetzt. Wenn Piotr nach rechts blickte, ging er in Wirklichkeit geradeaus . . .«

Der kritische Augenblick — die Kontrolle der Kremlwache — erwies sich als bare Lächerlichkeit. Jeder kannte die Lastwagen der Baubrigade; daß die Fahrer überhaupt noch anhielten, war reine Freundschaftssache, denn es wurden dann schnell Papyrossi gegen Wurst getauscht. Die Verpflegungszuteilung für Militär und Zivilisten unterschied sich nämlich: Während

die Schwerarbeiter Sondermarken für Fett und Fleischwaren erhielten, bekamen die Soldaten mehr Zigaretten. Sogar belegte Brote wurden eingetauscht, Marmelade und ein selbsterfundener neuer Brotaufstrich aus Grieß, Zwiebeln, Salz und einigen Gewürzkräutern. In kleine runde Steintöpfchen wurde er ausgegossen und erstarrte dort wie Schmalz. Die Soldaten waren ganz verrückt danach und handelten solch ein Töpfchen höher als einen Kanten Dauerwurst.
Der Kontrolloffizier und zwei Rotarmisten blickten in den Lastwagen, zählten die auf den Holzbänken hockenden Arbeiter, unterschrieben ein Passierpapier und winkten. Langsam rollten dann die Wagen jenseits der hohen Mauer über die breite Kremlstraße, vorbei am Ministerrat der UdSSR mit seiner riesigen Kuppel, bogen ab, umkreisten die Zwölf-Apostel-Kathedrale und den Patriarchenpalast, fuhren — als seien sie bevorzugte Gäste, denen man alles zeigen wollte — entlang den ergreifenden Fassaden der Mariä-Himmelfahrts- und der Mariä-Verkündigungs-Kathedrale und hielten an einer Seitenwand des Großen Kreml-Palastes. Hier waren Gerüste aufgebaut, die bis fast an das Dach reichten. Gerüststangen, Leitern, Bohlen und Bretter stapelten sich auf dem Platz neben dem Facetten-Palast.
Iwanow kletterte als letzter vom Wagen und blickte sich um. Ein früher, heller, schon warmer Tag war es, die goldenen Kuppeln der Kremlkirchen leuchteten und blendeten die Augen, die vielen hundert Fenster der Paläste schimmerten wie Spiegel. Vereinzelte Militärpatrouillen standen herum, vom Eingang im Borowitzki-Turm rollten die Limousinen der höheren Offiziere in den Kreml, fuhren vor das Tor des riesigen Gebäudes, luden die Männer mit den breiten Schulterstücken und den Ordensbändern ab und verschwanden zu den Parkplätzen.
Hier entscheidet sich das Schicksal unserer Welt, dachte Iwanow. Hinter dieser prächtigen Fassade lebt die Schaltstelle einer Macht, die sich unbesiegbar nennt. Von dem, was er jetzt sah, war er weniger beeindruckt, als er erwartet hatte. Milda Ifanownas Schulung in Eberswalde war so konzentriert gewesen, daß sich Iwanow in dieser Stunde, da er zum erstenmal im Kreml stand, fast heimatlich fühlte. Mit geschlossenen Augen könnte ich hier herumlaufen, dachte er. Jede Ecke kenne ich, jeden Winkel, jeden Weg, jedes Türmchen, jede

Mauernische. Sogar die Busch- und Baumgruppen haben wir auswendig gelernt, in Hunderte von Einzelteilen hatten wir den Kreml fotografisch zerlegt und dann wie ein Puzzle wieder zusammengesetzt. Hier ist mir nichts mehr fremd, ich kenne das Gewirr der kleinen Höfe, die Treppen und Gänge, die Seiteneingänge und die Labyrinthe unter der Erde. Woher Milda Ifanowna dieses einmalige Material hatte — es hatte keiner danach gefragt. Oberst von Renneberg war von Canaris angehalten worden, nicht mehr herauszuforschen, als notwendig war. »Sie weiß es«, hatte man bei der Abwehr gesagt. »Was sie heranbringt, ist phänomenal! Vieles ist von uns aus nicht nachprüfbar, weil wir einfach keine Unterlagen besitzen. Da gibt es zum Beispiel aus dem Arbeitsbereich Stalins einen geheimen Fluchtweg, der nur einer Handvoll Eingeweihter bekannt sein dürfte. Wir kennen ihn jetzt! Auf Fragen reagiert Fräulein Kabakowa mit Schweigen. Es bleibt uns nichts anderes übrig, als voll zu glauben, was sie uns anbietet.«
Iwanow zuckte zusammen. Der Vorarbeiter, ein dicker Mensch mit einem Gesicht voller Pickel, von denen er behauptete, sie kämen vom Gurkenessen, dagegen sei er empfindlich, aber es gebe ja kaum noch etwas Schmackhafteres als Gurken, hatte sich neben Iwanow gestellt und lachte ihm ins Ohr.
»Da schlägt das Herz, was?« rief er. »So etwas kann man nur bei uns erleben! Kein Geheimnis gibt es mehr! Da oben, Gerüsthöhe V, neunzehntes Fenster von links, da kannst du die Offiziere sehen, wie sie scheißen! Und dahinter, Fenster dreiundzwanzig von rechts, Gerüsthöhe III, da liegen die Büros der Sekretärinnen. Genosse, vor zwei Wochen haben wir da am Gerüst gehangen wie ein Bienenschwarm. Schon dunkel war's! Und was sehen wir: Läßt da oben ein Major die Hose fallen und biegt ein schwarzgelocktes Schwänchen über den Stuhl. Einen schönen Beruf haben wir, Fedja! Man vertraut uns! Ausgewählte sind wir! Das muß auch so sein. Vom Gerüst aus sehen wir in jedes Zimmer!«
Iwanows Nasenflügel blähten sich, aber der Vorarbeiter, der Genosse Lumjanow, achtete auf solche Kleinigkeiten nicht.
»Das ist wirklich eine Auszeichnung«, sagte Iwanow wie ergriffen. »Ich kann sie alle sehen?«
»Gestern war Marschall Budjonny da. Vor drei Tagen Shukow. Berija sehen wir jeden Tag. Und Molotow . . . schon ein

alter Freund! Neulich hatte er seinen Zwicker weggelegt und suchte ihn. Der Genosse Femjaw, der auf dem Gerüst stand, klopfte an die Scheibe und rief: ›Genosse, links auf dem Bücherregal!‹ Und Molotow setzte seinen Zwicker auf und ruft zurück: ›Danke, Genosse!‹ – So vertraut sind wir von der Baubrigade mit ihnen . . .«

»Und Stalin?« fragte Iwanow gleichgültig. »Kann man auch Stalin sehen?«

»Selten. Aber dreimal ist es gelungen. Ich hatte nicht das Glück. Der Genosse Wischnowskij hat Stalin direkt in die Augen geblickt, er war wie gelähmt vor Erschütterung. Stehen sich da gegenüber, nur getrennt durch ein Fenster, und sehen sich stumm an. Und was macht Stalin? Er wedelt mit der rechten Hand. Geh weg, sollte das heißen. Und der Genosse Wischnowskij steht draußen auf dem Gerüst stramm und vertrollt sich dann. Den ganzen Tag hat er vor Aufregung nichts essen können. Magenkrämpfe hat er bekommen. Jetzt erzählt er überall: Mir hat Stalin zugewinkt. Mir ganz allein! Nur glaubt ihm das keiner, sie lachen ihn aus. Wischnowskij ist seither mit den Nerven völlig herunter. Wir mußten ihn aus der Einschalungsbrigade versetzen zu den Betonmischern.« Lumjanow klopfte Iwanow auf die Schulter. »Du siehst, bei uns muß man gute Nerven haben!«

»Daran soll es nicht scheitern«, sagte Iwanow. Lumjanow ahnte nicht, was hinter diesen Worten stand. »Wenn ich jemals Stalin allein sehe, werde ich nicht vor Schreck vom Gerüst fallen.«

An diesem Tag bauten sie eine Gerüstetage vor den Fenstern des Sekretariats. Eine Freude war das! Ein Gackern wie auf einem Hühnerhof. Tamjenkin, ein rüstiger Fünfziger, der schon erwachsene Söhne hatte, die an der Front standen, benahm sich wie ein Auerhahn, turnte vor den Fenstern auf dem Gerüst herum, rief anzügliche Bemerkungen und zog einen Hemdzipfel durch den Schlitz seiner Hose, was lautes Kreischen hinter den Scheiben auslöste. Iwanow arbeitete fleißig, seilte die Bohlen in die Höhe, klammerte die Geländerbretter und blickte dabei in einige Zimmer, wo Offiziere oder Beamte mit wichtigen Mienen an Schreibtischen saßen, telefonierten, schrieben, Briefe lasen, Besuch empfingen oder gemütlich in Zeitungen blätterten. In einem großen Raum mit drei Fenstern fand eine Konferenz statt. An der Wand hing eine große

Karte, und ein General erklärte den anwesenden Offizieren irgend etwas sehr Wichtiges.
Die Karte erregte Iwanows Neugier. Sie stellte das Gebiet zwischen Polozk und Gomel dar und reichte bis Warschau und Königsberg. Rote Kreise und Striche und Pfeile waren auf ihr eingezeichnet, alle nach Westen gerichtet, dann nach allen Seiten abknickend und sich im Bogen vereinigend.
Unser Mittelabschnitt, durchfuhr es Iwanow. Das Gebiet der Heeresgruppe Mitte von Generalfeldmarschall Busch. Das Herzstück unserer Front . . . Und was dort auf der Karte eingezeichnet steht, ist der Aufmarsch- und Offensivplan der sowjetischen Armeen, sind die Vorstöße der Panzergruppen, die Zangenbewegungen, die Einkesselung der deutschen Verbände, die Durchbruchstellen und die geplante Vernichtung. Nach dem, was dort auf der großen Karte rot leuchtete, gab es für die deutschen Armeen kein Entrinnen mehr — mit gewaltigen Keilen wollten die Sowjets die an sich schon dünne Linie der Deutschen aufreißen. Das erste Ziel der Offensive war schon fixiert: Hinter Minsk schloß sich der Kreis, während im nördlichen Teil der Stoß weiterlief in Richtung Litauen und südlich durch die Pripjet-Sümpfe nach Brest-Litowsk. Eine Kesselschlacht unvorstellbaren Ausmaßes . . .
Iwanow klebte an seinem Gerüst und starrte auf die Karte und den ruhig erklärenden General. Er spürte das Klopfen seines Blutes in den Halsschlagadern wie einen würgenden Griff. Wann wird diese Feuerwalze losrollen, dachte er. Sind das da auf der Karte nur Theorien oder schon erfolgte Vorstöße? Er sah ganz vorn auf der Karte, von zwei dicken roten Pfeilen eingekreist, den Ort Mogilew. Und drei Zahlen 33. A., 49. A., 50. A. Mein Gott — drei sowjetische Armeen allein gegen Mogilew! Wie gut kannte er die Stellungen an der östlichen Auswölbung der HKL! Erdbunkerstellungen, durch ein dünnes Grabensystem miteinander verbunden. Vorgeschobene Posten in engen Laufgräben. Und hinter der Hauptkampflinie die Trosse und Stäbe, ein paar Artillerieabteilungen, Flak im Erdeinsatz, eine Panzergruppe mit wenig Sprit: die deutsche 4. Armee, ausgelaugt, aufgefüllt mit halben Kindern, die schlecht ausgebildet aus dem Reich herangekarrt worden waren und mit großen, heimwehvollen Augen in den Erdlöchern hockten und bei jedem Schuß zusammenzuckten. Die alten Frontschweine, mehrfach verwundet und immer wieder zu-

rückgekehrt zur Truppe, übten sich in Fatalismus. »Laß sie nur kommen«, sagten sie. »Wir kriegen das schon hin. Wir haben schon Pferde kotzen sehen!« Das half ihnen jetzt nicht mehr. Drei russische Armeen gegen eine einzige deutsche. Und keiner wußte das ...

Iwanow dachte an das Lazarett in Mogilew, aus dem sie ihn nach Eberswalde herausgeholt hatten. Elfriede, die üppige blonde Unersättliche, das Germanenweib, Thusnelda gerufen, die am Dnjepr-Ufer beim Lieben das Gras ausriß und über ihn streute, die glaubte, ein Hölderlin-Gedicht sei von ihm — und eine seiner weißblonden Locken zwischen ihren heißen Brüsten trug ... Elfriede, hau ab! Haut alle ab, Kameraden, lauft ... lauft ... fragt nicht, Fragen kostet Zeit und ihr habt keine Zeit mehr ... Drei sowjetische Armeen brechen über euch herein! Elfriede, du warmes, weiches Polster ... du teilst jetzt auf deiner Station im Lazarett II das Mittagessen aus und schwenkst deinen Hintern hin und her und ahnst nicht, was ein paar Kilometer östlich von dir sich zusammenbraut. Lauf, Elfriedchen, lauf ...

Vorarbeiter Lumjanow turnte zu Iwanow heran und blickte ihm über die Schulter.

»Schulung!« sagte er sachverständig. »Aber hier? Das habe ich noch nicht erlebt. Früher wurden die Räume als Museum benutzt. Auch die Sekretärinnen sind neu!«

»Wie lange baust du schon im Kreml?«

»Über zehn Jahre.« Lumjanow war darauf stolz. Immer hatte man die Arbeiter ausgewechselt, es war ein ständiges Kommen und Gehen, doch er blieb immer der Vorarbeiter im Kremldienst. »Ich bin hier wie zu Hause.«

»Kommt Stalin zu den Schulungen?«

»Stalin? Hierhin? Nie! Er hat seine Räume im Gebäude des Präsidiums des Obersten Sowjets. Heute morgen sind wir daran vorbeigefahren.«

Iwanow nickte. Den Plan des Ministerratsgebäudes hatte er genauso im Kopf wie den Grundriß des Großen Kremlpalastes. Er wußte genau, wo Stalins Arbeitszimmer lag, aber er war unsicher geworden, als er nun sah, daß selbst in die historischen Räume des Palastes sowjetische Dienststellen eingezogen waren. So war es durchaus möglich, daß Stalin seinen Arbeitsplatz gewechselt hatte.

»Er verläßt das Gebäude nie, was?« fragte er.

»Kaum.« Lumjanow lachte. »Bist begierig darauf, ihn zu sehen, was? Vielleicht in zwei Wochen.«
»Was ist in zwei Wochen?« fragte Iwanow und schraubte eine Verbindung fest.
»Da werden sieben Kamine erneuert. Wir bauen das Gerüst. Und ein Sims, vierzehn Meter lang, muß ausgewechselt werden. Es ist verwittert. Kann sein, daß wir dann Stalin sehen. Der Bauplatz ist in der Nähe seiner Zimmer.« Lumjanow half Iwanow, über die Seilrolle ein neues Brett vom Hof heraufzuziehen. »Du willst Wanda Semjonowna heiraten?« fragte er unvermittelt.
»Wir haben noch nicht darüber gesprochen.«
»Aber du wohnst bei ihr?« Lujanow nagelte das Brett an eine Gerüstleiter. Er hatte einen kräftigen Schlag. »Ich wollte sie auch heiraten . . .«
»Du?«
»Ich bin Witwer. Ohne Kinder. Ist man mit neunundvierzig zu alt, um ein Weibchen von dreiundzwanzig glücklich zu machen? Ich bin ein starker, gesunder Mann.«
»Und was sagt Wanda Semjonowna dazu?«
»Sie weiß es ja gar nicht. Ein Wunsch von mir war es. Bei Gelegenheit . . .« Lumjanow kratzte sich den Kopf . . . »Irgendwann hätte ich sie gefragt. Man kann das doch nicht zwischen Zementsäcken und Mischmaschinen. Zu einem Spaziergang an der Moskwa wollte ich sie einladen und dann mit ihr sprechen. Und da bringt sie dich mit . . .«
»Das tut mir leid, Lumjanow. Ich hatte mich gerade daran gewöhnt, daß wir Freunde werden.«
»Das sind wir, Fedja! Das sind wir auch!« Lumjanow umarmte Iwanow und küßte ihn brüderlich. »Nur eins muß ich dir sagen: Wird Wanduschka nicht glücklich mit dir, laufe ich dir bis Sibirien nach, um dir den Hals umzudrehen! Vestehst du mich?«
»Wirst dir die Füße nicht abwetzen müssen«, sagte Iwanow und lachte laut. »Das verspreche ich dir . . .«
Er blickte Lumjanow nach, wie er das Gerüst herunterkletterte. In vierzehn Tagen, dachte er dabei. Kameraden, wir müssen unseren Zeitplan ändern. Ich kann nicht warten, bis wir uns alle bei Milda Ifanowna treffen und die weiteren Schritte festlegen. Ich muß früher auftauchen. Ich muß in vierzehn Tagen eine Pistole haben, eine Handgranate und ei-

nen Sprengsatz! Ich bin im Kreml, Kameraden! Hautnah bei Stalin! Das wirft alle Planungen um. Selbst träumen hätte man eine solche Entwicklung nicht können — da kapitulierte selbst die Phantasie.

Iwanow lehnte sich gegen das Gerüst und blickte in den Saal. Der General erklärte immer noch. Ich werde es nicht überleben, dachte Iwanow und mußte sich eines merkwürdigen, beklemmenden Gefühls erwehren. Um ganz sicher zu sein, muß ich nahe an Stalin heran ... da gibt es keine Alternative mehr! Ob Handgranate oder Sprengsatz — es reißt uns beide auseinander. Ein Schuß ist zu unsicher.

Er drehte sich um und sah hinüber zu der großen Kuppel des Minsterrat-Gebäudes. Die Sonne spiegelte in den Fenstern, die goldenen Zwiebeltürme der Kirchen schienen sich im Sonnenglanz zu wiegen und schwerelos zu tanzen. Es war heiß. Moskau dampfte. Ein Taubenschwarm umkreiste den Glockenturm »Iwan der Große«. Von der Großen Glocke »Zar Kolokol« näherte sich ein sowjetischer Kleinlastwagen und hielt vor dem Gerüst. Iwanow sah, wie Lumjanow herbeistürzte und Wanda Semjonowna ausstieg. Sie trug ihre Arbeitskleidung, mit Kalk bespritzt. Lumjanow zeigte nach oben. Sie hob den Kopf und winkte mit beiden Armen.

»Komm runter, Fedja!« rief sie. »Ich habe dir was mitgebracht! Pilze! Ein ganzes Gläschen! Komm runter!«

Ich liebe sie, dachte Iwanow und kletterte die Gerüstleitern hinunter. Wirklich, ich liebe sie. Das ist kein Abenteuer mehr. Das ist nicht so wie mit Elfriede, Erna, Monika oder Lotte. Das ist so viel, daß ich plötzlich Angst habe vor dem Sterben. Daß ich mir wünsche, Stalin nie zu sehen. Aber was sind Wünsche? Liebe, süße Wanduscha, wir sollten jede Minute für uns stehlen — es bleibt uns nur noch wenig Zeit ... so wenig ...

Auf der Erde umarmte er Wanda Semjonowna, drückte sie an sich, küßte sie, wozu Lumjanow »Viel Glück! Viel Glück!« rief, und verfluchte Stalin, den Krieg und seinen Auftrag, die Weltgeschichte zu ändern.

Am 22. Juni 1944 erhob sich auf einer Breite von 560 Kilometern der rote Sturm und donnerte auf die deutschen Linien. Drei sowjetische Fronten — die 1., 2. und 3. Weißrussische

Front unter dem Oberbefehl von Marschall Shukov — brandeten gegen die dünnen deutschen Armeen. Auf *jedem* der 560 Kilometer Breite hämmerten 250 Geschütze ihre Granaten in den Feind, pflügten das Land um, verschonten keinen Meter Boden. Tausende von Panzern brachen aus dem Hinterhalt hervor und überrollten die deutschen Bunkerstellungen und Gräben. Der Himmel wimmelte von sowjetischen Jägern, Kampfflugzeugen und Aufklärern, denn die Mehrzahl der deutschen Luftgeschwader war in den Westen abgezogen worden, wo die Invasion der Amerikaner und Engländer längst festen Fuß gewonnen und Rommel in eine aussichtslose Lage manövriert hatte. Eine riesige Zange klappte zu; zwischen ihren feurigen Backen wurde Deutschland langsam, aber unaufhaltsam zermalmt.

Die 3. Weißrussische Front unter Tschernjachowski stieß mit fünf Armeen auf Witebsk zu und sah sich nur einem Gegner gegenüber: der kleinen deutschen 3. Armee! Sacharows 2. Weißrussische Front mit drei Elite-Armeen traf auf die deutsche 4. Armee, die nie in all den Jahren auch nur eine Minute Ruhe gehabt hatte und in ständigen Vorwärtsbewegungen oder Rückzugskämpfen stand. Mit ungeheurer Wucht, die ganze deutsche Flanke aufreißend, marschierte die 1. Weißrussische Front unter Rokossowskij in Richtung Bobruisk—Minsk und quer durch den Pripjet nach Brest—Litowsk: eine unvorstellbare Menschenmasse von zehn sowjetischen Armeen allein auf diesem Frontabschnitt!

Mit einem Schlag an diesem 22. Juni 1944 setzten sich achtzehn russische Armeen in Bewegung, denen sich vier deutsche ausgeblutete Armeen gegenüberstellten. Ein Kräfteverhältnis, das auch Hitler in seinem Befehlsstand »Wolfsschanze« begriff und dem er nichts entgegenzuhalten hatte als den Spruch: »Ein deutscher Soldat ist zehn Russen wert!«

Die Offensive rollte. Ganz Weißrußland war ein einziger Brand, eine riesige Explosionsfontäne, ein Geheul der Granaten und Stalinorgeln, ein Rasseln von Panzerketten und das Urrä-Geschrei aus Hunderttausenden sowjetischer Kehlen.

Der tägliche Bericht des Oberkommandos der deutschen Wehrmacht, verlesen im Großdeutschen Rundfunk und gedruckt in allen Zeitungen, meldete lapidar:

»23. Juli 1944.
Im Süden der Ostfront scheiterten örtliche Angriffe der Sowjets an der Strypa, nordwestlich Tarnopo und südlich des Pripjet.
Im mittleren Frontabschnitt haben die Bolschewisten mit den erwarteten Angriffen begonnen. Die auf breiter Front mit Panzer- und Schlachtfliegerunterstützung geführten Angriffe wurden in harten Kämpfen abgewiesen, örtliche Einbrüche in sofortigen Gegenstößen bereinigt. Beiderseits Witebsk sind noch erbitterte Kämpfe im Gange. Auch zwischen Polozk und Novoschew sowie nordöstlich Ostrow führte der Feind stärkere Vorstöße, die erfolglos blieben . . .«

Örtliche Einbrüche . . . beiderseits von Witebsk . . . stärkere Vorstöße bei Polozk . . . Wer eine Landkarte lesen konnte, dem sträubten sich schon an diesem ersten Tag die Haare. Und während der deutsche Wehrmachtsbericht mit vornehm unterkühlter Sprache die verzweifelte Situation umschrieb, rissen die deutschen Fronten auf mehreren Kilometern auf, strömten die sowjetischen Divisionen hinein und zeichneten sich schon die großen Kessel ab: die rot gezeichneten Stoßkeile, die Iwanow auf seinem Gerüst im Kreml gesehen hatte! Auch der sowjetische Rundfunk brachte laufend Nachrichten, unterbrochen von Marschmusik und Volksliedern.
Sie saßen alle vor den Empfängern und lauschten stumm, begeistert, mit glühenden Augen — oder zutiefst betroffen: Larissa Alexandrowna und Petrowskij, Lyra Pawlowna und Boranow, der schmerzhaft zusammenzuckte, wenn Pawlow Sharenkow nach jeder Siegesmeldung seinen Tee mit synthetischem Zitronenextrakt durch die Luft schwenkte und schrie: »Ein Hoch auf unsere tapferen Soldaten!« Auch Mütterchen Marja Iwanowna, die in Freudentränen ausbrach, und Anja Iwanowna, die Ärztin, bei der Duskow wohnte, nachdem sie von Sargorsk per Bahn nach Moskau gefahren waren, saßen vor dem Gerät, hörten die Nachrichten und kauten trockene Kekse, die Anja aus der Klinik mitgebracht hatte. Sepkin faltete die Hände, als er die Orte hörte, die bereits am ersten Tag überrannt worden waren. Jelena saß hinter ihm und hatte den Kopf auf seine Schulter gelegt, während Luka Antipowitsch, das Väterchen, für sie Brote schmierte. Als Krankenpfleger kommt man auch im Kriegsjahr 1944 an seltene Dinge heran, wie Käse und Schmalz, geräuchertes Fleisch und Gänsefett. Du lieber Himmel, wen kannte der Krankenpfleger Puschkin

nicht alles, wer war nicht alles durch seine Station gelaufen und auf sein Wohlwollen angewiesen gewesen. Das ist es nämlich: Liegt man als hilfloser Fleischkloß im Krankenhaus und hat sich mit dem Pfleger verkracht, dann kann man mit den Zähnen im After klappern — es hilft einem keiner. Immer der Reihe nach, wird man angebrüllt — und die Reihe ist lang! Steht man sich aber gut mit dem Genossen, der einem die Flasche anlegt, auf die Pfanne hebt und sogar den Hintern abputzt, der einen zwischen den Beinen wäscht und einem ins Ohr meckert »Nana, dein Frauchen kann aber zufrieden sein . . .« — wer so einen wichtigen Mann zum Freund gewinnt — und das kann man leicht, denn sie halten immer die Hand auf —, dann lebt man gut in einer Klinik und gesundet schneller.

Der kleine Plejin lag nackt auf dem Bett, als die ersten Siegesmeldungen im Radio ertönten. Ljudmila Dragomirowna, eine Pause ihrer bisher unterdrückten Leidenschaft ausnutzend zum Braten eines Stückchens Schweinefleisch, das von einer Razzia bei dem Schwarzschlächter stammte, der am Morgen von neidischen Nachbarn verraten worden war, blickte um die Ecke der Küchentür.

»Jetzt ist es soweit!« rief sie mit ihrer verteufelt singenden Stimme. »Jetzt sind die Deutschen weniger wert als ein Karnickel! Und noch schneller werden sie laufen! Hör gut zu, mein Adlerchen: das ist der Untergang aller westlichen Dekadenz!«

Iwanow und die Familie Haller saßen in der Küche am Tisch, aßen Pellkartoffeln und Quark mit Schnittlauch und lauschten ergriffen auf die Kommentare der Rundfunksprecher. Väterchen Semjon Tichonowitsch hatte eine Landkarte aus einem Schulbuch herausgerissen und schlug mit dem Löffel immer auf die Orte, die genannt wurden. »Sie rennen!« schrie er. »Oh, wie sie rennen, die Deutschen! Ein Sieg wird das! Sieh dir das an, Fedja: Wenn sie über Minsk hinauskommen, hält uns keiner mehr auf. Wo wollen sie Soldaten herbringen, die Deutschen, he?! Aus Rüben und Kartoffeln können sie keine backen! Verloren sind sie, das sieht man schon heute!«

Alle blieben bis zum Ende des Programms auf. Plejin und Ljudmila liebten sich weiter unter Marschmusik, die Familie Sharenkow diskutierte über einen Lieblingsplan von Vater Pawel Igantiewitsch, den er seinen »Lebensplan« nannte: Ein

Siegestor im griechisch-klassischen Stil, den Propyläen gleich, von ungeheuren Ausmaßen, für die Ewigkeit gebaut, und darauf eingemeißelt die Namen aller sowjetischen Soldaten, eine Ehrentafel für Millionen. »So etwas hat es noch nicht gegeben!« sagte Sharenkow ergriffen von seinen eigenen Bauplänen. »Aber unser herrliches russisches Volk hat es verdient.«
Am lustigsten ging es bei Puschkins her. Luka Antipowitsch opferte aus einem eisernen Bestand hundert Gramm Wodka. Er war von einer so teuflischen Brennart, daß Puschkin das Ende des Rundfunkprogramms nicht mehr klar erlebte, sondern in seinem Sessel hing, Soldatenlieder gröhlte und dann wie ohnmächtig zusammensank. Es war die Nacht, in der Jelena Lukanowna zum erstenmal zu Sepkin unter die Bettdecke schlüpfen konnte. Sie war noch Jungfrau, und es war schrecklich für Sepkin, bei dieser eine neue Welt für Jelena aufstoßenden Handlung denken zu müssen: Morgen früh haben sie Witebsk erobert . . .

Die Sonne über Moskau strahlte heller. Zwar war die Versorgung mit den wichtigsten Lebensmitteln zusammengebrochen, aber man hatte jetzt Verständnis, wenn erklärt wurde: Alles an die Front! Unsere tapferen Soldaten brauchen Butter, nicht ihr! Habt ihr nicht Graupen? Reicht nicht der gesalzene Kohl? Und wie ist es mit dem Mehl? Meckert nicht herum, Genossen! Sollen wir die Offensive anhalten, weil den Rettern des Vaterlandes der Magen knurrt?! Sie opfern ihr Leben für euch — euer Opfer ist es, weniger zu fressen! Kein Wort mehr, Genossen!
Die Tage überschlugen sich, auch für die sechs in Moskau Eingesickerten.
Iwanow baute seine Gerüste weiter und wartete darauf, Stalin zu sehen.
Der kleine Plejin schlief sich aus, wenn die Tscherskassja im Dienst war, kochte dann das Essen und bereitete sich auf seine einzige Tätigkeit vor: Ljudmila zu lieben, bis sie von selbst sagte: »Ich bin zerbrochen! Kolka, o Kolka, warum können wir nicht wegtauchen und unsere Zeit verlassen?«
Petrowskij hatte sich in Begleitung des Natschalniks vom Montagewerk I, Bogdan Filofejewitsch Iswarin, beim Perso-

nalchef gemeldet und tatsächlich eine Stelle als Abnahmefahrer bekommen. Er kam damit in die Kolonne von Larissa Alexandrowna, konnte sie auch während der Arbeit immer sehen und fuhr schon am ersten Anstellungstag neue Traktoren kreuz und quer über eine Fabrikteststrecke. Am Abend des dritten Tages besuchte er mit Larissa die Kollegin mit der Frühgeburt und machte einen Abstecher zu Dr. Speschnikow. Halb betrunken hockte er wieder vor seinem Schachbrett im Wachzimmer und starrte Petrowskij mit wäßrigen, traurigen Augen an.

»Am treuesten ist ein Hund!« sagte er mit schwerer Zunge. »Von einem Menschen, sogar von einem so sympathischen wie Sie, kann man das nicht verlangen. Was wollen Sie?«

»Ich habe das Bedürfnis, Ihnen zuzujubeln, Dr. Speschnikow.«

»Haben die Giftgase aus Ihrem Magen jetzt Ihr Hirn erreicht?«

»Ich habe mich verliebt!«

»Solche Verkrüppelungen kann man wegschneiden.«

»Es ist ernst. Larissa Alexandrowna heißt sie. Sie probiert Traktoren aus.«

»Dann hat sie ja den richtigen Rhythmus im Hintern«, sagte Dr. Speschnikow trocken. »Ihre Röntgenbilder sind übrigens reif für Rom! Man muß sie als Wunder anerkennen! Nicht ein Hauch von einem Ulcus!«

»Aber die Berichte der Militärärzte! Sogar der Generalarzt . . .«

»Unbegreiflich. Haben die Ihnen immer ihre Uhren auf den Bauch gelegt und mitgeröntgt?«

»Da gibt es keinen Irrtum? Sie sind Frauenarzt . . .«

»Ich werde doch wohl noch einen Ulcus erkennen können, Luka Iwanowitsch! Der Blick zum Uterus macht nicht blind für höhere Partien! Im Röntgenbild haben Sie einen freien Magen!«

»Und mein fauliges Aufstoßen? Zum Beispiel gestern. Ich spüre es, es steigt in mir hoch, es kriecht die Speiseröhre hinauf, es brennt im Geschlinge . . .«

»Wo?« fragte Dr. Speschnikow interessiert.

». . . in Panik komme ich, denn Larissaschka liegt gerade unter mir und umklammert mich mit ihren weichen Armen. Was muß ich tun? Ich reiße einen Zipfel aus dem Bettuch, stopfe

ihn mir in den Mund und vermauere mein ekliges Rülpsen! Larissa wäre vor Entsetzen gestorben, wenn ich sie angeblasen hätte. Vergiftet worden wäre sie!« Petrowskij setzte sich an den Tisch, überblickte das Schachspiel, machte einen Zug und nickte. »Schach! — Irgendwoher muß das ja kommen!«
»Sie Satan! Tatsächlich Schach!« Dr. Speschnikow wischte die Figuren um, hielt Petrowskij eine Flasche hin und wackelte mit dem Kopf. »Wollen Sie?«
»Was ist das?«
»Samogonka . . .«
»O Himmel! Damit kann man einen kastrieren!«
»Haben Sie etwas Besseres, Sie Rindvieh? Na also! Lieber einen höllischen Knollenschnaps als fades Wasser! Im übrigen sollen Sie ihn trinken und nicht über die Hoden schütten!«
Petrowskij nahm einen vorsichtigen Schluck aus der Flasche, hielt den Atem an, würgte und blieb dann mit offenem Mund sitzen. Dr. Speschnikow starrte ihn an.
»Was haben Sie?«
»Kommen Flammen aus meinem Mund?«
»Wenn Sie wirklich einen Ulcus ventriculi hatten — der ist jetzt weg! Danken Sie Gott oder sonstwem, daß ich Sie vor Barynja Fjodorowna Tschigirina gerettet habe.« Er nahm die Flasche zurück, soff mit geschlossenen Augen und knallte sie auf das Schachbrett. »Was tun wir jetzt?«
»Draußen wartet Larissa auf mich.«
»Was wir mit Ihnen tun, Sie Sauerrülpser! Was soll ich in den Bericht schreiben? OB?! Dieses ›Ohne Befund‹ bringt Sie sofort an die Front zurück. Gerade jetzt, wo die Offensive rollt. Wollen Sie das?«
»Ich bin ein guter Russe, Dr. Speschnikow.«
»Ein Rätsel ist das, warum ich gerade mit Ihnen länger rede als einen Furz lang. Luka Iwanowitsch, Sie können überleben!«
»Das will ich, wenn es möglich ist. Ich habe jetzt eine gute Arbeit. Ich fahre auch Traktoren.«
»Ist das schön! Das Weibchen rattert, das Männchen rattert, und wenn sie abends zusammenkommen, rattern sie gemeinsam.« Dr. Speschnikow seufzte und rutschte in seinem Sessel nach vorn. Petrowskij ergriff ihn und hielt ihn fest, zog ihn wieder hoch und setzte ihn richtig hin. »Ich werde schreiben: Wir haben den Feststellungen der Armeeärzte nichts hinzuzufügen.«

»Das ist genial, Dr. Speschnikow. Ich möchte das Schicksal bitten, mir einmal Gelegenheit zu geben, Ihnen zu danken.«
»Wie reden Sie plötzlich?« Speschnikow schüttelte Petrowskijs Hand ab. »Paßt das zu Ihnen? Warum sagen Sie nicht: Ein verdammt guter übler Trick, Sie Narr!? — Sehe ich Sie wieder?«
»Wenn es Ihnen angenehm ist.«
»Würde ich dann fragen?« Dr. Speschnikow hielt sich an der Seitenlehne fest. Er spürte, daß er wieder nach vorn rutschte. »Mich interessiert Ihr weiteres Leben. Sie sind von einer grandiosen Frechheit. Sie waren nie krank, Luka Iwanowitsch. Furzgesund sind Sie. Aber Sie haben es geschafft, von der Front wegzukommen.« Er hob beide Hände und schüttelte den Kopf. »Überlegen Sie jetzt nicht: Soll ich den dämlichen Alten umbringen? Wenn ich ihm den Schädel einschlage, wird jeder denken, er sei besoffen gegen eine Kante gerannt. So leicht ist das ... wir sind ja allein! — Luka, ich mag Sie.«
»Ich habe nie daran gedacht, Sie zu töten!« sagte Petrowskij mit belegter Stimme. Er log. Sekundenlang hatte dieser Gedanke ihn durchblitzt, als Speschnikow sein Geheimnis lüftete. »Und ich bin krank. Unglücklich macht es mich, daß alle Ärzte verschiedener Meinung sind. Wenigstens in der Medizin sollte Einigkeit herrschen.«
»Da am wenigsten!« Dr. Speschnikow klopfte Petrowskij auf die Hand. »Geh zu deiner Larissa, Freundchen. Komm ab und zu und erzähle, was aus dir geworden ist. Und wenn Larissa ein Kind bekommt, und ich lebe noch — das will ich holen! Und du wirst dabeisein! — Noch einen Samogonka?«
»Doktor, warum saufen Sie so fürchterlich?«
»Weil wir jetzt den Krieg gewinnen, Freundchen.« Dr. Speschnikows Kopf pendelte hin und her. »Die Welt ahnt ja gar nicht, was es bedeutet, wenn die Bolschewisten den Krieg gewinnen! Sie ist so blind und dumm.«
»Aber Sie wissen es?« fragte Petrowskij etwas spöttisch.
»Ja.« Speschnikow blickte hoch. Seine Augen flatterten in den wäßrigen Höhlen. »Warum sitze ich hier als Facharzt für Gynäkologie im ewigen Nachtdienst? Warum wohl? Kennst du Turochensk? Am Jenesseij liegt es, gehört zum Arbeitsbezirk Norilsk. Ein Zwangslager ist es ... Ich mußte dort zwölf Jahre leben ...« Er hob die Flasche. Sein Mund riß auf wie eine

platzende Wunde. »Es lebe der Sieg!« schrie er. »Es lebe eine Rote Welt! — Gott, wie glücklich bin ich, wenn ich mich bis dahin totgesoffen habe!«

Mit Sepkin gab es einige Schwierigkeiten, die selbst Luka Antipowitsch Puschkin nicht vorhergesehen hatte. Sein Einfluß auf die Patienten war zwar groß, aber bei der Verwaltung der Sklifossowski-Unfallklinik war er eben nur ein Krankenpfleger mit dem Personalkarteiblatt Nummer 369 M. Das M stand für mušhoje otdelenije, was soviel bedeutete wie »männlich«. Das war das einzige, was man nicht bestreiten konnte. Alles andere mußte abgelehnt und dann diskutiert werden, denn die Verwaltung der Klinik bestand ja aus Beamten.
Es begann damit, daß Puschkin sehr selbstbewußt seinen künftigen Schwiegersohn Piotr Mironowitsch Sepkin in das Zimmer eines grämlich dreinblickenden Menschen schob und ausrief, als habe er ein neues Land entdeckt: »Hier haben wir den neuen Krematoriums-Arbeiter, Genosse!«
Der verbitterte Mensch hinter dem Schreibtisch musterte Sepkin, wölbte die Unterlippe vor und antwortete: »Das ist ein guter Posten. Aber wir brauchen keinen. Besetzt!«
»Seit wann?« Puschkin schob sich um Sepkin herum und schloß hinter sich die Tür. »Gestern abend noch nicht!«
»Besetzt!« sagte der vergrämte Mensch. »Fragen Sie die Zentrale.«
»Von der kommen wir. Sie ist nicht zuständig.«
»Dann müssen Sie suchen, Genosse. Ich bin auch nicht zuständig.«
Puschkin regte sich nicht auf, er kannte das. Er gab Sepkin einen Stoß in den Rücken, damit er näher an den Schreibtisch heranging, und legte ein zusammengefaltetes Blatt Papier auf die Platte. Der nicht zuständige Genosse betrachtete es mit Widerwillen, als habe Puschkin Kot abgeladen.
»Sind Sie der Leiter des Krematoriums?« fragte Luka Antipowitsch freundlich.
»Ja.« Der widerliche Mensch tippte auf den Zettel. »Was soll das?«
»Es ist eine Wochenkarte für Nährmittel. Kategorie Schwerstarbeiter.«
»Soll sie sich bei mir ausruhen?«

»Ich habe sie gefunden, Genosse.«
»Gefunden?« Der Mann riß die Augen auf. »Aha!«
»Unter Ihrem Schreibtisch, Genosse. Lag da, zusammengefaltet wie jetzt, und schien vergessen zu sein. Ein ehrlicher Mensch, wie ich, denkt: Oje, er wird das Kärtchen morgen bestimmt vermissen. Seine Kinderchen werden rufen: ›Papuschka, warum gibt es keine Graupen zum Essen?!‹ Und er wird antworten müssen: ›Weint mit mir, ihr Lieben — ich habe die Marken verloren!‹ — Das Herz dreht sich einem rum! Da habe ich das Zettelchen aufgehoben, und da liegt es nun!«
Der Leiter des Krematoriums grinste, legte eine Hand über die Lebensmittelmarken, zog sie heran und musterte dabei Sepkin. Puschkin atmete auf. Die erste Verständigung war erreicht.
»Wo kommen Sie her? Name, Beruf?«
Sepkin machte seine Angaben knapp und militärisch. Der muffige Mensch hörte stumm zu, steckte die Lebensmittelmarken ein und lehnte sich zurück. »Von der Front kommen Sie, Genosse! Und Ihre Lunge pfeift. Was — meinen Sie — befähigt Sie dazu, in einem Krematorium zu arbeiten?«
»Ich habe mir vorgestellt, wen ich dort anhuste, den stört es nicht mehr.«
»Außerdem ist er gelernter Käser!« warf Puschkin ein. Der Beamte zuckte schmerzhaft zusammen.
»Wieso?«
»Ich war Spezialist für den berühmten Rundkäse der Käserei von Nowo Karpyrdak. Sicherlich haben Sie schon ein Scheibchen davon gegessen, Genosse.« Sepkin schnalzte mit der Zunge, was bei dem Beamten ein Liderflattern auslöste. »Auf dem Käselaib klebte eine rote runde Marke mit der Aufschrift: Ein Qualitätserzeugnis des Sozialismus. Zweimal ein Diplom! Ha, ein Duft war das, wenn man ihn anschnitt . . .«
»Das wollte ich erwähnen!« rief Puschkin dazwischen. »Das befähigt Piotr Mironowitsch für die Arbeit im Krematorium: er hat sich an Gerüche von Kind an gewöhnt. Seine Nase ist ledern. Ich sage es Ihnen, Genosse: Er ist der beste Mann.«
Der mißgelaunte Mensch stierte Sepkin lange und wortlos an. Dann erhob er sich und sagte: »Man muß sich das noch überlegen. Am Ofen I fehlt ein Mann.«
»Ein wahres Wunder!« jubelte Puschkin. »Da paßt er hin!«

»Eine Woche Probe.«
»Ich möchte Sie umarmen, Genosse!«
»Ohne Bezahlung!« Der widerliche Mensch kratzte sich unter der Jacke am Nabel. »Lohn nach dem Tarif der Heizungsarbeiter und« — er räusperte sich und glotzte Sepkin an wie ein Frosch — »Einstufung in die Kategorie II der Lebensmittelzuteilung.«
»Kategorie III, Genosse!« sagte Puschkin schnell. »Piotr Mironowitsch ist ein genügsamer Mensch. Er braucht davon nur die Hälfte . . .«
Der Leiter des Krematoriums vermied jede anerkennende Regung. Von jeher beneidete er die Ärzte, Pfleger, Verwaltungsbeamten, Laborangestellten, ja sogar die Krankenträger — sie alle kamen mit dankbaren Kranken in Berührung. In seinem Bereich drückte ihm keiner die Hand (und schon gar nicht legte einer etwas hinein . . .), niemand trug Bitten vor, die fast immer nutzvoll verpackt waren . . . Wenn er sein Krematorium betrat, vor allem die Abteilung Ofen I, überfiel ihn die ganze Trostlosigkeit seiner Aufgabe, und Haß stieg in ihm hoch, zum Beispiel gegen den Genossen Küchenverwalter, der nicht nur wie ein Bulle fraß, sondern auch wie ein Bulle unter Küchenmädchen und Schwestern wütete. Hörte man von ihm, daß er das Krematorium leitete, verzogen sich alle Mienen zu schmieriger Trauer, und er hatte oft das Gefühl, daß man sich die Hände wusch oder sie an der Mauer abrieb, wenn man von ihm weggegangen war.
»Sie können sofort anfangen!« sagte er von oben herab. »Die Personalabteilung verständige ich. Melden Sie sich bei dem Genossen Zischlow von der Heizbrigade.«
Ein Tag war das! Puschkin umarmte Sepkin auf dem Flur und rief immer wieder: »Welch ein Glück! Ofen I! Jubeln muß man! Die beste Arbeit ist das! Ist er nicht ein wahrer Schatz, der Genosse Leiter?! Gibt sich zufrieden mit den halben Marken! Du mußt einen großen Eindruck auf ihn gemacht haben, Söhnchen! Hast du gesehen, wie sich seine Brust hob, als du von der Front erzähltest?! Und das mit dem Käse war gut! Er hat sicherlich noch keinen Käse aus Nowo Karpyrdak gegessen. Piotr Mironowitsch, heute ist ein Glückstag!«
Diese Ansicht war allerdings einseitig. Luka Antipowitsch Puschkin, im Klinikdienst ergraut — wie man so sagt —, sah die Dinge mit anderen Augen als Sepkin. Wer ein Vierteljahr-

hundert lang hilflosen Kranken noch ein bißchen menschliches Leben verschafft, wer die Toten schon gar nicht mehr zählen kann, die er gewaschen und für die Hinterbliebenen hergerichtet hat, wer das Leid in sich aufsaugt wie ein riesiger Schwamm und ihn dann zu Hause auspreßt mit einigen Gläschen Wodka und fröhlicher Radiomusik, für den ist der Ofen I eine Arbeitsstelle, um die man sich prügeln konnte.
Sepkin meldete sich also beim Vorarbeiter Gawrilo Kusmanowitsch Zischlow, der in einem furchtbaren, kohlenstaubbedeckten Zimmerchen neben den Heizöfen und den Kohlenkellern hauste. Zischlow sagte: »Endlich kommt einer für den Ofen I. Ich mache ihn jetzt mit, aber gewöhnen werde ich mich nie daran. Mir dreht's den Magen um ... man kann nichts dagegen machen. Zu so etwas muß man geboren sein!« Dann musterte er Sepkin und fragte: »Hast du schon mal ein abgeschnittenes Bein gesehen? Oder einen Haufen Gedärme?«
»Ich komme von der Front!« antwortete Sepkin ahnungsvoll. »Da sieht man viel!«
Es war so, wie Sepkin plötzlich ahnte. Der Ofen I hatte mit dem Krematorium nur dem Namen und der Verwaltung nach zu tun. Er lag abseits in einem Anbau des Gebäudes, das auch die Großwäscherei beherbergte, besaß einen eigenen Schornstein mit einem Filter, war durch einen Gang mit dem Operationstrakt verbunden und mit weißen Kacheln ausgeschlagen. Auf ebenfalls gemauerten, weißgekachelten Tischen standen große und kleine Eimer, Kübel und Bottiche aus emailliertem Blech oder blinkendem Zink. Das alles war von spiegelnder Sauberkeit, und man hätte denken können, hier sei eine gut geführte Fleischerei, wenn die Fleischstücke in den Behältern nicht abgeschnittene menschliche Gliedmaßen aller Art und Größe, Muskelfasern und Innereien gewesen wären. »Von zwei Operationstagen!« sagte Zischlow und blieb an der Tür stehen. In dem gekachelten Raum war es angenehm kühl im Vergleich zu Zischlows heißer, rußschwarzer Bude. »Ich habe gestern nichts verbrannt. Konnte es nicht. Da drüben, im linken Eimer ... ein Kinderarm. Verätzung. Muß so alt sein wie mein Töchterchen. Sieben Jahre. Drei Kinder habe ich, Piotr Mironowitsch. Weggelaufen bin ich, als ich in den Eimer sah. Ich bin Heizer, Kesselfachmann ... Für mich eine wahre Erlösung, daß du gekommen bist. Du hast gute Nerven, was?«

»Ich hoffe es, Genosse.« Sepkin lehnte sich gegen die Kachelwand und atmete stoßweise durch die Nase. Mein lieber Luka Antipowitsch, dachte er. Hier bleibe ich nicht lange. Ich werde mich vom Ofen I emporarbeiten in die lichte Höhe eines Krankenwagenfahrers. Ich muß beweglich sein, ich muß Moskaus Straßen um mich haben, keine amputierten Glieder. Du ahnst ja nicht, weshalb . . .

Zischlow zeigte auf einen Haken. »Dort hängen Gummischürze und Handschuhe!« sagte er. »Der Ofen steht unter Dampf. Wird vom Nebenraum aus gefeuert. Hier ist nur der vornehme Teil mit der Brennkammer.«

»Kommt — kommt jeden Tag so viel herein?«

»Wir sind die größte Unfall-Klinik Moskaus. In zehn Sälen wird operiert.« Zischlow klopfte Sepkin auf die Schulter. »Man gewöhnt sich daran«, sagte er. »Nur ich kann das nicht. Muß auch härtere Menschen geben als mich.«

»Und wieso ist die Stelle frei?« fragte Sepkin.

»Ein Unfall. Dein Vorgänger, ein wortkarger Mensch mit Namen Posnjamkin, hat ein paarmal ohne Handschuhe gearbeitet. Jeder hat ihn gewarnt. Und siehe da — er hat's! Eine Blutvergiftung. Sein eigener Arm lag nachher in der Wanne, aber es war zu spät. Nicht mehr zu retten! Das war vor sieben Wochen. — Vergiß nie die Handschuhe, Piotr Mironowitsch!«

Zischlow klopfte ihm noch einmal auf die Schulter und verließ den Raum. Sepkin zögerte, dann griff er zum Haken, schnallte sich die Gummischürze um und zog die langen Gummihandschuhe über. Mit langsamen Schritten ging er zu der gekachelten Bank und den Eimern, Wannen und Bottichen voller menschlichem Abfall. Das erste, was er sah, war der verätzte Kinderarm.

Die Moskauer Straßenbahnen sind berühmt dafür, daß sie auch bei dreifacher Überbelastung nicht zusammenbrechen. Wer diese Menschentraube auf Schienen einmal gesehen hat, kann verstehen, daß jeder Russe davon überzeugt ist, die Industrie seines Landes verstehe es, auf jedem Gebiet das Beste und Zerreißfesteste zu produzieren.

Nachdem die Familie Sharenkow eingehend beraten und Väterchen Pawel Ignatiewitsch immer wieder betont hatte, in Kriegszeiten hätten Biologen, die eine künstliche Besamung von Orchideen erforschten, überhaupt keine Verwendungsmöglichkeit für ihre Fähigkeiten, beschloß man, Boranow dem Leiter der Moskauer Straßenbahnen vorzustellen.

»In meinem Bereich, der Architekturzentrale und Wiederaufbau-Planung, drängeln sich die Leute, treten sich auf die Füße, möchten ihre Umgebung erdolchen, um ein sicheres Plätzchen zu erobern — es ist zum Haareraufen! Überall Protektionisten. Wer einen Namen hat und die richtigen Beziehungen, der schiebt seine lieben Verwandten in die Wiederaufbau-Planung ab. Unmöglich, jetzt auch noch mit dir anzukommen, Kyrill Semjonowitsch! Vielleicht nach dem Krieg! Der Frieden ist ja fast greifbar. Aber bis dahin . . . Wir wollen sehen, was Lyra Pawlowna ausrichtet.«

Man muß wissen: Eine große Ehre und eine felsensichere Garantie ist es, bei der Moskauer Straßenbahn beschäftigt zu werden. Wer einmal die Uniform trägt, würde kaum mit einem anderen tauschen. Welch ein Gefühl ist es, täglich Hunderttausende Genossen transportieren zu können, aus allen Richtungen, in alle Richtungen, und zu wissen, daß man nur einen Hebel herumzudrehen braucht, die Bahn bleibt stehen, und man hat in das Schicksal der unterschiedlichsten Menschen eingegriffen.

Der Genosse Direktor Afanasiew, ein weißhaariger, vornehmer Mann mit dem schön geschnittenen Kopf eines Grusiniers und dem Benehmen eines Edelmannes, empfing Lyra Pawlowna und Boranow mit der Herzlichkeit, die man alten Bekannten entgegenbringt. Durch ein Vorgespräch war er von Lyra orientiert worden. Er drückte Boranow mit vaterländischem Augenleuchten die Hand und sagte:

»Ein Jammer mit Ihrer Kugel neben der Schlagader! Jetzt könnte man Sie an der Front gebrauchen! Jetzt marschieren wir bis Berlin! Was verpassen Sie alles! Das muß doch weh tun!«

»Ich schluchze nach innen, Genosse«, antwortete Boranow. Lyra Pawlowna wurde bleich, aber da sie zu weit auseinander saßen, hatte sie keine Gelegenheit, ihn gegen das Schienbein zu treten. »Aber in Gedanken stürme ich mit! Auf jeden Fall möchte ich meinem Vaterland auch hier in Moskau dienen.«

»Bei der Straßenbahn.«

»Die Uniform der Roten Armee mußte ich ausziehen — aber wenn ich die Uniform der Straßenbahn . . .« Boranow unterbrach sich und schluckte, als könne er vor Ergriffenheit nicht weitersprechen. »Ich würde mich einsetzen wie bei einem Sturm auf die deutschen Gräben . . .«

Der Genosse Afanasiew war beeindruckt und spürte tiefe Sympathie für diesen Kyrill Semjonowitsch Boranow, dem durch eine deutsche Kugel verhinderten Helden. Außerdem war Boranow, wie Afanasiew, Akademiker, und auch das verbindet.

Eine kleine Verzögerung trat dennoch auf, aber sie war zu überwinden: Es gab bei der Moskauer Straßenbahn keine freie Stelle mehr. Wie bei allen amtlichen Arbeitgebern, stöhnte man auch bei der Bahnverwaltung unter dem Ansturm der »empfohlenen Bewerber«. Afanasiew, als Spitze der Verwaltung, sah keine andere Möglichkeit für Boranow, als eine neue Stelle zu schaffen, die es bisher noch nicht gegeben hatte: Fahrbereitschafts-Kontrolleur.

Das klang gewaltig, war aber ein gemütlicher Posten. Boranow hatte nur darüber zu wachen, daß alle Straßenbahnwaggons in gesäubertem Zustand die Depots verließen, mit gekehrten Böden, geputzten Scheiben, abgewischten Haltestangen und geschrubbten Außenwänden. Dafür gab es eine Reinigungsbrigade aus Frauen, was Lyra Pawlowna gar nicht gefiel, denn eine Kompanie ausgehungerter Weiber stellte auch für einen charakterfesten Mann wie Kyrill Semjonowitsch eine ständige Versuchung dar.

Auch eine komplette Uniform gab es nicht mehr. Boranow konnte nur einen Rock kassieren, aber da half der Architekt Sharenkow; er besorgte eine dunkle Hose und ein weißes Hemd. »Ein Kontrolleur muß Respekt erzeugen!« sagte er ganz richtig. »Schon von weitem muß man sehen: Aha, da kommt ein Mensch, der etwas zu sagen hat! Ehrfurcht ist die Grundlage des Zusammenlebens.«

Sharenkow hatte noch viele solcher Sprüche in Reserve; er konnte sich selbst daran berauschen. Dann drehte er sich zufrieden eine Papyrossa und rauchte sie, als habe er ein opulentes Mahl verschlungen.

Boranow war mit seiner Stellung sehr zufrieden. Schon am ersten Tag, nachdem er seine Putzbrigade begrüßt hatte und feststellen mußte, daß über die Hälfte aus jungen, hübschen Mädchen bestand und er somit in einen permanenten Abwehrkampf kommen würde, fuhr er kreuz und quer durch

Moskau, besichtigte drei Außendepots und genoß unangefochtene Freiheit hinter dem Schirm seiner Uniform.
Für ihn war es jetzt leicht, zum verabredeten Treffen bei Milda Ifanowna zu erscheinen. Niemand kontrollierte ihn, den Kontrolleur, niemand beobachtete ihn, keiner wußte, wo er gerade seine Stichproben ansetzte. Wo immer er auch auftauchen würde — es war seine eigene Entscheidung.
»Soviel Glück hätte ich mir nie erträumt«, sagte Boranow am Abend des ersten Tages bei der Moskauer Straßenbahn. Sie saßen wieder vor dem Radiogerät und aßen eine Suppe aus Rübenschnitzeln, verfeinert durch ein wenig angebratenen Speck.
Und Marja Iwanowna, die Mutter, sagte mit glänzenden Augen: »Jaja. Einmal kommt auch die Freude zu uns. Greifen Sie zu, Kyrill Semjonowitsch! Hier ist noch ein Stückchen Speck.«
Es war schwer zu sagen, wer in Boranow mehr verliebt war: Mütterchen Marja oder die Tochter Lyra Pawlowna.

Das Botkin-Krankenhaus ist eine kleine Stadt für sich. Wer sich da nicht auskennt, verläuft sich heillos in den Gängen, es wimmelt von vielen tausend Menschen von den Kellern bis zum obersten Stockwerk, ja, man erzählt sich sogar, daß ein taubstummer Patient, ein Bäuerchen aus der Gegend von Kunzewo, fünf Tage lang herumgeirrt sei, um ein Glas mit Urin loszuwerden, bis er schließlich völlig eschöpft und entkräftet in einer Ecke der Augenklinik gefunden wurde. Ganz klar, daß man sich dort weigerte, seinen Urin anzunehmen, denn Augenkrankheiten diagnostiziert man nicht beim Pinkeln, aber da der Mann gar so flehentlich unverständliche Laute ausstieß, brachte man ihn schließlich zum Labor, das er seit fünf Tagen gesucht hatte.
Man muß um die Ausmaße des Botkin-Krankenhauses wissen, will man begreifen, was es bedeutet, daß jeder in dieser kleinen Stadt der Kranken die Ärztin Anja Iwanowna Pleskina kannte.
Ihre wilde Schönheit war nicht allein der Grund. Sie war auch berühmt als Chirurgin. Ärztinnen gab es genug in Moskau, wie überhaupt das Gesundheitswesen in Rußland zum größten Teil von Ärztinnen bestimmt wird. Überall findet man sie, wo sonst harte Männer ihre Nerven verlieren: In den Kran-

kenstationen der Gefangenenlager, der Strafkolonien, der Arbeitslager, inmitten der »Toten Seelen« im fernsten Sibirien, und auch vorn, unmittelbar hinter der Front, auf den Hauptverbandsplätzen, in den fahrbaren Lazaretten, auf den Auffangplätzen, in den Verwundetenzügen, in den Heimat-Lazaretten — einfach überall! Was wäre Rußland ohne seine Ärztinnen!

Aber eine Frau, vor deren Schönheit man geradezu betroffen stehenbleibt, die oft zehn Stunden lang am Tag mit blutiger Schürze am Operationstisch steht, muß man gesehen haben! So gab es vom Personal der riesigen Botkin-Klinik kaum einen, der Anja Iwanowna nicht kannte. Ab und zu flog von Mund zu Mund eine neue Nachricht aus der Chirurgie: »Die Pleskina hat wieder mal eine unmögliche Operation gemacht: Eine Seit-an-Seit-Anastomese. Der Chef hat sich geweigert — und was tut sie? ›Ich übernehme die Verantwortung!‹ sagt sie und schneidet! Der Patient lebt! — Ja, unsere Pleskina!«

Wer wundert sich da noch, daß Leonid Germanowitsch Duskow in der Botkin-Klinik sofort eine Anstellung als Hilfspfleger bekam? Und sogar eine bevorzugte Stellung: Er brauchte nicht im Stationsdienst zu arbeiten und — was sonst die Aufgabe der Hilfspfleger ist — die niedrigen Dienste zu übernehmen, sondern er wurde mit der Ausfüllung einer Lücke beauftragt, die Anja Iwanowna entdeckt hatte. Obgleich Duskows Tätigkeit völlig nutzlos war und dem Krankenhaus keinen Gewinn brachte, wagte niemand, der Pleskina zu widersprechen. Im Gegenteil, man lobte ihre tiefe Menschlichkeit, die man auch in Kriegszeiten nicht vergessen soll, und nannte ihre Idee einen Beitrag zur Krankenhausreform.

Leonid Germanowitsch — als ehemaliger Gehilfe eines Sarghändlers mit der Aufbahrung und der Betreuung von Toten und ihrer Hinterbliebenen vertaut — übernahm die neu geschaffene Stellung eines Leichenfürsorgers. Zunächst nur für die Chirurgie, aber es war zu erwarten, daß sich auch die drei Inneren Kliniken anschlossen, deren Professoren herüberkamen und Duskow ehrfurchtsvoll bei der Arbeit beobachteten.

Man hatte einen Raum mit Buchsbaumsträuchern in großen Kübeln dekoriert, zwei silberne mehrarmige Kerzenleuchter — der Kirche im Wagankowski-Friedhof entliehen — aufgestellt, die Fenster mit Tüchern verhangen, und — das war das wichtigste — ein Klavier hineingerollt. War ein Genosse oder

eine Genossin gestorben und kamen die jammernden Verwandten, dann wurde der Leichnam nicht mehr aus einem nüchternen Kühlhaus herbeigekarrt, sondern ein schönes, weiß bezogenes Bett stand zwischen den Kerzen, der liebe Tote lag darin, als schliefe er nur, und im Hintergrund saß Duskow am Klavier und spielte mit viel Gefühl zu Herzen gehende Melodien. Meistens waren es Nocturnes von Chopin, die in ihrer singenden Traurigkeit die Seelen bewegten.
Nach dem Klavierspiel mischte sich Duskow unter die Trauernden, sprach von dem Verblichenen, als habe er mit ihm schon als Kind Fische gefangen, lobte seinen hervorragenden Charakter, seine Klugheit, seine Schaffenskraft, seine Liebe zu Weib, Kind und anderen, die in Frage kamen, und sprach Worte, die wie Anker in die Herzen fielen.
Die Professoren der drei Kliniken für Innere Medizin waren tief beeindruckt. Sie sahen zwar den Sinn dieser Inszenierung nicht ein; wer tot ist, wird weggerollt und fällt nicht mehr unter die Zuständigkeit des Krankenhauses. Aber da die Pleskina behauptete, die Medizin müsse vermenschlicht werden, hatte keiner etwas zu entgegnen.
Schon am zweiten Tag war Duskow eine feste Institution. Betraten weinende Menschen die Botkin-Klinik, Abteilung Chirurgie, sagte der Pförtner sofort ohne zu fragen: »Block II, Gang 17, letzte Tür geradeaus. Friede sei mit dem Genossen.«
Abends war Duskow früher in der Wohnung als Anna Iwanowna, die noch eine Spät-Visite machte und nach den Frischoperierten sah. Er backte dann Plinsen aus Quark, füllte sie mit durch viel Brot verlängertem Hackfleisch und ließ den alten Samowar brodeln. Kam die Pleskina nach Hause, war der Tisch gedeckt, eine Kerze brannte in einem Kranz aus sechs Rosen, die Duskow im Klinikgarten abgebrochen hatte, es roch köstlich nach den Plinis — wie ein Feiertag war es!
»Leonid Germanowitsch, Sie sind ein Mensch mit einer Universal-Begabung«, sagte Anna Iwanowna. »Das haben Sie wirklich schön gemacht. Kochen können Sie also auch. Schuhmacher, Einsarger, Klavierspieler, medizinischer Autodidakt, Automechaniker, Dieb und notorischer Lügner. Welche Geschichte erzählen Sie mir jetzt, wo Sie kochen gelernt haben?!«
»Sie werden es nicht glauben, Anna Iwanowna«, sagte Duskow und faltete die Hände andächtig über dem Magen. »Der

Sarghändler in Kasan betrieb auch eine Gastwirtschaft. Sie lagen nebeneinander, das Sarglager und der Gastraum. Wenn die Hinterbliebenen einen schönen Sarg ausgesucht hatten, öffnete ich eine Seitentür, und siehe da, man stand an einer einladenden Theke. ›Trinken wir ein Gläschen auf den lieben Toten!‹ sagte der Sarghändler dann. ›Er nimmt's nicht übel. War doch auch ein fröhlicher Mensch, nicht wahr?‹«
»Hören Sie auf, Duskow!« sagte die Pleskina hart. »Hören Sie sofort auf!« In ihre Kohlenaugen trat ein gefährlicher Glanz. Sie warf die Haare zurück, band sie mit einer roten Kordel zusammen und sah noch wilder, herrlicher, herausfordernder aus. »Können Sie nicht vernünftig sein?«
»Ich will es nicht«, sagte Duskow und blickte in die flackernde Kerze.
»Sie wollen nicht?!« Sie starrte ihn entgeistert an. Das Kerzenlicht erzeugte auf ihrem Gesicht geheimnisvolle Reflexe und hob es in immer neuen, atemberaubenden Variationen aus der Dunkelheit. Es war für Duskow fast unbegreiflich, daß soviel Schönheit noch menschlich sein konnte. »Wo soll das hinführen?«
»Ich danke Ihnen für all Ihre Hilfe, Anna Iwanowna.« Duskow erhob sich und kam um den Tisch herum. »Ich werde mir morgen eine Unterkunft suchen. Hier kann ich nicht bleiben.«
»Und warum?« Ihre Augen waren weit und ängstlich. »Was mißfällt Ihnen?«
»Ich liebe Sie ...« Duskow riß sie vom Stuhl empor, drückte sie an sich und wunderte sich, daß sie nicht sofort mit den Fäusten auf ihn losschlug. »Begreifen Sie das?« schrie er rauh. »Ich liebe Sie. Ich verbrenne unter Ihren Augen, ich bin dem Wahnsinn nahe, wenn ich Sie ansehe! Wer kann das aushalten?! Ich, ein Nichts, ein entlassener Soldat mit einem Loch in der Hüfte, liebe die große Pleskina! Irrsinn ist das! Lassen Sie mich gehen, Anna Iwanowna, jetzt sofort ... Ich weiß sonst nicht, was ich tue ...«
»Wie schön kann das sein«, sagte sie mit ihrer samtdunklen Stimme und legte die Arme um seinen Nacken, »wenn man nichts mehr ist als nur Gefühl. Du Nichts, du Landstreicher, du infamer Gauner ...«
»Ich warne dich ...« Duskows Hals war zugeschnürt, sein Herz glich einem Hammerwerk. »Ich warne dich ...«

»Ich will keine Warnungen! Jeden Tag sehe ich den Tod. Ich sehne mich so nach Leben!«
Duskow atmete pfeifend aus. Er faßte die Pleskina um die Hüften, hob sie hoch, sie war leichter, als er gedacht, oder er besaß in diesen Minuten mehr Kraft, als er sich zugetraut hatte, trug sie in das Schlafzimmer, und schon auf der Schwelle biß sie wie ein Vampir in seine Schulter, zerkratzte seinen Nacken und begann dumpf zu stöhnen ... Nachdem sie die kalt gewordenen Plinsen gegessen und den Tee mit ein paar Tropfen Wodka verfeinert hatten, saßen sie nebeneinander, Hand in Hand, in den Sesseln und lauschten auf die Nachrichten aus dem Radio. »Ist das ein Luxus!« sagte sie und streichelte sanft über seinen Leib. »Sitzen hier nackt und hören uns den Krieg an.« Sie legte den Kopf an seine Schulter und breitete ihr langes schwarzes Haar wie einen Schal über seine Brust. »Verstehst du deutsch?« fragte sie plötzlich.
Duskow verspürte plötzlich eine nie gekannte Angst. »Wieso?« Er versuchte, weiter normal zu atmen. Aus dem Radio klang forsche Marschmusik, die Nachrichten waren beendet. »Bei uns wurde es nicht gelehrt. Kannst du es?«
»Nicht viel. Wir hatten es in der Schule. Manchmal höre ich andere Sender ... Man weiß dann später nicht mehr, wer die Wahrheit sagt.«
»Du kannst mit deinem Apparat Deutschland hören?« Duskows Stimme klang eher gelangweilt.
»Soll ich suchen?«
»Wenn es dir Spaß macht. Ich verstehe doch nichts ...«
»Oh, es ist interessant. Ich übersetze es dir.« Sie löste sich von ihm, ging nackt, mit geradezu schwebenden Bewegungen, zum Radio und suchte die Sender. Im Lautsprecher pfiff und zischte es. Sie drehte sich um, lachte Duskow zu und lehnte sich gegen die Kommode, auf welcher der Apparat stand. Nur eine Kerze brannte und umzuckte mit ihrem Licht ihren matt glänzenden Körper. Nie wieder wird es eine solche Frau geben, dachte Duskow. Nie wieder. Laß uns die kurze Zeit, die uns noch bleibt, trinken wie ein berauschendes Gift. Du weißt ja nicht, Anuschka, daß du einen Toten liebst. O Gott, laß sie nie erfahren, wer ich bin ...
»Gleich kommt er!« sagte sie und hob den Zeigefinger wie ein Lehrer. »Da ist er. Da!«
Tanzmusik, Foxtrotts, Swings, amerikanischer Jazz, gespielt

von einem fabelhaften Orchester. Duskow zog die Luft durch die Nase ein. Er griff zu einer kleinen Silberdose auf dem Tisch neben sich und zündete sich eine Zigarette an. Die Pleskina kam auch noch an richtige, würzige Papyrossi.
»Paß auf!« sagte sie. »Gleich . . .«
Die Musik brach ab. Eine ruhige, wohlklingende Männerstimme sprach. Deutsch.
»Hier ist der Soldatensender *West.* Kameraden an allen Fronten, ihr hört jetzt die Wahrheit. Wir bringen Nachrichten . . .«
»London!« rief Anna Iwanowna schnell dazwischen. »Das kommt aus London. Ein alliierter Sender.«
Duskow legte den Kopf nach hinten und starrte an die Decke. Fast die gleichen Nachrichten wie im sowjetischen Rundfunk. Große Einbrüche im Abschnitt Witebsk, breite Panzerstoßkeile auf Orscha, Vormarsch auf Mogilew, Eindringen in die deutschen Stellungen in den Pripjet-Sümpfen . . . Die deutsche Front wurde eingedrückt, aufgerissen, gespalten.
Dann, nach einer Pause, die Stimme aus London: »Hier spricht ein Kamerad zur Lage . . .«
Anna Iwanowna drehte weiter. »Sie alle sagen, daß die Deutschen zurückweichen. Wir siegen, mein Liebling! Freust du dich?«
»Es ist wirklich ein Triumph!« sagte Duskow dumpf. »Mach Musik, Anuschka.«
Sie blickte auf die Uhr, bestimmt ein Erbstück, ein großer geschnitzter hölzerner Kasten, in dem ein riesiges Perpendikel schwang. Die Zeiger schienen aus massivem Silber zu sein. »Gleich ist es soweit! Du kannst Deutschland hören. Willst du?«
»Nein!« Duskow schloß die Augen. Wir müssen den ganzen Zeitplan umwerfen, dachte er. Wir können nicht mehr warten. Es hat keinen Sinn, Stalin umzubringen, wenn die roten Armeen vor Berlin aufmarschieren! Hoffentlich hören auch die anderen diese Nachrichten und denken genauso.
Die anderen . . . Duskow atmete tief durch. Wen würde er überhaupt bei Milda Ifanowna wiedersehen?
Der Großdeutsche Rundfunk. Anna Iwanowna schien ganz glücklich zu sein, ihn vorführen zu können. »Hör dir das mal an.«
»Ich kann kein Deutsch . . .«, sagte Duskow heiser.

»Das Oberkommando der Wehrmacht gibt bekannt:
An der südlichen Ostfront scheiterten alle Vorstöße der Bolschewisten. Erneute Bereitstellungen wurden zerschlagen.
Im mittleren Frontabschnitt nahm der sowjetische Großangriff an Wucht zu und dehnte sich auf weitere Abschnitte aus. Während zwischen dem Pripjet und Tschaussy alle Angriffe erfolglos blieben, gelang es starken feindlichen Infanterie- und Panzerkräften östlich Mogilew beiderseits der Smolensker Rollbahn und beiderseits Witebsk, in unsere vordersten Stellungen einzubrechen. Die Abwehrschlacht geht hier mit steigender Heftigkeit weiter. Die Bolschewisten verloren gestern im Mittelabschnitt der Ostfront 73 Panzer und 53 Flugzeuge . . .«

»Wie sie lügen!« rief die Pleskina und ballte die Fäuste. »Du kannst es nicht verstehen — aber die Deutschen sind die größten Lügner der Welt!«
»Stell das Radio ab!« sagte Duskow laut. »Anuschka, ich werf es an die Wand, wenn du es nicht abstellst . . .« Erschrocken drehte sie den Ton weg.
Es war der 24. Juni 1944.
Duskow fragte sich, ob das Unternehmen *Wildgänse* überhaupt noch einen Sinn hatte. Der Zusammenbruch der deutschen Ostfront vollzog sich schneller, als man in die Nähe Stalins kommen konnte.
»Komm zu mir, Anuschka —«, sagte er und betrachtete ihren sich im Kerzenschimmer drehenden Leib. »Komm zu mir! Laß uns wenigstens jetzt vergessen, in welch barbarischer Zeit wir leben . . .«

25. Juni 1944
Das Oberkommando der Wehrmacht gibt bekannt:
Im Osten stehen unsere Divisionen im gesamten mittleren Frontabschnitt im schweren Abwehrkampf gegen die mit starken Infanterie-, Panzer- und Luftstreitkräften geführte Offensive der Sowjets. Es gelang dem Feind nur östlich Mogilews, an der Smolensker Rollbahn und besonders im Raum von Witebsk seine Einbrüche zu erweitern . . .

26. Juni 1944
Im mittleren Abschnitt der Ostfront dauert die Abwehrschlacht mit unverminderter Heftigkeit an. Die Sowjets wurden in den meisten Abschnitten abgewiesen. Südlich und östlich Bobruisk konnte der Feind jedoch einige Einbrüche erzielen. Auch im Raum östlich Mogilews gewann der feindliche Angriff nach blutigen Kämpfen nach Westen Boden.

27. Juni 1944
Im Mittelabschnitt der Ostfront stehen unsere tapferen Divisionen in den Abschnitten von Bobruisk, Mogilew und Orscha in heftigem Abwehrkampf gegen die mit massierten Kräften angreifenden Sowjets. Westlich und südwestlich Witebsk kämpfen sie sich auf neue Stellungen zurück ...

28. Juni 1944
Im Mittelabschnitt der Ostfront dauern die erbitterten Kämpfe im Raume Bobruisk und Mogilew an. Nach Räumung der Städte Orscha und Witebsk hat sich die schwere Abwehrschlacht in den Raum östlich der mittleren und oberen Beresina verlagert ...

Piotr Mironowitsch Sepkin saß mit dem OP-Helfer Radolow in der kleinen Putzkammer, wo man aus allen Operationssälen die menschlichen Abfälle sammelte. Von dort aus wurden sie zum Ofen I gefahren und der Obhut Sepkins übergeben. Sie hatten sich angefreundet, Radolow und Sepkin, denn wer in einem Betrieb die unbeliebtesten Arbeiten verrichten muß, der fühlt sich zu einem Schicksalsgenossen zwangsläufig hingezogen. Hinzu kam, daß Radolow in seiner Putzkammer ein Radio stehen hatte und seinen neuen Freund Sepkin, der sich in seiner gekachelten Höhle langweilte, in den OP-Trakt herüberholte, damit auch er teilhabe an der schönen Musik und den noch schöneren Nachrichten von der Front.
»Witebsk und Orscha haben sie schon!« jubelte Radolow und schlug die Hände zusammen. »Das alles in vier Tagen! Ha, die Deutschen laufen wie die Hasen! Suchen neue Löcher! Nutzt es ihnen was?! Wir überrollen sie. Rrrrr ... Piotr Mironowitsch, ich setze voraus, du bist ein ehrlicher Freund. Wirst es nicht verraten. Aber zum Feiern ist etwas zur Seite gelegt.«
Er kramte in einem Putzschrank, holte eine Flasche mit einer violettroten Flüssigkeit heraus und hob sie hoch. Aus dem Radio klang wieder Marschmusik.
»Etwas Feines!« rief Radolow. Er entkorkte die Flasche und hielt sie Sepkin unter die Nase. »Reiner medizinischer Alkohol, etwas verdünnt und mit Holunderbeeren versetzt. Freundchen, nimm als erster einen Schluck! — Nach vier Tagen stehen unsere tapferen Helden schon an der Beresina ...«
An diesem Abend beschloß Sepkin, sich am nächsten Tag bei Milda Ifanowna zu melden.

5

Einem Zufall nur war es zu verdanken, daß Oberst Igor Wladimirowitsch Smolka, dem Sektionsleiter Innere Abwehr beim NKWD, ein eisiger, ihn einen Moment lähmender Schreck in die Glieder fuhr.
Nach der Entdeckung des deutschen Majors von Labitz, der als Ingenieur Pawel Fedorowitsch Sassonow in das Stahlkombinat von Perowo einsickern wollte, und der dann so heldenmütig starb, war Smolka nie richtig froh geworden. Immer wieder las er die Aussagen aller Zeugen vor, hörte das Tonband ab, das bei der Unterhaltung mit Sassonow in einem Nebenraum abgelaufen war, betrachtete mißtrauisch — als sei es eine verkappte Bombe — das winzige, aber ungemein starke Funkgerät, das Sassonow bei sich getragen hatte, und konnte dem Gefühl nicht entrinnen, daß dieser deutsche Offizier nicht der einzige war, den man über Rußland abgesetzt hatte. Was soll ein einzelner Mann im Stahlkombinat Perowo? Das zeigte keinen Sinn. Warum aber versuchte dann ein als perfekter Russe ausgebildeter deutscher Offizier, sich mit den besten Papieren, die man sich wünschen kann, in die Produktion einzuschleichen?
Oberst Smolka hatte den Vorfall noch auf seinem Schreibtisch behalten und nicht an den Chef des NKWD weitergegeben. Für ihn war der »Fall Sassonow von Labitz« noch nicht beendet. Im Kombinat Perowo wurden jetzt zwar jeder Arbeiter und jeder Angestellte untersucht, durchleuchtet und in ein kurzes Verhör genommen, auch seine Papiere wurden überprüft, aber Smolka war sicher, daß er nichts Verdächtiges mehr erfahren würde.
So traf es ihn wie ein Keulenschlag, als von der NKWD-Außenstelle Kalinin ein Bericht in Moskau eintraf, dem gleich zwei Leichen beigefügt waren. Sie lagen in verplombten Zinksärgen und wurden von vier Milizionären bewacht. Damit nicht genug: vom Güterbahnhof kam ihm ein Bericht auf den Tisch, der erst durch sieben nicht zuständige Stellen gelaufen

war — was die Stempel und Unterschriften bewiesen —, bis ein Beamter den Einfall gehabt hatte, das Ganze dem NKWD zuzuschieben.
Aus Kalinin trafen ein: Ein toter Genosse, der sich zu Lebzeiten Iwan Petrowitsch Bunurian genannt hatte — also ein Armenier oder Grusinier — und den eine Gruppe Waldarbeiter in den Wäldern bei Maximowo mit Knüppeln erschlagen hatte. Man hatte einen Fallschirm gefunden — sowjetischer Herkunft — und dann eben diesen Bunurian, der sich ein Bein gebrochen hatte.
Als die Holzfäller ihn untersuchten, fanden sie eine Tabaksdose bei ihm, die sich als ein Minisender entpuppte. Darauf hatte man Bunurian in vaterländischem Zorn erschlagen, was man hinterher bedauerte.
Der Tote wurde vom NKWD Kalinin abgeholt, nachdem die Zeugen Oleg Viktorowitsch und Pawel Tichonowitsch aus Maximowo angerufen hatten.
Das wäre nun kein Grund gewesen, Moskau zu unterrichten, denn so einen Fall möchte man, der Ehre wegen, selber lösen. Aber dann traf, zum Entsetzen der Genossen in Kalinin, eine zweite Leiche ein. Aus Wolokolamsk. Man sollte es nicht für möglich halten — wer kennt schon Wolokolamsk?!
Die Miliz, eine Streife von drei Mann, hatte dort einen nackten badenden Mann aus dem Fluß Lama geholt, der angab, seinen Onkel Dementi Rußlanowitsch Koseboschkin zu suchen, der in Wolokolamsk wohnen sollte. Es gab keinen Genossen Koseboschkin, aber der verdächtige Mann, der sich Sergeij Andrejewitsch Tarski nannte, verschluckte eine Blausäurekapsel und starb in Sekundenschnelle auf dem Boden im Postamt. Seine Papiere waren vollständig und einwandfrei. Aber aus dem hohlen Absatz seines linken Schuhs holte man ein winziges Funkgerät unbekannter Herkunft.
Im Bericht stand nüchtern: »Der Leichnam wird gesondert überstellt.«
Er war schon da, stand unten im Keller V neben dem anderen Zinksarg und wartete auf Smolkas Reaktion.
»Das ist ungeheuerlich!« sagte Oberst Smolka, als er die Berichte gelesen hatte.
Um ihn herum war sein engster Stab versammelt und schwieg betroffen nach der Vorlesung der Schreiben. Auf einem Tisch lagen die Beweisstücke: die Personalausweise, die Entlas-

sungspapiere aus der Roten Armee, Krankenbescheinigungen, Zuweisungen an die Zentrale Arbeitsvermittlungsstelle Moskau, alles korrekt, alles überzeugend — und doch alles meisterhaft gefälscht. Auch die beiden Funkgeräte lagen da: eine Tabaksdose, unter deren Tabakteil der Sender eingebaut war, und ein winziger Kasten mit Klappdeckeln, der sich schnell in ein Funkgerät verwandeln konnte. So klein, daß er in einen Schuhabsatz paßte. Er glich genau dem Apparat, den man bei Sassonow gefunden hatte. Ein Gerät von noch nie gesehener Präzision. Eine völlige Neuentwicklung auf dem Gebiet der Funkelektronik.

In zwei Säcken hatte man auch die Kleider der Toten mitgeschickt. Smolka verzichtete darauf, sie auszupacken. Er glaubte dem Bericht aus Kalinin, daß es sich um normale sowjetische Anzüge und Wäsche der unteren Qualität handele. Bei dem Satz »untere Qualität« lächelte Smolka maliziös; ihm war nicht bekannt, daß es auch gehobene Qualität zu kaufen gab.

Der Zufall — er wurde schon erwähnt —, der Smolka diese ungeheuerlichen Stücke ins Haus brachte, war in Kalinin in Form einer Magenschleimhaut-Entzündung entstanden. Der Chef der NKWD-Zweigstelle Kalinin, der Genosse Lobnonin, war auch beim Eintreffen der zweiten mysteriösen Leiche aus seinem Gebiet bereit gewesen, die Untersuchungen zunächst allein durchzuführen, ohne die große Mutter in Moskau zu belästigen. Zwei entlarvte Spione sind eine gute, feste Sprosse auf der Beförderungsleiter. Aber dann geschah das Unglück, daß die Lobnonina, seine Frau, eine Okroschka anrührte, also eine kalte Sommersuppe mit roten Rüben, Fisch, Salzgurken, Dill, Kwaß und einem Hauch saurer Sahne, ansonsten ein köstliches Gericht an heißen Sommertagen und eine Wonne für jeden russischen Magen. Aber Lobnonin bekam sie gar nicht. Sei es, daß die Okroschka zu kalt war, sei es, daß die beiden Toten seinen Magen zu nervös und überreizt gemacht hatten — er mußte sich hinlegen, wurde auf Null-Diät gesetzt und kotzte so lange und ausgiebig in einen Emailleeimer, bis er völlig erschöpft und bleich im Bett lag.

Ein junger, gerade von der Schule für den höheren Dienst zurückgekehrter Kommissarsanwärter übernahm das Kommando und entdeckte im Keller die beiden frischen Toten und den gerade zu Ende geschriebenen Bericht. Was tut ein gewis-

senhafter Beamter? Er denkt logisch, und logisch hieß in diesem Fall: Das ist eine dicke Sache für Moskau.
Während Lobnonin noch seinen Eimer umarmte, fuhr ein schneller Kleinlastwagen der Miliz die beiden Leichname bereits in die Hauptstadt und gab sie bei der NKWD-Zentale ab. Eine Bombe noch nicht übersehbaren Kalibers war bei Oberst Smolka gelandet.
Bevor er noch seinen Stab zusammenrufen konnte, brachte ein Bote der Miliz ein kleines Päckchen, in dem sich befand: ein blutverschmierter Ausweis, Entlassungspapiere aus der Armee, Krankheitsberichte — alles bis fast zur Unleserlichkeit zerknittert und mit Blut durchtränkt — und ein Haufen von Drähten und Kontakten, Metalltrümmern und Reste eines völlig zerstampften Schuhabsatzes.
Smolka sträubten sich die Nackenhaare. Die Verwandtschaft mit den Hinterlassenschaften der beiden anderen Toten in den Zinksärgen aus Kalinin war unverkennbar. Er schnaufte durch die Nase, steckte sich eine Zigarette an — keine Papyrossa, sondern eine flache türkische voll süßlichen Duftes, von denen ihm ein Agent in Beirut sechs Packungen mitgebracht hatte, als er zur Berichterstattung nach Moskau gerufen worden war — und begann, nun auch diesen Milizbericht zu lesen.
Er war kurz. In einem Viehwagen, der mit Kühen beladen gewesen war, hatte die Putzbrigade beim Ausspritzen des Waggons die Überreste eines Menschen gefunden. Anders konnte man das nicht nennen; die Kühe hatten den Mann bis zur Unkenntlichkeit zertrampelt. Da die Tiere zum letzten Mal in Stupino mit Futter und Wasser versorgt worden waren — so rekonstruierte ein kluger Milizleutnant —, mußte der Mann also in Stupino in den Wagen geklettert sein, um auf diese Weise billig und unbemerkt nach Moskau zu kommen. Sein Tod wäre ein normaler Unfall gewesen, hätten nicht die merkwürdigen Drähte, die aus einem Absatz quollen, zum Nachdenken angeregt. Name des Toten: Alexander Nikolajewitsch Kraskin. Die Überreste des Kraskin lagen im Kühlfach des Gerichtsmedizinischen Institutes II.
Smolka hatte daraufhin aus dem Archiv eine große Karte von Moskau und Umgebung kommen lassen, hatte sie an die Wand gehängt, wozu er das Leninbild opfern mußte, denn dessen Nagel brauchte er, und hatte mit einem dicken Rotstift

die Namen der Orte umrandet, an denen man die vier geheimnisvollen Genossen entdeckt hatte: Stupino — Wolokolamsk — Perowo — Maximowo —
Das Bild, das sich Smolka bot, genügte, um seinen Nacken heiß werden zu lassen. Ein nervöses Jucken überzog seinen ganzen Körper.
Ein schöner Halbkreis zog sich um Moskau, in einer Entfernung von 50 bis 80 Werst. Vier Absprungpunkte, so exakt bestimmt, so präzise erreicht, daß Oberst Smolka bei seiner zweiten Zigarette laut zu sich selbst sagte: »Das ist preußische Perfektion!«
Dann saß er vor seiner Karte, starrte auf die vier roten Kreise und blieb so wortlos sitzen, bis sein Stab um ihn herum Platz genommen hatte oder an den Wänden stand. Nachdem ein Major die Protokolle aus Kalinin und vom Moskauer Güterbahnhof verlesen hatte und Smolka angesichts der betroffenen Mienen seiner Mitarbeiter geradezu mit Übelkeit zu kämpfen hatte, streckte er die Hand aus und wies auf die Karte.
»Was beweist Ihnen das?« fragte er laut. »Ich gebe Ihnen die Antwort: Ein Kommando deutscher Offiziere ist irgendwann nachts mit Fallschirmen in der Nähe von Moskau abgesetzt worden. Wir sehen einen Halbkreis. Warum sollte es aber kein geschlossener Kreis sein? Warum sollen im Osten und Norden von Moskau keine deutschen Offiziere abgesprungen sein? Dieser Zirkelschlag ist mir zu vollkommen, als daß ihn unser deutscher Gegner nur halb ausgenutzt hätte! Kein Zweifel besteht mehr, daß es deutsche Offiziere waren: Die gleichen vollkommenen Papiere, die sie zu harmlosen Russen und entlassenen Soldaten machten, die gleichen Funkgeräte, das gleiche Ziel, aus den Marschbefehlen ersichtlich: Moskau! Es handelt sich hier also um ein deutsches Kommando-Unternehmen, das offenbar einen wichtigen Anschlag im Moskauer Gebiet ausführen sollte. Gehen wir davon aus, daß die vier Entdeckten nur eine Teilgruppe sind, dann muß es den anderen deutschen Offizieren gelungen sein, unsere Stadt zu erreichen. Genossen! Eine unbekannte Zahl zu allem entschlossener Saboteure lebt unter uns!«
Oberst Smolka erhob sich, trat an das Fenster und blickte auf die breite belebte Straße. Die große Offensive rollte, die deutsche Front war aufgerissen, bei Witebsk waren deutsche Divi-

sionen der 3. Panzer-Armee bereits eingekesselt, in Moskau begann das Leben wieder normal zu werden, der Krieg entfernte sich von Tag zu Tag — aber lautlos, an Fallschirmen pendelnd niedergehend, war eine Gefahr noch unbekannter Größe mitten ins Herz Rußlands vorgedrungen, fuhren die Saboteure als liebe Genossen getarnt durch das Land . . .
»Ich werde den Genossen Generalissimus Stalin selbst davon unterrichten«, sagte Oberst Smolka mit schwerer Zunge. »Ein Verbrechen wäre es, das zu verschweigen.« Er drehte sich um und blickte seine Offiziere fragend an. »Wo setzen wir an? Wo forschen wir nach? Wen schützen wir? Wer oder was ist gefährdet? Sie schweigen, Genossen! Ich muß auch schweigen. Wir tappen jetzt durch eine Nacht, wir wissen gar nichts, wir greifen ins Leere. Wir wissen nur, daß deutsche Offiziere in Moskau leben und einen ungewöhnlichen Befehl ausführen werden. Unsere Hilflosigkeit brennt mir im Herzen. — Ich danke Ihnen, Genossen . . .«
Bevor Oberst Smolka nach einem langen Telefongespräch mit dem militärischen Stab Stalins zum Kreml fuhr, ließ er sich mit dem Lift hinunter in den Keller bringen und besichtigte die beiden Zinksärge aus Kalinin. Die vier Milizionäre hielten noch immer Wache und froren in den kalten Gewölben. Sie trugen Sommeruniformen.
»Sollen wir öffnen?« fragte einer von ihnen, ein Feldwebel.
Oberst Smolka zögerte. Der Anblick dieser Toten bescherte keine neuen Erkenntnisse. Zwei nackte Menschen, der eine mißhandelt und erschlagen, der andere blaugesichtig vom Zyankali.
»Kein guter Anblick, Herr Oberst«, sagte der Feldwebel trokken.
Smolka nickte, wandte sich ab und verließ den Keller. Er befahl noch, die Särge in die gerichtsmedizinische Pathologie bringen zu lassen, wo auch die Überreste des zertrampelten Deutschen lagen, setzte sich dann in seinen großen, schwarzen Wagen und fuhr zum Kreml.
Und auf dieser kurzen Fahrt verdichtete sich in ihm ein Gedanke, der so abenteuerlich war, daß Smolka sich sagte: Sprich ihn nicht aus, jetzt nicht, jetzt *noch* nicht. Es würde nichts anderes übrigbleiben, als mich als Irren abzuführen . . .

Was Smolka erwartet hatte und was auch ganz natürlich war: er wurde nicht zu Stalin geführt. Wer im Kreml Stalin gegenübertreten durfte, mußte mehr bringen als die Meldung, daß deutsche Offiziere rund um Moskau abgesprungen waren. Aber es war schon eine Ausnahme und eine Ehre für Oberst Smolka, daß er in die unmittelbare Nähe von Stalin gebeten wurde, in ein Zimmer des Führungsstabes, viermal kontrolliert und telefonisch angemeldet.
Empfangen wurde er von General Jefim Grigorjewitsch Radowskij. Oberst Smolka war sich dieser Auszeichnung bewußt. Man munkelte — Genaues weiß ja keiner aus Stalins Umgebung —, daß Radowskij einer der seltenen Menschen war, denen Stalin vertraute. Das Mißtrauen Stalins war bekannt, seine Angst vor Verrätern ließ ihn zum »Einsamen des Kreml« werden. Er zog sich in sich selbst zurück, selbst seine Söhne empfing er selten, und mit seiner Tochter Svetlana sprach er fast nur in den wenigen Stunden, die er auf seiner Datscha verbrachte. Nicht nur ein Panzer aus Stahl, sondern auch einer aus Eis umgab Stalin. Um so verwunderlicher war es, daß General Radowskij zu jeder Zeit willkommen war, ja, daß Stalin ihm mit einem Lächeln auf die Schulter zu klopfen pflegte. Es war klar, daß man in der Generalität Radowskij wie ein rohes Ei behandelte; seine Worte konnten immer einen Zweiklang haben: einen Sinn für den, der angesprochen war — und einen für Stalins Ohr.
General Radowskij war guter Laune. Die Offensive lief besser, als man im Führungsstab gehofft hatte. Die Schwäche der Deutschen trat überall zu Tage. Unter dem Trommelfeuer sowjetischer Geschütze und Raketenbatterien, unter den dröhnenden Ketten der Panzerbrigaden, die alles niederwalzten, verloren die deutschen Divisionen endgültig den Nimbus ihrer Unbesiegbarkeit.
»Was höre ich da, Igor Wladimirowitsch!« rief Radowskij und streckte Smolka beide Hände entgegen. Sie kannten sich nur flüchtig, aber Radowskij gefiel sich in überschäumender Freundlichkeit. »Ein deutsches Offizierskommando ist nach Moskau unterwegs? Wollen wohl die weiße Fahne überbringen, was? An der Zeit wäre es. Haben Sie die letzten Meldungen von der Front schon gehört?«
Smolka blieb reserviert. Wird dir gleich vergehen, die Fröhlichkeit, dachte er. Natürlich marschieren wir nach Westen.

Aber irgendwo hier in Moskau wird ein ganz großes Ding vorbereitet. Das kann man nicht entschärfen, indem man es lächerlich macht.
»Darf ich vortragen?« fragte Smolka unpersönlich.
Radowskij winkte. Er setzte sich in einen Sessel, schlug die Beine übereinander und musterte den Oberst. Radowskij war so etwas wie ein Eisenfresser, mittelgroß, gedrungen, stiernackig, mit angegrauten, kurz geschnittenen Haaren und stämmigen Beinen. Er hatte die Angewohnheit, seine Nasenflügel zu blähen, und daran mußte man sich erst gewöhnen. Blähte er sie, schien seine Nase um das Doppelte zu wachsen, zerfloß in die Breite und veränderte das Gesicht. Wer das nicht gesehen hat, wird nie begreifen, was man mit einer Nase alles anstellen kann.
»Ich höre.«
Radowskij blähte die Nasenflügel. Aber Smolka war viel zu erregt und von seinen Gedanken zerrissen, um auf solche Feinheiten zu achten.
Mit langsamer, klarer Stimme trug er alles vor, was bisher protokolliert war: Die Entlarvung des deutschen Majors Bodo von Labitz, das Verhör und sein Tod. Und die drei anderen unbekannten Toten, die Bunurian, Kraskin und Tarski geheißen und alle die gleichen Minisender mitgeführt hatten, die gleichen meisterhaft gefälschten Papiere.
»Eine einheitliche Handschrift«, unterbrach Radowskij den Rapport. »Sie kommen aus demselben Lager. Komisch, daß sie zusammengehören.«
»Es sind also deutsche Offiziere, Genosse General.« Smolka entfaltete eine mitgebrachte Karte und reichte sie Radowskij hinüber. Die roten Kreise fielen sofort auf. Radowskij blähte wieder die Nasenflügel.
»Da hat man sie gefunden?« fragte er.
»In einem Halbkreis um Moskau! Warum ein Halbkreis? Versetzen wir uns in die Lage der Deutschen. Oder besser: Was würden wir tun, um eine Gruppe mit einem einmaligen Auftrag sicher nach Berlin einsickern zu lassen? Wir lassen sie in einem Ring abspringen.«
»Das wäre idiotisch, Igor Wladimirowitsch«, sagte Radowskij gemütlich und betrachtete die Karte. »Denn um Berlin kann keiner ungesehen abspringen. Er wird immer jemandem auf den Kopf springen.«

»Aber nicht in den Wäldern an der Busha, und nicht in den Niederungen der Dubna. Auch das Land zwischen Protwa und Djessna eignet sich hervorragend für Fallschirmspringer. Im Umkreis von achtzig Werst rund um Moskau können — nennen wir eine Phantasiezahl — unbemerkt dreißig oder vierzig Mann abgesetzt werden. Mit den Papieren, die wir gefunden haben, kommen sie ohne Schwierigkeiten nach Moskau hinein und erhalten sogar von den Arbeitsämtern eine Stelle. Entlassene Kriegshelden. Wer schöpft bei diesen Dokumenten Verdacht, wer fragt überhaupt?!«
Radowskij nickte. Er legte die Karte zur Seite und sah sehr nachdenklich aus. »Nehmen wir an, Sie haben recht, Igor Wladimirowitsch: Eine Gruppe deutscher Offiziere hat unter Verlust der vier Entdeckten Moskau erreicht und ist hier untergetaucht. Was können wir tun? Gar nichts! Wollen Sie alle Männer verhören, die sich seit einigen Tagen bei den Arbeitsämtern gemeldet haben? Wollen Sie alle verwundeten oder kranken Soldaten, die sich in Moskauer Krankenhäusern behandeln lassen, überprüfen? Die wichtigste aller Fragen ist aber: *Was* wollen die deutschen Offiziere in Moskau?! Für einen Nadelstich ist dieses Kommando zu gut vorbereitet, zu perfekt.« Oberst Smolka nickte. Radowskij tastete sich von selbst an das Unmögliche heran. »Was aber kann man in Moskau anstellen, was jetzt noch, beim Schwung unserer Offensive, irgendwie beunruhigend wirkt? Unsere Stromversorgung sprengen? Die Wasserleitungen? Die Rundfunkstation? Alles wäre sinnlos; es schädigt nicht die Front! Was also, mein lieber Smolka?«
Smolka holte tief Atem. »Stalins Tod!« sagte er mutig. Nun war es heraus.
Und prompt antwortete General Radowskij: »Sie sind ja verrückt, Igor Wladimirowitsch . . .«
»Dieser Überzeugung bin ich fast auch!« Smolka nestelte unruhig an seiner Uniform. »Aber Sie deuteten es selbst an, Genosse General: Was lohnt sich noch in Moskau, daß man ein ausgewähltes deutsches Offizierskommando absetzt? Was könnte jetzt noch kriegsentscheidend sein? Nur eine Antwort gibt es . . .«
»Da muß sofort etwas geschehen!« sagte Radowskij sehr ernst, aber auch sehr ruhig. Im Gegensatz zu Smolka schien er keine elektrischen Ströme in sich zu spüren bei dem Gedan-

ken, man könnte Stalin auf eine fast unmögliche Art umbringen. »Wir müssen Stalin unverwundbar machen.«
»Geht das überhaupt?«
»Vor allem darf er selbst es nicht merken! Wir kennen alle sein Mißtrauen. Wüßte er, daß ein Mordkommando bereits in Moskau ist — es würde ihn nur dazu verleiten, keinen Schritt mehr aus dem Kreml zu tun. Er würde niemanden mehr empfangen, denn jeder könnte ein Verräter und ein Mörder sein. Selbst ich! Das ist völlig unmöglich! Das würde lähmend wirken. Gerade jetzt, wo Stunde um Stunde neue Siegesmeldungen eintreffen, gehört Stalin dem Volk! Er muß sich nicht einmauern — er muß sich sieghaft zeigen!«
»Ausgeschlossen!« Smolka wischte sich mit bebenden Händen über die Augen. »Darauf warten die unbekannten Männer doch nur! Sie werden zuschlagen bei der ersten Gelegenheit. Hier ist ein ganz neuer Typ am Werk, durchaus nicht spezifisch deutsch: Männer, die sich selbst für diesen Auftrag opfern, die von Beginn an wissen, daß Stalins Tod nur mit ihrem eigenen Tod verbunden sein kann.«
»Wir werden Stalin zu schützen wissen«, sagte General Radowskij und erhob sich. »Mein lieber Igor Wladimirowitsch, wir sind Ihnen zu großem Dank verpflichtet.«
»Es ist meine Pflicht, Genosse General.«
»Nicht so bescheiden! Ihre Pflicht ist es durchaus nicht, so klar und logisch zu denken und damit die deutschen Pläne zu erkennen! Sie haben eine historische Leistung vollbracht; Sie wissen es bloß noch nicht! Von Ihrem Gedankenspiel hängt vielleicht der endgültige Sieg ab — wer weiß es?!« Radowskij drückte Smolka die Hand, begleitete ihn sogar bis zum Treppenhaus — diese Gunst war noch keinem Besucher widerfahren und wurde sofort von der Umgebung registriert — und blieb dann sinnend stehen. Langsam ging er zurück in sein Zimmer und setzte sich in seinen Sessel, zusammengesunken, als sei er geschrumpft, und blickte auf seine aneinandergelegten Fingerspitzen.
Ein alter Plan, von Kriegsbeginn an von ihm verdrängt, weil es bisher undenkbar schien, Stalin dergleichen vorzutragen, wachte wieder auf. Was damals schon Stalins Sicherheit stützen sollte, wurde jetzt zur fast sicheren Garantie für sein Überleben. Die Mitspieler dieses Plans hatte Radowskij nie aus den Augen verloren, sie standen gewissermaßen abrufbe-

reit, nachdem damals — natürlich heimlich und außerhalb Moskaus auf einer Datscha, die Radowskijs Schwager gehörte — alle Tests mit einer geradezu unheimlichen Perfektion abgelaufen waren. Damals hatte Radowskijs Schwager, ein bekannter Chemiker, gesagt: »Jefim Grigorjewitsch, das kann ein Schuß sein, der nach hinten losgeht. Statt daß ihr Stalin schützt, wird er euch alle liquidieren. Nie wird er akzeptieren, was du da vorhast! Im Gegenteil; eine Bedrohung wird er darin sehen. Einen Beweis, daß man ihn unbemerkt entfernen kann! Ich flehe dich an, Schwager: Verbrenn alle Unterlagen! Wenn sie in Berijas Hände kommen, könnt ihr eure Köpfe festhalten.«
Radowskij hatte die Pläne und Testergebnisse nicht verbrannt, aber gut versteckt. Ab und zu erkundigte er sich bei seinen »Mitspielern«, wie er sie nannte, und freute sich, sie bei bester Gesundheit zu sehen. Aber bis zum heutigen Tage, an dem Oberst Smolka die geheimste Nachricht, die es in Rußland gegenwärtig geben konnte, überbracht und die Beweise dazu auf den Tisch gelegt hatte, war auch Radowskij überzeugt gewesen, daß sein Plan kaum jemals ausgeführt werden konnte. Jetzt aber schien er die einzige Möglichkeit, Stalins Leben zu schützen.
Radowskij erhob sich, betrachtete das Telefon auf seinem Tisch und gab sich dann einen Ruck. Er wählte eine Hausnummer, die ihn direkt mit den Privaträumen Stalins verband.
»Ja?« fragte eine schon im Ton abwehrende Stimme. Einer der Sekretäre, die von Stalins Privatsphäre alles fernhielten, was nicht unbedingt zur internen Häuslichkeit gehörte.
»Ich möchte den Genossen Generalissismus sprechen«, sagte Radowskij. »Hier ist Radowskij.«
»Oh, Jefim Grigorjewitsch!« rief die Stimme mit Bedauern. »Gedulden Sie sich. Stalin hat sich für eine ruhige Stunde zurückgezogen.«
»Ich muß ihn jetzt sprechen. Gerade, weil er seine ruhige Stunde hat.«
»Unmöglich!« Der Sekretär versuchte einen Witz. »Es sei denn, Sie melden ihm, daß wir gerade Berlin erobert haben!«
»So ähnlich!« Radowskij trommelte mit den Fingern auf die Tischplatte. »Ich muß ihn sofort sprechen, *damit* er Berlin noch erobern kann . . .«

29. Juni 1944
Das Oberkommando der Wehrmacht gibt bekannt:
Im Mittelabschnitt der Ostfront gewannen die Sowjets im Verlauf der erbitterten Abwehrschlacht an einigen Stellen weiter Raum. Die Besatzungen von Bobruisk und Mogilew setzten dem mit überlegenen Kräften anstürmenden Feind harten Widerstand entgegen. Östlich der mittleren und oberen Beresina sowie südlich Polozk dauern die schweren Kämpfe mit den vordringenden Sowjets an . . .

Sie blieb ein Rätsel, diese wunderschöne Milda Ifanowna Kabakowa.
War sie in Eberswalde, trotz schwellender Bluse, zugeknöpft wie eine Nonne gewesen und hatte die zehn deutschen Offiziere betrachtet, als seien sie Wesen ohne Geschlechtsmerkmale — was besonders Leutnant Solbreit bestürzte, der immer behauptet hatte: »Wenn ich auf eine Frau einrede, fliegen die Kleider von allein weg!« —, so lebte Milda in Moskau mit jener Intensität, die man von ihr — schon von ihrer Erscheinung her — erwartete.
Gemeint sind damit nicht die literarischen Abende mit ihren fast durchweg schwindsüchtigen Künstlern, die zwar mit heroischen Worten, in Hymnen und lyrischen Balladen, die siegreichen sowjetischen Armeen lobten, hervorragende Poeme schrieben, Kampf- und Siegeslieder komponierten, herzergreifende Plakate entwarfen und sich in guter russischer Tradition bei jeder Siegesmeldung aus dem Radio mit Tränen in den Augen umarmten und abküßten, aber ihren eigenen Leib sehr wohl mit allerlei Krankheiten vor einer Uniform schützten; gemeint ist auch nicht Mildas Leidenschaft für das Theater, wo sie jede erreichbare Vorstellung besuchte. Beachtenswert war vielmehr eine andere Leidenschaft, die der Lyriker Matwej Petrowitsch Ptscholkin, das herumwandelnde Muster eines Lungenkranken, so beschrieb:
»Sie ist zu einem blühenden Papyrusstrauch geworden, der nur in Feuchtigkeit gedeiht.«
Das war dichterisch und gemein zugleich. Ptscholkin spielte damit auf die stete Gegenwart von Major Wolnow an. Wer kann es dem eleganten, verliebten, im Glück schwimmenden, kopflosen und verrückten Iwan Michailowitsch übelnehmen? Nach der ersten Nacht in Mildas Armen, nach diesem Erlebnis von Liebesvariationen und Leidenschafts-Virtuosität, verwandelte sich Major Wolnow vollkommen: Er wurde zum

Idioten in Mildas Hand. Hatte er bisher geglaubt, ein Frauenkenner zu sein, ein sieghafter Klöppelträger, ein unbremsbarer Eroberer und phantasievoller Bett-Turner, so überschwemmte ihn nach der ersten Milda-Nacht ein unheilbarer Minderwertigkeitskomplex, aber auch eine geradezu höllische Angst, er könne Milda jemals wieder verlieren und der ganze Himmel voller Seufzen und Stammeln könne über ihm zusammenstürzen.

Drücken wir es klar aus: Major Wolnow war Milda so verfallen, daß er seinen Dienst im Kreml nur noch wie ein Automat absolvierte, nach Dienstschluß wie ein Gejagter in die Lesnaja uliza No. 19 hetzte und erst dort wieder zu leben begann. Ptscholkin, der Lyriker, behauptete, schon an der Haustür zöge er seinen Rock aus, und wenn er oben in die Wohnung stürze, sei er bereits hosenlos. Das soll man nicht glauben — das ist nur die Sprache der persönlichen Enttäuschung. Aber an Symbolkraft ließ sie nichts zu wünschen übrig.

Was Wolnow an Sonderzuteilungen heranschaffen konnte, das lud er bei Milda ab. Und da die Offiziere im Kreml eine besondere Verpflegung erhielten, von der man außerhalb der hohen Mauern nichts wußte, hatte Milda es nun nicht mehr nötig, sich morgens um fünf beim Bäcker oder Fleischer anzustellen; sie brauchte nur den nach ihrer glatten Haut lechzenden Iwan Michailowitsch mit ihren anregenden Küssen zu empfangen, wenn er mit praller Aktentasche oder Tüten bei ihr erschien. Ganz klar, daß auch die Künstlerclique davon profitierte und wie die hungrigen Wölfe fraß, wenn Wolnow wieder zum Dienst gefahren war.

Niemand hätte geglaubt, daß Milda Ifanowna, die ihrem Aussehen zum Trotz »an allen maßgebenden Stellen mit Blech beschlagen war« — wie es Ptscholkin nannte —, zu solcher Leidenschaft fähig war. Die Uniform allein konnte es nicht sein, auch wenn man behauptet, daß Soldatentuch zu den größten Aufreißern gehört — schließlich lag Iwan Michailowitsch nicht mit Verdienstorden auf der Brust im Bett, sondern etwas blaßhäutig und mäßig behaart. Er mußte also andere Qualitäten besitzen, über die man unter Männern nachdenklich sprechen konnte. Und so war es auch: Wolnow besaß den unübertrefflichen Vorzug, im engen Kreis um Stalin zu leben und Milda viel aus dem Kreml erzählen zu können. Er tat das, indem er sie beschwor, kein Wort davon weiterzugeben, und sie

überzeugte ihn von ihrer Ehrlichkeit, indem sie ihn nach notwendigen Ruhepausen wieder über sich zog.
Wolnow erzählte auch von General Radowskij, dem eleganten Freund Stalins, der trotz seiner mittelgroßen, gedrungenen Figur immer wie ein Bild aus einem Propagandabuch über sowjetische Offiziere aussah. Und er berichtete von der Fröhlichkeit, die alle befallen hatte, als die Offensive schon nach zwei Tagen erkennen ließ, daß es den Deutschen nicht mehr gelingen konnte, irgendwo wieder festen Fuß zu fassen. Die Wucht des Vorstoßes, die Masse der Truppen, die Überlegenheit des Materials waren zu erdrückend.
Was Milda unter, über oder neben Wolnow hörte, meldete sie in den frühen Morgenstunden per Funk an ihren Kontaktmann. Es gehörte zum Prinzip, daß sie nicht wußte, wie er hieß und wo er wohnte — sie kannte nur die Wellenlänge und das Code-Wort. Es mußte ein halsstarriger Bursche sein, denn auf alle ihre Vorbehalte, daß der Plan *Wildgänse,* durch die Offensive bedingt, in eine andere Richtung laufen mußte, beantwortete er mit der stoischen Antwort: »Abwarten. Keine neuen Instruktionen.«
Es konnte auch keine geben.

Im OKW und bei Canaris saß man gerade bei *Wildgänse* vollkommen auf dem trockenen. Oberst v. Renneberg sprach darüber mit seinem so hoch gestiegenen alten Kameraden Keitel. Noch einmal war er zum Führerhauptquartier »Wolfsschanze« gefahren und hatte den Vorzug erhalten, in den inneren Kreis geführt zu werden.
»Ich habe von diesem Plan nie sehr viel gehalten!« sagte Keitel. »Aber Sie haben ihn vorgetragen, als sei er die letzte und größte Geheimwaffe. Vergessen Sie es, Renneberg.«
»Die zehn sind abgesetzt, Herr Generalfeldmarschall«, sagte Renneberg bedrückt. »In einem Kreis um Moskau.«
»Das bedeutet?«
»Die Aktion läuft!«
»Für diese Herren ist der Krieg schon zu Ende«, sagte Keitel sarkastisch. »Sie gelten doch als vermißt?«
»Offiziell ja. Die Angehörigen sind bereits benachrichtigt. Sie sind in den Sog der Offensive hineingeraten. Darf ich eine unerlaubte, wehrkraftzersetzende Frage stellen?«

Keitel sah Renneberg erstaunt an. »Weil Sie es sind, Renneberg.«
»Können wir die Offensive aufhalten?«
»Der Führer kann alles!«
»Das läßt mein Herz höher schlagen.«
»So etwas kann man doppelt deuten, Renneberg.«
»Ich bitte Herrn Generalfeldmarschall um die beste Deutung. Es hat nämlich wenig Sinn, Stalin zu töten, wenn über der Reichskanzlei bereits die rote Fahne weht.«
»*Das* war wehrkraftzersetzend!« Keitel legte Renneberg die Hand auf die Schulter, so wie er es früher bei dem jungen Leutnant Renneberg auf der Kriegsschule getan hatte. Er ist alt geworden in diesen Monaten, dachte Renneberg. Wer möchte mit ihm tauschen? Nur ein so sturer Offizier wie Keitel, dem Gehorsam der Nabel der Welt ist, kann diese Luft um Hitler so lange atmen, ohne daran zu ersticken.
»Wir werden die Sowjets spätestens an der Weichsel auffangen«, sagte Keitel. »Dort entsteht ein tief gestaffeltes Verteidigungssystem. Tag und Nacht wird gegraben. Obwohl ich Ihre *Wildgänse* als undurchführbar ansehe — es ist immer die richtige Zeit, Stalin zu töten, ob jetzt oder in vier Wochen. Jeder Schwung läßt einmal nach — das ist ein physikalisches Gesetz. Auch die sowjetische Offensive wird sich auspendeln.«
Renneberg fuhr nach Berlin zurück. Canaris empfing ihn sofort. »Na?« fragte er kurz.
»Keitel redet vom physikalischen Gesetz des Schwunges und des Pendels. Außerdem — wörtlich — der Führer kann alles!«
»Bisher sind fast 140000 von uns gefallen. Man schätzt 46000 gefangene deutsche Soldaten. Das alles in den paar Tagen!« sagte Canaris ruhig. Er stand auf und kam um seinen Schreibtisch herum. »Renneberg — mir liegen Meldungen vor, nach denen in der Ukraine, in dem kleinen Abschnitt zwischen Kowel und Kolomea, zwei sowjetische Armeegruppen mit sieben Armeen bereitstehen, um uns an der Flanke den Arsch vollends aufzureißen! Im Norden, im Baltikum, marschieren sie schon. Was ich dem Führer vorausgesagt habe, ist eingetroffen: Die gesamte Ostfront ist genauso in Bewegung geraten wie die Atlantikfront. Und dort wird eine Scheiße nach der anderen gebaut! Aber: Der Führer kann alles!« Canaris, der bis jetzt hin und her gelaufen war, blieb abrupt vor

Renneberg stehen. »Wie kann man die zehn verständigen?«
»Gar nicht.«
»Man kann sie auf keine Art erreichen?«
»Nein.«
»Aber sie haben doch die Anlaufstelle in Moskau, diese — wie heißt sie doch?«
»Milda Ifanowna, Herr Admiral.«
»Hat diese Milda genaue Instruktionen?«
»Was nutzen sie?« Renneberg hob die Schultern. »Die zehn haben den Auftrag, sich bei Milda erst nach vier Wochen, vom Tag ihrer Landung an gerechnet, zu melden. Wenn sie in Moskau festen Fuß gefaßt haben.«
»Das wäre Mitte Juli.«
»Frühestens.«
»Ahnen Sie, Renneberg, wo die Sowjets Mitte Juli stehen können?«
»Wir haben mit dieser rasanten Entwicklung an den Fronten nicht gerechnet.«
Canaris winkte ab. Er ging zu dem Fenster hinter seinem Schreibtisch und blickte hinaus.
»Kennen Sie Stauffenberg?« fragte er unvermittelt.
»Nur dem Namen nach, Herr Admiral.«
»Möchten Sie ihn kennenlernen?«
»Wenn es nötig ist, Herr Admiral.«
»Sie sollten einmal mit ihm sprechen, Renneberg. Privat, von Mann zu Mann. Es könnte sehr informativ sein . . .«
»In bezug auf *Wildgänse?*«
»Kaum. Stauffenberg weiß nichts davon. Keiner weiß ja davon, bis auf unseren kleinen Kreis, und das bleibt auch so. Sie sollten mit Stauffenberg kameradschaftlichen Kontakt aufnehmen.«
Renneberg fuhr zurück in seine kleine Wohnung in Charlottenburg und trank erst einmal zwei Glas französischen Cognac. Auch von Canaris war kein Rat zu holen, dachte er. Die zehn sind abgeschrieben, amtlich vermißt, und man wird sie auch nie wiedersehen. Es bleibt nur die Hoffnung: daß sie die neue Situation richtig beurteilen und früher bei Milda erscheinen als befohlen. Aber was käme dabei heraus? Stalin steht nicht als Zielscheibe ständig zur Verfügung. Um an ihn heranzukommen, braucht man Zeit. Und genau die haben wir nicht mehr. Die Zeit läuft uns Deutschen davon; die Sowjets

treiben uns vor sich her. Die Uhr der Weltgeschichte schlägt für Rußland.
Oberst von Renneberg dachte intensiv an seine zehn und vergaß darüber Canaris' Anstoß, sich mit Stauffenberg zu treffen. Er ahnte nicht, daß ihm das später das Leben retten sollte.
In Moskau ahnte auch niemand, daß zwei kriegsentscheidende Unternehmen nebeneinander abrollten. Milda sorgte dafür, daß Wolnows Kopf jede Nacht weich zwischen ihren Brüsten gebettet war, eine Lage, bei der er am besten plauderte und Informationen lieferte, die bei der deutschen Abwehr zu dem Ausruf führten: »Das ist ja Zucker, was da aus Moskau kommt!« Es war freilich so, daß niemand diesen Zukker sinnvoll in die Suppe rühren wollte. Hitler weigerte sich kategorisch, die Meldungen des Irren — damit war Canaris gemeint — noch weiter zur Kenntnis zu nehmen. Die Konkurrenz in Schwarz — das SS-Reichssicherheitshauptamt — verhielt sich neutral, um Canaris allein den Zorn des Führers schlucken zu lassen. Die Generalität in der »Wolfsschanze« sammelte die Berichte zur eigenen Erkenntnis, sorgte aber dafür, daß Hitlers Zorn die Luft nicht allzu sehr in Bewegung setzte.
Es war am Abend des 30. Juni 1944, als Major Wolnow am Tisch bei Milda saß und Hackbratenkügelchen mit frischem Kohl aß. Der Poet Ptscholkin hatte nicht recht: Iwan Michailowitsch trug seine Hosen noch, er war sogar in voller Uniform und sah so aus, daß ein Frauenherz zu einem Honigkloß werden muß. Mit Appetit aß er, trank dazu sehr wässerigen Kwaß und war glücklich wie ein junger Ehemann, dem sein Frauchen ein kräftiges Mahl vorsetzt, damit sich das später in den Federn auswirkt.
Aus dem leise gestellten Radio klang Musik von Borodin. Milda trug einen asiatischen Kimono mit bunten Seidenblumen, und Wolnow wußte, daß sie darunter nackt war. Dieses Wissen erregte ihn — mit glänzenden Augen schaute er Milda an, mit treuergebenem Ochsenblick. Er piekte die Hackfleischklößchen auf die Gabel und schob sie in den Mund.
»Man erkennt Stalin nicht wieder«, sagte er. »Sogar gelacht hat er heute. Man stelle sich das vor! Laut gelacht! Ich habe eine historische Minute erlebt!«
Er wollte noch berichten, daß er bei der Lagebesprechung

zum erstenmal als Ordonnanzoffizier zehn Meter von Stalin entfernt gestanden habe, als es an der Tür klopfte. Milda blickte etwas verstört über den Tisch. Jeder von ihren Bekannten wußte, daß die Abende unantastbar geworden waren. Selbst der Lyriker Ptscholkin hielt sich daran, nachdem er dreimal hinausgeflogen war. Immerhin hatte er soviel gesehen, daß Major Wolnow nur in Hose und Unterhemd auf dem Sofa saß und viel von seiner Wirkung verloren hatte. Das regte ihn an, spontan ein Poem zu schreiben mit dem Titel »Das heldenhafte Tuch«.

»Wer ist das?« fragte Wolnow erstaunt. Er war froh, noch in seiner Uniform zu stecken.

»Ich sehe nach. Vielleicht ein Irrtum. Eine falsche Tür, an die geklopft wurde.«

Sie erhob sich, aufgescheucht von einem Klopfen, das in einem bestimmten Rhythmus erklang. Auch Wolnow, der ja kein Dummer war, fiel das Hämmern auf. Er legte seine Gabel hin, schob im Sitzen den Stuhl zurück und erhob sich. Sogar den obersten Knopf seiner Uniform knöpfte er zu und zog den Rock am Körper glatt.

Milda öffnete die Tür einen Spalt, blickte hinaus, ihr Herzschlag setzte aus, aber dann fing sie sich; ihre Kaltblütigkeit siegte über den ersten Schock, und sie wollte die Tür wieder zudrücken. Doch daran hinderte sie der gute Wolnow, der plötzlich in einen Strudel von gewaltigen Eifersuchtsgefühlen geraten war und ihnen keinen Widerstand entgegensetzen konnte.

»Kommen Sie herein!« rief er im Befehlston. »Auch wenn Sie sich geirrt haben — treten Sie ein!«

Mildas Gesicht war wie erstarrt. Sie trat zurück und gab die Tür frei. Wolnow reckte sich. Ein Mann trat ein, natürlich, wie befürchtet. Ein großer, kräftiger, sportlicher Mensch in einem erbärmlichen Zivilanzug und einer speckigen Mütze. Das hätte man ihm noch verziehen, aber daß er einen bunten Blumenstrauß in der Hand hielt und ihn Milda reichte, die ihn zögernd annehmen mußte, schien Wolnow bei aller Toleranz (die er nicht besaß) über das Maß des Erträglichen hinauszugehen.

»Zieren Sie sich nicht!« kommandierte er. »Werfen Sie die Tür zu! Nur herein. Wer so schöne Blumen bringt, hat ein Recht, freundlich empfangen zu werden! — Wer sind Sie?«

Der Besucher blickte stumm im Halbkreis von Milda zu Wolnow. Dann sagte er völlig unbefangen, ja geradezu provokatorisch, wie es Wolnow vorkam:
»Ich bin Piotr Mironowitsch Sepkin.«
Der erste der zehn war bei Milda Ifanowna angekommen.

Man kann nicht sagen, daß Sepkins Name großen Eindruck auf Wolnow machte. Viel mehr Eindruck hinterließ der Blumenstrauß, der nun auf dem Tisch lag, zwischen Mildas und Wolnows Teller und neben der Schüssel mit den Fleischklößchen. Achtlos, ja geradezu verachtend hingeworfen, aber gerade deshalb so präsent, daß Wolnow noch einmal über die Farbenpracht der Blüten blickte.
Sepkin vermied es, Milda anzusehen. Zwei Dinge gibt es jetzt nur noch, dachte er: Wir liegen uns in einer Stunde als Freunde in den Armen — oder einer von uns wird waagerecht hinausgetragen.
»Was wollen Sie hier?« fragte Wolnow herablassend.
»Piotr Mironowitsch ist ein alter Freund«, warf Milda schnell ein. »Als Kinder kannten wir uns schon!« Sie lachte, und es klang noch nicht einmal gequält. »Wie hast du mich überrascht!« rief sie und breitete die Arme aus. »So plötzlich bist du da! Ohne Anmeldung! Mit einem Arm voll Blumen . . .«
»Sie sind kein Soldat, Genosse?« fragte Wolnow knapp.
»Die Unterhaltung beginnt, unhöflich zu werden!« sagte Sepkin und nahm erst einmal seine speckige Mütze ab. »Wer redet mich da an?«
»Wer ich bin, das sehen Sie ja!« antwortete Wolnow mit kühler Angriffslust.
»Ein Major.«
»Genügt Ihnen das nicht, Piotr Mironowitsch?«
»Es mag genügen.« Sepkin winkte ab, was Wolnow einen glühenden Stich in die Schläfen trieb. Die Handbewegung war beleidigend, ohne Zweifel. Sie drückte Nichtachtung aus. »Was ist schon ein Name, Genosse? Man sagt Felix Nikolajewitsch und denkt hinter seiner Hirnschale: Gut, daß er nicht weiß, daß ich Vadim Afanasejewitsch heiße ? — Um keinen Irrtum aufkommen zu lassen: Ich heiße wirklich Sepkin! Und Soldat war ich auch. Komme eben von der Front.«
»Verwundet?«

»Leider nicht, Genosse Major. Eine Bedrohung der Kompanie hat man mich genannt! Ich bin die berühmte pfeifende Lunge der 43. Division . . .«
Wolnow verzog das Gesicht, als rieche er einen Fäkalienhaufen, trat zwei Schritte zurück und winkte mit der rechten Hand. »Verlassen Sie die Wohnung, Piotr Mironowitsch!« rief er streng. »Und entfernen Sie sich aus der Nähe von Milda! Wieso laufen Sie mit einer offenen Lunge frei herum und gefährden die Menschen? Sie sollten doch in einer Klinik sein, nicht wahr?! Ausgebrochen sind Sie, gestehen Sie es! Ein verantwortungsloser, verseuchter Kadaver sind Sie! Hinaus mit Ihnen!«
Sepkin blieb. Er sah Milda an, die mit ihren Augen winkte, Wolnows Befehl nachzukommen, aber Sepkin spürte, daß dieser Major — auch wenn er jetzt ging — zu einer Gefahr werden konnte. In welchem Verhältnis stand er zu Milda? Sie kochte für ihn, er aß bei ihr . . . war sie seine Geliebte? Sepkin tat genau das Gegenteil; er kam tiefer in das Zimmer hinein. Die Entscheidung lag nicht mehr bei ihm. Sie wurde von der Offensive bestimmt, die die deutsche Front im Mittelabschnitt der Ostfront aufgerissen hatte. Tausende von Panzern rollten nach Westen. Es war lächerlich, daß ein einzelner Major im Weg stand, wenn es galt, die stählerne sowjetische Woge aufzuhalten.
»Ah!« sagte Sepkin laut und rieb die Hände aneinander. »Gemüse aus Kohl und Fleischröllchen! War schon immer eine gute Köchin, die Milda Ifanowna! Haben Sie schon mal ihre Multebeerengrütze gegessen? Noch nicht? Oder ihre berühmte Fischtorte? Ach ja, Krieg ist! Aber im Frieden, ich sage es Ihnen, Genosse Major, gibt es nichts Besseres als Mildas in Butter gebackene Schneehuhnbrust mit einer Beilage aus kandierten Kalmuswurzeln! Mir läuft der Speichel gleich aus den Mundecken!«
»Es ist besser, wenn du gehst, Piotr Mironowitsch«, sagte Milda. Ihre Stimme klang ein wenig rauh, wie bei einer beginnenden Halsentzündung. »Denk daran, was Mamuschka dir gesagt hat.«
Mamuschka. Sepkin lächelte verzerrt. Wolnow, keine Hintergründe ahnend, betrachtete das Lächeln als blöd. Mamuschka . . . das war Oberst von Renneberg. Meine gute Milda, auch wenn das Bett und des Majors Speer locken —

die Sowjets sind durchgebrochen! Beiderseits der Rollbahn dringen sie vor. Orscha ist gefallen, Borissow ist gefallen, bei Bobruisk sind Tausende eingekesselt ... Was gilt da noch Mamuschkas Pädagogenwort?! Wir müssen alle umdisponieren!

Sepkin schnaufte durch die Nase und stieß einen künstlichen Husten aus, der aber so echt klang, daß Wolnow bis zur Wand zurückwich und sein Gesicht sich verzerrte. Wie alle Russen litt auch er unter der krankhaften Angst vor Infektionen. Man kann erschossen werden, was kann man dagegen tun? Man kann ein Bein oder einen Arm verlieren — konnte man dem ausweichen? Aber einen Bazillus oder einen Virus zu verschlucken — dem kann man entrinnen, wenn man konsequent genug ist!

Wolnow tat etwas, was er nie hätte tun dürfen. Er griff nach hinten zu einem Tisch, riß seinen Uniformgürtel heran und zog seine Dienstpistole aus dem Futteral. Es war eine Makarow 9 mm, eine kleinere Pistole als die Standardwaffe Tokarew, vergleichbar der deutschen Pistole Walther PP. Sepkin nickte, spreizte die Beine, zog die Schüssel mit dem Essen zu sich über den Tisch und blinzelte Wolnow an.

»Es gibt Menschen, die haben keine Angst«, sagte er freundlich, ja geradezu gemütlich. »Genosse, ich gehöre zu denen.«

»Das wird man sehen!« Wolnows Stimme hatte jene Kälte, die keinerlei Gnade mehr erwarten läßt. »Stehen Sie auf, Piotr Mironowitsch! Ihre Personalien werden wir überprüfen! Man wird Ihnen Gelegenheit geben, zu erklären, wo Sie so plötzlich herkommen!«

»Er ist da« — sagte Milda Ifanowna heiser — »und er ist hungrig. Wenn er gegessen hat, wird er schnell wieder gehen, Iwan Michailowitsch. Warum machst du solch einen Lärm?«

»Er muß dorthin gebracht werden, wo er herkommt! Läuft herum mit einer verfaulten Lunge und steckt die Menschen an! Ein Segen für alle, daß er auf mich gestoßen ist. Milduscha, hänge dich da nicht rein! Abführen werde ich diesen Burschen!«

Sepkin seufzte wieder, als habe er viel Leid in sich aufgesammelt und müsse es mit Tränen wässern.

»Wie habe ich mich auf die Fleischröllchen gefreut«, sagte er traurig. »Gerochen habe ich sie schon vor der Tür, daß mir das

Wasser im Mund zusammenlief. Milda, mein Täubchen, das Leben ist schwer.«
Er legte beide Hände um die große, irdene Schüssel, die mit Mohnblumen bemalt war, als wolle er zum Abschied das Gefäß an die Lippen heben und wenigstens den Gemüsesaft trinken. Aber plötzlich zuckte er hoch, die Schüssel flog durch die Luft, traf Wolnow voll im Gesicht, bevor der begriff, was da geschah — er taumelte, vergaß zu schießen, der Gemüsebrei verklebte alle Sicht, und sein Kopf dröhnte.
Mit einem gewaltigen Satz, geschmeidig wie eine Raubkatze, flog Sepkin auf Wolnow zu. Milda Ifanowna drehte sich zur Wand und preßte die Hände gegen die Ohren. So hörte sie das trockene Knacken nicht, als Sepkins grausamer Handkantenschlag erst die Halsbeuge Wolnows und dann den Nacken traf. Noch im Fallen erhielt er den dritten Schlag gegen die Kehle — den spürte er schon nicht mehr, weil sein Genick gebrochen war.
Mit einem klatschenden Laut stürzte Wolnow zu Boden. Das Zerspringen der irdenen Schüssel, auf die er mit der Schulter fiel, war lauter, und dann lag er mit dem Kopf in einer Lache aus Kohlbrei und Fleischbällchen, und auch seine gebrochenen Augen wurden von dem Gemüse überdeckt.
»Fertig?« fragte Milda tonlos, als sich hinter ihr nichts mehr rührte.
»Fertig!« sagte Sepkin. Er betrachtete seine Handkanten; sie waren rot und begannen zu schwellen. Mein Gott, habe ich zugeschlagen, dachte er. So kalt, so hemmungslos habe ich noch nie getroffen, selbst bei den Übungen nicht. Holzbretter und Übungspuppen bedrohten auch nicht mein Leben . . .
Milda drehte sich langsam herum. Wolnows Anblick trieb Übelkeit in ihren Magen. Sie sah Sepkin fragend an, ohne ein Wort hervorzubringen. Sepkin nickte.
»Ja, er ist tot!« Er blickte sich suchend um, ging dann in die kleine Küche und hielt seine Hände unter den Wasserhahn. Das kalte Wasser tat gut, die Handkanten schienen es wie ein Schwamm aufzusaugen. Milda folgte ihm und lehnte sich in den Türrahmen. »War dieser Major Ihr Geliebter?« fragte er.
»Ja!« antwortete sie ruhig. »Er hieß Iwan Michailowitsch Wolnow.«
»Weiß das Mamuschka?«
»Es geht sie nichts an!«

»Darüber könnte man diskutieren, mein Täubchen! Ihre Abneigung gegen den Bolschewismus scheint erst oberhalb des Nabels anzufangen.«

»Für diesen Satz werden Sie büßen, Piotr Mironowitsch! Wolnow war seit kurzem Ordonnanzoffizier im Kreml.«

»Oha!« sage Sepkin laut und drehte das Wasser ab.

»Er war bei den Besprechungen mit Stalin dabei.«

»Bravo, Milduscha . . .«

»Verzichten Sie auf Vertrautheiten, Sepkin! Was wollen Sie eigentlich hier? Ihr Befehl lautete —»

»Schlafen Sie, Milda Ifanowna? Haben Sie Pfropfen in den Ohren? Die sowjetischen Armeen haben bereits Borissow erobert. Sie dringen beiderseits der Rollbahn vor! Unsere Flanken brechen ein . . . Napoleons Untergang an der Beresina scheint sich bei Hitler zu wiederholen, nur ist's jetzt Sommer! Damit ist unser ganzer Plan verschoben worden. Wir müssen schneller an Stalin heran!«

»Wie, Sie kluger Totschläger?«

»Sie sollten sich andere Kosenamen ausdenken, Milda.«

»Haben Sie Wolnow erschlagen, oder ist er am Gemüsebrei erstickt? Piotr Mironowitsch, ich hatte endlich die besten Informationen aus Stalins Umgebung. Es wäre möglich gewesen, jeden Schritt Stalins außerhalb des Kreml vorher zu wissen — und Sie töten den wichtigsten Informanten!«

»Sollte ich mich, mit einer Pistole im Nacken, abführen lassen?«

»Man hätte Wolnow beruhigen können.«

»Kaum möglich. Der Junge war voll in Fahrt; den bremste keiner mehr.«

»Ich hätte es gekonnt. Er hat mich sehr geliebt.«

»Wen wundert das?« Sepkin ging zurück ins Wohnzimmer. Die Handkanten brannten noch immer, als seien die Mittelhandknochen angerissen.

»Nun haben wir kein Ohr mehr im Kreml.«

»Es hat sich noch keiner von uns gemeldet?«

»Sie sind der erste, Piotr Mironowitsch. Und Sie sind zu früh gekommen.«

»Es wäre immer zu früh gewesen, denn das liebe Majorchen hatte ja Hausrecht bei Ihnen!«

»Nachts!« sagte Milda unbefangen. »Es gehörte nicht zu Ihren Aufgaben, auch nachts in meiner Wohnung zu sein. Aber es hätte sich sicherlich ergeben, daß ich für den Tag wichtige Informationen gesammelt hätte.«

»Beklagen wir jetzt nicht ewig, daß ich Ihr Bett geleert habe, Milda! Gut, es war ein Fehler, Wolnow auszuschalten, aber wer konnte das vorher wissen? Außerdem gab es mir einen Stich ins Herz, als ich erkannte, mit welchem Recht Iwan Michailowitsch so hausherrisch auftrat. Aha, dachte ich mit einem schmerzhaften Gefühl, dieser Bursche hat erreicht, wovon ich träumte ...«

»Es wäre besser, Sie sprächen nicht weiter«, sagte Milda hart.

»Ich sagte träumte! Vergangenheit! Das Gefühl des Zorns und der Enttäuschung war ein Überbleibsel! Ich liebe ein zauberhaftes Mädchen! Ein Schwänchen wie aus einem weißrussischen Märchen. Jelena Lukanowna heißt sie ...«

»Gratuliere!« sagte Milda teilnahmslos. »Privatsache.«

»Jetzt irren Sie, Milda Ifanowna! Ich wohne bei ihrem Vater, dem ehrenwerten Puschkin. Er ist Krankenpfleger. Ich selbst arbeite in der gleichen Klinik, am Ofen I, und verbrenne Operationsmüll! Dazu gehören auch amputierte Glieder. Heute — man kann darüber nur traurig werden — eine schöne, schlanke, feingliedrige Frauenhand. Leider war sie abgequetscht, nicht mehr zu retten.«

»Sie haben den richtigen Beruf erwählt«, sagte Milda abweisend.

»Ich erwähnte Ofen I nur zur Illustration.« Sepkin betrachtete den toten Wolnow mit seinem breiverschmierten, einstmals wirklich schönen Gesicht. »Wichtig ist Jelena Lukanowna. Sie hatten Ihren Major im Kreml — ich habe meine Sekretärin im Kreml! Halten Sie mich für einen blinden Narren, der am Wegrand wartet, bis er Stalin schnüffeln kann? Zugegeben — es war ein Zufall, Jelena kennenzulernen, und zwei Tote hat's dabei auch gegeben ...«

»Ist das Ihre Spezialität, Piotr Mironowitsch?« fragte Milda sarkastisch. »Wenn das so weitergeht, machen Sie sich den Weg zu Stalin mit Handkantenschlägen frei.« Sie setzte sich an den Tisch, aber so, daß sie Wolnow den Rücken kehrte. »Kann Ihnen Jelena helfen?«

»Ich hoffe es. Sie kann zwar Stalin nicht in den Kragen gucken wie Ihr Wolnow, aber auch die inneren Mauern des Kreml haben Löcher wie ein Käse. Man erfährt manches. Wußten Sie, daß Stalin ein Säufer ist?«

»Nein!«
»Aber er ist es! Sein Mißtrauen gegen jeden begießt er mit Alkohol. Jelena hat es von einem Mann gehört, der es wissen muß: ein Sekretär von Chruschtschow. In seinen Privaträumen pumpt er die, die er für seine Freunde hält, mit Alkohol voll, um ihnen dann in langen Monologen zu beweisen, welch große Idioten und hohle Nüsse sie sind. Und sie schlucken es, aus Angst, den nächsten Tag nicht mehr zu erleben! Die Heldenfigur Stalin ist ein morscher Koloß!«
»Aber Sie kommen trotzdem nicht an ihn heran, nicht über Attentäter aus seiner nächsten Umgebung. Die Offensive, die täglichen Siege machen Stalin jetzt zum Gott, hat Wolnow gesagt. Noch nie hat ein Volk seinen Führer so geliebt, wie heute Stalin von den Russen geliebt wird. Was haben Sie davon, Sepkin, daß Stalin hinter verschlossenen Türen ein Säufer ist?« Sie winkte ab, als Sepkin antworten wollte, und zeigte mit dem Daumen über ihre Schulter. »Was machen wir mit ihm? Ich habe keine Erfahrung mit Leichen.«
»Man sollte ihn wegbringen.«
»Ihre Klugheit macht atemlos, Genosse!« sagte Milda. »Sie fassen Wolnow unter die Schultern, ich nehme die Beine, und so tragen wir ihn quer durch Moskau bis zur Kremlmauer, damit er bei den Unsterblichen begraben werden kann!«
»Etwas Ähnliches habe ich mir ausgedacht.« Sepkin kniete neben Wolnow, untersuchte seine Taschen und schob dann alles wieder an seinen Platz zurück. Er schnallte ihm sogar den Gürtel um, steckte die Pistole in das Futteral und wischte mit einem Handtuch, das er aus der Küche mitgebracht hatte, das Gesicht frei. Wolnows Augen zeigten noch im Tode einen verblüfften Ausdruck. Sepkin drückte sie ihm zu und erhob sich von den Dielen.
»Sicherlich wollen Sie eine Decke«, sagte Milda.
»Ihre gute Ausbildung ist unverkennbar, Milda.«
»Das kann unser Ende sein.«
»Bestimmt ist es das, wenn Wolnow hier liegen bleibt.«

Zu später Nachtstunde zogen dann Sepkin und Milda Ifanowna mit einer kleinen Handkarre den Grusinskaja-Boulevard hinunter. Der Handkarren gehörte einem Hausbewohner und stand in einem Keller, und nie hat der gute Valentin B.

Sanegin erfahren, daß man mit seinem Kärrchen einen toten Major abtransportiert hat. Sie schoben ihn bis zum Zoologischen Garten, suchten dort eine Stelle mit viel Büschen, ließen Wolnow aus der Decke rollen, bogen die Zweige wieder gerade und begutachteten die Lage. Man sah den Toten nicht, aber man würde ihn finden, denn tagsüber war das ein Weg, wo vor allem Kinder spielten.

Auf einem Umweg kehrten sie nach drei Stunden zu Mildas Wohnung zurück. Niemand hatte sie beachtet, eine Milizstreife fuhr an ihnen vorbei, ohne einen Blick auf sie zu werfen. Zwei Genossen und ein Handwagen — das ist ein vertrautes Bild in diesen Tagen.

»Wir müssen sie zusammenrufen, Milda«, sagte Sepkin, nachdem sich beide gründlich gewaschen hatten und der Dielenboden auch kein Fleckchen Suppe, Gemüse oder Fleisch mehr aufwies. Wiederholt hatten sie ihn geschrubbt und mit der Messerklinge sogar die Ritzen ausgeschabt. »Und dann brauche ich Wodka! Besaufen muß ich mich. Die einzige Erklärung ist das, die Jelena annimmt. Haben Sie genug Wodka hier?«

»Kaum. Wolnow hat heute keinen mitgebracht. Dafür eine Flasche Krimwein.«

»Zu vornehm, Milduscha. Nach Schnaps muß ich stinken. Nur das überzeugt!«

Bis zum Dämmern blieb Sepkin in der Lesnaja uliza No. 19 und besprach mit Milda die nächsten Schritte. Dann trank er zwei Gläser Wodka und schüttete sich ein drittes über den Kopf, damit er den richtigen Geruch verströmte. Wer schon von weitem nach Schnaps stinkt, braucht keine Erklärung mehr abzugeben.

Genossen, es war wie überall, wo Frauen auf ihre Männer warten. Warum sollte es in Moskau anders sein? Jelena Lukanowna saß noch auf dem Sofa, mit rotgeweinten Augen, als Sepkin in die Wohnung polterte und »Mein Schwänchen, laß dir die Federchen kraulen!« krähte. Dabei wehte ein Duft vor ihm her, der jede Frage von seiten Jelenas erstickte.

Sie erhob sich, starrte Sepkin, von Qual erlöst und deshalb wutbebend, an, hinderte ihn nicht, als er aufs Sofa fiel, sich langstreckte und ordinär rülpste, und wich zurück, als er mit beiden Händen winkte.

»Ein Tag war das!« lallte Sepkin. »Oh, welch ein Tag!

Dreiunddreißig Operationen! Sieben Kübel voll abgeschnittener Glieder und glitschiger Därme! Und alles landet bei mir! Ertragen kann man's nur mit einem Gläschen ... oder zwei Gläschen ... Jelenenka, mein süßes Hinterchen, mein Apfelbrüstchen — strafe mich nicht! Einen Zeugen habe ich! Den lieben Genossen OP-Helfer Radolow. Ein guter, gefühlvoller Mensch. Erklärt mir immer, von wem die Glieder sind, die er mir bringt. ›Ha‹, sagte er. ›War das eine schöne Frau! Eine Haut wie ein gekochtes Eichen. Und stürzt sich aus dem Fenster, so mir nichts — dir nichts!‹ — Kann sein, daß ich auch drei Gläschen getrunken habe, Jelena ...«
Sie ließ ihn grölen, ging zu Vater Luka Antipowitsch und rüttelte ihn wach.
»Er ist da!« sagte sie und setzte sich auf die Bettkante. Ihre Augen brannten vom Weinen. Den ersten großen Kummer um einen Mann hatte sie nun hinter sich.
»Wie gut!« brummte Puschkin. »Sieh an, sieh an! Was habe ich gesagt: Der geht uns nicht verloren!«
»Betrunken ist er, Väterchen!«
»Aha!« Puschkin setzte sich im Bett aufrecht. Die Erwähnung von Wodka machte ihn stets munter. Er zog das Kinn an. Nebenan sang Sepkin, als brülle er in einen leeren Kessel.
»Besoffen bis unter die Haare ist er!« sagte Jelena laut. »Ein Ekel!«
»Das muß man sehen!« Puschkin schob sich aus dem Bett und tappte auf nackten Sohlen ins Nebenzimmer. Er trug, wie die meisten Russen, einen gestreiften Schlafanzug, nur war seiner um die Brust zu eng, so daß er ihn offenlassen mußte. Er blieb vor dem gröhlenden Sepkin stehen, nickte ihm zu, beneidete ihn und nahm sich vor, ihn morgen nach der heimlichen Quelle auszuhorchen.
»Er muß in ein Wodkafaß gefallen sein!« sagte Luka Antipowitsch fast ehrfürchtig. »Solch ein Gestank ist kaum normal! — Warum heulst du, Töchterchen?!«
»Wie kann man sich so betrinken!«
»Ein guter Junge.« Puschkin schnüffelte den Wodkadunst ein, als könne er sich in ihm verflüssigen. »Liegt da glücklich und wartet auf ein gutes Wort von dir. Ich habe das Gefühl, er gehört doch ganz zu uns ...«

1. Juli 1944
Das Oberkommando der Wehrmacht gibt bekannt:
Im Mittelabschnitt der Ostfront stehen unsere Truppen weiter in schwerem Abwehrkampf. In der Stadt Ssluzk sind Straßenkämpfe im Gange. Auch im Raum Ossipowitschi und bei Borissow finden stärkere, von Panzern unterstützte Angriffe der Sowjets statt. Am Oberlauf der Beresina sowie westlich und südwestlich Polozk wurden die feindlichen Angriffe in harten Kämpfen aufgefangen . . .

An diesem Tag erschien in der *Prawda* und der *Istwestija* eine kleine Familienanzeige, die zwar ungewöhnlich war, aber dennoch von den meisten überlesen wurde. Ihr Text lautete:
»Mamuschka ist gestorben. Kommt alle zu mir und trauert mit mir.«
Der Genosse am Anzeigenschalter der *Prawda* war der einzige, der Milda Ifanowna darauf ansprach. Sie stand da mit einem schwarzen Schleier um den Kopf und sah sehr traurig aus.
»War ein gutes Mütterchen, was?« fragte er. »Mein Beileid . . .«
»Danke, Genosse«, hauchte Milda. »Wieviel muß ich bezahlen?«
»Ein paar Kopekchen.« Der Mann las den kurzen Text und schüttelte den Kopf. »Ist das alles? Ein so unersetzliches Mütterchen muß eine bessere Anzeige haben. Verdient hat sie's!«
»Sie müßte eine ganze Seite haben, aber wer soll's bezahlen, Genosse? Sie? Ihre Hand küsse ich, wenn Sie's tun!«
Der Mann hinter dem Schalter lächelte schief, schaute Milda tief in die schwarzen Augen und schüttelte den Kopf. »Ein Jammer ist es!« sagte er. »Da geht ein guter Mensch dahin und bekommt zwei Zeilen! Wenn man bedenkt, daß der Fürst Raspinji seine Hunde mit bester Hühnerleber fütterte . . . eine Bande war das!« Er betrachtete die Anzeige noch einmal. »Keine Adresse?«
»Die es angeht, wissen, wo ich wohne. Eine stille Trauer soll es werden.«
Sie bezahlte zwei Rubel für die beiden Zeilen, das war eine Menge Geld, aber Mamuschka war es wert, im gesamten Verbreitungsgebiet der *Prawda* zu erscheinen. Als Milda hinausging, blickte ihr der Mann hinter dem Schalter versonnen nach. Ein wahres Weibchen, dachte er wehmütig. Eine Augenweide. Wüßte man ihre Adresse — einen Kondulationsbe-

such hätte man machen können. So eine kleine Höflichkeit kann sich schnell entwickeln ... Er kratzte an seiner Hose, stempelte die Mamuschka-Anzeige ab und legte sie in die Tagesmappe für die Setzerei.

Duskow las die Anzeige zwischen zwei Aufbahrungen neben seinem Trauerklavier. Petrowskij kaufte sich die *Prawda,* als er mit einem neuen Traktor Probe durch einen Außenbezirk Moskaus fuhr. Der kleine Plejin studierte die *Istwestija* am Tisch, bekleidet mit einem tatarischen Seidenmantel, den ihm die Tscherskasskaja besorgt hatte. Iwanow hatte auf seiner Kremlbaustelle eine Pause eingelegt und bekam die *Prawda* von seinem Vorarbeiter, dem lieben Lumjanow, der bereits einen Streifen für eine Zigarette abgerissen hatte. Man weiß ja — die *Prawda* schmeckt am besten. Boranow saß in einer seiner gesäuberten Straßenbahnen und ließ sich zur Endhaltestelle VI fahren, als sein Blick auf die kleine Familienanzeige fiel. Sepkin, der die Anzeige sehnsüchtig erwartet hatte, war zufrieden, faltete die Zeitung zusammen und trug sie hinüber zu seinem neuen Freund Radolow. Bei einem Gläschen verdünnten medizinischen Alkohols feierten sie die neuen Siegesmeldungen der Roten Armee.

An diesem Abend fing Milda Ifanowna in kurzen Abständen die Anwesenheitsmeldungen auf. Im Funkgerät zirpte jeweils nur eine Ziffer. Dann Stille. Und jedesmal antwortete Milda: 11. Da brauchte man keine Rückfragen mehr. 11 — das hieß: Morgen vormittag um 11 Uhr bei mir.

Sie wartete bis spät in die Nacht, aber niemand meldete sich mehr. Nachdenklich saß sie im dunklen Zimmer, nur vom flackernden Licht einer Kerze umhüllt, und las die Ziffern. Sechs haben sich gemeldet ... aber zehn waren es. Was war geschehen rund um Moskau oder in Moskau?

Sie beugte sich vor, schaltete das Radio ein und drehte es leise. Ballettmusik aus »Russlan und Ludmilla«. Ein Rausch von Tönen. Milda legte den Kopf nach hinten und starrte an die Decke.

Pawel Fedorowitsch Sassonow. Er hatte gerade einen Sohn bekommen. William-Heiko. Ein stiller tapferer Mensch. Er sollte *Wildgänse* befehlen.

Iwan Petrowitsch Bunurian. Immer lustig, ein Optimist. Sein Blick konnte streicheln. Vielleicht, dachte sie, vielleicht wäre es mit ihm mehr geworden als nur ein Lächeln.

Alexander Nikolajewitsch Kraskin. Der Musiker. Der Opernfreund. Zum Abschied in Eberswalde ließ er eine Platte abspielen. Ausschnitte aus »La Bohème«. Bei dem Duett Mimi-Rudolf vor der winterlichen Zollwache bekam er ganz große, glänzende Jungenaugen.
Sergeij Andrejewitsch Tarski. Ein fröhlicher Bursche. Unbekümmert, die ganze Welt umarmend. Der Krieg war für ihn wie ein Abenteuer. Auch er hatte gesagt: »Milda, einen Begrüßungskuß werden Sie mir geben müssen, wenn ich in Moskau bin! Allein dieser Belohnung wegen schaffe ich es!«
Wo waren sie? Was hatte Rußland mit ihnen gemacht?
Sie verbrannte den Zettel mit den Ziffern, zerrieb die Asche zwischen den Handflächen und streute den Staub in einen Topf mit Geranien. Dann drehte sie das Radio laut und verkroch sich in die schallende Musik.

Oberst Smolka war nach seinem Besuch bei General Radowskij nicht untätig geblieben. Er wartete nicht, bis aus dem inneren Kreis um Stalin Schutzmaßnahmen bekanntgegeben wurden — er fächerte seinen so lange verborgen gehaltenen und wie eine kostbare Geliebte gepflegten Plan auf und ließ seine Mitspieler nach Moskau kommen. Unter dem Schutz der Nacht betraten sie das große Gebäude in der Dschershinski-Straße. Smolka empfing sie persönlich unten an der Pforte, wo man die Nachtwache entfernt hatte. Ohne einem anderen Menschen zu begegnen, wurden die Männer in das vierte Stockwerk geführt, wo man drei Zimmer für sie ausgeräumt hatte. Diese Räume lagen am Ende des Flures, hinter dem Büro von Smolka, das seit einigen Stunden durch eine neue Zwischentür im Korridor von allen anderen Zimmern getrennt war. Nur mit einem Spezialschlüssel konnte man den abgesperrten Flurteil betreten, und einen Schlüssel besaß nur Oberst Smolka selbst.
Die neuen Mitarbeiter begutachteten die Zimmer und fanden sie scheußlich, denn wenn man aus einem Büroraum ein Schlaf- und Wohnzimmer macht, kommt selten etwas Gemütliches heraus. Trotzdem waren sie bester Laune, lachten viel, am meisten über sich, betrachteten sich gegenseitig immer wieder und nannten sich Brüderchen. Oberst Smolka sorgte

für Laune; er hatte aus dem Sonderfond mehrere Flaschen Wodka besorgt, dazu kalten Schweinebraten und dicke, eingelegte Gurken.
Die neuen Mitarbeiter fanden diese erste Nacht sehr angenehm. Sie hatten sich untereinander erst jetzt beim NKWD kennengelernt und fühlten sich sofort wie eine große Familie. Smolka fühlte sich weniger wohl — er dachte mit Magendrücken an die nächsten Tage und an die Stunde, in der er Stalin gegenüberstehen würde und seinen Plan vorstellen mußte. Es konnte seine letzte Dienstleistung werden.
»Auf der Fahrt hierhin«, sagte einer der neuen Mitarbeiter, »haha, da ist ein braves Bauernweibchen in Ohnmacht gefallen, als sie mich sah . . .«
Smolka zuckte zusammen. »Sie haben sich sehen lassen?« rief er entsetzt. »Es ist Ihnen befohlen worden —«
»Nicht zu ändern war's! Die lange Fahrt, das Rütteln — die Innereien flogen mir fast um die Ohren! Und die Blase war voll, Genosse Oberst! Haben Sie mit einer vollen Blase schon einmal in einem hüpfenden Auto gesessen? Keine Qualen der Hölle wiegen das auf! Sollte ich sie platzen lassen? Was hätten Sie über ein Telegramm gesagt: Fahrt abgebrochen. Kann den Urin nicht mehr sammeln?! — Ich rufe also in einer einsamen Waldgegend: ›Halt! Halt! Liebe Freunde, laßt mich zur Entleerung frei!‹ Und kaum hält der Wagen, springe ich hinaus, hetze in den Wald, reiße mir die Hose auf — da kommt ein Bauernmütterchen um einen Busch herum, hat Holz gesammelt, die Gute, sieht mich an und fällt mit offenem Mund in Ohnmacht! — Höhere Gewalt, das müssen Sie zugeben, Genosse Oberst.«
»Sonst hat Sie niemand gesehen, Nikolai Iljitsch?« fragte Smolka, unberührt von des Mannes ausgestandener Not.
»Nicht eine Maus! Was sage ich: Nicht eine Laus! Wie befohlen, haben wir im Auto übernachtet.«
Smolka betrachtete die beiden anderen neuen Mitarbeiter. Sie saßen hinter ihren Wodkagläsern und vor Holzbrettern mit Fleisch und Gurken und grinsten Smolka an. Es gehörte viel Nervenkraft dazu, diesen Anblick ruhigen Gemütes zu überstehen. Nur das Wissen um die Wahrheit verhinderte, daß selbst Smolka in ein Zittern verfiel.
»Und Sie, Genossen?« fragte er ernst.
»Keine Begegnung!« antwortete der eine.

»Nicht eine Fliege!« Der dritte wedelte mit der Hand. Es war eine Bewegung, die zu ihm paßte und die Smolka das Blut in die Schläfen trieb. Vollkommen, dachte er, glücklich und erschreckt zugleich. Einfach vollkommen! »Ich habe jede Fliege, die um mich kreiste, erschlagen!«
Schon am nächsten Morgen rief Smolka bei General Radowskij an. Die Stimme von Stalins Vertrautem klang müde. Es war Smolka, als röche er sogar durch den Draht den Alkohol. Was das Volk nicht wußte, gehörte für den NKWD zum Alltag, über den man nicht sprach: Von Berija angelegt, gab es ein Dossier, das alle Namen enthielt aus Stalins nächster Umgebung, von allen Personen, die mit ihm soffen, von all den Armen, die er im Suff seelisch zerfleischte, von allen Marionetten, die seine Stiefel leckten, aber sich bei Paraden dem Volk als aufrechte, ernste, würdevolle, unnahbare Männer zeigten. Die Elite des Sowjetstaates: vor Stalin ein Haufen um seine Huld zitternder Günstlinge. Smolka kannte das Dossier. Namen standen darin, die sonst nur Ehrfurcht heischten: Chruschtschow, Bulganin, Mikojan und Malenkow, Shukow, Kossygin, Kalinin und Molotow. Und Berija selbst: er setzte, korrekt wie er war, ein Beamter der Vernichtung, auch seinen eigenen Namen in die Liste. Hinter Molotow stand sogar ein Kreuz ... Smolka wußte, daß Stalin gerade Molotow behandelte, als sei er eine Fußmatte. Aber sie alle schluckten es, schluckten Stalins Wodka und Kognak, schluckten Stalins beleidigenden Spott, schluckten, daß er sie Schwachköpfe nannte, schluckten, als er in seinem Sadismus Beifall klatschte, als Mikojan einmal in Tränen ausbrach und wie ein Kind weinte.
Gestern also mußte es Radowskij erwischt haben. Seine Stimme war wie zerrieben.
»Seien Sie friedlich, Igor Wladimirowitsch!« sagte Radowskij. »Rußland brauchte 1500 Jahre, um Rußland zu werden!«
»Haben Sie mit dem Genossen Stalin gesprochen, Genosse General?«
»Eine ganze Nacht! Bis ich nichts mehr hörte!«
»Haben Sie ihm die Befürchtungen vorgetragen?«
»Vorgetragen? Gesprochen hat *er.* Getanzt hat er sogar. Dann hat er gesagt, daß er nur noch von Verrätern umgeben sei!«
»Das wäre ein guter Ansatzpunkt gewesen.«
»Sie reden wie eine Jungfrau, die einen Abortus erklären soll!

Smolka, Sie gehören zu den Wühlmäusen, die sich überall einfressen und über alles Bescheid wissen. Habe ich recht?«
»Ja!« antwortete Smolka schlicht. Es ist immer gut, dachte er dabei, daß man ein Quentchen intimes Wissen zugibt. Das schafft Freunde und verunsichert Feinde.
»Stalin hat mir versprochen, mich morgen — also heute — erschießen zu lassen. Eine halbe Stunde später wollte er mir einen neuen Orden verleihen. Wo — frage ich Sie, Igor Wladimirowitsch — ist da noch Raum für eine Warnung? Bei nächster Gelegenheit werde ich es nachholen. Im Stab ist jedenfalls schon alles unterrichtet. Wir werden Stalin abschirmen.«
»Haben Sie Zeit, Genosse General, heute nach dem Mittagessen zu mir zu kommen?« fragte Smolka freundlich.
»Ich kann kein Glas mehr sehen! Bloß das nicht!« Radowskij seufzte ergreifend.
»Ich möchte Ihnen etwas anderes anbieten.«
»Hat der NKWD einen geheimen Vorratskeller entdeckt?!« Radowskij hustete; man hatte auch unmäßig geraucht. »Wann hatten Sie gedacht, Smolka?«
»Gegen drei Uhr nachmittags, Genosse General?«
»Ich will es versuchen. Rechnen Sie aber nicht damit. Im Augenblick liege ich mit meinem Kopf in einem Ameisenhaufen. Igor Wladimirowitsch, ich flehe Sie an: Lassen Sie mich mit Ihren deutschen Offizieren wenigstens heute in Ruhe!«
Um drei Uhr, pünktlich, wie man es von einem General erwartet, fuhr Radowskij beim NKWD vor. Nie in seinem Leben war er ein ängstlicher Mensch gewesen, aber das breite, etwas düstere Gebäude mit der an klassische Linien erinnernden Fassade erzeugte auch bei ihm Beklemmung.
Namen fielen ihm ein, bekannte Persönlichkeiten, die dort unten in den Kellern ausgelöscht worden waren. Große Söhne Rußlands, die dieses Gebäude betreten, aber nie mehr verlassen hatten. Wer hat einmal gesagt: Wenn man alles Blut, das in diesem Haus geflossen ist, gesammelt hätte, müßten die Keller jetzt unter Blut stehen? Radowskij erinnerte sich nicht mehr an den Namen, aber er spürte trotz der sommerlichen Hitze, die über Moskau brütete, so etwas wie Kälte, als er das Gebäude betrat.
Er wurde erwartet. Ein Major empfing ihn, grüßte stramm und führte ihn zum Lift. Während der Fahrt mußte man Oberst Smolka alarmiert haben. Er erwartete Radowskij auf

dem Vorplatz des Treppenhauses und lächelte. Radowskij gab ihm die Hand.
»Haben Sie ›Faust‹ im Theater gesehen?« fragte er.
Smolka nickte. »Mehrmals, Genosse General.«
»Als Faust den Pakt unterzeichnete, lächelte Mephisto genauso wie jetzt Sie!«
Smolka verzichtete darauf, sich mit Radowskij über den »Faust« zu unterhalten, aber er registrierte mit Wohlgefallen, daß der General nervös war. Er ging voraus, schloß die neue Tür auf und ließ Radowskij in den gesperrten Teil eintreten. Dann schloß er hinter dem General sofort wieder ab.
»Was ist denn das?« fragte Radowskij sofort voller Mißtrauen. »Igor Wladimirowitsch, Sie igeln sich ein? Wem will man an die Hose — Stalin oder Ihnen?«
»Die Sicherungen haben mit Stalins Schutz zu tun«, sagte Smolka und stieß die Tür zu seinem Büro auf. Es duftete nach Zigaretten und parfümiertem Tee. Radowskij, der große Genießer des Kreml, roch es sofort.
»Lieber Freund«, sagte er, etwas befreiter, »Sie leben hier wie auf der Krim. Servieren Sie mir ein wunderhübsches Weibchen? Der NKWD ist berühmt für Überraschungen.«
Smolka bat Radowskij, sich zu setzen. Er zeigte auf einen Sessel, der einer Tür zum Nebenraum gegenüberstand, wartete, bis der General sich eine Zigarette angezündet und die Beine elegant, wie es seine Art war, übereinandergeschlagen hatte. Dann ging er zum Fenster, schloß es und zog die Gardine zu, als könne man von irgendwoher hineinsehen. Radowskij spitzte die Lippen.
»Igor Wladimirowitsch, Sie haben Theaterblut in sich. Man hat Sie bisher immer verkannt: Sie sollten im Bolschoi Regie führen. Was wird heute gespielt?«
»Stalins Überleben.«
»Ein schweres Stück!«
»Man muß es nur beherrschen.«
»Vorhang auf, mein Lieber!«
»Da wären noch einige Erklärungen, Genosse General.«
Radowskij winkte ab. »Wenn man ein Stück vorher erklären muß, ist es ein schlechtes Stück, Igor Wladimirowitsch!« sagte Radowskij. »Der Vorhang muß aufgleiten, und sofort muß man miterleben.«
»Wie Sie wünschen.« Oberst Smolka ging langsam zur Tür.

»Beschweren Sie sich aber nachher nicht, daß ich Sie über die Maßen erschreckt habe.«
»Sie werden schon keinen Drachen loslassen!« lachte Radowskij. Smolka blieb ernst.
»Das kommt auf die persönliche Einstellung an«, sagte er schlicht. Er drückte die Klinke, stieß die Tür zum Nebenraum auf und nickte. Dann trat er zur Seite, gab den Weg frei und lehnte sich mit verschränkten Armen an die Wand.
Ein Mann trat ein.
Radowskij, der gerade rufen wollte: »Schon faul, Smolka. Mit einem Ballett müssen Sie eröffnen!« starrte den Eintretenden entgeistert an, aber nur eine Sekunde, dann wurde er sichtbar verlegen, sprang aus seinem Sessel, nahm Haltung an und blieb stehen, wie aus einem Stamm geschnitzt. Da sein Gegenüber schwieg, sagte Radowskij:
»Genosse Generalissimus . . . Diese Überraschung ist Oberst Smolka gelungen. Wahrhaftig, das ist eine Überraschung.«
Entsetzt schwieg Radowskij. Er verfärbte sich, sein Mund klappte auf. Daß Schweiß aus allen seinen Poren brach, merkte er, als er sich wie gebadet vorkam und Nässe über seine Augen und Wangen rann, in die offenen Mundwinkel hinein. Hinter seinen Augäpfeln spürte er ein Brennen.
Ein zweiter Mann war hereingekommen und stellte sich stumm neben den ersten. Er lächelte Radowskij zu und winkte ihm in unnachahmbarer Art zu.
Smolka nickte.
Ein dritter betrat den Raum, stellte sich neben die beiden anderen und winkte dem General mit einem sonnigen Lächeln zu.
Radowskij war einem Zusammenbruch nahe. Mit unschön vorquellenden Augen starrte er die drei Männer an, atmete laut ein und aus, ließ sich darauf in den Sessel fallen und griff mit zitternden Fingern nach einer Zigarette. Nach dem ersten Zug schloß er die Augen, als sei er vergiftet worden. »Das ist ungeheuerlich! Igor Wladimirowitsch, das ist einfach ungeheuerlich! Damit hätten Sie einen weniger starken Menschen wie mich töten können. Sie sind ganz einfach verrückt!«
»Ich wollte es Ihnen vorher erklären, Genosse General«, sagte Smolka, noch immer an der Wand lehnend.
»Wer ahnt denn so etwas?« Radowskij öffnete die Augen. Das unglaubliche, das wahnsinnige, das unfaßbare Bild blieb:

Vor ihm standen, mit dem berühmten Lächeln unter dem buschigen Schnauzbart, drei Stalins.
Die gleiche massige, gedrungene, grobe Figur. Das gleiche bleifarbene Gesicht mit dem Ansatz eines Doppelkinns. Die gleichen grauen, bürstenhaft wirkenden Haare. Die gleichen buschigen Augenbrauen, die starke Nase, der dicke Schnurrbart, das breite Kinn. Die gleiche, schlichte Alltagsuniform mit den breiten Schulterstücken und nur einer Auszeichnung; dem Lenin-Orden. Dreimal derselbe Mensch. Radowskij schluckte eine Ansammlung von Speichel hinunter und blickte hinüber zu Smolka. »Mephisto —«, sagte er heiser. »Sie sind ein vollendeter Teufel, Smolka! Das ist einfach unbegreiflich!«
»Wir kommen ohne Schminke und Perücken aus. Alles ist echt.« Smolka machte einen heiteren Eindruck. »Ein Fleischer würde sagen: Wie gewachsen.«
»Unfaßbar ist es!« Radowskij erhob sich schwer, als habe dieser Schock Blei in seine Knochen gefüllt, und ging von einem Stalin zum anderen Stalin. Er starrte ihnen ins Gesicht, betrachtete sie von oben bis unten und ging dann mit einem Kopfschütteln zu seinem Sessel zurück. »Unglaublich! Igor Wladimirowitsch, wer jeden Tag mit Stalin zusammenlebt, muß dieses Bild erst überwinden.«
Smolka löste sich von der Wand und füllte aus einem Samowar fünf Tassen mit einem süßlich duftenden Tee von hellgrüner Farbe. Während er die Tassen verteilte, stellte er die drei Stalins vor.
»Das ist Wladimir Leontijewitsch Plesikowski. Tischler aus Temir-Tau in Kasakstan. Alle Stalindenkmäler der Dörfer und Städte an der Nura tragen seine Züge, denn er saß Modell für die Bildhauer.«
Radowskij nickte. Plesikowski lächelte ihm wohlwollend zu und hakte den rechten Daumen in die Knopfleiste seiner Uniform. Sogar diese Geste stimmt, durchfuhr es Radowskij. Dieses Lächeln unter dem Schnauzbart . . . jeden Tag sehe ich es. Und dieser breite Mund darunter kann plötzlich aufreißen und brüllen, und das fahle Gesicht wird dann rot und scheint zu bersten, bis es in sich zusammenfällt, versteinert und zum lebenden Denkmal wird.
»Nikolai Iljitsch Tabun —«, stellte Smolka den nächsten vor. »Ein Fuhrmann. Lebt in Osa an der Kama, südlich von Perm.

Für das Parteiplakat zur Oktoberrevolutionsfeier von 1943 wurde sein Foto verwendet, weil es kein Bild von Stalin gab, auf dem er mit beiden Armen dem Volk zuwinkt. Immer hebt er nur die rechte Hand halbhoch bis an die Stirn.«
»Das stimmt«, sagte Radowskij erschöpft. »Beide Arme reißt Stalin nur hoch, wenn er mit seiner Tochter Svetlana Allilujewa schäkert.«
»Nummer drei ist Anton Wasiljewitsch Nuraschwili . . .«
»Aha!« Radowskij klopfte sich auf die Oberschenkel. »Entfernte Verwandtschaft?«
»Nur örtlich! Nuraschwili stammt aus Achalkanski, südlich von Tiflis. Er ist Arzt. Seine Heilerfolge führt er zur Hälfte darauf zurück, daß seine Patienten sich einbilden, Stalin habe sie behandelt. Natürlich weiß jeder, daß dies Unsinn ist — aber der psychische Eindruck, wenn sich ›Stalin‹ über einen beugt und den Bauch abtastet, ist ungeheuer.«
Radowskij nahm seine Tasse Tee, nippte daran, fand ihn zu süß und stellte ihn zur Seite. Die drei Stalins entfernten sich auf einen Wink von Smolka und nahmen ihre Tassen mit. Als die Tür hinter ihnen zuklappte, knöpfte sich Radowskij den Uniformkragen auf.
»Ist Ihnen klar, Igor Wladimirowitsch«, sagte er dabei, »was Sie da gesammelt haben? Zunächst die negative Seite: Sie könnten — theoretisch — Stalin gegen einen der Doppelgänger auswechseln und damit die gesamte sowjetische Politik umdrehen! Sie könnten die Weltgeschichte ändern! Ein Mord an Stalin würde nie auffallen, nie bekannt werden . . . denn Stalin ist ja da! Sie, Smolka, haben immer einen präsent! Dieser Gedanke allein — und Stalin wird ihn sofort denken, wenn er seine drei Doppelgänger sieht— reicht aus, Sie und die drei sofort zu liquidieren. Das ist Ihnen doch klar? Ich nehme an, Sie haben die Doppelgänger gut geschult.«
»Sie bewegen sich wie Stalin, sie sprechen wie Stalin, sie saufen wie Stalin, sie brüllen wie Stalin, sie sind der große Schauspieler wie Stalin, sie schlafen wie Stalin, sie rauchen wie Stalin und sie lieben wie Stalin . . . alles in der Maßlosigkeit wie Stalin. Sie sind vollkommen.«
»In Ihrer Aufzählung sind mindestens vier Todesurteile enthalten, Igor Wladimirowitsch.«
»Wir sind unter uns, Genosse General.«
Radowskij nahm doch noch einen Schluck des süßen Tees

und steckte sich eine neue Zigarette an. »Ihr Mut ist zu bewundern. Wenn Stalin von diesen dreien erfährt . . .«
»Dazu habe ich sie ja kommen lassen.«
»Es gibt unkompliziertere Todesarten.«
»Ich möchte Sie bitten, Genosse General, mir die Gelegenheit bei Stalin zu verschaffen, seine drei Doppelgänger vorzustellen.«
»Unmöglich!« Radowskij sah Smolka an, als liefe er ohne Hosen herum. »Smolka, überlegen Sie mal, welchen Unsinn Sie da reden! Ein Mann, besessen von einem pathologischen Mißtrauen gegen alle, zerfressen von der Angst, nur Verschwörer und Verräter um sich zu haben, immer mit dem Gedanken spielend, mit einer neuen großen Säuberungswelle alle seine inneren Feinde zu vernichten, dieser Mann, der keine Freunde hat, sondern nur Befehlsempfänger, der Tag und Nacht an nichts anderes mehr denkt als an den Tag, an dem er die große Intrige gegen sich aufdecken kann — einem solchen Mann wollen Sie drei vollendete Doppelgänger präsentieren, die beweisen, daß er ohne Aufsehen austauschbar ist?! Smolka, das überlebt keiner von uns!«
»Diese Doppelgänger sind der beste Schutz gegen ein Attentat auf Stalin durch die deutsche Offiziersgruppe.« Smolka setzte sich Radowskij gegenüber. »Wo immer Stalin in den nächsten Wochen und Monaten an die Öffentlichkeit tritt, wird es einer der Doppelgänger sein. Ein ganz simpler Plan, Genosse General, aber wirksam wie kein zweiter. Nur so können wir Stalin schützen! Lassen Sie mich das dem Generalissimus vortragen.«
»Stalin wird die andere Version sehen.«
»Auch sie ist damit entschärft!« Smolka trank seinen Tee und ließ ihn einen Moment im Gaumen kreisen. Er liebte diese parfümierten chinesischen Teesorten, die er sogar noch mit Honig süßte. »Die Verschwörer im Kreml — sollte es solche geben — werden ebenfalls nicht wissen, welchen Stalin sie vor sich haben! Es kann immer der falsche sein, und der richtige schlägt dann zur Vergeltung zu. — Gibt es einen besseren Schutz?«
»Wie ich sagte: Mephisto war ein schiefmäuliger Idiot gegen Sie, Igor Wladimirowitsch!« Radowskij erhob sich. Auch Smolka sprang sofort aus seinem Sessel. »Haben Sie auch einen Rat, wie ich Stalin auf diese Begegnung vorbereiten soll?«

»Sagen Sie ihm schlicht die Wahrheit.«
»So etwas Ausgefallenes kann auch nur vom NKWD kommen!« antwortete Radowskij sarkastisch. »Oberst Smolka, warten Sie nicht auf Nachricht von mir. Und werden Sie nicht hysterisch, wenn Sie an die paar deutschen Offiziere denken, die in Moskau leben könnten. Das sind hoffnungslose Idioten — mit dem Vorteil, daß sie den Krieg überleben.«
Smolka brachte General Radowskij bis zum Lift und ging dann zurück in seinen abgesperrten Büroteil. Im Zimmer von Nikolai Iljitsch Tabun waren die Vorhänge zugezogen, im Halbdunkel saßen die drei »Stalins« vor einer aufgespannten Leinwand und warteten. Ein Schmalfilmapparat, 16 mm, stand auf einem hohen Bock. Eine große Filmrolle war bereits eingespannt. Die Stalins rauchten, tranken Tee und schwiegen sofort, als Smolka hereinkam.
»Der erste Auftritt war gut«, sagte Smolka mit Anerkennung in der Stimme. »General Radowskij ist ein guter Freund des Genossen Stalin. Ich glaube, wir haben ihn überzeugen können.« Er trat hinter den Filmapparat und drückte auf einen Knopf. Über die Leinwand flimmerten die Vorspannummern. 5 — 4 — 3 — 2 — 1. Dann erschien das erste Bild: Jubelnde Soldaten. »Stalins Besuch bei einer siegreichen Armee. Eines der seltenen Dokumente, wo sich Stalin frei unter Menschen bewegt. Beobachten Sie seine Bewegungen, seinen Gesichtsausdruck, vor allem seine Haltung beim Gehen und Grüßen. Nachher, in der Zeitlupe sehen Sie es noch einmal in allen Phasen. Die kleinste Variante ist wichtig!«
Der Film zeigte jetzt Stalin in einem langen Mantel, die Militärmütze auf dem kantigen Schädel. Smolka blickte zur Seite und betrachtete seine drei Doppelgänger.
Radowskij hat recht, dachte er und zollte sich selbst großen Beifall. Es ist unfaßbar, wie vollkommen sie Stalin gleichen. Unheimlich ist es, beim Teufel!

2. Juli 1944
Das Oberkommando der Wehrmacht gibt bekannt:
An der mittleren Ostfront setzen unsere tapferen Divisionen den mit überlegenen Kräften angreifenden Sowjets weiterhin hartnäckigen Widerstand entgegen. Im Raum von Ssluzk konnten die Bolschewisten erst nach schweren Kämpfen Boden gewinnen. Der Ort wurde aufgegeben. Bei Ossipowitschi behaupteten unsere Truppen ihre Stellungen gegenüber allen feindlichen Angriffen. Die Kampfgrup-

pen aus dem Raum von Bobruisk haben sich zu unseren Hauptkampfkräften durchgeschlagen. An der mittleren Beresina sind schwere Kämpfe mit den ununterbrochen angreifenden Sowjets im Gange. Im Raum westlich Polozk hält der feindliche Druck an. Südwestlich und südlich Polozk wurden starke feindliche Angriffe abgeschlagen oder in Riegelstellungen aufgefangen . . .

Ein guter Gedanke war es gewesen — das zeigte sich jetzt —, daß Milda Ifanowna ihre Wohnung in der Lesnaja uliza Nr. 19 genommen hatte. Auf einer so belebten Straße fiel es nicht auf, wenn einige Männer in ein Haus gingen oder erst an ihm vorbeischlenderten, es interessiert musterten, umkehrten, in den Hausflur blickten und sich dann entschlossen, es zu betreten. Eine Babuschka — ein Großmütterchen, wie man zärtlich die alten Frauen nennt, die zum Straßenfegen angestellt worden sind — kehrte mit einem Reisigbesen den Gehsteig und schob die Schmutzhäufchen in einen aufklappbaren Blechkasten, den sie an einem langen Stiel neben sich herschob.
Iwanow, immer ein freundlicher Mensch, grüßte sie wie sein eigenes Mütterchen, bevor er das Haus Nr. 19 betrat. Aber im Treppenflur blieb er stehen, lauschte nach oben und benahm sich wie ein sichernder Wolf. Von oben ertönte schwach, aber deutlich Musik. Iwanow war kein großer Kenner von klassischen Werken; wer wie er so schöne weißblonde Locken besaß, unterhielt sich mit weiblichen Wesen auf andere Art. Immerhin ahnte er soviel, daß es sich um Tschaikowskij handeln mußte, und da über längere Passagen hinweg ein Klavier spielte, wohl um ein Klavierkonzert.
Die Tür flog wieder auf. Iwanow tat, als binde er sich einen Schnürsenkel zu, und wartete. Dann blickte er hoch, als der Mann neben ihm stand. Es war Sepkin.
Iwanows Herz tat einen Sprung. Er breitete die Arme aus und fiel Sepkin um den Hals. »Peter!« stieß es aus ihm hervor. Sepkin drückte ihm die Hand auf den Mund.
»Schnauze!«
»Piotr Mironowitsch . . .«, stammelte Iwanow. »Du hast es erreicht! Mein Gott, wie freue ich mich.«
»Gehen wir hinauf zu Milda«, sagte Sepkin. »Wir sind zehn Minuten zu früh, aber das schadet nichts.« Er sah Iwanow an und nickte anerkennend. »Gut siehst du aus. Braun gebrannt.«

»Ich arbeite in der frischen Luft. Einschalungs- und Gerüst-Brigade. Wir rüsten gerade einen Teil des Großen Kremlpalastes ein.«
»Meine Gratulation, Fjedor Pantelijewitsch.« Sie faßten sich um die Hüften und stiegen die Treppe hinauf, den Tschaikowskij-Klängen entgegen.
Milda, die sofort öffnete, begrüßte Iwanow mit einem strahlenden Lächeln. »Unser Blondköpfchen!« sagte sie und zog Iwanow in die Wohnung. »Sieht aus, als wenn er am Schwarzen Meer gefaulenzt hätte! Ihr seid die ersten. Es kommen noch vier . . .«
»Vier?« Sepkin blickte Milda fragend an. Sie hob die Schultern und schüttelte den Kopf. »Und die anderen, Milduscha?«
»Nichts. Kein Lebenszeichen mehr.«
»Wer?« fragte Sepkin. Seine Stimme klang rostig.
»Nachher. Wenn die anderen gekommen sind . . .«
Bis elf Uhr trafen sie alle ein. Sie umarmten sich, klopften sich auf Schulter und Rücken, küßten sich auf beide Wangen und waren glücklich, sich wiederzusehen. Die beklemmende Spannung, die auf ihnen gelastet hatte, löste sich.
Als letzter platzte Petrowskij in die Wohnung, anders konnte man es nicht nennen. Getreu seinem Ruf, ein Mundwerk von zehn Kolchosmarktweibern zu besitzen, breitete er beide Arme aus, stieß einen Juchzer aus und schwenkte zwei dunkelbraune Papiertüten.
»Genossen!« rief er. »Mein Herz hüpft wie eine Herde Känguruhs! Euch wiederzusehen, welche Freude! Wißt ihr, was in den Tüten ist? Wurst, Brot, Butter, Weißkäse, Gurken und eine Hähnchenbrust. Dazu gibt es ein Fläschchen Samagonka, selbst gebrannt im tiefen Keller!« Er trat die Tür hinter sich zu, drückte die Tüten an seine Brust und brüllte weiter: »Und woher hat der liebe Petrowskij diese Schätzchen? Fahre ich doch mit meinem Traktor Probe und sehe einen traurigen Menschen an einer Autowerkstatt stehen. Ich halte an, rufe ihm zu: ›Warum rollen dir die Tränen über die Wangen, Brüderchen?‹ und er sagt: ›Wie kann man Autos reparieren ohne das richtige Werkzeug?‹ Und dabei schluchzt er wieder. Ein weiches Herz habe ich, Genossen, ihr wißt es! Ich gebe ihm also meinen Werkzeugkasten, der zum Traktor gehört, und er gibt mir die Tütchen voll Leckereien. Wir küssen uns, ich fahre zurück zur Fabrik und melde: Traktor gut, aber es fehlt der

Werkzeugkasten! Abnahme erst bei Nachlieferung des Werkzeuges! — Brüderchen, genial muß man sein in der heutigen Zeit . . .«

»Mein Gott, halt die Fresse!« sagte Boranow, nahm Petrowskij die Tüten ab, umarmte ihn und stieß ihn zu den anderen weiter. Als er von allen gedrückt worden war und sich Milda zuwandte, um sie zu küssen, hielt ihn Boranow zurück.

»Wir sind komplett!« sagte Duskow ernst.

Petrowskij blickte sich um und begriff. Seine schäumende Freude fiel in sich zusammen, so wie eine Seifenblase platzt. Er senkte den Kopf, riß sein Hemd auf, als ersticke er, und sagte leise: »Ich bitte um Verzeihung. Ich — ich war mir so sicher, daß wir zehn . . .«

Er brach ab, biß sich auf die Unterlippe und stellte sich neben Boranow. Der kleine Plejin, ein wenig blaß und noch schmäler durch seinen Dienst auf der Tscherskasskaja, nestelte an einem Goldkettchen mit einem Hufeisen daran, das ihm Ljudmila Dragonowna am letzten Sonntag geschenkt hatte.

Duskow, nach dem Willen von Oberst von Renneberg beim Ausfall von Sassonow der neue Chef der Gruppe, hob den Kopf. Er sprach gerade so laut, daß man seine Worte durch die Tschaikowskij-Musik noch verstehen konnte.

»Kameraden«, sagte er in deutscher Sprache, »es ist anzunehmen, daß wir unsere vier anderen Kameraden nicht mehr wiedersehen. Wir ehren sie durch ein Gedenken, das wir immer in unseren Herzen behalten wollen.«

Milda Ifanowna zuckte zusammen. Ein lauter Schlag ertönte in ihrer Wohnung. Die sechs Männer hatten die Hacken zusammengeschlagen und standen in strammer Haltung da. Sie starrte ihre Freunde an, ungläubig, fast entsetzt, ein Schauspiel aufnehmend, das sie in seiner Gespenstigkeit nicht begriff. Sechs deutsche Offiziere benahmen sich mitten in Moskau wie bei einer Trauerparade. Dabei trugen sie schlechte, verbeulte sowjetische Anzüge und sahen aus wie Tupfen aus dem grauen Massenbild der Werktätigen.

»Wir trauern« — sagte Duskow gepreßt — »um unsere Kameraden:

Major Bodo von Labitz

Oberleutnant Berno von Ranowski

Oberleutnant Detlev Adler und

Leutnant Dietrich Semper.

Sie fielen an vorderster Front getreu ihrem Fahneneid . . .«
»Sind Sie fertig?« fragte Milda Ifanowna laut. Duskow zuckte zusammen, als erwache er aus einem Traum.
»Ja!«
»Dann ist es gut.« Die Stimme der Kabakowa war hart. »Ihr seid nicht hier, um strammzustehen, sondern um Stalin zu töten.«
Boranow löste sich aus seiner strammen Haltung und setzte sich auf einen Stuhl, der hinter ihm stand. Der kleine Plejin, voll innerer Ergriffenheit Speichel hinunterwürgend, verschluckte sich und begann zu husten. Petrowskij war der erste, der sich aus dieser Gedenkminute völlig lösen konnte. Er sagte:
»Sie sind ein gletscherkaltes Aas, Milda Ifanowna. Mit Ihnen im Bett zu liegen, muß einem Kälteschock gleichkommen.«
»Auch Kälte kann dampfen, nicht wahr, Milduscha?« fragte Sepkin leichthin. »Ein chemischer Vorgang — man kann sich an Eis verbrennen!« Er spielte damit auf Wolnow an, aber die Kabakowa reagierte nicht darauf.
Duskow, der das Kommando übernommen hatte, immer in der Hoffnung, Sassonow könne doch noch auftauchen, setzte sich an den Tisch und klopfte mit der Faust auf die Platte. Wie in einem Wirtshaus war's, wo jemand auf den Tisch hämmert, um eine Rede anzukünden. Iwanow setzte sich auf das Sofa, wo Wolnow immer so gern gelegen und Milda bei der Hausarbeit zugesehen hatte, oder wo sie gemeinsam, oftmals mit verschlungenen Gliedern und leidenschaftheißer Haut, der Musik aus dem Radio gelauscht und mit ihren Körpern gespielt hatten, als seien sie ein neues, alles andere übertönendes Instrument,
»Was jeder von uns in der Zwischenzeit getan hat, darüber reden wir später«, sagte Duskow mit großer innerer Spannung. »Sepkin hatte recht, als er den Zeitplan durchbrach und unser Zusammenkommen vorverlegte.«
»Ich wäre spätestens übermorgen gekommen«, sagte Iwanow. »Ich brauche eine Pistole und einige Handgranaten. Es ist sehr wahrscheinlich, daß ich Stalin irgendwo im Kreml begegne. Als Mitglied der Baubrigade kann ich mich überall, auch im Sperrgebiet, bewegen. Wir tragen während der Arbeit eine Erkennungsmarke am Rock, die wie ein Passierschein wirkt.«
»Die Ereignisse an den Fronten sind alarmierend.« Duskow

blickte auf seine Hände. »Ich höre jeden Tag vier Rundfunksender: Moskau, Berlin, London und den hiesigen Sender ›Freies Deutschland‹. London und ›Freies Deutschland‹ bringen nach den Nachrichten immer Kommentare von deutschen Generälen, die einer nüchternen Lagebesprechung gleichkommen. Das Bild ist dunkel. Auf breiter Front stoßen die Sowjets vor, Panzerverbände kesseln unsere Truppen ein, beiderseits der Rollbahn zerschneiden Keile unsere Stellungen. Im gesamten Mittelabschnitt sind die deutschen Divisionen auf dem Rückzug. An der Invasionsfront in Frankreich ist es genauso. Rommel gelingt es nicht, die Ausweitung des Brükkenkopfes der Alliierten zu verhindern. Überall fehlt es an Divisionen und Material. Der Nachschub ist kläglich, im Vergleich zu dem, was wirklich gebraucht wird. Im Klartext: Die Lage ist beschissen!«
»Der Gröfaz wird's schon machen!« sagte Petrowskij sarkastisch. »Genies lassen sich von solchen kleinen Widerwärtigkeiten nicht abhalten.« Er betrachtete Mildas runden, in dem engen Rock sehr schmackhaften Hintern, während sie den Wein ausschenkte, den Petrowskij mitgebracht hatte. »Wie soll's nun weitergehen? Wir können Stalin nicht mit einem Honigbrötchen aus dem Kreml locken. Wir müssen warten, bis er seinen Bau verläßt — für eine Truppenparade, wenn er zu seiner Datscha fährt, eine Veranstaltung eröffnet, irgendwo eine öffentliche Rede hält. *Er* muß uns entgegenkommen. *Wir* können da gar nichts tun als warten.«
»Ich kann ihn sehen!« Iwanow schnupperte an dem Weinglas. Es war ein saures Gesöff, das nach vergorenen Heidelbeeren roch. »In den nächsten drei Wochen wird es mir gelingen, Stalin so nahe zu kommen, daß der Anschlag gelingt.«
Iwanow sagte das einfach, ohne Betonung, so wie man etwas dahinplaudert und auf Interesse hofft. Duskow und Boranow schüttelten gleichzeitig den Kopf.
»Was ist?« fragte Sepkin. »Iwanow hat wirklich die größten Aussichten.«
»Nicht allein!«Boranow stellte sein Glas ab, ohne zu trinken. »Der Unsicherheitsfaktor ist zu groß. Wenn Fjedor Pantelijewitsch nicht trifft, werden wir Stalin nie mehr begegnen. Er wird dann keinen Schritt mehr aus dem Kreml tun!«
»Oder man transportiert ihn in einem Panzerwagen«, sagte der kleine Plejin. »Das hätte man schon jetzt getan, wenn Sta-

lin nicht in einem Panzer von der Platzangst befallen würde, sagt Ljudmila.«

»Wer ist Ljudmila?« fragte Sepkin.

»Wir lieben uns. Sie ist Leutnant der Miliz.«

»Da zuckt dir die Hose um die Lenden!« rief Petrowskij. »Unser Benjamin! Hat ein amtliches Bett erobert!«

Duskow sah Petrowskij strafend an. Luka Iwanowitsch winkte ab, biß in ein Stück salziger Dauerwurst und kaute mit vollen Backen. »Kyrill Semjonowitsch hat einen guten Gedanken angeschnitten«, sagte Duskow. »Es müßten noch zwei von uns in den Kreml geschleust werden. Fjedor Pantelijewitsch, ist es möglich, daß du für die Baubrigade zwei Freunde empfehlen kannst?«

Iwanow hob die Schultern. Seine Freundschaft zu dem Genossen Bauleiter Skamejkin war noch nicht so groß, daß er überblicken konnte, ob eine Fürsprache auch Erfolg hatte. Der kleine, mickrige, von Minderwertigkeitskomplexen geplagte und Frauenröcken nachjagende Viktor Leontjewitsch würde wohl ein Ohr für Wanda Semjonowna haben, aber Iwanows Gefühl signalisierte ihm, daß es zur Zeit besser sei, keine Freunde vor Wanda zu präsentieren. So viel Zufall — daß ein aus der Armee entlassener Soldat im großen Moskau auf gleich zwei ebenfalls entlassene Kameraden trifft — müßte auch bei den Hallers, vor allem bei Väterchen Semjon Tichonowitsch, merkwürdige Gedanken aufkommen lassen.

»Zu früh«, sagte Iwanow deshalb. »Es ist schon eine Auszeichnung, daß ich in der bevorzugten Brigade arbeite. Das verdanke ich nur Wanda Semjonowna.«

»Gott erschuf den Mann, und mit ihm einige Zentimeter Unwiderstehlichkeit!« rief Petrowskij. »Bitte aufzustehen, wer von uns nicht über ein Bett in Moskau Fuß gefaßt hat! Niemand schnellt hoch? Liebe Brüderchen, man stellt fest, daß wir alle in geordneten Verhältnissen leben.« Und plötzlich wurde er ernst, sehr ernst, wie man Petrowskij nur einmal gesehen hatte: als in Eberswalde ihr Mordauftrag bekanntgegeben wurde. »Ich liebe Larissa auch. Ich liebe sie wirklich . . .« — er sah sich um — »ist einer unter uns, der gestehen könnte, er umarme sein Mädchen nur, weil es ihn ahnungslos versteckt?«

»Vermeid es, weiter Blech zu reden!« sagte Duskow laut. »Wir haben hier unsere eigene Front — alles andere ist unwichtig.«

Bist du unwichtig, herrliche Anna? dachte er gleichzeitig. Welch ein Leben wäre das mit dir in einer friedlichen Welt! Laß mich phantasieren ... Auf unserem Gut Neu-Nomme würden wir wohnen, und wenn du unbedingt Ärztin bleiben willst, könntest du im Krankenhaus arbeiten, könntest operieren und deine Station haben, und ich würde dich jeden Abend abholen und mit dir durch das herrliche Land fahren, durch die gelben Weizenfelder, die Birkenwälder, die weiten Weiden mit den verträumten Tümpeln. Estland würde dir gefallen, Anna Iwanowna, und Neu-Nomme ist ein Fleckchen Erde, wo man begreift, daß jemand, der dort geboren wurde, auf die Knie fällt und eine Ackerkrume küßt wie seine Mutter. Welch ein Leben wäre das! Angst habe ich nur vor einem Augenblick: wenn ich dir sage, daß ich ein deutscher Offizier bin ...
»Ich brauche eine Waffe und Handgranaten!« hörte er Iwanow laut sagen. Duskow schrak hoch. Der Traum von Neu-Nomme blieb als bleierner Druck in seinem Kopf liegen. Tallin ... Estland ... Die sowjetischen Armeen stehen auch am Peipus-See bereit, in breiter Front die deutsche Heeresgruppe Nord aufzureißen, einzukesseln oder ins Meer zu treiben. Sechzehn russische Armeen warten allein in dem kleinen Raum von Litauen bis Estland, von Narwa bis südlich Dünaburg, auf den Befehl: Vernichtet alles, was deutsch ist, was deutsch klingt, was nach deutsch riecht!
Es wird nie wieder ein Neu-Nomme geben ...
»Wenn ich mir vorstelle«, sprach Iwanow weiter, »daß ich morgen Stalin ins Auge blicke — und habe nichts als meine nackten Hände!«
Milda Ifanowna, die bisher nur serviert und kein Wort mehr gesprochen hatte, ging zu einem Schrank an der Schmalwand des Zimmers und öffnete ihn. Ein paar Kleider hingen dort, zwei Mäntel, ein Pelz, eine Fufaika — das ist eins jener Strickhemden, in denen ein Russe den harten Winter gut übersteht —, und als sie das Ganze zur Seite schob, blickte man gegen die Schrankrückwand. Dort lehnten drei sowjetische Maschinenpistolen, zwei Schnellfeuergewehre, zwei Scharfschützengewehre mit montiertem Zielfernrohr, und daneben standen drei Kästen mit Munition. In einfachen Tüten lagen Pistolen, Handgranaten und Sprengladungen. Duskow atmete tief durch die Nase. »Sind Sie verrückt, Milda Ifa-

nowna?« sagte Sepkin heiser. »Das stellen Sie so an die Schrankwand? In einen normalen Kleiderschrank?«
»Sagen Sie mir ein besseres Versteck als einen harmlosen Schrank, Piotr Mironowitsch.«
»Wenn jemand die Tür geöffnet hätte —«
»Wer sollte die Tür öffnen?«
»Iwan Michailowitsch.«
»Ihm war meine Haut lieber als zehn Kleider! Ihn interessierte nicht, was ich anzog, sondern was ich auszog.«
»Gott hilf mir — wer ist Iwan Michailowitsch?« rief Petrowskij.
»Ein sowjetischer Major«, sagte Sepkin ruhig. »Aus dem Führungsstab um Stalin. »Ich habe ihn vorgestern hier im Zimmer, dort, wo jetzt Plejin steht, erschlagen.«
Sie starrten ihn alle entgeistert an, nur der kleine Plejin machte einen Sprung nach vorn, als hätten die Dielen zu brennen begonnen.

Wie man es hätte voraussehen können: Zwei spielende Kinder fanden den toten Wolnow. Ihr Ball rollte in das Gebüsch. Zunächst blieben sie erstaunt stehen, eines der Mädchen steckte verlegen den Daumen in den Mund, denn wenn es im Zoo auch viele fremde Tiere zu sehen gab und man hier, jenseits des Zaunes, das Brummen, Brüllen und Zwitschern aus dem Garten hörte, so kam es ihnen doch merkwürdig vor, daß ein Mensch in einer schönen Uniform so einfach auf der Erde liegt. So etwas gehört nicht in einen Zoo, das spürten sie. Vorsichtig holten sie den kleinen Ball unter dem Knie des fremden Mannes hervor, und dann liefen sie weg zu ihren Babuschkas. Die saßen auf einer Bank in der Sonne, strickten aus Wollresten Socken und unterhielten sich über vergangene Zeiten. Es waren trübe Erinnerungen; Rußlands Weg in die helle sozialistische Sonne war für sie bisher nur voller Nebel gewesen.
Dieses Mal reagierte die Miliz sehr schnell.
Nach den üblichen Fotos wurde Wolnow abtransportiert. Die Kinder und die Babuschkas lernten eine Milizstation kennen und einen strengen Offizier, der ihnen androhte, sie sofort deportieren zu lassen, wenn auch nur ein Ton von dem Fund bekannt würde. Dann mußten die Mütterchen unterschreiben, was sie nicht begriffen, aber es mußte etwas sehr Wichti-

ges und Gefährliches sein, denn der Genosse Offizier legte das Blatt Papier in eine rote Mappe. Dann durften sie wieder gehen und schworen sich auf der Straße, nie wieder in der Nähe des Zoos in der Sonne zu sitzen. Genug Bänke gibt es in Moskau, ihr Lieben ...

Oberst Smolka verspürte Herzstiche, als man ihm meldete, daß eine neue Leiche ins Haus kam. Diesmal aber kein deutscher, sondern ein sowjetischer Offizier. Ganz offensichtlich ein Mord. Genickbruch, Riß der Halsschlagader. Das erste: sofort tödlich; das zweite: langsames Verbluten nach innen. Smolka fuhr mit dem Lift sofort in den Keller. Der Tote sah noch aus, als schliefe er. Nur der getrocknete Gemüsebrei in seinem Haar und auf der Uniform paßte nicht zu dem Bild.

»Major Iwan Michailowitsch Wolnow —« sagte der Milizleutnant, der die Leiche abgeliefert hatte. Er reichte Smolka den Bericht. Der Oberst steckte ihn in die Rocktasche und ging langsam um den Toten herum. Dann nickte er und wandte sich zum Ausgang.

»Er bleibt noch hier!« sagte er.

Wieder in seinem Zimmer, rief er General Radowskij an. Jefim Grigorjewitsch seufzte, als sich Smolka meldete.

»Eine Laus ist ein Wanderfalke gegen Sie, Igor Wladimirowitsch. Ich habe Stalin heute noch gar nicht gesehen!«

»Die Deutschen haben zugeschlagen, Genosse General.«

»Wo denn? Ich höre gerade, daß unsere 3. Armee in Minsk eingedrungen ist ...«

»In Moskau!«

»Ah! Ihre Geistertruppe von deutschen Offizieren! Ich kann Ihnen versichern: Stalin lebt!«

»Major Wolnow ist durch Handkantenschläge getötet worden. Der Genosse Wolnow war vor drei Wochen als Ordonnanzoffizier dem Großen Stab zugeteilt worden ...«

»Smolka, das ist ungeheuerlich!« Radowskijs Stimme überschlug sich. »Wer weiß schon davon?«

»Nur eine ganz kleine Gruppe.«

»Wo hat man ihn erschlagen?«

»Gefunden wurde er in einem Gebüsch am Zoo. Von spielenden Kindern. Das ist aber nicht der Tatort, sondern der Ablageort. Aus einem Gebüsch regnet kein Gemüse ...«

»O Wodka, gnadenlos ist deine Freundschaft ...«, sagte Radowskij.

»Nicht einen einzigen Tropfen bis zur Stunde, Genosse General«, sagte Smolka überzeugend. »Nicht einmal geschnuppert ... Major Wolnow wurde erschlagen, wo man Kohlgemüse mit Fleischröllchen gegessen hat. Also in einem geschlossenen Raum. Von dort hat man den Toten weggebracht und in das Gebüsch am Zoo gelegt. So etwas kann nur nachts geschehen.«
»Sie reden in Rätseln, Igor Wladimirowitsch. Erklären Sie mir das Gemüse!«
»Wolnows Kopf und die Vorderseite seiner Uniform waren mit Gemüsebrei bedeckt.«
»Erstaunlich! Hat er wie ein Schwein aus einem Trog gefressen?«
Smolka hatte in diesen Minuten keinen Sinn für makabren Humor. Radowskijs Ton empfand er sogar als schmerzhaft. »Es ist denkbar, daß ihm jemand eine Schüssel oder einen Teller mit Gemüse ins Gesicht geworfen hat. Die Haut ist an zwei Stellen aufgeschrammt.«
»Smolka, können Sie sich vorstellen, daß ein sowjetischer Offizier mit Gemüse um sich wirft?! Was wissen Sie von diesem Major Wolnow?«
»Wenig. Man ist dabei, sein Privatleben aufzurollen. Wohnte allein bei einer Witwe. Ein stiller, höflicher Mensch. Keine Affären, keine Frauenbesuche. War ein großer Theaterfreund. Von einer Liebschaft ist nichts bekannt. Aber in der letzten Zeit hat er selten zu Hause geschlafen.«
»Ein ganz Stiller!« sagte Radowskij und lachte trocken. »Das sind die Wölfe, die sich tagsüber als Lamm verkleiden. Setzen Sie da an, Smolka! Ihr Deutschenkomplex trübt Ihnen den Blick. Wird ein Eifersuchtsdrama sein. Erst Suppenteller ins Gesicht, dann ein unglücklicher Schlag ...«
»Genickbruch?« fragte Smolka gedehnt. »Von einer Frauenhand?«
»Ich kenne Frauenhände wie Schraubstöcke, Igor Wladimirowitsch! — Was wollen Sie tun? Wolnows Bild in allen Zeitungen veröffentlichen?«
»Wir werden schweigen«, sagte Smolka. »Großes Aufsehen vertreibt die Täter. Unsicher werden sie aber, wenn nichts geschieht. Sie wissen nicht, wieviel wir wissen.«
»Und was wissen Sie?«
»Nichts!«

»Das ist eine gute Ausgangsbasis«, sagte Radowskij sarkastisch. »Warum sollen ausgerechnet Ihre deutschen Offiziere Major Wolnow erschlagen haben?«
»Ein Zufall, Genosse General. Wolnow traf zufällig auf eine Spur, die ihn alarmierte. Er ging ihr nach, betrat die Wohnung und stand seinen Mördern gegenüber.«
»Sie machen es sich kompliziert, Smolka!« sagte General Radowskij. »Geraten Sie nicht in Panik. Nicht jeder Hundedreck auf Moskaus Straßen ist von den Deutschen ausgestreut, damit wir ausrutschen . . .«
Oberst Smolka bedankte sich, daß Radowskij ihm so geduldig zugehört hatte, und legte auf. Mit Radowskij über Probleme zu reden, war unergiebig. Er kam selbst mit einem eigenen, ihn erdrückenden Problem nicht ins reine: Die Freundschaft Stalins. Wen der Bär umarmt, der muß mit ihm tanzen, sagte ein russisches Sprichwort.
Ob Radowskij manchmal daran dachte?

Nachdem man sich umarmt und verabschiedet hatte, verließen sie einzeln und in Abständen von Minuten das Haus. Milda Ifanowna nahm ihren Einkaufskorb und stellte sich bei einem Fischgeschäft an, wo eine Sendung Stockfisch eingetroffen war. Sepkin ging unterdessen in der Sonne spazieren, setzte sich am Zoo auf die Bank, wo die Babuschkas gesessen hatten, und schielte auf den Busch. Dann erkannte er in einem Mann, dei etwas abseits am Zaun lehnte und eine *Prawda* las, einen Geheimpolizisten und wußte, daß man Wolnows Leiche gefunden hatte. Er erhob sich, ging weiter, blieb am Eingang des Zoos stehen und betrachtete von weitem einen herrlichen Pfau, der auf einer Wiese herumstolzierte und sein Rad schlug, wenn Kinder ihn neckten.
Dann stieg er hinab in die Metro-Station Krasnopresnenskaja und fuhr zurück zur Unfall-Klinik Sklissowski und seinem Verbrennungsofen Nummer 1.
Die erste Zusammenkunft hatte wenig gebracht. Iwanow hatte als einziger eine Pistole und drei Handgranaten erhalten, die anderen hatten die vorhandenen Waffen durchgesehen. Man hatte sich verabredet, nun in dauerndem Kontakt zu bleiben, mit Milda als Zentrale. Jeden Abend sollte ein Lockruf hinausgehen, nicht mehr als eine Anwesenheitsmeldung.

Nur wenn Milda dreimal eine gleiche Zahl nannte, wußte man, daß man sofort zusammenkommen mußte.
Am Abend saßen sie alle wieder bei ihren »Frauchen«, lauschten auf die Nachrichten im Radio und freuten sich über die Siege der tapferen Brüder an den Fronten.
Semjon Tichonowitsch Haller hatte in seinem Walzwerk einen großen Tausch vollziehen können: Er kam mit einem saftigen Bratenstück nach Hause. Seine Frau Antonina Nikitajewna fiel ihm um den Hals, und Wanda Semjonowna sagte stolz: »Unser Väterchen entdeckt immer etwas!«
»Ist zwar nur das Stück einer alten Kuh, und krepiert ist sie auch, aber Danilo Arturowitsch hat mir versichert, sie sei gesund gewesen. Keine Sorge, sagte er, hatte nichts an der Lunge, nichts an der Leber, litt nicht an innerem Fraß. Vor meinen Augen fiel sie einfach um, glotzte mich an und stieß ihren letzten Seufzer aus. Ich sause sofort zum Nachbarn, der ein halber Kuhdoktor ist, er betrachtet sich das tote, liebe Vieh, reißt sein Maul auf, blickt in den Rachen, tritt ihm gegen den Bauch, der rohe Mensch, und stellt fest: Es müssen die Nerven sein! Läuft zurück, schwingt sich auf sein Fahrrad und holt den Genossen Landwirtschaftssekretär. Weiß ich, was man ihm berichtet hat? Er umkreist meine Kuh, sieht, daß sie Schaum vorm Maul hat — beim letzten Schnaufer blies sie ihn heraus —, und putzt sich mit einem Taschentuch die Stirn. ›Sofort begraben, Danilo Arturowitsch‹, sagt er streng zu mir. Steigt auf sein Motorrad, und weg ist er. ›Na, wie ist das gelaufen?‹ fragt mein Nachbar stolz. ›Hab ihm erzählt, das muß eine Abart der asiatischen Rinderpest sein.‹ So schnell ist noch keine Kuh zerlegt worden! Alles gutes Fleisch, alles sauber in den Innereien, nicht das Knötchen einer Krankheit! Eine wahre Gabe Gottes!« Semjon Tichonowitsch holte Luft und sah seine Familie, zu der nun auch schon fast Iwanow gehörte, wie um Beifall heischend an. »Ein guter Mensch, der Danilo Arturowitsch! Ein wahrer Kamerad. Aber, meine Lieben, so schnell ist ein Haller nicht überzeugt. ›Was ist‹, frage ich Danilo, ›wenn nun doch in irgendeinem Eckchen eine böse Krankheit hängt? Verstecken sich gern, die Bazillchen! Warum fällt eine so schöne Kuh einfach um und reckt die Zehen in die Luft? Darüber sollte man nachdenken!‹ Und Daniel antwortete: ›Brüderchen, ist das Fleisch oder nicht? Fiel's vom Himmel oder nicht? Haben wir zuviel davon, oder träumen

wir oft von Fleisch? Wer will da noch lange Forschungen anstellen? Brat es gut durch, so richtig knusprig, knacken muß es, dann hast du auch alle Krankheiten weggebraten!« Haller sah sich im Kreise um. »Wem leuchtet das nicht ein?«
»Ein wunderschönes Stück ist es«, sagte die Haller und trug den Fleischbrocken auf beiden Händen durch das Zimmer, wie einst der Pope das Osterkreuz. »Ein wahrer Sonntagsschmaus!«
»Jetzt wird es gebraten!« schrie Semjon Tichonowitsch. »Jetzt! Bis Sonntag können sich die Bazillen zu einer Armee vermehrt haben! Mütterchen, geschenktes Fleisch soll man nicht in den Vorrat hängen . . .«
Ein gelungener Abend wurde es. Antonina hatte den Braten mit einer Essigsoße verfeinert und mit heißen, aufgequollenen, ehemals getrockneten Kartoffelscheiben garniert. Semjon fraß wie ein Tiger, breit, hemdsärmelig, die Beine gespreizt, ein Kraftprotz, der voll Stolz prahlte, weil er seiner Familie ein so schönes Essen besorgt hatte. Dabei verschwieg er aber, daß er für Danilo Arturowitsch aus dem Werkzeuglager eine Drahtschere geklaut hatte, was in den nächsten Wochen nicht auffallen würde. Es ist nicht nötig, daß Frauen alles wissen, schon gar nicht, was die Größe eines Mannes mindern könnte.
Wanda und Iwanow saßen nach dem Essen Hand in Hand auf dem Sofa, dem Prunkstück der Hallers, wie überhaupt ein Sofa zur Einrichtung eines gediegenen russischen Haushaltes gehört. Zuerst hatte Semjon Tichonowitsch etwas scheel auf seine Tochter geblickt, wenn sie sich so eng an Fjedor Pantelijewitsch drückte und ihn mit Blicken fast auffraß. Aber das schliff sich ab, je mehr die Hallers sich damit abfanden, daß Töchterchen Wanduscha einen Sohn ins Haus gebracht hatte und sichtbar glücklich war. Jetzt war es schon so, daß sie Fedja im Beisein ihrer Eltern küßte, und Semjon stülpte die Unterlippe vor, blickte woandershin und sagte sich, wie jeder Vater, daß es ein wenig weh tut, wenn das Töchterchen einen anderen, völlig fremden Mann liebenswerter findet als den eigenen Papa.
»Gut«, sagte Semjon einmal in der Küche zu Antonina. »Gut! Gut! Er ist hier, er ißt mit uns, er trinkt mit uns, er spielt mit mir Schach, er gibt seinen Lohn ab in die Familienkasse, Wanda verschlingt ihn mit den Augen, und wenn ich weg-

sehe, streicheln und küssen sie sich ... Aber in mein Bett kommen sie nicht! Vaterliebe hat auch ihre Grenzen!«
Bei den Sharenkows gab es über solche Dinge keine Diskussionen. Pawel Ignatiewitsch, der Architekt, war durch Erziehung und Bildung zu erhaben, um solche Dinge zu bereden. Lyra Pawlowna liebte Kyrill Semjonowitsch Boranow, und nur einmal hatten die Eltern ihr Töchterchen ins Gebet genommen, als Boranow Spätdienst machen mußte, weil drei Straßenbahnen durch Motorschaden ausgefallen waren und ins Depot geschleppt werden mußten. Die Erfüllung ihres Solls im Auge, warteten also die Reinigungskontrollen, bis die Wagen einrollten.
»Wollt ihr heiraten?« fragte Sharenkow wie ein Untersuchungsrichter.
»Ja!« antwortete Lyra Pawlowna.
»Warum?«
»Ich kann mir nicht mehr denken, ohne Kyrill zu sein.«
»Eine gute Antwort«, warf Marja Iwanowna, die Mutter, ein. »Das gleiche habe ich vor zweiundzwanzig Jahren meinem Vater gesagt.«
»Andere Zeiten!« sagte Sharenkow. »Ganz andere Zeiten!«
»Aber die Liebe bleibt immer gleich.«
Sharenkow, dessen Architektenideen und Pläne so gigantisch waren, daß selbst die Moskauer Stadtplaner davor zurückzuckten und Sharenkow beschworen, gemäßigter zu denken, verfiel in Nachsinnen, drehte sich eine Zigarette und sagte endlich: »Man muß zugeben: Boranow ist ein anständiger Mensch. Will man mehr in unserer schrecklichen Zeit? Heiratet! Geben wir die Hoffnung nicht auf, daß er nach dem Krieg wieder als Biologe arbeiten und seine künstlichen Besamungen wiederaufnehmen kann.«
Als die Siegesmeldungen im Radio begannen, hatte Sharenkow eine große Karte von Rußland an die Wand geheftet und vom Städtischen Bau- und Planungsbüro kleine Steckfähnchen mitgebracht. Rote Fähnchen für die Rote Armee, gelbe Fähnchen für die Deutschen. Jeden Abend saßen sie dann vor der Karte und steckten die Gebietsgewinne der Sowjets ab, kreisten die Deutschen ein, eroberten Städte, durchbrachen Stellungen, so wie es die Nachrichtensprecher verkündeten. Für Boranow war es eine Seelenqual. Er mußte an der Karte stehen und die Fähnchen stecken, während Sharenkow mit

enthusiastischer Stimme rief: »Näher, mein lieber Kyrill, näher an Minsk heran! Warum zögern Sie bei Bobruisk? Da sind die verfluchten Deutschen umzingelt, da werden wir sie in einem Kessel zusammendrücken! Ha, ist das ein Anblick! Muß man ein starkes Herz haben! Überall unsere roten Fahnen! Kyrill Semjonowitsch, noch zwei rote in Richtung Polozk! Da wird etwas geschehen, da hören wir morgen mehr. Ich spüre es . . .«
Boranow verrichtete schweigend seine Arbeit, steckte die Fähnchen und saß dann mit Pawel Ignatowitsch noch zusammen, für eine Tasse Tee. Meistens ging er hinterher mit Lyra noch durch den milden Sommerabend spazieren, um die Häuserblocks herum, und erst dann konnten sie sich küssen, standen in dunklen Toreinfahrten oder fuhren hinaus zum Kleinen Botanischen Garten, wo es Bänke gab, von Liebespaaren bevölkert, die unter dem gleichen Schicksal litten, einem verträumten, ungestörten Plätzchen im überfüllten Moskau nachjagen zu müssen. Hier, auf einer Bank in einer Buschnische, sagte Lyra Pawlowna zu Boranow: »Wer kann das begreifen? Ich liebe dich! Wie kann man so etwas wie dich lieben?«
»Es ist wirklich unbegreiflich.« Sie küßten sich, aber als Boranow seine Hand über Lyras Brust schob, begann sie zu zittern und krallte die Finger in seinen Nacken. Zwanzig Jahre war sie alt, und nie war bisher ein Mann näher an sie herangekommen als bis zu einer Umarmung beim Tanz. Auch das war selten genug gewesen; in den Komsomolzenhäusern war das Tanzen sofort eingestellt worden, als die Deutschen in Rußland einmarschierten. Dafür exerzierte man mit Gewehren, lernte schießen, übte Handgranaten werfen und bediente leichte Granatwerfer. Das hörte auf, als Lyra Pawlowna ihre Stelle bei der Moskauer Straßenbahn antrat, aber auch hier schlug sie jedem Mann auf die Hände, der sie nach ihr ausstreckte.
»Oh, ich liebe dich«, sagte sie wieder und wurde dabei steif wie ein Brett. Weit waren ihre Augen, mit Angst erfüllt, und doch voll Sehnsucht nach dem Unbekannten, nur Gefühlten. »Kyrill, überall sind Augen . . .«
»Es bleibt uns nur ein Grasbett. Lyranja, unsere Zeit ist so kurz . . .«
Sie nickte, kuschelte sich an ihn, schlang die Arme hinter sei-

nem Rücken zusammen und blähte die Nasenflügel, als Kyrills Hand unter ihre Bluse glitt und sie liebkoste an Stellen, wo es wie elektrische Schläge durch ihren Körper zuckte. Unser Leben ist viel zu kurz, hörte sie Pawel Ignatiewitsch sagen. Manchmal hatte Väterchen einen philosophischen Tag, saß traurig herum, starrte gegen die Wand und ließ weise Sprüche los. Marja Iwanowna ließ dann ihren Mann in Frieden, stickte an einer Decke und spielte die Klagemauer, gegen die Sharenkow seinen Weltschmerz schleuderte. So kurz ist das Leben . . . und erschreckend kurz erscheint es, wenn man sich so liebt wie Lyra und Boranow.

»Such dir ein Zimmer«, flüsterte sie mit jagendem Atem. Ihr Schoß wurde heiß, etwas nie Erahntes begann in ihr zu kreisen. »Wir — wir müssen ein Zimmer haben, Kyrill . . .«

»Tausende suchen ein Zimmer. Man wird mich auslachen bei den Ämtern.«

»Wie soll das werden? Oh, mein Schatz, was soll aus uns werden?«

Sie begann zu zittern, riß Boranows Hand unter ihrem Rock hervor und bedeckte sein Gesicht mit schnellen Küssen, was wie ein Bitten um Verzeihung war.

»Wenn wir heiraten«, sagte sie, »bekommen wir ein eigenes Zimmer. Vater wird dafür sorgen. Im Planungsausschuß sitzen viele maßgebende Genossen. Wir heiraten doch?«

»Ja!« sagte Boranow. Er drückte Lyras Kopf an sich und blickte über ihr Haar in den stillen Park. Alle Bänke waren besetzt mit engumschlungenen Paaren. »Ja, wir heiraten — wenn die Zukunft uns gnädig ist.«

Die Aussichten waren jetzt gering geworden. Iwanow hatte versprochen, zu versuchen, Boranow in die Einschalbrigade hinüberzuholen. Zu zweit war es sicherer, Stalin gegenüberzutreten.

Sepkin rutschte an diesem Tag in einen Glücksfall hinein. Auf der Metro-Station Kolchoznaja war ein schrecklicher Unfall geschehen: Eine junge Frau stolperte, stürzte auf die Gleise, suchte nach beiden Seiten Halt, faßte eine alte Frau und einen bärtigen Mann, riß sie mit, und als sich zwei Mutige auf die Schienen stürzten, um das Menschenknäuel wegzureißen, fuhr der Zug ein. Wer kann da noch rechtzeitig bremsen?! Es

war nicht mehr viel zu retten von diesen fünf Menschen. In der Unfall-Klinik versuchten die Ärzte alles, amputierten abgequetschte Beine und Arme, nähte aufgeschlitzte Körper zusammen ... Nur zwei der Armen überlebten, für immer Krüppel.
Sepkin an seinem Ofen I bekam Arbeit. Auf einem Wägelchen rollte OP-Helfer Radolow einen Kübel voll OP-Abfälle durch den Gang zu seinem neuen Freund und hängte ein kurzes Schwätzchen dran. Von dem Unglück erzählte er und von dem Rätsel, wie Menschen noch leben konnten, die eine Metro so zugerichtet hatte. »Ein nettes Frauchen«, sagte er. »War schwanger im dritten Monat. Wird wohl der Grund gewesen sein, warum ihr plötzlich schwindlig wurde. Ist schon ein Jammer, Piotr Mironowitsch, was einem im OP so alles unter die Hände kommt.«
Sepkin zog seine Gummihandschuhe an, band die Gummischürze um und schob den Kübel zu seinem Ofen. Er war voll aufgeheizt; die Überreste vom Vormittag hatte Sepkin vor einer Stunde in die Aschenkammer gekarrt. Nur ein Zufall war es, daß er beim Umfüllen in die Brennkammer die Männerhand sah. Etwas blitzte an ihr, und da es nicht normal ist, daß eine amputierte Hand Strahlen versendet, holte Sepkin mit einem eisernen Schieber die Hand näher an sich heran. Es war ein Ring. In der Eile der Operation mußte man ihn übersehen haben, er war als Amputationsstück in den OP-Eimer gefallen und dann bei ihm gelandet. Ein schöner Ring. Golden, mit einem dunkelblauen Stein, geschliffen wie ein Saphir.
Sepkin überwand einen Anfall von natürlicher Übelkeit, packte die Hand mit einer Zange und trug sie zu dem gekachelten Becken. Dort ließ er sie hineinfallen, lief zum Ofen zurück, verriegelte die schwere Eisentür und öffnete das Ventil. Glühende Hitze strömte in die Brennkammer, trocknete die Überreste aus und ließ sie zu Staub zerfallen.
Es dauerte eine Weile, bis es Sepkin gelang, Luka Antipowitsch Puschkin zu erreichen. Man fand ihn in Zimmer 317, das gar nicht zu seiner Station gehörte. Aber auf 317 lag ein Funktionär der Zentralen Brennstoffkontrolle. Er hatte sich den Arm gebrochen, als er im Garten seiner Datscha Kirschen pflücken wollte. So hieß es ... Eingeweihte sagten schlicht, er sei wie ein besoffenes Schwein gegen eine Mauer gerannt.

Aus welchem Grund, wußte niemand. Immerhin ist ein solcher Funktionär ein wichtiger Mann, vor allem, wenn man an den kommenden Winter denkt. Und Puschkin saß nun voller Vorsorge bei ihm, schnitt ihm ein Butterbrot mit Käse in kleine Häppchen und reichte sie ihm. Die Krankenschwestern waren machtlos. Puschkin brüllte sie an, als sei er der Zar aller Moskauer Kliniken.
»Was ist, Piotr, mein Söhnchen?« fragte er. Jelenas Liebe zu Sepkin erwärmte auch sein Herz. Zwar überflutete ihn Traurigkeit, wenn er sich seine Jelenuschka in den Armen Piotrs vorstellte, denn das war ja, vom väterlichen Standpunkt aus, nahezu eine todeswürdige Entweihung, aber er sah doch auch, wie glücklich die beiden waren, und daß der Himmel anscheinend den richtigen Mann ins Haus geschickt hatte.
»Komm herunter!« sagte Sepkin. »Ich habe etwas.«
»Ich auch!« rief Puschkin zurück. »Es ist vorbei mit dem Frieren im nächsten Winter.«
»Etwas Wertvolles, Luka Antipowitsch. Das mußt du sehen!«
Puschkin versprach, zum Ofen I zu kommen, fütterte seinen Funktionär noch zu Ende und stieg dann hinab zu Sepkin.
Wortlos führte Piotr Mironowitsch den gespannten Puschkin zu der gekachelten Wanne und zeigte hinein.
»Oje!« sagte Puschkin ergriffen. »Das sollte man nicht verbrennen.«
»Deshalb habe ich dich gerufen.«
»Ein wertvoller Ring, sag?«
»Gold, und wenn ich mich nicht täusche . . . ein blauer Saphir.«
»Dem Mann mit dem Bart muß er gehört haben. Hat's nicht überlebt, der Gute. Ein so schöner Ring!«
Er wollte zu der Hand greifen, aber Sepkin hielt ihn fest.
»Nicht ohne Gummihandschuhe, Luka!« sagte er.
»Ha!« Puschkin schüttelte sich. »Mir das! Mir das! Mir das! Wie lange bin ich Krankenpfleger, he? Habe schon Tote weggetragen, da krähtest du noch in den Windeln! Nicht eine Infektion bisher, Söhnchen! Nicht ein Hauch von Sepsis! Ein immuner Mensch bin ich, das solltest du wissen!«
Er griff in die Wanne, holte die amputierte Hand heraus, zog den Ring vom Finger und hielt das Schmuckstück hoch gegen die Deckenlampe. Dunkelblau leuchtete der Stein in der goldenen Fassung.

»Ein Saphir«, sagte Sepkin. »Ohne Zweifel. Ein Prachtstück! Der ist etwas wert.«
Der Fortgang dieses Glücksfalls ist schnell berichtet: Puschkin lauerte den herbeigerufenen Hinterbliebenen auf, versicherte sein Beileid, weinte mit ihnen an der Bahre des bärtigen Toten, dem man nicht die Hände gefaltet hatte, weil ja eine Hand fehlte, und erfuhr mit tiefer Befriedigung, daß das liebe Großväterchen der pensionierte Direktor der Konservenfabrik »Fortschritt« gewesen war. Auf seinen Rat und seine Erfahrung hatten seine Nachfolger bis heute gehört; ein riesiges Begräbnis würde das geben.
Puschkin war so voll Mitleid, daß er wartete, bis die Witwe und der älteste Sohn allein vor dem Aufgebahrten standen. Dann erzählte er von der Rettungsaktion; von dem Ring, den — so schilderte Puschkin dramatisch und augenrollend — sein Schwiegersohn Piotr unter Einsatz seines Lebens aus den Flammen gezerrt hatte. Er zeigte den Ring, den Witwe und Sohn sofort erkannten, worauf sie, mit Puschkin, noch einmal in Tränen ausbrachen.
»Ein Glückstag!« rief Puschkin später nach Dienstschluß. Sepkin wartete auf ihn in der Eingangshalle. »Ich gestehe es; Jelena ist bei dir in den besten Händen. Du hast begriffen, wie man eine Familie ernähren kann. Keine Not haben wir mehr, Söhnchen! Ein Karton Konserven jeden Monat ist uns sicher. Geschworen haben sie's und dabei das bärtige Väterchen angeblickt!«
Schon am nächsten Morgen machte sich Puschkin auf den Weg, die ersten Konserven einzutreiben.

Die Tscherskasskaja hatte ihr Wort gehalten: Aus der Kleiderkammer der Miliz brachte sie eine Uniform mit. Auf dem Bett breitete sie den Raub aus, umarmte den kleinen Plejin, nannte ihn wie immer »Mein Adlerchen«, riß sich fast die Kleider vom Leib und liebte Plejin neben der Uniform. Ihre sphärische, singende Stimme hätte in diesen Minuten Sterne zerplatzen lassen können, so wie es Stimmen geben soll, bei deren Klang Gläser zerspringen.
Der kleine Plejin ertrank in Lust und Wonne. War es schon unbegreiflich, daß er die tödliche Gefahr der Milizstreife überstanden hatte, so erschien es ihm von Tag zu Tag unfaß-

barer, daß er mit einer Frau zusammenlebte, von der es in dieser wilden Schönheit nur ein Exemplar auf der ganzen Erde geben konnte. Nicht satt sehen konnte er sich an ihrem glatthäutigen Körper, der überall, wo man Rundungen erwartete, mit seinen festen Polstern jeden Wunsch übertraf, und wenn er in ihre schräg gestellten Augen blickte, in denen sich die Glut zu Bündeln sammelte, wenn ihre Lippen sich öffneten und die Reihe der kleinen weißen Zähne aufleuchtete, dann breitete er die Arme aus und war bereit, sich widerstandslos von diesem herrlichen Raubtier zerfleischen zu lassen.
Ein unbeschreibliches Gefühl war es, als Plejin die Uniform zum erstenmal anzog. Sie trug die Rangabzeichen eines Sergeanten, war ein wenig zu groß, was man aber mit ein paar Abnähern leicht beheben konnte, und veränderte Plejin vollkommen.
Er starrte in den Spiegel und mußte krampfhaft lächeln, als hinter ihm die Tscherskasskaja erschien in üppiger Nacktheit und die Arme um ihn legte. So sahen sie sich im Spiegel: die Herrliche und der lebende Tote.
»Niemand wird dich mehr anhalten, keiner wagen, dich zu fragen!« sagte sie mit ihrer bis ins Mark dringenden Stimme. »In dieser Uniform kannst du hingehen, wohin du willst. — Bist du zufrieden, mein Adlerchen?«
Plejin nickte. Worte hingen ihm jetzt im Halse fest. Welche Möglichkeiten, dachte er. Man kann es noch gar nicht denken! Wenn Stalin den Kreml verlassen würde, konnte er sich unter die Bewachung mischen, konnte sich vordrängen als Schutz für den großen Genossen, konnte ihm so nahe kommen, daß ihn keiner mehr aufhielt, wenn er schießen würde.
Die Tscherskasskaja küßte seinen Nacken, strich mit beiden Händen über seine Brust und lachte ihn durch den Spiegel an.
»Willst du sie gleich anbehalten?« fragte sie. »Sollen wir eine Probe machen?«
Eine Probe für den Tod, dachte Plejin, und wieder kroch eine kindliche Angst in ihm hoch. Ljudmila Dragomirowna, wie glücklich bist du. Wenn du wüßtest, was du mit dieser Uniform ins Haus gebracht hast.
Sie fuhren bis zum Armenia-Prospekt, dorthin, wo der stärkste Verkehr um diese Zeit durch die Straßen flutete, stellten sich an die Ecke des Tretjakovskij-Prospekts und lachten sich

an. Plejin war es elend zumute; die Uniform lag auf ihm wie ein Eisenpanzer.
»Versuch es!« sagte Ljudmila Dragomirowna und drückte Plejin verstohlen die Hand. »Du bist ein Sergeant. Du kannst sie alle beherrschen . . .«
Plejin nickte. Er ging über die Straße, stellte sich auf die Kreuzung und hob die Hand. Die Autos bremsten und warteten geduldig, eine Schlange bildete sich bis zu dem Vorgarten des Bolschoi-Theaters, aber niemand hupte, niemand fragte . . . Ein Sergeant der Miliz sperrte die Straße, also mußte es einen Sinn haben.
Plejin ließ den Arm sinken und drehte sich weg. Umrauscht von Autos, wartete er, bis sich der Verkehr normalisiert hatte, und ging dann zu der Tscherskasskaja zurück. Ihre schrägen Augen glitzerten.
»Hast du Angst gehabt?« fragte sie.
»Nein. Es war wundervoll!« Plejin schluckte. Sie stiegen in Ljudmilas Dienstwagen, und wer jetzt, als ferner Zuschauer, noch Fragen hätte stellen mögen, verzichtete wohl darauf mit der Überlegung, daß manches geschieht auf der Welt, was auch durch Erklärungen nicht besser wird.
Sie fuhren nach Hause, zogen sich aus und liefen nackt herum, wie sie es sich angewöhnt hatten. Dann lagen sie nebeneinander auf dem Bett, hörten Musik, lasen die Zeitungen und tasteten ihre Körper ab.
Es war ein Glück um sie, so unwirklich, daß sie es festhalten wollten, indem sie sich aneinanderklammerten.

Petrowskij war an diesem Abend nicht zu Hause. Er, das Großmaul, der jede Situation mit frechen Worten entschärfte, litt an einem inneren Überdruck, den er Larissa Alexandrowna nicht erklären konnte.
Wie immer waren sie vom Traktorenwerk zusammen nach Hause gefahren, aber Petrowskij war bedrückt. Den ganzen Nachmittag hatte er daran zu tragen gehabt, daß vier von ihnen Moskau nicht erreicht hatten. Was keiner bei ihm für möglich gehalten hätte: er wickelte sich in Trauer ein, dachte an die Tage in Eberswalde, an die fröhlichen Abende, an die Gespräche mit dem musikbesessenen Kraskin und dem jungenhaften Tarski, an den Abschied vor der Abfahrt zu den

Flugstützpunkten, wo ihre Fallschirme warteten. Jedem war damals klar gewesen, daß es kaum eine Rückkehr geben würde — aber die Gewißheit, daß es den Freund getroffen hat, muß von der Seele erst bewältigt werden.

»Einen Besuch machen wir heute«, sagte Petrowskij, als sie auf dem Umsteigebahnhof der Metro warteten. »Larissa, fahren wir zu Dr. Speschnikow.«

»Bist du krank?« fragte sie und bekam runde Augen. »Luka, oh, Gott, nein, merkst du wieder den Ulcus?«

Er schüttelte den Kopf. »Ich brauche ihn jetzt, mein Schwan.«

»Also bist du doch krank? Leugne es nicht! Ihr Männer wollt es immer nicht wahrhaben, wenn ihr krank seid. Nur nicht ins Bett, wenn keine Frau drin liegt! Nur keine Medizin! Oh, Liebling, hast du Schmerzen?«

»Ich bin gesund«, sagte Petrowskij. »Glaub es mir, Larissa.«

»Du bist ein Ulcus . . .«

»Es hat sich eingekapselt. Rieche ich noch aus dem Mund wie eine Jauchenkuhle?«

»Nein.«

»Ist das kein Beweis?« Petrowskij legte den Arm um Larissas Schulter. Sie zittert, dachte er glücklich. Sie hat Angst um mich. Meine kleine, zärtliche Frau ist sie. Große Pläne macht sie schon für die Zeit nach dem Krieg. Eine Holzhütte mit einem Gärtchen, damit die Kinder am Sonntag nicht mehr im steinernen Hof des Hauses spielen müssen. Gemüse will sie ziehen und Kirschen und Beerensträucher. Sonnenblumen, so groß wie Wagenräder. Oh, Larissa, wenn es keinen Stalin gäbe . . .

»Dr. Speschnikow ist ein guter Freund. So allein ist er . . . Man sollte ihn ab und zu erheitern. Warum nicht heute?« sagte er. »Du mußt ihm dankbar sein. Ohne ihn hätte ich dich nie getroffen.«

Im Petrowskij-Krankenhaus, Nachtwache II, war die Tür verschlossen. Der Portier des Krankenhauses Nummer 13, ein bekannt unhöflicher Mensch mit schiefer Nase, was manche schon als eine Warnung der Natur betrachteten, erinnerte sich gut an den magenkranken Luka Iwanowitsch und ließ es auf einen neuen Streit mit diesem Irren nicht ankommen. Er gab den Weg zu Dr. Speschnikow frei, blickte Petrowskij und dem schmucken Weibchen an seiner Seite mit finsterer Miene nach und suchte nach einer Erklärung, wieso ein so seltenes

Exemplar von Verrücktheit ein so freundliches Mädchen an sich fesseln konnte.
Mehrmals mußte Petrowskij an die Tür klopfen und an der Klinke rütteln, bis Speschnikows Stimme ertönte.
»Ruhe!« brüllte er. »Ab zu Wachraum I! Keine Störung mehr!«
»Machen Sie auf, Genosse Doktor!« schrie Petrowskij gegen die Tür. »Besuch für Sie persönlich.«
»Wer ist da?« Drinnen fiel ein Stuhl um. Petrowskij lächelte breit. Der Wodka hatte ihn wieder, den Doktor. Mein liebster Speschnikow, nur Selbstbetrug ist es, sich einzunebeln, aber heute, verdammt will ich sein, heute könnte ich ein Faß aussaufen, und ich würde noch immer nach innen weinen . . .
»Wie ist der Name?« brüllte Dr. Speschnikow. Er war jetzt nahe der Tür.
»Ulcus ventriculi . . .«
»Ich höre Engel singen!« Speschnikow riß die Tür auf und breitete die Arme weit aus. Er schwankte bedrohlich und wirkte sehr alt und eingeschrumpft. »An mein Herz, verfluchter Bube! Wie oft habe ich an dich gedacht . . .«

3. Juli 1944
Das Oberkommando der Wehrmacht gibt bekannt:
Im Mittelabschnitt der Ostfront wurden westlich Ssluzk starke Angriffe der Bolschewisten in harten Kämpfen abgewiesen. Im Raum von Ossipowitschi und an der mittleren Beresina setzten sich unsere Divisionen in erbitterten Kämpfen mit dem nachdrängenden Feind in den Raum um Minsk ab. Südwestlich Polozk scheiterten von Panzern und Schlachtfliegern unterstützte Angriffe der Sowjets bei Glubokoje. Um die Stadt Polozk wird erbittert gekämpft . . .

Duskow saß, nach vorn gebeugt, in einem Sessel und hörte die deutschen Nachrichten. In der Küche klapperte Anna Iwanowna mit Tellern, es roch nach geschmorten Gurken, eines der Gerichte, die sie besonders gut kochte, denn bei geschmorten Gurken muß man aufpassen, daß sie nicht zu hart bleiben und nicht zu weich werden. Und auch auf die Füllung kommt es an! Nicht jeder konnte Hackfleisch so würzen wie die Pleskina.
»Was sagen sie?« rief sie aus der Küche.
Duskow hob denKopf. »Ich verstehe nichts!« rief er zurück.
»Deutsch ist es! Schon wieder hast du den verfluchten Nazisender an!«

Sie kam aus der Küche, schüttelte ihr schwarzes Haar und leckte einen Holzlöffel ab, mit dem sie in den geschmorten Gurken gerührt hatte. Das tat sie immer beim Kochen — sie probierte so gerne, daß sie später am Tisch schon fast satt war und um so mehr Zeit hatte, Leonid Germanowitsch beim Essen zuzusehen und sich zu freuen, wie gut es ihm schmeckte.
Aus Berlin ertönte eine angenehme, das Interesse sofort fesselnde Stimme. Sie verlas einen Artikel, der die allgemeine Lage schilderte, die Notwendigkeit der taktischen Frontverkürzungen und den unerschütterlichen Willen des Führers herausstellte, diese schwere Prüfung in Kürze wieder zu einem glorreichen Sieg umzuwandeln.
»Nie war die stählerne Kraft unseres Volkes deutlicher als jetzt, und nie war der Glaube an den Führer stärker, weil jeder, der Mann hinterm Pflug und der Mann an der Werkbank, sicher sein kann, daß der rote Sturm gebrochen wird und unsere tapferen Soldaten dem Bolschewismus den Todesstoß versetzen werden.«
Das ist Hans Fritzsche, dachte Duskow. Jeden Samstag haben wir ihn gehört, wenn er Goebbels' Leitartikel im *Reich* der ganzen Nation vorlas. Millionen saßen dann vor den Volksempfängern, und wenn die Lesung beendet war, breitete sich das Gefühl großer Zufriedenheit aus. Ein Volk wurde sich Samstag für Samstag bewußt, in welch geschichtlich großer Zeit es lebte, und daß es von der Vorsehung den Auftrag erhalten hatte, die Welt zu verändern. Zwar nannten viele diese Leitartikel-Sendung »Hinkefüßchens Märchenstunde«, in Anspielung auf Goebbels' Klumpfuß — aber man sagte das unter sich, mehr als Spaß, kaum als ernste Kritik. Man saß da, hörte zu, nahm es hin und bewunderte des kleinen Doktors Sprachgewalt. Die Masse des Volkes war in politische Lethargie versunken; der Führer dachte für sie alle.
Duskow demonstrierte abwehrende Langeweile. Er blätterte in der Zeitung, hörte aber gespannt auf Hans Fritzsche, blickte dann wieder bittend zu Anna Iwanowna, die ihren Kochlöffel an die Lippen gelegt hatte, und rief einmal dazwischen:
»Fürchterlich! Meine Ohren schmerzt es! Welch eine barbarische Sprache, dieses Deutsch!«
»Wenn du sie erst verstehen könntest . . .« Die Pleskina setzte sich neben Duskow auf die Sessellehne und zeigte mit dem

Kochlöffel auf das Radio. »Jetzt sagte er, Deutschland habe Rußland schon fast besiegt! Das muß man sich anhören! Fast sollte man Mitleid haben mit den Deutschen.«
»Warum?« Duskow neigte den Kopf. Die Verlesung war beendet. Ein anderer Sprecher sagte: »Es sprach Hans Fritzsche.« Also doch, dachte Duskow, ich habe mich nicht geirrt. Welch ein Gefühl, in Moskau als unerkannter deutscher Offizier, an der Seite der schönsten Frau, so etwas zu hören.
»Die Deutschen glauben das alles!« sagte die Pleskina. »Sie hören es und glauben fest daran, daß sie Rußland vernichten können.«
»So wird es sein!« sagte Duskow. Er beugte sich vor, schaltete auf Radio Moskau um und stellte leiser. Schon wieder Marschmusik.
»Sie werden dafür büßen müssen.«
Duskow atmete tief durch.
Er blickte zu Anna Iwanowna hinauf und tippte gegen ihren hölzernen Kochlöffel.
»Was kümmert's uns?« fragte er. »Sind die Deutschen auch nur einen Gedanken wert? Lauf zu deinen Gurken! Brennen sie nicht an? Das ist viel wichtiger . . .«
Nach dem Essen hörten sie Wagner von Schallplatten. »Lohengrin« — »Tannhäuser« — »Die Meistersinger von Nürnberg«. Aufnahmen von Furtwängler und Toscanini. Duskow hatte die Hände gefaltet, das Kinn darauf gestützt und war im Sessel nach vorne gerutscht. Die Augen hielt er geschlossen, in sein für einen Mann fast zu schönes Gesicht hatten sich an den Mundwinkeln tiefe Falten eingegraben.
Duskow blutete nach innen. Du schönes Deutschland, dachte er. Was wird aus dir werden? Was machen sie aus dir? Gott im Himmel, wie soll das weitergehen?
Anna Iwanowna hockte zu seinen Füßen auf dem Fußboden und hatte ihren Kopf auf seinen Schenkel gelegt. Dieser in die Nacht übergleitenden Abendstunde, in der das Zimmer nur von einer Kerze erhellt wurde und die Musik allein den Raum ausfüllte, galt ihre Sehnsucht den ganzen Tag über. Darauf freute sie sich, ihr lebte sie entgegen: Mit Leonid Germanowitsch allein zu sein, ihn zu fühlen, ihn atmen zu sehen, seine Stimme zu hören, die Zärtlichkeit in seinen Händen und aus seinen Lenden zu ahnen, bis die Nacht zum Geschenk, zur Er-

füllung wurde — und um sie herum der Rausch von Tönen, der Gedachtes, Erfühltes, Unaussprechliches Wirklichkeit werden ließ.

»Warum Wagner?« fragte Duskow. Die Pleskina blickte zu ihm hoch. Eine fremde Stimme, in Klage eingebettet, wie mit Tränen durchsetzt.

»Seine Musik kann mich betäuben«, antwortete sie.

»Er ist ein Deutscher.«

»Beethoven und Bach auch.« Sie schlang den Arm um seine Beine und drückte ihren Kopf in seinen Schoß. »Was ist bloß aus den Deutschen geworden, die solche Musik schreiben konnten . . .«

Duskow schwieg. Seine Mundwinkel zuckten, aber das sah Anna Iwanowna nicht. O könnte ich jetzt schreien, dachte Duskow. Könnte ich doch aufspringen und irgend etwas zerschlagen. Könnte ich doch diesen Druck loswerden, der mich abwürgt.

Im fernen Land, unnahbar euren Schritten
liegt eine Burg, die Monsalvat benannt . . .

Lohengrin. Gralserzählung. Die Stimme von Franz Völker. Der Ausflug der Familie des Freiherrn von Baldenow nach Berlin. Gewohnt wurde standesgemäß im Hotel Adlon. Pflichtbesuch: Die Staatsoper Berlin. Mama im langen Seidenen, Papa mit Ordensbändchen im Knopfloch. 1914—1918. Bis zum Oberst hatte er es gebracht, dann unterbrach die Revolution seine Karriere. »Diese ehrlosen kommunistischen Lümmel! Diese Sozi-Brut!« Originalton Freiherr von Baldenow bei politischen Diskussionen mit seinen Kindern. Damals war es »Fidelio« von Beethoven. Und heute ist es »Lohengrin« . . .

»Stell es ab!« sagte er heiser. »Bitte, Anuschka, stell ab! Leg einen Walzer auf, eine Operette, ein Sauflied, alles . . . nur nicht mehr diese Musik. Nicht heute . . . Bitte, Anuschka!«

Sie sprang auf, stellte das Grammophon ab, lief zu Duskow zurück und beugte sich über ihn.

»Müde bist du«, sagte sie zärtlich und streichelte sein Gesicht. »Laß uns schlafen.« Sie feuchtete die Fingerspitzen an und strich mit ihnen über die scharfen Falten an seinen Mundwinkeln. »Wegbügeln werde ich sie. Was wollen sie von dir, die Falten?« Ihre Lippen tasteten sich über seine Augen und seinen Mund. »Wie ich dich liebe«, sagte sie mit kleinen, schnel-

len Atemstößen. »Kein Wort kann es audrücken, keine Sprache reicht aus . . .«
»Könnte ich nie mehr etwas von Krieg hören, nie mehr an einen Krieg denken!« Er hielt ihren Kopf fest und preßte ihn an seine Schulter. »Anuschka, wäre das schön . . .«

In der Nacht zirpten die Funksprüche zu Milda Ifanowna. Keine Worte, keine Buchstaben, nur die Erkennungsziffer. Die Anwesenheitsmeldung.
Duskow, Plejin und Sepkin saßen auf der Toilette und gaben ihr Zeichen durch. Die Absätze ihrer Schuhe waren abgedreht und wurden zum Funkgerät.
Boranow hatte sich in den Nachtdienst geflüchtet, wartete im Depot auf die letzte Straßenbahn und funkte ungestört in einem leeren Wagen.
Petrowskij und Iwanow waren die ersten, die sich meldeten, am Ende ihrer Arbeitszeit. Iwanow hockte hinter einem Stapel Schalbretter und bewunderte seine eigene Frechheit, aus dem Kreml zu funken. Petrowskij suchte sich einen Platz im Ersatzteillager der Traktorenhalle III. Zwischen den Regalen voller Motorteile war er ziemlich sicher.
Und immer antwortete Milda Ifanowna mit einem schnellen »Zero«.
Zero . . . das heißt o . . . ist ein Nichts . . . Heißt: Warten . . . Warten auf Stalin.

4. Juli 1944
Das Oberkommando der Wehrmacht gibt bekannt:
An der mittleren Ostfront hat die Härte der Kämpfe weiter zugenommen. Westlich Ssluzk wechselten feindliche Angriffe mit unseren Gegenangriffen. Der bis an die Bahnlinie Baranowicze–Minsk vorgedrungene Feind wurde von unseren Panzerdivisionen in schneidigem Gegenangriff unter hohen blutigen Verlusten zurückgeworfen.
Bolschewistische Panzerkräfte drangen in Minsk ein und stießen weiter nach Westen vor. Südöstlich der Stadt leisten unsere Verbände den von allen Seiten anstürmenden Sowjets erbitterten Widerstand und kämpfen sich nach Westen zurück. Bei Molodeczno wurden feindliche Angriffsspitzen im Gegenstoß zurückgeworfen.
Im Raum westlich Polozk schlugen unsere Truppen an der Düna wiederholte Angriffe der Bolschewisten ab. Die Stadt wurde nach wechselvollen Kämpfen aufgegeben . . .

So geschickt, so lyrisch, so heldenmütig kann man riesige Gebietsverluste, Einkesselungen, verzweifeltes Sichdurchschlagen, Untergänge von Divisionen, tausendfaches Sterben und die Erkenntnis vom Ende umschreiben!
Die russische Sturmflut brandete über das Land. Ein Naturereignis war es — unaufhaltsam wie ein tobendes Meer.
Nur die Deutschen erkannten es nicht.

Mit Stalin privat zu sprechen, von Mensch zu Mensch — wie man so sagt —, war nur wenigen vergönnt. Wer kannte denn den Menschen Stalin, der so selten in seiner Datscha herumlief, auf einer Bank aus Birkenknüppeln saß, seine Pfeife rauchte, mit seiner Tochter Svetlana spielte oder unter einer Lampe hockte und Bücher las? Der Mythos des Mannes, dessen Leben der Kreml, dessen Herz Rußland, dessen Denken der Sozialismus und dessen Liebe sein Volk war, hatte sich so fest in das Gemüt der Russen gepflanzt, daß sie mit offenem Mund gestaunt hätten, wenn sie den anderen Stalin jemals gesehen haben würden.
Ein unfaßbares, grausames Märchen wäre es gewesen, ein Blick in einen von Mißtrauen umzäunten Garten, durch den ein Mensch irrte, der selbst die Sonnenstrahlen zu Verrätern stempelte.
Wie es General Radowskij gelang, in diesen alles hassenden Menschen einzudringen und von Oberst Smolkas ungeheuerlichem Geheimnis zu berichten, bleibt ein Rätsel — wie so manches unerklärbar ist, was Stalins inneres Wesen verdeckte.
Oberst Smolka jedenfalls bekam sofort schweißige Handflächen, als Radowskij ihn im NKWD-Gebäude anrief und mit geradezu pervers gleichgültiger Stimme sagte:
»Morgen um 23 Uhr. Ich erwarte Sie vor dem Haus und führe Sie zu dem gesperrten Nebenausgang.«
»Um 23 Uhr?« wiederholte Smolka. Er fuhr sich mit der Hand durch sein kurzgeschnittenes Haar und merkte, daß er sogar auf der Kopfhaut schwitzte. »Eine ungewöhnliche Zeit, Genosse General.«
»Das Phänomen der herrschenden Genies! Cäsar und Napoleon, Hitler und Stalin kommen mit zwei bis drei Stunden Schlaf aus. Warum die Natur ihnen auch noch die Nachtstun-

den zur Macht schenkt — fragen Sie im Himmel oder in der Hölle an, Igor Wladimirowitsch.«
»Sie nennen Hitler ein Genie?«
»Warum nicht? Alles die menschliche Vorstellungskraft Übersteigende ist genial. Auch vernichtender Machtwahn kann genial sein. Sie sollten die gefangenen deutschen Generale fragen, Smolka. Ich habe einen gefragt, gestern noch, einen General, den wir im Kessel von Mogilew aufgriffen. Wie Kinder, denen man das Weihnachtsgeschenk weggenommen hat, sitzen sie herum. Der Führer war ihr Lebensbaum. Ist das nicht genial?«
»Ich werde um 23 Uhr vorfahren«, sagte Smolka. Seine Handfläche rieb er an der Hose ab. »Wie ist es mit der Torwache?«
»Sie hat Befehl, zwei Wagen des NKWD durchzulassen, ohne Kontrolle. Nur Sie müssen sich ausweisen, das genügt dann. Ein Hauptmann Soliakow ist der Diensthabende.«
»Und wenn er die drei Doppelgänger sieht?«
»Hauptmann Soliakow wird übermorgen früh zur Front abgestellt. Er übernimmt ein Sonderkommando . . .«
Oberst Smolka legte auf. Er kannte Soliakow nicht, aber er bedauerte ihn zutiefst. Schweigen ist eine kränkelnde Sache; für sie muß man Opfer bringen.
Am Abend rief Smolka noch einmal General Radowskij an. »Was wird Stalin tragen?« fragte er. »Es wäre wichtig, das zu wissen.«
»Er wird seine Uniformjacke tragen, wie üblich.«
»Und er ist auf alles vorbereitet?«
»Ich möchte meinen Lebensabend gemütlich auf dem Land verbringen«, sagte Radowskij säuerlich. »Mit Land meine ich nicht Sibirien . . .«
Es war alles aufs beste organisiert, als Smolka eine Viertelstunde vor seinem großen Auftritt am Spasskij-Turm hielt und Hauptmann Soliakow an den ersten schwarzen Wagen herantrat. In ihm saß neben dem Fahrer, einem jungen Leutnant des NKWD, der etwas fahle Smolka und hielt seinen Sonderausweis aus dem Fenster. Dabei betrachtete er Soliakow, der im hellen Licht der Durchfahrt stand und peinlich genau das Papier studierte. Morgen früh bist du schon auf dem Weg des Vergessens, dachte Smolka! Hast du Weib und Kinder, einen stolzen Vater, eine liebende Mutter? Umarme

sie morgen noch einmal und zieh sie an deine Brust. Ein Abschied für lange ist's ...
Die sonst am Spasskij-Turm so zahlreiche Kremlwache war eingezogen und wartete im Wachlokal. Nur Soliakow allein hatte jetzt die Verantwortung. Er gab den Ausweis an Smolka zurück, blickte deutlich desinteressiert, wie man es ihm geraten hatte, über den zweiten Wagen hinweg und winkte, man solle weiterfahren.
Die Fenster des zweiten Wagens waren mit Tüchern verhängt. Im Fond saßen nebeneinander drei stämmige Männer in einer vereinfachten Marschallsuniform. Zwischen Vorder- und Hintersitzen hatte man eine Sperrholzwand eingezogen, so daß durch die Frontscheibe kein Lichtstrahl nach hinten fiel. Auch der Fahrer des zweiten Wagens, ein Unterleutnant des NKWD, wußte nicht, was sich hinter ihm auf den Polstern herumdrückte und wen er fuhr. Er hatte sich erst hinter das Lenkrad setzen dürfen, als die Fahrgäste längst eingestiegen waren, und er hatte den Befehl, sich sofort außer Sichtweite zu begeben, wenn man vor dem Ministerrats-Gebäude halten würde.
Die Wagen fuhren langsam an dem »Ministerrat« vorbei, längs der Parkanlage vor dem Haupteingang mit dem Obelisk des Kreml-Kommandanten, und hielten an der Auffahrt. Dort stand völlig allein, als warte er auf die letzte Straßenbahn, General Radowskij. So ganz und gar einsam vor dem Riesengebäude, wirkte er geradezu erbärmlich, wie erdrückt von der Nacht und den ihn umgebenden gewaltigen Steinhaufen, in denen Rußlands Geschichte und Schicksal eingemauert waren.
Radowskij stieg zu Smolka in das erste Auto, klopfte ihm auf die Schulter und sagte: »Weiterfahren in Richtung Nikolski-Turm. Um das Haus herum und an der inneren Kremlmauer entlang. Ich sage dann halt!«
Smolka nickte. Er hatte sich für härter gehalten, für den Inbegriff geballter Nervenkraft, für einen Gemütsbullen, den nichts zur Seite warf. Jetzt, in diesen Augenblicken, da sie um den »Ministerrat« herumfuhren und an einer kleinen Tür gegenüber der Kremlmauer mit den Ehrengräbern der »Unsterblichen« hielten, spürte er seinen Herzschlag bis in den Gaumen, und das Klopfen des Blutes drückte gegen seine Augen.

»Da sind wir!« sagte Radowskij mit teuflischer Gemütlichkeit. Hinter ihm kreischte die Bremse des zweiten Wagens. Der Unterleutnant sprang heraus, stand stramm und stammelte eine Entschuldigung. Smolka nickte wortlos. Wenn *ich* schon innerlich zerfließe . . . dachte er. Er winkte ab, der junge Offizier vollführte eine Kehrtwendung und lief dann die Kremlmauer entlang, bis er in der Dunkelheit verschwand. Erst am Senatsturm blieb er stehen und traf hier auf eine der Pendelwachen, die Tag und Nacht durch den Kreml patrouillieren. Auch sie hatten heute ein Sperrgebiet zugewiesen bekommen. Der Senatsturm war der äußerste Punkt.
Der Unterleutnant setzte sich auf eine Bank und nahm die Mütze ab. Schweiß bedeckte sein Gesicht. »Sonderausweis L!« sagte er, als die beiden Soldaten ihn kritisch musterten. »Kann ich hier sitzen bleiben?«
»Bis Sie zum Denkmal werden, Genosse«, sagte der Posten, ein Sergeant. »Dann wird man Sie aber bestimmt umstellen . . .«
Sie lachten, der Unterleutnant verteilte Papyrossi, und beim Rauchen entwich langsam seine Beklemmung.
Für die kleine Seitentür hatte Radowskij einen Schlüssel. Er schloß auf und nickte dann Smolka zu. Der Oberst öffnete die Tür des zweiten Wagens und sagte in die völlige Dunkelheit hinein:
»Genosse Generalissimus, Sie können aussteigen.«
Auf der anderen Seite des Wagens flog die zweite Tür auf. Zu beiden Seiten stiegen drei Marschälle aus. Drei Stalins. Sie blickten mit zusammengekniffenen Augen um sich, zogen den Rock gerade, strichen mit dem Zeigefinger kurz über den buschigen Schnauzbart und gingen dann, mit ihren stämmigen Beinen kräftig auftretend, auf Radowskij zu. Der Eindruck war so gespenstisch, daß Radowskij wieder einen trokkenen Hals bekam. Die drei Stalins blieben stehen und warteten, bis Smolka an ihrer Seite war.
»Das halten keine russischen Nerven aus!« sagte Radowskij gepreßt. »Igor Wladimirowitsch, wie überstehen Sie das bloß?«
»Ich habe mich daran gewöhnt, Genosse General.«
»Weil Sie mit der Fassade spielen — das ist es. Wären Sie täglich um ihn . . .« Radowskij sprach den Satz nicht weiter. »Sie haben Glück, Smolka.«

»Darauf baue ich meinen ganzen Mut.«
»Stalin hat zwei Gläschen — oder mehr getrunken. Er ist bester Laune. Hat ein paar Witzchen erzählt und Molotow einen Kürbis mit Brille genannt. Sicherster Beweis, wie leutselig er heute ist.«
»Nummer 4!« sagte Smolka ruhig. Radowskij blieb stehen. Sie gingen gerade eine ziemlich steile, enge Treppe hinauf. »Was heißt denn das?«
»Wir haben bei den Übungen Stalins Auftreten in verschiedenen Verhaltensgruppen eingeteilt. Stalin als Feldherr, Stalin bei der Parade, Stalin bei Besichtigungen, Stalin in privaten, aber sichtbaren Stunden, Stalin bei Vorträgen, Stalin bei Empfängen . . . Nummer 4 ist Stalin im kleinen Kreis nach dem Genuß von Alkohol. Mäßiger Genuß . . .«
»Ein gefährlicher Mensch sind Sie, Igor Wladimirowitsch!« sagte Radowskij mit belegter Stimme. »Ein ungemein gefährlicher Mensch . . .«
Sie kamen in die große Diele, gingen einen langen Korridor hinunter und betraten einen mittelgroßen Raum, der erstaunlich bürgerlich eingerichtet war. Tisch- und Stehlampen mit gerafften Seidenschirmen beleuchteten ihn, die Fenster waren mit dichten Portieren verhängt. Was Smolka sofort auffiel, als er eintrat, war der im Zimmer hängende Geruch nach einem herben Tabak.
Der Pfeifenraucher Stalin.
Die drei Doppelgänger sahen sich ohne jede Scheu um, ganz in ihre Rolle hineingewachsen, und blieben mitten im Zimmer stehen. Smolka kaute an der Unterlippe, als Radowskij an ein Telefon ging und den Hörer abnahm. Er drehte nur eine Zahl. Irgendwo klingelte es jetzt. Das Zeichen, auf das Stalin wartete.
Die drei Doppelgänger nahmen ihre Mütze ab. Ihre eisgrauen wuchtigen Schädel beherrschten den vom weichen Licht ausgeleuchteten Raum. Mit zusammengezogenen Brauen fixierten sie die Tür. Unheimlich, dachte Radowskij. Einfach unheimlich. Genauso starrt er auf seine Besucher, wenn er ärgerlich ist. Aber er kann auch von sonniger Freundlichkeit sein, von einem tapsigen Charme, voll witziger Gelassenheit oder betriebsamer Gastgeberlaune, wie damals bei der denkwürdigen, aber idiotischen Konferenz und Paktunterzeichnung, wo der deutsche Außenminister von Ribbentrop ihm

die Hand schüttelte und das Nazipartei-Abzeichen auf Ribbentrops Anzugrevers leuchtete. Meistens aber ist sein Blick hart und zwingend ... Zwei Augen voll hypnotischer Kraft. Wenn Smolka einmal gefragt werden sollte, was an die Grenze des Erträglichen geht, dann wird er antworten: Fünf Minuten in meinem Leben. Am 4. Juli 1944. Ich stand in einem gemütlichen Raum und wartete auf Stalin. Ein Gefühl hatte ich, als schrumpfte ich zu einem Greis ...

Die Tür im Hintergrund flog auf. Mit großer Kraft war sie aufgestoßen worden. In der Öffnung stand Stalin, bekleidet mit seinem Uniformrock — wie Radowskij angekündigt hatte —, die Hände auf dem Rücken, im Mundwinkel seine gebogene Pfeife. Seine Augen waren größer, als Smolka sie sich vorgestellt hatte, das großflächige, graublasse Gesicht wirkte wie aus Ton modelliert. Er drückte das Kinn an, blickte auf Oberst Smolka und verzog keine Miene, als dieser stramm stand und erschrocken feststellte, daß man seinen wilden Herzschlag hören mußte.

Die drei Doppelgänger reagierten schnell, wie sie es geübt hatten. Sie rissen ihre Hängepfeifen aus der Tasche und steckten sie in den Mundwinkel. Radowskij unterdrückte ein heißes Seufzen. Hinter einer Stehlampe stand er, wie hinter einer Burgzinne.

Stalin kam zwei Schritt in den Raum und drehte wortlos den Kopf im Halbkreis.

Am linken Fenster stand Stalin, eine Pfeife im Mund und starrte ihn abweisend an.

In der Mitte, neben einem runden Rauchtisch, stand Stalin, eine Pfeife im Mund, und verhieß in seinem Blick nichts Angenehmes.

Rechts, neben dem versteinerten Oberst, vor einem Sessel, stand Stalin, eine Pfeife im Mund, und blickte in die Gegend, als ekele ihn die ganze Welt.

»Der in der Mitte ist zu dick!« sagte Stalin und deutete mit seiner Pfeife auf Plesikowski. »Zehn Pfund weniger!«

Plesikowski nahm seine Pfeife aus dem Mund und deutete auf Stalin. »Der Leibesumfang stimmt!« sagte er im gleichen Ton, mit der gleichen Stimme.

»Zehn Pfund zuviel!« bellte Stalin. »Ich muß das wissen!« Er wandte sich ab, ging zu dem linken Stalin und betrachtete ihn wie eine ausgestellte Plastik. Mit dem Daumen stopfte er da-

bei seine Pfeife nach, und auch der andere Stalin drückte sofort seine Daumenkappe in den Pfeifenkopf. »Kuhaugen hat er!« sagte Stalin laut. »Wahre Kuhaugen!«
In Smolkas Brust und Hirn brannten helle Feuer. Er stand noch immer steif und unbeweglich, während Radowskij ihm hinter der Lampe verstohlene Zeichen gab, die er nicht deuten konnte. Zutiefst kindisch empfand er es, wie der General herumfuchtelte.
Stalin ging mit laut tappenden Schritten weiter, beachtete Smolka gar nicht, als sei er irgendein Pfeiler, der die Decke stützte, und blieb vor dem dritten Stalin stehen. Wieder stopfte er seine Pfeife mit dem Daumen, wieder antwortete ihm sein Doppelbild mit der gleichen Bewegung. Er hob die buschigen Brauen — sein Gegenüber tat im gleichen Moment dasselbe.
»Und er hat eine schreckliche Nase!« sagte Stalin. »Haare wachsen ihm ja aus den Löchern! Habe ich Haare in der Nase?«
»Ja!« antwortete der andere Stalin. »Bei der letzten Oktoberparade . . . Sogar ein Tropfen hing dran.«
Radowskij sank in sich zusammen. Smolka schloß während des Strammstehens die Augen. Recht hat er, sagte er zu sich. Auf den extremen Vergrößerungen der Fotos, die ich als Lehrmaterial habe anfertigen lassen, sieht man es deutlich. Aber muß man es deshalb sagen? Ihm so ins Gesicht schmettern?!
»Es war kalt!« sagte Stalin nach einer Sekunde der Verblüffung. »Und wie kalt es war! Dir wäre der Rotz aus der Nase gelaufen — bei mir war's nur ein Tropfen!« Er griff mit der Linken an seine Nasenlöcher, fühlte die Härchen und steckte die Hängepfeife wieder in seinen Mundwinkel. Die drei Doppelgänger taten es ihm nach. Vier Stalins standen herum, sahen sich an und schwiegen. Radowskij kam hinter seiner Lampe hervor.
»Genosse Generalissimus«, sagte er mit einer perfekt gespielten Gelassenheit, »das ist Oberst Igor Wladimirowitsch Smolka vom NKWD.«
»Aha!« Stalin betrachtete Smolka mit zusammengekniffenen Augen. »Sie hatten die Idee?«
»Ja —«, antwortete Smolka heiser.
»Warum hat mir Berija nichts davon erzählt?«
»Der Genosse Berija weiß davon noch nichts . . .«

Einen Augenblick schien es, als habe Smolka den »Vater Rußlands« angespuckt.
Doch dann zerfloß Stalins Gesicht, sein Mund riß auf, er lachte, lachte dröhnend, schwenkte seine Pfeife durch die Luft und stieß sie Smolka gegen die Brust.
»Er weiß es nicht!« schrie Stalin vergnügt. »Berija, mein Rattengesichtchen, weiß es nicht! Da gibt es mich dreimal, und Berija schläft auf seinen Augen!« Er stieß die Faust wieder gegen Smolkas Brust und ließ sein Lachen noch mehrmals nach innen nachklingen. »Igor — wie weiter . . .?«
»Wladimirowitsch . . .«
»Igor Wladimirowitsch, ein Mensch sind Sie, der mir gefällt! Wie selten sind Männer mit Ideen! Wohin man blickt: nur Hunde, die apportieren, was man ihnen hinwirft. Alles nur Glotzaugen, in die man Bilder spucken muß, damit sie wenigstens etwas sehen! Wie krank ist unsere Welt an Ideen! Wir versumpfen, Igor Wladimirowitsch, wir waren einmal ein reißender Fluß, aber die Trägheit versumpft uns! Wird es soweit kommen, daß ich zu Malenkow sagen muß: Dein Hintern zittert, liebster Freund, geh hinaus und scheiß dich aus!? — Sie wissen es nicht, aber ich muß alles allein machen! Alles allein! Nur ich denke hier noch! Wenn ich an die Köpfe klopfe — hohle Nüsse!«
Radowskij blinzelte Smolka hinter Stalins Rücken zu. Nicht antworten! Mit freundlicher Miene zuhören! Ein paar Gläschen hat er getrunken, ich sagte es schon. Dann ist er monologfreudig. Dann badet er sich in eigenen Worten. Zerfleischt, was sich nicht wehren kann. Laß ihn reden, Freund Smolka. Laß ihn gleich brüllen und toben, denn er wird sich hineinsteigern und sich euphorisieren an seiner Menschenverachtung. Darin sind sie alle verwandt, die großen Alleinherrscher: Auf dem Gipfel ihrer Macht leben sie in ewiger Kälte. Sie vereisen . . .
Abrupt brach Stalin ab. Er atmete heftig, es klang wie ein hohles Röcheln. Dann klopfte die Pfeife erneut gegen Smolkas Brust, und er sagte, mit milderer Stimme:
»Wir wollen sehen, Igor Wladimirowitsch. Wir wollen sehen! Ideen sind nur so gut, wie sie brauchbar sind. Wir werden sehen . . .«
Er ging zur Tür, winkte den drei Stalins mit einer energischen Handbewegung zu, mitzukommen, und verließ mit ihnen das

Zimmer. Smolka entkrampfte sich. Radowskij putzte sich die Nase, als habe er noch einen Winterschnupfen.
»Es müßte gelungen sein«, sagte er, indem er sein Taschentuch wegsteckte.
»Und wo ist er mit seinen drei Spiegelbildern hin?« fragte Smolka. »Was glauben Sie, Genosse General?«
»In diesen Räumen sollte man nicht glauben, Smolka. Nur abwarten. Wie er vorhin klagte: Nur Hunde sind hier, die zugeworfene Knochen apportieren! Welch ein genialer Vergleich!«
Die Tür sprang wieder auf und krachte gegen die Wand. Die Stalins kamen zurück. Mit einem breiten Lächeln, das Stalin so berühmt als herzensguter Mensch gemacht hatte, das von den Plakaten strahlte, unter denen stand: Stalin — Kinder, euer Freund! — mit dem Lächeln, das andere satanisch nannten und bei dem Molotow erstarrte, wenn es ihm galt, stellten sich die vier nebeneinander im Zimmer auf. Radowskij hatte nie unter Augenflimmern gelitten, als gesund bis auf den Kern galt er, aber jetzt zweifelte er daran, ob seine Sehnerven wirklich noch unbeschädigt waren.
Oberst Smolka musterte die vier mit scharfem Blick, dann kapitulierte er.
»Wer ist der Richtige?« fragte einer der vier Stalins. »Jefim Grigorjewitsch, für dich doch keine Schwierigkeit!«
Unverkennbar seine Stimme, dachte Radowskij erlöst. Mir kann er nichts vortäuschen! Dieser Tonfall, dieser Unterton ist unnachahmbar. An Kleinigkeiten verrät man sich, Genosse Vorsitzender. Hättest einen anderen sprechen lassen sollen ...
Er trat vor, nickte dem Sprecher zu und sagte befreit: »Sie sind es selbst, Genosse Generalissimus.«
»Igor Wladimirowitsch?« Stalin blickte Smolka an. »Wie ist's bei Ihnen?«
Smolka war sich nicht so sicher wie Radowskij. Er blickte jeden der vier scharf an, suchte Unterschiede, fand sie auch, konnte aber nicht sagen, was Original und was Verschiebung war. Er entschloß sich für den Stalin ganz links. Ein spöttisches Lächeln um die Mundwinkel schien ihm Anhalt genug.
Radowskijs Stalin steckte die Hände in die Jackentasche, als sei die Uniform ein Schlafrock. Auch das war eine beliebte Haltung von Stalin. Er ist's, jubelte Radowskij innerlich. Wir haben so oft miteinander getrunken — ich kenne dich!

»Ich bin Nikolai Iljitsch Tabun . . .« sagte Stalin.
Radowskij hob die Arme. »Ich kapituliere!« sagte er ergriffen. Smolka sah seinen Stalin an. »Ich bin Anton Wasiljewitsch Nuraschwili«, sagte dieser Stalin. Smolka trat zwei Schritte zurück. Seine eigene Perfektion machte ihn sprachlos.
Mit einem Wedeln der Hand trat der Stalin ganz rechts aus der Reihe. Mit seinem kräftigen Schritt ging er zu einem Sessel und setzte sich.
»Ich bin einverstanden!« sagte Stalin. »Wenn sogar ihr mich nicht erkennt, vor allem du nicht, Jefim Grigorjewitsch — wie soll mich dann ein anderer erkennen? Oberst Smolka, Ihr Plan ist hervorragend.«
»Es ist für mich ein große Freude.« Smolka ärgerte sich, daß er sich benahm wie ein gelobter Schuljunge, aber Stalins Wohlwollen war nur mit reinem kindlichem Herzen zu empfangen.
»Sie werden von jetzt an keinen natürlichen Gegner von draußen mehr haben . . .«
»Haha! Haha!« brüllte der zweite Stalin von rechts und krümmte sich vor Lachen. »Wieder hereingefallen! Eine Doppelprobe war das! Der Richtige bin ich!«
Er zog die Pfeife aus seinem Rock, steckte sie mit einem Streichholz an und vollführte mit der Hand eine kreisrunde Bewegung. »Setzen wir uns! Was hast du, Radowskij?«
»Wer sagt, daß *Sie* der richtige Stalin sind?« fragte Radowskij.
»Ich bin es! Frag die anderen.«
»Sie werden nicken, und wenn der Richtige unter ihnen steht, wird er mitnicken. Ein — ein gefährliches Spiel, wenn man sich nicht mehr auskennt . . .«
»Darüber werden wir jetzt sprechen«, sagte Stalin. »Smolka, Sie haben mir bewiesen, daß ich lautlos ausgetauscht werden kann. Glauben Sie wirklich, daß ich das hinnehme?«
Da wußte Radowskij, daß dies der richtige Stalin war. Der von der Angst vor Verrat geschüttelte Mensch, der in seinen drei Doppelgängern bestätigt fand, wie wenig sicher er selbst hinter den hohen Mauern des Kreml lebte.

Sharenkow wußte es schon drei Tage vorher, bevor in den Zeitungen die Aufrufe erschienen und aus den Rundfunkempfängern nach begeisternder Marschmusik eine Rede Stalins verlesen wurde, die er im Kreml vor seinen Mitarbeitern gehalten hatte und die nun in die ganze Welt ausgestrahlt wurde. Im Planungsbüro für Wiederaufbau wußte man so ziemlich alles im voraus, denn dafür, daß die tatsächlich errichteten Bauten oftmals von den ursprünglichen Plänen abwichen, sorgten die maßgebenden Genossen, die ihre Einfälle in irgendeinem Steinhaufen verewigt sehen wollten. Über die grundsätzlichen Ideen wurde ohnedies in Stalins Umgebung entschieden, obschon auch in den Ämtern niemand glaubte, daß Stalin über jeden Lokus-Einbau unterrichtet wurde.

Sharenkow jedenfalls kam am Abend aufgeregt nach Hause, später als sonst, was Marja Iwanowna schon zu dem Ausruf Anlaß gab: »Er wird doch wohl nicht wieder mit seinem Triumphbogen angefangen haben, der schreckliche Mensch! Läßt nicht locker mit ihm! Was tun wir Armen, wenn sie ihn in eine Anstalt transportiert haben?« Boranow und Lyra Pawlowna versuchten, die wie ein bei lebendigem Leib gepfeffertes Huhn herumrennende Sharenkowa zu beruhigen, Boranow lief sogar zu einer Telefonzelle und telefonierte mit dem Planungsbüro, wo man ihm bestätigte, der Genosse Pawel Ignatowitsch erfreue sich bester Gesundheit und gäbe keinen Anlaß zur Sorge. Dennoch: die Unpünktlichkeit war bedrückend und unerklärbar.

Erst als Sharenkow durch die Tür trat, seine Aktenmappe schwang, als habe man ihm Verjüngungsdrüsen eingesetzt, sein Weibchen mit längst entwöhntem Elan küßte und selbst Boranow an die Brust zog, obgleich er unter Männern solche Liebesbezeigungen als unmaskulin ansah — er sagte wirklich »unmaskulin«, der brave Sharenkow —, erst jetzt also wandelte sich die Sorge in basses Staunen.

»Welch eine Nachricht!« sagte Sharenkow, setzte sich an den Tisch und klopfte mit dem Löffel auf die Tischplatte. »Wenn sie stimmt — und sie muß stimmen, denn unser Vertrauensmann ist zuverlässig — oh, wenn sie stimmt, dann erleben wir am 17. Juli einen Tag, der sich in unsere Herzen einbrennen wird und um den uns alle nachfolgenden Generationen beneiden werden.«

Marja Iwanowna, die die Suppe auftrug, war verwirrt. Pawel roch nicht nach Wodka, aber was er da von sich gab, klang ziemlich eingenebelt. Sie setzte sich, schenkte die Suppe noch nicht aus und fragte still, wie es ihre Art war:

»Bauen Sie etwa doch deinen Siegesbogen?«

»Er verblaßt dagegen!« rief Sharenkow. »Man kann auf ihn verzichten gegen das, was wir erleben werden! Oh, mein Herz zuckt!« Er stierte Boranow an, der einen Kanten Brot auf einem Holzbrett in vier Teile schnitt. »Kyrill Semjonowitsch, dir als Kriegshelden wird es in die Seele fahren: Am 17. Juli — den ganzen Tag lang — werden Tausende deutscher Gefangener durch Moskau marschieren! Eine Armada von Güterwagen rollt auf die Stadt zu, schon heute ist der Güterbahnhof verstopft. Von allen Seiten bringen Lastwagen sie heran. In den Wäldern von Boronki und Chimki kampieren sie in riesigen Lagern. In der Nacht zum 16. rollen sie alle nach Moskau, und am 17., ihr Lieben — mir versagt die Stimme vor Ergriffenheit — marschieren sie durch die Straßen!« Er starrte auf den Löffel, mit dem Marja Iwanowna jetzt die Suppe austeilte — eine duftende Sauerkrautsuppe mit viel Zwiebeln — und bemerkte, daß ihre Hand zitterte. »Ja, bebt nur alle!« rief Sharenkow voll vaterländischer Begeisterung. »Verbergt nicht eure Erschütterung vor diesem großen Tag: Man redet von vierzigtausend Deutschen! Vierzigtausend Verfluchte werden wir sehen! Unvorstellbar! Unvorstellbar!«
Er aß seine Suppe, zog die Sauerkrautfäden durch seine Zähne, trank einen Schluck Kwaß, spülte damit seine Mundhöhle aus und rieb sich die Hände in wohltuender Zufriedenheit.
»Das sehen wir uns an, Papuschka!« sagte Lyra Pawlowna.
»Aber ja! Ja! Das müssen wir sehen. Das muß jeder Sowjetbürger sehen! Die Geschäfte sollen schließen, die Betriebe nicht arbeiten, alle Kinder werden an den Straßen stehen. Die ganze Welt wird daran teilnehmen. Filmen wird man es. Alle Lügen der Nazis werden zusammenbrechen. Mit diesen Bildern werden wir es beweisen! Natürlich sehen wir uns das an! Nur Menschen mit niedriger Gesinnung bleiben da zu Hause!«
Sharenkows Informationen bewahrheiteten sich. Am 16. Juli gab es in Moskau kein anderes Thema als den Marsch der deutschen Kriegsgefangenen durch die Stadt. Die Zeitungen riefen zur Teilnahme auf, aus dem Radio tönte die verlesene Rede Stalins. Er rechnete mit den deutschen Lügen ab, wonach die sowjetische Offensive in ihrer Durchschlagkraft gebrochen sei, die Verluste der Russen ein solches Ausmaß erreicht hätten, daß sie nur noch zögernd vorwärtsstürmten,

daß die deutschen Divisionen noch in voller Kampfbereitschaft seien und der alle russichen Pläne vernichtende Gegenstoß unmittelbar bevorstünde.
»Wir werden zeigen, wo die Wahrheit liegt!« hieß es in den Zeitungen. »Lügen haben kurze Beine, sagt man. Das stimmt nicht mehr: Lügen haben siebenundfünfzigtausend Beine! Denn morgen wird siebenundfünfzigtausendmal bewiesen werden, daß Hitler-Deutschland von den Landkarten verschwinden wird.« Ja, man rechnete bereits mit siebenundfünfzigtausend . . .
Sepkin bekam die Zeitung von dem Vorarbeiter des Krematoriums, dem ob seines Schicksals unzufriedenen Gawrilo Kusmanowitsch Zischlow. Sepkin las die Artikel mit steigender Wut, wartete, bis Zischlow gegangen war, schloß hinter ihm die Tür und schraubte seinen Absatz ab. Viermal funkte er zu Milda Ifanowna, aber die Kabakowa meldete sich nicht. Auch am Abend erreichte er nichts. Zwar nahm Milda seinen Ruf auf, aber sie antwortete wie immer: »Zero — —«
»Du dämliche Kuh!« sagte Sepkin, blind vor Zorn. Dafür empfing ihn nach Dienstschluß sein zukünftiges Schwiegerväterchen Puschkin und benahm sich wie ein tanzender Derwisch. Wie immer wartete er in der Eingangshalle, und kaum daß er Sepkin kommen sah, hüpfte Puschkin herum und schrie schon von weitem:
»Hast du es gelesen? Hast du es gehört? Eine ganze deutsche Armee lassen sie durch Moskau ziehen! In die erste Reihe stellen wir uns und spucken sie an!«
Auch Jelena Lukanowna reagierte nicht anders, als Puschkin und Sepkin in die Wohnung kamen. Sie hockte vor dem Radio und schien sich vollgesaugt zu haben mit den patriotischen Reden.
»O Piotr!« rief sie und fiel Sepkin um den Hals. »Mein lieber, lieber Petja . . . Wird man die deutschen Ungeheuer hinterher erschießen?!«
Sepkin senkte den Kopf, gab dem süßen Geschöpf, das er über alle Maßen liebte, einen Kuß auf die Stirn und schloß sich in der Toilette ein. Dort steckte er den Kopf unter den kalten Wasserstrahl, ließ das emaillierte Becken vollaufen und tauchte ihn ganz unter. Es war die einzige Möglichkeit, das Gefühl loszuwerden, sein Schädel könne zerspringen . . .

Am 17. Juli 1944 glich Moskau einer toten Stadt. Die meisten Geschäfte hatten geschlossen, in den Betrieben arbeitete nur ein Notdienst, drei Regimenter Rotgardisten sperrten die Straßen ab, durch die der Zug der deutschen Kriegsgefangenen geführt weden sollte. Der Autoverkehr kam völlig zum Erliegen; bis auf die vielen, zu Filmplattformen umgebauten Lastwagen, auf denen Kameras standen und Haufen von Fotoreportern aus der ganzen Welt, hatte die Miliz alle Fahrzeuge in Seitenbezirke abgedrängt. Ljudmila Dragomirowna kommandierte eine Miliz-Einheit, die den Vorplatz des Kursker Bahnhofs absperrte. Der kleine Plejin, der sich mit seiner Sergeantenuniform nicht bei den Miliz-Einheiten sehen lassen konnte, fuhr mit der Metro zur Lesnajualiza und schlüpfte in das Haus Nummer 19.

Bei Milda Ifanowna traf er vier schwindsüchtige Dichter und einen einäugigen Komponisten, die ihn schnell anblickten, denn Milizbesuch im Haus gehörte zu den unbeliebtesten Ereignissen. Milda tat denn auch so, als sei alles ein Irrtum, begleitete Plejin ins Treppenhaus und zischte dort:

»Sind Sie verrückt? Kolka, wie kommen Sie in diese Uniform? Von Ihrer Ljudmila besorgt, nicht wahr? Wenn Sie kontrolliert werden, können Sie Ihre Zyankali-Kapsel schlucken!«

»Mich kontrolliert keiner«, sagte Plejin, seiner sehr sicher. »Wo sind die anderen?«

»Was sollen sie hier?« Milda drängte ihn zur Treppe. »Auch wir stellen uns gleich an die Straße . . .«

»Es ist fürchterlich, Milda Ifanowna!« Plejins Gesicht war bleich und erschreckend gealtert. »Siebenundfünfzigtausend Kameraden . . . Herumgeführt wie eine riesige Ochsenherde . . .«

»Berührt Sie das, Kolka?« Milda Ifanowna blickte ihn mit einem Kopfschütteln an und gab ihm einen Puff in den Rücken, damit er endlich ging. »Sind Sie nicht Nikolai Antonowitsch Plejin, ein Sowjetbürger?«

Plejin atmete laut auf, nickte und lief die Treppe hinunter auf die Straße. Am Belorussischen Bahnhof stauten sich die Zuschauer schon zu dichten Reihen, zehnfach hintereinander.

Eine Kette Gardisten sperrte die Straße ab. Kosaken auf ihren schnellen Pferdchen trabten mit klirrenden Hufen über das Pflaster und riefen in die Menge: »Bald kommen sie! Nur Ge-

duld! Haben sich schon aufgestellt! Werdet euch wundern . . .«
Von einem Lastwagen mit großen Lautsprechern schallte Marschmusik über die Menschenmassen. Ein Lastwagen mit einem Podest auf dem Dach, auf dem sich zwei Filmkameras drehten, fuhr langsam an den Wartenden vorbei und filmte sie. Auch Plejin kam für eine Sekunde ins Bild, als die Kamera über ihn hinwegschwenkte.
Und dann war es soweit. Die Rusakowskaja uliza hinunter, vom Skolniki-Feld kommend, wälzte sich ein grauer, breiter, unendlich scheinender Wurm aus Köpfen, Leibern und Füßen heran.
Vorweg fuhr eine Autokolonne. Filmwagen, Lastwagen mit Militär, Limousinen mit hohen sowjetischen Offizieren, denen man grundlos zujubelte, denn es waren Generalstäbler und keine tapferen Helden, die an der Gefangennahme der Deutschen beteiligt gewesen waren. Ihnen folgte eine Abteilung Kavallerie. Blitzäugige Kosaken auf tänzelnden Gäulchen. Sie lachten in die Menge; man sah ihnen an, wie stolz sie waren.
Die Sharenkows mit Boranow, den Lyra Pawlowna um die Hüfte gefaßt hatte, führten sich auf, als gelte es, einen Zug Zirkuselefanten zu bestaunen. Sie standen in der ersten Reihe vor dem Platz des Jaroslawler Bahnhofs. Hier mußten die Deutschen greifbar nahe vorbeikommen, denn zwei Filmwagen hatte man hier postiert, um das imposante Bild einzufangen, wie die grauen Kolonnen an sommerlich heiteren russischen Menschen und dem palastähnlichen Bahnhof vorbeimarschierten. Gardisten bildeten eine Kette, hatten sich untergefaßt und drängten die Menschen zurück, die nach vorn stießen, als die gefangene deutsche Armee sichtbar wurde.
Um diesen Platz hatte es noch Krach gegeben. Sharenkow, sonst ein stiller, höflicher Mensch und, wie es sich für einen Beamten geziemt, jedem Streit in weitem Bogen ausweichend und nur in den eigenen Wänden ein herrschender Patriarch, schrie mit sich überschlagender Stimme derbste Worte, als eine Babuschka mit einem Stuhl kam, sich durch die Reihen drängte und sich ausgerechnet vor Sharenkow niederließ.
»Hört ihn an!« schrie die Babuschka zurück. Eine gedrungene Frau war sie, trug trotz der sommerlichen Hitze ein eng um

den Kopf geschlungenes Tuch und Röcke bis auf die Erde. »Hört ihn nur! Schreit eine arme Frau an! Wird rot im Gesicht wie ein balzender Hahn! Will mich wegdrängen, mich, die ich zwei Söhne geopfert habe! Jawohl, zwei große stramme Burschen haben mir die Deutschen totgeschossen! Trotzdem mißgönnt er mir den Platz, Genossen! Hindert mich, die Mörder meiner Kinder anzusehen! Hilft mir denn keiner gegen diesen rabiaten Kerl?!«

Sharenkow erregte sich so, daß er nach Atem schnappte wie ein an Land gespülter Fisch. Erst als die ersten Kosaken herantrabten und die Ankunft der Deutschen ankündigten, versöhnte sich Sharenkow mit der bebenden Babuschka, nannte sie ein gutes Mütterchen und blickte dann Boranow triumphierend an.

»Da marschieren sie!« rief er und streckte weit den Arm aus. »Welch ein Bild! Welch ein Bild! Unvergeßlich!«

Die endlose Marschsäule näherte sich. In Dreißigerreihe rückten sie heran: barhäuptig oder mit Schiffchen und Feldmütze, mit offenen, verdreckten, staubgepuderten Uniformen, mit eingefallenen, stoppelbärtigen Gesichtern. Blechdosen, verbeulte Kochgeschirre, alte Konservenbüchsen klapperten an ihnen, mit Draht oder einer Kordel an Knöpfen oder Taschen festgebunden, denn das Koppel hatte man ihnen genommen. In der zusammengeballten Masse dieser Gefangenen spiegelte sich die Tragik ihres Schicksal, dokumentierte sich der Untergang ihrer westlichen Welt, wurde die Niederlage Deutschlands klar.

Aber sie, die gefangenen Soldaten, die Plennys, schlichen nicht dahin wie die Büßer. Die Dreißigerreihen waren fast ausgerichtet, nur der Gleichschritt fehlte. Sie marschierten durch Moskau mit hocherhobenen Köpfen und so festen Schritts, wie es ihre Müdigkeit, ihr Hunger, ihre Hoffnungslosigkeit noch zuließen. Körper an Körper, mit ihrer Reihe eine Mauer bildend, und diese Mauer fortpflanzend über siebenundfünfzigtausend Leiber, mit offenen Gesichtern und wachen Augen, fern aller kriecherischen Angst, eher mit einem im Dreck der Front festgebackenen Stolz marschierten sie über die Straße. Der Boden zitterte und vibrierte unter dem Tritt der siebenundfünfzigtausend; alle zehn Meter liefen mit Schnellfeuergewehren und MP bewaffnete Rotgardisten neben der Kolonne her, eine nur symbolische Bewachung, Parade für die Kameras, und auch die Kosaken auf ihren schäumenden Pferden, die hin und her ritten und wie Hunde wirkten, die eine riesige Schafherde in der Reihe halten mußten, wußten um ihre Wirkung auf den Bildern, die morgen um die ganze Welt gehen würden.

Endlos, endlos war der Marsch. Kopf an Kopf, Körper an Körper. Staub und Schweiß strömte aus den Uniformen, der Tritt der einhundertvierzehntausend Beine erschütterte Moskau, hing wie eine Glocke in der heißen Sommerluft, wurde von den Häuserwänden zurückgeworfen, dröhnte in das Pflaster, verfing sich in den Wohnungen, deren Fenster man geöffnet hatte, zitterte in den Herzen aller wider, die solches sahen und hörten. Gesicht an Gesicht zog da vorbei, bald geradeaus blikkend, bald zur Seite sehend, nicht nur die eigene Schmach, sondern auch diese Stadt wahrnehmend: Moskau, das nie erreichte Ziel ihres Krieges, der nie erfüllte Traum, dereinst statt mit klappernden Blechbüchsen mit klingendem Spiel am Kreml vorbeizumarschieren ... Sie sahen in die schweigende oder drohende Menschenmenge, blickten in verzerrte Gesichter, in staunende, verhärtete, neugierige, mitleidvolle, hassende und hohnlachende, aber nie gleichgültige ... sie wandten die Blicke wieder ab, starrten dem Vordermann in den Nacken und marschierten ... marschierten ... marschierten ... Einige hundert von den siebenundfünfzigtausend lächelten verschämt, versuchten menschliche Wärme zu empfangen, indem sie so mutig waren und lachten ... sie hoben die Köpfe zu den surrenden Filmkameras und den fotografierenden Reportern, lachten zu ihnen hinauf, mit jenem verbissenen Landserhumor, der sich bestätigt, daß man noch lebt, solange man scheißt ... oder sie lachten aus verzweifelter Verlegenheit, aus Lebensangst, aus Furcht vor der eigenen Angst ...

Und sie marschierten ... marschierten ... Dreißig nebeneinander. Mann neben Mann. Dicht aufgeschlossen. Der Schweiß lief ihnen über die Körper, der Schweiß quietschte in den Stiefeln, der Schweiß durchfeuchtete ihre Uniformen. Die Hitze in Moskau, den Apshalt erweichend, zerbrach das bißchen Kraft, das noch in ihnen lebte ... aber sie marschierten ... marschierten ... senkten die Köpfe nicht, blickten in die Menge, hielten Abstand zum Vordermann, richteten sich in der Reihe aus ... Denk daran, Kamerad, das ist ein Schau-

spiel für die Welt: eine geschlagene Armee wollen sie sehen. Das besiegte Deutschland. Den entlarvten deutschen Soldaten.
Kopf hoch, Kamerad! Blick geradeaus! Ja, es sind 35 Grad in der Sonne, wir marschieren jetzt vier Stunden, zu fressen hatten wir nichts, der Magen dreht sich um und sucht ein Klümpchen Brot, und Durst hast du, die Zunge ist dick und pelzig, die Luftröhre trocknet aus, jeder Atemzug ist wie ein Feuerstoß ... Reiß die Knochen zusammen, Kamerad. Marschier! Kopf hoch! Nicht schlappmachen! Nicht hinfallen! Wir nehmen dich in die Mitte, und wenn du die Beine bewegst, denkt jeder, du läufst noch mit ... Du lieber Scholli, was würde jetzt passieren, wenn jemand brüllte: Ein Liiied?
Humor der Verlorenen.
Und sie marschierten ... marschierten ... Offiziere, Unteroffiziere und Mannschaften. Achtzehnjährige Kinder in Uniform, die mit großen Jungenaugen in vergreisten Gesichtern das herrliche Moskau bewunderten und ab und zu vergaßen, welchem Schicksal sie entgegenmarschierten ... und Familienväter, Männer mit zerfurchten Gesichtern, in die sich Rußland für immer eingegraben hatte; sie traten den Boden unter sich weg, schwenkten die Arme, schoben das Kinn vor und starrten geradeaus. Und jeder Schritt hatte ein Wort, jedes Pendeln der Arme war ein Echo. Durchhalten — Scheiße ... durchhalten — Scheiße ... durchhalten — Scheiße ... Kilometer um Kilometer, Stunde um Stunde, rund und kreuz und quer durch Moskau ... siebenundfünfzigtausend deutsche Plennys ... siebendundfünfzigtausendmal der einzige Wille: Kopf hoch, Kamerad. Durchhalten!
Sie marschierten in langen, eingeteilten Blocks. Zwischen jede Kolonne in kriegsstarker Bataillonsstärke ritt eine Reihe Kosaken, paradierten Rotgardisten mit gefällten Gewehren. Es war ein imponierendes Bild der Sieger. Dann folgte eine Reihe deutscher Offiziere. Die Schulterstücke hatte man ihnen gelassen, auch die Ordensbändchen in den Knopflöchern, nur die glitzernden Orden waren ihnen abgenommen worden. Der Krieg war für sie verloren, beendet, die Illusion zerschlagen ... aber wie sie da ihren Soldaten voranmarschierten, wie sie jetzt unter dem glühenden Himmel Moskaus Haltung zeigten, das war eine unsichtbare Fahne, der die anderen nachmarschierten.

Und die Straße bebte, das Dröhnen der Schritte blieb an den Mauern kleben und deckte die Menschen am Straßenrand zu. Pawel Ignatiewitsch Sharenkow war außer sich. Er hob beide Arme, schüttelte die Fäuste, stieß wilde Flüche aus, hüpfte von einem Bein auf das andere, schrie sein Töchterchen Lyra, sein Weib Marja und seinen künftigen Schwiegersohn Boranow an, sie sollten diese Satane von Deutschen anspucken. Und als eine Kolonne, mit einem ergrauten Oberst an der Spitze, fast im Gleichschritt an ihm vorbeimarschierte, verlor er alle Beherrschung.
»Schweine!« brüllte er. »Mörder! Räudige Hunde! Seht sie euch an! Sie lachen! Sie lachen, die Massenmörder! Schlagt ihnen doch den Schädel ein!« Er stieß den absperrenden Gardisten zur Seite, hüpfte an ihm vorbei, rannte auf die graue Masse der Gefangenen zu, spuckte dem ersten ins Gesicht, schüttelte die Fäuste und ließ sich auch von den Wachmannschaften nicht wegdrängen.
»Hol ihn zurück . . .«, sagte Boranow dumpf. Sein Mund zitterte wie in inneren Krämpfen. »Lyraschka, hol ihn zurück . . .«
»Jetzt kann man ihn nicht bremsen, Kyrill.«
»Hol ihn!« schrie Boranow plötzlich. »Oder ich erschlage ihn!«
Lyra Pawlowna zuckte zusammen, rannte zu ihrem Vater und klammerte sich an ihn. Der rasende Sharenkow wollte sie abschütteln, aber da griffen noch zwei Gardisten zu, zerrten ihn zurück in die Reihe und übergaben ihn Boranow. Sharenkow war wie in einen Wahn gefallen, einen Rausch, in den sich sonst nur Wilde hineinsteigern . . . er lachte hysterisch, hielt sich an Boranow fest und brüllte ihm ins Gesicht:
»Welch ein Tag! Welch ein Erlebnis! Ich sterbe vor Freude!«
Boranow antwortete nicht. Er stieß mit einer schnellen Bewegung seinen Kopf unter Sharenkows Kinn, der entfachte Pawel Ignatiewitsch glotzte ochsenhaft um sich, alle Kraft entwich aus ihm, und er lehnte sich erschlafft an Kyrill Semjonowitsch.
Nicht weit von ihnen entstand eine neue Bewegung. Eine dicke Frau stürzte auf die Straße, breitete die Arme aus und jaulte auf wie zehn mißhandelte Hunde. Dann stürzte sie in die Knie, faltete die Hände, hob sie hoch empor in den heißen Himmel und betete.

Und die siebenundfünfzigtausend Deutschen, diese verdreckten, verstaubten, verhungerten, verratenen Plennys marschierten ... marschierten ... blickten zur Seite, blickten geradeaus, blickten auf Moskaus Bauten, blickten auf Moskaus Menschen, blickten auf die Kosaken und blickten in die Filmkameras. In Tausenden Gesichtern lag eine Andeutung von Freude, den Krieg überlebt zu haben, so wie man auch den Marsch durch Moskau überleben würde. Was vor ihnen lag, entzog sich ihrer Ahnung. Wer durch die Sommersonne geht, denkt nicht an den Schneesturm Sibiriens ...

Am Belorussischen Bahnhof stand der kleine Miliz-Sergeant Plejin und half die Straße abzusperren. Auch Sepkin, Petrowskij, Duskow und Iwanow standen mit ihren Liebsten am Straßenrand und starrten auf die grauen Massen. Luka Antipowitsch Puschkin knirschte schauerlich mit den Zähnen und rollte die Augen, aber er rührte sich nicht vom Fleck.

»Ich schlage dir den Schädel ein!« hatte Sepkin vorher zu ihm gesagt. »Du spuckst sie nicht an! Es ist eines Sowjetbürgers unwürdig, sich wegen deutscher Soldaten so zu erregen!«

Das ließ Puschkin gelten, versprach, sich gemäßigt zu verhalten, und wich nun aus, indem er sein Gebiß mißhandelte.

Ungefähr in der Mitte des Gefangenenmarsches, als wieder eine Abteilung von Kosaken den Block unterbrach und eine neue Kolonne mit ihrer Offiziersreihe aufrückte, verließ der kleine Plejin seinen Posten, arbeitete sich durch die Menschenmenge und verschwand im Belorussischen Bahnhof. Er rannte auf die leere Toilette, schloß sich in ein Kabinett ein, setzte sich auf den schmuddeligen Topf und weinte. Er weinte haltlos wie ein verprügeltes Kind, drückte das Gesicht gegen die Wand, hieb mit den flachen Händen dagegen und heulte seinen Schmerz hinaus, die ganze Tragik seines zwanzigjährigen Lebens, die erdrückende Sinnlosigkeit seiner Gegenwart. Dann sank er in sich zusammen und preßte beide Hände um seinen Kopf.

Der Marschtritt der siebenundfünfzigtausend dröhnte auch in den Belorussischen Bahnhof.

17. Juli 1944
Das Oberkommando der Wehrmacht gibt bekannt:
Im Südabschnitt der Ostfront nahm die Abwehrschlacht östlich des oberen Bug an Heftigkeit zu. In schweren wechselvollen Kämpfen wurden die aus dem Raum von Tarnopol und Luzk angreifenden sowjetischen Panzerkräfte aufgefangen. In den beiden letzten Tagen wurden hier 125 feindliche Panzer vernichtet. Zwischen Pripjet und Düna hielten die harten Kämpfe auf breiter Front an. Am Njemen vereitelten unsere Divisionen mehrere Durchbruchversuche der Bolschewisten. Bei Grodno setzten sich unsere Truppen nach planmäßiger Räumung der Stadt auf das Westufer des Njemen ab. Im Seengebiet südlich der Düna brachen wiederholte Angriffe des Feindes verlustreich zusammen. Zwischen Düna und Peipussee scheiterten auch gestern zahlreiche Angriffe der Sowjets. Nur im Einbruchsraum südlich Opotschka konnte der Feind nach wechselvollen Kämpfen Boden gewinnen . . .

Am 18. Juli sah Iwanow zum erstenmal Stalin aus der Nähe.
Einen Handwagen voller Holzkeile schob Fjedor Pantelijewitsch über die Dreifaltigkeitsbrücke zum Dreifaltigkeitsturm, als er Stalin in einem abgesperrten Teil des Alexandergartens spazierengehen sah. Ein heißer Tag war's, als sollte Moskau von Gott zu einem bizarren Kuchen gebacken werden. Stalin hatte seine Jacke ausgezogen, wandelte unter den schattengebenden Bäumen und unterhielt sich mit einem General. Iwanow blieb auf der Brücke stehen und starrte hinunter. Kein Zweifel — es war Stalin. Ein Mensch wie er ist unverwechselbar.
Zu weit, dachte Iwanow. Viel zu weit. Jetzt müßte man ein Gewehr mit Zielfernrohr haben. Mit einer Pistole richtet man gar nichts aus. Mit einer Handgranate noch viel weniger. Mit hämmernden Pulsen beobachtete er seine Umgebung. Es gab keine Möglichkeit, von der Brücke in den Garten zu kommen. Anders wäre es, wenn man zu zweit oder gar zu dritt wäre. Aber der Genosse Bauleiter, der widerliche Skamejkin, hatte zu Iwanow gesagt: »Noch zwei entlassene Soldaten? Bin ich ein Sanatorium? Die Brigaden sind voll wie eine Jahres-Latrine! Wohin denn mit ihnen? Und was können sie, he? Sich vorn an der Hose kratzen. Fedja, mein Freund, deinen Antrag muß ich abschlägig behandeln.«
Es war nichts zu machen. Auch als Skamejkin, der hühnerbrüstige Hurenkerl, drei junge Arbeiterinnen für die Betonmischkolonne anstellte, konnte man ihm nicht Mangel an Solida-

rität vorwerfen. Skamejkin bewies im Gegenteil große Volksverbundenheit, indem er die drei neuen Arbeitsgenossinnen hintereinander im Ersatzteilschuppen über eine Werkbank legte und ihre Dankbarkeit entgegennahm. Dergleichen hatte Iwanow eben nicht anzubieten ...
Stalin blieb ein paarmal stehen, blickte sogar hinauf zur Brücke, aber er sah natürlich Iwanow nicht, der neben seinem Wägelchen stand und auf sein Opfer hinunterstarrte.
Am gleichen Tag sah Iwanow Stalin zum zweitenmal.
Jetzt war er näher. Stalin fuhr an ihm vorbei, vom Haus des Ministerrats zum Gebäude des Obersten Sowjets. Er hatte auf seiner Seite das Fenster heruntergedreht, blickte Iwanow eine Sekunde uninteressiert an. Iwanow, die Pistole in der Tasche seines Anzugs, war völlig überrascht und reagierte erst, als der Wagen an ihm vorbeigerauscht war. Sogar einen kleinen Luftzug spürte er. Er stützte sich auf ein Brett, das er gerade getragen hatte, und beschloß, von dieser zweiten Begegnung nichts zu sagen. Duskow und die anderen würden ihn mit Vorwürfen erdrücken. Aber wer ahnt denn, daß plötzlich ein Wagen um die Ecke biegt, und hinter einem geöffneten Fenster sitzt Stalin?!
Ein offenes Fenster, in das man eine Handgranate hätte werfen können ...
Iwanow war an diesem Tag ein schleppender Arbeiter. Mit finsterer Miene schlich er herum, beschimpfte jeden Nagel, den er krumm schlug, nannte ihn ein warziges Ferkel und legte sich mit dem braven Vorarbeiter an, dem er zubrüllte, er sei ein kastrierter Hund ... kurzum, man ging ihm aus dem Weg, vor allem, weil er ein Protektionskerlchen des schaurigen Skamejkin war. Das hatte sich herumgeflüstert, auch wenn es nicht stimmte.
Am Abend ging Iwanow mit Wanda Semjonowna und seinen zukünftigen Schwiegereltern ins Kino. Semjon Tichonowitsch Haller hatte gehört, der Film zeige einen Eisenarbeiter, der in der Revolution bis zum Bezirkskommissar aufsteigt und zwanzig zaristische Offiziere aufhängen läßt. »So etwas muß man gesehen haben!« sagte er. »Ich sage ja immer: Aus der Stahlindustrie kommen die besten Kerle!« Antonina Nikitajewna widersprach dem nicht, aus der Erfahrung heraus, daß Haller alle Gegenreden niederbrüllte. Sie freute sich auf Iwan Petrowitsch Jedemskij, der die Hauptrolle spielte und ein so

schöner, kräftiger Mann war, daß man im dunklen Kino ein sanftes Seufzen hörte, wenn Jedemskijs Hose von der abwärts fahrenden Kamera gezeigt wurde.
»So still bist du«, flüsterte Wanda, als das Licht ausging, und faßte nach Iwanows Hand. »Was ärgert dich? Böse siehst du aus, ein richtiger Hofhund! Habe ich dich beleidigt?«
»Es ist nichts, Wanduscha«, sagte Iwanow und rutschte in seinem Kinostuhl tiefer. Er legte seine Hand auf Wandas Schenkel und streichelte sie. Semjon Tichonowitsch, der auf der anderen Seite saß, mußte gerade jetzt herüberschielen und knurrte bissig.
»Beherrsch dich!« sagte er dumpf. »Das hier ist ein Kulturpalast, aber kein Stall für läufige Hunde! Finger weg! Man sollte es nicht für möglich halten . . .«
Während auf der Leinwand der schöne Jedemskij neben einer Walzenstraße eine flammende Rede hielt, die Semjon begeistert mit leisen Bravorufen unterstrich, und Wanda ihre Hand in der seinen verkrampft hatte, beschloß Iwanow, nur noch mit einer entsicherten Handgranate in der Tasche durch den Kreml zu gehen.

An diesem Abend rief Oberst Smolka wieder General Radowskij an. Jeden Tag erkundigte er sich nach seinen drei Stalins. Sie lebten jetzt in einem abgesperrten Teil von Stalins Privatzimmerflucht und waren dem engsten Kreis vorgestellt worden. Die Verwirrung war vollkommen, und Stalin hüpfte vor Freude. Weder Chruschtschow noch Malenkow, weder Bulganin noch Kossygin, weder Kaganowitsch noch Mikojan wußten jetzt mit Sicherheit, ob Stalin, mit dem sie sprachen, auch wirklich Stalin war. Molotow bekam immer ein Augenzittern, wenn er dem großen, gefürchteten Genossen gegenüberstand, und Berijas Nervosität steigerte sich bis zu schlaflosen, zerknirschenden Nächten, in denen sich langsam ein zerstörender Verfolgungswahn verdichtete.
Natürlich hatte Berija sofort Oberst Smolka angerufen und ihm Vorwürfe gemacht. Gebremste Vorwürfe. Smolka hatte bei Stalin jetzt eine so feste Position, einen so sicheren Sitz im Privatbereich, daß es die Vorsicht gebot, Kritik an diesem verdammten Doppelgängerspiel nur gemäßigt und mit fein dosierten Beklagungen loszuschicken. Smolka hatte sein Vorge-

hen mit der höchsten Geheimstufe gerechtfertigt, was Berija, der als Chef des NKWD für solche Geheimnisse zuständig war, noch mehr beleidigte. Was blieb, war eine höllische Unsicherheit im engsten Freundeskreis von Stalin.

»Ich habe eine Idee«, sagte Smolka an diesem Abend.

»O nein!« rief Radowskij entsetzt. »Der Teufel hole Sie! Das wäre die einzige gute neue Idee, Igor Wladimirowitsch!«

»Vergessen Sie nicht, daß die deutschen Offiziere in Moskau sind!«

»Ein dickes Lob unserer Bürokratie, mein Freund. Gestern sind unter siebenundfünfzigtausend Gefangenen genau viertausendneunhundertsiebenundsechzig deutsche Offiziere durch Moskau marschiert! Glauben Sie, das regt mich auf, wenn eine Handvoll nicht bekannter Deutscher in Moskau herumlungert?!«

»Sie haben einen Auftrag, der durch die Siege unserer Armeen noch aktueller wird.«

»Und wir haben — dank Smolka — vier Stalins! Solange Mütterchen Rußland so fruchtbar kreißt, ist es unbesiegbar.«

»Aber die Deutschen wissen es nicht.

»Igor Wladimirowitsch, wollen Sie den Deutschen unsere vier Väterchen vorführen? Ihre Verrücktheit kennt keine Grenzen!«

»Wir müssen es! Nur so erkennen sie die Nutzlosigkeit ihres Planes, und nur so ist der Genosse Stalin von ihnen befreit. Gibt es eine bessere Gelegenheit als jetzt? Siebenundfünfzigtausend deutsche Gefangene sind durch Moskau marschiert. Welch eine Demonstration des Sieges, welch ein Schlag ins Gesicht der Deutschen! Moskau wollten sie erobern, vorbeimarschieren am Kreml, über die Boulevards paradieren ... Sie haben es getan: mit einer ganzen Armee armseliger, verhungerter, aller Illusionen beraubter, von ihrem Führer betrogener, verspotteter und gehaßter Kriegsgefangener. Der Himmel segne diesen Triumph! Und jetzt, Genosse General, wäre das Volk bereit, vor Stalin auf die Knie zu fallen wie früher in den Kirchen vor Gott — wenn er sich den Massen zeigte. Nicht auf der Kremlmauer, sondern im Stadion!«

»Unmöglich! Smolka, baden Sie den Kopf im kalten Wasser. Sie werden sehen, wie es dampft! Ihre neue Idee kann zur Erde gelassen werden. Beweinen Sie sie nicht — es war eine Mißgeburt.«

»Vier Stalins, Genosse General. Können Sie sich einen Attentäter vorstellen, der bei diesem Anblick nicht seine Waffen wegwirft und sich weinend abwendet? Nur einmal sollte sich Stalin so zeigen. Ich flehe Sie an, als Ihr Freund, Jefim Grigorjewitsch: machen Sie es möglich! Es wäre Stalins zweiter Triumph, ein stiller, geheimnisvoller, der aber in seiner Auswirkung die Geschichte beherrschen wird. Warum lassen Sie sich nicht überzeugen?«

»Haben Sie Angst vor den deutschen Offizieren?«

»Ich habe Angst um Stalin. Das Attentat könnte ja zufällig den Richtigen treffen . . .«

Radowskij schien nachzudenken. Seine Vorstellungskraft versagte bei der Überlegung, wie ein Anschlag überhaupt auszuführen wäre. Der Schutzwall um Stalin war undurchstoßbar. Für Smolka, den Abwehrfachmann, gab es jedoch nichts Unmögliches.

»Ich werde mit Shukow darüber sprechen«, sagte Radowskij endlich. »Und mit Chruschtschow. Träumen Sie nicht von Ihrer Idee, Igor Wladimirowitsch. Schade um die verschenkte Energie.«

Smolka legte auf, setzte sich in seinen Sessel und drehte das Radio an.

Der Marsch der deutschen Kriegsgefangenen war noch immer das große, alles beherrschende Thema. Gefangene deutsche Generale wurden interviewt. Einfache Soldaten stammelten ihre Qual heraus.

Ein Hauptmann sagte: »Es ist ein verfluchter Krieg. Da muß man bis nach Moskau kommen, um zu begreifen, daß man uns alle belogen hat! Ich wollte das nicht glauben, ich habe, wie Millionen von uns, dem Führer vertraut. Jetzt sitzen wir in der Scheiße. Ob ich noch einen Wunsch habe? Ich bete zu Gott, daß ich meine Frau und meine Eltern wiedersehen kann. Sie wohnen in Wuppertal.« Und dann ganz leise, wie in Tränen aufgeweicht: »Hoffentlich gibt es Wuppertal noch, wenn ich nach Hause komme . . .«

Oberst Smolka lehnte sich zurück und blickte dem Qualm seiner Orientzigarette nach. Ein großer Tag . . . Es war erlaubt, darauf einen roten Krimwein zu trinken, und das tat er jetzt.

Von vierzig deutschen Divisionen im Mittelabschnitt der Ostfront waren achtundzwanzig eingekesselt und in sowjetische Hand gefallen.

Auch Duskow hörte die Berichte im Radio. Anna Iwanowna hatte in der Kantine des Botkin-Krankenhauses ihre Sonderzulage als Chirurgin bekommen: zwei Pfund Mehl, drei Eier, ein Klümpchen Knetbutter — mit Margarine versetzt — und eine Büchse mit Gulasch. Jetzt kochte sie daraus ein fürstliches Essen: Gulasch, in Blinis eingewickelt, im Ofen gebakken.
Wenn ich nach Hause komme ... Duskow stand auf, ging in die Küche und riß Anna Iwanowna an sich.
»Was ist?« rief sie erschrocken. »Leonid, du erdrückst mich!«
Sie ließ alles, was sie in den Händen hatte, und das waren ein Topfdeckel und ein Meser, fallen und drehte sich in Duskows Armen. »Was hast du, mein Liebster? O mein Herz ... Erwürge mich, wenn das Liebe ist ... Mein einziger Schatz ...«
Duskow seufzte auf. Als fliege die Lunge mit hinaus, so klang es. Er drückte sein Gesicht in Annas Haare und war froh, daß sie nicht sah, wie sein Mund weinte.
Wuppertal wird es noch geben, Kamerad ... Und dann war da das Wissen, das ihn innerlich zerfraß: Neu-Nomme gibt es schon nicht mehr ...«
»Die Blinis werden schwarz«, sagte Anna Iwanowna.
Er nickte stumm, ließ sie los, ging leicht taumelnd ins Schlafzimmer, warf sich auf das Bett und bedeckte sein Gesicht mit beiden Händen.

6

Am Abend des 26. Juli 1944 kam Jelena Lukanowna mit strahlenden Augen und roten Wangen nach Hause. Puschkin und Sepkin saßen vor dem Schachbrett, verbissen, als verschöben sie Armeen, und knurrten nur unverständliche Laute, als Jelena ausrief: »Große Neuigkeiten aus dem Kreml, ihr Lieben!«
»Es gibt weniger Brot«, knurrte Puschkin. »Man weiß es. Das Essen steht warm, Jelenuschka. Stör Piotr nicht; in zwei Zügen ist er matt, oder ich lasse mich in Essig einlegen!«
»Stalin wird sich den Moskauern zeigen!« Das liebe Mädchen schrak zusammen, als Sepkin die ihm am nächsten liegenden Figuren umwarf und Puschkin anstarrte, als habe dieser sie umgeblasen. Er schob die Hände zusammen und unterbrach sogar das Atmen.
»Haha!« brüllte Luka Antipowitsch wie eine Siegesfanfare. »So kann man es auch machen! Will mir den Ungeschickten vorspielen, dieses verschlagene Bürschchen! Gestehe es ein: Du bist geschlagen!«
»Wer sagt das?« fragte Sepkin mit schwerer Zunge.
»Ich!« jubelte Puschkin. »Die Partie habe ich gewonnen!«
»Was ist mit Stalin?«
»Er fährt zum Stadion. Will zu den Garde-Regimentern sprechen, die nächste Woche an die Front abrücken!« Jelena Lukanowna flatterte herum wie ein junges Vögelchen, ihre großen runden Augen glänzten wie ein sonnenbestrahlter See. Das Herz konnte sich einem blähen bei solch einem Anblick.
»Noch ein Spielchen, Piotr Mironowitsch?« fragte Puschkin, dem es endlich gelungen war, Sepkin beim Schachspiel aus der Ruhe zu bringen. Was wiegt dagegen die Nachricht, daß Stalin irgendwo herumfährt?
»Wann?« Sepkin lehnte sich zurück. Nach dem ersten Zusammenzucken schoß ihm jetzt das Blut in den Kopf. Ärger über seine unkontrollierte Reaktion. Sie war ein Warnsignal, sie bewies ihm, wie schleichend, wie unbemerkt sein Leben sich bereits verändert hatte. Wenn er am Abend von seinem Ofen I

und seinen Amputationsteilen heimkehrte und die Treppe hinaufstieg, dann fühlte er sich zu Hause. Er rannte Jelenas Begrüßungskuß entgegen, und wenn Puschkin längeren Stationsdienst hatte oder gar zum Spätdienst eingeteilt worden war, war sein ganzer Körper ein Fiebern nach Jelena; sie stürzten sich in die Arme, verriegelten die Tür und nutzten die wenigen Möglichkeiten des Alleinseins, um ihren eigenen Himmel herunterzureißen. Unmerklich verwandelte sich Sepkin dabei. Schon das zur Selbstverständlichkeit gewordene Gefühl, in Puschkins Wohnung »zu Hause« zu sein, zu Luka Antipowitsch und Jelena Lukanowna zu gehören, als sei dies sein endgültiges Schicksal, verschob in Sepkin das Bild seiner Lebensaufgabe. Nach dem Marsch der siebenundfünfzigtausend war ein häßlicher Gedanke in ihm hochgekommen: Der Krieg, die wertvolle Zeit könne ihm davonlaufen, und es möge sinnlos werden, Stalin noch zu töten. Er erschrak selbst über den Gedanken, aber er blieb in ihm haften, wie eine Klette, die sich an seinem Herzen festsaugt.

Stalin verläßt den Kreml!

Sepkin griff nach Jelenas Hand, küßte ihre Handfläche und zog die Glückliche auf seinen Schoß. Sie warf die Arme um seinen Hals und lachte ihn mit strahlendem Gesicht an.

»Am 28. Juli. Übermorgen!« rief Jelena.

Die Stunde X — sie war gekommen.

Jelenuschka, mein Liebstes auf dieser Welt, unsere Zeit ist abgelaufen. Verzeih mir, wenn du kannst. Was ich dir verschwiegen habe, ist tausendfach aufgewogen durch unser kurzes Glück. Gott im Himmel, wie banal klingt das jetzt alles!

Er küßte ihre strahlenden Augen und flüchtete sich dann aus seiner erschreckenden, nie gekannten Sentimentalität. Sie leben nur noch für ein Ziel, hatte Renneberg gesagt. In Ihren Händen liegt es nun, der Weltgeschichte eine andere Richtung zu geben.

Nach dem Marsch der Gefangenen, über den Petrowskij, ausgerechnet Petrowskij, berichtete, er habe am Straßenrand gestanden und nach innen geweint und geschrien, während sich Larissa Alexandrowna wie ein ängstliches Zicklein an ihn geklammert und die fürchterlichen Deutschen wie Wesen aus einer anderen Welt angestarrt habe, erschütterte drei Tage darauf ein anderes Ereignis von noch unüberschaubarer Aus-

wirkung die sechs Verschworenen: In seinem Hauptquartier, der »Wolfsschanze«, wurde Hitler in die Luft gesprengt.
An diesem Abend waren sie wieder bei Milda Ifanowna zusammengekommen. Hatte man von ihnen Entsetzen erwartet, tiefste Betroffenheit, Empörung über diesen verräterischen Akt, vielleicht auch Ratlosigkeit — die an diesem Tag in Deutschland die angelaufenen Aktionen lähmte —, so reagierten die sechs völlig anders.
Duskow sagte: »Mit dem Tod des Führers ist auch unsere Aufgabe beendet. Die nächsten Tage werden zeigen, wie man bei uns das Weiterleben wieder in den Griff bekommt.«
Die nächsten Tage schrumpften zu Stunden zusammen. Am Abend verkündete der Moskauer Rundfunk, daß der Aufstand gegen Hitler zerschlagen worden sei, daß Hitler lebte, daß noch am gleichen Tag die Attentäter und engsten Verschworenen standrechtlich erschossen worden seien und eine riesige Verhaftungswelle das deutsche Offizierscorps und den Adel überrollt habe.
»Scheiße!« hatte Petrowskij gesagt. »Oh, du Scheiße! Vier Stunden lang habe ich mich jetzt darauf gefreut, Larissa heiraten zu können. Lebt — lebt er wirklich?«
Hitler lebte. Milda hatte den Reichsrundfunk eingestellt. Berichte wurden durchgegeben, Reportagen, ein Gespräch mit dem Major Remer, dem Kommandeur des Wachbataillons, der nach einer Rückfrage im Führerhauptquartier, bei der er mit Hitler selbst gesprochen und sich von seinem Überleben überzeugt hatte, sofort gegen die Verschwörer marschiert war. Goebbels hielt eine kurze Rede. Er dankte dem Allmächtigen für die Rettung des Führers. Aufrufe folgten. Himmler wurde zum obersten Chef der inneren deutschen Sicherheit. Das seit Jahren drohende Gespenst setzte Fleisch an: Die SS übernahm die Herrschaft.
»Für uns ändert sich nichts!« sagte Duskow, als man spät am Abend auseinanderging. »Unser Auftrag bleibt! Wichtig ist jetzt nur, wie wir unseren Frauen erklären, woher wir so spät kommen . . .«

Drei Tage lang, jede Stunde, versuchte Milda Ifanowna, ihren irgendwo bei Moskau sitzenden unbekannten Kontaktmann zu erreichen. Ihr kurzer Lockruf blieb ohne Antwort, er mel-

dete sich nicht mehr. Die geheimnisvolle sphärische Verbindung nach Berlin war abgeschnitten. Die Nabelschnur zur Mutter aller Geschehnisse war abgetrennt. Zu Sepkin, der als einziger neben seinem Ofen I ungestört einen Funkkontakt herstellen konnte, sagte Milda:
»Ihr seid euch jetzt selbst überlassen. Alle Entscheidungen liegen bei euch. Wir sind allein gelassen worden . . .«
Der Auftrag war nicht gelöscht. Stalins Tod blieb auf dem Programm.
Am 28. Juli.
Sepkin erhob sich, ging auf die Toilette, schraubte seinen Absatz ab und funkte Milda Ifanowna an. Er wußte: Jetzt leuchtete an ihrem Radio ein kleines, rotes Pünktchen auf, so unscheinbar, daß auch etwa anwesende Gäste es nicht wahrnahmen.
Milda Ifanowna meldete sich kurz mit ihrer Kenn-Nummer.
»28. 7.«, funkte Sepkin. Und sofort kam die Antwort: »12. X.«
Die Aktion war mit dieser Sekunde angelaufen. Sepkin kam ins Wohnzimmer zurück, setzte sich zu Puschkin an den Tisch, und während Jelena ihre dampfende Kascha löffelte, stellte er die Schachfiguren wieder auf. Luka Antipowitsch, aus einem bemalten Tonbecher Kwaß schlürfend, knurrte zufrieden. Er blickte Sepkin an und grinste breit.
»Sieh nur, mein Täubchen«, rief er Jelena zu, »wie's ihn mitgenommen hat, unseren starken Piotr Mironowitsch! Wie ein zerknittertes Papier sieht er aus! Verliert eine Partie, die ich längst aufgegeben hatte. Haha, das hast du nicht geahnt, nicht wahr? Laß ihn grübeln, habe ich mir gesagt, verloren ist verloren. Man darf es nur jetzt noch nicht bekanntgeben.«
Sepkin lächelte säuerlich, machte den ersten Zug, der Puschkin mißtrauisch machte, weil er so schlecht war, und dachte: Mindestens drei von uns sollten ihn im Visier haben, und man sollte nur schießen, wenn man sich ganz sicher ist.
Am nächsten Mittag um 12 Uhr trafen sie in Abständen von zehn Minuten bei Milda Ifanowna ein. Als letzter erschien der kleine Plejin in seiner Miliz-Sergeanten-Uniform, ungewöhnlich bleich, mit tiefen Rändern unter den Augen. Duskow musterte ihn nachdenklich.
»Ich habe nicht geschlafen«, sagte Plejin. »Nein, nicht Ljudmila! Grinst nicht so dämlich! Ich habe darüber nachgedacht, daß wir nur noch wenige Stunden zu leben haben.«

»Wir hatten uns geschworen, darüber nie zu reden«, sagte Duskow hart.
»Kannst du das?« fragte Iwanow. Er saß in seinem verschmutzten Bauarbeiteranzug auf einem Stuhl, die Hände noch voller Zementstaub, so wie er während der Mittagspause die Baustelle verlassen hatte. »Ich habe heute nacht im Bett gesessen und bin dann auf Händen und Füßen zu Wanduscha geschlichen. Sie schläft ja bei den Eltern. Und dann habe ich neben ihr gehockt, links schnarchte Semjon Tichonowitsch wie ein betäubter Löwe, rechts röchelte Antonina Nikitajewna und kaute im Schlaf. Ich habe Wanda angeschaut, bestimmt eine Stunde lang. Eine helle Nacht ist's ja — und ihr Haar schimmerte rötlich und lag um ihre Schulter bis zu ihren Brüsten.« Iwanow schluckte. »Das war ein Abschied —«, sagte er rauh. »Verdammt, warum soll man nicht darüber sprechen.« Er sah die anderen an, die vor sich auf die Dielen starrten. »Habt ihr vielleicht ein Freudentänzchen gemacht?«
»Wir sollten noch einmal mit den Präzisionsgewehren üben!« sagte Boranow tonlos. Auch er hatte Abschied genommen. Von Lyra Pawlowna. Wieder waren sie in ein Kino gegangen, wie auch Iwanow, außer der Baustelle, nur mit Wanda Semjonowna allein sein konnte, wenn sie spazierengingen oder in der Dunkelheit eines Filmtheaters untertauchten. Sie hatten einen ziemlich dummen und propagandistischen Film über das ausschweifende Leben eines Bojaren gesehen, der damit endete, daß der Bojar, ein wahrer Widerling, bei einer opulenten Abendmahlzeit von seinem Diener erstochen wurde, dessen Tochter er geschwängert hatte.
Sie saßen in der letzten hinteren Reihe, wo keiner sie beobachten konnte, küßten und streichelten sich, seufzten und zitterten vor Wonne, und fast rannten sie dann zum Straßenbahndepot, dessen Schlüssel Boranow besaß, warfen sich in einem Waggon auf die hölzerne Bank und liebten sich, als sei Liebe mehr Verzweiflung als Seligkeit.
Die Nacht zum 28., das wußten sie alle, war aus ihrem Leben bereits ausgegliedert. In ihr gab es nichts Privates mehr, nichts Erfühltes, nichts Gewünschtes. Nur das nackte Kalkül sollte sie von den Poren bis zu den Nerven beherrschen: Stalins Tod! In dieser letzten Nacht sollten sie innerlich vereisen, sie sollten nur noch zielendes Auge werden, abdrückender Finger, leidenschaftslose Reaktion.

Milda Ifanowna holte die Waffe, die Duskow anforderte, aus ihrem Kleiderschrank: drei Spezialschnellfeuergewehre mit Zielfernrohren, zusammengelegt und in wenigen Augenblikken montierbar. Achtzehn Handgranaten mit verminderter Verzögerung, so daß es unmöglich war, sie mit einer schnellen Bewegung zurückzuwerfen. Sechs Pistolen mit verlängertem Magazin. Drei kleine, zusammenklappbare Maschinenpistolen. Für jeden vierzig Schuß Spezialmunition: Stahlmantel mit Explosionsaufschlagzünder, ein Geschoß, das faustgroße Löcher riß, wenn es in den Körper drang. Die Konstrukteure hatten es mit Schießversuchen an Tieren demonstriert: Hundeköpfe zerplatzten wie rohe Eier, Rinderbrüste zerbarsten wie ein bizarrer Feuerwerkskörper.
Am eindrucksvollsten war der Versuch mit einem Elefanten: Sein Kopf glich nach dem Treffer einem Krater, aus dem die rote Lava quoll.
Die Fachleute waren beeindruckt. So etwas überlebte auch Stalin nicht. Wenn man ihn traf ...
Duskow, Boranow und Sepkin übten noch einmal das sekundenschnelle Zusammensetzen ihrer Gewehre. Petrowskij spielte Stalin. Er kam unverhofft aus dem Nebenzimmer, stieß die Tür auf — und ebenso schnell zuckten die Waffen hoch, rissen Plejin und Iwanow an den Zündschnüren ihrer Handgranaten und warfen sie. Im Augenblick benutzten sie dazu Tennisbälle.
»Verzögerung zwei Sekunden!« sagte Milda. Sie drückte auf eine Stoppuhr und las sie ab. »Zuviel! Länger als eine Sekunde darf es nicht sein . . .«
Sie übten bis kurz vor 2 Uhr mittags. Die Sekunde erreichten sie nicht. Es blieb bei einer Sekunde und zweiundvierzig Hundertstel.
»Das kann genügen!« sagte Milda Ifanowna. »Kalkulieren wir den Überraschungsmoment ein.« Sie sprach kühl, mit gewohnter Stimme, manchmal sogar freundlich, als sei man zum Plaudern zusammengekommen. Sepkin bewunderte sie — er hatte es trotz Jelena Lukanowna nicht aufgegeben. Jelena liebte er, aber Milda war wie ein herrliches, gefährliches, unberechenbares Tier, das man einfangen, überwältigen und zähmen mußte. Ein fremder, zerstörerischer Reiz . . . »Die Parade wird um elf Uhr sein, das ist bekanntgegeben worden.«

»Der Rote Platz wird zur Hälfte gesperrt werden während Stalins Abfahrt«, sagte Plejin. »Ljudmila hat es mir erzählt. Er wird aus dem Spasskij-Tor herauskommen, nach rechts, zur Moskwa, abbiegen, an der Basilius-Kathedrale vorbeifahren und dann am Moskwa-Ufer entlang, Richtung Gorki-Park.«
»Hervorragend, Kolka!« Duskow beugte sich über einen Plan Moskaus, der über dem Tisch ausgebreitet lag. Die anderen standen um ihn herum, während Milda Ifanowna mit Obstessig gesäuertes Mineralwasser verteilte. Es war heiß und drükkend, der Schweiß sickerte aus den Poren, als quetsche man einen Schwamm aus. Im Radio hatte man gemeldet, daß es schon neunzehn Hitzeopfer gab. Waren einfach umgefallen, als sei ihr Gehirn vertrocknet.
»Plejin, du stehst genau im Blickfeld des Spasskij-Turms, entweder in der Nähe des Lenin-Mausoleums oder am Kaufhaus *GUM*. Du gibst die Abfahrt Stalins durch.«
»Und weiter?« fragte Plejin.
»Weiter nichts!« Duskow hob den Kopf nicht, er wollte den Kleinen nicht ansehen. Ich weiß, was du sagen willst, dachte er: Damit werde ich überleben. Hast es genau erkannt, Benjamin. Leb weiter mit deiner herrlichen Tigerin Ljudmila Dragomirowna. Aber halte jetzt bloß die Schnauze!
»Es sei denn«, fügte Duskow hinzu, »du bekommst Stalin so nahe an dich heran, daß du dein Ei werfen oder ihn mit der MP sicher — ich sage, Plejin, sicher! — erreichen kannst.« Duskow tippte auf den Plan. »Iwanow, du stehst an der Basilius-Kathedrale, gegenüber dem Nabat-Turm des Kreml. Hier muß Stalin unbedingt vorbei, wenn er zum Moskwa-Ufer will. Ist er zu schnell oder nicht nahe genug, durchlassen, Fejda, bloß durchlassen, nichts riskieren! Meldung an uns, wenn Stalin dich passiert hat.«
Duskow sah Petrowskij an. Auch Iwanow war damit gerettet, der Zweitjüngste. Wenn Frieden ist, laß deine goldenen Löckchen wieder wachsen, dachte Duskow. Wie wird sich deine Wanda Semjonowna freuen, wenn sie sich an deinen Haaren festhalten kann.
»Petrowskij«, sagte Duskow in jenem verhaltenen Lagebesprechungston, der verbindlich klang und keinen Widerspruch mehr annahm. »Wie ist es mit dem Motorrad?«
»Ich bekomme es geliehen. Der Genosse Kurkurin vom Ersatzteillager hat es mir versprochen. Eine deutsche Zündapp.

Verrückt, was? Läuft hundertprozentig sicher, wie ein tröpfelnder Prostatiker.«
Keinem war zum Lachen zumute. Petrowskij hob die Schultern. »War schlecht, was? Bitte um Verzeihung . . .«
»Du folgst Stalins Kolonne mit dem Motorrad und bleibst mit uns in ständigem Funkkontakt«, sprach Duskow weiter. »Wenn Stalin um den Beklemenski-Turm des Kreml biegt und zur Uferstraße kommt, zwischen Kremlewski-Kai und Moskoworezk-Kai, ist die Straße breit genug, daß du ihn mit dem Motorrad überholen kannst. Aber das mußt du nach Lage der Dinge selbst entscheiden. Du mußt sicher sein, daß du in das Begleitkommando einstoßen kannst, die Verwirrung ausnutzt und sofort mit beiden Händen wirfst. Ist das nicht möglich oder unsicher, dann Stalin weiterfahren lassen und Meldung geben.«
Petrowskij nickte. Larissa Alexandrowna, mein Schatz, dachte er, aber nach außen war er völlig unberührt. Mein kleines blondes Mädchen mit der Stupsnase und den fröhlichen Sommersprossen — verfluch das Leben nicht. Es kommt nichts dabei heraus . . .
»Sepkin, Boranow und ich werden eine Schlageinheit bilden!« sagte Duskow. Wirklich, er sagte Schlageinheit, ein Wort, das Boranow nicht vergessen würde. Das war ein so deutsches Wort, so durch und durch preußisch, so grausam-herrlich idiotisch, daß es jetzt, in russischer Sprache gesprochen, nicht lächerlich, sondern erschreckend wirkte.
»Wir werden Stalin in ein konzentriertes Feuer von drei Seiten nehmen, wenn er, von dem Kropotkin-Kai kommend, über die Krim-Brücke fährt. Hier an der Ecke, wo er abbiegen muß und sein Wagen deshalb die Geschwindigkeit sehr vermindert, ist die beste Stelle, wo man ihn von drei Seiten erreichen kann.« Duskow blickte hoch. »Noch Fragen, Genossen?«
»Keine«, antwortete Sepkin düster.
»Positionseinnahme 10 Uhr.« Duskow lächelte etwas gequält. »Viel Glück, Jungs. Wir — wir treffen uns hinterher bei Milda Ifanowna wieder . . .«
Das war ein saurer Witz, man hatte ihn Duskow gar nicht zugetraut. Sie grinsten mit Bitterkeit in den Mundwinkeln, stießen die Gläser voll Mineralwasser mit Obstessig aneinander und umarmten sich dann. An der Tür gab Milda jedem einen Kuß — nicht einen schwesterlichen, sondern einen Kuß, der

auf den Lippen nachbrannte, der ihnen ins Blut ging und durch ihre Körper spülte. Wenn nichts die Aussichtslosigkeit ihrer Wiederkehr andeutete, dieser Kuß bewies es ihnen. Es war ein Abschied für immer.

Zwei Minuten nach 10 Uhr vormittags, am 28. Juli 1944, einem Sonnentag, dem schon jetzt der heiße Asphalt seinen Dunst entgegenschickte, meldeten sich Plejin, Iwanow und Petrowskij von ihren Posten. Duskow, Boranow und Sepkin hatten ihre Waffen abgeholt. Es gab nichts Besseres als die Brennkammer von Ofen I, und hier, wo er sonst seine amputierten Körperteile zu Staub zerfallen ließ, hatte Sepkin die Gewehre hineingeschoben. Diesen Ofen rührte keiner an, weder Zischlow, der Vorarbeiter vom Krematorium, noch die OP-Helfer, die für Nachschub sorgten. Sie lieferten ihre Kübel vor der Tür ab. In dem gekachelten Raum war Sepkin der alleinige Herr.
Für Plejin und Iwanow sorgte Petrowskij. Er hatte im Traktorenwerk Winkel genug zur Verfügung, in denen man Handgranaten, Pistolen und kleine Spezial-MP verstecken konnte. Mit seinem geliehenen Motorrad donnerte er quer durch Moskau, traf Plejin und Iwanow am Seitenbau des Historischen Museums und verteilte die Waffen.

Um 10 Uhr 20 stand Oberst Smolka mit heißen Händen vor General Radowskij und fühlte sich elend bis an die Zehenspitzen.
Im Nebenzimmer hörten sie Stalin telefonieren, seine Stimme, ihr dunkles Timbre, durchdrang die Holztür. Er sprach mit Marschall Konjew von der 1. Ukrainischen Front, der mit seiner 13. und 60. Armee in einem weiten Zangenangriff in Richtung Lemberg vorgestoßen war und östlich Lemberg einige deutsche Divisionen eingekesselt hatte. Er war sich seiner Durchschlagskraft so sicher, daß er sogar weit östlich hinter Tarnopol zwei ausgeruhte Armeen in Reserve stehenließ und Exerzierdienst befohlen hatte.
Stalins Stimme drückte helle Freude aus. Er nannte Konjew seinen lieben Bruder und überhäufte ihn mit Lob.
»Ein Glück haben wir!« sagte Radowskij. »Igor Wladimiro-

witsch, man könnte fast wieder an Gott glauben! Stalin wird in bester Verfassung durch Moskau fahren. Führen Sie ein Tagebuch? Dann können Sie hineinschreiben: ›28. Juli 1944. Ich bin der erste und einzige Mann der Welt, dem es gelungen ist, Stalin als Schauspieler zu engagieren!‹ Nicht auszudenken, wenn Ihr Wahnsinnsspiel mißlingt . . .«

Um halb elf trat die Wache aus dem Spasskij-Turm. Die Kette der absperrenden Milizionäre und Gardisten straffte sich. Hinter den eisernen Absperrgittern drängte sich das Volk. Es waren nur ein paar hundert Menschen. Die meisten waren zum Gorki-Park gezogen, um dem Paradeschauspiel zuzusehen. Mehrere Offiziere erschienen in der Durchfahrt und bildeten ein Spalier.

Der kleine Plejin drückte sein Funkgerät an die Lippen. Sie hatten jetzt auf Rundspruch geschaltet; jeder der sechs hörte mit. Plejin stand am Lenin-Mausoleum und konnte sehr gut zur Ausfahrt blicken. Wenn Stalin gleich mit seinem Wagen herausfuhr, war er für ihn deutlich sichtbar, aber zu entfernt, um ihn mit einer Handgranate oder seiner kleinen MP zu erreichen.

»Wache steht!« sagte Plejin leise. Er trug natürlich seine Milizuniform, und wer ihn so in das Gerät sprechen sah, mußte annehmen, daß er mit anderen Milizposten Verbindung hielt. Er stand hier auf der sichersten Position des Unternehmens. Er würde überleben.

»Iwanow?« fragte Duskow.

»Bereit.«

»Petrowskij?«

»Sitze startbereit im Sattel.«

»Kein Risiko eingehen, Luka!«

»Bin ich ein Stiefelpisser?« sagte Petrowskij beleidigt.

Der kleine Plejin meldete sich. »Drei Vorauskommandos! Offene Wagen mit Scharfschützen. Sechs Kradfahrer . . .«

»Verstanden!« sagte Petrowskij. »Werde wie eine Hornisse hineinstoßen!«

»Erst Lage abwarten!« rief Duskow dazwischen.

Er stand mit Boranow und Sepkin an der Krimbrücke, verborgen hinter einer Propagandawand aus Holz, auf der riesig das Foto von Stalin glänzte und einer der weisen Sprüche des »Vaters aller Russen«. Ein Platz ohne Beispiel: während Stalin mit verlangsamter Fahrt an seinem großen Foto vorbeifuhr, würde er in das Feuer dreier Spezialgewehre geraten. Sein Bild auf der Plakatwand würde Zeuge seines Todes sein. Man sage nicht, das Schicksal sei humorlos . . .

»Er kommt.« Der kleine Plejin sagte es so nüchtern, daß Duskow verblüfft zu Boranow blickte und ihm zunickte. Sepkin, ganz Ruhe, ganz Konzentration, kontrollierte noch einmal sein Gewehrschloß. Bloß keine Ladehemmung! Das Schnellfeuer muß heraushämmern, ehe man drüben überhaupt begreift, was geschehen ist.

»Er sitzt in einem Wagen mit offenem Fenster!« sagte Plejin. »Ich sehe ihn ganz deutlich. Er lächelt! Offenes Fenster!«

»Verstehe!« Duskow schüttelte den Kopf. »Er macht sich selbst zur Schießscheibe.«

»Wagen biegt nach rechts ab, Richtung Kathedrale.«

»Sehe ihn kommen!« meldete sich Iwanow. »Vorweg der Begleitschutz.«

»Meine Kiste läuft!« rief Petrowskij dazwischen.

Und dann war da ein leiser Schrei, völlig unerwartet, wie ein Messer, das plötzlich das fein gesponnene Netz zerschneidet. Plejins Stimme — flatternd, fassungslos, aus den Fugen geraten, in einen kindlichen Ton zerfallend . . .

»Das ist nicht möglich . . . das ist nicht möglich . . . du lieber Gott . . .!«

»Was ist, Plejin?« brüllte Duskow. »Plejin, Kolka . . . was ist los?«

Durch das Spasskij-Tor rollte der gleiche Wagen, in dem Stalin gerade nach rechts abgebogen war. Eine schwarze, gedrungene Limousine, das Fenster hinten heruntergekurbelt. Und auf dem Sitz, leutselig nach draußen blickend und den Menschen hinter den Absperrgittern zunickend, noch einmal Stalin.

»Ein zweiter Stalin . . .«, stammelte Plejin.

»Kolka!« Duskow riß den Mund auf, als könne er damit seine plötzlich heiß werdende Lunge abkühlen. »Kolka, nimm dich zusammen!«

Ein dritter Wagen! Das gleiche Modell. Die Offiziere salutierten. Hinter dem offenen Fenster grüßte Stalin mit breitem Lächeln und hob mit seiner charakteristischen Geste die Hand halbhoch in Kopfhöhe. Auf seinem eisgrauen Haar lag voll der Sonnenschein, als er sich nun sogar etwas vorbeugte.

»Ein dritter Stalin . . .«, rief der kleine Plejin verzweifelt.

»Nicht schießen! Nicht schießen! Es sind drei Stalins unterwegs!«
»Du versoffenes Hurenbengelchen!« brüllte Petrowskij auf seinem Motorrad. »Duskow, der Kleine scheißt sich doch nur in die Hose!«
»Der dritte Stalin biegt nach links ab!« Plejins Stimme zitterte zum Erbarmen. »Kommt auf mich zu . . . fährt jetzt an mir vorbei . . . winkt mir zu . . .«
»Feuer, Kolka!« brüllt Petrowskij.
». . . der . . . der dritte Stalin . . . und aus dem Tor kommt ein vierter! Noch ein Stalin! Biegt zu mir ab . . . Wir haben . . . wir haben vier Stalins!«
»Sense!« sagte Petrowskij. »Er ist verrückt geworden.«
Bevor Duskow noch reagieren konnte, überdeckte Iwanows Stimme alle Überlegungen:
»Posten Kathedrale. Das Begleitkommando — und dann der Wagen mit Stalin — zwei Wagen, dicht aufgeschlossen — kommen in meine Höhe. Zu weit, um anzugreifen. Du lieber Himmel, Kolka hat recht: an mir fahren zwei Stalins vorbei! Duskow, es kommen tatsächlich zwei . . .«
Plejins klägliche Stimme vom Roten Platz:
»Die beiden anderen Stalins biegen zur Gorki-Straße ab! Nicht schießen! Nicht schießen! Wer ist denn der richtige?«
Duskow starrte Sepkin und Boranow aus rotumränderten Augen an. Sepkin hockte hinter dem Reklameschild und schwitzte wie ein tauender Schneehaufen. Boranow hatte den Kopf weit in den Nacken geworfen und blickte in den wolkenlosen, blaßblauen, Hitze ausströmenden Himmel.
Petrowskij am Beklemenski-Turm meldete sich. »Scheiße! Scheiße! Scheiße!« brüllte er. Im Apparat hörte man das wilde Knattern seines Motorrades. »Sie kommen . . . es sind wirklich zwei. Duskow, zwei Stalins kommen auf dich zu . . . Oh, Scheiße!«
»Die beiden Stalins haben sich getrennt . . . der eine fährt rechts um das Museum herum, der andere biegt zum Arsenal-Turm ab.« Plejins kindlich gewordene Stimme. »Ich — ich melde mich ab. Ich habe nichts mehr zu tun . . .«
Duskow senkte den Kopf. Eine der größten Stunden der Weltgeschichte war zur Farce geworden. Die *Wildgänse* wurden ordinäre Spatzen. Lächerlichkeit besiegte die Geschichte. Stalin fuhr in vier Richtungen davon . . .

»Ende!« sagte Duskow matt. »Gott schütze unsere Heimat ... Wir können es nicht mehr.«
Als die Kolonne an ihnen vorbeifuhr, die Begleitfahrzeuge, die Kradfahrer, die beiden schwarzen Limousinen, und mit der Geschwindigkeit heruntergehen mußten, um auf die Krim-Brücke einzubiegen, standen Duskow, Sepkin und Boranow am Straßenrand. Sie grüßten ... Und aus den beiden Wagen, am offenen Fenster sitzend, winkte ihnen Stalin gut gelaunt und leutselig wie selten zu.
Zweimal hintereinander ... Gespenstisch und doch Wirklichkeit.
Die drei blickten den Wagen nach, bis sie auf der Krim-Brücke waren, holten dann ihre Aktentaschen hinter der Plakatwand hervor und gingen langsam, wie fröhliche Genießer der Sommersonne, den Kropotkin-Kai herunter zum Kreml.
Petrowskij raste ihnen entgegen, bremste und ließ sich vom Motorrad fallen.
»Was nun?« schrie er. Sein Gesicht war fremd in dieser Verzerrung. »Duskow, sag doch etwas!«
»Wenn wir heute abend nach Hause kommen«, sagte Duskow langsam, »sollten wir unseren Frauen Blumen mitbringen. Die Gewinner sind sie ...«

Am 2. Oktober 1944 stand Iwanow plötzlich Stalin gegenüber.
Wieder war es im Alexandergarten, in der Nähe des Arsenal-Mittelturms. Nur karrte Iwanow dieses Mal nicht Holzkeile über die Dreifaltigkeitsbrücke, sondern zimmerte ein Gerüst, um ein Stück Wand am Arsenalgebäude auszubessern. Es war um die Mittagszeit, Iwanow war allein mit einem Arbeiter, der Beljajew hieß und an der Mauer im Schatten hockte, eine Essiggurke kaute und gerade über ein Mädchen berichtete, das eine Handbreit über dem Schamhügel einen großen Leberfleck besaß. Beljajew wollte von dem gebildeten Genossen Iwanow wissen, ob man so etwas wegmachen könne.
Da stand Stalin plötzlich vor ihnen. Gemütlich, eine Pfeife schmauchend, in einem hellen, weiten Sommerrock, fern aller Düsternis, ein Väterchen, so wie man ihn auf den großen Plakaten sieht.
Der gute Beljajew, ein wenig arm im Hirn, bekam Stielaugen,

schnellte hoch, preßte sich an die Mauer, stand stramm und wartete mit hämmerndem Herzen darauf, daß er vor Schreck starb.
Aber auch Iwanow schnellte vor. Er dachte nicht mehr, er handelte aus dem Reflex heraus, aus der hundertmal geübten Reaktion ... ein Stück Materie war es, das auf einen Impuls etwas ganz Bestimmtes ausführen mußte.
Stalin starrte ihn verblüfft an, aber zum Ausweichen kam er nicht mehr. Während Iwanow und Stalin zusammenstießen, zog Fjedor Pantelijewitsch in seiner Hosentasche die Zündschnur ab. Die Reißleine für die Handgranate ohne Verzögerung ...
Für den Bruchteil einer Sekunde waren sie sich so nah, als würden sie miteinander verschmelzen, Stalins ins Entsetzen umspringender Blick bohrte sich in Iwanows ausdruckslose, schon jenseitige Augen ... Dann zerriß die Explosion diese sonnendurchglühte Mittagsruhe. Beljajew stürzte zu Boden und bekam keine Luft mehr, aber er sah noch, wie die beiden Leiber vor ihm wie rotes Glas zerplatzten und sich miteinander vermengten.

»Absolute Informationssperre!« sagte eine halbe Stunde später Oberst Smolka. Vor ihm trug man in zwei Zinksärgen die Überreste von Stalin und Iwanow weg. Der elegante Radowskij stand etwas abseits und hielt sich ein Taschentuch vor den Mund. Der Anblick hatte Übelkeit in ihm hochgetrieben ... Zwei zerfetzte Körper, aber zwei unversehrte Köpfe. Ein junger Mensch mit goldblonden Löckchen und Stalins kantiger, eisengrauer Schädel.
»Glauben Sie jetzt endlich an meine deutschen Offiziere, Genosse General?« fragte Smolka.
»Verlangen Sie, daß ich auf der Stelle ein Halleluja anstimme?« Radowskij blickte mit Grausen den beiden Särgen nach. »Wer war es?«
»Nikolai Iljitsch Tabun ...«
»Stalin wird sich ab sofort aus der Öffentlichkeit zurückziehen!« sagte Radowskij bedrückt. »Wissen Sie, was das bedeutet, Igor Wladimirowitsch? Noch mehr Haß gegen alle, noch mehr Intrigen, noch mehr Schreie nach Rache! Sie haben es gut ... Sie sitzen weit genug weg von ihm auf einem sicheren

Stuhl. Sicher, weil er anonym ist. Wir, in seiner Nähe, werden lernen müssen, was der Begriff Vergänglichkeit bedeutet.« Radowskij winkte ab. »Smolka, seien Sie ein lieber Freund, vergessen Sie die letzten Sätze. Also kein Ton von diesem Überfall?«

»Keinen Hauch, Genosse General.«

»Und der Augenzeuge, dieser Zimmermann? Er ist nur leicht verletzt.«

»Er wird in eine gute Spezialklinik verlegt werden«, sagte Smolka leichthin. »Nach Omsk.«

Omsk liegt jenseits des Urals. In Sibirien . . .

Ranowskij blickte Smolka an, sah in fröhliche Augen, schob die Unterlippe vor und wandte sich zum Gehen.

Vier Wochen lang rannte Wanda Semjonowna in hellster Verzweiflung herum, fragte in den Krankenhäusern, alarmierte die Miliz, flehte bei den Behörden — man konnte nur mit einem Achselzucken antworten. Antonina Nikitajewna, die Mutter, vom Schmerz ihrer Tochter schier zerrissen, holte eine Kiste unterm Bett hervor, baute gegen den Widerstand von Semjon Tichonowitsch eine Ecke des Zimmers zur »Schönen Ecke« aus, hing an die Wand ein Bild von Christus, schmückte es mit Blumen, entzündete eine Kerze, kniete auf den Boden und betete.

Wenn Wanda zurückkam, fiel sie neben ihrer Mutter auf die Knie, hob die gefalteten Hände und schrie gegen die Schöne Ecke: »Gib ihn mir zurück, Heiland! Hilf mir, Christus! Wo ist er? Was ist mit ihm geschehen? Wie kann ein Mensch einfach verschwinden? Christus, hilf uns . . .«

Semjon Tichonowitsch hielt das nicht mehr aus. Er rannte aus der Wohnung, besoff sich viermal maßlos, krakeelte dann herum, spuckte die Schöne Ecke an, nannte Iwanow einen verhurten Dreckskerl, zertrümmerte einen Kwaßkrug, den Wanda vor kurzem Fjedor Pantelijewitsch geschenkt hatte, zerstampfte die Scherben und drohte, die Weiber in ein Irrenhaus schaffen zu lassen. War er aber allein, draußen in seinem Stahlwerk, stand er oft an der Walzstraße, starrte in die Glut des Metalls, wußte auf alle Fragen keine Erklärung mehr und schüttelte hilflos den Kopf.

Er hatte Iwanow geliebt wie einen Sohn. Nur gesagt hatte er es nie. Haller war kein Mensch, der seine Seele auf der Zunge trägt.

Der Krieg war gewonnen — oder verloren. Es kam darauf an, von welcher Seite man es sah. Die Siegesfeiern in Moskau dauerten eine Woche. Ein in der Geschichte einmaliges Feuerwerk erhellte Moskaus Himmel mit schimmernden Kaskaden. Die eroberten deutschen Fahnen und Standarten wurden zu einem großen Haufen getürmt; eine Parade nie gesehenen Ausmaßes hallte über den Roten Platz. Auf der Tribüne der Kremlmauer stand Stalin, umgeben von seinen engsten Vertrauten und den ordenschimmernden Generälen, deren Namen jeder kannte und ehrfürchtiger aussprach als einst die Namen der Heiligen. Er hob die Hand halb hoch, winkte, lächelte, schon im Leben eines der Denkmäler, das stehen wird, solange es ein Geschichtsbewußtsein gibt, drückte seinen Marschällen die Hände und rührte Zehntausende, die es sahen, zu Tränen.
An diesem Tag waren Boranow und Lyra Pawlowna allein. Pawel Ignatiewitsch Sharenkow und seine Frau Marja Iwanowna waren einer Einladung gefolgt. Man hatte Sharenkow zwar nicht seinen gigantischen Triumphbogen bauen lassen, ihn jedoch zum Abteilungsleiter befördert. Er befehligte jetzt die Planungen für eine neue Kanalisation — eine ehrenvolle Aufgabe, wenn sie auch mit seinen phantastischen Bauplänen wenig gemein hatte.
Der Genosse Hauptabteilungsleiter hatte zur Siegesfeier eingeladen, und so ließ man Lyra mit Kyrill allein. Sie heirateten ohnedies in ein paar Wochen; der sittenstrenge Sharenkow hatte zugeben müssen, daß Liebe vor dem Trauschein auch schon zu seiner Zeit genossen worden war. Marja Iwanowna erinnerte ihn zartfühlend daran, und Pawlow bekam in der Erinnerung blanke Augen.
»Ich muß dir etwas gestehen«, sagte Boranow. Er saß mit Lyra auf dem Sofa, sie hatten sich geküßt, und Lyra hatte die Bluse ausgezogen und sich gedehnt und den Leib gespannt wie eine stählerne Feder, als Boranow sie streichelte.
»Warum redest du jetzt?« sagte sie mit halber Stimme. »Heißt immer, wir Frauen schwatzen zuviel. Aber ihr Männer?! Ruhelos wie die Krähen . . .«
»Es ist nötig.« Boranow zog seinen linken Schuh aus. Er drehte am Absatz, schwenkte ihn zur Seite und hielt Lyra den Schuh hin. »Das ist ein Funkgerät«, sagte er. »Eine amerikanische Erfindung. Ich brauche es jetzt nicht mehr. Der Krieg ist

vorbei. Lyraschka, ich bin ein Deutscher. Ich bin ein deutscher Offizier. Ich heiße Asgard Kuehenberg . . .«

Sie sah ihn an mit weiten, glänzenden Augen, dehnte ihren nackten Oberkörper, räkelte sich zu ihm hin und schlang den Arm um seine Hüfte.

»Was redest du da, Kyrill?« sagte sie mit winziger Stimme. »Kann ein so kluger Mann wie du eigentlich so viel Unsinn reden?«

»Ich bin ein Deutscher, Lyra . . .«

»Du bist Boranow. Kyrill Semjonowitsch Boranow. Nichts anderes bist du gewesen . . . Mein guter Mann Kyrill. Hast du nicht eine Frau, die Lyra Pawlowna heißt? Wirst du nicht Kinderchen haben, die Boranow heißen? Wer will das ändern?«

Sie lächelte ihn an, ergriff seine Hand und legte sie über ihre Brüste. »Hier ist dein Leben«, sagte sie. »Rede es nicht weg, mein Schatz. Gib ihm keinen anderen Namen . . . Vergrab alles andere ganz tief und für ewig in dich . . . Ha, sieh dir die Uhr an, Kyrill! Die Zeit fliegt wie eine Sturmwolke. In zwei Stunden sind sie zurück. Und wir reden und reden und vergessen uns . . .«

Sharenkow prallte zurück, als er weit nach Mitternacht nach Hause kam. Sein Töchterchen Lyra lag mit Kyrill Semjonowitsch unter einer Decke im Bett, und an den Schultern — man brauchte nicht zu raten — erkannte er, daß sie hüllenlos waren.

»Eine Schande!« murmelte er, als Marja Iwanowitsch ihn aus dem Zimmer zog. »Oh, welche Schande! Dieser Gipfel der Schamlosigkeit! Unter meinem Dach! Soll ich ihn erschlagen?«

»Laß sie schnell heiraten«, sagte Marja Iwanowna, das kluge Mütterchen. »Gehen wir doch morgen gleich zur Anmeldung in den Heiratspalast . . .«

Milda Ifanowna wohnte noch immer in der Lesnaja uliza Nr. 19. Eine Stelle als Sekretärin hatte sie angenommen, im Zentralbüro für Textilüberwachung. Sie kam an wunderbare Stoffe und sogar fertige Kleider, konnte Mäntel besorgen und Strümpfe, Schuhe und Unterwäsche und lebte mit einem Menschen zusammen, der das krasse Gegenteil von Wolnow oder den Männern war, die Mildas Geschmack entsprachen.

Der Genosse Iwan Iwanowitsch Wolodin — wenigstens das W und zwei O hatte er im Namen — war ein durchgeistigter Mann, sprach fünf Sprachen, darunter deutsch, und lehrte an der Universität europäische Kunstgeschichte. Er liebte Milda bis zum Exzeß, was ihm keiner verübeln konnte, duldete großzügig ihre zahlreichen Freunde, diskutierte mit Sepkin, Duskow, Plejin und Boranow und deren Frauen über alle Themen, angefangen von Boranows beruflichen Erfahrungen als Orchideenzüchter bis zu der Frage, ob die Atomkernspaltung tatsächlich wirtschaftlich, etwa zur Stromerzeugung, nutzbar gemacht werden könne; er bewunderte die tierhafte Ljudmila Dragomirowna Plejina, die unirdische Schönheit von Anna Iwanowna Duskowa, die strahlende Jugend von Jelena Lukanowna Sepkina, die Keckheit der stupsnasigen Larissa Alexandrowna Petrowskaja und die mitreißende Fröhlichkeit von Lyra Pawlowna Boranowa. Und grübelte immer wieder der Frage nach, warum Milda Ifanowna, auch ein Juwel in diesem Kreis, ausgerechnet ihn geheiratet hatte.
Mildas Stellung war in diesem Jahr nach Kriegsende von größtem Wert. Sie versorgte die Frauen ihrer Freunde mit Kleidern und Stoffen, beschaffte Bezugscheine für Schuhe, brachte sogar drei Einkaufsausweise mit, die dazu berechtigten, in den für hohe Parteifunktionäre reservierten Sondermagazinen einzukaufen. Das Leben hatte sich normalisiert, die Nachrichten aus Deutschland waren spärlich, dort hungerte und fror man, suchte sein Heil auf dem schwarzen Markt oder fuhr mit Rucksäcken über Land, um ein bißchen Fett einzutauschen. Wenn Milda das Radio anstellte und Berlin empfing, knallte ihnen amerikanischer Jazz entgegen und erklangen Stimmen, die Ljudmila Dragomirowna als Wolfsgeheul bezeichnete.
Es war ein Tag im September 1946, als Milda mit beklommener Stimme alle zu sich rief. Als Duskow, Boranow und Petrowskij eintafen, saß Milda Ifanowna weinend auf dem Sofa. Iwan Iwanowitsch Wolodin versuchte, sie mit Wein und dann mit einem grusinischen Kognak zu trösten, aber sie schüttelte den Kopf, saß da wie eine zerbrochene Puppe und sagte immer nur:
»Es ist furchtbar. Fürchterlich ist es! Sepkin hat es vor einer Stunde aus der Klinik gemeldet. Man hat sie gebracht . . . in drei Säcken, weil man nicht warten wollte und weil es kein

Aufsehen geben sollte . . . Sie hat noch gelebt, als man sie aus dem Sack holte, geatmet hat sie noch, ganz tief und mit offenen Augen, und dann ist sie auch gestorben. Sepkin behauptet, sie hätte ihn noch erkannt . . .«

»Wer? Um Gottes willen, wer?« rief Duskow.

»Ljudmila Dragomirowna . . .«

Ein Hauch von Lähmung überzog alle. Sie begriffen es nicht sofort. Wie war es auch zu begreifen? »Das — das kann nicht wahr sein«, sagte Boranow dumpf. Er sah Ljudmila vor sich, diese Frau, die in seinen Augen weiblicher Schönheit gleichsam neue Dimensionen erschlossen hatte. »Was ist passiert? Wer sind die beiden anderen Toten?«

»Kolka . . .«

»Unser Kleiner?« stammelte Petrowskij. Er ließ sich auf einen Stuhl fallen. »Was war das für ein Unfall?«

Milda Ifanowna schluckte krampfhaft. Wolodin wurde sein Glas Kognak doch noch los. Sie nahm einen Schluck und wischte sich mit beiden Händen die Tränen vom Gesicht.

»Sie hat ihn erschossen — mit vier Schüssen. Und die andere mit zwei. Den letzten Schuß gab sie sich dann selbst ins Herz . . .«

»Die — die andere?« fragte Boranow tonlos. »Welche andere?«

»Eine Kellnerin. Ljudmila Dragomirowna überraschte sie in einer Holzhütte an der Moskwa. Sie muß ihn schon länger beobachtet haben und war ihm nachgeschlichen. Sofort hat sie geschossen . . .«

»Unglaublich!« Duskow griff nach der Weinflasche und setzte sie der Einfachheit halber an den Mund. Seine Kehle zuckte, als er trank. »Der Kleine muß verrückt geworden sein!« sagte er dann. »Ljudmila zu betrügen! Wo gibt es eine zweite Ljudmila?«

»Sie war neun Jahre älter als Kolka«, sagte Milda leise. »Die Kellnerin war ein Jahr jünger. Es ist furchtbar . . . unbegreiflich . . . Aber ich kann Ljudmila verstehen . . .«

Ein stilles Begräbnis wurde es, nur ein paar Kameraden der Miliz standen an den beiden Särgen. Die tote Kellnerin wurde in einem anderen Bezirk beerdigt, wo ihr Vater am Grab in seinem unbezähmbaren Schmerz unflätig wurde, Plejin, den Geliebten seiner Tochter, einen Hurenkerl nannte und von Ljudmila nur als von der Mörderin sprach.

Langsam gingen Duskow, Petrowskij, Sepkin, Boranow und ihre Frauen an den offenen Särgen vorbei. Plejin lag auf den Kissen wie ein schlafender Junge, den Mund etwas verkrampft, mit einem trotzigen Lächeln. Man hatte ihm kein Kreuz zwischen die Finger geschoben, sondern eine einzelne Rose. Eine Rose, wie sie Ljudmila immer geliebt hatte.
Ljudmila Dragomirowna im Sarg — das Bild brannte sich in die Seele. War sie im Leben schon von unfaßbarer Schönheit gewesen, so hatte der Tod ihr Gesicht noch mehr verschönt. Die hohen Wangenknochen zeichneten sich unter der in einem zarten Olivton schimmernden Haut ab, die geschwungenen Lippen riefen auch noch aus der Todeskälte nach Sinnlichkeit und sternenweiter Leidenschaft. Und um dieses Antlitz in seiner entrückten Harmonie legte sich ihr Haar, lackschwarz, eine seidene Wolke, deren Ränder sich im Wind bewegten, der über den Friedhof strich.
Sie gingen an Plejin und Ljudmila vorüber, legten Blumen auf ihre Körper, verhielten mit gefalteten Händen, sahen sie an und stießen an die Grenze ihres Verständnisses. Als die Särge geschlossen wurden, als man sie hinunterließ in das Doppelgrab und die Erdschollen auf die Deckel polterten, sagte Duskow in die Stille hinein:
»Und immer hat der Kleine davon geträumt, wieder nach Deutschland zu kommen. Er hat es mir oft gesagt . . .«
Es gab keine Totenfeier, wie es sonst in Rußland üblich ist. Sie gingen auf dem großen Friedhof spazieren, stellten sich in den Schatten einer Kastaniengruppe, blickten ab und zu hinüber zu dem frischen Grab. Die Totengräber hatten ihre Jakken ausgezogen und schaufelten. Ein schöner Herbsttag war es, ein bunter Tag für Bäume und Sträucher, die Natur verschwendete ihre Farben, ehe sie in der Kälte erstarrte. Herbst . . . In Sibirien sagt man »Flammende Taiga«.
»Du hast da vorhin etwas gesagt, Leonid Germanowitsch«, sagte Boranow. »Der Kleine hatte Heimweh, wollte nach Deutschland . . .«
Er legte den Arm um Lyra Pawlowna, schob ihn um ihre Hüfte und ließ seine Hand auf ihrem gewölbten Leib liegen. Sie sollte nicht erschrecken, sie sollte wissen, daß es nur sie gab in diesem kurzen Leben.
»Noch ist es nicht zu spät, darüber zu sprechen«, fuhr Boranow fort. »Nur eine Frage, liebe Brüder. Wir sollten darüber

nachdenken, denn es bohrt in uns: Wollen wir nach Deutschland zurück?«
»Diese Frage habe ich befürchtet!« sagte Sepkin. »Wir sind deutsche Offiziere . . .«
»Wir *waren* es. Jetzt sind wir etablierte Genossen!« Duskow griff in die Tasche, reichte Papyrossi herum, und sogar Anna Iwanowna rauchte eine, sog nervös den Rauch ein und stieß ihn mit kurzen Zügen wieder aus. »Anna hat den Antrag gestellt, mich in die Partei aufzunehmen. Eine Ehre ist das! Ich bin Anwärter, Genossen.«
»Und ich bin aufgestiegen aus der Unterwelt!« sagte Sepkin. »Weg vom Ofen I. Ich bin seit einer Woche Helfer im OP. Ich verbrenne keine amputierten Körperteile mehr — ich darf sie beim Abschneiden festhalten! Etliche Rubel bringt das mehr. Jelenuschka will sich einen Pelzmantel kaufen, auf dem schwarzen Markt. Ich habe schon ein gutes Angebot . . .«
»Mich hat man vorgeschlagen für eine Abteilungsleiterprüfung in der Traktoren-Endkontrolle.« Petrowskij strich Larissa Alexandrowna durch das blonde Haar. In ihrem fröhlichen Gesicht tummelten sich noch immer die Sommersprossen, Herbst und Winter kümmerten sie nicht. »Ich studiere schon die Nächte durch . . .« Er hob die Schultern, ein stummes Bitten um Verständnis. »Wie ist's mit dir, Kyrill Semjonowitsch?«
»Ich fahre jetzt die Linie 3.« Boranow blickte dem Rauch seiner Papyrossa nach, die andere Hand lag noch auf Lyras gewölbtem Leib. »In einem halben Jahr — man hat es mir fest versprochen — soll ich Kontrolleur werden. Seht euch mein Schwänchen an. In drei Monaten bekommt Lyranja unser erstes Kind . . .«
»Und da fragst du noch?« fragte Duskow.
»Vielleicht in einigen Jahren, Genossen?« Boranow zertrat die Zigarette, aber das war nicht symbolisch zu verstehen. »Die Welt ändert sich ständig . . . und wir auch! Kann es nicht sein, daß wir einmal zu uns sagen: Jungs, ich möchte Deutschland doch noch wiedersehen? Trotz allem, was geschehen ist?! Und dann nehmen wir unsere Frauen und Kinder, und wir fahren zurück in die Heimat. Nur ein kleiner Gedanke, Freunde . . . kann das nicht sein?«

Sie waren zehn . . . und einer kam zurück und erzählte.
Von einem Unternehmen, das so wahnwitzig war wie die Zeit, die es retten sollte.
Sie leben noch, die anderen drei — irgendwo in Moskau mit ihren Frauen, ihren Kindern und ihren Enkeln.
Leonid Germanowitsch Duskow.
Piotr Mironowitsch Sepkin.
Luka Iwanowitsch Petrowskij.
Man sollte sie nicht mehr suchen.